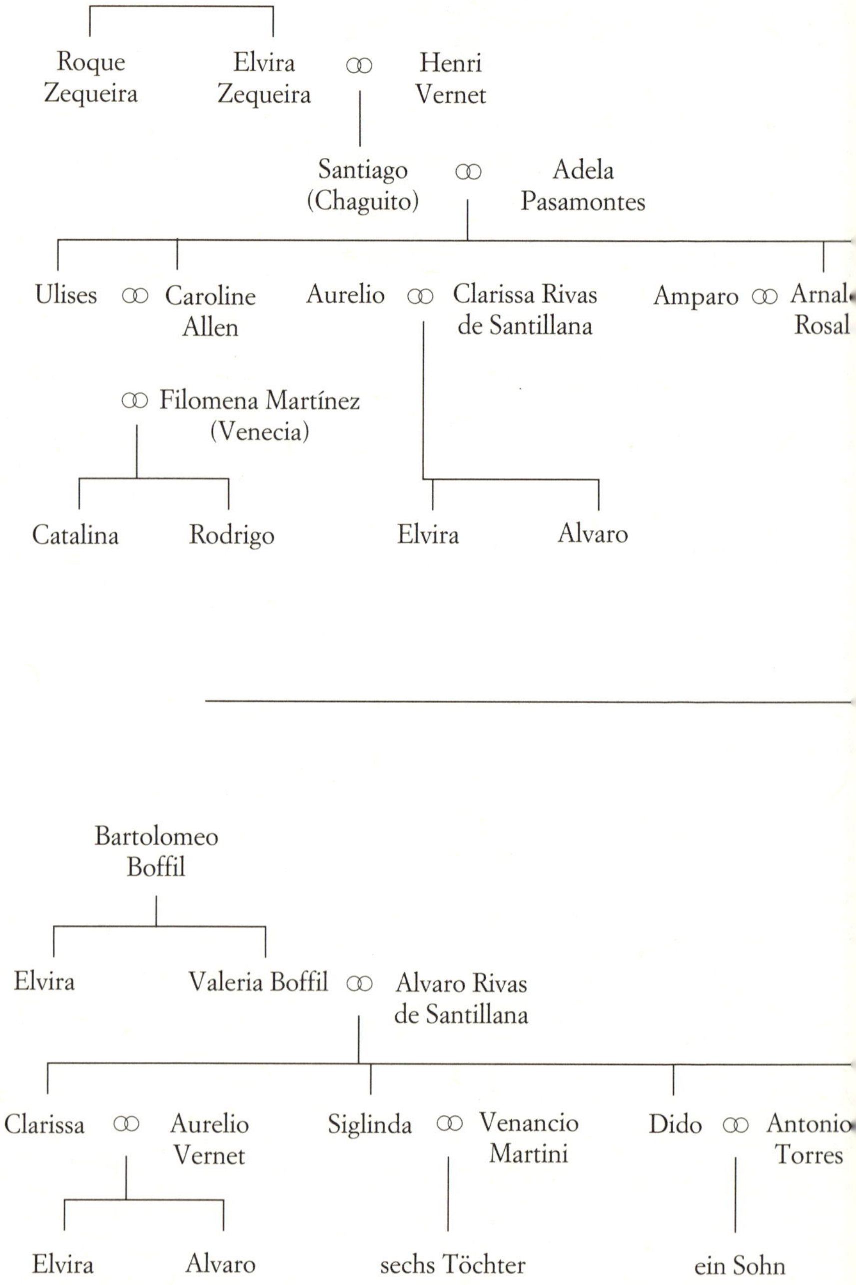

Roque Zequeira
Elvira Zequeira
Henri Vernet
Santiago (Chaguito)
Adela Pasamontes
Ulises
Caroline Allen
Aurelio
Clarissa Rivas de Santillana
Amparo
Arnal
Rosal
Filomena Martínez (Venecia)
Catalina
Rodrigo
Elvira
Alvaro
Bartolomeo Boffil
Elvira
Valeria Boffil
Alvaro Rivas de Santillana
Clarissa
Aurelio Vernet
Siglinda
Venancio Martini
Dido
Antonio
Torres
Elvira
Alvaro
sechs Töchter
ein Sohn

Familie Vernet

Roque ⚭ Clotilde Rosales

Damián ⚭ Agripina Leclerc

Celia

Enrique

Eduardo

≈ Titiba Menéndez

drei Söhne

Familie Rivas de Santillana

Alejandro

Artemisa

Lakhmé ⚭ Tom Randolph
⚭ Rodrigo de Zelaya
⚭ Edward Milton

Liebe Kolleginnen und Kollegen im Sortiment,

Rosario Ferrés dritter Roman, *Die Stimmen der Träume*, wurde in den USA von Presse und Publikum mit großer Begeisterung aufgenommen. Einstimmig ordnet man die Autorin in die Reihe der ganz großen Erzählerinnen und Erzähler Lateinamerikas ein.

Wir freuen uns daher sehr, daß dieses Buch jetzt im Wolfgang Krüger Verlag erscheint und wir Ihnen hiermit ein druckfrisches, persönliches Leseexemplar überreichen können.

Die Stimmen der Träume erzählt die Geschichte von drei Generationen auf Puerto Rico, in deren Mittelpunkt die Frauen einer reichen Plantagenbesitzerfamilie stehen: Elvira, ihre temperamentvolle Mutter und ihre ebenso exzentrischen wie selbstbewußten Tanten. Faszinierende Charaktere und Lebensschicksale werden kunstvoll miteinander verwoben und in einer poetischen Sprache, voller Nostalgie und Humor, in Szene gesetzt.

Rosario Ferré hat mit diesem Roman eine farbenprächtige Familiensaga mitten aus dem Herzen der Karibik geschrieben.

Wir hoffen, daß Sie der Roman genauso fesseln wird wie uns hier im Verlag, und wünschen Ihnen viel Freude bei der Lektüre.

Ihre

Susanne Kiesow

Ihr

Peter Wilfert

Unverkäufliches Leseexemplar

Geb., ca. 44,– DM

Erstverkaufstag: 14. Januar 2000

Wir bitten Sie, Rezensionen nicht vor dem Erstverkaufstag zu veröffentlichen.

Wir danken für Ihr Verständnis.

Rosario Ferré

Die Stimmen der Träume

Roman

Aus dem puertoricanischen Spanisch
von Elisabeth Müller

Wolfgang Krüger Verlag

Die englische Originalausgabe erschien 1998
unter dem Titel »Eccentric Neighborhoods«
im Verlag Farrar, Straus & Giroux in New York

Gesamtherstellung: Clausen & Bosse, Leck
Printed in Germany 1999
ISBN 3-8105-0641-9

Den Geistern, die mir ihre Stimmen liehen

Para Helmut,
con cordial saludos,
Rosario J. Ferré

Einen herzlichen Dank meiner Agentin Susan Bergholz,
meinem Verleger John Glusman
und meinem Mann Agustín Costa,
deren treue Unterstützung und deren Verständnis dieses
Buch erst möglich gemacht haben.

Teil I

Das verlorene Paradies von Emajaguas

Eine Geographie kann symbolisch sein;
der physische Raum prägt das Urbild
und verwandelt sich in symbolgebende Form.
Octavio Paz, »Post Data«

1

Der Río Loco hatte seinen Namen, verrückter Fluß, weil er so launisch war. Wenn es im Tal regnete und die anderen Flüsse wie durchgehende Pferde zum Meer stürzten, blieb der Río Loco trocken. Aber wenn die Sonne wie eine glühende Kohle an den Himmel genagelt war, die Zuckerrohrfelder versengte und die Skorpione auf der Suche nach Wasser aus ihren Löchern trieb, wuchs er zu einem schlammigen Dämon, schoß durch die staubige Ebene und überrollte alles, was ihm im Weg stand.

Der Río Loco entsprang hoch oben in den Bergen, und wenn es dort regnete, schwollen seine Fluten mächtig an, obwohl dann oft im Tal die Sonne schien. Dieser Fluß erinnerte mich stets an meine Mutter Clarissa. Wir konnten friedlich im Eßzimmer beim Frühstück sitzen – mein Vater Aurelio las Zeitung, während Alvaro und ich noch einmal unsere Hausaufgaben durchsahen, bevor wir zur Schule fuhren –, da sprang Clarissa plötzlich auf und rannte in ihr Zimmer. Aurelio lief dann hinter ihr her, und wenn ich hinausging, um in unserem Familien-Pontiac zur Schule gebracht zu werden, konnte ich Clarissa hinter der geschlossenen Tür schluchzen hören und dazwischen Vater, der begütigend auf sie einredete.

Sie erzählte mir nie, weshalb sie weinte, und wenn ich ihr mit meinen Fragen zusetzte, riskierte ich einen ihrer schmerzhaften Kniffe oder ein verärgertes Haareziehen. Es war, als ginge in ihrem Gemüt ein Gewitter nieder, während um sie herum alles eitel Sonnenschein war.

Einmal im Monat trafen sich Clarissa und meine Tanten aus den verschiedenen Ecken der Insel auf Emajaguas, um meine Großmutter Valeria zu besuchen. Gewöhnlich begleitete ich meine Mutter auf diesen Reisen. Die Familie spielte damals eine sehr große Rolle.

Daß eine Fahrt nach Emajaguas bevorstand, merkte ich immer daran, daß unser schwarzer Chauffeur, Cristóbal Bocanegra, leise vor sich hin zu pfeifen begann, sobald er von dem Ausflug erfuhr. Cristóbal hatte nämlich eine sehr hübsche Freundin auf Emajaguas, und wenn wir hinfuhren, übernachtete er bei ihr und war dann froh, seiner Frau einmal zu entkommen.

Den Río Loco zu durchqueren, gehörte zu den Höhepunkten unserer Reise nach Emajaguas. Die alte, kurvenreiche Straße von La Concordia nach Guayamés stammte noch aus der Zeit der Spanier, und obwohl die Orte nicht sehr weit auseinanderlagen – höchstens zwanzig Meilen –, dauerte die Fahrt unnötig lange. Nach Vaters Ansicht hatten die Spanier beim Bau dieser Straße die »Eselsmethode« angewandt: Sie führten einen Esel von La Concordia nach Guayamés, ließen ihn dort frei und folgten ihm, wenn er wieder nach Hause lief.

In den vierziger Jahren unseres Jahrhunderts führte noch keine Brücke über den Río Loco. Tatsächlich war er der letzte große Fluß der Insel, den man mit einer Brücke überspannte. Die Regierung war so arm, daß sie den Bau erst in den fünfziger Jahren finanzieren konnte, als sich eine Menschenwelle erhob und Tausende nach New York auswanderten. Sie waren schrecklich arm und würden es auch in der Bronx oder in Harlem bleiben, vielleicht aber ein bißchen weniger. Die Brücke kam der lokalen Wirtschaft zugute und zog weitere öffentliche Bauprojekte nach sich.

Da der Río Loco flach war, konnten wir sein trockenes Bett

meist problemlos durchqueren, indem wir uns zwischen den riesigen Flußsteinen, die wie Dinosauriereier auf seinem Grund lagen, und den gewaltigen, von den gelegentlichen Fluten angeschwemmten Baumstämmen einen Weg suchten. Im September führte der Río Loco indes häufig Wasser, und seine Strömung riß erbarmungslos mit, was sich an seinen Ufern angesiedelt hatte.

Die armen Arbeiter der Zuckerrohrplantage Eureka lebten fast alle in den zur Plantage gehörigen Baracken. Sie kochten auf Kohleherden unter freiem Himmel und benutzten die vom Besitzer für sie angelegten Latrinen. Unweit der Unterkünfte befand sich der Laden der Hacienda. Hier konnten sie auf Kredit einkaufen und erhielten Arzneien und medizinische Versorgung. Aber die Arbeiter in den Baracken wurden von einem Aufseher streng überwacht, der über ihre Schulden Buch führte. Daher zogen viele den Annehmlichkeiten einer Unterbringung auf der Plantage die gefährliche Freiheit in selbstgezimmerten Hütten am Flußufer vor, denn auf unserer gesamten Insel gelten Flußufer und Strände als Gemeingut.

Am Fluß war die Erde schwarz und fruchtbar, so daß die Landarbeiter Prachtexemplare an Bananen, Maniokwurzeln und Zuckerrohrstangen ernteten. Doch kaum führte der Fluß Hochwasser, forderte er von den wilden Siedlern rücksichtslos den Boden zurück, den er ihnen für eine gewisse Zeit geliehen hatte. Dann sah man Türen, Wellblechdächer, Schaukelstühle, Tische, Kochtöpfe, Matten, alles kunterbunt durcheinander langsam dem Meer entgegentreiben, dazu Hunde, Schweine, Ziegen und sogar Kühe, die schon aufgedunsen waren und mit nach oben gestreckten Beinen von den braunen, zähflüssigen Wassermassen davongetragen wurden.

Ich liebte es, den Río Loco zu durchqueren, wenn er überflutet war, und sobald das Familienauto nach Emajaguas aufbrach, betete ich insgeheim um einen Wasseranstieg, ohne je daran zu denken, welche Not der Fluß den Arbeitern bereitete. Die Durchquerung war eine Unterbrechung der monotonen Fahrt und des Schweigens, das wie ein Eisblock zwischen Mutter und mir stand. Je näher wir dem Fluß kamen, desto wilder klopfte mein Herz. Wir wußten ja nie im voraus, wie der Wasserstand war, und ebensowenig, ob wir den Fluß überhaupt passieren konnten. Schlimmstenfalls mußten wir mit meiner in Tränen aufgelösten Mutter nach La Concordia umkehren.

Am Ufer des Río Loco angelangt, wies Mutter Cristóbal an, den blau-weißen Pontiac bis ans Flußufer heranzufahren, während ich den Kopf aus dem Fenster streckte, um festzustellen, wie die Lage war. War der Pegelstand hoch, befahl Mutter unserem Chauffeur, unmittelbar davor unter einem Mangobaum stehenzubleiben, und wir warteten stumm, daß das Wasser sank. Aber Mutters Geduld war gewöhnlich bald erschöpft, und sie befahl Cristóbal, ohne eine Spur Angst in der Stimme, den Pontiac in die trüben Fluten zu fahren. Bald schwankte das Auto hin und her und bahnte sich halb schwimmend seinen Weg zwischen den unsichtbaren Steinen durch das Flußbett hindurch. In der Mitte des Flusses berührte Cristóbal kaum noch das Gaspedal, denn die beachtliche Wasserhöhe zu beiden Seiten würde uns nicht mehr erlauben, die Türen zu öffnen, wenn wir steckenblieben.

Genau das geschah aber eines Tages. Cristóbal fuhr im Kielwasser eines beherzten Vordermannes, der mit seinem Wagen die schlammigen Fluten vor uns teilte, als unser Pontiac plötzlich einen Anfall von Delirium tremens bekam und sein Motor in der Flußmitte erstarb. Clarissa befahl uns, die Fenster hochzukurbeln. Dann saßen wir drei zwanzig Minuten lang schweigend da und beobachteten, wie das braune Wasser Zentimeter um Zentimeter stieg, bis es an unsere Scheiben leckte und die Trümmer des oberen Flußlaufes in einer bedenklichen Höhe um uns herumschwammen.

Der Wagen war vollgepackt mit leckeren, von unserem Koch in La Concordia zubereiteten Speisen – eine Lammkeule, ein gefüllter Truthahn, ein großer Kessel mit *arroz con gandules* –, deren köstliche Gerüche uns schon bald die Luft zum Atmen nahmen. Ein überquellender Korb mit Orangen, Ananas und Brotfrüchten, die noch am Morgen im Garten gepflückt worden waren, stand zwischen Mutter und mir auf dem Sitz. Es war so, als säßen wir im Sonntagsstaat in einem wasserdichten Schlaraffenland – Clarissa trug ein Kleid aus bedruckter Georgetteseide und hochhackige Schuhe von Saks Fifth Avenue, ich ein weißes Organdykleid und eine Satinschleife im Haar –, während um uns herum die Hölle ausbrach.

Mutter blickte auf ihre Diamantuhr von Cartier mit einem grob gerippten Armband aus schwarzem Leder und stellte fest, daß es schon halb zwölf war. Wenn wir uns nicht beeilten, würden wir zu spät zum Mittagessen auf Emajaguas ankommen und uns nicht mit Großmutter Valeria und meinen Tanten gemeinsam zu Tisch setzen können. Mutter befahl Cristóbal, den Wagen anzulassen. Er drehte den Zündschlüssel, der Motor zuckte ein paarmal auf und erstarb dann wieder. Clarissa forderte ihn auf, die Hupe zu betätigen. Bald darauf wateten vier barfüßige Bauern in verschlissenen Khakihosen und zerfransten Strohhüten, die mit ihren Ochsen am Ufer gestanden und unsere mißliche Lage beobachtet hatten, wortlos ins Wasser.

Die reißende Flut reichte ihnen bis zur Taille, als sie sich mit den angejochten Tieren im Schlepptau auf das Auto zubewegten. Clarissa öffnete ihre Handtasche, nahm einen Dollar heraus und wedelte damit hinter den geschlossenen Scheiben. Die Bauern banden die Tiere mit einem dicken Hanfseil an die Stoßstange, und der Wagen setzte sich langsam in Bewegung.

Als der Schlammgeruch intensiver wurde, entdeckte ich entsetzt, daß das Wasser in einem braunen Rinnsal unter der Tür in den Innenraum quoll. Clarissa gab den Männern mit Gesten zu verstehen, sie sollten die Ochsen mit ihren Stangen zur Eile antreiben. Als wir das andere Ufer erreicht hatten, schob sie den Bauern die Dollarnote durch einen Fensterschlitz und befahl Cristóbal, die Zündung zu betätigen. Der polierte blau-weiße Pontiac tat ein paar matschtriefende Sätze nach vorn, kam in Gang und glitt dann wie ein treuer Pegasus die Straße nach Emajaguas entlang.

2

Mein Großvater Alvaro wurde im Jahr 1880 auf Emajaguas geboren. Da seine Eltern beide jung starben, zogen ihn zwei unverheiratete Tanten auf, Alicia und Elisa Rivas de Santillana. Als er achtzehn war, entschlossen sich seine Tanten ein Haus in der Stadt zu kaufen, denn mit der Ankunft der Amerikaner auf der Insel stieg die Lebensqualität in Guayamés erheblich: Die Straßen wurden gepflastert, fließendes Wasser, eine Kanalisation und ein Abflußsystem für Regenwasser wurden eingeführt.

Die Tanten verhätschelten Großvater Alvaro und scheuten trotz ihrer bescheidenen Verhältnisse keine Ausgaben, um ihm eine gute Erziehung angedeihen zu lassen. Er erhielt bei einem Privatlehrer Französischunterricht und konnte auch gut rechnen. Nur das Lesen wollte ihm keine rechte Freude bereiten, und zeit seines Lebens betrachtete er Leute, die viel lasen, mit Argwohn, weil sie zu glauben schienen, sie hätten den anderen etwas voraus.

Großvater lernte alles Wissenswerte über den Zuckerrohranbau, als er um seine Felder auf Emajaguas kämpfte. Sein Erfolg stärkte das Vertrauen seiner Tanten in ihn, und sie legten alles in seine Hände: Ihr gemeinsames Vermögen ermöglichte es Alvaro, den Betrieb auf Emajaguas aufrechtzuerhalten. Aber Alicia und Elisa wurden wie viele andere Opfer einer Typhusepidemie, die im Jahr 1900 in Guayamés wütete. Als der Zwanzigjährige im selben Jahr die sechzehnjährige Valeria heiratete, zog er mit ihr zurück nach Emajaguas, und sie hatten das ganze Haus für sich. Zweifellos war Großvater Alvaro betrübt über den Tod seiner Tanten, aber gleichzeitig war er so verwöhnt, daß es für ihn fast eine Selbstverständlichkeit war, daß sie ihm Platz machten, als er im neugegründeten Stand der Ehe einen größeren Wohnbedarf hatte.

Großvater ist immer ein Mann von einfachem Geschmack geblieben. Er war das Landleben gewohnt und mißtraute allem städtischen Treiben. Nach seiner Heirat ließ er sich nur ein einziges Mal, im Jahr 1920, zu einer Europareise überreden und mußte von Großmutter Valeria auch dann noch geradezu an den Haaren dorthin geschleift werden. In Paris war er die ganze Zeit übellaunig und verstimmt, weil er im Café Procope weder *ropa vieja* – in Zwiebeln gedünstetes Rindfleisch – noch *tostones* – in Öl gebackene Mehlbananen – bestellen konnte, seine beiden Leibgerichte. Großmutter Valeria reiste dagegen für ihr Leben gern und nahm ihre Kinder mehrmals mit nach Europa. Sie verbrachte einen Monat in Paris, einen Monat in Rom oder in Madrid, wo sie sich mit ihren sechs Sprößlingen, einer Kinderfrau und ihrem persönlichen Dienstmädchen im besten Hotel niederließ. Sie besuchte fast täglich die Oper, dazu Konzerte und Museen, und betonte immer wieder, daß Reisen in fremde Länder so wertvoll seien wie ein akademischer Grad.

Valeria war die jüngste Tochter von Bartolomeo Boffil, einem korsischen Kaufmann mit dem Spitznamen Mano Negra, schwarze Hand. Er machte Ende des 19. Jahrhunderts sein Vermögen, indem er Waren von Saint Thomas und Curaçao auf die Insel schmuggelte. Diese beiden Besitzungen gehörten damals den Holländern und blickten auf eine lange Tradition des illegalen Warenverkehrs zurück. Es waren sehr wohlhabende Handelszentren, wo man Parfüm, Schuhe, feine Wäsche und französische Spitzen bekommen konnte sowie allerlei landwirtschaftliche Geräte für den Zuckerrohranbau. Diese wurden nämlich in Puerto Rico nicht hergestellt, sondern gelangten als Schmuggelware aus England und Schottland dorthin.

Bartolomeo Boffil war ein rauher Geselle ohne viel Bildung, der stolz auf sein Geschäft war und die rebellische Natur seiner Vorfahren geerbt hatte. »Das Wort *Korsar* kommt von *Korse*«, pflegte er seine Freunde zu belehren. »Hätten wir Korsen es nicht bewerkstelligt, das bereits dreihundert Jahre andauernde Handelsembargo zu umgehen, das die spanische Verwaltung der Insel auferlegt hat, wären die Leute hier so arm, daß sie nicht einmal Schuhe an den Füßen hätten.« Spanien hatte Puerto Rico jeglichen Außenhandel offiziell verboten, um als einziges Land davon zu profitieren, und die Insel war für ihren gesamten Import auf die spanische Flotte angewiesen, deren Schiffe im Hafen von San Juan anlegten.

Bartolomeo wurde auf Cap Corse geboren, Korsikas ungastlichster Halbinsel – einer kargen Felsenzunge, auf der nur Ziegen gedeihen. Er war ein kleiner, übellauniger Kauz und lebte mit seinen Töchtern Elvira und Valeria allein. Seine Frau war bei der Geburt der Jüngsten gestorben, weshalb er im Umgang mit Valeria oft grausam war, als wollte er sie für den allzu frühen Tod der Mutter bestrafen. Zwar liebte er sie von Herzen, konnte sich aber des Gedankens nicht erwehren, daß seine Frau noch am Leben und er nicht allein wäre, wenn es sie nicht gäbe.

Bartolomeo hatte einen etwas außerhalb von Guayamés gelegenen Hof, den er selbst bewirtschaftete. Er zog Ingwer, Tabak, Baumwolle, Kokosnüsse und Kakao, aber sein eigentliches Geschäft war das Schmuggeln. Zu seinem Land gehörten mehrere kleine, geschützte Buchten, in denen nachts Fischerboote aus Saint Thomas und Curaçao anlegten. Bei Dunkelheit glitt ein halbes Dutzend Barkassen und Ruderboote lautlos über das Wasser und brachte Mahlwerke, Eisenwinden und Zentrifugalpumpen, für die Puerto Ricos Plantagenbesitzer ansehnliche Preise bezahlten.

Bartolomeo liebte es, mit seinem Hund Botafogo ins Gebirge zu ziehen, um Amseln zu jagen. Amselpastete war seine Leibspeise, der er magische Kräfte zuschrieb, weshalb er Valeria täglich ein wenig davon essen ließ. Wie der chinesische Kaiser im Märchen, der seine Tochter mit Nachtigallenzungen füttert, damit ihr Gesang lieblicher wird, war Bartolomeo davon überzeugt, daß seine Tochter durch Amselpastete Sanftmut, Schönheit und eine feine Stimme erlangen würde. Valeria taten die Vögel von Herzen leid, aber sie war eine folgsame Tochter und aß pflichtbewußt, was der Vater ihr vorsetzte.

Sie wuchs auf wie eine Gefangene, der es untersagt war, alleine das Haus zu verlassen, um Nachbarn zu besuchen; stets mußte sie eine Anstandsdame begleiten. Eine Gouvernante lehrte sie daheim die Stickkunst und erteilte ihr Musikunterricht. So kam es, daß Valeria in französischer, englischer und italienischer Sprache singen und wunderbar Klavier spielen konnte, des Lesens und Schreibens aber unkundig blieb. Ihr Vater untersagte der Gouvernante, es ihr beizubringen, und als Valeria sechzehn wurde, war sie immer noch Analphabetin. Bartolomeo hoffte, Valeria würde auf diese Weise gar nicht anders können, als zu Hause bleiben und sich im Alter um den Vater kümmern.

Hin und wieder besuchte Valeria ihre Schwester Antonia, die einen reichen Mann geheiratet hatte und in einem entzückenden Haus am Rande der Stadt lebte. Seine Tochter Antonia hatte Bartolomeo ohne Einwände ziehen lassen, weil er so ein Maul weniger zu stopfen hatte. Der Jüngsten oblag es aber, daheim zu bleiben, um den verwitweten Vater zu versorgen.

Großmutter Valeria lernte Großvater Alvaro bei einem dieser Besuche im Haus ihrer Schwester kennen. Als Alvaro sie singen und Klavier spielen hörte, verliebte er sich auf der Stelle in sie und bat sie, seine Frau zu werden. Doch sie lehnte ab: »Ich kann nicht heiraten, weil ich weder lesen noch schreiben kann«, entgegnete sie unter Tränen. »Was wirst du von mir denken, wenn ich den Trauschein mit drei Kreuzen unterschreibe? Du wirst dich meiner so schämen, daß du es dir bestimmt anders überlegst.«

Da antwortete Alvaro lachend: »Das ist mir völlig gleichgültig. Wenn du so gut kochen kannst, wie du singst, wird alles gut werden.« Und noch am selben Nachmittag suchten sie gemeinsam einen Richter in Guayamés auf und baten ihn, sie zu vermählen.

Bartolomeo kam am folgenden Tag dahinter. Es heißt, er sei zum Haus seines Schwiegersohns gelaufen und habe versucht, mit dem Gewehrkolben die Tür einzuschlagen. Als Antonia und ihr Mann sich weigerten zu öffnen, habe er angefangen, sie lautstark zu beschimpfen, sie Halunken und Kuppler zu nennen, bis er so außer sich war, daß er einen Herzanfall erlitten habe und gestorben sei. Diese Geschichte glaubte Clarissa nie und fand eines Tages auch heraus, was sich tatsächlich zugetragen hatte. Bartolomeo starb bei einem Schußwechsel mit der amerikanischen Küstenwache, die ein strengeres Auge über seine Kokospalmbuchten hatte als zuvor die spanische Guardia Civil. Nach Bartolomeos Tod wurde Valeria ein Drittel seines Vermögens zugesprochen, und diese Erbschaft erlaubte Alvaro, seine betriebliche Situation abzusichern.

Kaum, daß sie die Mittel dazu besaß, hatte Valeria nichts Eiligeres zu tun, als Guayamés' Schulmeister ins Haus zu bestellen, damit er sie lesen und schreiben lehrte. Sie entpuppte sich bald als begeisterte Leserin und verschlang die bekanntesten lateinamerikanischen Romane ihrer Zeit: Jorge Isaacs *María*, Gertrudis Gómez de Avellanedas *Sab*, José Marmols *Amalia*. So manches Lieblingsbuch las sie ihrer Familie beim Mittagessen vor. Alvaro dagegen konnte mit Literatur nichts anfangen. Romane langweilten ihn; er bevorzugte Bücher, die vom tatsächlichen Leben handelten. Daher beschloß Valeria nach der

Hochzeit, sich ihrem Mann im Bett zu verweigern, wenn er nicht mindestens einen Roman pro Woche las. Auf diese Weise ließ sie ihn einiges an Bildung nachholen.

Guayamés ist von üppigen grünen Hügeln umgeben, in denen die letzten Taino-Indianer lebten, bevor sie im 16. Jahrhundert von den Spaniern ausgerottet wurden. Seine Häuser sind ohne Ordnung und Logik nebeneinandergewürfelt und sehen aus, als drängten sie sich Schutz suchend zusammen. Die schmalen Straßen kleben wie Bänder aus rotem Matsch auf dem unebenen Gelände und tragen vielfach noch die Namen der Taino-Indianer: Calle Guajira, Calle Urayoán, Calle Guaquiminí. Auf der Kuppe eines nahen Hügels erhebt sich eines von Guayamés' ältesten Bauwerken: die Kathedrale, die wie ein großer weißer Vogel mit gespreizten Flügeln über der Stadt wacht.

Das Klima ist gewöhnlich feucht, und der Regen geht als Hagel nieder, der schmilzt, bevor er den Boden erreicht. Die häufigen Regenfälle und eine Atmosphäre der Ruhe bringen die lebendigen Farben der Landschaft zum Leuchten: das reine Blau des Himmels, das sanfte Moosgrün der Hügel, das facettenreiche Grün der Zuckerrohrfelder. Dies mag der Grund dafür sein, daß die meisten Bewohner von Guayamés einen Hang zur Romantik, einen ausgeprägten Sinn für Schönheit und eine tiefe Liebe zur Natur verspüren.

Während der Regenzeit lebte man in der Stadt relativ geschützt vor den Stürmen, die auf dem Land Bäume entwurzelten und abgelegene Häuser abdeckten, deren gegiebelte Blechdächer dann wie Sägen im Wind herumwirbelten und in den Hügeln verstreut liegenblieben. Der Dezember bedeutete für die Familie die Rückkehr nach Emajaguas, wo die Zuckerrohrernte von La Plata einzubringen war. In den darauffolgenden sechs Monaten regnete es nur selten, während kalte Winde bliesen. Der April brachte gelegentliche Schauer (»Was der April beschert an Naß, das findet Platz in einem Faß«, wie Großvater

Alvaro zu sagen pflegte), die im Mai immer seltener wurden (»Den Regen, der noch fällt im Mai, verschluckt ein Pferd ganz nebenbei«), und die Monate Juni, Juli, August waren trocken wie Zuckerrohrhülsen (»Im Juni, Juli und Auguste wird ganz zu Staub die Ackerkruste«).

Bald begannen sich in rascher Folge die Kinder einzustellen. 1901 Clarissa, 1902 Siglinda, 1903 Artemisa, 1904 Alejandro, 1905 Dido und schließlich 1923 Lakhmé, als Großmutter Valeria neununddreißig war. Lakhmé war das Nesthäkchen und wurde von Großmutter verzogen.

Als jedes Jahr ein Kind geboren wurde und Großvater Alvaros Zuckerrohrplantage florierte, baute er mehrere Zimmer an und modernisierte Küche und Badezimmer. Die Kinder mußten nicht die öffentliche Schule besuchen, wie sie es in Guayamés taten, sondern wurden von einem Hauslehrer unterrichtet, einem mageren, kahlen Landschulmeister, der täglich mit Pferd und Wagen aus der Stadt herbeigefahren kam. Das hieß, daß sie nachmittags reiten oder im Fluß baden konnten, und daß sie keine Uniformen, ja nicht einmal Schuhe tragen mußten. Ich vermute, das war der Grund, weshalb meine Mutter jedesmal, wenn sie mir von ihrer Kindheit auf Emajaguas erzählte, vor meinem inneren Auge ein verlorenes Paradies heraufbeschwor, einen zeitlosen Raum, wo Tage und Nächte einander fröhlich auf dem Zifferblatt von Großvaters Uhr jagten, die im Eßzimmer an der Wand stand.

Das Haus von Emajaguas war auf Pfählen erbaut, und der Wohnbereich befand sich in der ersten Etage. Das Erdgeschoß beherbergte Großvater Alvaros Büro und das Kutschhaus. Frische Bodenmatten aus Stroh verströmten dort einen ländlichen Heugeruch. Alle Fenster besaßen eine Lamellenverglasung und waren türkisfarben gestrichen, so daß es einem beim Hinausschauen vorkam, als würde das Wasser der Bucht von Guayamés in den Raum hineinfließen. Eine breite Granittreppe führte an der Frontseite des Hauses zu einer palmengesäumten Zufahrt, die zur Hauptstraße am Meer hinunterging. Auf der Rückseite gelangte man über eine schmale weißgetünchte Treppe mit einer Balustrade von der Küche aus in den Gemüsegarten und zu den Obstwiesen.

Eine hohe Mauer umgab das zehn Morgen große Anwesen mit Mango-, Guanábana- und Grapefruitbäumen, Tennisplatz und Goldfischteich. Ein halbes Dutzend Gänse patroullierte im Garten wie eine lärmende Horde Zwergsoldaten. Es gab eine gut ausgestattete Bibliothek (Großmutter Valerias ganzer Stolz) sowie im Wohnzimmer ein großes Klavier, einen Plattenspieler und alle möglichen Gesellschaftsspiele für Regentage. Emajaguas bot so viel Abwechslung, daß man nur selten das Bedürfnis hatte, in die Stadt zu gehen. Zu Fuß waren es auf der Küstenstraße nur fünfzehn Minuten bis Guayamés, aber kaum jemand unternahm je diesen Gang.

Das Gut besaß zwei natürliche Grenzen zur Außenwelt: Den Emajaguas-Fluß (der eher einem Bach glich als einem Fluß, es sei denn, starke Regenfälle verwandelten ihn in einen schlammigen Drachenschweif) und die Landstraße. Eineinhalb Meter jenseits der Fahrbahn fiel der Boden steil ab, und das Meer schlug gegen die als Wellenbrecher aufgeschichteten Felsblöcke. Doch trotz dieser Vorkehrung wuschen die Wellen alljährlich ein bis zwei Zoll des Straßenunterbaus weg.

Als mein Bruder Alvaro und ich Kinder waren und wir mit unseren Eltern nach Emajaguas fuhren, mußte unser Wagen bis zur äußersten Kante der befestigten Fahrbahn ausscheren, um in die Auffahrt einbiegen zu können. Da ich bei diesem Manöver stets fürchtete, daß der Wagen ins Meer abstürzen könnte, kniff ich starr vor Angst die Augen zusammen. Nachts quälten mich dann Alpträume, in denen das Meer immer näher herankroch und einmal so hoch stieg, daß es Emajaguas übers Dach schwappte und mit in die Tiefe riß.

Das Haus hatte vier Schlafzimmer und drei Bäder. Ein Schlafzimmer gehörte Großvater Alvaro und Großmutter Valeria; durch ein enges inneres Vestibül, wo es immer nach Hamameliswasser roch, das sich Großmutter Valeria allabendlich vorm Zubettgehen mit einem Wattebausch aufs Gesicht tupfte, war es mit ihrem Badezimmer verbunden. In diesem war alles weiß, und es war so groß, daß ich als Kind die Worte *Badezimmer* und *Ballzimmer* durcheinanderbrachte.

Dort stand eine gußeiserne Wanne mit klauenförmigen Füßen und einer Brause, die aussah wie ein Heiligenschein. Ihr Duschkopf bestand aus einem Zylinder mit Ringen und sprühte, wenn man nackt darunterstand, das Wasser in alle Richtungen. Die Dusche entsprach amerikanischem Standard und hatte sternförmige Hähne aus rostfreiem Stahl. Diese waren mit C (cold) und H (hot) beschriftet und wurden beim Einbau verwechselt, weil Großmutter Valeria kein Englisch verstand und das C als *caliente*, heiß, definierte, das H dagegen als *helada*, eisig, weil in den Vereinigten Staaten kaltes Wasser immer eiskalt war. In einer Ecke war eine quadratische Sitzwanne eingebaut, die wie geschaffen war zum Lesen. Dort nahm Großvater Alvaro die Appetithappen aus *María*, *Sab* und *Amalia* zu sich, die Valeria ihm allabendlich auferlegte, bevor sie sich liebten.

Onkel Alejandros Zimmer im rechten Flügel des Hauses stieß an das meiner Großeltern. Es war geräumig, besaß ein Himmelbett, ein eigenes Badezimmer und ein Erkerfenster, das zum Garten hinausging.

Die anderen beiden Schlafzimmer befanden sich im linken Flügel des Hauses. Dort hatten früher meine Mutter und meine Tanten gewohnt und sich ein Badezimmer geteilt – eine winzige, niedrige Kabine, die Großvater unter die Dachschräge gebaut hatte. Später, als über Weihnachten die Enkelkinder zu Besuch kamen, wurden sie in diesen Trakt einquartiert. Da nur einer im

Badezimmer Platz hatte, drängelten sich dann häufig die kleinen Jungen und Mädchen in einer Schlange vor der Türe und preßten nervös die Beine zusammen.

Fast jedes Zimmer auf Emajaguas besaß ein Oberlicht. Oberlichter halfen Geld sparen, denn man brauchte das Licht erst anzuschalten, wenn es dunkel wurde; darüber hinaus verliehen sie den Räumen auch eine ganz besondere Atmosphäre. Ein Oberlicht gibt einem Zimmer eine fast träumerische Note. Es verbirgt die ziehenden Schatten der Außenwelt, das vorbeihuschende Scheinwerferlicht der Autos und die in der Dämmerung einfallende Straßenbeleuchtung. Räume mit Oberlichtern strahlen Geborgenheit aus und geben einem das Gefühl, vor allem Bösen sicher zu sein und nichts fürchten zu müssen.

Die Oberlichter von Emajaguas waren alle strategisch günstig positioniert, zum Beispiel über dem Eßzimmertisch oder oberhalb des Duschbeckens, wo einem die Sonne direkt auf den nackten Körper schien. Die Nonnen vom »Heiligen Herzen« in La Concordia lehrten uns, daß das Betrachten unserer entblößten Leiber im Spiegel eine Kardinalsünde sei. Mädchen sollten in Unkenntnis ihres Körpers bleiben und die zarten Kraushaare, die an unvermuteter Stelle zu sprießen begannen, die Wölbungen, die sich allmählich aus ebenen Flächen erhoben, und all die Säfte, die zu fließen anfingen, ignorieren, denn Schamgefühl galt als eine Haupttugend auf dem Weg, ein anständiger Mensch zu werden.

Dank Emajaguas konnte ich darüber nur lachen; ungehindert stand ich nackt in der Duschwanne unter dem Oberlicht und studierte die geheimen Winkel meines zwölfjährigen Körpers: Hier keimte ein Nest aus flaumigem Vlies, dort schimmerte ein zartrosafarbener Hof. Als Heranwachsende ließ ich voller Bewunderung meine Finger über die sanfte Kurve gleiten, in der meine Brust mit dem Bauch verschmolz, und bemerkte, wenn ich den Ellbogen beugte, daß die verborgene Seite meines Unterarms einem frischen Laib Brot glich. In Emajaguas konnte ich mich streicheln und berühren nach Herzenslust. Vom Licht des Tages beschienen, war mein Körper unschuldig und führte sein Eigenleben – Scham und Sünde hatten für mich keine Bedeutung.

Ich war dreizehn, als ich Antwort bekam auf die uralte Frage, woher die kleinen Kinder kommen. Eines Morgens kam meine Freundin María Concepción in der Schulpause aufgeregt zu der Mädchengruppe gelaufen, in der ich saß. Als sie ankündigte, daß sie uns in ein Geheimnis einweihen wollte, scharten wir uns, von der aufsichtsführenden Nonne so weit wie möglich entfernt, um sie.

»Ich habe herausgefunden, wo die Babys wirklich herkommen«, sagte María Concepción. »Sie kommen nämlich keineswegs auf den Flügeln des Jesuskindes aus Paris geflogen, wie die Nonnen uns weismachen wollen!«

Und sie fuhr fort, uns den biologischen Vorgang der Zeugung und Geburt in allen Einzelheiten zu beschreiben: Ein nackter Mann und eine nackte Frau liebkosen und küssen sich im Bett. Der Mann steckt seinen Penis in das dritte Loch der Frau. (Gab es da irgendwo ein drittes Loch? Das war mir bisher entgangen. »Es ist zwischen dem Poloch und dem Pipiloch, du Dummkopf!« flüsterte María Concepción und kniff mich in den Arm.) Und das war das Loch, aus dem neun Monate später das Baby kroch. Ich war schockiert.

Das war an einem Freitag. Wir fuhren nachmittags nach Emajaguas, um das Wochenende dort zu verbringen. Kaum waren wir angekommen, lief ich auf Mutters Zimmer, um sie zu fragen, ob das, was María Concepción uns erzählt hatte, der Wahrheit entsprach. Da Mutter unter der Dusche stand, klopfte ich an die Badezimmertür. Ohne das Wasser abzudrehen, fragte sie mich über das Rauschen hinweg, was ich wollte. Ich öffnete die Tür einen Spaltbreit und steckte den Kopf hinein. Ich erspähte Mutters nackte Konturen unter einem Rechteck aus Licht – dem Oberlicht – hinter dem Duschvorhang und darüber Dampfwolken.

»Mutter, stimmt es, daß Babys nur dann geboren werden, wenn ein Mann seinen Penis in eine Frau steckt und in sie reinpinkelt, und daß neun Monate später das Baby aus einem Loch rauskommt, das nur Frauen haben?« brüllte ich. Es folgte eine Stille, in der das Wasserrauschen zu einem Gedröhn anschwoll. »Ja, das stimmt«, antwortete Mutter schließlich. »Und sei bitte so gut, und schließ die Badezimmertür, es zieht.«

Ein paar Monate später bekam ich zum ersten Mal meine Regel und suchte erneut meine Mutter in ihrem Zimmer auf. Als ich ihr meinen Schlüpfer zeigte, ging sie ohne ein Wort zu verlieren zum Kleiderschrank und holte eine Packung Binden und einen kleinen Gummigurt heraus. »Hier, zieh eine davon an. Und wechsel sie erst, wenn es nötig ist, dann hält die Packung länger.« Das war das letzte Mal, daß sie je mit mir über Sex oder das Kinderkriegen sprach.

Nur ein einziger Raum auf Emajaguas besaß kein Oberlicht: die Toilette. Man erleichterte sich in der vollkommensten Finsternis, vor den Augen der Welt und den eigenen verborgen. Das Pinkeln und Scheißen hatte im geheimen zu geschehen, um die hochkultivierte ästhetische Sensibilität der Rivas de Santillanas nicht zu kränken.

3

Mein Großvater Alvaro war groß und sah sehr gut aus. Mit seiner Vorliebe für Dressurpferde, seinen gut gepflegten Zuckerrohrfeldern und einem Haus wie einem Harem, in dem Großmutter Valeria, Clarissa und meine vier Tanten herumflatterten wie Rebhühner, war er einem maurischen Scheich nicht unähnlich. Auch in der dritten Generation behielt das weibliche Geschlecht die Oberhand, denn bei den Enkelkindern der Rivas de Santillanas kamen auf sieben Mädchen nur zwei Jungen.

Der Zuckerrohranbau war Großvater Alvaros Leidenschaft. »Zucker«, so begann seine Version der historischen Wurzeln dieses Geschäfts, »war ein Geschenk der Araber, die aus dem fernen Malaysia die ersten Zuckerrohrstengel nach Europa brachten. Er wurde lange Zeit als Luxusgut kultiviert und war so kostbar wie Muskat und Perlen. Aber die Mauren hatten einen süßen Gaumen, so wie ihr, und entwickelten sich zu Experten der Zuckererzeugung. Als der Zucker bis nach Südspanien vorgedrungen war, führten die Mauren ihn auf den Kanarischen Inseln ein und von dort nahm Christoph Kolumbus ein paar Stangen an Bord seiner Schiffe mit auf die Überfahrt nach Amerika. Auf unserer Insel angelangt, pflanzte er als erstes einen Zuckerrohrstummel an die Mündung des Emajaguas-Flusses, bei der Biegung hinter unserem Haus. Und weil Christoph Kolumbus den ersten Stengel unserer Zuckerrohrplantage in die Erde steckte, ist der Zucker von La Plata der süßeste der Welt.«

Wenn er so etwas erzählte, glaubte ihm zwar keiner, aber alle liebten es, seinen Geschichten zu lauschen.

Großvater Alvaro hatte noch von vielen anderen aufregenden Begebenheiten zu berichten. »Vor langer Zeit«, so pflegte er zu erzählen, »war unsere Insel die Spitze eines riesigen Berges, so hoch wie der Aconcagua in den Anden, und gehörte zu einem sehr reichen Land, das während eines mächtigen Erdbebens im Meer versank. Wir sind das letzte Fleckchen Erde, das von diesem großartigen El Dorado übriggeblieben ist. Deshalb nannten die Spanier uns Puerto Rico, was ›Reicher Hafen‹ bedeutet, obwohl unsere Insel heute sehr arm ist.«

Alejandro liebte die Abenteuer von Miguel Enríquez, einem schwarzen Schuster, der Pirat wurde und es im 18. Jahrhundert beinahe zum Gouverneur brachte, während die Mädchen lieber von José Almeida, dem portugiesischen Seeräuber, hörten, der seine Galeone außen und innen mit Kupferblech verkleidete, um Alida Blanca, seine Liebste, die darauf bestand, mit ihm gemeinsam auf hohe See zu gehen, vor dem Kanonenfeuer zu schützen. Als sie starb, bettete er sie in einen gläsernen Sarg und brachte sie auf eine Insel mit Namen ›Caja de los Muertos‹, wo er sie dreimal im Jahr besuchte. Bei dieser Geschichte fingen die Mädchen immer an zu weinen, und Großvater Alvaro reichte ihnen dann sein großes, nach Orangenblütenöl duftendes Taschentuch, damit sie sich die Tränen trockneten.

Großvater Alvaro und Großmutter Valeria waren noch in der Subsistenzwirtschaft aufgewachsen. Die Ankunft der Amerikaner löste auf der Insel eine Wirtschaftskrise aus, denn die neuen amerikanischen Banken trauten den lokalen Großgrundbesitzern nicht und gaben ihnen keine Kredite. Die einheimischen Plantagenbesitzer hatten kein Geld, um die Zuckerrohrfelder neu zu bepflanzen, und die Banken lehnten es ab, ihnen Anleihen zu geben. Die einzige Art, zu Geld zu kommen, bestand darin, einen Teil seines Grundbesitzes zu veräußern und mit dem Erlös die Ernten zu finanzieren. Auf diese Weise hatten die Plantagenbesitzer Jahr für Jahr weniger Land zu bestellen, und ihre Erträge gingen dementsprechend zurück, bis sie schließlich die Fabriken schließen mußten. So erging es zahlreichen Haciendabesitzern in der Ebene von Guayamés.

Großvater Alvaro war ein überzeugter Patriot. Im Gegensatz zu vielen anderen Großgrundbesitzern der Insel, die auch nach der Ankunft der Amerikaner an ihrer spanischen, französischen oder britischen Herkunft festhielten, betrachtete er sich immer als Puertoricaner. Als der Zuckerrohranbau gegen Ende des 19. Jahrhunderts seine Blütezeit erlebte, zogen sich zahlreiche wohlhabende Kreolen nach Paris, Barcelona oder Madrid zurück und führten dort ein fürstliches Leben. Ihre Betriebe überließen sie gewöhnlich einem Sohn oder Neffen, der ihnen den Gewinn nach Europa schickte. Nicht so Großvater Alvaro, der jeden Centavo in La Plata investierte und fünftausend Morgen des fruchtbarsten Landes im Tal sein eigen nannte.

Als die einheimischen Plantagenbesitzer notgedrungen ihren Boden zu verkaufen begannen, trennte Großvater Alvaro sich von keinem einzigen Morgen. Im Gegenteil: Er hielt stets die Augen offen nach mehr Land. Er erwarb es bei Nachbarn, die in einen finanziellen Engpaß geraten waren, oder pachtete es von denen, die ihre Betriebe bereits verkauft hatten. Ein anderer Weg, den Grundbesitz der Familie zu vergrößern, war die Ehe. Daher hegte Großvater Alvaro die Hoffnung, Alejandro würde eines Tages die Tochter eines wohlhabenden Plantagenbesitzers von Guayamés heiraten. Seine Töchter sollten ebenfalls in Großgrundbesitzerfamilien einheiraten, die dann seine Geschäftspartner würden; doch das war nicht so wichtig wie eine gute Partie für Alejandro.

In einem Punkt war Großvater Alvaro allerdings unerbittlich: Sowohl Alejandro als auch dessen Schwestern mußten »weiß heiraten«. Verband man sich mit gemischtem Blut, war der Abstieg auf der bereits wackeligen sozialen und ökonomischen Stufenleiter von Guayamés' Plantagengesellschaft nämlich unausweichlich. Selbst Neueinwanderer wurden daher von den Vätern wohlwollender angesehen als einheimische Freier, die die Töchter der Großgrundbesitzer umschwärmten. Das moderne Leben der Städte erlaubte einen recht freizügigen Umgang zwischen Menschen unterschiedlicher sozialer Herkunft, und die unweigerlich daraus entstehenden Verbindungen waren bei den Vätern höchst unerwünscht. »Kommt vom Festland, hat keinen Centavo, ist aber weiß«, lautete daher die stolze Formel, mit der viele Großgrundbesitzer die Verlobten ihrer Töchter vorstellten. Die jungen Einwanderer hatten einen weiteren Vorteil gegenüber den verwöhnten Söhnen der Insel: Sie waren harte Arbeit gewohnt und scheuten keine Mühe, um es zu etwas zu bringen. Die besten gesellschaftlichen Kreise der Insel standen ihnen offen, und sie flüsterten schon bald den Töchtern der Zuckerbarone Schmeicheleien ins Ohr.

Als es Zeit war, die Felder für die neue Ernte zu bepflanzen, rettete Großvater Alvaro sich aus der finanziellen Notlage, indem er kleine Landparzellen an den Flottenstützpunkt der USA in La Guajira verpachtete. Aber Großmutter Valeria konnte, wie viele ihrer Freunde unter den Landeigentümern von Guayamés, die Angst vor dem wirtschaftlichen Ruin nie überwinden.

Deshalb war sie äußerst sparsam und ließ in ihrer Küche nichts umkommen. Die ausgepreßten Pampelmusen wurden in Zucker aufgekocht und zu Kompott verarbeitet; das Wasser, in dem die Pampelmusen gekocht hatten, wurde als Grapefruitdrink serviert; die Rinderknochen landeten im Bohneneintopf, und die Hühner wurden im Ganzen gekocht, so daß aus der edlen Porzellanterrine, die das Mädchen auf den Tisch stellte, hin und wieder gelbe Krallen hervorschauten.

Großvater Alvaro trank gerne einen Schluck Wein zum Essen, und auf der Rückseite des Hauses stapelte sich das Leergut in perfekter Ordnung, Hals-an-Hals und Bauch-an-Bauch, zu einer riesigen Pyramide. Jede einzelne Flasche, die in Emajaguas geleert wurde, fand ihren Weg dorthin: Liebfrauenmilch, Bolla, Saint Emilion, Riesling, Veuve Cliquot, Dom Pérignon. Einige Etiketten verrieten, daß die Flaschen schon zwanzig Jahre und länger dort lagerten, aber seit Großmutter Valeria wußte, daß Großvater Alvaro für eine von ihnen so viel bezahlt hatte, wie ein Plantagenarbeiter im Monat verdiente, konnte sie sich einfach nicht dazu entschließen, sie fortzuwerfen.

Großvater Alvaro hielt nichts davon, irgend etwas auf Kredit zu kaufen. Er sah herab auf Leute, die sich bei der Bank Geld liehen, und verurteilte sie als unfähige Schnorrer. Ein Mann sollte imstande sein, den Gürtel enger zu schnallen und einen Monat zu darben, statt bei der Bank Geld aufzunehmen, lautete seine Meinung. Jedesmal, wenn Großvater ein neues Auto kaufte, zahlte er es in bar und behielt das vorherige, anstatt es beim Händler in Rechnung zu geben. Das Kutschhaus in Emajaguas war daher das reinste Automuseum: Es gab dort eine Pferdekutsche mit lackledernen Kotflügeln, einen Einspänner mit zwei Rädern, einen schwarzen Packard mit grauen Samtsitzen aus den zwanziger Jahren, einen marineblauen Lincoln Continental aus den Fünfzigern und einen silbergrauen Cadillac aus den Sechzigern – Großmutter Valerias letzter Wagen, bevor sie starb.

Jedesmal, wenn Clarissa mir von Großvater Alvaro erzählte, fielen ihr drei Dinge ein: der kleine Schlüssel, mit dem Großvater allmorgendlich die Eßzimmeruhr aufzog, sein goldener Ehering, den er auf dem Eßzimmertisch kreiseln ließ, und ein eindrucksvolles Schnappmesser mit einem perlmuttenen Griff, das er ihr einmal zwischen den persönlichen Dingen seines Kleiderschranks zeigte. Die Klinge trug eine Gravur – eine geheimnisvolle Reihe aus Buchstaben und Ziffern, die etwa so lautete:

R 4–24 L 6–32 R 3–22. Die genaue Folge bekam sie in der Erinnerung nicht mehr zusammen.

Lange Zeit wunderte sich Mutter, weshalb Großvater ihr das Klappmesser gezeigt hatte. Sie war zehn Jahre alt und dachte, er hätte es ihr vielleicht gezeigt, weil sie ihn mit Fragen nach Piraten und verlorenen Schätzen gelöchert hatte. Aber dann holte er es immer wieder ohne ersichtlichem Grund hervor, drückte den geheimen Knopf und ließ vor ihren Augen die Klinge herausschnellen wie eine silberne Zunge. »Wenn du groß bist, sollst du es haben«, sagte er zu ihr, als sie fünfzehn war. »Ich trage es immer bei mir, wenn ich hinausreite, um meine Felder zu inspizieren. Wenn mich einer angreift, ritze ich ihm damit die Halsschlagader auf.«

Clarissa hatte keine Vorstellung, was eine ›Halsschlagader‹ war, beschloß aber, daß es etwas sehr Ernstes sein müsse. Als sie meinen Großvater danach fragte, antwortete er: »Das ist eine Ader am Hals, die direkt zum Herzen führt. Wenn sie durchtrennt wird, fließt unaufhaltsam das Leben aus dem Menschen, und es gibt keine Rettung mehr.«

Clarissa war entsetzt. Es erstaunte sie, daß ihr Vater Feinde hatte, die ihm nach dem Leben trachteten.

Clarissa wußte, daß das Schnappmesser für Großvater Alvaro eine geheimnisvolle Bedeutung hatte, aber als sie eines Tages erfuhr welche, war es schon zu spät.

4

Mein Großvater Alvaro war sehr stolz auf seine Ahnen, und Clarissa erzählte mir einmal, was geschah, als mein Vater das erste Mal auf Emajaguas zum Essen eingeladen war. Aurelio umwarb Clarissa, und es gelang ihm, einen guten Eindruck zu machen, bis zu dem Moment, als Großvater auf Stammbäume zu sprechen kam. Er schilderte Aurelio seine Fahrt nach Spanien und seinen Besuch bei einem Juden in Córdoba, den er für Hunderte von Pesetas beauftragt hatte, die Abstammungslinie der Rivas de Santillanas für ihn zu erforschen.

Der Jude war ein Fachmann in Sachen Genealogie und hatte die Kirchenregister in Figueras, der Wiege von Großvaters Familie, nach den entsprechenden Einträgen durchkämmt. Einige Monate später hatte er Alvaro eine dicke in Leder gebundene Mappe geschickt mit der Zeichnung einer weitverzweigten Eiche in grüner, blauer und roter Tinte, an deren Ästen Dutzende geharnischter Ritter sprossen. Großvater stand vom Tisch auf, um sie zu holen, und hielt sie Aurelio triumphierend vors Gesicht.

»Wie du siehst«, sagte Großvater, »reichen die Wurzeln unseres Stammbaums bis ins 13. Jahrhundert zurück, als König Alfons der Weise Doña Violante heiratete, eine Enkelin von Don Rodrigo Díaz de Vivar, El Cid Campeador. Unser Zweig ist dieser hier auf der rechten Seite in roter Tinte. Die Rivas de Santillanas hatten damals ein Schloß in Figueras. Herr Vernet, wissen Sie denn auch, aus welcher französischen Stadt Ihre Familie stammte, bevor sie nach Amerika auswanderte? Ich verlange von Ihnen diese Auskunft, bevor ich in die Heirat mit meiner Tochter einwillige.«

Aurelio verschlug es die Sprache. Zum ersten Mal in seinem Leben sah er einen Stammbaum und hatte vorher nicht einmal gewußt, daß es so etwas gab. Er versprach aber, seine Eltern danach zu fragen, sobald er nach La Concordia zurückgekehrt war. Als sein Vater, Santiago Vernet, am nächsten Tag erfuhr, was Großvater Alvaro von seinem Sohn forderte, geriet er in Wut.

»Henri Vernet, dein Großvater«, erzählte er Aurelio, »war ein Freimaurer, und wurde, als er in Santiago starb, auf dem chinesischen Friedhof bestattet. Dadurch ist es vollkommen unmöglich, die Abstammung unserer Familie nachzuvollziehen, weil Freimaurer nämlich nie in katholischen Kirchenbüchern auftauchen. Aber wen kümmert das schon! Sag deinem aufgeblasenen Herrn Rivas de Santillana, daß die Vernets einen Dreck drauf geben, wo sie herkommen, aber verdammt genau wissen, wo sie hinwollen.«

Zum Glück war Vater klug genug, Großvater Alvaro diese Botschaft von Großvater Santiago vorzuenthalten, und ging mit einem herzlichen Lachen über die Sache hinweg.

Emajaguas war beinahe autark: Es hatte einen Gemüsegarten, einen Orangen- und Grapefruithain, Bananenstauden, mehrere Milchkühe, einen Hühnerhof, Enten, Schweine und einen Fischweiher. Das machte das Haus aber noch nicht zu einem Bauernhof, denn – abgesehen von den Kühen – warteten die Tiere lediglich darauf, verzehrt zu werden, und wurden nie im kommerziellen Sinne gezüchtet. Zu den Vergnügungen der Familie gehörten Waldspaziergänge, Segelausflüge in der Bucht und fast jedes Wochenende ein Picknick am Strand, zu dem ein

Heer von Dienstboten praktisch die gesamte Kücheneinrichtung mitschleppte.

Zum Ethos der Familie gehörte eine gewisse vielgerühmte Askese, die nach Ansicht meiner Großeltern dem rauhen Landleben gut zu Gesicht stand. So wurden die Mahlzeiten zwar sorgfältig zubereitet, aber die Schüsseln kamen nicht etwa bis zum Rand gefüllt, sondern nur halbvoll aus der Küche auf den Eßtisch. Einmal blieb Antonio Torres – Tante Didos Mann –, der gerade aus Spanien eingewandert war, zum Essen, und als ihn die Platte mit Hühnchen auf Reis erreichte, war sie nahezu leer. Er war darüber so entsetzt, daß er nicht wagte, sich zu bedienen. Als Großmutter Valeria ihn seiner Schüchternheit wegen tadelte, lief er tiefrot an, weil er glaubte, sie wollte sich über ihn lustig machen.

Antonio kam zu dem Schluß, daß unsere Familie knauserig war, und fand, Geiz habe nichts zu tun mit einem »asketischen Lebensstil«, wie Valeria es gerne darstellte. Für einen Spanier wie Antonio maß sich der Erfolg im Leben an einem reich gedeckten Tisch mit dampfenden Schweinewürsten, würzigen Schmortöpfen und allerlei Fisch- und Geflügelgerichten, wo man Platz nehmen und einen gesegneten Appetit stillen konnte.

Auf Emajaguas wurden indes der Geruch und das Aussehen der Speisen weit höher bewertet als ihre aufgetragene Menge. Hummerscheren wurden schon in der Küche aufgebrochen, um den Gästen den barbarischen Prozeß zu ersparen, sie bei Tisch zu knacken, und die Dienstmädchen brachten das Fleisch kunstvoll auf einer Platte angerichtet ins Eßzimmer. *Pasteles*, karibische Tamales aus zerdrückten grünen Bananen und gewürztem Schweinefleisch, wurden stets geöffnet serviert, denn es galt als unfein, die fettige Hülle aus Maisblättern an der spitzengedeckten Tafel mit den Fingern auszuwickeln. Schweinebraten, gebackener Fisch und Hühnchen wurden mit Lorbeerblättern garniert aufgetragen, die ein so starkes Aroma verströmten, daß sie in der Lage waren, Tote zu erwecken, wie Großvater sich ausdrückte. Wein trank man – *rationierte* man – aus kleinen roten Gläschen mit Goldrand, und zwar in Mengen, die einen heiter, jedoch niemals betrunken machen konnten. Und an Weihnachten gab es für jeden ein so winziges Schlückchen Eierflip, daß ich mich am lebhaftesten nicht etwa seines Geschmacks oder seiner Wirkung, sondern des kribbelnden Muskatgeruchs in meiner Nase entsinnen kann.

Genauso sparsam ging die Familie mit dem Regenwasser um, das Großvater Alvaro in einem Tank auf dem Dach sammelte, weil die öffentliche Wasserversorgung in der Umgebung der Stadt nicht sonderlich zuverlässig war. In Guayamés regnet es jeden Nachmittag pünktlich um drei Uhr. »Guayamés ist der Pißpott der Insel«, sagte Großvater Alvaro unverblümt, wenn die Familie sich um den Mittagstisch setzte, oder: »Regen ist der Urin Gottes. Der Herrgott gießt unsere Zuckerrohrfelder jeden Tag umsonst.«

Aber Regen galt in Emajaguas auch als Schönheitsbalsam. Großmutter Valeria behauptete nämlich steif und fest, er verleihe dem Haar einen seidigen Glanz und vermöge mehr als jede Cremespülung. Sie praktizierte, was sie predigte: Jedes Jahr im September, wenn die heftigsten Schauer niedergingen, hieß sie ihre Töchter und Enkelinnen in Unterwäsche in den Garten marschieren und halbnackt im eisigen Wasserstrahl baden, der sich an einer Hausecke aus dem Fallrohr der Dachrinne ergoß.

Ich liebte die Vorstellung, im Regenwasser zu duschen, doch als ich in der dritten Klasse war, nahm mir ein schlimmes Ereignis die Freude daran. Eine meiner Schulkameradinnen im ›Heiligen Herzen‹ von La Concordia wurde von einem Blitz erschlagen, und fortan fürchtete ich mich schrecklich vor Gewittern. Meine Freundin war mit dem Fahrrad die Straße entlanggeradelt und neben einem Telegrafenmast von einem Blitz getroffen worden. Die Nonnen schickten die ganze Klasse zur

Totenwache. Ich konnte danach wochenlang nicht schlafen, weil ich fortwährend Monsitas kalkweißes Gesicht in dem satinbeschlagenen Sarg vor mir sah mit den purpurnen Ringen unter den Augen und dem zugeklammerten Kiefer.

Ein paar Tage nach der Beerdigung nahm Clarissa mich mit nach Emajaguas. Ein Unwetter braute sich zusammen, und sobald es zu schütten begann, schickte Clarissa mich in mein Zimmer, die guten Kleider auszuziehen, weil wir alle gemeinsam in den Garten hinuntergehen wollten. Als ich in regelmäßigen Abständen weißes Licht vor meinem Fenster zucken sah, suchte ich unter dem Bett Zuflucht.

Clarissa kannte die Geschichte von meiner toten Klassenkameradin nicht und hatte keine Ahnung von meiner Furcht vor Gewittern. Über meinen Ungehorsam erzürnt, holte sie aus der Küche einen Besen und begann, damit unter den Möbeln herumzustochern. Aber sie konnte mich nirgends finden.

»Such Elvirita und bring sie sofort hierher«, befahl sie Miña, dem Hausmädchen.

»Ich weiß nicht, wo sie ist, Doña Clari. Sie ist im Haus nirgends zu finden. Vielleicht ist sie mit ihrem Vater fortgegangen, bevor es zu regnen anfing.«

Clarissa fuhr weiter mit dem Besen unter Betten und Schreibtische, und mir wurde bald klar, daß es kein Entrinnen gab. Langsam streckte ich ein Bein unter der Tagesdecke hervor, und Clarissa zog mich am Fußgelenk heraus. Ich brach in Tränen aus und schneuzte mich, eine Erkältung vorschützend. Aber Clarissa ließ sich nicht erweichen: Ich mußte lernen zu gehorchen. Und dann tat Mutter etwas Furchtbares. Sie befahl Urbano und Confesor, Valerias Chauffeur und ihrem Gärtner, mich an den Armen zu packen und die Treppe herunterzutragen, während ich um mich trat und schrie. Als ich nicht zulassen wollte, daß Miña mich auszog, forderte Clarissa das Personal auf, mich in voller Montur – mit Schuhen, Strümpfen, Baumwollkittel und allem anderen – unter den eisigen Guß zu stellen, der aus dem Rohr strömte. Ein paar Sekunden lang rang ich nach Luft und war sicher zu ersticken. Und als ich im nahegelegenen Palmwäldchen die Blitze knistern hörte, sank ich zu Clarissas Füßen ohnmächtig auf den Boden.

5

Emajaguas war ein Ort, an dem man Frieden fand in der Betrachtung der geometrischen Vollkommenheit eines roten Weihnachtssterns und Freude an der Blütenpracht der Bougainvilleas, die sich wie purpurne Mäntel von den Palmen ergossen. Auf Emajaguas konnte man sich einholen lassen von der Naivität und Unschuld der Natur, obwohl in unserem Land die Lebenserwartung eines Arbeiters auf den Zuckerrohrfeldern bei vierzig Jahren lag, sein Jahresgehalt weniger als hundertfünfzig Dollar betrug und er während der toten Zeit zwischen den Ernten häufig Hungers starb.

Dieses menschliche Elend drang jedoch nicht hinter die drei Meter hohen Mauern von Emajaguas. Gerechtigkeit und Schönheit gerieten dort nie miteinander in Konflikt.

Das Haus besaß eine große Terrasse, auf der sich die Familie gewöhnlich in den Nachmittagsstunden aufhielt, bevor die Dämmerung anbrach, während Wolken von Mücken auf uns niedergingen und uns traktierten wie Nadelkissen. Die Terrasse lag zur Seeseite und hatte einen wundervollen Steinboden aus buntglänzenden Fliesen mit Arabesken, Früchten und Blumen. Er glich dem Zauberteppich im Märchen, der einlädt zu einer Reise durch die Lüfte, um nach Europa oder Nordamerika zu entschweben. An den Terrassenrändern standen mit Farnen bepflanzte Kübel, deren krauses grünes Blattwerk mit dem Blau des Ozeans verschmolz und so den Eindruck erweckte, als wollte das ganze Haus jeden Augenblick auf große Fahrt gehen. Nachts funkelte der Widerschein der erleuchteten Fenster auf der Wasseroberfläche wie bei einem Schiff, und das Murmeln der Wellen trieb in die Zimmer hinein und wieder heraus, als sei es das Wesen des Schlafes selbst.

Der wichtigste Raum auf Emajaguas war das Eßzimmer. Der Korridor, durch den man das Haus betrat, führte direkt darauf zu, wie auf eine Bühne, auf der die Familiendramen gespielt wurden. Dort stand ein Eßtisch im spanischen Kolonialstil, der vierzehn Personen Platz bot. Die Decke war hier höher als in den übrigen Räumen und saß wie ein prächtiger Hut über den pastellfarbenen Fensterscheiben rundherum, so daß man während des Essens die vorbeiziehenden Wolken zählen konnte.

Die Schwestern Clarissa, Siglinda, Dido, Artemisa und Lakhmé glichen einander alle. Sie besaßen den gleichen Schwanenhals, eine milchweiße Haut und eine zierliche Nase. Aus diesem Grunde nannte man Großvater Alvaro in Guayamés den Zeus von Emajaguas, den Vater der fünf Ledas vom Berg Olymp. Die fünf Schwäne fanden ihr karikaturistisches Gegenstück in den fünf Gänsen, die lärmend das Gelände patroullierten und mit ihren weit aufgesperrten orangefarbenen Schnäbeln, rote Schlünde zeigend, hinter allzu kühnen Besuchern herliefen, bereit, sie mit Haut und Haar zu verschlingen. In Guayamés wurden meine Tanten mit den fünf Gänsen verglichen, die ihren Bewerbern quer über das Gutsgelände nachsetzten.

Im Eßzimmer hingen auf der rechten Seite die Hochzeitsfotos: Die Schwestern im Brautkleid neben dem jeweiligen Ehemann, der einen Smoking trug. Jedes dieser Fotos war eine Art Siegestrophäe und das Ergebnis jahrelanger mühevoller Kämpfe um eine Achtbarkeit und einen Seelenfrieden, die allein die Ehe verhieß. Nachdem sie siegreich daraus hervorgegangen waren, hatten sich meine Tanten, neben ihrem wohlverdienten Preis, dem jungen Gatten nämlich, den sie in den Schoß der Familie geführt hatten, ablichten lassen.

Die linke Wand war ebenfalls mit Bildern bedeckt und glich einem Zuchtbeet aus Enkelkindern jeder Altersstufe und Größe – die Nachkommenschaft der auf der gegenüberliegenden Seite vertretenen Ehepaare: Tante Siglindas sechs Töchter, Tante Didos Sohn, Alvaro und ich in sämtlichen Lebensstadien. Die Bilder nahmen die ganze Wand ein und hingen kunterbunt bis weit über den Türrahmen. Inmitten von Schulabschlußfeiern, Erstkommunionen, Bällen, Volleyball- und Basketballspielen waren wir da aufs Papier gebannt und lächelten um Aufmerksamkeit wetteifernd sorglos in die Kamera.

Einige von Valerias Enkelinnen hatten die zarte Nase und den Schwanenhals der Rivas de Santillanas geerbt und genossen die besondere Zuneigung ihrer Großmutter. Wir anderen, denen eine Knubbelnase oder ein Brustkorb in Form eines Klavichords mitgegeben waren, mußten wesentlich intelligenter sein und uns viel früher ein gewandtes und liebenswürdiges Verhalten aneignen, wenn wir Schelte und Ohrfeigen vermeiden wollten. Uns Stiefkindern der Natur wurde stets Kleopatra als nachahmenswertes Vorbild ans Herz gelegt, die trotz ihrer unförmigen Nase einen solchen Charme bewies, daß sie gleich zwei römische Herrscher eroberte, Cäsar und Marc Antonius.

Enkeln unter zwölf war es nicht erlaubt, im Eßzimmer mit am Tisch zu sitzen. Bis zu diesem Alter wurden wir in die Küche verbannt, wo wir Hähnchenkeulen abnagen, Puddingschüsseln auslecken und mit unseren kleinen Fingern in den Jakobsmuscheln herumstochern durften. Wenn wir alt genug waren, um am großen Tisch mitzuessen, herrschten strengere Tischsitten: Weder durfte die Soße mit einem Stück Brot vom Teller gewischt noch das Essen mit dem Daumen auf das Besteck geschoben werden – so etwas taten nur die Amerikaner. Wir mußten jeden Happen geduldig auf dem Teller jagen und hoffen, daß die letzten Reiskörner und Bohnen am ansteigenden Tellerrand strategisch direkt auf unsere Gabel fielen statt in unseren Schoß. War der letzte Bissen aber zufällig eine Okraschote oder ein Fleischrest an einer glitschigen Schweinshaxe, tat man besser daran, von vornherein darauf zu verzichten, statt einen Kniff mit den langen Elizabeth-Arden-Nägeln unserer Tanten zu riskieren.

Großmutter Valeria hatte ein geradezu mystisches Verhältnis zur Natur. Ihr Schlafzimmer ging zur Terrasse hinaus, und sie ließ die Türen nachts weit offen und lauschte den Wellen, die sich sachte am Strand brachen, und dem Wind, der in den Palmen rauschte. Deshalb waren alle überrascht, als sie eines Weihnachtens nachgab und ihren Kindern erlaubte, im Wohnzimmer einen Weihnachtsbaum aufzustellen.

Seit die Amerikaner auf der Insel waren, erfreuten sich Weihnachtsbäume einer wachsenden Beliebtheit. Mehr und mehr verdrängten sie die traditionellen *nacimientos* – geschnitzte oder aus Gips modellierte und bemalte Krippen mit Maria, Josef und den Hirten, die vor dem Jesuskind knieten – und wurden aus Kanada und New Hampshire den weiten Weg übers Meer zur Insel gebracht. Valeria fand diese Sitte vollkommen absurd. Im Gegensatz zu mehreren ihrer Kinder war sie nie in den Vereinigten Staaten gewesen, und Weihnachtsbäume ließen keine sentimentalen Erinnerungen in ihr aufsteigen. Doch dieses eine Mal bestanden meine Tanten und mein Onkel darauf, einen dieser Bäume zu kaufen, so daß an Heiligabend eine dreieinhalb Meter hohe kanadische Fichte ins Haus geschleppt wurde.

Der Baum bekam einen Platz mitten im Wohnzimmer und erfüllte das ganze Haus mit seinem Duft. Ein geheimnisvoller Glanz umgab ihn, als wohnte der Geist des Waldes noch in seinem Astwerk. Großmutter Valeria setzte sich davor und betrachtete ihn wie in Trance. In ihrer sehr lebhaften Phantasie war es ihr, als hörte sie die Fichte klagen. Jahr für Jahr hatte der Baum aufrecht und vornehm über die Weiten unberührter Wälder gewacht, bevor er unter der Axt des Holzfällers fiel. Der Geruch samtigfeuchten Mooses, das Murmeln der Bäche, das Rascheln des Wilds im Unterholz, all das drang mit dem Duft, den seine Zweige verströmten, in ihr Wohnzimmer und stimmte Valeria traurig. Sie verspürte den Drang, dem Baum ein Lied von Mahler zu singen, um ihn über sein bevorstehendes Ende hinwegzutrösten.

Ohne Valerias Kummer zu bemerken, begannen wir gemeinsam, die Fichte zu schmücken. Bald darauf war sie mit glitzernden Glaskugeln, Lametta, blinkenden Lichterketten und Seifenflocken bedeckt, aber Großmutters Traurigkeit wuchs, während sie uns dabei zusah. Nach wenigen Stunden begannen die grünen Zweige, der Hitze wegen ins Bräunliche zu wechseln und zu nadeln. Wie ein sterbender Vogel ließ der schwer beladene Baum die Äste hängen. Großmutter brach in Tränen aus und schloß sich in ihr Zimmer ein. Hinter der verriegelten Tür machte sie unmißverständlich klar, daß sie nicht bereit sei, zum Festessen zu erscheinen, bevor man nicht die Fichte fortgeschafft hätte. Meinen Tanten und meinem Onkel blieb keine andere Wahl, als den Bürgermeister von Guayamés anzurufen, um ihm den Baum zu schenken. Der Bürgermeister schickte umgehend einen Lastwagen und ein paar Leute. Sie holten unseren Weihnachtsbaum ab und stellten ihn auf die Plaza der Stadt, wo er an jenem Weihnachtsabend in vollem Glanz erstrahlte.

6

An dem Tag, als Großmutter Valeria starb, sah ich zum ersten und einzigen Mal einen katholischen Priester auf Emajaguas. Großmutter Valeria war eine Rosenkreuzerin und überzeugte Anhängerin des Spiritismus, der bei ihr mit dem Glauben an die »positiven Kräfte des Universums« einherging. Sie las *The Christian Science Monitor* auf Spanisch, betrachtete sich selbst aber als »Freigeist«. Durch die Post erhielt sie einen nie versiegenden Strom von Traktätchen, die sie ihren Kindern vorlas, um sie zu lehren, daß der Leib durch die Kräfte der Seele geheilt werde. Als außer Tante Lakhmé alle ihre Töchter von Emajaguas fortgezogen waren und weit entfernt lebten, packte sie eine Reisetasche mit Erbauungsschriften der Rosenkreuzer und der Christlichen Wissenschaft, sobald sie erfuhr, daß eine von ihnen krank war, und fuhr dorthin. Sie begab sich unverzüglich in das Krankenzimmer, trat ans Bett und fragte ihre Tochter, was sie auf dem Herzen hatte.

»Die Seele macht den Körper krank«, sagte sie. »Schließ die Augen und erzähl mir von deinem Kummer. Ich will ihn mit mir nehmen.« Meine Tanten berichteten ihr dann, was sie bedrängte, und ließen sich die Schläfen mit Tabascopfefferblättern und Kampferöl einreiben, worauf sie sich sofort besser fühlten.

Valeria hatte ihre eigene Version vom Leben nach dem Tod, und nachdem Großvater Alvaro und Onkel Alejandro gestorben waren, kommunizierte sie mindestens einmal wöchentlich mittels eines Ouija-Brettes mit ihnen. Sie legte sich die Tafel auf die Knie, setzte sich vor das weit geöffnete Fenster in ihrem Zimmer, schloß die Augen und lauschte den Wellen, die sich unten im Sand brachen. Dann ließ sie den kleinen Holzkeil auf die Buchstaben des Alphabets pendeln, so daß sich Worte und Sätze ergaben, die sie in tiefster Überzeugung als Botschaften aus dem Jenseits entgegennahm. Meine Tanten waren geneigt, ihr exzentrisches Verhalten als ein Symptom beginnenden Altersschwachsinns abzutun, ich dagegen liebte es dabeizusein, wenn Großmutter das Ouija-Brett befragte, und wußte, daß es ihre Art war, dem Tod zu begegnen und ihren Glauben an die positiven Kräfte des Universums zu stärken. »Alle Dinge sind miteinander verbunden und hängen voneinander ab«, pflegte sie zu sagen. »Die positiven Kräfte des Universums zeigen uns überall die Einheit, nicht die Unterschiede. Glaubt an die Einheit und ihr werdet Gott schauen.«

Großmutter verehrte die Sonne und betete sie allmorgendlich bei Tagesanbruch an. Sie hatte sich an ihr Schlafzimmer einen Ostbalkon anbauen lassen, wo sie noch bis ins hohe Alter ihr Sonnenbad nahm. Dann lag sie eine Stunde lang splitternackt hinter einer Stellwand aus Segeltuch auf einer Chaiselongue und bräunte sich die Haut, die ihr in weichen Falten von den Knochen hing, während sie die nackten Brüste der Sonne zuwandte. Es machte ihr nichts aus, wenn wir Enkel sie dabei ausspionierten, indem wir durch das Rosenspalier spähten. Sie hatte einen wunderschönen Körper und bewahrte sich den anmutigen Gang einer Ballerina. Ihre breiten Schultern schwangen beim Gehen mit, und ihr Hals trug die welke Blüte ihres Gesichts wie eine zerbrechliche Vase.

Valeria ging nie zur Kirche. Sie fand, daß die Menschen im stillen und für sich beten sollten, statt ihre Anliegen in alle Welt hinauszuposaunen. Kein Mann, auch nicht Großvater Alvaro, hatte es je gewagt, ihr Befehle zu erteilen, und sie wollte lieber zur Hölle fahren als die Messe zu besuchen, wo von ihr verlangt wurde niederzuknien, wenn der Priester es befahl. »Viele Wege führen in den Himmel«, sagte sie, »und ich werde meinen eigenen gehen.« Um diese Haltung zu illustrieren, erzählte sie ihrer Familie am liebsten die Geschichte *Corso ni vivo ni morto.*

»Vor langer Zeit«, so begann sie, »als mein Vater noch in Korsika lebte, hatte mein Onkel Basilio Boffil einen erbitterten Streit mit einem Nachbarn. Ihre Höfe waren von einem Flüßchen getrennt, das jedes Mal seinen Lauf änderte, wenn es regnete. Der Mann, dessen Besitz an Basilios Grundstück stieß, behauptete eines Tages, das Land, das der Fluß wieder einmal überschritten hatte, gehörte ihm, und begann, seinen Zaun ein Stück zurückzusetzen, um sich das angrenzende Land anzueignen. Da packte Basilio der Zorn. Er lief zum Haus seines Nachbarn, beschimpfte ihn in aller Öffentlichkeit als Gauner und Betrüger und ging dann aufs Feld, um den Zaun wieder dorthin zu stellen, wo er hingehörte. Am nächsten Morgen stak das Messer des Nachbarn in Basilios Haustür, und dieser wußte, was das zu bedeuten hatte: Der Mann forderte ihn für den nächsten Tag zum Zweikampf um Leben und Tod.

Als der Dorfpriester davon erfuhr, besuchte er Basilio und sagte zu ihm: ›Du mußt nachgeben. Wenn du deinen Nachbarn umbringst, kommst du in die Hölle, und das ist das verlorene Stück Land nicht wert.‹ Aber Basilio antwortete ihm nicht. Wenn er nichts unternahm und sich von seinem Nachbarn umbringen ließ, käme er zwar in den Himmel, hätte aber einen unehrenhaften Tod. Er zog es vor, in die Hölle zu gehen und seine Selbstachtung zu wahren.

Am nächsten Tag erhob Basilio sich im Morgengrauen, stieg auf einen Bergpaß oberhalb der Straße, die sein Nachbar nehmen mußte, um seinen Hof zu erreichen, und legte sich auf die Lauer. Er lud sein Gewehr, legte an und zielte auf den Weg. Er wartete fast den ganzen Tag, ohne daß sein Nachbar erschien. Als es dämmerte, wurde es kälter, und Basilio schlief ein. Bald darauf begann es zu schneien, und Basilio erfror. Eine feine Schneeschicht deckte ihn zu, aber er blieb mit dem Gewehr im Anschlag liegen. Die Sonne war beinahe hinter dem Horizont verschwunden, als endlich sein Nachbar die Straße gegangen kam. Er hatte eine geladene Flinte bei sich und beobachtete aufmerksam die Hänge. Plötzlich sah er weit oben etwas metallisch in den letzten Strahlen der Sonne blinken. Er legte an und schoß. Die Kugel traf Onkel Basilios erfrorenen Leichnam, sein Finger löste den Abzug, und der Schuß traf den Nachbarn mitten in der Stirn und tötete ihn auf der Stelle. Auf diese Weise gelang es Basilio, in den Himmel zu kommen und trotzdem einen ehrenhaften Tod zu sterben.«

Wenn sie mit ihrer Geschichte geendet hatte, blickte Valeria stolz in die Runde und sagte herausfordernd zu Großvater Alvaro und ihren Kindern: »So eigenwillig können die Boffils sein.«

Ich liebte Großmutter Valeria und verstand nicht, weshalb Mutter solchen Groll gegen sie hegte. Als Großmutter Valeria im Sterben lag, überzog die Krankheit wie Schießpulver ihren ganzen Körper. Die Familie merkte, daß sie nicht mehr lange zu leben hatte, und alle kamen aus den verschiedenen Ecken der Insel nach Emajaguas gefahren, um die Nacht dort zu verbringen. Am nächsten Morgen standen meine Tanten und Onkel traurig um ihr Bett und warteten auf das bevorstehende Ende. Obwohl wir alle sehr betrübt waren, gaben wir es nicht zu erkennen, denn Großmutter hatte uns zeit ihres Lebens beizubringen versucht, daß der Tod keine Tragödie war, sondern nur der Übergang von einem natürlichen Stadium zum nächsten.

Tante Dido saß an Großmutter Valerias Bett und las ihr ein Gedicht vor, das etwa so anfing: »Der Mond leuchtet dir den Weg mit seiner Gitarre aus Silber«. Tante Lakhmé öffnete die

Terrassentür, damit Großmutter die Wellen auf dem Strand auslaufen hören konnte, und tupfte ihr ab und zu mit einem Taschentuch, das nach Kölnisch Wasser roch, die Stirn. Tante Artemisa stellte eine gelbe Rose auf den Nachttisch und versuchte, ihr mit einem Fächer Kühlung zuzuwedeln. Siglinda summte ihr ein Lied und hielt ihre Hand. Aber Mutter stand mit versteinerter Miene und trockenen Auges am Fußende von Großmutter Valerias Bett und sagte kein Wort.

Meine Cousinen, mein Vetter und ich gafften aus der zweiten Reihe auf Großmutters fahles Antlitz und lauschten voller Grauen dem sonderbaren Rasseln, das sich den Tiefen ihrer Kehle entrang. Sie war die erste Sterbende, die wir zu Gesicht bekamen.

Großmutter ruhte mit geschlossenen Augen auf einem Kissenberg und schien nach einer Weile in einen tiefen Schlaf zu fallen. Dido, Lakhmé und Siglinda flüsterten am Bett miteinander und waren froh über die Entscheidung des Arztes, ihr Morphium zu verabreichen, damit sie keine Schmerzen mehr hatte und in Frieden aus dem Leben scheiden konnte. Da betrat ein Priester das Zimmer. Er trug eine bis zum Hals geknöpfte schwarze Soutane und kam in Begleitung von drei Nonnen. Sie waren von Artemisa bestellt worden, um Großmutter Valeria die Absolution zu erteilen und die Letzte Ölung zu geben. Mit den Ellbogen bahnten sie sich einen Weg durch das Zimmer und drängten alle anderen in den Hintergrund. Es war heiß, und ein säuerlicher Schweißgeruch entstieg ihren raschelnden Gewändern.

Kaum war der Priester mit dem kleinen Krug geweihten Öls, dem Salz und einem Kännchen Weihwasser an das Bett getreten, kam Valeria zu Bewußtsein und schlug die Augen auf. Alle waren überrascht.

»Valeria Boffil, im Namen des Herrn, kannst du mich hören?« fragte der Priester mit lauter Stimme, während er das

Weihwasserkännchen angekippt über sie hielt. Ich begann zu zittern.

»Ja«, antwortete Großmutter Valeria klar und deutlich.

»Weißt du, daß du stirbst? Bist du bereit, dich dem Willen Gottes zu fügen?«

»Ja«, antwortete Valeria. »Ich sterbe. Und ich bin bereit, mich Seinem Willen zu fügen.«

»Willst du alle deine Sünden bereuen, bevor du vor Sein Angesicht trittst?«

Großmutter Valeria starrte den Priester an, ohne ein einziges Mal zu blinzeln.

»Welche Sünden?« fragte sie dann und hauchte ihren Geist aus, bevor der Priester ihr die Absolution erteilen konnte.

Teil II

Die Schwäne von Emajaguas

Memoiren sind wie »eine plötzliche und wiederholte Häufung von Erinnerung, Stichflammen, Schnappschüssen, Irrlichtern, der Rausch, deine Vergangenheit zu sehen, zu berühren, zu hören, zu spüren, zu betasten, zu beschwören, die Geschichte, die Geschichten, die Verkettung unwägbarer Fakten und Umstände …«
Juan Goytisolo, »Jagdrevier«

1

Tante Dido war die schüchternste der fünf Schwestern, und als Kind zog meine Mutter sie auf, indem sie sie mit einem Veilchen verglich, das sich zwischen den Steinen versteckt. Als Dido in Guayamés zur Schule kam, vergaß sie häufig zu Hause das Lesen zu üben, und wenn der Lehrer sie dann aufforderte, aufzustehen und vor der ganzen Klasse laut zu lesen, war sie so aufgeregt, daß ihr ein Bächlein die Beine hinabrann und sich am Boden zu einer Pfütze sammelte. Überzeugt, daß Dido absichtlich in die Hose machte, zog der Lehrer sie am Ohr und befahl ihr, zwölfmal ihren Namen an die Wandtafel zu schreiben. Dido gehorchte zwar, blieb aber so schüchtern wie eh und je. Deshalb waren auf Emajaguas alle sehr überrascht über die Veränderung, die sie erfuhr, als sie dem Spanier Antonio Torres begegnete.

Sie lernten sich 1925 in Didos zweitem Studienjahr, auf der *Fiesta de la Lengua* kennen, einer Veranstaltung zu Ehren der spanischen Sprache, die jedes Jahr an der Universität von Puerto Rico in Río Piedras stattfand. Bei dieser Gelegenheit durften die vielversprechendsten jungen Talente unter den Studenten ihre Gedichte im Auditorium vortragen, und nach langem Zögern hatte sich auch Dido zur Teilnahme entschlossen. Ihr Literaturprofessor fand nämlich an ihren Werken Gefallen und prophezeite ihr eine erfolgreiche Dichterlaufbahn, wenn sie das Schreiben nicht aufgab.

Dido blieb jede Nacht bis zum Morgengrauen auf und schrieb, weil sie der Meinung war, eine schriftstellerische Begabung sei zu zehn Prozent Veranlagung und zu neunzig Prozent harte Arbeit. Jeder Fetzen Papier, der ihr in die Finger geriet, wurde mit Versen vollgekritzelt – gebrauchte Briefumschläge, Strafzettel, ja sogar die Rückseite von Blankoschecks mißbrauchte sie zu diesem Zweck. Manchmal flog ihr ein Gedicht durch das geöffnete Wagenfenster zu, wenn sie mit ihrem Auto an einer roten Ampel stand. Die Autofahrer hinter ihr fingen an zu hupen und mit den Fäusten zu drohen, aber Dido rührte sich nicht vom Fleck, bis sie die Eingebung zu Papier gebracht hatte.

Tante Didos Gedichte waren so zart und zerbrechlich wie sie selbst. Großvater Alvaro ließ eine kleine Auswahl davon in einem schmalen Bändchen mit einem vornehmen Antilopenledereinband veröffentlichen, wählte dafür aber einen beinahe unbekannten Verlag im chilenischen Antofagasta, weil ihm die Anonymität seiner Tochter weit wichtiger war als ihr Ruhm. Die Auflage bestand aus ganzen fünfzehn streng gehüteten Exemplaren, die nur in die Hände von Familienmitgliedern gelangten. Aber kurz vor der *Fiesta de la Lengua* hatte Clarissa heimlich eine Kopie an die Jury geschickt, und das Buch gewann den ersten Preis.

Tante Dido war außer sich vor Glück. In einem dottergelben Volantrock und einer schwarzen Spitzen-Mantille, die sie mit einem Schildpattkamm im Haar befestigt hatte, ging sie von Clarissa begleitet – die damals an derselben Universität wie sie studierte – zum Festival. Als sie die Bühne betrat und ein Gedicht im Stil ihres spanischen Lieblingsdichters Juan Ramón Jiménez vortrug, sah sie bezaubernd aus. Es begann so: »Vor meinem Fenster zitterte der Mond und bat um Einlaß, verfolgt von tausend Hunden, die seinen goldenen Schein leckten.«

Im Publikum saß Antonio Torres, den das Heimweh und die Hoffnung, ein paar Landsleute zu treffen, auf die Veranstaltung gelockt hatten. Als er Dido im Aufzug einer spanischen *maja* erblickte, wartete er, bis sie von der Bühne heruntergestiegen war, und ging dann auf sie zu. Er nahm seine Montecristo-Zigarre aus dem Mund, beugte sich zu ihr herab und küßte ihr die Hand.

»Antonio Torres Moreno, zu Ihren Diensten«, stellte er sich formvollendet vor. »Ihr Gedicht war sehr schön, Señorita Santillana. Ich würde Sie gerne einmal mit Juan Ramón Jiménez bekannt machen, der ein Kindheitsfreund von mir ist. Wir stammen beide aus Moguer, einer kleinen Stadt im Süden Spaniens.«

Dido ließ ihre Schwester stehen und verließ mit Antonio den Saal, so daß Clarissa alleine zum Pensionat zurückkehren mußte.

Antonio Torres war kleiner als Tante Dido und kahl, aber sie war vom ersten Augenblick an von ihm eingenommen und wie hypnotisiert von seinem wunderbaren Spanisch. Er sprach ein perfektes Kastilisch, und es war Tante Dido ein Genuß, seiner Rede zu lauschen, in der sie keinen Fehler entdecken konnte. Er sprach, als würde er jedes einzelne Wort schmecken und bis zum innersten Kern auskosten. Wenn sie Antonio zuhörte, wünschte sich Dido ein spanisches Wort zu sein, liebkost und geküßt von seiner Zunge.

Er verschluckte weder das Endungs-»s« noch verhaspelte er sich beim »rs«, wie die Puertoricaner es zu tun pflegen. Und wenn er die aufgerollte Zungenspitze an die Vorderzähne schnalzen ließ, erklang ein »cs«, das klar und deutlich war wie eine Kastagnette. Clarissa konnte nicht nachvollziehen, was ihre Schwester an Antonio fand. Sie suchte bei Männern andere Vorzüge, beispielsweise gute Manieren.

Am Tag nach der Lesung kam Antonio zum katholischen Pensionat, in dem die auswärtigen Studentinnen untergebracht waren, und fragte nach Dido. Als sie in der Eingangshalle erschien, lud er sie zu einem Ausflug im Bus nach El Morro ein, der spanischen Festung in der Altstadt von San Juan.

Im Bus waren sämtliche Fenster heruntergelassen und vom Meer wehte eine kräftige Brise herein, als sie die Avenida Ponce-de-León hochfuhren. Außerdem war der Wagen alt und hatte unbequeme Holzbänke, aber sie nahmen nichts von alledem wahr, so beglückt waren sie über die Gesellschaft des anderen.

Nachdem er Dido drei Monate umworben hatte, wußte Antonio, daß es an der Zeit war, ihr die Ehe anzutragen. Aber er konnte sich nicht dazu durchringen, denn Dido besaß für sein Empfinden einen entscheidenden Makel: In Gegenwart von anderen war sie schrecklich schüchtern und tat kaum den Mund auf, aber wenn sie mit ihm allein war, redete sie wie ein Buch, und zwar ausschließlich über Poesie. Das langweilte ihn zu Tode.

Antonio hatte nichts gegen Dichter. Als er einmal auf Emajaguas zu Besuch war, erzählte er Dido, daß er in Moguer zahlreiche Freunde hatte, die schrieben. Aber eine Frau blieb in Spanien zu Hause und hütete die Kinder, denn die Männer mochten es nicht, wenn ihre Frauen sich in Dichterlesungen darstellten und durch ihre Verse der Öffentlichkeit ihre intimsten Gefühle preisgaben. Was würden Antonios Freunde in Moguer von ihm denken, wenn sie erfuhren, daß seine Frau eine Dichterin war? Das Gerede würde Wellen schlagen und von der Insel bis zum Mutterland hinüberschwappen.

Tante Dido war zwar nicht so frech wie Tante Siglinda, aber ziemlich geradeheraus. Daher sagte sie eines Nachmittags zu Antonio: »Wir lieben uns, warum heiraten wir nicht? Ich bin sicher, daß meine Mutter und mein Vater damit einverstanden wären.«

Antonio wich ihr aus. »Wir sollten uns noch besser kennenlernen, bevor wir einen so wichtigen Schritt wagen«, antwortete er diplomatisch.

Obwohl Tante Dido geknickt war, ließ sie sich von Antonios Unentschlossenheit nicht entmutigen. Sie schrieb täglich ein neues Gedicht und vervollständigte ihre Sammlung, wie der Wein seinem Stock eine Traube hinzufügt. Ohne im geringsten zu ahnen, welch schlechten Eindruck ihre Dichtkunst bei ihrem Liebsten hinterließ, verfolgte sie ihr Ziel, Dichterin zu werden, mit verstärktem Eifer.

So vergingen sechs Monate, der Frühling zog ins Land, und bevor sich das verliebte Paar versah, war das Semester zu Ende und Dido kehrte nach Emajaguas zurück. Antonio fuhr jedes Wochenende von San Juan nach Guayamés, um sie zu besuchen. Aber immer noch bat er Tante Dido nicht, seine Frau zu werden. Wenn er kam, setzte sich Dido mit ihm auf die Terrasse und trug ihm ihre neuesten Werke vor. Doch kaum hob sie zu lesen an, schloß Antonio die Augen und schnarchte schon laut, bevor das erste Gedicht zu Ende war. Clarissa beobachtete sie heimlich durch das Fenster und fand, daß die Lage nicht gerade rosig aussah.

Während der Semesterferien teilte Tante Dido Valeria mit, daß sie im Herbst nicht an die Universität zurückkehren wollte. Sie sei müde vom vielen Studieren und habe vor, ein Jahr auszusetzen. Großmutter war damit zwar keineswegs einverstanden, aber Dido war zwanzig, und sie konnte ihr keine Vorschriften mehr machen.

Dido hatte beschlossen, ihren Heiratsplänen mehr Nachdruck zu verleihen. Sie bat Gela, ihr das Kochen beizubringen, und Miña, sie zu lehren, wie man Herrenhemden wusch und bügelte. Sie verbrachte Stunden in der Küche und ließ sich in die Geheimnisse von Gerichten wie Hühnchen auf Reis, Perlhuhn in Rotwein und in Butter geschmorten Mehlbananen einweihen. Jedesmal, wenn sie eines von Onkel Alejandros Hemden gebügelt hatte, trug sie es stolz auf einem Bügel durch das ganze Haus und führte es allen vor.

Eines Tages kam Antonio mit der Nachricht, sein Freund, der Dichter Juan Ramón Jiménez, sei auf der Insel, und er würde ihn gerne in der nächsten Woche nach Emajaguas zum Essen mitbringen. Diese Ankündigung versetzte das ganze Haus in Aufruhr. Antonio wollte mit Juan Ramón morgens aus San Juan kommen und am selben Abend wieder in die Hauptstadt zurückkehren. Tante Dido fiel beinahe in Ohnmacht, als sie das hörte. Juan Ramón war ein Halbgott für sie, und sie war der Ansicht, die Fliesen von Emajaguas' Böden seien es nicht wert, von seinen heiligen Füßen betreten zu werden.

Sie brachte das Wohnzimmer mit Möbelpolitur auf Hochglanz und stellte überall Vasen mit frischen Blumen auf. Sie brauchte eine ganze Woche, um das Menü zu planen. Da sie gehört hatte, daß Juan Ramón gerne Meeresfrüchte aß, bat sie Urbano, seinen Schwiegervater Triburcio Besosa mit einem großen Korb voll Schalentieren – Flußgarnelen, Langusten und Hummern – zu ihr zu schicken. Diesmal würde es keine von Valerias spartanischen Mahlzeiten geben, denn Dido wollte eine Bouillabaisse zubereiten, deren bloßer Duft das Gesicht der Fastenkönigin dunkelrot anlaufen ließe.

Als Antonio mit seinem blauen Roadster und dem Dichter auf Emajaguas vorfuhr, stand die versammelte Familie an der Tür und erwartete sie: Mutter und ihr Verlobter Aurelio, der eigens zu diesem Anlaß aus La Concordia angereist war, Tante Siglinda und Onkel Venancio aus Guayamés, Artemisa, die als unverheiratete Tochter noch zu Hause lebte, und die zweijährige Lakhmé. Außerdem Großvater Alvaro und Großmutter Valeria, die den Gast herzlich willkommen hießen.

Juan Ramón wirkte sehr aristokratisch: Er hatte große, kluge Augen, die überkuppelt waren von einer hohen, leicht gewölbten Stirn. Sein dünnes, von beginnender Kahlheit zudem lichtes Haar machte er durch einen pechschwarzen Spitzbart wett, der so sorgfältig gepflegt war, daß er aus Onyx gemeißelt zu sein schien. Er sah aus wie die moderne Ausgabe eines Apostels von El Greco, und seine Gabe des Wortes ließ sich als Flämmchen, das unsichtbar über seinem Kopf schwebte, nur unschwer erahnen. Auf Emajaguas waren Juan Ramóns Gedichte allseits bekannt, und die Schwestern brachten ihm ihre Bücher zum Signieren. Seine Lyrik war durchdrungen von der geheimnisvollen Romantik Kastiliens und beschwor Bilder herauf von heißen, windgepeitschten Dörfern und schwarz verhüllten, hinter den Fenstergittern ihrer Häuser tuschelnden Frauen.

Als schließlich zu Tisch gebeten wurde, bekam der Poet den Ehrenplatz an der Stirnseite der Tafel, und die Familie versammelte sich ehrfürchtig um ihn herum. Tante Dido trug mit Artemisas Hilfe das Essen selbst auf. Als Miña ihr die Suppenterrine abnehmen wollte, ließ Dido es nicht zu, denn sie fürchtete, Miña könnte Juan Ramón die Suppe über den Schoß gießen, so böse war sie darüber, daß Dido von der Universität abgegangen war, »um einem Kerl die Socken zu stopfen, die Hemden zu bügeln und die Suppe umzurühren«.

Die dampfende Terrine kam auf den Tisch, und als Juan Ramón als erster den Deckel hob, entströmte ihr ein so köstlicher Duft, daß ihm beinahe die Sinne schwanden. Er tat sich eine ordentliche Portion auf und reichte die Schüssel weiter.

Tante Dido wagte kaum, ihr Idol anzusehen, das sich, eine Serviette um den Hals gebunden, genüßlich über die Bouillabaisse hermachte, wobei er geräuschvoll Garnelen auslutschte und mit seinen langen, mandelförmigen Fingernägeln Muscheln aufbrach, um das ganze mit einem Schluck Wein hinunterzuspülen. Sie saß, den Kopf schüchtern gesenkt, neben Antonio und nippte an ihrer Brühe.

Juan Ramón liebte Austern und lieferte sich mit Antonio einen regelrechten Wettkampf im Ausschlürfen der Schalen. Antonio beträufelte eine lebende Auster mit frischem Zitronensaft, beobachtete, wie sich bei der Berührung mit der Säure der kleine schwarze Volant am Schalenrand kräuselte, schlürfte die Muschel aus, warf den Kopf in den Nacken und ließ das Tier die Kehle hinabgleiten. Juan Ramón lachte schallend und tat es ihm nach. Binnen zehn Minuten hatte jeder von ihnen ein Dutzend Austern vertilgt.

Die Familie betrachtete verwundert das Schauspiel und konnte kaum glauben, daß dieser zügellose Fresser der Autor einer solch feingeistigen Lyrik wie »Schmetterling aus Licht« sein sollte und hochsensible Metaphern wie »wenn die glühenden Kohlen der Seele das Herz der Rose umschweben« erschuf.

Nach dem Mittagessen lehnte sich Juan Ramón mit zufriedener Miene auf seinem Stuhl zurück.

»Mein Freund Antonio hat mir berichtet, daß Sie dichten«, wandte er sich mit einem herablassenden Lächeln an Tante Dido. »Es wäre mir eine große Freude, einige Ihrer Verse lesen zu dürfen.«

Tatsächlich haßte er es, die Werke anderer zu lesen, aber das Essen war so vorzüglich gewesen, daß er sich auf diese Weise seinen Gastgebern gegenüber ein klein wenig erkenntlich zeigen wollte. Die ärmste Dido stand mit zitternden Knien vom Tisch auf und ging in ihr Zimmer, um ihre Texte zu holen.

Juan Ramón zog sich für eine Siesta in Onkel Alejandros Zimmer zurück und nahm Didos Manuskript mit. Eine Stunde später tauchte er erfrischt wieder auf, bereit, die lange Rückreise anzutreten. Bevor er das Haus verließ, gab er Dido ihre Gedichtmappe zurück.

»Ich habe Ihnen eine kleine Anmerkung auf die letzte Seite geschrieben, aber lesen Sie sie bitte erst, wenn Antonio und ich weg sind«, sagte er ihr mit einem verschmitzten Lächeln und umarmte jeden zum Abschied.

Tante Dido nahm das Manuskript ehrfürchtig von ihm in Empfang und wagte erst spät abends, als alle schliefen, hineinzusehen. »Ihre Stimme ist süß wie die einer Nachtigall«, stand auf der letzten Seite in Juan Ramóns Schrift geschrieben, »aber die besten Nachtigallen – die wahren rui*señoras* dieser Welt – singen ihre Liebeslieder im geheimen. Ich bin sicher, daß mein Freund Antonio Sie heiraten wird, wenn Sie dasselbe tun.«

In jener Nacht weinte Tante Dido bis zum Morgengrauen und schlief schließlich über ihren Gedichten ein.

»Wie kann man nur so töricht sein, das ernst zu nehmen«, schalt Clarissa sie, als sie am nächsten Morgen Juan Ramóns Kommentar zu lesen bekam. »Deine Namensschwester hat es wenigstens bis zur Königin von Karthago gebracht, bevor sie wegen dieses Dickschädels von Äneas Selbstmord beging. Aber aus dir wird wohl nicht mehr werden als eine perfekte Köchin.«

Tante Dido befolgte Juan Ramón Jiménez' Rat und ersetzte die Schreibfeder durch das Stillschweigen einer griechischen Muse. Sie ließ ihre Literaturbücher links liegen und schrieb nie wieder ein Gedicht. Einen Monat darauf heirateten Dido und Antonio in der Kathedrale von Guayamés und zogen nach San Juan, wo sie gemeinsam glücklich wurden.

2

Artemisa war die größte meiner Tanten. Meine Cousins und ich neckten sie immer, indem wir ihr sagten, sie wäre so lang, daß ihre Füße fest in die Erde gepflanzt seien, während ihr Kopf an die Wolken stieße. Wie Tante Dido, so lebte auch Tante Artemisa in ihrer Vorstellungswelt, allerdings einer ganz anderen als der ihrer Schwester, denn sie träumte unentwegt von »Jesusito«, ihrem Jesulein, das in ihrem Herzen wohnte.

Tante Artemisa war sehr fromm, aber auch eine gute Geschäftsfrau. Dank dieser seltenen Doppelbegabung von finanziellem Geschick und religiöser Inbrunst hätte sie sich beinahe einen der reichsten Männer von Guayamés, Don Esteban de la Rosa, geangelt, den Besitzer der Zuckermühle Santa Rosa. Tante Artemisa lernte ihn kennen, als sie dreiundvierzig Jahre alt war und alle Welt dachte, sie würde eine alte Jungfer bleiben. Mutter hat mir einmal die ergreifende Geschichte dieser Liebe erzählt.

Im Gegensatz zu meinen anderen Tanten, die einen ausgeprägten Schönheitssinn besaßen und ihr Geld für kostspieligen Tand ausgaben, um sich herauszuputzen, sah ich Artemisa nie in einem anderen Aufzug als von Kopf bis Fuß in Schwarz gekleidet und ohne jeden Schmuck, bis auf einen perfekten dreikarätigen Solitär, der Tag und Nacht an ihrem Finger blinkte.

Obwohl Tante Artemisa genauso intelligent war wie Tante Dido, beendete sie ihr Studium an der Universität von Puerto Rico ebensowenig, sondern brach es nach dem dritten Jahr ab.

Sie war charmant und schön, hatte aber einen gravierenden Fehler: ihren religiösen Fanatismus.

Im Beisein von Tante Artemisa durften wir nicht fluchen, weil sie dann sofort die Brauen hob und uns ein schlechtes Gewissen einflößte. Einmal fing die kleine Lakhmé bei einem Weihnachtsessen auf Emajaguas an, lose Witze zu erzählen.

»Als die heilige Thekla im Sterben lag«, sagte sie, »knieten Petrus und ihre Freunde an einem Wolkenloch, sahen zur Erde hinunter und warteten darauf, daß die Seele der Nonne zum Himmel aufstieg. Als sich Theklas Seele endlich löste, schwebte sie höher und höher, bis sie sich beinahe am Firmament verlor, weil die Nonne ein so gottesfürchtiges Leben geführt hatte. Petrus sah das und rief: ›Thekla, sag' nur ein Schimpfwort, dann brauchst du nicht weiter aufzusteigen und kannst hier bei uns bleiben!‹ Da fluchte die heilige Thekla und landete mit dem Hintern wieder auf der Erde.«

Artemisa war so erzürnt über diesen Witz, daß sie ihre Schwester ins Badezimmer zerrte und ihr den Mund mit Wasser und Seife auswusch.

Don Esteban genoß einen guten Ruf in der Familie, und die Vorstellung, daß er Artemisa heiraten könnte, weckte hohe Erwartungen. Er war Witwer und hatte ein tragisches Leben hinter sich. Seine Frau war noch relativ jung an Brustkrebs gestorben, und sein einziger Sohn, Valentin, fiel im Zweiten Weltkrieg in Saint Laurent während der Landung der Amerikaner in der Normandie. Valentin war auf einem Friedhof im Calvados bestattet, und Don Esteban konnte sich erst zwei Jahre nach dem schmerzhaften Verlust dazu überwinden, das Grab zu besuchen.

Don Esteban hatte eine Enkelin von sechzehn Jahren, die er über alles liebte. Blanca Rosa war Valentins einzige Tochter und zählte zu den Schönheiten von Guayamés. Sie war blond und blauäugig und hatte eine so weiße Haut, daß ihre Freunde sie

»Schneeröschen« tauften. Da Don Esteban nicht wollte, daß Blanca Rosa sich in einen dieser »einheimischen Flegel« verliebte, beschloß er 1946, mit ihr nach Europa zu reisen, damit sie mit ein paar jungen Männern aus gutem Hause Bekanntschaft schloß. Sie legten die Reise von San Juan nach New York in einem panamerikanischen Flieger zurück, schifften sich dann in die *Gloucester* ein, einen Luxusdampfer der »Grace Lines« und gingen Ende November in Le Havre von Bord.

Dort mietete Don Esteban eine Limousine mit einem livrierten Chauffeur und fuhr mit seiner Enkeltochter an der normannischen Küste nach Süden, bis zu dem Ort, wo Valentin begraben lag. Das Wetter war neblig und kalt, aber die Landschaft war wunderschön. Trouville-sur-Mer, Deauville, Fleurie, all die von Marcel Proust in »Auf der Suche nach der verlorenen Zeit« beschriebenen Städtchen zogen an ihnen vorüber. Vieles lag noch in Trümmern und wurde gerade wieder aufgebaut. An der Küste wimmelte es von Warntafeln vor Minen, und es war streng verboten, den Strand zu betreten. Schließlich erreichten sie Omaha, im Calvados.

Obwohl Don Esteban während der ganzen Fahrt geschwiegen hatte, ließ er sich nicht von seinen Gefühlen überwältigen. Sein Sohn war schließlich einen Heldentod gestorben bei der Verteidigung seines Vaterlandes, den Vereinigten Staaten. Das war geschehen, als Valentin fünfunddreißig war und in der Blüte seiner Jugend stand. Er würde nie alt werden, nie die Erfahrung von Krankheit und Schwäche machen. So bedacht, war Don Esteban beinahe froh, daß ein deutscher Granatsplitter durch die Luft geflogen war und sich in Valentins Gehirn gebohrt hatte.

Sie fuhren durch das Friedhofstor, an der Marmorskulptur eines Engels vorbei, der einen gefallenen Soldaten in den Armen hielt. Zehntausend Kalksteinkreuze bedeckten, hier und da von einem Davidstern unterbrochen, den hügeligen Rasen wie ein Heer Möwen, bereit, sich in die Lüfte zu erheben, und in der Ferne glitzerte das stahlgraue Wasser des Ärmelkanals. Don Esteban holte tief Luft und stieg aus. Aus seiner Rocktasche zog er einen kleinen Lageplan, den die Armee ihm mit der genauen Kennzeichnung von Valentins Grab zugeschickt hatte. Er nahm Blanca Rosas Arm, und sie machten sich gemeinsam auf den Weg, das Kreuz seines Sohnes zu suchen.

Am selben Abend noch erreichten sie Paris und ließen sich zum Hôtel Crillon bringen. Sie mieteten eine wunderschöne Suite mit Blick auf die Place de la Concorde. In wenigen Tagen sollte Blanca Rosa den Weihnachtsball im Schloß von Versailles besuchen – den ersten Ball dieser Art seit Ende des Krieges. Sie hatte einen Seekoffer voller Kleider dabei, und Guayamés' bester Damenschneider hatte ihr für diese Gelegenheit ein wunderschönes Abendkleid entworfen. Blanca Rosa benötigte aber auch einen Wintermantel. Da das Klima in Guayamés stets mild war, konnte man dort keine warmen Mäntel kaufen. Deshalb hatte Don Esteban den Schneider beauftragt, Rosa einen Mantel aus Marabufedern zu nähen, die damals hoch in Mode waren.

»Ich würde dir gerne einen Hermelin mit Kapuze schenken«, scherzte er, als er ihr das Federcape übergab, »aber ich müßte mein bestes Stück Land verkaufen, um ihn bezahlen zu können. Marabu muß fürs erste genügen. Die Federn sind sehr fein, sie kommen aus Afrika und werden dort nur von Bräuten getragen.« Blanca war entzückt von dem Cape. Sie wußte nicht, wie Hermelin aussah, aber gewiß nicht so wundervoll und weich wie Marabu.

Am Ballabend in Versailles lernte Blanca einen französischen Grafen kennen, Jean-Baptiste de l'Abbaye Richey, den Urenkel eines großen Marschalls von Frankreich. Jean-Baptiste bat sie um einen Tanz, und sie segelten gemeinsam über das Parkett. Um sie herum schäumte die Stimmung in fröhlichen Champagnerbläschen auf, Lachen floß aus dunkelgrünen Flaschenhälsen und ergoß sich in klirrende Kristallgläser, während über ihren Köpfen tausend Bienen aus Licht um die riesigen Waben der Kandelaber schwirrten. Aber die beiden nahmen nichts von alledem wahr, weil sie sich bereits ineinander verliebt hatten.

Als das Orchester »La vie en rose« spielte, beschlossen sie auszureißen. Sie wollten noch in derselben Nacht von Versailles nach Nizza fahren. Obwohl sich Blanca Rosa darüber bewußt war, daß das neue Seidenchiffonkleid ihre Formen sehr gut zur Geltung brachte, überraschte es sie, unter all den hübschen Mädchen des Balls von Jean-Baptiste erwählt worden zu sein. »Du siehst aus wie eine Venus im Alabasterplissee, und ich liebe dich mehr als mein Leben«, flüsterte er ihr ins Ohr, indem er sie fester an sich zog. Blanca Rosa glaubte ihm.

Um Mitternacht nahm Jean-Baptiste sie an der Hand, und sie stahlen sich unbemerkt aus dem Saal. Blanca Rosa warf ihren Umhang aus Marabufedern über die Schultern und lief mit Jean-Baptiste durch den Spiegelsaal. Dann traten sie auf den Schloßvorplatz, wo sich die Reiterstatue Ludwigs XIV. in der Kälte aufbäumte, und Blanca Rosa flog mit ihren silbernen Absätzen über das Kopfsteinpflaster, bis sie zu Jean-Baptistes rotem Kabriolett gelangten.

»Ist der Mantel warm genug?« fragte ihr Begleiter sie zweifelnd, als sie in den Alfa Romeo stiegen.

»Natürlich ist er das«, erwiderte Blanca lächelnd, denn sie wollte vor ihm nicht als ahnungsloses Mädchen vom Land dastehen. »Er ist aus tropischem Hermelin. Mein Großvater hat ihn mir zum Ball geschenkt.«

Der Wagen schoß wie eine Rakete los und verlor sich in der Finsternis. Schon bald spürte Blanca Rosa, wie ihr der kalte Wind schneidend in die Seiten fuhr, aber Jean Baptiste legte den Arm um sie und deutete zum Sternenhimmel hinauf. »Sieh mal die vielen Sterne«, sagte er, »es müssen Millionen sein, aber du bist der schönste unter ihnen, weil du von einem tropischen Himmel gefallen bist.« Blanca Rosa antwortete nicht, sondern schmiegte sich nur noch dichter an ihn. Über ihren Köpfen schwebte der Orion mit weit gespreizten Armen und Beinen am Himmelsgewölbe und trug wie gewohnt vier Sterne auf dem Gürtel und drei auf dem Schwert. Bei seinem Anblick fiel Blanca Rosa Don Esteban ein. Plötzlich vermißte sie ihn, und es bedrückte sie der Gedanke, wie er sich sorgen würde, wenn er ihr Verschwinden bemerkte.

»Können wir an der nächsten Tankstelle anhalten? Ich möchte meinen Großvater anrufen«, fragte sie Jean-Baptiste. »Er muß sich entsetzliche Sorgen machen.« Doch um jene nächtliche Stunde waren sämtliche Tankstellen geschlossen. Gegen vier Uhr morgens, als sie in der Nähe von Nevers waren, machte Blanca einen weiteren Versuch, aber Jean-Baptiste redete ihr den Anruf aus. »Wir müssen noch viele Stunden fahren, bis wir in Nizza ankommen«, sagte er. »Dein Großvater könnte die Polizei alarmieren, die schickt dann eine Streife und hält uns an, bevor wir im Hotel sind. Laß uns bis morgen warten, dann können wir die Nacht miteinander verbringen.« Blanca sah zum Orion hinauf und seufzte. Es tröstete sie zu wissen, daß er dort oben über sie wachte.

Bald war der Himmel von einer dichten Wolkendecke überzogen und zarte Schneeflocken begannen, Blancas Wangen zu streicheln wie Federn. »Du siehst unter dem Schnee noch schöner aus als unter den Sternen, *ma rose de neige*«, flüsterte Jean-Baptiste ihr ins Ohr, als sie mit hundert Stundenkilometern an Lyon vorbeiflogen. Blanca war so verliebt und gleichzeitig so voller Angst, was Jean-Baptiste von ihr denken könnte, wenn er merkte, daß ihr Mantel kein Hermelin war, sondern aus Marabufedern bestand, daß sie nicht wagte, ihm einzugestehen, wie furchtbar sie fror.

Der Schnee stob weiter über sie hinweg wie Mehl. »Jetzt weiß ich, wie sich die Engel fühlen, wenn sie zum Himmel auffahren«, sagte sich Blanca Rosa. Voller Bewunderung betrachtete sie Jean-Baptiste. In seinem schwarzen, bis zum Kinn geschlossenen Krimmermantel und der Fellkappe erinnerte er sie an einen russischen Fürsten. Dann geschah etwas Sonderbares: Blanca spürte die Kälte nicht mehr. Ganz im Gegenteil, es war ihr, als brenne ein wildes Feuer in ihr. Ihr Verlangen nach Jean-Baptiste war so groß, daß sie wünschte, ihre Brüste, ihr Bauch und ihre Schenkel wären aus Schnee, um in seinen Armen schmelzen zu können.

Sie fuhren weiter bis Avignon. Dort hielten sie an einem kleinen Café am Straßenrand, um einen Kaffee zu trinken und ein Croissant zu essen. Blanca konnte kaum aus dem Wagen steigen, so steifgefroren war sie. Außerdem war sie schrecklich müde und schwankte auf ihren tauben Beinen in den silbernen Ballschuhen, so daß Jean-Baptiste sie unterfassen und zu einem Stuhl begleiten mußte. Als Blanca nach der Damentoilette fragte und ein ungewaschener Bauer, über ein Glas Rotwein gebeugt, zum anderen Ende des Gastraumes wies, wo es ins Freie hinausging, gab Blanca das Vorhaben auf. Später spannte Jean-Baptiste das Faltdach über das Auto, Blanca stieg ein und schlief kurz darauf fest ein.

Sie erreichten Nizza am Tag nach dem Ball gegen vier Uhr nachmittags. Sie nahmen eine Suite im Hôtel de Paris, dem besten am Platze, direkt neben dem Palais de Jeu, und Blanca konnte an jenem Abend von ihrem Fenster aus Männer im Smoking und Frauen in eleganten Abendkleidern vorfahren und die Marmortreppe zum Casino hinaufsteigen sehen.

Als Blanca sich ins Bett legte, bebte sie am ganzen Leib, konnte aber nicht sagen, ob es vom eisigen Fahrtwind kam oder vom Begehren, das in ihr brannte. Jean-Baptiste löste sie langsam aus ihren Kleidern, blies die letzten Schneeflocken von ihrem Marabucape und zog ihr das Venuskleid aus, das wie ein lautloser Wasserfall aus Seide zu Boden glitt. Vollkommen entblößt, glühte ihre Haut auf so unnatürliche Weise, daß sie aussah wie eine von innen beleuchtete Alabasterstatue. Jean Baptiste betrachtete sie staunend und fühlte sich unwiderstehlich von ihr angezogen. Sie liebten sich leidenschaftlich und fielen danach in einen tiefen Schlaf.

Als Jean-Baptiste am nächsten Morgen aufwachte, strömte schon das Sonnenlicht ins Zimmer und Blanca Rosa lag reglos neben ihm. Mehr denn je glich sie einer Alabasterstatue, leuchtete aber nicht mehr von innen, denn sie war in der Nacht an den Folgen der Unterkühlung gestorben.

Unterdessen hatte Don Esteban in Paris seit über vierundzwanzig Stunden nichts mehr von seiner Enkeltochter gehört und war kurz davor, die Fassung zu verlieren. Er hatte im Schloß von Versailles in jedem Zimmer nach ihr gesucht und war schließlich ohne sie ins Crillon zurückgekehrt. Als Blanca auch noch am nächsten Morgen verschwunden blieb, benachrichtigte er die Polizei, und die Suche begann. Am Mittag des darauffolgenden Tages fand Don Esteban im Hotel ein Telegramm von Jean-Baptiste vor mit der Nachricht von Blanca Rosas Tod. Don Esteban setzte sich in den ersten Zug und fuhr nach Nizza.

Nach seiner Ankunft begab er sich geradewegs auf die Polizeiwache, wo Jean-Baptiste, der Polizeipräfekt und ein Pathologe ihn bereits erwarteten. *»Je suis désolé, Monsieur«*, sagte der junge Mann und versuchte, Don Esteban zu umarmen, während ihm die Tränen über das Gesicht rannen. Aber Don Esteban schob ihn weg. Er war ein friedliebender Mann und war kaum einmal jemandem richtig böse gewesen, aber beim Anblick des französischen Grafen schnürte ihm eine unsagbare Wut die Kehle zusammen.

Der Präfekt erklärte Don Esteban, Blanca Rosa sei in der Nacht an den Unbilden des Wetters gestorben, weil Jean-Baptiste bei Temperaturen unter null Grad von Paris bis Avignon mit offenem Verdeck gefahren und das junge Mädchen nicht warm genug angezogen gewesen sei. Da konnte Don Esteban nicht länger an sich halten. Er packte Jean-Baptiste am Mantelkragen und schleuderte ihn gegen die Wand. Er drohte, einen Anwalt zu holen und den jungen Mann zu verklagen. Blanca Rosa war minderjährig und Jean-Baptiste hatte sie von dem Ball in Versailles entführt. Doch der Polizeipräfekt machte ihm klar, daß das nicht ging, weil Jean-Baptiste der Urenkel eines der großen französischen Marschälle war. Don Esteban ballte die Fäuste und ließ den Kopf sinken. In seiner Heimat war er ein Großgrundbesitzer, und die Polizei würde es dort nie wagen, ihn zu übergehen. Aber in Frankreich war er nichts weiter als ein aufbrausender Alter von einer unbedeutenden Insel in der Karibik, der wegen des bedauerlichen Unfalls seiner Enkelin auf einer Spazierfahrt mit ihrem Liebsten verrückt spielte.

Don Esteban ging ins Leichenschauhaus, um die Tote zu identifizieren, und dann in die nächstgelegene Kapelle, wo er für Blanca Rosas Seele betete. Irgendwie gelang es ihm den ganzen Tag über, die Kontrolle über sich zu bewahren. Nach der Rückkehr vom Friedhof ging er ins Hotel seiner Enkelin, drückte dem Mann an der Rezeption zwanzig Dollar in die Hand, bat ihn um den Zimmerschlüssel und darum, Jean-Baptiste und die Presse fernzuhalten. Sämtliche Tageszeitungen hatten nämlich inzwischen von jenem ungewöhnlichen Todesfall erfahren und berichteten darüber auf den Titelseiten mit Blanca Rosas Foto, wie sie in Versailles mit dem französischen Grafen tanzte.

Don Esteban schloß sich im Hotelzimmer ein und begann sorgfältig, Blanca Rosas Sachen einzusammeln, um nichts zu hinterlassen, worauf sich die Reporter wie die Geier stürzen konnten. Als er fertig war, ließ er sich auf der Kante des breiten Bettes nieder und verschnaufte einen Augenblick. Er war sich schmerzhaft bewußt, daß Blanca noch unlängst in eben diesem

Bett gelegen hatte, denn auf dem Kissen hingen ein paar blonde Haare von ihr. Er ließ die Hand daruntergleiten und seine Fingerspitzen trafen auf etwas Krauses. Unter dem Kissen lagen die künstlichen Wimpern, die Blanca Rosa in Versailles getragen und abgenommen hatte, bevor sie starb.

Dieses belanglose Detail – die Berührung der goldenen Wimpern seiner Enkelin – lösten bei Don Esteban den Zusammenbruch aus.

Er weinte und wehklagte und begann in seinem Jammer seine Enkelin anzurufen: »Blanca Rosa, mein Engel, was habe ich dir bloß angetan? Ich hätte nicht nur mein bestes Stück Land, sondern meinen ganzen Grundbesitz verkaufen sollen, um dir den wärmsten Hermelinmantel von ganz Frankreich schenken zu können. Ich wollte Geld sparen, und Gott hat mich für meinen Geiz bestraft. Ein paar kurze Jahre hat er mir deine Gegenwart geschenkt, und da ich nicht richtig für dich gesorgt habe, hat er dich wieder zu sich gerufen.«

Er stand auf, ergriff seinen Stock und schlug damit blindlings um sich. Er stieß zwei Lampen um, hieb auf den Kristalleuchter an der Decke ein und schlug den Spiegel über der Kommode entzwei. Binnen fünf Minuten hatte er das Zimmer in ein Trümmerfeld verwandelt, und das Hotelpersonal kam herbeigeeilt und überstellte ihn der Polizei. Diese erklärte ihn für unzurechnungsfähig.

Don Esteban wurde in eine vom Karmeliterorden geleitete Anstalt in Aulnay-sous-Bois eingewiesen. Eine Woche lang lag er wie tot im Bett. Die Nonnen stützten ihm den Kopf und flößten ihm löffelchenweise Kraftbrühe ein, setzten sich an seine Seite und beteten laut den Rosenkranz. Eines Morgens erhob er sich bei Sonnenaufgang von seinem Lager und sah aus dem Fenster der Zelle: Ein unbeschreiblicher Frieden lag über diesem Kloster mit seinem Forellenteich und den knotigen Olivenbäumen, die das Gelände säumten. Er hörte die Nonnen in der

Kapelle die Morgenandacht singen, und ihre Stimmen schallten wie das Echo ferner Glocken zu ihm herüber. Langsam kam er wieder zu Kräften und begann, morgens in die Messe zu gehen. Er war nie fromm gewesen, aber der Tod seiner Enkelin hatte ihn verändert.

Als er sich ausreichend wiederhergestellt fühlte, kehrte er nach Guayamés zurück. Er erfuhr, daß es auf einem Hügel eine alte verfallene Abtei der Karmeliterinnen gab, und fing an, sie zu besuchen. Die Nonnen widmeten sich vor allem karitativen Aufgaben. Sie besaßen eine kleine Herberge und eine Ambulanz, teilten den Armen Essen aus und kümmerten sich um Bettler, Schwindsüchtige und andere Bedürftige. In einem Klostertrakt hatten sie sogar eine Station mit sieben Betten eingerichtet, um Todkranke und Sterbende zu pflegen.

Don Esteban spendete Geld für die Restaurierung der Klosteranlage und brachte den Schwestern eines Sonntags eine Kiste voller köstlicher Dinge, von denen er wußte, daß sie für die Nonnen unerschwinglich waren: dänischer Dosenschinken, Entenpastete, Räucherlachs. Er saß in der Pforte und wartete, daß die diensthabende Schwester ihm öffnete – außer in Ausnahmefällen durfte kein Mann das Kloster betreten –, als der schwarze Packard der Rivas de Santillanas vor dem Tor hielt und Tante Artemisa ausstieg. Sie brachte den Ordensfrauen einen großen Korb mit frischem Obst und Gemüse aus Emajaguas' Garten.

Als Tante Artemisa Don Esteban sah, fühlte sie sich augenblicklich zu ihm hingezogen. Er trug einen perfekt geschnittenen dunkelblauen Anzug und besaß das vornehme Aussehen der besseren Leute: Einen breiten, aufrechten Rücken, gepflegte Hände, das silbergraue Haar über die Schläfen zurückgekämmt. Sie hatte wohl von ihm gehört, war ihm aber bisher noch nie begegnet. Ihr war bekannt, daß er verwitwet war und im Stadtzentrum, an der Avenida Cristóbal Colón, das alte Herrenhaus der Familie alleine bewohnte, weil sein Sohn und seine einzige Enkelin früh gestorben waren. Estebans Vater war ebenfalls Witwer, das wußte sie. Nachdem er ein Leben lang hart gearbeitet hatte, hatte er seinen Alterssitz nach Europa verlegt und lebte nun von den Einkünften von Santa Rosa. Er hatte Esteban die Leitung der Zuckerfabrik übergeben und wollte nicht mehr mit geschäftlichen Dingen behelligt werden. Esteban konnte nach Belieben schalten und walten, solange er dem Vater nur regelmäßig einen großzügigen Anteil der Gewinne nach Madrid schickte.

Die Santa Rosa lag außerhalb von Guayamés und war eine der wenigen Zuckerfabriken in den Händen eines Puertoricaners, wo noch Rohr gemahlen und Gewinne erzielt wurden. Zwar keine übermäßigen, aber immerhin genug, um seinem Vater ein würdiges Leben zu ermöglichen und Don Esteban mit dem Rest einen anständigen Lebensstandard zu erlauben. Der sagenhafte Reichtum von Santa Rosa gehörte nämlich schon damals zu den Mythen der puertoricanischen Vergangenheit.

Der Erfolg der Zuckerfabrik war darauf zurückzuführen, daß Don Estebans Zuckerrohrfelder alle nebeneinander lagen und eine einzige riesige Plantage bildeten. So konnte das Rohr, wenn es geschnitten war, auf privaten Feldwegen abtransportiert werden, und der Betrieb war unabhängig von der stark befahrenen, kurvenreiche Landstraße, auf der es häufig zu Unfällen kam, bei denen die Lastwagen wie vollgestopfte Dinosaurier umkippten und ihre ganze Ladung verloren. Außerdem besaß die Santa Rosa einen vorzüglichen Verwalter, einen Deutschen, der seit über zwanzig Jahren auf der Insel lebte und ein Mädchen aus Guayamés geheiratet hatte. Daher brauchte sich Don Esteban überhaupt nicht um den Betrieb zu kümmern.

Don Esteban war ein Mann mit Halbbildung und kannte sich in allen Wissensbereichen ein wenig aus, ohne einen Schul- oder

Universitätsabschluß zu besitzen. Er war kein Architekt, wußte aber über die Gesetze der Perspektive, der Hohlräume und Tiefe Bescheid. Er war kein Maler, konnte aber aus dem Stegreif über die Malerei der Renaissance referieren. Er war kein Mechaniker, verstand es aber, den Motor seines Buicks im Handumdrehen auseinandernehmen und wieder zusammenzubauen. Kurz, er war ein Dilettant, ohne jede Ader fürs Geldverdienen, dabei aber sehr geschickt im Geldausgeben.

Die Leute in Guayamés mochten ihn seiner Liebenswürdigkeit wegen, wußten aber ebensogenau, daß er äußerst arbeitsscheu war. Hinter seinem Rücken verspotteten sie ihn und verglichen ihn mit dem Sohn des Indianerhäuptlings Gurabo, der den *guarapo*, den ausgepreßten Zuckerrohrsaft, liebte, aber keinen Handschlag tat, um das Rohr zu schneiden. Seit dem tragischen Tod seiner Enkeltochter hatte Don Esteban noch weniger Lust zu arbeiten als vorher. Andererseits war er sehr fromm geworden und besuchte täglich die Messe, aber stets allein.

Nachdem sie Don Esteban drei Sonntage hintereinander in der Klosterpforte begegnet war, beschloß Artemisa, die Karmeliterinnen mit ihrer Arbeitskraft zu unterstützen. Schon vor geraumer Zeit hatten sie bei ihr angefragt, ob sie ihnen bei der Pflege der Kranken zur Hand gehen könne. »Das ist eine wertvolle Erfahrung für mich«, rechtfertigte sie sich ihrer Mutter gegenüber. Diese glaubte ihr zwar, aber Miña kam ihr auf die Schliche: »Du bist in Don Esteban de la Rosa verliebt und versuchst, ihn auf diese Weise zu kriegen«, sagte sie. »Ich habe dich durchschaut, Artemisa. Deine Mutter hat dich schließlich nicht umsonst nach der Jagdgöttin benannt.«

»Jagdgöttin, Jagdgöttin«, kreischte Miñas Papagei Felicia und hüpfte in seinem Käfig von einem Bein auf das andere.

Als Tante Artemisa Don Esteban am nächsten Sonntag im Kloster traf, lud sie ihn nach Emajaguas zum Essen ein, und Don Esteban sagte zu. Artemisa wußte, daß Valeria ihn mögen würde. Er hatte Geld, Manieren und war ein guter Mensch, erfüllte also sämtliche Bedingungen meiner Großmutter für die Heiratsanwärter ihrer Töchter. Aber das Wichtigste war: Don Esteban war ein Haciendabesitzer. Onkel Venancio war Rechtsanwalt, Onkel Antonio war Arzt, Aurelio war Ingenieur – gewiß achtbare Berufe für Großmutter Valerias Schwiegersöhne –, aber Don Esteban besaß eine Zuckerfabrik und über dreitausend Morgen Land. Er gehörte zur aussterbenden Zuckeraristokratie, und Valeria konnte sich Großvater Alvaros posthumer Zustimmung zu dieser Wahl sicher sein.

Kurz darauf kündigte sich Don Esteban zum Abendessen auf Emajaguas an. Am Nachmittag vor seinem Besuch rief Valeria die ganze Familie zusammen und bat alle, Don Esteban ein Geständnis so leicht wie möglich zu machen. Also entschuldigte sich nach dem Essen einer nach dem anderen und verschwand diskret, bis Esteban und Artemisa alleine auf dem Wohnzimmersofa sitzenblieben. Ein paar Minuten saßen sie schweigend da, dann erhob Don Esteban sich, küßte meiner Tante die Hand und verabschiedete sich höflich.

Seit diesem Tag sah man sie sämtliche Verrichtungen gemeinsam tun: den morgendlichen Gang zur Messe und zum Abendmahl, den nachmittäglichen Einsatz in den Elendssiedlungen und in der Abtei sowie abends der Besuch im Kino. Da Don Esteban ein ehrenwerter älterer Gentleman war, entschied Großmutter Valeria, daß Tante Artemisa keine Anstandsdame brauchte. Sie gingen stets alleine aus, aber die Monate verstrichen, ohne daß Don Esteban sich zum nächsten Schritt entschließen konnte.

Don Estebans Mutter hatte Diamanten geliebt, die ihr Sohn geerbt hatte, als sie starb. Er war damals nach New York gefahren und hatte ihre ganze Sammlung an Harry Winston, einen Juwelier auf der Fifth Avenue, verkauft, bis auf einen dreikarätigen Solitär, einen vollkommenen, blauweiß schimmernden

Diamanten. Der Händler zahlte ihm für die Edelsteine eine halbe Million Dollar in bar – ein ansehnliches Sümmchen für die damalige Zeit –, und Don Esteban schloß das Geld mitsamt dem letzten Diamanten in einem Bankfach ein. Als er mit Tante Artemisa auszugehen begann, trug er den Solitär zu Guayamés' bestem Goldschmied und bat ihn, eine schöne Platinfassung dafür anzufertigen, denn er wollte ihn Artemisa zur Verlobung schenken, die er aber immer wieder hinausschob.

Nach Blanca Rosas Heimgang hatte sich der Kummer wie ein Mantel um Don Esteban gehüllt. Jedesmal, wenn er etwas Weißes sah – eine Feder, eine weiße Schleife, ein Stück Spitze –, fiel sie ihm wieder ein, und da es auf der Welt so viele weiße Dinge gibt, war Blanca Rosa ihm stets gegenwärtig. Er erzählte Tante Artemisa von seiner Enkeltochter: Wie Blanca geweint hatte, als sie sich, kaum ein Jahr alt, ein Stück Kordel in die Nase steckte und daraufhin an einem unerklärlichen Fieber erkrankte; wie sie mit zwei Jahren auf ihren neuen Schuhen ausgerutscht und kopfüber die Treppe herabgestürzt war, so daß sie ins Krankenhaus gebracht und an der Stirn genäht werden mußte. Artemisa besaß eine scharfe Beobachtungsgabe und merkte schon bald, daß etwas nicht stimmte: Don Estebans Herz blieb ihr verschlossen, weil immer noch Blanca Rosa in ihrem Marabumantel darin herumspukte. Ihre Seele mußte erlöst werden.

Da erzählte Don Esteban Artemisa, daß er beschlossen hatte, mit dem Geld seiner Mutter an die Wertpapierbörse zu gehen. Er brauchte das Geld nicht, sagte er. Seine Einkünfte aus der Santa Rosa seien ausreichend, um seinem Vater einen stattlichen Unterhalt zu schicken und selbst von dem Rest ein angenehmes Leben zu führen. Er suchte vielmehr nach einem Zeitvertreib und meinte, es sei eine gute Idee, an der Börse zu investieren. Er rief Pablo Urdaneta an, einen befreundeten Anlageberater aus Guayamés, und bat ihn um einen Termin. Er habe eine halbe Million Dollar in bar auf der Bank, so sagte er, die er für einen humanitären Zweck investieren wolle.

Pablo Urdaneta wußte, daß Don Estebans Sohn im Krieg gefallen war und hatte auch gehört, daß Don Esteban seit dem Tod seiner Enkelin sehr fromm und karitativ geworden war. Kurz nach Don Estebans Anruf stand er mit einem großen Koffer vor der Tür, und Don Esteban bat den Freund ins Wohnzimmer. Urdaneta legte den Koffer auf die Knie, ließ auf beiden Seiten die Schlösser zurückschnappen und hob bedeutungsvoll den Dekkel, als wollte er Don Esteban etwas sehr Kostbares zeigen. Es kamen eine Offiziersmütze mit einem glänzenden Lederschirm, ein Infanteristenbarett mit zwei winzigen aufgenähten Bronzegewehren und ein Khakihemd mit Schulterstücken und goldenen Tressen zum Vorschein.

Urdaneta strich andächtig über die Kleidungsstücke, als handelte es sich um Reliquien. Dann breitete er sie behutsam auf einem von Don Estebans Marmortischchen aus.

»Ob Sie es glauben oder nicht, diese Uniformen sind von puertoricanischen Frauen für amerikanische Soldaten genäht worden, die im Krieg in Europa kämpften. Nun ist der Krieg vorüber, und es gibt keine staatlichen Aufträge mehr. Die Näherinnen in unserem Land verhungern. Aber es gibt eine Lösung, Don Esteban. In den Händen dieser jungen Frauen steckt das ganze Wissen ihrer Großmütter und Urgroßmütter. Sie brauchen nur ein paar Nähmaschinen, um eine eigene Näherei zu gründen. Das ist eine gute Sache, Don Esteban. Statt Ihr Geld an der Wertpapierbörse anzulegen, sollten Sie es in der puertoricanischen Bekleidungsindustrie investieren. Damit schaffen Sie unseren Näherinnen Arbeitsplätze und erfüllen Ihre Vaterlandspflicht.«

Don Esteban starrte auf die Uniformen und dachte an seinen Sohn, der in einer Uniform aus puertoricanischen Frauenhänden in der Normandie unter der Erde lag. Er erhob sich von seinem Platz, ging in sein Arbeitszimmer und kehrte mit einem Lederkoffer voll Geld zurück.

»Investieren Sie dieses Geld für mich in der puertoricanischen Bekleidungsindustrie«, sagte er feierlich.

Zwei Monate später erschien Urdaneta wieder bei Don Esteban. Er teilte ihm mit, daß die Konfektionsbranche auf dem Kontinent in einer Krise sei, denn die auf der Insel produzierte Kleidung fände nirgends mehr Absatzmärkte. Unlängst sei Taiwan in das Geschäft eingestiegen, und die puertoricanische Industrie könne das Preisniveau der Chinesen nicht unterbieten. Der Verdienst der Frauen in Taiwan läge unter dem Mindestlohn, und sie hätten noch nie etwas von sozialer Absicherung, Krankenversicherung oder dem Streikrecht gehört. Taiwan sei ein Paradies für Investoren, aber eine Hölle für die armen Frauen. Ob Don Esteban nicht in die taiwanesische Bekleidungsbranche investieren wollte? Vielleicht könnte er den dortigen Textilarbeiterinnen helfen und gleichzeitig ein Teil dessen zurückgewinnen, was er auf dem puertoricanischen Markt verloren hatte. Allerdings benötige Urdaneta weitere fünfhunderttausend Dollar, wenn Don Esteban Interesse hatte.

Don Esteban erbat sich ein paar Tage Bedenkzeit. Er hatte das Geld nicht, aber die Bank würde es ihm leihen, wenn er eine Hypothek auf die Plantage Santa Rosa aufnahm. Er konnte sich nicht mit dem Gedanken abfinden, eine so hohe Summe – eine halbe Million! – ganz und gar verloren zu haben. Also nahm er bei der Bank einen Kredit über weitere fünfhunderttausend Dollar auf, rief Pablo Urdaneta an und bat ihn, das Geld in Taiwan anzulegen. Als Urdaneta zwei Wochen später noch nichts hatte von sich hören lassen, rief Don Esteban in seinem Büro an und erfuhr, daß der Anlageberater nicht mehr dort arbeitete: Er war mit seinem Geld durchgebrannt.

3

Am nächsten Morgen vor der Messe gestand Don Esteban Artemisa, was vorgefallen war. Tante Artemisa erzählte es Großmutter Valeria, und Großmutter informierte den Rest der Familie: Don Esteban war einem Schwindler auf den Leim gegangen, der ihn um eine Million Dollar erleichtert hatte, und es gab keine Möglichkeit, das Geld zurückzubekommen. Er hatte einen Bankkredit aufgenommen und mußte Zinsen zahlen, aber seine Einnahmen waren zu gering, um die Summe jemals zurückzahlen zu können. Es war also eine reine Frage der Zeit, bis die Zuckermühle Santa Rosa in den Besitz der Bank überging. Allein der Gedanke ließ die Familie schaudern, insbesondere Valeria.

Aber Esteban machte sich um sich selbst keine Sorgen, er könne von Brot und Wasser leben und in einer Höhle schlafen wie der heilige Franz von Assisi, sagte er zu Artemisa. Doch was sollte bloß aus seinem Vater werden? Der alte Herr war über achtzig und wartete auf seinen bereits überfälligen monatlichen Scheck. Er würde seine Wohnung in Madrid verlieren, und alle seine Freunde würden von dem Ruin erfahren. Der Skandal könnte ihn ums Leben bringen, und Don Esteban hätte für den Rest seiner Tage den Tod seines Vaters auf dem Gewissen.

Tante Artemisa starrte Don Esteban befremdet an. Sie dachte an ihren eigenen Vater, der nie einen Kredit aufgenommen und jede Rechnung bar bezahlt hatte. Sie faßte es nicht, wie sich eine

Million Dollar einfach in Luft auflösen konnte. Trotzdem behielt sie die Ruhe.

»Mach dir keine Gedanken, Esteban«, tröstete sie ihn. »In früheren Zeiten verdienten die Leute ihr Geld, indem sie von Sonnenaufgang bis Sonnenuntergang schufteten und mit ihrer Hände Arbeit etwas produzierten, sei es nun Zucker, Tabak oder Schuhe. Aber heute muß man sich in acht nehmen, weil das Geld eine abstrakte Größe geworden ist. Hält man es nicht fest unter Verschluß, dann wachsen ihm Flügel und der Teufel fliegt damit von dannen. Laß uns zu Jesusito beten und alles in Seine Hände legen.«

In jener Nacht fand Artemisa keinen Schlaf. Sie lag lange wach und grübelte darüber nach, wie sie Don Esteban helfen konnte. Als sie gegen vier Uhr morgens endlich einschlief, hatte sie einen Traum. Jesusito erschien ihr und erzählte ihr die Geschichte vom heiligen Franz und der heiligen Klara. Franz und Klara gehörten beide zu wohlhabenden Familien im norditalienischen Assisi. Obwohl die beiden sich liebten, erkannten sie, daß sie die Aufgabe hatten, den Armen zu helfen, was weit wichtiger war als ihr persönliches Glück. Sie gründeten jeweils einen Orden – die Franziskaner und die Klarissinnen – und lebten vollkommen besitzlos. Jesusito wollte, daß Don Esteban ein Armutsgelübde ablegte wie die beiden Heiligen und all sein Hab und Gut verkaufte. Mit dem Erlös würde er in der Lage sein, seinen alten Vater durchzubringen und seinen Ruf zu wahren.

Am nächsten Morgen rief Artemisa als erstes Don Esteban an und berichtete ihm von ihrem Traum. Don Esteban erklärte sich einverstanden, das geforderte Gelübde abzulegen, und gab alle seine irdischen Güter in Artemisas Obhut.

Dann rief Artemisa Guayamés' größte Tageszeitung, *El Listín Noticioso*, an und schaltete eine Kleinanzeige. Don Estebans Haushalt in der Avenida San Cristóbal, so stand in der nächsten

Ausgabe zu lesen, würde aufgelöst und alles versteigert: Antiquitäten, Perserteppiche, Tiffanylampen, Ölgemälde, Limogesporzellan, Baccaratgeschirr und vieles andere. Der Erlös käme einem nicht näher definierten mildtätigen Zweck zugute. Angesichts der Bedrohung von Don Estebans Zuckerfabrik hatte Artemisa nicht gezögert, die Unterhaltspflicht gegenüber Don Estebans Vater als mildtätigen Zweck zu bezeichnen. Die Haushaltsauflösung brachte zehntausend Dollar ein, und Artemisa setzte den Totalausverkauf bis zum letzten Stück fort, ohne ein einziges Mal an der Richtigkeit ihres Tuns zu zweifeln oder ungehalten zu reagieren, wenn ihre besten Freundinnen sie um drei Uhr morgens aus dem Bett klingelten, um einen Preisnachlaß für irgendein Accessoire zu erbitten, das sie sich unbedingt reservieren lassen wollten.

Don Esteban schickte das Geld unverzüglich nach Spanien, damit sein Vater sein Auskommen hatte, bis das Land verkauft war. Er behielt nur sein Bett, einen Tisch und einen Stuhl, was im Vergleich zu den Besitztümern des heiligen Franz, nachdem dieser sein Armutsgelübde abgelegt hatte, noch viel war, wie Artemisa ihm zu verstehen gab.

Als im Haus an der Avenida San Cristóbal alles verkauft war, wurde Don Esteban überraschend leicht ums Herz: Er mußte nicht mehr mit all den Dingen leben, die ihn an Blanca Rosa erinnerten, und fühlte sich endlich von ihrer Gegenwart befreit. Vielleicht war ja auch Blanca Rosas Seele froh, aus den Fesseln seiner entsetzlichen Trauer erlöst zu sein.

Tante Artemisa kam zu Besuch, und Don Esteban spazierte mit ihr durch die leeren Zimmer des Hauses. »Diese Versteigerung war eine großartige Idee. Ich danke dir dafür«, sagte Don Esteban zum Abschied. »Ich brauche jemanden wie dich, der mir die sentimentalen Spinnweben vom Herzen bläst.« Don Esteban beugte sich zu ihr und gab ihr zum ersten Mal einen Kuß, wenn auch nur auf die Wange. Artemisa glaubte schon, im

Kampf gegen Blanca Rosas Geist einen entscheidenden Sieg errungen zu haben und schöpfte Hoffnung, das Mädchen eines Tages ganz aus dem Herzen ihres armen Großvaters vertreiben zu können.

Don Esteban besaß noch seine Zuckerrohrfelder. Artemisa bat ihn um den Schlüssel seines Büros, das sie dann täglich aufsuchte, um herauszufinden, wo die Felder genau lagen und wie hoch ihr Wert war. Jeden Nachmittag um vier Uhr, wenn die Sekretärin gegangen war, betrat sie das Gebäude, schlich sich auf Zehenspitzen in Don Estebans Büro und setzte sich an seinen Schreibtisch. Groß und aufrecht, ohne die Lehne zu berühren, saß sie in ihrem gelben Baumwollkleid da wie eine Sonnenblume, die Füße in den zeitlosen Lackslippers fest im Boden verwurzelt, während sie ihre ungeteilte Aufmerksamkeit dem verlorenen Gold von Don Estebans Ländereien zuwandte. Sie studierte die Landvermessungspläne, die Erbverträge, die Besitztitel und viele andere Dokumente. Wenn Artemisa kam, war Don Esteban nie zugegen, weil er jeden Tag pünktlich um drei Uhr zum Golden Sands Hotel aufbrach, wo er seit vielen Jahren Golf spielte.

Artemisa hatte den Mut ihres Großvaters Bartolomeo Boffil geerbt. Sobald sie sich ein Bild davon gemacht hatte, wo Don Estebans Land lag, tauschte sie ihr gelbes Pikeekleid gegen einen Reitrock und ihre lackledernen Slippers gegen ein Paar Cowboystiefel mit polierten Spitzen, die unter dem Rocksaum hervorschauten, und machte sich mit Don Estebans Aufseher Contreras und einem Grundstücksmakler aus Guayamés in einem Jeep auf den Weg. Doch als sie beim ersten Grundstück ankamen, sank Artemisa der Mut: Wo vorher ein Meer aus Zuckerrohr gewogt hatte, dehnte sich nun vor ihren erstaunten Augen eine Siedlung aus notdürftig zusammengezimmerten und mit Wellblechdächern bedeckten Hütten aus, die jeweils von einem kleinen Grundstück und einem Stacheldrahtzaun umgeben waren. Und das Schlimmste: Auf jeder Bude flatterte eine rote Flagge mit dem Emblem der Zuckerrohrarbeiter – dem Kopf eines Indios mit Strohhut –, woraus ersichtlich war, daß die Siedler mit der demokratischen Partei Puerto Ricos sympathisierten, die vier Jahre zuvor die Wahlen gewonnen hatte.

Außer dieser gab es damals noch zwei weitere politische Kräfte in Puerto Rico: die Sozialisten und die Republikaner. Wie ihre ganze Familie, betrachtete Artemisa die demokratische Partei mit Argwohn und hatte für ihren Führer Fernando Martín nichts als Verachtung übrig. Martín war zwar der Sohn eines Haciendabesitzers, doch die Rivas de Santillanas nannten ihn einen Verräter und Heuchler. Seine Forderungen waren ausschließlich auf soziale Reformen ausgerichtet: »Nicht auf den politischen Status der Insel – Eigenstaatlichkeit, Commonwealth oder Unabhängigkeit – kommt es an«, konnte man ihn im Radio reden hören, »sondern darauf, jedem Bürger täglich einen Teller Reis und Bohnen auf den Tisch zu stellen.« Doch nach Tante Artemisas Meinung waren solche Reden reiner Opportunismus, und niemand würde sie vom Gegenteil überzeugen.

Fernando Martín wollte den Landarbeitern nicht wirklich helfen, fand Artemisa, er benutzte ihre Anliegen nur, um selbst an die Macht zu kommen. Das Motto seiner Partei, *Pan, tierra y libertad*, – »Brot, Land und Freiheit«, hatte er von der mexikanischen Revolution entlehnt und war damit praktisch zum Kommunisten gestempelt. Als Tante Artemisa nun die roten Fahnen auf den Dächern der illegalen Siedler wehen sah, verkehrte sich ihr edler Vorsatz, Don Esteban zu einem Armutsgelübde zu bewegen und ihm beim Verkauf seines gesamten Besitzstandes zu helfen, ins Gegenteil. Sie war außer sich vor Wut.

Artemisa war der Anschauung, daß Geben und Nehmen zwei sehr unterschiedliche Dinge seien. Jesusito befürwortete das Geben und verurteilte das Nehmen, und seinem Nächsten etwas zu stehlen, war eine Todsünde. Wenn Don Esteban sein Land verkaufte und den Erlös seinem Vater oder einem mildtätigen Zweck zukommen ließ, so hatte das seine Ordnung. Aber Artemisa war nicht gewillt, untätig zuzusehen, wie die faulen und von Fernando Martín aufgehetzten Landarbeiter Don Esteban das von seinen Vorfahren hart erkämpfte Land einfach wegnahmen. Als Franz und Klara ihr Armutsgelübde ablegten, blieben sie Mitglieder der italienischen Oberschicht. Sie waren arm, sie opferten all ihr Hab und Gut, um das Himmelreich zu erlangen, aber sie gehörten weiter zur führenden Gesellschaftsschicht ihres Landes. Sie gründeten ihre eigenen Orden, weil sie von Gott dazu berufen waren, die Ordnung in der Welt aufrechtzuerhalten. Genauso behielt ein Angehöriger der Aristokratie, der notgedrungen sein Land verkaufen mußte, seinen gesellschaftlichen Rang. Die Armen konnten nicht einfach daherkommen und seinen Platz einnehmen.

Niemand wußte, wann und wie die wilden Siedler Don Estebans Land vereinnahmt hatten. Nachts war es hier draußen finsterer als in einem Wolfsschlund, und im Umkreis von Meilen gab es weder Strom noch fließendes Wasser. Trotzdem besaß jeder illegale Besetzer einen kleinen Hühnerhof mit mehreren Hühnern und einem stolzen Hahn, dazu eine Ziege und einen ansehnlichen Gemüsegarten hinter der Hütte.

Als Tante Artemisa, der Aufseher und der Makler sich der Elendssiedlung näherten, konnten sie nicht aus dem Jeep steigen, denn die illegalen Siedler hatten sie erkannt und fingen an, das Fahrzeug mit Steinen und leeren Flaschen zu bombardieren. Also machte die Abordnung so schnell wie möglich kehrt und fuhr unverrichteter Dinge in die Stadt zurück.

»Seit wann herrschen hier solche Zustände?« fragte Tante Artemisa Contreras auf der Rückfahrt, während sie versuchte, ihren Ärger zu unterdrücken.

»Seit zwei Monaten«, antwortete der Aufseher. »Vor Señorita

Blancas Tod hat Don Esteban seine Felder regelmäßig besucht. Aber jetzt kümmert er sich überhaupt nicht mehr darum. Vor drei Monaten lockerten sich nach heftigen Regenfällen die Drahtzäune, und er hat niemanden hinausgeschickt, um sie zu reparieren. Deshalb konnten die Siedler sein Land ganz leicht besetzen.«

Als sie Guayamés erreichten, stieg der Grundstücksmakler aus, nahm sein eigenes Auto, das er am Stadtrand geparkt hatte, und fuhr in sein Büro zurück. Nur der Aufseher blieb, vom schlechten Gewissen geplagt, neben Artemisa im Jeep sitzen. Contreras war ein untersetzter, hart arbeitender Mann, der seit über zwanzig Jahren in Don Estebans Diensten stand. Er hörte nicht auf, sich zu entschuldigen: »Es tut mir so leid, Señora. Ich hätte Sie vorwarnen sollen. Aber ich wollte, daß Sie es mit eigenen Augen sehen. Ich habe schon öfters vergeblich versucht, Don Esteban von den wilden Siedlern zu erzählen.« Contreras schwitzte mächtig beim Sprechen und wischte sich nervös mit dem Handrücken über die Stirn. Tante Artemisa hörte ihm zu, ohne sich dazu zu äußern.

»Aber Sie wissen doch, Señora«, fuhr Contreras fort, ohne den Blick zu heben, »in Guayamés leiden viele Leute Hunger, und da Fernando Martín den Armen das Himmelreich verspricht und nicht aufhört, den Haciendabesitzern vorzuwerfen, daß sie die Arbeiter ausbeuten, indem sie ihnen immer niedrigere Löhne zahlen, denken viele Arbeiter, sie hätten das Recht, deren Felder zu besetzen. Aber da irren sie sich natürlich!«

Tante Artemisa ärgerte sich über den Aufseher, weil er die Zäune verfallen ließ, gönnte ihm aber nicht die Genugtuung, es sich anmerken zu lassen.

»Don Esteban trägt keine Schuld daran, daß der Zuckerpreis in den letzten sechs Monaten auf dem Weltmarkt so gefallen ist«, sagte sie. »Wenn er seinen Arbeitern zwei statt drei Dollar die Woche zahlt, dann nur deshalb, weil er schlichtweg keine andere Wahl hat.«

Mit dieser Erklärung war Contreras offensichtlich zufrieden. Sie fuhren direkt zu Don Estebans Haus in der Calle Cristóbal Colón. Ohne sich darum zu scheren, daß die Leute sich nach ihnen umdrehten, hielt Artemisa mit quietschenden Reifen vor dem Säulenportikus des alten Kolonialhauses, stieg wutentbrannt aus dem Jeep und hastete in ihrem Reitkostüm die Marmortreppe hinauf.

»Eine Bande von Fernando Martíns wilden Siedlern hat dein Land besetzt«, überfiel sie Don Esteban, kaum daß sie durch die Tür getreten war. »Sie haben sich wie ein Heuschreckenschwarm darauf niedergelassen. Und alles nur, weil du dich nach Blanca Rosas Tod so hast gehen lassen.«

Don Esteban ließ verzagt den Kopf hängen und blieb ihr eine Antwort schuldig. Als er aber Artemisa auf dem Absatz umkehren und fortgehen sah, rief er ihr hinterher: »Vielleicht sollten wir sie einfach dort leben lassen, Liebes. Heute morgen hat das Finanzamt angerufen und mir mitgeteilt, daß sie mich enteignen wollen, weil ich seit über einem Jahr keine Steuern mehr bezahlt habe. Aber du mußt nicht Blanca Rosa dafür verantwortlich machen, das arme Engelchen trifft keine Schuld.«

»Sie das Land behalten lassen?« erwiderte Artemisa, rot vor Wut. »Du bist wohl nicht ganz bei Trost. Du kannst das Land *verschenken*, wenn du das willst, aber du darfst niemals zulassen, daß es dir weggenommen wird. Die Leute von Guayamés werden jegliche Achtung vor dir verlieren. Sie werden mit dem Finger auf dich zeigen und sagen: Seht nur das Huhn, dem es nichts ausmacht, gerupft zu werden.«

Am nächsten Tag rief Artemisa bei der Polizei von Guayamés an und meldete, daß Hunderte von wilden Siedlern Don Estebans Grund und Boden besetzt hatten. Man möge doch bitte mit einer Patrouille hinausfahren und sie veranlassen, das Feld zu räumen. Der Polizist am anderen Ende der Leitung brach in schallendes Gelächter aus. Ob sie denn nicht wüßte, erwiderte er, daß die Demokraten ein neues Gesetz zum Siedlungsschutz erlassen hatten, das auch galt, wenn jemand seine Bleibe auf einem fremden Grundstück aufschlug. Don Esteban würde einen Rechtsanwalt bemühen und einen Gerichtsbeschluß vorlegen müssen, der die Siedler zum friedlichen Abzug zwang.

Während der nächsten Woche fuhr Artemisa mit dem Jeep Don Estebans gesamten Besitz ab und zählte die Eindringlinge mit einem Fernglas: Es waren über zweihundert Hütten. Dann vereinbarte sie mit Don Estebans Anwalt einen Termin. Als sie bei ihm vorsprach, fragte sie ihn nach der besten Möglichkeit, die illegalen Siedler wieder loszuwerden. Der Anwalt antwortete ihr, sie bräuchte für jeden Siedler einen eigenen Räumungsbefehl, der ihm von einem Zustellungsbeamten ausgehändigt werden müsse. Jedes Räumungsschreiben würde Don Esteban hundert Dollar kosten. Wenn er nichts unternahm, konnten die Siedler aber nach fünf Jahren ein Eigentumsrecht an dem Land, auf dem sie lebten, einklagen.

Artemisa stand kurz vor dem Nervenzusammenbruch. »Seit Fernando Martíns Partei an der Macht ist, steht die Welt kopf«, murmelte sie vor sich hin. »Es würde mich nicht wundern, wenn in Zukunft die Flüsse bergauf fließen und die Tauben auf die Flinten schießen würden.«

Sie bedeckte ihr Haar mit einer schwarzen Spitzenmantille und ging zur Kathedrale, wo die Familie eine eigene Kapelle hatte. Dort zündete sie eine Kerze an und kniete vor dem Altar nieder. Nach einigen Minuten vernahm sie aus der Dämmerung Jesusitos Stimme: »Verzweifle nicht, meine Tochter. Die Dinge stehen nicht so schlecht, wie sie scheinen. Diese neuerliche Prüfung kann für Esteban die entscheidende sein, damit er Blanca Rosas Geist endlich losläßt.«

Darauf bekreuzigte sich Artemisa und fühlte sich etwas leichter. Sie ging zu Don Esteban und berichtete ihm von ihrem Besuch beim Anwalt. Die Räumungsbefehle würden ihn über zwanzigtausend Dollar kosten, und soviel Geld besaß er nicht. Aber sie hatte eine Idee. Sie wollte mit ihm zum Finanzamt gehen, bat ihn aber, sie alleine sprechen zu lassen.

Am nächsten Tag fuhr der Chauffeur sie in Don Estebans pechschwarzem Buick dorthin. Das Amt war im ehemaligen spanischen Kasino untergebracht, das die demokratische Partei ein paar Jahre zuvor geschlossen und zum Verwaltungsgebäude erklärt hatte. Die Marmorböden und die fast vier Meter hohen Decken zeugten noch vom Glanz der Vergangenheit, aber das Mobiliar – geschnitzte Konsolen, vergoldete Spiegel und rote Samtsessel – war verschwunden.

Sie betraten das Amt, und Don Esteban erkundigte sich beim Pförtner, welcher Finanzbeamte für sie zuständig sei. Der Dienststellenleiter Manuel Felipe Sánchez de Montenegro wollte sie selbst sprechen, lautete die Antwort.

Als er diesen Namen hörte, zuckte Don Esteban zusammen. Manuel Felipe Sánchez de Montenegro war unter den Großgrundbesitzern als die »Bulldogge von Guayamés« verschrien. Zucker, Tabak oder Kaffee, ganz gleich, was ein Plantagenbesitzer anbaute, wenn er nicht pünktlich und auf den Centavo genau seine Steuerschuld beglich, hatte er im Handumdrehen Manuel Felipes Planierraupen auf dem Feld. Sie machten ihm in wenigen Stunden die gesamte Ernte zunichte, und ein Schild am nächsten Baum wies das Land dann als »Staatseigentum« aus.

Manuel Felipes Büro war eine muffige Zelle mit halbhohen Pappwänden und unterschied sich in nichts vom übrigen Dutzend Diensträume in dem einstigen Ballsaal. Auf seinem Schreibtisch surrte geräuschvoll ein Ventilator aus Metall.

Manuel Felipe war ein hellhäutiger Mulatte mit zierlichem Körperbau. Er saß auf einem verschlissenen Schreibtischsessel und war über einen Aktenberg gebeugt. Seine Hände sahen aus wie Vogelklauen, die eine endlose Ziffernfolge auf ein Blatt Papier kratzten, um sie anschließend in eine altmodische Rechenmaschine zu hacken. Tante Artemisa nahm vor dem Schreibtisch Platz und strich sich den Rock über den schlanken Beinen glatt. Don Esteban saß mit seinem Panamahut auf den Knien neben ihr. Artemisa trug ihr gelbes Seidenkostüm, ein Perlenkollier von Mikimoto und duftete nach ihrem französischen Lieblingsparfüm, *L'air du temps.* Don Esteban trug einen schlichten Gabardineanzug mit einer schwarzen Binde am Arm. Beide empfingen sie dankbar die sanfte Brise, die durch das geöffnete Fenster von der Bucht von Guayamés hereinwehte.

Don Esteban ließ seine Blicke sehnsüchtig zur Stuckdecke hinaufwandern, wo er in den Ecken die Karyatiden mit den abblätternden, staubbedeckten Brüsten betrachtete und die Obst- und Blumengirlanden. Wie oft hatte er mit seiner Frau Marina Lampedusa darunter getanzt! Dieser Gedanke machte ihn traurig, weil er ihn an bessere Zeiten erinnerte. Manuel Felipe hatte nicht von seinen Papieren aufgesehen, als Artemisa und Don Esteban den Raum betreten hatten, sondern fuhr unbeirrt mit seiner Arbeit fort. Auch von Artemisas diskretem Hüsteln ließ er sich nicht bei der Arbeit stören.

Don Esteban kannte Manuel Felipe vom Hörensagen, war ihm aber noch nie begegnet. Er war der einzige Sohn eines Mädchens, dem Don Esteban in seiner Jugend den Hof gemacht hatte, Blanca de Montenegro. Manuel Felipe war bei seinem Vater Manuel Sánchez aufgewachsen, einem Gärtner und Analphabeten. Bevor sich zutrug, was die Leute in Guayamés »ihr Unglück« nannten, lebte Blanca de Montenegro in einem entzückenden Haus an der Plaza neben der Kathedrale. Ihre Familie war sehr wohlhabend. Ihr Vater Don Hipólito Montenegro war ein spanischer Kaufmann und besaß ein großes Lagerhaus für Tabak im Hafen. Dort stapelte er die dicken Tabakbündel, wenn sie aus dem Landesinneren kamen und auf die Verschiffung nach Europa warteten.

Don Hipólito wollte für seine Tochter nur das Beste. Sie wurde von einer Hausdame erzogen und setzte nie einen Fuß in eine öffentliche Schule, lernte aber alles Wissenswerte in den eigenen vier Wänden. Als sie fünfzehn Jahre alt war, begann die Gesellschaft von Guayamés sie zu ihren Festen einzuladen, und dort lernte sie auch Esteban de la Rosa kennen. In Estebans blauem Kabriolett unternahmen sie gemeinsame Ausflüge zum Picknicken an den Strand und nach Maravilla, einer kleinen, in den Bergen oberhalb von Guayamés versteckten Stadt. Einige Monate darauf hielt Esteban bei Don Hipólito um Blancas Hand an, und sie wurden offiziell verlobt.

Obwohl Blanca Esteban gefiel, war er sich nicht sicher, ob er sie liebte. Beide lasen gerne und tauschten eifrig ihre Bücher aus. Esteban verehrte die Schönheit in allen ihren Erscheinungsformen. Blancas Haar war weißgolden wie die Zuckerrohrblüte im Licht des Mondes und ihr Profil so fein wie seine abnehmende Sichel. Aber Estebans Eltern fanden, daß Blanca keine ausreichend gute Partie für ihren Sohn abgab, und taten alles, um die Verbindung zu vereiteln.

In Blancas Haus fühlte Esteban sich nicht wohl. Die Montenegros hatten einen bedauernswert schlechten Geschmack. Sie fuhren einen avocadogrünen Cadillac, kleideten sich in Guayamés' Kaufhaus Martínez Padín ein, und ihre Hausangestellten trugen Zivil. Obwohl Don Hipólito ein Millionär war und seinen Tabak in der ganzen Welt verkaufte, sahen die besseren Kreise auf ihn herab. Dies war der Grund, weshalb Esteban nie Blancas Haus betrat, sondern sich jedes Mal an der Tür von ihr verabschiedete.

Esteban war von Natur aus willensschwach, und als seine Eltern ihm Marina Lampedusa vorstellten, löste er seine Verlobung mit Blanca de Montenegro. Marina war seine Cousine zweiten Grades, lebte in Sábana Verde, einer Stadt unweit von Guayamés, und Esteban mochte ihre Gesellschaft. Marina war schüchtern, ja nahezu ängstlich, besaß jedoch eine ganz besondere Persönlichkeit. Da Marinas Vater als Physiklehrer an der weiterführenden Schule von Sábana Verde arbeitete, war ihre Familie nicht halb so reich wie Blancas, hatte aber seit Generationen einen guten Ruf und wurde geachtet. Als er mit Blanca brach, stellte Esteban überrascht fest, wie unwohl ihm dabei war, doch da er keine wahre Leidenschaft kannte, dachte er, er hätte sich nur den Magen verdorben. Er nahm Rizinusöl zum Abführen, und es ging ihm sogleich besser. Wenige Monate später heiratete er Marina, und als sie einen Jungen zur Welt brachte, nannten sie ihn Valentín.

Blanca de Montenegro war tief gekränkt, als Esteban ihre Verlobung auflöste, vertraute ihre Gefühle aber niemandem an. Als ob ihre eigene Enttäuschung nicht genügte, nörgelte nun auch noch ihr Vater unentwegt an ihr herum und warf ihr vor, »den besten Fang von Guayamés« laufen gelassen zu haben. Er sei sicher, so prophezeite er ihr, daß sie nie heiraten werde, denn sie sei fade wie ein Glas Milch. Wo sie gehe und stehe, halte sie ein Buch in der Hand und habe nie gelernt zu kokettieren und die jungen Männer mit Raffinesse für sich zu gewinnen. Blanca war es so elend zumute, daß sie sogar aufhörte zu lesen. Sie blieb tagelang im Bett liegen, ohne mit jemandem zu sprechen, und zählte die Quadrate in der Deckenvertäfelung ihres Zimmers.

Kurz darauf ereignete sich ihr »Unglück«. Mitten im Garten der Montenegros stand ein uralter Mandelbaum, und jedes Jahr im März färbten sich seine Blätter blutrot und fielen wie ausgebreitete Taschentücher auf Doña Ester de Montenegros Rosenbeet. Manuel, der Sohn des Gärtners, wurde bestellt, damit er seinem Vater half, sie zu einem Haufen zusammenzukehren und zu verbrennen. Manuel hatte olivenfarbene Haut, grüne Augen und eine athletische Figur. Er war ein leidenschaftlicher Schwimmer und durchquerte oft im Morgengrauen die Bucht von Guayamés von einem Ende zum anderen, wenn kleine Wellen das Wasser kräuselten und es schimmerte wie gehämmertes Zinn.

Blanca sah gerne zu, wenn das Mandellaub verbrannt wurde, und liebte den süßlichen Geruch des aufsteigenden Rauches, der duftete wie die Kerne selbst. Seit ihrer Kindheit waren Blanca und Manuel befreundet. Jedesmal, wenn sein Vater ihn zum Laubharken oder Unkrautzupfen mitbrachte, kam sie in Strohhut und Sandalen herbeigelaufen, um zu helfen. Als einmal die Rosen von Blattläusen befallen waren, hatte Manuel ihr gezeigt, wie man Arsen mit einem organischen Dünger mischt, Gummihandschuhe über die Hände streift und um jeden Rosenstock einen Graben zieht, um das weiße Gift hineinzustreuen.

An jenem Nachmittag bat der Vater Manuel, die Blätter zusammenzuharken und zu verbrennen, während er in Doña Esters Badezimmer einen undichten Wasserhahn reparieren wollte. Damals war Manuel sechzehn und hatte dem Vater schon oft bei der Gartenarbeit geholfen. Er zog das Hemd aus, goß Benzin auf die Blätter und warf ein brennendes Streichholz darauf. Seine schweißnasse Haut glänzte wie poliertes Mahagoni, während er das Laub ins Feuer harkte. Blanca de Montenegro stand in einem weißen Baumwollkleid mit schmaler Spitzenbordüre direkt hinter ihm. Als sie Manuels muskulösen Rücken betrachtete und mit Estebans schmächtigem Oberkörper verglich, fragte sie sich, wie sie in diesen Schwächling so verliebt gewesen sein konnte und sich eingebildet hatte, er sei der schönste Mann der Welt.

»Warum hast du keine Haare auf der Brust?« fragte sie Manuel kichernd. »Bei anderen Männern ist die ganze Brust zugewachsen. Sie sehen aus wie Affen.«

»Keine Ahnung«, antwortete Manuel. »Vermutlich sind die Haare dazu da, die Weißen vor der Sonne zu schützen. Da ich braun bin, brauche ich keine.«

»Dann spring doch mal über das brennende Laub«, fuhr Blanca fort, ihn zu necken. »Da die Sonne aus Feuer besteht, wird dir dieses kleine hier ja wohl nichts anhaben können.« Blanca beugte sich vor und küßte ihn auf den Mund. Manuel war so überrascht, daß er einen großen Satz tat und auf der anderen Seite des Feuers landete. Blanca wollte es ihm nachmachen, stolperte aber und stürzte mitten in den Scheiterhaufen. Manuel zog sie heraus und erstickte die Flammen mit seinen Händen. Blanca ließ ihn gewähren, während sie unbewegt auf dem Rasen lag und zusah, wie sich der Rauch von ihrem Rocksaum in die Höhe kringelte. Dann suchte sie den Blick seiner grünen Augen und bat Manuel unter Tränen: »Bitte bring mich weit weg von diesem Haus.«

Ein paar Wochen später nahm er sie mit, und sie zogen in ein Holzhäuschen am Ufer des Río Emajaguas. Sie waren beide minderjährig und wußten, daß sie ohne die Einwilligung ihrer Eltern nicht heiraten durften. Manuels Eltern halfen ihnen, so gut sie konnten. Manuels Vater Felipe war der beste Gärtner von Guayamés und hatte einen großen Kundenstamm. Er bot seinem Sohn eine feste Anstellung an. Nach einigen Monaten merkte Blanca, daß sie schwanger war. Don Hipólito hatte seine Tochter nach ihrer Flucht verstoßen, aber Doña Ester schickte ihr heimlich kleine Geldbeträge und half dem jungen Paar damit über den schwierigen Anfang hinweg.

Als sie einen kleinen Jungen zur Welt brachte, empfand Blanca nicht etwa Freude, sondern großen Kummer. Je länger sie ihr Kindchen anschaute, desto fremder wurde es ihr. Es war weder weiß wie die Montenegros noch dunkelhäutig wie die Sánchez, sondern hellbraun wie Milchkaffee, und in ihm schien alles durcheinandergeraten zu sein. Sie ertrug sein Schreien nicht, brachte es aber auch nicht fertig, ihr Baby hochzunehmen und in den Armen zu wiegen, so abstoßend fand sie es.

Blanca dachte, sie könnte das Kind vielleicht besser annehmen, wenn es getauft war. Sie ging mit ihm zum Pfarrer, doch dieser weigerte sich, einen unehelichen Bastard zu taufen. Als sie ihn um die Beichte bat, lehnte er ab, weil »sie im Ehebruch lebte und ihr Herz voller Gewürm« sei. Das war für Blanca zuviel. Sie lief nach Hause zurück, und als Manuel von der Arbeit heimkam, lag sie, mit dem Mund voller Arsen und einem Wasserglas auf dem Nachttisch, ausgestreckt auf ihrem Bett. Ihren Sohn hatte sie auf dem Rückweg von der Kirche bei Manuels Eltern abgegeben.

Als Don Esteban von ihrem Tod erfuhr, war er sehr betrübt und schickte einen Kranz weißer Rosen mit einer dunkelroten Schleife zu Blanca de Montenegros Beerdigung. Don Hipólito erbot sich, seinen Enkel Manuel Felipe aufzunehmen und für ihn zu sorgen wie für einen eigenen Sohn. Ein paar Wochen nach Blancas Selbstmord fuhr er in seinem marineblauen Pakkard bei den Sánchez vor. Doch Manuel brachte den Kleinen nur zur Tür, damit Don Hipólito ihn sich ansehen konnte, erlaubte ihm aber nicht, das Baby auf den Arm zu nehmen.

»Ich kann selbst für meinen Sohn sorgen«, erklärte Manuel Sánchez ihm stolz. »Ich will keinen Centavo von Ihrem Tabaksgeld.«

Die kleine Pension, die ihm seine Großmutter heimlich zukommen ließ, erlaubte es Manuel Felipe, den Beruf des Buchhalters zu erlernen und öffentlich bestellter Steuerprüfer zu werden. Er heiratete ein Mädchen aus Guayamés, das zehn Jahre lang im Haushalt anderer Leute gedient hatte, um die örtliche Sekretärinnenschule besuchen zu können. Sie bekamen eine Tochter und ließen sie auf den Namen Blanca Sánchez taufen. Manuel Felipe war ganz verrückt nach ihr. Er arbeitete sechs Tage die Woche, zwölf Stunden lang, und machte zusätzlich noch Sonntagsschichten, damit es seiner Tochter an nichts fehlte.

Manuel Felipe war Mitglied der demokratischen Partei von Guayamés. Langsam aber stetig war er in ihren Rängen bis zum Leiter des Finanzamts aufgestiegen. Er war ein treuer Staatsdiener und ehrlich davon überzeugt, daß der Reichtum einer Nation dem Volk und nicht einigen wenigen Privilegierten gehören sollte.

Sein Verhalten gegenüber Don Hipólito de Montenegro trug ihm in der Partei große Glaubwürdigkeit ein. Er hatte ein Vorbild gegeben, wie mit den Reichen umzugehen war: Nie hatte er einen Centavo von seinem Großvater angenommen. Seine Tochter wuchs in bescheidenen Verhältnissen auf, wie die meisten Leute in Guayamés, bekam aber durch den Besuch einer weiterführenden Schule eine solide Grundlage. Als die Regierung Don Hipólitos Lagerhaus am Hafen enteignete, weil die Landungsbrücken vergrößert werden sollten, hatte Don Hipólito Manuel Felipe einen zweiten Besuch im Häuschen am Flußufer abgestattet. Die Regierung habe ihm für sein Lager eine lächerliche Abfindung bezahlt, beschwerte er sich. Er müsse bei der Bank Geld aufnehmen, um eine neue Halle am Stadtrand zu kaufen, damit er seinen Tabak unterbringen konnte. Er benötigte eine staatliche Subvention, um seinen Betrieb aufrechtzuerhalten, bis der Kredit getilgt war.

Aber Manuel Felipe schüttelte bedauernd den Kopf: »Es würde aussehen wie Vetternwirtschaft«, sagte er. »Wenn wir nicht so nah verwandt wären, könnte ich Ihnen vielleicht helfen, aber das Blut ist ein unüberwindliches Hindernis«. Und Don Hipólito verlor sein Lagerhaus und ging Bankrott.

Don Esteban schauderte es, als er sich dieser Geschichte entsann, während er in Manuel Felipes Büro saß. Tante Artemisa wußte nichts von Blanca de Montenegro und ihrem Vater Don Hipólito. Don Esteban hatte ihr nie von ihnen erzählt.

»Guten Tag«, sagte Tante Artemisa und reichte Manuel Felipe ihre parfümierte Hand über den Schreibtisch, als er für einen kurzen Augenblick seine Notizen unterbrach, um eine Seite umzublättern. Manuel Felipe blieb nichts anderes übrig, als sie zu ergreifen. Lächelnd lehnte er sich auf seinem Stuhl zurück und faltete die Hände über der breiten Brust. Er trug ein khakifarbenes Hemd und eine ebensolche Hose, die aussahen wie eine Militäruniform ohne Abzeichen.

»Mein Freund hier, Don Esteban de la Rosa, befindet sich in einer mißlichen Lage«, begann Tante Artemisa freundlich. »Wie Sie wissen, ist der Zuckerpreis im Keller, und Don Esteban konnte seine Steuern nicht bezahlen. Um seine staatsbürgerliche Pflicht zu erfüllen, möchte er ein Stück Land verkaufen, das aber von illegalen Siedlern besetzt ist, und er kann die Leute nicht zum Gehen bewegen. Vielleicht könnten Sie ja Don Esteban helfen, die Siedler zum Abzug zu veranlassen, damit er seine Steuerschuld begleicht«, sagte Tante Artemisa mit geölter Stimme. Sie saß mit ihrer sanduhrenförmigen Figur auf dem Besucherstuhl, als posierte sie für ein Portrait in der *Vogue*.

Manuel Felipe sah Don Esteban an. »Und weshalb spricht Don Esteban de la Rosa nicht für sich selbst?« fragte er. »Ich verstehe nicht, warum Señorita Rivas de Santillana für ihn redet, wenn es sich doch um sein Land handelt.«

Don Esteban deutete auf seine schwarze Armbinde. »Meine Großtochter ist kürzlich verstorben, Señor Sánchez«, entschuldige er sich. »Sie war erst sechzehn. Das war ein furchtbarer Schlag für mich. Monatelang war mein Geist wie umnachtet, und ich bin immer noch nicht wieder ganz auf der Höhe. Deshalb habe ich Señorita Santillana gebeten, Ihnen meine Lage zu schildern. Alles, was sie vorgetragen hat, ist vollkommen richtig.«

»Mein herzliches Beileid. Und wie hieß ihre Enkelin?«

»Blanca de la Rosa, Señor. Und sie war das schönste Mädchen von ganz Guayamés.«

»Das ist nicht möglich, Don Esteban«, erwiderte Manuel Felipe schmunzelnd, »das schönste Mädchen von Guayamés war und ist meine Tochter Blanca Sánchez.« Und Manuel Felipe nahm ein Foto von seinem Schreibtisch und drehte es um, damit Don Esteban sich selbst überzeugen konnte.

Don Esteban spürte, wie sich ihm das Herz zusammenkrampfte. Blanca Sánchez war seiner einstigen Liebe Blanca de Montenegro wie aus dem Gesicht geschnitten. Sie besaß das weißgoldene Haar und die feinen Züge ihrer Großmutter, und ihr Lächeln war ebenso vollkommen wie einst das ihre.

»Sie haben Ihre Blanca verloren, aber ich habe meine noch«, sagte Manuel Felipe und schüttelte traurig den Kopf. »Das Leben geht unschöne Wege, um Gerechtigkeit zu schaffen, nicht wahr, Don Esteban?«

Da wurde Don Esteban klar, daß Manuel Felipe über alles Bescheid wußte.

Tante Artemisa verstand nicht, worauf angespielt wurde. »Ist das Ihre Tochter?« fragte sie den Finanzbeamten einschmeichelnd. »Sie ist sehr hübsch. Ist sie schon in die Gesellschaft eingeführt? Einer meiner Cousins ist kürzlich zum Vorsitzenden des Schützenvereins gewählt worden, die Bälle dort gehören zu den Höhepunkten der Saison. Wenn Sie möchten, könnte ich Ihre Tochter für den diesjährigen Erstlingsball vorschlagen.«

Aber weder der Steuerprüfer noch Don Esteban beachteten ihre Worte.

»Ich weiß, weshalb Sie gekommen sind, Don Esteban. Ich habe den Bericht hier vorliegen. Sie brauchen sich keine Sorgen zu machen«, versicherte ihm Manuel Felipe, während er einen Stapel Papiere vom Tisch hob. »Ich verspreche Ihnen, daß die illegalen Siedler ab morgen vertrieben werden, so daß Sie in der Lage sind, Ihr Land zu verkaufen.« Er stand auf und reichte Don Esteban zum Abschied die Hand.

Am nächsten Morgen fühlte sich Don Esteban beim Aufwachen nicht wohl und beschloß, im Bett zu bleiben. Tante Artemisa aber zog ihre Cowboystiefel an, kletterte in ihren Jeep und fuhr auf Don Estebans Felder hinaus, diesmal in Begleitung eines Vollzugsbeamten. Sie überreichte jedem illegalen Siedler ein kleines Weihwasserfläschchen, ein buntes Bildchen der mildtätigen Muttergottes, eine Medaille mit einem Jesusbild und einen Haftbefehl für jeden Rechtsverletzer, der nicht binnen vierundzwanzig Stunden Don Estebans Land geräumt hatte. Die Eindringlinge zogen einer nach dem anderen ab, und wenige Wochen später konnte Don Esteban endlich sein Land veräußern.

Tante Artemisa frohlockte, doch ihr Glück währte nicht lange. Don Esteban erlitt einen Herzanfall und starb sechs Monate darauf. In seinem Testament vererbte er seine Zuckermühle Santa Rosa und alle seine Ländereien Manuel Felipes sechzehnjähriger Tochter Blanca Sánchez. Artemisa dagegen erhielt einen Tag nach der Beerdigung mit der Post ein kleines, in braunes Packpapier gewickeltes und verschnürtes Päckchen, dazu einen handschriftlichen Brief von Don Esteban. Er dankte ihr für alles, was sie in Blanca Rosas Namen getan hatte, und bat sie um Verzeihung, daß er nie um ihre Hand angehalten hatte. In dem Kästchen lag ein vollkommener dreikarätiger Solitär als Andenken an das, was hätte sein können. Artemisa nahm den Ring aus der Schachtel und streifte ihn feierlich über den Finger.

Das ist der Grund, weshalb Tante Artemisa immer in Trauer ging und bis zum Ende ihrer Tage einen Diamantring am Finger trug.

4

Tante Lakhmé war der Ansicht, daß ein wunderbares Kleid ein Kunstwerk war wie eine Skulptur oder ein Gemälde, weil die Mode, eben so wie die bildende Kunst, durch Phantasie und Stilbewußtsein zustande kommt. Die Mode, fand sie, sei sogar die einzig wahre Kunst, weil sie so schnellebig ist.

»Ein schönes Kleid ist wie ein Schmetterling«, pflegte sie sich Großmutter Valeria gegenüber zu rechtfertigen, wenn sie sich wieder ein neues Modellkleid kaufte. »Nur für wenige Augenblicke glitzert es in der Sonne, dann wird es schon vom Wind davongetragen. *La mode, c'est la mort.*«

Großmutter Valerias Protest und ihren Einwand, daß sie bereits drei neue Kleider im Schrank hängen habe, tat Lakhmé ab, indem sie die Mutter umarmte, ihr einen Kuß auf die Wange drückte und sagte: »Wir haben das Geld, Mutter, warum sollten wir es nicht ausgeben? Wollen wir es etwa mit ins Grab nehmen?«

Tante Lakhmé war so schön wie ein Hollywoodstar, und vielleicht wurde sie deshalb auch so unglücklich. Schönheit in ihrer vollkommensten Form kann einen Menschen versklaven, denn niemand wagt es, sie zu stören oder etwas von ihr zu fordern, vielmehr empfindet man es schon als Privileg, sich in ihrer Gegenwart sonnen zu dürfen.

Lakhmé war groß und schlank. Mit ihren roten Haaren und den gebogenen Wimpern erinnerte sie an Rita Hayworth, dazu besaß sie lange, wohlgeformte Beine wie Marlene Dietrich. Sie trug nur Designermodelle aus Häusern wie Harvey Bering, Ceil Chapman und Christian Dior und bestand darauf, daß ihre seidenen Abendschuhe jeweils im Ton ihres Kleides eingefärbt wurden – rubinrot, saphirblau oder smaragdgrün.

Als Großvater Alvaro 1926 starb, war Lakhmé erst drei Jahre alt, aber Großmutter machte sich keine Sorgen um sie, denn Lakhmé war bereits so schön, daß Valeria überzeugt war, sie würde eines Tages einen Millionär heiraten. Nachdem Tante Siglinda und meine Mutter geheiratet hatten und aus Emajaguas fortgezogen waren, bekam Lakhmé ihr eigenes Zimmer, und Valeria, die in ihrer Tochter immer die zukünftige Braut sah, ließ es ganz mit weißem Satin ausstatten, die Vorhänge, die Laken und sogar die Daunendecke, unter der Lakhmé jeden Abend in die Welt ihrer Träume abdriftete. Ihr Frisiertisch besaß einen dreiteiligen Spiegel aus geschliffenem Kristall, und wenn sie davorsaß, vervielfachte er Lakhmés perfektes Profil bis ins Unendliche.

Auf Emajaguas wirkte Tante Lakhmé auf alle ein wenig einschüchternd. Sie wurde zu den elegantesten Festen eingeladen, wo ihr die begehrtesten Tanzpartner sicher waren, aber sie war furchtbar wählerisch und keineswegs leicht zufriedenzustellen. Umgekehrt wagte niemand, etwas an ihr auszusetzen, und dank ihres unfehlbaren Geschmacks gab sie auch kaum Anlaß dazu. Nur Aurelio hatte den Mut, sie hin und wieder aufzuziehen.

»Sei nicht so eingebildet, Lakhmé«, sagte er dann zu ihr. »Vergiß nicht, daß du die Jüngste in der Familie bist. Du bist sozusagen das Schwanzende, und was sich unter dem Schwanz befindet, weißt du ja.«

Als Teenager eiferten meine Cousinen und ich alle Tante Lakhmé nach, aber als wir erwachsen wurden und erlebten, wie oft Lakhmé heiratete, fortzog und nach jeder gescheiterten Ehe wie ein gerupftes Huhn wieder nach Hause zurückkehrte, gaben wir den Wunsch auf, so sein zu wollen wie sie. Lakhmé war die ewige, für alle Zeiten an Emajaguas Ufern gestrandete Braut.

Wenn wir Tante Lakhmés Zimmer betraten, war es, als kämen wir in eine Modeboutique. Wir probierten ihre Designermodelle an und bettelten ihr das eine oder andere mit der Begründung ab, es sei schon verschossen oder älter als ein Jahr. Während ich es haßte, die abgelegten Kleider meiner älteren Cousinen zu tragen, liebte ich Tante Lakhmés Garderobe. Ich kam mir darin vor wie Aschenputtel in den Kleidern der guten Fee.

Wie alle meine Tanten, bis auf eine, hat auch Tante Lakhmé die Universität von Puerto Rico besucht. Sie war zwei Jahre lang zum Kunststudium eingeschrieben und besaß sogar Bücher, aber nie sah ich sie darin lesen. Clarissa brütete ewig über ihrer landwirtschaftlichen, historischen oder soziologischen Lektüre, das Zimmer von Tante Dido war vollgestopft mit Gedichtbänden und das von Tante Artemisa wirkte mit all seinen Gebetbüchern wie eine Sakristei. Bei Tante Lakhmé jedoch dienten Bücher einem ganz anderen Zweck.

Kaum waren meine Cousinen und ich über die Schwelle ihres Zimmers getreten, stellte Tante Lakhmé uns in einer Reihe auf und ließ uns jede ein Buch auf dem Kopf balancieren. »Ihr müßt lernen, beim Gehen das Kinn oben zu halten, meine Lieben!« sagte sie. »Wenn ihr herabschaut, wird auch die Welt auf euch herabschauen!« Dann bog sie uns die Wimpern zurecht, feilte uns die Nägel und zupfte unsere Augenbrauen mit einer Pinzette zu vollkommenen Amorbögen, bis uns die Tränen kamen. Dazu sagte sie: »Wer schön sein will, muß leiden!«

Doch all ihre Weisheit und Schönheit reichten nicht aus, um Tante Lakhmé vor der Ungerechtigkeit dieser Welt zu schützen.

»Meinen ersten Mann«, erzählte uns Tante Lakhmé einmal, »lernte ich 1942 kennen. Ich war neunzehn und sicher, daß er der Mann meines Lebens war. Tom Randolph war der hübscheste Mann, den ich je gesehen hatte, und diente als Oberleutnant in der Marine. Ich verliebte mich am Schwimmbecken im Offiziersclub von Guayamés in ihn. Er war über einsachtzig groß und sah aus wie Johnny Weismüller.

Wir begegneten uns durch einen Unfall, der beinahe tödlich ausgegangen wäre. An jenem Tag war es schrecklich heiß, und der Swimmingpool im Offiziersclub verlockte mich so sehr, daß ich beschloß, mich an seiner flachen Seite ein wenig abzukühlen, obwohl ich nicht schwimmen konnte. Aber kaum war ich im Wasser, merkte ich, daß der Boden glitschig war und steil abfiel. Bevor ich mich versah, rutschte ich, ohne irgendwo einen Halt zu finden, ins Tiefe und war bald vollständig untergetaucht, bis auf meine Hände, die noch aus dem Wasser ragten. Ich versuchte, die Ruhe zu bewahren und mich wieder die Schräge hochzuarbeiten, glitt aber immer wieder ab. Da überkam mich Panik und ich glaubte schon, ertrinken zu müssen. Mit weit aufgesperrten Augen sah ich mich unter Wasser wie in einem Traum um und blickte meinem eigenen Tod ins Gesicht. Als ich nicht länger die Luft anhalten konnte, schluckte ich Unmengen Wasser, doch plötzlich tauchte jemand ins Becken und kam auf mich zugeschwommen. Er faßte mich um die Taille und zog mich in einer knappen Sekunde an die Oberfläche.

Er legte mich auf den Boden und pumpte mir das Wasser aus den Lungen, und in dem Moment, als er mich berührte, begann sich alles um mich herum zu drehen, und mich durchströmte ein heißes, brennendes Verlangen. Eine Woche später brachte ich Tom mit nach Emajaguas und stellte ihn Mutter vor. ›Lakhmé und ich lieben uns, und wir wollen heiraten, bevor mein Schiff ausläuft‹, erklärte er. ›Wir bitten Sie um Ihren Segen.‹

Als sie uns Hand in Hand vor sich stehen sah, wurde Valeria ganz schwer ums Herz. ›Es bleibt uns nichts anderes übrig, als unser Leben zu leben‹, sagte sie resigniert. ›Wenn dich dieser

Mann glücklich macht, dann heirate ihn, Lakhmé. Aber warte bitte, bis er aus dem Krieg zurück ist. Oder willst du schon mit zwanzig Witwe sein?‹

›Und wenn er nicht wiederkommt, Mutter‹, wandte ich ein, ›dann werde ich nie wissen, wie es ist, jemanden geliebt zu haben.‹ Ich umarmte sie, drückte ihr einen Kuß auf die Wange und lief mit meinem hübschen Oberleutnant los, einen Richter zu suchen.

Am nächsten Tag ging Tom an Bord und fuhr ein ganzes Jahr mit einem Zerstörer der Marine kreuz und quer durch den Pazifik. Er kämpfte im Korallenmeer und auf den Midway-Inseln, war bei der Landung in Guadalcanal dabei und kehrte am Kriegsende nach Puerto Rico zurück. Als er mit seiner Uniform und der Offiziersmütze auf dem Kopf auf Emajaguas durch die Tür trat, und auf seiner Brust mehrere Orden sowie das purpurne Ehrenband der Kriegsversehrten prangten, glich er mehr denn je einem Gott. Er sah mich, hob mich wie eine Feder in die Luft und küßte mich auf den Mund. Das war der glücklichste Tag meines Lebens.

Mutter schenkte uns zur Hochzeit fünfzigtausend Dollar. Das war ein Teil des Verkaufserlöses von La Constanza, dem Grundstück, das Vater vor seinem Tod als meine Erbschaft bestimmt hatte. Tom und ich kauften uns einen Bungalow in den Bergen außerhalb von Guayamés und lebten ein paar Jahre lang im siebten Himmel.

Tom war ein amerikanischer Ehemann, wie er im Buche steht. Er war sanft und freundlich, rührte keinen Alkohol an und hatte kein Interesse an anderen Frauen. Auch machte es ihm nichts aus, im Haushalt mitzuhelfen. Nach dem Abendessen trocknete er regelmäßig das Geschirr ab und trug den Mülleimer hinaus.

Aber die schweren Kriegsverletzungen, die er sich bei seinem Einsatz im Pazifik zugezogen hatte, machten ihn berufsunfähig.

Seine Nerven waren vollkommen zerrüttet, und wir hatten drei Jahre nach unserer Heirat praktisch unser ganzes Geld für Arztbesuche und Medikamente aufgebraucht, von denen wir uns eine Linderung erhofften. Dann schlug das Schicksal zu: Tom erlitt bei der Gartenarbeit einen Herzanfall und sank mitten im Gemüsebeet um. Meine Kraft reichte nicht, um ihn von der Stelle zu bewegen, und es war niemand da, den ich hätte um Hilfe bitten können. Also rannte ich zum Telefon und rief Mutter an. Kurz darauf kam Urbano mit dem Auto den Hang hinaufgesaust. Aber bis wir das Krankenhaus erreicht hatten, war mein armer Tom bereits tot.

Einige Zeit später plante Valeria eine Spanienreise und überredete mich, sie zu begleiten, damit ich auf andere Gedanken käme. In Madrid lernte ich Rodrigo de Zelaya kennen, einen Spanier mit olivfarbener Haut, der als spanischer Botschafter in Marokko lebte. Rodrigo war ein gutaussehender Mann, der sich dabei gefiel, im Jagdkostüm, mit Reithosen, Wildlederjacke und allem, was sonst noch dazugehörte, durch Madrid zu stolzieren. Das einzig unansehnliche Detail seiner Erscheinung war ein sieben Zentimeter langer Nagel am kleinen Finger seiner rechten Hand. Rodrigo rührte damit morgens seinen duftenden Kaffee in dem arabischen Mokkatäßchen um.

Ich habe Rodrigo zum ersten Mal auf einer Fuchsjagd in Villaviciosa gesehen, einem Landgut in der Nähe von Madrid, dessen Eigentümer ein Cousin des spanischen Königs war. Passend zum Anlaß trug ich ein modisches rotes Jagdkostüm, kniehohe Stiefel aus englischem Leder und in der Hand eine Reitpeitsche. ›Kannst du wirklich reiten?‹ fragte Rodrigo, als er mich in diesem eleganten Aufzug erblickte. ›Natürlich‹, sagte ich selbstbewußt. ›Mein Vater hat es mir beigebracht.‹ Und ich schwang mich behende auf den Rücken des schwarzen Hengstes, der schon ungeduldig mit den Hufen scharrte, während Rodrigo ihm die Zügel hielt.

Es war nicht gelogen: Die zierlichen edlen Pferde unserer Plantage konnte ich reiten. Dafür brauchte man nämlich nichts weiter zu tun, als sich in dem bequemen Westernsattel zurückzulehnen und die Landschaft zu genießen. Man konnte auf dem Ritt durch die Zuckerrohrfelder sogar ein Glas Champagner trinken, ohne einen Tropfen zu verschütten, so eben und samtglatt war der Boden. Aber noch nie hatte ich in einem englischen Sattel gesessen, der wie ein Fahrradsattel aussieht und einem keinerlei Halt bietet, schon gar nicht, wenn man über das holprige Gelände Kastiliens galoppiert. Da muß der Reiter seine Bewegungen denen des Tiers anpassen, aber ich hatte nicht die leiseste Ahnung, wie man den Körper auf den Knien balanciert oder sich vorbeugt, um das Roß in den Trott zu zwingen. Kaum hatte ich den knappen Sitz erklommen, da spürte der spanische Falbe meine Unsicherheit und sprengte los, als sei ihm der Teufel auf den Fersen. Ich klammerte mich verzweifelt an seinen Hals, um nicht zu Tode zu stürzen, bis Rodrigo mich schließlich einholte und das Tier zum Stehen brachte. Er ließ mich absitzen und hob mich auf sein eigenes Pferd. Ich nahm hinter ihm Platz, umschlang Rodrigos Taille mit den Armen, und im gleichen Augenblick begann von neuem die Leidenschaft in meinen Adern zu pulsieren. Als Rodrigo mich einige Wochen später bat, seine Frau zu werden, willigte ich beglückt ein.

Rodrigo lebte schon seit zehn Jahren in Marokko und hatte viele arabische Sitten übernommen. Er war Muslim geworden und fragte mich, ob es mir etwas ausmachte, in einer mohammedanischen Zeremonie zu heiraten. ›Wir werden unsere Ehe in Rabat schließen‹, erklärte er mir, ›weil Moscheen in Spanien verboten sind.‹ Ich fand das alles herrlich, aber Valeria wurde es angst und bange. ›Dein Verlobter scheint ein guter Kerl zu sein‹, sagte sie, ›aber diese Adlerklaue an seinem kleinen Finger scheint mir nichts Gutes zu verheißen. Warum lernst du ihn nicht erstmal hier in Madrid etwas besser kennen, bevor du mit ihm nach Rabat gehst? Wenn du in Marokko bist, und die Sache schiefgeht, gibt es kein Zurück mehr.‹ Ich konnte es aber wieder einmal nicht abwarten und schlug ihren Rat in den Wind.

Mutter kehrte voll dunkler Vorahnungen nach Hause zurück. In Guayamés verkaufte sie ein weiteres meiner Wertpapiere und schickte mir einhunderttausend Dollar per Banktransfer nach Rabat. Außerdem verschiffte sie vier Seekoffer voller Kleider und meinen gesamten Schmuck als Diplomatengepäck nach Marokko. Ich eröffnete in Rabat ein Konto, erteilte Rodrigo eine Bankvollmacht und gab ihm ein Scheckheft, damit wir beide Zugriff auf das Geld hatten.

Die erste Zeit mit ihm war wundervoll. Wir lebten in einem prächtigen Palast aus blauen Mosaiken mit maurischen Gärten und Springbrunnen, die wie murmelnde Spiegel waren. Ich fühlte mich wie in einem Märchen aus *Tausend und eine Nacht*. Die Araber sind Experten in Sachen Erotik, und Rodrigo war ein hervorragender Liebhaber. Wenn wir uns liebten, und das war fast jede Nacht, führte er mich in zahllose Geheimnisse ein, legte mir Minzblätter in den Nabel, steckte mir Jasminblüten ins Haar, bedeckte meine Brüste mit Ylang-Ylang-Blättern und steckte mir Vanilleschoten in den Schoß, um dann meinen ganzen Leib von oben bis unten zu beschnuppern und abzuküssen. Hinter der durchbrochenen Zwischenwand unseres Schlafzimmers spielte ein Knabe die Zither, während ein zweiter unsere nackten Körper mit einem Fächer aus langen Pfauenfedern mit blaugrün schillernden Augen streichelte. Mein Mann hatte ein großes Geschlecht, ein wahres Elfenbeinminarett mit einem rosa Kuppeldach, und ich genoß es, sein Muezzin zu sein. Mindestens zweimal täglich kletterte ich hinauf und sang die Lobgesänge Allahs.

Rodrigo hatte aber einen Fehler: Er sprach nicht mit mir. Der Islam warnt vor zuviel Vertraulichkeit zwischen Eheleuten, und nach einer Weile wurde mir langweilig. Ich war es gewöhnt, mich den lieben langen Tag mit meinem armen Tom zu unterhalten, besonders nachts, nachdem wir uns geliebt hatten. Bei Rodrigo erschöpfte sich indes jedes Gespräch in Seufzern und Stöhnen.

Also faßte ich den Entschluß, mir selbst Unterhaltung und Ablenkung zu verschaffen. In Rabat gab es einen herrlichen Basar, den ich besuchen wollte, um dort kostbare Seidenstoffe und Damaste zu erstehen und sie nach Paris zu schicken, wo man mir vornehme Kleider daraus nähen sollte. Aber als ich meinen Wunsch zur Sprache brachte, teilte Rodrigo mir mit, daß das nicht möglich sei. Ein Diener würde für mich zum Basar gehen und die Kaufleute bitten, ihre Stoffballen in unser Haus zu bringen, damit ich auswählen konnte. Außerdem wollte er mich dazu verpflichten, außer Hause ein Kopftuch zu tragen, das mein halbes Gesicht verdeckte, und einen abscheulichen Mantel, der mir bis zu den Knöcheln reichte. Ich war entsetzt. Schließlich war ich keine Mohammedanerin und hatte auch nicht die geringste Absicht, eine zu werden. ›Glaube bloß nicht, daß ich auf der Straße drei Schritte hinter dir gehen werde wie eine Muselmanin‹, sagte ich zu ihm.

Ich beschloß, Rodrigos Forderungen zu ignorieren und fing an, mich mit ein paar europäischen Frauen zu treffen, die ich auf den Botschaftsempfängen kennengelernt hatte. Wir verabredeten uns nachmittags in der Bar vom Hilton, ganz in unserer Nähe, unterhielten uns über dies und jenes und tranken dabei ein paar Cocktails. Aber jedesmal, wenn ich in einem meiner Modellkleider aus der Haustür trat und zum Hotel ging, verrenkten sich die Leute die Hälse und machten anzügliche Bemerkungen über mich.

›Wenn du dich weiterhin so benimmst, wirst du mein Ansehen als Botschafter ruinieren‹, ereiferte sich Rodrigo. ›Ich lebe seit zehn Jahren in Rabat und habe die arabischen Sitten immer respektiert. Der Koran sagt es klar und deutlich: Eine Frau muß verschleiert gehen, denn zeigt sie einem Mann ihr nacktes Gesicht, dann ist das, als gäbe sie ihm Salz und verweigerte ihm das Wasser. Außerdem wirkt eine Frau verschleiert wesentlich attraktiver.‹

Als ich das hörte, packte mich die Wut, doch ich ließ mir nichts anmerken. ›Wieso das?‹ fragte ich arglos. ›Das Gesicht einer Frau ist wie ihr Po: Es gehört ihrem Mann, und niemand anders darf es sehen‹, entgegnete mir Rodrigo. Da lachte ich laut los.‹«

Und meine Cousinen und ich taten an dieser Stelle von Tante Lakhmés Bericht das gleiche.

»Natürlich«, fuhr sie fort, »weigerte ich mich, ein Kopftuch oder einen Schleier zu tragen, weshalb Rodrigo und ich einen erbitterten Streit hatten.

Ein anderes Mal lud Rodrigo mehrere Scheichs zum Abendessen ein. Bevor die Gäste eintrafen, nahm er mich zur Seite: ›Ich weiß, daß du Linkshänderin bist, Lakhmé, aber wenn wir uns im Speisezimmer auf den Kissen niederlassen, um zu essen, dann achte bitte darauf, ausschließlich deine rechte Hand zu benutzen. Ein Araber nimmt seine linke Hand nämlich nur für die ›unaussprechlichen Verrichtungen‹.‹

›Und welche sind das?‹ fragte ich nichtsahnend.

›Sie putzen sich damit auf der Toilette ab‹, antwortete Rodrigo und mußte an sich halten vor Wut. ›Und schlagen ihre aufsässigen Ehefrauen.‹

Wieder brach ich in ein schallendes Gelächter aus. An jenem Abend bereitete es mir einen Riesenspaß, das Couscous mit der linken Hand zu essen und sie ganz tief in die riesige Bronzeschüssel einzutauchen, die die Diener vor uns aufgestellt hatten. Rodrigo war so zornig auf mich, daß er mir, nachdem sich die Gäste verabschiedet hatten, meinen Reisepaß und mein Scheckheft abnahm und mir verbot, das Haus zu verlassen. Von diesem Tag an kontrollierte er meine Post, ließ meine Telefonate abhören und gab mir überhaupt kein Geld mehr. Er beauftragte einen Diener, mich auf Schritt und Tritt zu überwachen und drohte mir Schläge an, wenn ich jemandem von meiner Lage erzählte.

Am nächsten Samstag hatte das Dienstmädchen frei, und als das Telefon klingelte, ging ich selbst dran. Es war Dido, die sich bereits seit einer Woche mit Antonio in Rabat befand, mich jedoch nicht hatte erreichen können, weil ihr das Mädchen jedesmal, wenn sie anrief, mitgeteilt hatte, ich sei ausgegangen. Ich lud sie zum Tee ein. Rodrigo war auch da, und wir saßen im Wohnzimmer auf den roten Seidenkissen und machten Konversation, ohne daß ich mir irgend etwas anmerken ließ. Als Dido und Antonio sich wieder auf den Weg machten, drückte ich meiner Schwester heimlich ein Zettelchen in die Hand, auf welchem ich ihr kurz meine Situation geschildert hatte: Rodrigo hielt mich gefangen, und ich brauchte dringend ihre Hilfe. Ich bat sie, einen Landrover zu mieten und am nächsten Morgen in einer bestimmten Straße auf mich zu warten. Wir mußten sehr vorsichtig sein, denn Rodrigo konnte mich nach islamischem Recht verhaften lassen, wenn er mich bei dem Versuch erwischte, ohne seine Erlaubnis außer Landes zu kommen.

Am nächsten Morgen zog ich meine Turnschuhe an und meinen Overall, in dem ich mich als Hobbygärtnerin betätigte, dann steckte ich meinen ganzen Schmuck in die Hosentaschen. Als Rodrigo ins Büro fuhr, teilte ich der Wache an der Tür mit, daß ich die Rosenstöcke am Ende des Gartens beschneiden wollte. Dorthin verschwand ich und kletterte hinten im Garten über die Mauer. Dido und Antonio erwarteten mich an der verabredeten Stelle in der Nähe des Hauses. Antonio saß am Steuer und verlor keine Minute. Er raste mit durchgedrücktem Gaspedal in Richtung Süden, und wir waren bald tief in der Sahara. Aber wir hielten erst an, als wir Mauretanien erreicht hatten.

Eine Woche später kehrte ich ohne einen einzigen eigenen Centavo, aber mit meinem ganzen Schmuck behängt und wohlbehalten nach Emajaguas zurück. Valeria war so erleichtert, mich zu sehen, daß sie die Nachricht von dem verlorenen Geld mit Gelassenheit hinnahm. ›Geld ist wie eine Wetterfahne, heute weht es hierhin, morgen dorthin. Mach dir darum keine Sorgen, mein Kind‹, tröstete sie mich. ›In dieser Welt gibt es für alles eine Lösung, nur nicht für den Tod.‹

Ich aber war so glücklich, wieder zu Hause zu sein, daß ich dem hübschen Rodrigo de Zelaya keine einzige Träne nachweinte.

Meinen dritten Mann, Edward Milton, heiratete ich 1957 in der Kathedrale von Guayamés. Da meine Ehe mit Tom Randolph nur vor einem Richter geschlossen worden war und die mit Rodrigo in einer islamischen Zeremonie, fanden sie vor den Augen unserer heiligen Mutter Kirche keine Anerkennung, und ich kam nun endlich in den Genuß einer echten kirchlichen Trauung mit allem Drum und Dran.

›Ich möchte einen Tüllschleier vom Altar bis zur Straße, einen Kranz aus frischen Orangenblüten im Haar und ein Hochzeitskleid mit einer zehn Meter langen Schleppe‹, verkündete ich Mutter, als Edward Milton mich bat, seine Frau zu werden. ›Diesmal soll es eine richtige Hochzeit geben.‹

Valeria machte es überglücklich, mich endlich als echte Braut zu sehen. Sie ging zur Bank, hob die letzten fünfzigtausend Dollar von meinem Konto ab und schenkte uns das Geld zur Hochzeit.

Edward Milton war Presbyterianer, erklärte sich aber einverstanden, nach katholischem Ritus zu heiraten. Er war von englischer Herkunft und gab gerne damit an, daß ihm ein Sitz im House of Lords zustünde, wenn sein Vater in London geblieben wäre. Ich lernte ihn auf einem Empfang des englischen Konsuls kennen, auf dem alle namhaften Vertreter von

Guayamés' Gesellschaft erschienen waren. Nachdem ich erst einen Amerikaner mit einer Vorliebe für das einfache Leben in den Bergen geheiratet hatte und dann einen halbwilden Spanier, der mich nach Rabat entführte, sehnte ich mich danach, in die zivilisierte Welt zurückzukehren. Geschiedene Frauen hatten in Guayamés kaum Möglichkeiten, am gesellschaftlichen Leben teilzunehmen, aber sobald ich mit Edward verheiratet war, bekäme ich wieder Einladungen in die besten Häuser und würde auf allen Festen mittanzen. Und was das Wichtigste war, ich würde wieder meine geliebten Kleider vorführen können.

Kaum waren wir verheiratet, kaufte Edward einen Rolls-Royce Silver Cloud und stellte einen Chauffeur in Uniform ein. Er nahm einen livrierten englischen Butler in seine Dienste – der erste und letzte seiner Art in Guayamés –, und wies mir ein eigenes Dienstmädchen und eine Köchin zu. Jeden Morgen betrat eine Kosmetikerin mit ihrem Körbchen am Arm unser Haus, manikürte Edward die Fingernägel und überzog sie dann mit einem durchsichtigem Lack – eine Ungeheuerlichkeit in der Machokultur unserer Insel!

Edward hatte ein Jahr in Oxford studiert und sprach Englisch mit britischem Akzent. Wir gaben häufig Gesellschaften in unserem Haus, zu denen aber kaum jemand kam. Meine Freunde mochten Edward nicht, weil er ein ausgeprägter Snob war. Er war auf einer Tabakplantage in Raleigh, North Carolina, zur Welt gekommen und so steif wie eine Zigarre im Gehrock. Nie lernte er ein einziges spanisches Wort, und sobald er das Zimmer betrat, mußten alle Englisch sprechen, denn es wäre unhöflich gewesen, ihn von der Unterhaltung auszuschließen. Das gab Edward den Gästen umgehend zu verstehen, wenn einer es wagte, in der Landessprache weiterzuplappern. Auf der Stelle hob Edward an, über die puertoricanischen Männer herzuziehen, die so ungebildet und unkultiviert seien, daß sie sich nur widerstrebend dazu bewegen ließen, ein Jackett und eine Krawatte zu tragen, und die behaupteten, die Ehre eines Mannes läge in seinen Eiern.

Der erste Beischlaf mit Edward ernüchterte mich vollkommen. Er war weder zärtlich wie mein geliebter Tom noch exotisch und erotisierend wie Rodrigo. Er hatte einen winzigen, trockenen Pimmel wie eine billige *Flor de Oro*-Zigarre, die für fünf Centavos an jeder Straßenecke der Insel zu haben ist. Der wurde manchmal stachelig wie ein Gürteltier, und man wußte nicht, wie man ihn anpacken sollte. Edward ertrug es nicht, wenn ich ihm sagte, wo und wie ich gestreichelt werden wollte, um meine Befriedigung zu bekommen. Er regte sich darüber auf und war der Ansicht, ich würde ihm Befehle erteilen.

Edward hatte auf der Plantage seiner Familie in Raleigh viel über die Tabakindustrie gelernt und investierte unser Geld in *La Cacica*, eine kleine Zigarrenfabrik in Caguana. Sie bestand aus einem zweihundert Morgen großen Tabakfeld und einem baufälligen Lagerhaus, in dem die Tabakblätter an der Decke zum Trocknen aufgehängt wurden. Edward zweifelte nicht am Erfolg dieser Unternehmung, denn er hatte gehört, der puertoricanische Tabak sei der aromatischste der Welt. Er wurde nach Kuba exportiert und dort in Manufakturen zu den Innereien der Montecristos und Partagás verarbeitet, obwohl die Kubaner nie zugeben wollten, woher ihre teuren Spitzenmarken ihren vorzüglichen Geschmack wirklich hatten.

Was jedoch Edward an seinem Betrieb das meiste Vergnügen bereitete, waren die hübschen Mädchen aus Caguana, die jeden Tag zum Arbeiten in seine Fabrik kamen. Die Verarbeitung der Tabakblätter war eine schwierige Aufgabe und oblag traditionell den Frauen. Zunächst mußten die *tabaqueras,* die Tabakarbeiterinnen, die Blätter entstielen, sie dann behutsam und ohne sie zu zerreißen von den feinen Blattadern befreien, um sie schließlich auf ihren nackten Oberschenkeln auszubreiten und vorsichtig glattzustreichen, wodurch ihre Beine die dunkle Färbung und den Geruch der Tabakpflanze annahmen.

Edward rauchte für sein Leben gern Zigarren, und das war wohl der Grund, weshalb ihn die *tabaqueras* so anzogen. Er konnte einfach der Versuchung nicht widerstehen, mit ihnen Liebe zu machen, denn wenn er das Gesicht in ihren duftenden Schenkeln vergrub, war es ihm, als rauchte er eine puertoricanische Zigarre. Da Edward bei Morgengrauen zu dem kleinen landeinwärts gelegenen Tal Caguana aufbrach, wo sich seine Fabrik befand, und nicht vor Sonnenuntergang heimkehrte, dauerte es eine ganze Weile, bevor ich von dieser Seite seines Unternehmens erfuhr.

Als ich Edward heiratete, bildete ich mir ein, endlich im sicheren Hafen der Ehe angelangt zu sein und mein restliches Leben in den schützenden Armen eines liebenden Mannes verbringen zu können. Ich glaubte ihm auch, daß er aus wohlhabenden Verhältnissen kam, und als er mich vor unserer Hochzeit einmal mit nach Raleigh nahm und mir das Haus seiner Familie zeigte, war ich tief beeindruckt. Sie wohnten an der *Main Street* in einem viktorianischen Schloß mit steinernen Türmchen und einem vier Stockwerke hohen Dach. Aber Edward hatte vier Brüder und fünf Schwestern, und als seine Eltern starben, wurde das Erbe unter allen aufgeteilt, und er ging beinahe leer aus. Deshalb lebten wir seit unserer Hochzeit auf meine Kosten.

Edwards Gewinne aus La Cacica reichten nicht einmal, um seine eigenen Ausgaben zu decken, geschweige denn meine. Nach der Kubanischen Revolution im Jahr 1959 wurde es immer schwieriger, den puertoricanischen Tabak bei seinem Hauptabnehmer Kuba loszuwerden, bis ein Handelsembargo schließlich jeden Warenverkehr zwischen den beiden Inseln verbot. Dazu kam, daß die Fracht für Seetransporte extrem teuer wurde, weil alle Inselerzeugnisse von der US-amerikanischen Flotte befördert werden mußten. Als Edward mir schließlich mitteilte, daß er La Cacica schließen müsse, konnte ich es nicht fassen. Wir waren ruiniert und würden fortan von Luft und Liebe leben müssen.

Edward verkaufte den Rolls-Royce, entließ den Chauffeur und den Butler. Ich mußte das Dienstmädchen aufgeben und die Hausarbeit selbst erledigen. Als erstes büßte ich meine wunderschönen, mandelförmigen Fingernägel ein, und meine gepflegten Hände verwandelten sich in unansehnliche Klauen. Ich konnte mir keine modische Kleidung mehr leisten, und selbst für den Schönheitssalon war kein Geld da, so daß ich mich selbst frisieren mußte. So konnte ich unmöglich leben.

Ich packte meine Koffer, nahm meinen Schmuck und mein Scheckheft und kehrte zu Mutter nach Emajaguas zurück. Ich hinterließ Edward das Gorham-Besteck, das Lenox-Service und das Val-St.Lambert-Kristall, das wir zur Hochzeit bekommen hatten, und hätte ihm im Tausch gegen meine Freiheit noch vieles mehr dagelassen, denn ein Leben ohne Luxus war für mich kein Leben.

Guayamés' Gesellschaft ist römisch-katholisch und apostolisch, und eine Scheidung ist nicht gut gelitten. Ich wußte, wenn ich mich von Edward scheiden ließe, würde ich endgültig von dem gesellschaftlichen Leben ausgeschlossen und nie wieder zu irgendeinem wichtigen Ereignis eingeladen werden. Es blieb mir also nichts anderes übrig, als die Ehe annullieren zu lassen.

Ich schrieb einen Brief nach Rom und bat den Vatikan um Auskünfte über Eheannullierungen, ohne je eine Antwort zu erhalten. Daraufhin suchte ich Padre Gregorio, den Pfarrer von Guayamés auf, berichtete ihm von Edwards Untreue und daß er es vorzog, sich mit den Tabakarbeiterinnen von Caguana zu vergnügen, anstatt seine ehelichen Pflichten zu erfüllen. ›Ich möchte die Ehe annullieren lassen und weiß nicht, wie‹, schluchzte ich leise hinter dem roten Samtvorhang des Beichtstuhls.

Padre Gregorio war ein weltzugewandter Spanier mit vollen Lippen, der gerne lachte. Als er mich an der Stimme erkannte, schob er den Vorhang zur Seite und sah mich freundschaftlich durch das Holzgitter an. ›Es wird sicher nicht einfach sein, dir da zu helfen, meine Tochter, aber wir werden uns schon etwas einfallen lassen‹, sagte er, ein Auge zusammenkneifend. ›Du mußt mir nur eins versprechen: Mich wenigstens einmal im Monat zu deinen Eltern zum Essen einzuladen.‹ Diese Bitte überraschte mich nicht, schließlich stammte Pater Gregorio aus einer angesehenen Familie in Santander und wußte guten Wein und gutes Essen wohl zu schätzen. Seitdem er seine Heimat verlassen hatte, war er zu einem spartanischen Leben genötigt, weil die katholische Kirche der Insel arm war, und Pater Gregorio gab alles darum, einmal auf Emajaguas vornehm zu tafeln.

›Es gibt drei Möglichkeiten, eine Ehe für ungültig zu erklären‹, fuhr der Pater leise fort. ›Erstens, der Ehemann ist impotent und die Ehe kann nicht vollzogen werden, außer der Heilige Geist greift ein. Zweitens, die Eheschließung basiert auf falschen Tatsachen: Wenn ein Partner minderjährig ist oder ein Schräubchen locker hat, wie ihr Puertoricaner das nennt. Drittens, das Ehegelöbnis war nur ein Lippenbekenntnis und keine aufrichtige Willenserklärung.‹ Diese letzte Option, die Padre Gregorio die Klausel der Gewissensfreiheit nannte, war für mich die passendste. Leider war sie aber auch sehr kostspielig. Fast jeder konnte seine Ehe auf diesem Wege für ungültig erklären lassen, nicht hingegen der Kirche vierzigtausend Dollar in bar dafür hinblättern. Denn das war der Preis für die Option der Gewissensfreiheit.

›Deshalb rate ich dir zur ersten Alternative‹, sagte der Pater. ›Sie ist kostenlos, weil sie etwas mit Gottes ewigem Ratschluß zu tun hat. Wenn der Mann nicht kann, dann kann er eben nicht. Ihr habt keine Kinder, demnach kann man euch nichts nachweisen, und als Potenzbeweis gilt nur die Aussage der Braut nach der Hochzeitsnacht.‹

Das Verfahren der Annullierung war kompliziert. Der Papst würde für die genaue Untersuchung unseres Falles aus Rom einen päpstlichen Nuntius schicken, der meine Verwandten und Freunde auf der Insel befragen würde. Wenn ich Edward dazu bewegen konnte, mitzumachen, hatte ich einige Aussicht auf Erfolg. Als ich ihn am folgenden Tag anrief, erzählte er mir, daß er vorhatte, nach South Carolina zurückzukehren. Einer seiner Brüder hatte ihm Arbeit auf der Familienplantage angeboten, aber er brauchte Geld für den Umzug und besaß keinen Centavo. Ich bot ihm meine Hilfe an, wenn er mit mir eine Abmachung traf. Ich weihte ihn in meinen Plan ein, unsere Ehe annullieren zu lassen, und sagte ihm, daß er sich dafür von einem päpstlichen Nuntius ausfragen lassen müsse, der jeden Moment aus Rom eintreffen konnte. Alles, was er zu tun hatte, war, diesem zu bestätigen, daß er impotent sei, dann bekäme er von mir zwanzigtausend Dollar. ›Sobald unsere Ehe für ungültig erklärt ist, kannst du nach Raleigh zurückgehen und hast mit der Sache nichts mehr zu tun.‹ Am anderen Ende der Leitung war es still. ›Ist das alles auch streng vertraulich?‹

Ich lachte, um ihm seine Sorge zu nehmen. ›Was denkst du denn? Wenn ich noch Jungfrau wäre, würde ich auch nicht herumlaufen und es jedem auf die Nase binden.‹ Edward war einverstanden, und mir entfuhr ein Seufzer der Erleichterung.

Am nächsten Tag ging ich mit Valeria zur Bank. Sie verkaufte eines ihrer eigenen Wertpapiere in Höhe von zwanzigtausend Dollar und lieh mir das Geld. Ich schickte es Edward per Postanweisung und bat Padre Gregorio, mein Gesuch nach Rom weiterzuleiten, damit der Vatikan seinen Nuntius möglichst bald auf die Insel schickte.

Der päpstliche Gesandte erschien vier Monate später. Er war schmächtig und blaß, hatte hohle Wangen, die Ohren eines

Frettchens und wirkte in seinem braunen Benediktinerhabit wie die Gestalt aus einem Gemälde von Caravaggio. Er begann sofort mit seinen Nachforschungen, besuchte Clarissa, Dido und Siglinda und stellte ihnen Fragen, die sie puterrot werden ließen: Ob ich einen Liebhaber hatte oder ein freizügiges Leben führte, wie ihm einige Nachbarn angedeutet hätten. Die Familie hielt zusammen wie Pech und Schwefel. Sie deckten mich so gut, daß der Nuntius nicht einmal erfuhr, daß Edward bereits mein dritter Ehemann war.

Unglückseligerweise fuhr der Nuntius aber auch nach Caguana und unterhielt sich mit den *tabaqueras*, die noch in der Umgebung der stillgelegten Tabakfabrik lebten. Ihre Aussagen vereitelten natürlich meinen Plan, Edward der Impotenz zu bezichtigen. Also mußte ich die Annullierung unserer Ehe doch durch die Klausel der Gewissensfreiheit vornehmen lassen, was mich weitere vierzigtausend Dollar kostete, die Mutter mir ebenfalls leihen mußte.

Nach meiner Scheidung von Edward Milton beschloß ich, ledig zu bleiben. Ich war dreimal verheiratet und bereue es nicht. Ich hatte meine Abenteuer und weiß genau, was ein Penis ist, weil ich sämtliche Sorten kennengelernt habe – den langen, den dicken und sogar den kurzen, stacheligen. Und ich kann euch vergewissern, daß das alles nichts ist gegen das Glück, für schöne Kleider leben zu dürfen, was ich seit meiner Trennung von Edward ausgiebig getan habe. Falls ihr es dennoch wissen wollt, kann ich euch aber gerne verraten, wie man einen Mann betört.«

Teil III

Clarissas Prüfungen

»Wir müssen alle sterben.«
»Keiner muß sterben«, erwiderte Galal
im Brustton der Überzeugung.
Nagib Mahfuz, »Das Lied der Bettler«

1

Die Ärzte waren sich einig, daß Clarissa nicht länger als einen Monat leben würde, wegen des rheumatischen Fiebers, das ein infizierter Moskito wenige Tage nach ihrer Geburt auf sie übertragen hatte. Das Fieber schwächte ihr kleines Herz, und dies begann bald so laut zu pfeifen, daß man es auch ohne Stethoskop hören konnte, indem man einfach ein Ohr an ihre Brust hielt. Sie lag einen ganzen Monat im Brutkasten, und als sich an ihrem Zustand nichts änderte, gestatteten die Ärzte meinen Großeltern, sie mit nach Hause zu nehmen – sie hatten sie aufgegeben.

Großmutter legte Clarissa in eine Wiege und schickte Großvater eine Amme suchen, weil sie mit ihren Nerven am Ende war und sich nicht zutraute, selbst für das Kind zu sorgen. Großmutter war erst achtzehn und schrak vor der Vorstellung zurück, der Säugling könnte ihr in den Armen sterben. Damals kam Miña Besosa in unser Haus.

Miña war zur einen Hälfte Taíno-Indianerin, zur anderen Hälfte Afrikanerin und stammte aus ärmlichen Verhältnissen. Ihr Vater, Triburcio Besosa, war Fischer, ihre Mutter Aralia starb jung und ließ die kleine Miña und ihre Geschwister als Waisen zurück. Mit fünfzehn heiratete Miña Urbano, einen Schwarzen, der gelegentlich als Fahrer auf der Plantage La Plata arbeitete. Als sie nach Emajaguas kam, war sie fünfunddreißig und hatte bereits vier Kinder zur Welt gebracht, die dank ihrer nahrhaften Muttermilch die gesündesten von ganz Camarones waren. Eines Tages wusch Miña gerade die schmutzige Wäsche ihrer Familie im Río Camarones, wobei Urbano sie festhielt, damit die Strömung sie nicht mit fortriß, als Großvater Alvaro vorbeigeritten kam. Miña war zum fünften Mal schwanger und stand kurz vor der Entbindung: Wenn sie ins Wasser gefallen wäre, hätte ihr Gewicht sie unweigerlich in die Tiefe gezogen, und jeder Rettungsversuch wäre vergeblich gewesen.

Als Großvater Alvaro Miña erblickte, ging er zu den beiden ans Ufer. Die nassen Kleider zeichneten ihre Konturen deutlich ab und ließen keinen Zweifel an ihrem Zustand. Sie sah aus, als trüge sie eine riesige Aubergine auf dem Bauch und zwei kleinere auf der Brust.

»Ich gratuliere zum bevorstehenden freudigen Ereignis«, sagte Großvater zur Begrüßung und wies freundlich lächelnd auf Miñas gewölbten Leib.

»Buenos días, Chef«, antwortete Urbano, der Don Alvaro Rivas de Santillana von dem großen Gutshaus Emajaguas sogleich erkannt hatte.

»Meine Frau hat unlängst ein Kind geboren«, sagte Großvater Alvaro. »Wollen Sie nicht als Amme zu uns ins Haus kommen und das Baby aufziehen? Da es unser erstes ist, werden wir Sie gut bezahlen«.

Miña legte die Hände auf ihren Bauch und warf einen ängstlichen Blick auf ihren Mann. »Selbstverständlich will sie, Chef«, antwortete dieser. »Es wird ihr eine Ehre sein.«

In jener Nacht weinte Miña sich in den Schlaf. Der Gedanke, ihr eigenes Baby in die Obhut ihrer Schwester geben zu müssen, um ein fremdes aufzuziehen, brach ihr das Herz. Aber Urbano bestand darauf. »Wenn du bei den Rivas de Santillanas in Stellung gehst, haben wir ausgesorgt. Ich komme dich jeden Tag besuchen, und bald können wir uns ein eigenes Häuschen leisten.«

Großvater zog Erkundigungen über die beiden ein und erfuhr, daß Urbano ein tüchtiger und zuverlässiger Fahrer war, der sich an den kürzlichen Streiks in der Zuckerfabrik nicht beteiligt hatte. Er hatte die Schule bis zur sechsten Klasse besucht und konnte demnach lesen und schreiben. Darüber hinaus kannte Großvater Miñas Vater Triburcio, weil dieser oftmals auf Emajaguas gewesen war, um seinen Tagesfang anzubieten, der an einem Stock über seiner Schulter baumelte. Großvater Alvaro entsann sich gut, denn er hatte jedesmal Fisch bei ihm gekauft. Als Amme für sein Neugeborenes kam Miña ihm wie gerufen.

In der damaligen Zeit galt es für eine puertoricanische Señora als unschicklich, ihre Kinder selbst zu stillen. Stets war sie aufs eleganteste zurechtgemacht und begleitete ihren Ehemann zu jedem gesellschaftlichen Ereignis. Ihre Mutterpflicht beschränkte sich darauf, die Sprößlinge in der Wiege zu schaukeln und ihnen Wiegenlieder zu singen. Außerdem war Großmutter Valeria sehr stolz auf ihre alabasterfarbenen, perfekt gerundeten Brüste, deren Warzen zart wie Rosenknospen waren. Großvater Alvaro war ganz vernarrt in sie und fühlte sich unter anderem ihretwegen von Großmutter so angezogen. Wenn Valeria ihrer Tochter diese Brustwarzen darbot, würden sie nachdunkeln wie bei den Mulattinnen – allein der Gedanke ließ Großvater schaudern. Kaum war Clarissa zwei Tage alt, bat Valeria daher die Hebamme, ihr einen Sud aus Ginsterblättern zuzubereiten, den sie zur Verhinderung des Milcheinschusses trank, und nach zwei Wochen hatte ihr Körper bereits seine ursprüngliche Form zurückerlangt. Sie zog ein elegantes Kleid an, machte sich die Haare zurecht, legte ihr Perlencollier und die passenden Ohrringe an und ging an Großvater Alvaros Arm ins Casino von Guayamés zum Tanz.

Als Clarissa aus dem Krankenhaus kam, sah sie in ihrer weißen Häkeldecke aus wie ein Wachspüppchen und schrie ohne

Unterlaß. Sie schlief so gut wie nie, sondern blickte mit ihren weitaufgerissenen Neugeborenenäugelchen ins Leere. Miña hob sie aus der Wiege und drückte sie liebevoll an sich. Da sie gut gepolstert war und sich unter ihrer gestärkten Uniform ein weicher Busen verbarg, schlief Clarissa in den Armen der Amme sofort ein. Als sie wieder aufwachte, wickelte Miña sie aus und untersuchte ihr mageres Körperchen, das einen Anblick bot wie ein nacktes Kaninchen und kaum größer war als Miñas flache Hand. »Armes kleines Ding«, wisperte Miña, »hast ein Vögelchen in der Brust sitzen, das dir den Schlaf raubt, und vergehst fast vor Frost. Ein wenig Wärme wird helfen, damit es dir bald besser geht.«

Sie begann, das Baby alle zwei bis drei Stunden mit Kampferöl einzureiben und es anschließend zu stillen. Außerdem legte sie Clarissa Pfefferblätter auf die Brust und wickelte sie in eine Baumwolldecke, so daß sie aussah wie eine Reispastete in Maisblättern. Sie band sich ein Tuch um und trug Clarissa drei Monate lang unentwegt an ihrem Körper, bis das Pfeifen in der kleinen Brust nachließ und das Gesichtchen ein wenig Farbe bekam. Danach war Clarissa so an Miñas Nähe gewöhnt, daß sie sich von niemand anderem mehr aus der Wiege nehmen ließ, ohne ein lautes Gebrüll anzustimmen.

Das ging ein Jahr lang so, bis Großmutter Valeria sich allmählich Sorgen machte, weil Clarissa ihr keinerlei Zuneigung entgegenbrachte. Sobald Valeria sie aus dem Bettchen hob, lief das Baby rot an wie eine Pfefferschote und hörte erst auf zu weinen, wenn Miña sie übernahm. Davon hatte Valeria bald genug. Sie entließ Miña und schickte sie in ihr Dorf zurück. Kaum war die Amme aus der Tür, da fing Clarissa bitterlich an zu weinen. Aber diesmal kamen die vertrauten Arme nicht wieder, um sie aufzunehmen. Statt dessen setzte Valeria sich an die Wiege und sang dem Kind etwas vor, doch Clarissa ließ sich durch nichts beruhigen, und Großmutter stellte sich entsetzt vor, ihre Tochter könnte aufwachsen, ohne zu wissen, wer ihre wahre Mutter war.

Nun erkannte Valeria, daß es ein Fehler gewesen war, ihr Baby blindlings der Amme zu überlassen, und schwor sich, fortan selbst für ihr Kind zu sorgen. Sie würde es baden, ihm eigenhändig die Windeln wechseln, Kartoffelbrei vom Porzellanteller und Milch aus einer Flasche füttern. Lange genug hatte Clarissa an Miñas warmer Brust genuckelt. Doch die Kleine schien das ganz und gar nicht einzusehen. Sie saß in ihrer Wiege, zitterte vor Hunger und Kälte, aber wenn Valeria ihr einen Löffel Haferbrei hinhielt, schlug sie mit den Händchen danach, so daß der Brei Valeria ins Gesicht spritzte. Zwei Tage lang ging das so, und Clarissa verweigerte jegliche Nahrung, bis alle schon dachten, daß sie verhungern würde.

»Ich ertrage es nicht mehr, sie noch länger weinen zu hören«, sagte Großvater Alvaro in der zweiten Nacht. »Es bricht mir das Herz.«

Seit geschlagenen sechsunddreißig Stunden hatte Clarissa nicht zu schreien aufgehört. Ihr Schluchzen war schon schwächer geworden und klang nicht mehr wie das Plärren eines trotzigen Kleinkindes, sondern wie das Maulen eines neugeborenen Kätzchens. Mein Großvater seufzte tief, und seine Brust hob und senkte sich unter dem Laken wie eine Bergflanke. »Es schadet ihr nicht«, beruhigte ihn Valeria. »Alle modernen Erziehungsratgeber versichern, daß es für ein Baby besser ist zu schreien, als herumgetragen zu werden. Ein Kind, das von vornherein an Entbehrungen gewöhnt ist, leidet später weniger. Außerdem stärkt es die Lungen. In einer Zeitschrift über Erziehungsfragen habe ich einmal gelesen, daß die Koloratursopranistin Adelina Patti von ihrer Mutter nie auf den Arm genommen wurde. Man hat sie als Baby die ganze Zeit in ihrer Wiege schreien lassen.«

Am dritten Tag war Clarissa so entkräftet, daß sie nicht mehr weinen konnte. Valeria holte sie aus der Wiege und setzte sie auf den Fußboden. Sie stellte eine Tasse Milch und einen Teller Haferbrei vor sie hin, legte eine reife Banane dazu und schloß die Tür hinter sich. Als sie merkte, daß sie alleine war, aß Clarissa den Haferbrei mit den Händchen und schleckte die Milch mit der Zunge aus der Tasse. Danach verrichtete sie, wie ein Tier im Käfig, ein kleines und ein großes Geschäft auf dem Fußboden. Dabei blieb es für mehrere Wochen: Clarissa aß alles auf, wenn niemand ins Zimmer kam, außer dem Hausmädchen, das mit Handfeger und Kehrschaufel den Unrat forträumte. Doch eines Tages wurde es meinem Großvater zu bunt. Er ging in das Zimmer, hob Clarissa auf den Arm, wikkelte sie in eine Decke und setzte sie sich auf die Schultern. Clarissa tat sofort den Mund auf und schrie aus Leibeskräften, aber Großvater ließ sich nicht beeindrucken. Er ging mit ihr auf die Terrasse und zeigte ihr die Segelboote, die in der Bucht von Guayamés ein- und ausfuhren.

»Hast du die hübschen Boote gesehen?« fragte er sie. »Sie sehen aus wie Schwalben, frei wie der Wind. Eines Tages wirst du sein wie sie und gehen können, wohin du willst. Wenn du zu weinen aufhörst und mir ein Lächeln schenkst, verspreche ich dir, daß Miña wieder zurückkommen darf.«

Clarissa war noch sehr klein und verstand kein Wort von Vaters Rede, ließ sich aber von seiner tiefen, sanften Stimme trösten und brachte bald glucksende Lachlaute hervor, die klangen wie eine Kastagnette.

Clarissas Schreianfälle verebbten allmählich, und sie gestattete schließlich jedem, sie zu füttern und ihr die Windeln zu wechseln. Miña kehrte ins Haus zurück, aber sie trug Clarissa nie mehr im Tuch und versorgte sie auch nicht, denn sie hatte strikte Anweisungen, sich dem Kind unter keinem Vorwand zu nähern, wenn sie ihre Stellung behalten wollte. Daher drehte Miña den Kopf weg, sobald Clarissa in Sicht war, und behandelte sie wie Luft. Clarissa bemerkte das und begann ihrerseits, Miña zu ignorieren. Weder sprach sie mit ihr noch berührte sie sie, bis auf eine Ausnahme: Wenn Miña ihr Zimmer putzte, näherte Clarissa sich ihr wie zufällig und strich ihr um die Waden. Aber Miña tat, als merkte sie nichts.

Als Clarissa vier war, versuchte sie, Miñas Aufmerksamkeit auf eine andere Weise zu gewinnen. Miña liebte Papageien, konnte sich aber keinen leisten. »Wenn sie uns anschauen und sich die goldenen Pupillen öffnen und schließen wie winzige Kaleidoskope«, sagte Miña, »teilen sie jedesmal eine uralte Weisheit mit uns: Sie beobachten, was hinter den sichtbaren Dingen liegt.«

Von der Terrasse auf Emajaguas aus konnte man häufig ganze Papageienschwärme nach Santo Domingo ziehen sehen. Miña ging dann hinaus und suchte das Laub der Bäume nach einem smaragdgrünen Flügelschlagen ab, oder sie begann, wie ein Täubchen zu gurren, aber immer ohne Erfolg, denn es gelang ihr nie, auf diese Weise einen Papagei anzulocken. Eines Tages kaufte sie einen Vogelbauer, brachte ihn in den Patio und hängte ihn an eine Tamarinde, um sich davorzusetzen und zu warten. Sie hatte eine Tüte Walnüsse um sich herum ausgestreut und in der Hand ein Netz an einer langen Stange, aber die Papageien zogen über ihren Kopf hinweg, ohne daß einer tief genug flog, um sich einfangen zu lassen.

Clarissa sah die Enttäuschung in Miñas Miene und lief in ihr Zimmer, um eine Schachtel Buntstifte zu holen. Eine Stunde später hatte sie ihr einen wunderschönen grünen Papagei gemalt und hängte das Bild mit Reißzwecken an die Küchenwand. Als Großvater Alvaro es erblickte, fuhr er unverzüglich ins Dorf und kaufte Miña einen Papagei. Dieser kam in den Vogelbauer und wurde an einen Bronzehaken in die Küche gehängt. Miña taufte ihn Felicia, was von *felicidad*, Glückseligkeit, kommt, und liebte ihn mehr als alles andere auf der Welt.

Stundenlang redete sie auf den Vogel ein, und Felicia lauschte ihr andächtig.

Großvater Alvaro war davon überzeugt, daß Clarissa geheilt war. Er kaufte ihr eine Unmenge Spielzeugschiffchen für die Badewanne und nahm sie jeden Nachmittag in einem warmen Pullover, damit sie nicht fror, mit ans Meer. Am Abend erzählte er ihr Gutenachtgeschichten, und als sie größer war und mit den Erwachsenen am Tisch sitzen durfte, saß sie stets an seiner rechten Seite. Die Erfahrung mit Miña ging indes nicht spurlos an ihr vorüber, denn sie konnte es kaum ertragen, von jemandem berührt zu werden. Es war wirklich so, als läge ein Eissplitter in ihrem kleinen Herz begraben, denn trotz Miñas Bemühungen, ihr als Baby Wärme zu geben, fröstelte sie immer, und die Liebe war für Clarissa die schwerste Übung im Leben.

All das wurde aber erst im Laufe der Jahre offenbar. Denn als Mutter dank Miña ein rundliches, glückliches Baby wurde, glaubten alle an ein Wunder, und sie erhielt den Namen Milagros. Erst als Heranwachsende taufte Großvater Alvaro sie in Clarissa um, weil sie so intelligent war. Im zarten Alter von zwei Jahren konnte sie bereits perfekt sprechen und mit drei mühelos lesen. Der Umgang mit Zahlen fiel ihr erstaunlich leicht, und als sie zehn war, führte sie in einem kleinen Notizheft über jeden Centavo Buch, der im Haus ausgegeben wurde, und half Großmutter Valeria, das Haushaltsgeld zu verwalten.

Großvater Alvaro nannte sie »seinen kleinen Diamanten«, weil sie die Dinge stets auf eine so klare Weise sah, und erwog sogar, sie in die USA auf eine Schule für Hochbegabte zu schicken, besann sich aber eines anderen, als Valeria mit Tante Siglinda schwanger war. Im Alter von etwa zwölf Jahren normalisierte sich Clarissas Entwicklung, und sie reifte ihrem Alter entsprechend heran. Doch ihre Intelligenz überflügelte zeit ihres Lebens die ihrer Geschwister.

Großmutter Valeria gab ihren Kindern die Namen mythischer Gestalten aus ihren Lieblingsbüchern. Jedesmal, wenn sie ein Mädchen entband, schlug ihr Miña einen soliden spanischen Namen wie Juana, María oder Margarita vor, aber Valeria zog die phantastischen Namenspatrone vor, die ihr gestatteten, sich die Zukunft ihrer Töchter in romantischen Farben auszumalen. Siglinda war nach Wotans Tochter in der »Walküre« benannt, Dido nach der Königin von Karthago in der »Äneis«, Artemisa nach der griechischen Jagdgöttin, Lakhmé nach der exotischen indischen Prinzessin in Pierre Lotis Gedicht »Le Mariage de Loti« und Clarissa nach Clarissa Harlowie, einer englischen Heldin in Richardsons Werk. Söhnen kam eine besondere Bedeutung zu, und man konnte sie unmöglich auf den Namen von Sagengestalten oder Romanfiguren taufen. Das war der Grund, weshalb kein Geringerer als Alexander der Große für Alejandros Namen Pate stand.

Clarissa war klein von Wuchs, gerade mal einen Meter fünfzig groß, doch ihre Sorge, deshalb keinen Mann zu finden, schlug Großvater Alvaro lachend in den Wind. »Kleine Fläschchen enthalten das kostbarste Parfüm«, sagte er. Sie war lebhaft und sehr hochmütig. Als sie Vater heiratete, hängte sie seinen Nachnamen wie einen Kometenschweif an den ihren: Clarissa Rivas de Santillana de Vernet. Sie brauchte jedesmal ewig, um zu unterschreiben. Nach dem verschnörkelten C. für Clarissa folgte ihr Nachname in elegantem Schwung mit gleichmäßig gerundeten, nach oben spitz auslaufenden Buchstaben, alle leicht nach rechts geneigt, wie das vom Wind gebeugte Zuckerrohr auf den Feldern ihrer Familie.

Von klein an war Mutter die Ordnung in Person; ihre Kleider waren stets frisch gebügelt, ihre Schuhe weiß und fleckenlos, ihre Zöpfe glänzend wie die Mähne eines edlen Pferdes, und mit Schleifen geschmückt. Ihre Hausaufgaben erledigte sie ohne fremde Hilfe und schrieb immer nur die besten Noten. Sie war beseelt von dem unerschütterlichen Glauben an die Macht des Geistes und brachte alles, was sie anfing, zu Ende.

Unentwegt machte sie ihren Schwestern Vorhaltungen und erteilte ihnen Belehrungen. Da Siglinda sehr anhänglich war und jeden küßte und umarmte, nannte Clarissa sie »die Klette«. Dido war für sie »die verirrte Wolke«; Artemisa »die Scheinheilige«, weil sie fortwährend betete; Lakhmé »das Dummerchen«, das nur Kleider und Jungs im Kopf hatte. Clarissa fand, daß sie die einzige Vernünftige in der Schwesternschar war und geradezu die Pflicht hatte, die anderen zurechtzuweisen.

Großmutter Valeria war so sehr mit den anderen Kindern beschäftigt, daß sie Clarissa wenig Beachtung schenkte. Dafür kümmerte sich Großvater Alvaro um so mehr um sie. Sie durfte häufig mit ihm ausreiten, wenn er seine Landgüter besuchte. Er setzte sie vor sich auf den großen Sattel, und gemeinsam galoppierten sie über die Zuckerrohrfelder. Später schenkte Großvater ihr ein Pony, und Clarissa wurde eine hervorragende Reiterin. Als er sie in ihrer Reithose mit dem kurzgeschnittenen Haar, aus dem die Ohrläppchen vorschauten, neben sich herreiten sah, verfluchte Alvaro das Schicksal, das sie als Mädchen hatte auf die Welt kommen lassen.

»Du darfst nie das Land verkaufen«, sagte er ihr einmal, als sie wie zwei Sternschnuppen über den Acker preschten. »Wenn einmal schlechte Zeiten kommen und du deine Schulden nicht bezahlen kannst, dann verkaufe alles, das Haus, das Tafelsilber, wenn es sein muß, sogar die Zuckerfabrik. Aber behalte das Land, sonst wirst du nie mehr von vorn anfangen können, weil du gleichzeitig dein Herz verkauft hast.«

Und Clarissa versprach ihm, es niemals zu verkaufen.

2

Tante Siglinda wurde zehn Monate nach Clarissa geboren und wie diese an Miñas Brust großgezogen, weil Großvater Alvaro der Ansicht war, daß Miñas Milch die allerbeste sei, und es ihm vernünftig erschien, alle Kinder der Rivas de Santillanas von derselben Amme säugen zu lassen. Das würde sie zu »Milchgeschwistern« machen, nachdem sie bereits Blutsgeschwister waren, und ihren Zusammenhalt festigen. Urbano wurde als Fahrer fest angestellt und zog zu Miña in die Wohnung über dem Kutschhaus. Miñas Kinder lebten bei ihrer Schwester am Río Emajaguas. Urbano hatte ihnen eine Holzhütte gekauft, mit Zinkdach und einer Latrine im Hof – ein Luxus, den sich damals nur wenige Lastwagenfahrer leisten konnten.

Miña war schweigsam und verrichtete ihre Arbeit mit Bedacht. Sie wirkte fast hölzern, so langsam und sicher waren ihre Bewegungen. Außer mit Felicia sprach sie nur, wenn das Wort an sie gerichtet wurde. Doch ihr Adlerblick über den hohen Wangenknochen vermochte die Stärken und Schwächen ihres Gegenübers auszuloten und sah alles, was im Haus vor sich ging.

Mit Clarissa und meinen Tanten kam Miña gut zurecht, Onkel Alejandro konnte sie dagegen nicht ausstehen. Wenn er seinen Schwestern ans Schienbein trat oder ihnen büschelweise die Haare ausriß, baute Miña sich mit den Händen in den Hüften vor ihm auf und brüllte: »Du glaubst wohl, daß der Schniepel, den du zwischen den Beinen hast, dein Zepter ist und du der Prinz von Emajaguas bist! Aber du bist nicht besser als jeder andere. Du hast genau wie deine Schwestern meine Milch getrunken und in meinen Armen geschlafen, deshalb stammt ein Teil von dir aus Camarones de Rincón, schläft auf einer Strohmatte, teilt seine Schlafstelle mit drei anderen und geht barfuß wie ich. Steig also herab von deinem Thron und hör auf, die anderen zu quälen.«

Miña war für das Putzen und die Wäsche zuständig und stand jeden Tag vor Morgengrauen auf. Donnerstags war die Kochwäsche an der Reihe. Dann entfachte Miña ein Feuer, stellte einen riesigen Kessel darauf und beaufsichtigte geduldig die siedende Seifenlauge mit der Weißwäsche der ganzen Familie, die sie dann und wann mit einer langen Holzstange umrührte. Ich bin sicher, dies war der Grund, weshalb Miña in alle unsere Familiengeheimnisse eingeweiht war: Sie hatte die schmutzige Wäsche in ihrer Obhut. Sie wußte, wann Großvater Alvaro und Großmutter Valeria miteinander schliefen und wann ein Kind unterwegs war. Sie wußte, daß Spannungen in der Luft lagen, weil sie nicht miteinander schliefen. Sie konnte unschwer erraten, wann in der Zuckerfabrik gestreikt wurde, weil Alvaro mit nächtlichen Durchfällen darauf reagierte. Auch erfuhr sie noch vor Valeria, wann meine Tanten ihre erste Regel bekamen und Onkel Alejandro anfing, feuchte Träume zu haben und die Frauen zu hassen, weil ihn keine erhörte. Da Miña auch die Wannen schrubbte, wußte sie, wann Alejandro abends zu lange ausgegangen war und in den Kneipen der Stadt getrunken hatte, weil er am nächsten Morgen stets das Badezimmer mied.

Was aber Miña den tiefsten Einblick in unsere Familiengeheimnisse gab, war die wunderschöne bunte Seifenkugel, die auf einer Glasschale über ihrem Waschbecken lag. Sie fügte sie im Laufe der Jahre aus all den Seifenresten zusammen, die sie aus den Badezimmern der Familie gerettet hatte. Eines Nachmittags entdeckte ich sie in ihrer Wohnung. Wir waren gerade aus La Concordia eingetroffen, und ich stürmte im Dunkeln die Stiege im Kutschhaus hinauf, um mich in Miñas Badezimmer zu verstecken und sie zu erschrecken.

Da erblickte ich die Seifenkugel auf der Schale und nahm sie vom Bord. Sie war so groß wie ein Tennisball und vereinte die Düfte sämtlicher Familienmitglieder in sich. Großmutter Valeria, Großvater Alvaro, Tante Siglinda, Tante Dido, Tante Artemisa, Tante Lakhmé, Onkel Alejandro, Mutter, alle waren sie hier vertreten. Langsam drehte ich den Seifenball in meinen Händen und sog die Geheimnisse jedes einzelnen auf: Valerias Ärger, wenn sie mit Clarissa zankte, Siglindas Sehnsucht, wenn sie von Venancio träumte, Didos Ergriffenheit, wenn sie ein Gedicht schrieb, Artemisas Hingabe, wenn sie in der Kirche betete, Lakhmés Befriedigung, wenn sie ein neues Kleid anprobierte. Alle diese Düfte wurden überlagert von Miñas Geruch, der sie miteinander verschmolz und die verschiedenen Schnipsel zusammenhielt.

Ich wagte nie, Miña auf diese Kugel der Geheimnisse anzusprechen. Rasch legte ich sie auf die Seifenschale zurück, sprang in großen Sätzen die Treppe hinunter und aus dem Kutschhaus hinaus.

3

Als im Jahr 1904 Onkel Alejandro auf die Welt kam, stieß Großmutter Valeria einen Seufzer der Erleichterung aus. Sie hatte nämlich befürchtet, jedes Jahr ein weiteres Kind bekommen zu müssen, weil Großvater Alvaro erst zufrieden wäre, wenn er einen Sohn hatte, der später die Zuckerfabrik La Plata übernehmen konnte. Onkel Alejandro stellte sich als viertes Kind in der Geschwisterreihe ein und wurde mit einem großen Fest auf Emajaguas begrüßt. Meine Großeltern ließen Ströme von Champagner fließen und luden alle Plantagenbesitzer der Region mit ihren Familien ein.

Aber Onkel Alejandro erwies sich von Anfang an als schwieriges Kind. Nach seiner Geburt bat Großmutter Valeria Miña ein weiteres Mal um ihre Dienste, doch Miña hatte gerade selbst einen Sohn zur Welt gebracht und wollte nach Rincón zurückkehren und sich um ihn kümmern. Nur weil Großvater Alvaro, mit der Begründung, daß es sich diesmal ja schließlich um einen Buben handelte, Miña ein höheres Gehalt bot, überlegte sie es sich und blieb da. Bevor Miña ihre Aufgabe übernahm, hielt Valeria es für angebracht, sie in ihre Schranken zu weisen: Sie sollte dem Kind lediglich die Brust reichen, alles andere erführe es von seinen Eltern. Bei Alejandro kam Miña ohnehin nie in Versuchung, es anders zu handhaben, denn sie faßte keine große Zuneigung zu ihm: Schon als Baby nuckelte er ihr die Brust wund und konnte nie genug bekommen.

Alejandro erbte die Statur seines Großvaters Bartolomeo Boffil. Er war nicht viel größer als einen Meter fünfzig und untersetzt, hatte eine breite Brust und stämmige Beine. Insofern traf Valeria mit seinem Namen eine unglückliche Wahl, die seine Mitschüler zu Spott und Hänseleien provozierte. Anstatt ihn Alexander den Großen zu nennen, riefen sie ihn Pepino den Kleinen. Alejandro selbst machte aber am meisten die Geringschätzung der Mädchen zu schaffen, die ihn seiner Größe wegen keines Blickes würdigten, und das erbitterte ihn. Großmutter Valeria tröstete ihn mit der Aussicht, daß er wahrscheinlich, wie viele andere Kinder auch, Wachstumsverzögerungen hatte und in der Pubertät einen Schuß machen würde. Aber Alejandro machte keinen Schuß, und obwohl Miña ihm täglich einen Kraftpunsch aus Eiern, Zimt und Sahne in die Schule brachte, gelang es dem Jungen nie, seine eineinhalb Meter zu überschreiten.

Alejandro war Großmutter Valerias erklärter Liebling. Als Baby nannte sie ihn ihren »Apoll« und verglich ihn mit der Sonne, weil er ihr den Tag erhellte, übersah dabei aber geflissentlich, daß Alejandro so gut wie nichts mit dem Gott des Lichts und der Harmonie gemein hatte. Als er größer war und zur Schule kam, fing Alejandro häufig Streit an und kam blutig und zerschunden nach Hause. Man muß ihm aber zugute halten, daß er tapfer war und ihn nie jemand weinen oder sich beklagen hörte.

Als Großmutter Valeria merkte, daß Onkel Alejandro wegen seiner Körpergröße Komplexe hatte, ließ sie ihm bei einem Orthopäden in den USA spezielle Schuhe mit Plateausohlen und Stahlkappen in den Spitzen anfertigen, die ihn siebeneinhalb Zentimeter größer machten und ihm einen steifen, kriegerischen Gang gaben. Fortan gefiel er sich darin, wie ein italienischer Faschistenfürst seine Absätze auf den polierten Böden klappern zu lassen, wenn er in der Schule seinen Klassenkameraden nachstellte. Es hob sein Selbstwertgefühl, und die Stahlkappen verfehlten ihre Wirkung nicht, wenn er sie bei Prügeleien gegen die Schienbeine seiner Feinde einsetzte.

Nicht nur seine Größe bereitete Onkel Alejandro Probleme, er tat sich auch schwer, das Lesen und Schreiben zu erlernen. Die Buchstaben purzelten vor seinen Augen durcheinander, und er las die Worte spiegelverkehrt: Stand da »Lager«, dann las er »Regal« und hieß es »Roma«, wurde bei ihm »Amor« daraus. Seine Schwestern, besonders Clarissa, ließen ihn spüren, daß sie in der Schule besser waren als er. Clarissa war nicht nur eine glänzende Schülerin, sondern besaß dazu auch ein großes Mundwerk. Wenn es zu einem Wortgefecht kam, mußte Alejandro jedesmal zwei, drei Minuten um die passende Antwort ringen, während Clarissa ihn mit ihrer messerscharfen Zunge im Handumdrehen kurz und klein schlug.

Großmutter Valeria war davon überzeugt, daß Alejandros Leistungen nur deshalb so zu wünschen ließen, weil er die Tafel nicht richtig sehen konnte, worauf ihn die Lehrerin in die vorderste Reihe setzte, ohne daß sich etwas änderte. Hinter seinen Büchern verschanzt, zeichnete er das Wappen der Rivas de Santillanas auf kleine Zettelchen, dann faltete er Papierflieger daraus und schoß sie auf Mary Ann Cedros ab, das hübscheste Mädchen der Klasse und Tochter des Plantagenbesitzers von Cambalache. Aber Mary Ann streckte ihm die Zunge heraus und zeigte ihm die kalte Schulter.

Alejandro nahm mit Vorliebe die zukünftige Namensführung seiner Schwestern zum Anlaß für Sticheleien: »Wenn ihr heiratet«, sagte er, »werdet ihr alle unseren Namen verlieren und mit dem Namen eurer Ehemänner unterschreiben. Ich werde als einziger den Namen unserer Familie an meine Frau und meine Kinder weitergeben, nur durch mich wird er fortdauern.«

Während Alejandros schulische Leistungen meinen Großeltern einiges Kopfzerbrechen bereiteten, scherte er sich selbst überhaupt nicht darum. Er würde ohnehin eines Tages La Plata übernehmen, und als Direktor brauchte er schließlich weder Rechen- noch Lesekünstler zu sein, sondern mußte nur befehlen können. Andererseits brachte er aber nicht das geringste Interesse für die Ländereien auf, die er später erben würde, und machte sich keinerlei Gedanken um die Verantwortung, die mit seiner privilegierten Rolle einherging. Er hatte keinen Spaß daran, wie Clarissa über die Plantage zu reiten, um das Zuckerrohr wie Wellen sanft im Wind wogen zu sehen. Die Zuckerfabrik war für ihn nichts weiter als eine Einnahmequelle, deren Gewinne er maximieren wollte. Wenn er zu diesem Zweck ein paar Felder opfern mußte, um neue Maschinen zu bezahlen, dann würde er das tun, ohne in irgendwelche Gewissenskonflikte zu geraten.

Das größte Vergnügen bereitete Alejandro eine Schrotflinte, die Großvater Alvaro ihm zum zwölften Geburtstag geschenkt hatte und mit der er am Ufer des Río Emajaguas auf die Pirsch ging. Nach der Schule verschwand er regelmäßig zu den morastigen Flußufern und kehrte stets mit irgendeiner Beute nach Hause zurück. Gewöhnlich war es eine Ringeltaube, die er der Köchin Gela ablieferte, aber manchmal brachte er auch einen vertrockneten Reiher, einen Uhu mit zerdrücktem Gefieder oder sogar ein Exemplar der auf der Insel beinahe ausgerotteten *guaragüaos* mit schneeweißer Brust, die unter der braunen Federhaube blutverschmiert war.

Valeria fand es immer abscheulich, wenn Alejandro tote Vögel anschleppte, und als er eines Tages eine Amsel erlegte und Großmutter den karmesinroten Schnabel wie eine vom Wind geschliffene Koralle im Spülbecken liegen sah, konnte sie nicht länger an sich halten. Sie verlangte von Großvater Alvaro, dem Jungen die Flinte abzunehmen und ihm ein für allemal das Jagen zu verbieten. Doch Onkel Alejandro ließ sich seinen Spaß nicht nehmen und lauerte den Vögeln fortan mit einer Zwille auf, briet sich seine Beute über einem Lagerfeuer im Freien und verspeiste sie alleine.

Großvater Alvaro ließ Alejandro eine sehr strenge Erziehung angedeihen, denn er war darauf bedacht, daß sein Nachfolger von klein an Disziplin lernte. Während in den Schlafzimmern seiner Schwestern Vorhänge mit Schweizer Stickereien hingen, blieben seine Fenster nackt, ebenso wie der Fußboden vor seinem Bett, und wenn er nachts hinaus mußte, trat er direkt auf die kalten Fliesen. Er duschte jeden Morgen mit eisigem Wasser, und die Matratze in seinem Himmelbett war mit Roßhaar gestopft und stach ihn durch den gestreiften Drillichbezug in die Haut.

Anstelle eines Kandelabers aus geschliffenem Kristall, wie es sie in den Zimmern seiner Schwestern gab, hing über Alejandros Bett eine eiserne Lampe, geschmückt mit einem mittelalterlichen Ritter hoch zu Roß. Dieses Bild war das letzte, was Alejandro abends sah, bevor ihm die Augen zufielen. Seine Schwestern hatten sämtliche Kleider und Schuhe, die sie begehrten, wurden von Guayamés' besten Modeschneidern ausgestattet und bekamen obendrein von ihrem Vater häufig goldene Armbänder, Ringe und Perlenketten zum Geburtstag geschenkt. Onkel Alejandro besaß nur zwei Anzüge, einen gestreiften Baumwollanzug und einen Leinenanzug für sonntags, dazu zwei Paar sonderangefertigte Schuhe mit Plateausohlen.

Aber Großmutter Valeria verwöhnte Alejandro hinter Großvaters Rücken. Wenn Gela einen Flan kochte, hob sie ihm das größte Stück auf und servierte es ihm heimlich in der Küche; wenn es zum Abendessen gebratenes Hühnchen gab, wurden ihm die Keule und die Brust zugeteilt, indes seine Schwestern mit dem Rest vorliebnehmen mußten. Alejandro war auch der einzige von den Geschwistern, der als Unverheirateter ein Auto besaß: Ein rotes Ford Coupé mit Notsitz, das Valeria, als Alejandro achtzehn war, ihm an Weihnachten in Zellophan verpackt unter das Fenster stellte.

Clarissa mochte keine Puppen; viel lieber hielt sie sich in Großvater Alvaros Zimmer auf und spielte Billard; und sie konnte schneller laufen als viele von Alejandros Freunden. Sie hätte alles darum gegeben, in die Baseballmannschaft des *Silver Cup Sports Club* in der Nähe von Emajaguas aufgenommen zu werden. Aber wann immer sie den Ball traf und vom zweiten zum dritten Mal lief, stellte Alejandro ihr ein Bein, so daß sie stolperte und fiel, bevor sie das Quadrat umrundet hatte, und die Baseball-Mannschaft verweigerte ihr die Aufnahme.

Alejandro stibitzte ihr auch die Schulhefte und kritzelte Unflätigkeiten über die Hausaufgaben. Oder er schlich sich in ihr Zimmer und entwendete ihre Wachsmalstifte und Malhefte. Clarissa tobte dann mit einer Gabel in der Hand durch das Haus hinter ihm her und schrie aus vollem Halse, er sollte sie endlich in Ruhe lassen. Aber Alejandro packte sie am Arm und drehte ihn auf den Rücken, bis sie die Gabel fallenließ. Wutschnaubend nahm Clarissa die Verfolgungsjagd wieder auf, derweil ihr der Schweiß von der Stirn rann. Sie wälzten sich auf dem Boden und schlugen sich gegenseitig die Fingernägel ins Fleisch wie Tigerklauen. Miña war die einzige, der es gelang, sie zu trennen und ihren Streit zu beenden.

Großvater Alvaro ergriff immer Partei für Clarissa und schalt Alejandro, aber Valeria fand, daß beide die gleiche Schuld traf. »Zum Streiten gehören zwei«, sagte sie zu ihrem Mann. »Alejandro kann nicht alleine zanken. Hör also auf, nur ihm Vorhaltungen zu machen!« Und zu Clarissa gewandt fügte sie hinzu: »In Wirklichkeit liebt dich dein Bruder, Clarissa. Er langweilt sich nur und will mit dir spielen. Du könntest auch gelassener reagieren und seinen Streichen nicht so viel Bedeutung beimessen.« Weil sie wußte, daß Valeria keine Widerworte duldete, senkte Clarissa den Kopf und hielt den Mund.

Im Heiligen Herzen von Guayamés, wo Clarissa zur Schule ging, wurde ihr beigebracht, daß Gott immer gerecht war. Sie fand aber, daß die Nonnen sich da irrten, sonst hätte Gott die Frau nicht so geschaffen, daß sie dem Mann körperlich unterlegen war. »Eines Tages bring ich dich um, das schwör ich dir!« schrie sie dem Bruder einmal von ihrer Zimmertür aus entgegen. »Und wenn ich dafür in die Hölle muß!« Onkel Alejandro lachte nur und rannte, sich unter Großmutter Valerias Röcken zu verstecken. Von dieser sicheren Position aus stichelte er weiter gegen Clarissa und schob ihr allein die Schuld zu.

4

Großmutter Valeria wollte, daß ihre Töchter alle zur Universität gingen, was für Mädchen damals keineswegs selbstverständlich war. Kaum eine Familie in Puerto Rico vertrat früher so moderne Ansichten wie meine Großmutter, und das machte mich immer stolz darauf, eine halbe Rivas de Santillana zu sein.

Als meine Tanten in die Pubertät kamen, hielt meine Großmutter ihnen lange Vorträge über die Wichtigkeit, als Frau an die Hochschule zu gehen. »Ihr werdet euch sehr viel wohler fühlen, wenn ihr einen Universitätsabschluß habt«, sagte sie. »Ihr werdet intensiver leben und in den Augen der Männer ein höheres Ansehen genießen. Deshalb wird es mit einem Hochschulabschluß auch sehr viel einfacher sein, einen anständigen Mann zu finden und euren Kindern etwas fürs Leben mitzugeben.« Als ihre Töchter sie so reden hörten, umarmten und küßten sie sie. In der Hauptstadt zu studieren bedeutete nämlich, neue Freunde kennenzulernen und an einem kulturellen Leben teilzunehmen, von dem sie in Guayamés ausgeschlossen waren. Sie würden Konzerte, Balletts und Theatervorführungen besuchen – Valeria hatte sie während ihrer gemeinsamen Europaaufenthalte auf den Geschmack gebracht.

Tante Siglinda war die einzige meiner Tanten, die der Universität fernblieb, weil sie sich von klein an nichts sehnlicher wünschte, als zu heiraten. Sie träumte von einem weißgetünchten Häuschen mit roten Rosen über der Eingangstür, in der sie nachmittags stehen würde, um ihren Liebsten zu erwarten, wenn er von der Arbeit heimkäme. Es war ihr Hobby, Tischdekken, Bettlaken und Dreieckstücher mit Ornamenten zu bestikken, und wenn sie sich auf Emajaguas auf die Terrasse setzte, erblühte in ihrem Schoß ein wahrer Garten aus Veilchen, Rosen und Lilien. Sie behauptete, daß ihr Garn magische Kräfte besaß: Wem sie ein selbstgesticktes Kleidungsstück schenkte, der würde sie nie mehr vergessen.

Tante Siglinda war Mutters Lieblingsschwester. Sie teilten dasselbe Zimmer, saßen bei Tisch zusammen und stiegen stets gemeinsam in die Badewanne. Während Siglinda Großvater Alvaros Unbeschwertheit geerbt hatte, gern lachte und immer zum Scherzen aufgelegt war, schaute Clarissa in der Regel düster drein. Sie waren wie zwei Seiten einer Medaille, die optimistische und die pessimistische, die überschäumende und die zurückhaltende, hielten aber zusammen und unterstützten sich gegenseitig bedingungslos.

In Großvater und Großmutter stießen zwei starke Charaktere aufeinander, und ihre Meinungsverschiedenheiten blieben auf Emajaguas niemandem verborgen. Die Gänse fingen dann wie wild an zu schnattern, Enten und Hühner gerieten in Aufruhr, und die jüngsten Kinder liefen, um sich unter den Betten zu verstecken. Aber Clarissa und Siglinda faßten sich ein Herz und stellten sich tränenüberströmt Arm in Arm zwischen ihre Eltern. »Liebst du Papa, Mama?« fragte Siglinda Valeria. »Liebst du Mama, Papa?« fragte Clarissa Alvaro. Und meine Großeltern hörten augenblicklich auf, sich zu beschimpfen, und eilten zu ihren Kindern, um sie zu küssen und zu trösten. Sie entschuldigten sich für den Schrecken, den sie ihnen eingejagt hatten, und versprachen, sich nie wieder zu streiten.

Tante Siglinda hörte Venancio Marini, den Bürgermeister von Guayamés, zum erstenmal 1919 bei ihrer Schulabschlußfeier reden, wo sie seine Ansprache von der ersten Reihe aus verfolgte. Venancio stammte von einer sehr armen italienischen Bauernfamilie aus Gaeta ab. Sein Vater, Javier Marini, war vor dreißig Jahren aus seiner Heimatstadt in Mittelitalien nach Puerto Rico ausgewandert.

Venancio sei ein hervorragender Rechtsanwalt, hörte ich Mutter wiederholt sagen. Mit neunzehn Jahren schloß er sein Jurastudium an Puerto Ricos juristischer Fakultät ab und wurde mit zweiundzwanzig ins Repräsentantenhaus gewählt. Als Siglinda ihn kennenlernte, war er Ende zwanzig und hatte sich als Verteidiger von nordamerikanischen Unternehmern, die große Zuckerraffinerien auf unserer Insel besaßen, einen Namen gemacht.

Damals hatte der *Partido Republicano Incondicional* das Regierungsmandat, und Onkel Venancio war Mitglied. Die Partei trat für die Eingliederung Puerto Ricos als Staat in die nordamerikanische Union ein, worin sie die Lösung für sämtliche wirtschaftlichen Probleme der Insel sah, und unterwarf sich daher dem politischen Diktat der Metropole. Venancio war durch seine guten Beziehungen zum Bürgermeister von Guayamés aufgestiegen, und noch in seinem Wahljahr bat man ihn um ein paar Grußworte auf der Abschiedsfeier der Schulabgänger vom Gymnasium.

Venancio war ein vollendeter Redner, der in Guayamés den Spitznamen »Goldschnabel« trug, weil er seine Ansprachen nie vom Blatt ablas, sondern »sich seine Worte vom Herzen diktieren ließ«, wie einmal ein Bewunderer in der typisch schwülstigen Ausdrucksweise von damals in einem Zeitungsartikel schrieb. Von dem Augenblick an, da sie ihn die Stufen zum palmwedelgeschmückten Podium hinaufsteigen sah, konnte Siglinda die Augen nicht von ihm wenden und spürte ein heftiges Flattern in der Herzgegend. Venancio trainierte sich täglich im Gewichteheben und besaß die muskulösen Arme eines Freistilringers. Er trug einen nagelneuen Leinenanzug, zweifarbige

Schuhe mit so blankpolierten Spitzen, daß er sich darin spiegeln konnte, und am kleinen Finger einen Brillanten von der Größe einer Erbse. Er übte eine geheimnisvolle Anziehungskraft auf sein Publikum aus, das ihm andächtig lauschte und jedes seiner Worte als die pure Wahrheit in sich aufnahm: Der wundervolle Klang seiner Stimme stand dafür ein, der klare Ton bestätigte es, und die Anmut seiner Erscheinung verschaffte ihm Geltung – mochte es seinen Zuhörern auch später, wenn sie wieder zu Hause waren, unsinnig vorkommen, was er gesagt hatte.

Bei der Abschlußfeier wurde Venancio sofort auf Siglinda aufmerksam, weil sie ihn aus der ersten Reihe so genau in Augenschein nahm. Sie war ein wenig rundlich, doch das gefiel Venancio. Magere Frauen mochte er nicht; er war ein Mann von Substanz und wollte umfassen, was er besaß. Als der offizielle Teil vorüber war und die Feier in der Aula fortgesetzt wurde, trat er auf sie zu und bot ihr ein Glas Punsch an. Heimlich zog er ein silbernes Fläschchen aus der Hosentasche und goß einen Schuß Rum hinein. Damals herrschte eine sehr strenge Prohibition, und wenn ihn jemand erwischt hätte, wäre er dafür ins Gefängnis gekommen. Aber Siglinda war entzückt und trank ihr Glas in einem Zug leer.

Da Großvater Alvaro und Großmutter Valeria zu Hause geblieben waren und Miña in der Schulküche mit ihren Freundinnen plauderte, konnte Siglinda den ganzen Abend ungestört mit Venancio tanzen. Bevor sie sich von ihm trennte, lud sie ihn nach Emajaguas ein, und Venancio sagte beglückt zu. Sie hatten gerade zusammen eine Rumba getanzt, und es war sehr heiß, deshalb nahm Siglinda ihren Fächer zur Hand und wedelte sich eifrig Kühlung zu.

»Ich liebe Fächer«, sagte sie zu Venancio. »Diesen hier habe ich selbst gemacht, aus Sandelholz und Spitzen.« Venancio betrachtete ihn genauer. Siglinda hatte mit feinen Stichen das Bild eines Schwans auf den Fächer gestickt, der friedlich auf einem See schwamm.

»Wissen Sie, was Josephine de Beauharnais Napoleon Bonaparte fragte, als sie sich auf einem Pariser Ball kennenlernten?« fragte Venancio Siglinda. Sie erwiderte mit einem Kopfschütteln. Wiewohl sie eine vage Vorstellung hatte, wer Napoleon Bonaparte gewesen war, klang der Name Josephine de Beauharnais vollkommen fremd in ihren Ohren.

»›Was ist die wirksamste Waffe, die Sie während Ihrer militärischen Laufbahn kennengelernt haben, Monsieur?‹ fragte Josephine. ›Ihr Fächer, Madame‹, antwortete Napoleon.« Siglinda lachte kokett, und Venancio küßte ihr die Hand. Dann entschuldigte sich Siglinda unter dem Vorwand, sich die Nase pudern zu gehen, und bat ihn, einen Augenblick auf den Fächer aufzupassen, bis sie zurück war.

Venancio wartete eine geschlagene Stunde auf Tante Siglinda, aber sie kam nicht wieder. Da bat er seinen Chauffeur, den De Soto zu holen, und fuhr enttäuscht nach Hause. Er brachte die ganze Nacht kein Auge zu, weil er unentwegt an Siglinda denken mußte. Er war unschlüssig, ob er am nächsten Tag zu ihr fahren und ihr den Fächer zurückbringen sollte oder nicht. Schließlich war Siglinda noch sehr jung, und er wollte seinen guten Ruf nicht aufs Spiel setzen, denn davon hing letztendlich seine politische Karriere ab. Also beschloß er, nicht nach Emajaguas zu fahren. Er legte den Fächer unter sein Kopfkissen und schlief gegen Morgengrauen endlich ein.

Am folgenden Nachmittag sollte er bei den Pfadfinderinnen in einem Nachbarort von Guayamés eine Rede halten. Als er auf dem Weg dorthin an Emajaguas' großem Hoftor vorbeikam, konnte er der Versuchung nicht widerstehen und ließ seinen Chauffeur anhalten: Er würde Señorita Siglinda nur eben ihren Fächer zurückbringen.

Es regnete in Strömen, und ein wahrer Wasserfall ergoß sich

vom Dach des Hauses. Der Chauffeur spannte einen riesigen schwarzen Schirm auf und hielt ihn beim Aussteigen über den Bürgermeister. Auf dem Rücksitz lag ein Rosenstrauß in Zellophan, der für die Leiterin der Pfadfinderinnenvereinigung bestimmt war. Den ergriff Venancio kurz entschlossen, stieg die Granitstufen zur Eingangstür hinauf und drückte den Klingelknopf. Miña ging hin, und als sie den Bürgermeister sah, öffnete sie ihm. »Ist Señorita Siglinda zu Hause?« fragte dieser. »Bitte sagen Sie ihr Bescheid, daß Venancio Marini da ist, um sie zu besuchen.« Er trat ein und schloß in der Eingangshalle den triefenden Regenschirm.

Miña eilte zu Siglindas Zimmer und klopfte mit der Scheu der Taíno-Indianer an.

»Du hast einen hohen Besucher«, flüsterte sie dem Mädchen ins Ohr, als es in der Türöffnung erschien. Dann kehrte sie auf Zehenspitzen in die Eingangshalle zurück, schwang die Flügeltür mit dem geschliffenen Mattglas auf und bat Venancio höflich herein. Siglinda, so teilte sie ihm mit, würde jeden Augenblick da sein.

Venancio setzte sich behutsam auf einen Schaukelstuhl. Er hielt immer noch die Rosen in der Hand, als Miña mit einer Blumenvase zurückkehrte, um sie ihm abzunehmen. Er dankte ihr und nahm wieder Platz, denn er wagte nicht, zwischen den Möbeln auf und ab zu gehen. Er war ein großer Mann, und das Wohnzimmer stand vollgestopft mit Topfpalmen und einem halben Dutzend kleiner Marmortische, auf denen Großmutter Valeria ihre Sammlung aus Spieluhren, Blumensträußchen und Porzellanpüppchen in gerüschten Blusen und selbstgestickten Mützchen aufgebaut hatte. Da ging plötzlich die Türe auf.

»Wer hat Sie denn hereingelassen?« fragte Großvater Alvaro mit donnernder Stimme von der Schwelle aus. Der Bürgermeister erhob sich. »Ihr Dienstmädchen, Señor. Ich bin zufällig hier vorbeigekommen und dachte mir, es wäre eine gute Gelegenheit,

Ihrer Tochter den Fächer zurückzugeben, den sie gestern abend auf der Abschlußfeier in der Schule vergessen hat.« Großvater Alvaro betrachtete den Eindringling mit Befremden. »Meine Töchter pflegen keine Politiker zu empfangen, und schon gar nicht, wenn sie erst siebzehn sind«, sagte er eisig. Venancio war ein paar Zentimeter größer als Großvater, aber was ihre Stärke betraf, waren sie sich ebenbürtig. Wie zwei Kampfhähne wölbten sie die Brust vor und maßen ihre Kräfte. In diesem Augenblick betrat Siglinda das Wohnzimmer. Sie stellte sich dazu und wollte Venancio ihrem Vater vorstellen, doch er kam ihr zuvor.

»Ich bin Venancio Marini, der Bürgermeister von Guayamés. Es freut mich, Sie kennenzulernen«, sagte er und streckte meinem Großvater die Hand hin.

»Das weiß ich«, erwiderte er. »Und ich sehe auch, daß es regnet«. Er ging zum Tisch, holte die Rosen aus der Vase und drückte sie Venancio in den Arm, indem er ihm Krawatte und Jackett bespritzte. »Es ist besser, wenn Sie jetzt gehen«, setzte er unfreundlich hinzu.

Venancio bewahrte die Ruhe. Er nahm seelenruhig den Strauß entgegen und holte ein Taschentuch heraus, um sich die Hände und den Anzug abzutrocknen. Dann ließ er sich von Siglinda zur Tür begleiten, während ihr die Tränen über die Wangen liefen. »Machen Sie sich keine Sorgen, mein kleiner Schwan«, tröstete Venancio sie und reichte ihr eine einzelne Rose aus seinem Strauß. »Eines Tages werden Sie meine Siglinda sein und den mottenzerfressenen Namen Rivas de Santillana ablegen können.« Er vergaß seinen Schirm und trat hoch erhobenen Hauptes in das Unwetter hinaus.

Tante Siglinda war am Boden zerstört, vertraute aber niemandem ihren Kummer an. Es dauerte eine ganze Woche, bevor sie eines Nachts Clarissa weckte und zu ihr ins Bett kletterte. »Was soll ich bloß tun?« fragte sie ihre Schwester unter Tränen. »Venancio rät mir fortzulaufen, aber das will ich Papa nicht antun.«

»Liebst du Venancio?« fragte Clarissa sie. »Ja«, erwiderte Siglinda. »Und ich glaube, er liebt mich auch. Aber gleichzeitig macht er mir auch ein bißchen angst. Wenn ich an ihn denke, fühle ich mich wie an einer unsichtbaren Schnur zu ihm hingezogen. Er hat mich in der Hand, und ich wäre alles zu tun bereit, was er mir befiehlt.«

Clarissa mochte Venancio und schätzte ihn als einen Bürgermeister, dem viele Neuerungen zu verdanken waren: der Staudamm am Rio Corrientes, der das Stromvolumen von Guayamés verdreifachte; das Waisenhaus in der Calle de la Torre; die Laderampe am Ende der Hauptstraße, von wo aus die Waren problemlos in die Läden der Plaza gelangten. »Mach dir keine Sorgen«, sagte Clarissa. »Cupido löst seine Fälle gewöhnlich ganz von selbst.« Sie legte den Arm um Siglinda und streichelte ihr den Kopf, bis sie einschlief.

Es verging eine weitere Woche, in der Siglinda an nichts anderes denken konnte als an Venancio. Jede Nacht träumte sie von ihm und wachte morgens naßgeschwitzt auf. Unterdessen hatte Miña ihr insgeheim mehrere Liebesbriefe zugestellt, aus denen hervorging, daß Venancio Nacht für Nacht vor Emajaguas' Mauern auf sie wartete. In der darauffolgenden Woche wagte Siglinda endlich den Absprung. Um drei Uhr morgens stand sie auf, holte eine Scheibe Brot aus der Vorratskammer, öffnete die Hintertür und schlüpfte über die Küchentreppe ins Freie. Sie rannte im Nachthemd durch den Garten, warf den Gänsen im Vorübereilen ein paar Brotbrocken hin, damit sie nicht mit ihrem Geschnatter Alarm schlugen, kletterte auf den Mangobaum, der an der drei Meter hohen Gartenmauer wuchs, sprang auf die andere Seite und stieg in Venancios blauen De Soto, der an der Straßenbiegung auf sie wartete. Als sich der Wagen in Bewegung setzte, hatte Venancio bereits die grauen Samtvorhänge zwischen dem Chauffeur und dem Wagenfond zugezogen und hielt die halbnackte Siglinda in seinen muskulösen Armen.

Großvater Alvaro entdeckte am nächsten Morgen ihre Flucht und geriet außer sich vor Wut. Er rief umgehend die Polizei an, um gegen den Entführer seiner minderjährigen Tochter Anzeige zu erstatten. Kurze Zeit später erschien ein Streifenwagen vor dem Haus, aber Großmutter Valeria stellte sich ihrem Mann in den Weg und hielt ihn so davon ab, seine Darstellung zu Protokoll zu geben.

»Denk erst mal darüber nach, bevor du handelst!« schimpfte sie und schleuderte ihm einen erzürnten Boffil-Blick entgegen. »Venancio Marini ist schließlich der Bürgermeister von Guayamés und ein sehr mächtiger Mann.« Großvater sah sie mit blutunterlaufenen Augen an. »Diese Politiker sind ein verdorbenes Pack, und Venancio Marini vorneweg. Er plustert sich auf wie ein Pfau! Ich werde nicht zulassen, daß er uns Siglinda wegnimmt. Sie ist erst siebzehn!«

»Sie wird demnächst achtzehn«, entgegnete Valeria. »Ich war genauso alt wie sie, als ich mit dir davongelaufen bin. Vergiß nicht, daß Siglinda sehr dickköpfig ist. Ihr wäre ein Skandal gleichgültig, aber genau den will ich verhindern. Wenn die Presse erst Wind davon bekommt und ihr Bild auf den Titelseiten der Zeitungen erscheint, kann sie niemand mehr davor schützen, mit Dreck beworfen zu werden.« Leichenblaß sank Großvater vor Valeria auf einen Stuhl und gab sich geschlagen. »Ist in Ordnung, Valeria, ich tue, was du willst«, sagte er. »Ich werde der Polizei mitteilen, daß sie die Suche abbrechen soll. Aber vom heutigen Tage an verbiete ich dir, in diesem Hause je wieder Siglindas Namen zu erwähnen.«

Venancio kaufte Siglinda ein wunderschönes Haus an der Avenida Cristóbal Colón. Es besaß einen verschnörkelten Erker zur Bucht, ein schmiedeeisernes Gartentor und ein Rankgitter mit Kletterrosen an der Eingangstür. Venancio schlug vor, daß sie jemanden fürs Haus anstellten, aber Siglinda sträubte sich. »Es ist sehr heiß in Guayamés«, sagte sie, »hier bläst keine frische Meeresbrise durch die Fenster herein wie auf Emajaguas. Die Hitze läßt sich nur ertragen, wenn man nackt herumläuft und sich dadurch ein wenig Kühlung verschafft.« Venancio hatte nichts dagegen einzuwenden, und wenn er von der Arbeit heimkam, liebten sie sich, wo es sich gerade ergab: auf dem massiven Eichentisch im Eßzimmer, auf dem gelbbezogenen viktorianischen Sofa im Wohnzimmer oder auf dem Perserteppich mit dem Bild vom Garten Eden und manchmal sogar im Bett zwischen Siglindas wunderschön bestickten Laken. Aber jedesmal, wenn Venancio Siglinda fragte, ob sie ihn heiraten wollte, schüttelte sie den Kopf.

»Wozu willst du heiraten? Um Papa und Mama einen Gefallen zu tun oder damit die Frauen aus der Gesellschaft und der Pfarrer uns nicht mehr schief ansehen? Sie werden immer einen Grund finden. Ich möchte lieber deine Geliebte bleiben.«

Als Großmutter Valeria davon hörte, bat sie Clarissa, ein ernstes Wörtchen mit Siglinda zu reden, worauf diese ihre Schwester besuchen ging. Sie saßen nebeneinander auf dem Sofa mit dem gelben Seidenbezug, das Venancio Siglinda zum Einzug geschenkt hatte, und gaben ein sonderbares Paar ab: Clarissa mit einem mexikanischen Umhang in allen Regenbogenfarben, den Miña ihr zu Weihnachten geschenkt hatte, Siglinda splitternackt.

»So kann das nicht weitergehen, Siglinda«, begann Clarissa. »Du scheinst Liebe mit Lust zu verwechseln. Die Liebe ist eine seelische Regung und vollkommen rein. Die Lust ist dagegen eine körperliche Regung; sie kann den Menschen ausbrennen und dich in die Hölle bringen.«

»Das ist der Unterschied zwischen dir und mir, Clarissa«, antwortete Tante Siglinda kopfschüttelnd. »Ich liebe Venancio mehr als jeden anderen auf der Welt, aber es ist mir unmöglich, diese seelische Regung von der körperlichen zu trennen. Der Leib hält die Seele warm, und die Seele den Leib kühl. Wenn eins von beiden stirbt, geht das andere mit unter, weil sie zusammengehören und mit Zaubergarn aneinander genäht sind.«

»Was für Zaubergarn?« fragte Clarissa arglos.

»Schamhaar«, antwortete Siglinda und bog sich vor Lachen. »Wenn du das eines Tages begriffen hast, Schwesterchen, wirst du aufhören zu frieren.«

Tante Siglinda machte sich einen Spaß daraus, andere Leute zu schockieren. Als ihre Nachbarinnen ihr eines Tages einen Überraschungsbesuch abstatteten, um festzustellen, ob die Gerüchte, die in der Stadt über sie kursierten, mit der Realität übereinstimmten, eilte Tante Siglinda auf ihr Zimmer und zog sich rasch an. Dann saß sie sittsam im Wohnzimmer und trank mit den Damen Kaffee. Zunächst gestaltete sich die Unterhaltung ganz gewöhnlich, doch plötzlich bekam Tante Siglinda einen glasigen Blick und murmelte, mit der Kaffeetasse in der einen und der Keksdose in der anderen Hand, so laut vor sich hin, daß jeder es hören konnte: »Jedesmal, wenn Venancio mich vögelt, öffnet sich eine rote Rose über unserer Eingangstür.« Die Kaffeetassen fingen auf den Untertassen an zu klappern, die silbernen Löffel schlugen dagegen und die blumenbestickten Kuchenservietten glitten zu Boden, aber Siglinda fuhr unbeirrt fort. »Ich weiß, daß wir heiraten sollten, weil ich eine Rivas de Santillana bin«, sagte sie, während sie sich mit einem Fächer Luft zuwedelte und sich auszuziehen begann. Ihre Gäste waren so schockiert, daß sie aufstanden und zur Haustür gingen, aber Siglinda folgte ihnen mit wiegenden Hüften: »Ich liebe es, mit Venancio ins Bett zu gehen und mir dabei vorzustellen, daß ich ihm alles gebe, was er braucht: eine Titte oder eine Tasse Tee, einen knackigen Arsch, eine neue Krawatte oder eine Ohrmuschel voller Honig zum Auslecken.« Den letzten Teil ihrer Rede hörte zwar niemand mehr, weil ihre Nachbarinnen bereits mit zugehaltenen Ohren die Avenida Cristóbal Colón hinaufflohen und Siglinda splitternackt in der Diele ihres Hauses stehen ließen, aber er gefiel ihr so gut, daß sie ihn ein ums andere Mal für sich selbst wiederholte.

Ein Jahr nachdem Alvaro Siglinda und Venancio von Emajaguas verstoßen hatte, ließ der Bürgermeister meinem Großvater zum Weihnachtsfest 1920 ein wunderbares Geschenk schicken: eine Kiste von seinem Lieblingschampagner, Dom Perignon, mit einer Grußkarte für fröhliche Feiertage und eine gute Zuckerernte im neuen Jahr. Da Alvaro wußte, daß Venancio mit dem amerikanischen Gouverneur der Insel gut befreundet war, und La Plata eine Förderung aus den Finanzprogrammen der Regierung gut gebrauchen konnte, luden meine Großeltern Siglinda und Venancio zum Weihnachtsessen nach Emajaguas ein.

Das Essen war ein Erfolg auf der ganzen Linie. Großmutter Valeria und Onkel Venancio verstanden sich prächtig, und Venancio hörte nicht auf, von den bahnbrechenden Erfindungen der Amerikaner zu schwärmen: Sie hatten den Telegrafen, das Telefon, den Stromgenerator, den Elektroherd, die Zahnbürste und die Sicherheitsnadel auf der Insel eingeführt. Deshalb sei er ein Verfechter der Eingliederung in die USA, erklärte Venancio meinem Großvater, denn er glaube an die Moderne. Und da sich seine Partei, die Republikaner, für die Interessen der Zuckerindustrie einsetzte, riet er meinem Großvater, ihr beizutreten und sie mit einer großzügigen Spende zu unterstützen.

Großvater Alvaro bedankte sich und befolgte Venancios Rat. Im darauffolgenden Jahr wurde Venancio zum Parteivorsitzenden gewählt und hatte noch mehr Einfluß als in seiner Position als Bürgermeister, weil er nun zum Kabinett des Gouverneurs in San Juan gehörte und ein Mitbestimmungsrecht bei der Ernennung der Kandidaten für den Senat und das Repräsentantenhaus hatte. Im gleichen Jahr ließen Siglinda und Venancio sich am Ostersonntag während des Hochamts in der Kathedrale trauen. Ganz Guayamés war auf den Beinen, um die Braut nackt zur Kirche gehen zu sehen, aber Siglinda erteilte den Schaulustigen eine Abfuhr und begab sich nach der neuesten Brautmode gekleidet zum Traualtar.

5

Im September 1921 fuhr Clarissa nach San Juan und schrieb sich an der Universität von Puerto Rico in Río Piedras ein. Bevor sie Emajaguas verließ, teilte sie meiner Großmutter in einem unmißverständlichen Ton mit: »Ich gehe an die Universität, um zu studieren, und nicht, um einen Mann zu finden, Mutter. Nach meinem Examen will ich frei sein wie der Wind. Ich brauche keinen Mann, der den ganzen Tag wie eine Drohne um mich herumschwirrt.«

Clarissa zog ins Katholische Pensionat. Das Essen war ungenießbar, aber gesund, und die Schlafstellen bestanden aus Eisenbetten mit einer dünnen Auflage und waren mit Laken voneinander getrennt, die an Stangen von der Decke hingen. Es war ein vierstöckiges Haus mit einem langen Balkon, der zum Campus ging. In seinem Garten blühten gelbe Trompetenbäume, rosa Levkojen und weiße Bougainvilleas. Eine lange, mit Königspalmen gesäumte Allee führte zu einem stattlichen Turm im neugotischen Stil, aus dessen rosa Keramikzinnen und grünen und gelben Wasserspeiern jedesmal, wenn es regnete, das Wasser heraussprudelte.

Dido und Artemisa folgten Clarissa ein Jahr später ins Pensionat, und bald flatterten die drei Schwestern wie ein Schwarm unternehmungslustiger Schwäne durch die Hauptstadt. Sie wurden auf alle Feste eingeladen und schlossen überall neue Bekanntschaften. Clarissa ging aber nicht immer mit ihnen und verbrachte statt dessen viel Zeit in der Bibliothek, wo sie, in Miñas mexikanischen Umhang gehüllt, über ihren Büchern saß.

Die alte Turmuhr schlug jede halbe Stunde und vermittelte Clarissa den Eindruck, sich an einer geweihten Stätte zu befinden. Wenn sie sich von einem Vorlesungssaal zum nächsten begab, überquerte sie, mit Büchern beladen, den Campus, wobei sie erhobenen Hauptes unter den Königspalmen dahinschritt. Sie hatte hervorragende Professoren, darunter mehrere anerkannte Wissenschaftler und einen berühmten Mathematiker. Die Vorstellung, zur intellektuellen Elite ihres Landes zu gehören und umgeben zu sein von zukünftigen Ärzten, Richtern, Ingenieuren, Ökonomen und Historikern, in deren Händen das Schicksal der Nation lag, ließ ihr Herz höher schlagen.

Clarissa studierte im Hauptfach Landwirtschaft, weil sie die modernsten Methoden der Zuckerproduktion erlernen wollte. Sie hoffte, ihrem Vater mit ihren Kenntnissen nützlich sein zu können, wenn sie wieder zurück auf Emajaguas war, und stellte sich vor, mit ihm die Pflanz-, Bewässerungs- und Erntemethoden von La Plata im Lichte der jüngsten technologischen Entwicklungen zu diskutieren. Sie besuchte auch Vorlesungen in Geschichte und Soziologie und begann, ein geschärftes Bewußtsein für die Erhaltung der natürlichen Ressourcen zu entwickeln – der ihres Landes sowie der ihres eigenen Körpers und Geistes.

Die Nonnen im »Heiligen Herzen« von Guayamés hatten Clarissa beigebracht, daß eine Frau nach Gottes Plan vor allem eine gute Mutter war und vom Apostel Paulus zum bedingungslosen Gehorsam gegenüber ihrem Mann ermahnt wurde. Trotzdem war sich meine Großmutter mit den Nonnen darüber einig, daß ihre Töchter eine Ausbildung erhalten sollten, bevor sie heirateten. Wenn sie daran zurückdachte, wie sie selbst zur Analphabetin verdammt war, um so bei ihrem Vater zu bleiben und ihn versorgen zu müssen, befiel sie noch im nachhinein eine unbeschreibliche Wut. Wiewohl ein Studium ein erheblicher Vorteil war, durfte indes nicht darüber hinweggesehen werden, daß die Akademikerinnen aus der Oberschicht kaum je eine Arbeit fanden. Tatsächlich war damals die Ehe die einzige Laufbahn, die ihnen offenstand.

Clarissa dagegen fand, daß eine Frau eine Ausbildung brauchte, weil dies der erste Schritt zu ihrer materiellen Unabhängigkeit war. Wenn man die Landstraße aus der Stadt hinausfuhr und sofort auf eine Landfrau mit einem Kleinkind auf dem Arm, einem zweiten an der Hand und dem dritten im Bauch traf, konnte man sich doch zusammenreimen, weshalb Frauen sich so leicht von Männern ausbeuten ließen. Kaum wurden sie älter oder die Familie hatte zu viele Mäuler zu stopfen, blieben sie sitzen, und die Männer verschwanden auf Nimmerwiedersehen nach New York. Mit einer Ausbildung, die es ihnen ermöglichte, sich selbst zu ernähren, hätten Frauen es nicht mehr nötig, sich von einem Mann anrühren zu lassen, bevor er nicht voll und ganz für die Konsequenzen geradestand.

Aber die Puertoricanerinnen besaßen noch nicht einmal das Wahlrecht. Nur die Männer durften zur Urne gehen. Frauen blieb das Recht genauso verwehrt wie Strafgefangenen, Bettlern, Schwachsinnigen und Kindern. Als Clarissa das erfuhr, war sie so empört, daß sie sich bald darauf in San Juan der Bewegung für das Frauenwahlrecht anschloß. Sie wurde Mitglied in mehreren Organisationen, darunter dem »Sozialistischen Suffragettenbund« und dem »Bund der Frauen des 20. Jahrhunderts«.

Bei ihrem nächsten Besuch auf Emajaguas ging sie als erstes in die Küche und verkündete der verdutzten Miña: »Bildung ist der erste Schritt zur Befreiung der Frau! Das Wahlrecht steht allen zu, die es sich durch ein Universitätsstudium erkämpft haben. Die Akademikerinnen müssen ins wirtschaftliche Leben der Nation einbezogen werden und in der Politik mitreden dürfen.« Miña nahm den Putzlappen aus ihrem Eimer und maß sie mit zornigen Blicken. »Alle Frauen haben das Recht zu wählen, die gebildeten genauso wie die ungebildeten«, erwiderte sie und fuhr Clarissa mit dem Wischlappen über die blanken Schuhe, bevor sie ihn energisch über dem Eimer auswrang.

»Alle Frauen!« kreischte Felicia und reckte im Bauer den Hals von einer Seite zur anderen.

»Bringst du mir lesen und schreiben bei?« fragte Miña Clarissa. »Klar, laß uns gleich anfangen«, antwortete Clarissa. Sie nahm Miña mit auf ihr Zimmer, setzte sie an ihren Schreibtisch, legte ihr ein liniertes Schreibheft vor, in das sie das Alphabet geschrieben hatte, und begann, Miñas Hand über die Buchstaben zu führen. Ein paar Tage später hatte Clarissa Geburtstag und bekam von Miña ein ganz besonderes Geschenk: Ein Foto, das am unteren Rand eigenhändig mit ›Miña Besosa‹ signiert war. Clarissa ließ es einrahmen und hängte es in ihr Zimmer an die Wand.

Eines Tages erzählte Clarissa Miña von Aurelio Vernet, dem sehr sympathischen jungen Mann, den sie an einem Wochenende bei ihrer Studienfreundin Janinia Figueroa in La Concordia kennengelernt hatte. Aurelio studierte Ingenieurwesen an der Northeastern University in Boston und verbrachte seine Semesterferien in La Concordia, wo sein Vater Santiago Vernet eine Gießerei und ein Maschinenwerk mit dem Namen *Vernet Construction* besaß.

Aurelio sei sehr nett, gestand Clarissa Miña, und überhaupt nicht so eingebildet und anmaßend wie ihr Bruder Alejandro. Dann erzählte sie weiter, daß er schlank und sportlich war, eine Vorliebe fürs Klavierspielen hatte und sie ihm dabei gerne zuhörte. »Es ist keine Verliebtheit, nur eine gute Freundschaft«, fügte Clarissa rasch hinzu, als Miña kicherte. »Sieh mich nicht so an, ich werde nicht heiraten. Weil ich niemals einen Mann finden werde, der so gut ist wie Papa.« Trotz dieser Beteuerungen kam Aurelio Clarissa auf Emajaguas besuchen und wurde fortan in der Familie als ihr offizieller Bewerber gehandelt. Mutter schloß 1925 ihr Landwirtschaftsstudium mit einem glanzvollen Examen ab und kehrte anschließend in ihr Elternhaus nach Emajaguas zurück.

Im selben Jahr kündete Großvater Alvaro der Familie beim Festessen am Heiligabend an, daß er schlechte Nachrichten von seiner Plantage Okeechobee habe, die drohte, die Rücklagen der Familie zu verschlingen. Als meine Mutter mir sehr viel später von jenem Abend erzählte, sagte sie, daß er einen Wendepunkt im Leben der Familie markierte. Das Fest begann wie gewohnt; das Essen war mit viel Liebe zubereitet und das Haus mit größter Sorgfalt geschmückt. Clarissa trug ihr Lieblingskleid, ein schwarzes Samtkleid mit einem tiefen Rükkenausschnitt. Tante Siglinda trug ein Abendkleid aus rotem Brokat; Tante Dido einen ihrer rauschenden spanischen Röcke; Tante Artemisa ein blaues Seidengewand, in dem sie wie eine Priesterin aussah, und Tante Lakhmé war zwar noch ein Kind, bewies aber bereits einen extravaganten Geschmack und trug eine Kette aus kleinen Goldperlen um den Hals. Die älteren Schwestern machten einander die üblichen Komplimente, wobei sie in den anderen jeweils einen Aspekt ihrer selbst gespiegelt sahen. Nachdem sie ihre Geschenke ausgetauscht und amüsiert verfolgt hatten, wer diesmal den *pasapalante* erwischt hatte – ein neuverpacktes Geschenk vom Vorjahr, das keiner haben wollte, weil es so unnütz war –, setzten sie sich zu Tisch.

Unter Lachen und Scherzen machte die Weinkaraffe mehrmals die Runde und blieb jedesmal vor Onkel Venancio stehen. Damals war nur Tante Siglinda verheiratet; die anderen Schwestern waren noch ledig. Nach einer Weile bekam die Unterhaltung einen anklagenden Unterton. Großvater Alvaro und

Großmutter Valeria wurden merkwürdig still, während Onkel Alejandros ärgerliche Stimme alle anderen übertönte.

Er war einundzwanzig und studierte Betriebswirtschaft an der Universität von Virginia, hielt sich aber über alles, was auf Emajaguas passierte, auf dem laufenden. Er beschwerte sich über eine kürzliche Investition, die Großvater Alvaro in Florida vorgenommen hatte. Am Ufer des Lake Okeechobee, unweit der Everglades, hatte er eine große Zuckerrohrplantage gekauft, die inzwischen schon zweimal von der unbeständigen Witterung heimgesucht worden war: Ein strenger Frost und ein Hurrikan hatten dreitausend Morgen Land verwüstet und die gesamte Zuckerrohrernte vernichtet. Hunderttausende von Dollars waren buchstäblich vom Sturm davongefegt worden.

»Ich habe dich von Anfang an vor Okeechobee gewarnt«, warf Alejandro Großvater Alvaro voller Bitterkeit vor. »Aber du mußtest auf Venancio hören und in den USA investieren.« Großvater geriet damals immer mehr unter Venancios Einfluß, weil er für das Überleben von La Plata auf die öffentlichen Gelder angewiesen war, die Venancio ihm in seiner Position als Mitglied der Regierung ohne weiteres beschaffen konnte. »Ich habe Okeechobee gekauft, weil ich es wollte, nicht weil irgendjemand mich dazu gedrängt hätte«, verteidigte sich Großvater. »Und ich bereue es nicht. Siebzig Prozent unserer Insel sind in Händen der großen nordamerikanischen Raffineriebesitzer. Es wird Zeit, daß wir den Spieß umdrehen und den Amerikanern beweisen, daß wir genau dasselbe auch mit ihrem Land können.«

»Für diese Revanche hast du aber offensichtlich das falsche Objekt gewählt«, erwiderte ihm Alejandro sarkastisch. »Wir können nicht erwarten, daß sich das Wetter nach unserer finanziellen Lage richtet. Okeechobee muß so schnell wie möglich wieder verkauft werden.«

Venancio versuchte, Alejandro zu beschwichtigen, und sagte,

er sei sicher, die Sache würde schon im nächsten Jahr ganz anders aussehen. Es werde eine märchenhafte Ernte vorausgesagt, und man würde den Zucker zu einem sehr guten Preis verkaufen können.

Großvater Alvaro blieb ihm bei dieser Gelegenheit die Antwort schuldig. Kurze Zeit später gab er aber Alejandro recht, indem er Okeechobee als Fehlinvestition erkannte und die Plantage wieder verkaufte.

6

»Papa war erst fünfundvierzig, als er anfing, den Verstand zu verlieren«, erzählte mir Clarissa einmal. »Er stand in der Blüte seiner Jahre, und zunächst nahm niemand so richtig zur Kenntnis, daß mit ihm etwas nicht stimmte. Es fing damit an, daß er die Bezeichnungen für bestimmte Dinge verwechselte. Zum Beispiel saß er am Tisch und bat Valeria um den Mineralwassersiphon, deutete dabei aber auf die Weinkaraffe; oder er lobte den vorzüglichen Geschmack des Lammbratens, verzehrte aber gleichzeitig ein Grillhähnchen. Manchmal vergaß er auch, sich eine Gesichtshälfte zu rasieren, und ging mit einer glatten und einer stacheligen Wange ins Büro.

Außerdem wurde er immer verschlossener und schweigsamer. Eines Tages, als wir nach dem Essen noch eine Weile am Tisch sitzen blieben, starrte er unverwandt auf die Pendeluhr. Ich dachte, daß ihn irgendein Vorfall in der Zuckerfabrik nachdenklich stimmte, und fand sein Schweigen bedrückend. Er band sich die Krawatte ab und fing an, sein Hemd aufzuknöpfen. Dann nahm er die goldenen Manschettenknöpfe aus den Ärmeln, legte sie auf den Tisch und zog das Hemd aus. Wir hatten Mitte Juli, und es herrschte eine unerträgliche Hitze, daher fand Valeria dieses Verhalten nicht in irgendeiner Weise besorgniserregend. Als Papa dann aber auf den Stuhl stieg und sich die Hosen herunterzuziehen begann, fing Valeria an zu schreien.

Obwohl wir unter uns waren – Siglinda lebte schon in ihrem

eigenen Haus in Guayamés, Lakhmé schlief, und meine anderen Geschwister studierten außer Haus –, packte uns das blanke Entsetzen. Alvaro ging nackt im Wohnzimmer auf und ab und schrie: ›Wenn ich doch bloß nie geboren wäre! La Plata ist so gut wie pleite, und ich bin von der Gunst meines Schwiegersohnes abhängig, damit der Laden nicht zusammenbricht.‹ Da das Wohnzimmerfenster sperrangelweit offenstand und jeder von der Straße hereinschauen und den nackten Großvater sehen konnte, kam Urbano mit einem Bademantel herbeigeeilt, um ihn zu bedecken. Aber Alvaro verpaßte ihm einen Kinnhaken, brach dann auf einem Stuhl zusammen und fing bitterlich an zu weinen. Mama und ich schlossen uns daraufhin im Schlafzimmer ein und riefen Urbano durch die Türe zu, daß er einen Arzt holen sollte, weil dein Großvater den Verstand verloren hatte. Kurze Zeit später traf Doktor Martínez mit zwei kräftigen Pflegern bei uns ein. Alvaro wehrte sich so heftig, daß sie ihn zu dritt festhalten mußten, um ihm eine Beruhigungsspritze zu geben. Dann schlief er eine Weile, doch als er wieder zu sich kam, stand er laut schimpfend vom Bett auf, zog sich die Kleider aus, und das ganze Spektakel ging von vorne los.

Wieder kam der Arzt, diesmal mit einem Krankenwagen, und nahm deinen Großvater mit ins Krankenhaus, nachdem er ihn mit einer weiteren Spritze ruhiggestellt hatte. Dort haben sie eine Serie von Untersuchungen angestellt, mit dem Ergebnis, daß er eine Arteriosklerose im fortgeschrittenen Stadium hatte, die zum geistigen Verfall führte. Nach seiner Entlassung versuchte Valeria, ihn in seinem Zimmer festzuhalten, aber als Vater merkte, daß er eingesperrt war, wurde er gewalttätig. Er nahm sein Gewehr aus dem Schrank, zerschoß das Schloß und stieß die Tür mit dem Fuß auf. Daraufhin mußten wieder die Pfleger gerufen werden, die ihn mit Gurten am Bett festschnallten. Vorher badeten und rasierten sie ihn, hatten aber ihre liebe Not mit ihm, denn Alvaro gebärdete sich wie ein wildgewordener Bulle. Er zerrte an seinen Fesseln und ließ lautstarke Schimpftiraden gegen Valeria los, die ihn gefangenhielt, obwohl ihm doch nichts fehlte. Es wollte mir schier das Herz brechen.

Ich war der einzige Mensch, der sein Zimmer betreten konnte, ohne daß er ausfällig wurde, deshalb brachte ich ihm seine Mahlzeiten. Sobald dein Großvater mich mit dem Tablett kommen sah, hellte sich seine Miene auf und er lächelte sogar, sprach aber nie ein Wort mit mir. Valeria versteckte sein Gewehr unter ihrem Bett und verlegte Alvaro in eine kleine Kammer mit vergitterten Fenstern neben ihrem Schlafzimmer. Auf diese Weise hatte die Ärmste wenigstens das Gefühl, ihm in dieser schweren Zeit beistehen zu können, und war nicht ganz so allein. Obwohl sich an seinem Zustand in den nächsten Monaten kaum etwas änderte, weigerte Valeria sich, Alvaro in eine Anstalt zu geben. Zum ersten Mal in meinem Leben empfand ich Bewunderung für meine Mutter. Sie bewies eine unglaubliche Stärke und unternahm alles, um Alvaros Krankheit vor den geschwätzigen Nachbarn zu verbergen. Alvaro blieb ihr Mann, in guten wie in schlechten Zeiten, und sie würde sich nie von ihm trennen.

Es folgten ein paar qualvolle Monate. Eines Nachmittags regnete es wie aus Kübeln, und ich ging hinunter, um nachzusehen, ob im Büro die Fenster geschlossen waren. Ich schaltete das Licht an und sah, daß sich auf Alvaros Schreibtisch unbezahlte Rechnungen, Schuldscheine und Quittungen von Leuten türmten, die ihm Geld schuldeten. La Plata befand sich in einer katastrophalen finanziellen Situation. Die Einbußen von Okeechobee hatten die gesamten Firmenrücklagen aufgefressen. Mit einem Mal war mir klar, weshalb mein Vater den Verstand verloren hatte.

Dann kam der Abend, an dem jemand vergaß, Vaters Zimmertür abzuschließen. Es ging ihm besser; er war insgesamt ruhiger geworden und schlief ohne Gurte. In jener Nacht stand er um drei Uhr morgens aus seinem Bett auf, verließ im Schlafanzug das Haus über die Hintertür an der Küche und überquerte das Gutsgelände bis zur Straße. Dann lief er ein Stück den Strand entlang und blieb ein paar Meter vor dem Wasser stehen. Er legte seine Kleider ab, die man später im Sand fand, tauchte nackt in die Fluten und schwamm ins offene Meer hinaus. Sein Leichnam wurde nie gefunden.

Einige Jahre zuvor hatte dein Großvater, als er noch klar im Kopf war, beim Notar ein Testament aufgesetzt. Er hatte Mama zur Testamentsvollstreckerin bestimmt, und so bestellte sie ein paar Monate nach jener Schreckensnacht den Notar in unser Haus. Nachdem die Familie sich versammelt hatte, las sie das Testament laut vor: Jedes Kind erbte ein Stück Land von mindestens dreihundert Morgen. Ich bekam *Las Pomarrosas*, Siglinda *La Templanza*, Dido *La Altamira*, Artemisa *El Carite*, Lakhmé *La Constanza* und Alejandro *La Esmeralda*, das wertvollste Gut, weil es den fruchtbarsten Teil des Tals einnahm. Es waren alles hochwertige Landgüter, frei von jeder Hypothek. Jedes Gut erbrachte jährlich zwölftausend Tonnen Zucker, was ungefähr vierzig Tonnen pro Hektar entsprach. Das geschnittene Rohr wurde in der Zuckermühle La Plata gemahlen und zu Zucker verarbeitet. Leider sollten sämtliche Grundstücke, solange Mama lebte, auf ihren Namen eingetragen bleiben, und sie konnte damit tun und lassen, was sie wollte. Alejandro sollte die Leitung von La Plata übernehmen, sobald er sein Studium abgeschlossen hatte, bis dahin würde jemand anders die Fabrik führen. Valeria benannte dazu deinen Onkel Venancio.

Alvaro hatte in seinem letzten Willen auch eine Liste von Erinnerungsstücken aufgeführt, die er seinen Kindern nach seinem Tod zugedacht hatte. Noch am Tag der Testamentseröffnung ging Valeria herum und gab jedem, was für ihn bestimmt war: Alejandro bekam Großvater Alvaros zwiebelförmige goldene Taschenuhr mit der Kette, in deren Deckel der Namenszug *Rivas de Santillana* eingraviert war; Dido seinen Parkerfüller mit der goldenen Feder; Artemisa den goldenen Schlüssel von seiner Uhrenkette, mit dem er jeden Morgen die große Standuhr aufgezogen hatte; Siglinda den goldenen Ehering, den er auf dem polierten Mahagonitisch tanzen ließ, wenn wir nach dem Essen noch eine Weile zusammenblieben; und ich bekam das Schnappmesser mit dem Perlmuttgriff, das er mir schon lange versprochen hatte. Ich ging auf die Terrasse hinaus, drückte auf den geheimen Knopf und ließ die Klinge herausspringen. Dann starrte ich auf die rätselhafte Inschrift, R 4–24 L 6–32 R 3–22, und fragte mich, welche Bewandtnis es wohl damit haben mochte. Ich konnte mich noch sehr gut daran erinnern, wie mir Vater als Kind zum erstenmal das Messer in seinem Schrank gezeigt hatte. Ich wollte es gerade in die Tasche stecken, als Siglinda herbeigelaufen kam und ein solches Aufhebens um das Messer machte, daß ich es ihr schließlich im Tausch gegen den Ehering überließ, damit sie zufrieden war.«

7

»Valeria ernannte Venancio zum vorübergehenden Chef der Zuckerfabrik La Plata. Damals hatten die Republikaner noch die Regierungsgewalt, und Venancio war gleichzeitig Parteivorsitzender und Bürgermeister von Guayamés. Er kannte den für den Marinestützpunkt von La Guajira zuständigen Admiral persönlich und brachte ihn dazu, für das Land, das die Marine an der Küste von Rincón nutzte, eine höhere Pacht zu bezahlen. Dann stattete er den Eigentümern von *Caribbean Sugar*, deren Plantage direkt an unsere angrenzte, einen Besuch ab und versprach ihnen eine Regierungssubvention für den Bau eines neuen Staudamms im oberen Verlauf des Río Emajaguas, den sie brauchten, um ihre Felder während der Trockenmonate effektiver bewässern zu können. Der Chef von *Caribbean Sugar* revanchierte sich dafür, indem er den Präsidenten der New York National City Bank in San Juan aufsuchte und ihn bat, La Plata zum niedrigsten Zinssatz einen zusätzlichen Kredit über hunderttausend Dollar einzuräumen, was für die Bank letztendlich ein Kleckerbetrag war. Das von deinem Großvater großzügig verliehene Geld war ebenfalls bald eingetrieben, und La Plata war in kürzester Zeit schuldenfrei.

Ich erbot mich, Venancio bei der Beaufsichtigung der Plantage zu unterstützen, und machte jeden Morgen einen Rundgang durch die Fabrik, um mich dann nachmittags ins Untergeschoß des Hauses zu begeben und dem Buchhalter bei seiner

Arbeit zur Hand zu gehen. Ich setzte mich auf den braunen Ledersessel vor Papas Schreibtisch, zog die Schublade auf und betrachtete betrübt die Sammlung seiner Füllfederhalter und Bleistifte, seine Lesebrille und sein Notizbuch. Er fehlte mir, und ich konnte mich nicht an den Gedanken gewöhnen, daß er tot war.

In schwarzen Reithosen, hohen Lederstiefeln und in einer weißen Bluse mit Schleife um den Hals galoppierte ich täglich auf Bayoán, dem wundervollen schwarzen Hengst, der Papa gehört hatte, über die Zuckerrohrfelder dem nebelverhangenen Horizont entgegen. Meine verklärten Vorstellungen vom Zuckerrohranbau mußte ich in jener Zeit bei der Konfrontation mit der rauhen Wirklichkeit gründlich revidieren. Von einer hochtechnisierten Zuckerproduktion, wie die Universität sie lehrte, konnte bei uns wohl kaum die Rede sein, statt dessen glich die Arbeit auf den puertoricanischen Plantagen einem mittelalterlichen Frondienst. Die Tagelöhner mußten die reifen Stengel unter der sengenden Sonne von Hand schneiden, während sie das dichte Gestrüpp, ohne das geringste Lüftchen hindurchzulassen, wie eine Mauer einschloß und viele von ihnen an Malaria oder Gelbfieber erkrankten. Zum erstenmal wurde mir bewußt, welch einen mühevollen Kampf die Menschen gegen dieses widerspenstige Gewächs auszufechten hatten, dessen Blätter mit einem stechenden Flaum bedeckt waren und den Arbeitern die Haut wundrissen, während von den Stengeln feiner Staub rieselte, der sich in den Nasenhöhlen festsetzte und ihre Schleimhäute reizte, bis sie bluteten. Um sich zu schützen, wickelten sich die Schnitter Lappen um Beine und Füße, banden sich die Hosenbeine mit einer Kordel unten zu und zogen zerschlissene Baumwollhandschuhe an, um jeden Hautkontakt mit diesen höllischen Härchen zu vermeiden. Am Morgen kamen sie in ihren zerlumpten Kleidern mit Macheten bewehrt zur Arbeit, um im Akkord gegen das Zuckerrohr zu Felde zu ziehen, und am

Abend kehrten sie erschöpft wieder heim und krochen in ihre finsteren Hütten. Jetzt verstand ich, weshalb Papa, als er mir zum erstenmal das Schnappmesser in seinem Schrank zeigte, gesagt hatte: ›Wenn mich einer auf meinem Rundritt über die Felder angreift, werde ich ihn zu Boden werfen und ihm die Halsschlagader aufschlitzen.‹ Papa mußte wohl in der Tat sehr viele Feinde gehabt haben: Sämtliche Landarbeiter, die sich auf seiner Plantage abrackerten.

Ich schwor mir, alles nur Mögliche gegen diesen Mißstand zu unternehmen, was mein Vater zu anderen Zeiten mit den modernen Kenntnissen eines Universitätsstudiums zweifelsohne genauso getan hätte. Papa war nicht schuld an dem ungerechten System des Großgrundbesitzes, und er allein konnte die Verhältnisse nicht ändern. Ich beratschlagte mit Venancio, was man tun konnte, um den Schnittern ihre Aufgabe zu erleichtern, und schlug vor, ihnen zur Mittagszeit durch einen Lieferwagen Essen und Wasser auf die Felder bringen zu lassen, um sie von ihren Frauen und Kindern unabhängig zu machen, die ihnen gewöhnlich ihre Mahlzeit aus Reis, Bohnen und Stockfisch hinaustrugen und dafür erhebliche Strecken in Kauf nehmen mußten. Venancio war damit einverstanden, und die Neuerung trat in Kraft.

Im Juni des Jahres 1928 kehrte Alejandro nach Emajaguas zurück, nachdem er endlich sein Studium an der Universität von Virginia abgeschlossen hatte. Er war nach dem vierten Jahr durch die Prüfungen gerasselt und hatte noch ein Jahr anhängen müssen, in dem er sich auf den Hosenboden setzte und paukte, bis er schließlich sein Diplom bekam. Als Alejandro wieder zu Hause war, atmete Valeria merklich auf. Venancio war immer noch Geschäftsführer der Zuckerfabrik, und ich half ihm bei der Beaufsichtigung des Plantagenbetriebs.

Venancio amtierte nicht mehr als Bürgermeister von Guayamés, verfügte inzwischen aber über ein kleines Vermögen, das er nach eigenen Aussagen durch seinen erfolgreichen Einsatz als Verteidiger bei einem Gerichtsverfahren in San Juan erworben hatte. Er kaufte sich einen purpurnen Cadillac, der noch luxuriöser ausgestattet war als der schwarze Packard deines Großvaters, mit Sitzbezügen aus grauem Samt und schneeweißen Reifen. Siglinda besaß eine edle Garderobe aus Pariser Modellen und Hüten in dem damals hochmodischen Knittersamt, die Venancio ihr direkt aus Europa anliefern ließ, und trug an allen zehn Fingern Ringe mit kostbaren Edelsteinen. Auch Venancio war mit seinen Zweireihern und den verspielten italienischen Krawatten, die er mit seiner unentbehrlichen Diamantnadel in Hufeisenform schmückte, ein Muster an Vornehmheit. Zusammen gaben sie ein äußerst attraktives junges Paar ab, und es war ihnen anzusehen, daß sie ihr Leben genossen.

Auf Emajaguas fragte man sich allerdings, auf welche Weise Venancio zu dem Geld gekommen war, das ihm einen solchen Lebensstil erlaubte. Im Zuge der allgemeinen Wirtschaftskrise und weil sie die letzten Wahlen verloren hatte, machte seine Partei und jeder, der mit ihr zu tun hatte, eine schwere Zeit durch. ›So ist eben das Leben!‹ war Venancios Kommentar dazu, wobei der Diamant an seinem kleinen Finger auffunkelte, als er Siglinda den Arm um die Schultern legte. ›Die Republikaner haben unsere Insel ein ganzes Stück vorangebracht!‹

Im nächsten Jahr blieb die wirtschaftliche Lage unverändert. Die sozialistische Partei kam an die Regierung und schaffte sämtliche staatlichen Konzessionen und Subventionen für die Zuckerindustrie ab. Die Zuckerproduktion ging stetig weiter zurück und damit auch die Einnahmen der Familie. Obendrein begann die US-Marine an der puertoricanischen Küste ihre Anker zu lichten und löste mehrere Flottenstützpunkte auf, die seit dem Zweiten Weltkrieg lebenswichtige Einnahmequellen für die Insel dargestellt hatten. Dazu gehörte auch der Stützpunkt in La Guajira, und die Pachtzahlungen der Marine an La Plata blieben aus. Bald sah sich La Plata verpflichtet, einen Kredit aufzunehmen, um die Löhne weiterzahlen zu können.

Als Alejandro nach Emajaguas zurückkehrte, stieg er noch am selben Tag ins Untergeschoß und traf mich im Büro deines Großvaters an. ›Es wird Zeit, daß du hier verschwindest!‹ sagte er zu mir und baute sich auf seinen gedrungenen, kurzen Beinen wie ein Pulverfäßchen vor meinem Schreibtisch auf. Der Buchhalter, die beiden Sekretärinnen und der Botenjunge unterbrachen ihre Arbeit und sahen ihn überrascht an. Alejandro schob mit der Reitpeitsche meinen ledernen Löscher, meinen silbernen Brieföffner, meine Bleistifte und Füller beiseite, um auf meinem Schreibtisch Platz zu schaffen für seinen ausgestopften Guaraguao. ›Jetzt ist Schluß mit der Mißwirtschaft‹, verkündete er. ›Ich wüßte ja gerne, wer auf die Schnapsidee gekommen ist, den Schnittern zur Mittagszeit Wasser und eine warme Mahlzeit kostenlos auf die Felder zu liefern. Die Volksfürsorge ist Sache der Regierung. La Plata ist ein Privatunternehmen mit dem Ziel, Umsätze zu machen, und kein gemeinnütziger Verein.‹

›Es war meine Idee, und Venancio war damit einverstanden‹, antwortete ich herausfordernd. ›Er ist schließlich der Chef von La Plata‹.

›Ab sofort ist er nicht mehr der Chef, weil ich die Geschäfte von La Plata selbst in die Hand nehme. Befehl von Mutter!‹

Ich ging geradewegs zu Valeria. In jenem Jahr war die Insel zwar von Stürmen verschont geblieben, aber es hatte sehr viel geregnet, und der Zuckergehalt in den Stengeln war dürftig, so daß unsere Produktion gegenüber dem Vorjahr um ein Drittel zurückgegangen war. Die Felder mußten alle drei Jahre neu bepflanzt werden, und das war in zwei Monaten fällig. ›Wir stecken mitten in einer Krise, Mutter. Dies ist nicht der geeignete Zeitpunkt für einen Wechsel in der Führung von La Plata‹, sagte ich zu Valeria. ›Du mußt Venancio und mich weitermachen lassen.‹ Aber Valeria wollte nichts davon hören.

Ich sprach mit meinen Schwestern und überzeugte sie davon, daß es vernünftiger war, die Zuckerfabrik noch so lange in Venancios Händen zu belassen, bis die Krise überstanden war. Doch als meine Schwestern zu meiner Mutter gingen, um ihr diesen einstimmigen Beschluß bekanntzugeben, wurde sie sehr wütend. Sie rannte durchs ganze Haus, raufte sich die Haare und schrie: ›Züchte Raben und sie werden dir die Augen auskratzen!, hat Großvater Bartolomeo immer gesagt, und er hatte recht. Was habe ich bloß verbrochen, daß Gott mich mit dieser undankbaren Brut bestraft? Alejandro ist mein einziger Sohn. Euer Vater hat ihn zum Spartaner erzogen und ihm eine Menge Opfer abverlangt, um seinen Charakter zu stählen, damit er eines Tages La Plata übernehmen kann. Gebt ihm doch wenigstens eine Chance!‹

Und im Gespräch mit uns argumentierte sie so: ›Ihr seid wie Prinzessinnen aufgewachsen, besitzt schöne Kleider und kostbaren Schmuck, habt sogar an der Universität studiert. Was wollt ihr eigentlich noch? Warum sucht ihr euch nicht jede einen reichen Ehemann? Der Name Rivas de Santillana ist in den besten Kreisen ein Vermögen wert. Für eine Frau gibt es schließlich kein höheres Ziel, als das Leben mit einem mächtigen Mann zu teilen und seine Kinder großzuziehen.‹

Da war nichts zu machen. Meine Schwestern gaben schließlich klein bei und akzeptierten Großmutter Valerias Wunsch, die Führung der Zuckerfabrik in Alejandros Hände zu legen. Er sollte zeigen, ob ihm die Schuhe meines Großvaters paßten, und sein Können beweisen.

Da ich mir um die Zukunft der Plantage ernsthafte Sorgen machte, setzte ich meiner Mutter weiter zu. ›Wie sollen wir die neue Ernte finanzieren, Mama?‹ fragte ich. ›Im Januar müssen wir Düngemittel kaufen und doppelt so viele Arbeiter einstellen, um Furchen zu ziehen und die neuen Pflänzchen auszubringen. Für die Ernte im Dezember brauchen wir Schnitter. Das ist schon in sechs Monaten, und Alejandro scheint sich überhaupt keine Gedanken darum zu machen. Venancio könnte uns das Geld besorgen. Er hat Kontakte zu den Banken und würde uns großzügigerweise auch mit einem zinslosen privaten Darlehen unter die Arme greifen. In vier Jahren, so hat er gesagt, wenn die Republikaner wieder die Wahlen gewinnen, bräuchten wir es erst zurückzuzahlen.‹ Aber deine Großmutter ließ nichts von alledem gelten.

›Nein, danke‹, antwortete sie knapp. ›Alvaro hat uns für derartige Notzeiten eine halbe Million Dollar in bar hinterlassen. Alejandro kennt als einziger die Zahlenkombination vom Safe. Ich habe gewartet, bis er aus dem Norden zurück ist, um das Geld herauszuholen. Morgen ist es soweit. Die ganze Familie weiß Bescheid.‹ Meine Schwestern reagierten sehr überrascht auf diese Neuigkeit und schöpften vorübergehend neue Hoffnung; was mich betraf, so blieb ich skeptisch.

›Hoffentlich ist das Geld auch drin, Mutter‹, gab ich zu bedenken, ›denn sonst müssen wir bald eine weitere Anleihe bei der Bank aufnehmen.‹

Am folgenden Tag begab sich die versammelte Familie in den Keller, um als Zeugen der Öffnung des Safes beizuwohnen. Ich war häufig dabeigewesen, wenn Papa den Humboldt-Tresor bedient hatte, einen gewaltigen Stahlschrank, der groß genug war, daß mehrere Erwachsene darin stehen konnten. Großvater Alvaro hatte ihn in Deutschland bestellt, und als er im Hafen eintraf, hatte jemand von der Zuckerfabrik mit dem Kran hinfahren müssen, um ihn vom Schiff auf einen Lastwagen zu laden und nach Emajaguas zu transportieren. Alejandro war Papa oftmals mit seinen klappernden Absätzen in sein Inneres gefolgt und hatte sich dann jedesmal umgedreht und mir die Zunge herausgestreckt, weil ich angewiesen wurde, davor zu warten. Ich sehe deinen Großvater noch heute das Rad an der Tür langsam drehen, bis die winzigen Ziffern – wie Wimpern – nacheinander in ihre Position fielen.

Aber als Alejandro an jenem denkwürdigen Tag den Vorgang wiederholte, erlebten wir eine große Überraschung: Der Tresor war leer, und aus seinen dunklen Ritzen schlug uns nur ein feuchter Pilzgeruch entgegen. Alejandro wurde blaß und mußte sich setzen. Er schien genauso verblüfft zu sein wie die übrige Familie.

Valeria fand als erste die Fassung wieder. ›Es muß noch jemanden geben, der die Zahlenkombination kennt‹, urteilte sie mit hochgezogenen Brauen und durchbohrte mich mit ihren Blicken. ›Du warst der Liebling deines Vaters, Clarissa. Hat er dir vielleicht die Geheimzahl anvertraut?‹ Ich war empört. ›Und wie soll die bitteschön lauten?‹ Valeria reichte mir einen Zettel: R-4–24 L 6–32 R 3–22. Ich starrte Siglinda an, dann Venancio, der den Kopf gesenkt hielt und schweigend seine Schuhe betrachtete. Sollte es tatsächlich möglich sein, daß sich Venancio das Geld angeeignet hatte? Nein! Gegen diese Vorstellung wehrte ich mich und wollte, daß Alejandro der Schuldige blieb. Deshalb schwieg ich.

›Ich schlage vor, daß wir alle zusammen auf die Bank gehen und uns erkundigen, ob Alejandro kürzlich ein Konto eröffnet hat‹, sagte ich laut. Aber Valeria lehnte das unumwunden ab. ›Alejandro ist dein Bruder und wäre nie imstande, etwas so Niederträchtiges zu tun. Wenn wir zur Bank gehen, würden wir ihn vor allen Leuten demütigen, und das wird er uns nie verzeihen. Ich vertraue ihm, auch ohne Beweise.‹

Siglinda und Venancio verließen wutschnaubend den Keller und fuhren nach Hause, während meine übrigen Geschwister und ich wie gelähmt stehen blieben, um den Schrecken erstmal zu verdauen.

›Alejandro ist ein Bandit‹, flüsterte ich Miña ins Ohr. ›Er hat der Familie die Halsschlagader durchgetrennt.‹

Einige Monate später kam Mr. Winston, einer der Geschäftsführer von *Caribbean Sugar* nach Emajaguas, um mit Valeria zu sprechen. ›Wir würden Ihnen gerne ein Angebot für Las Pomarrosas machen, das direkt an unsere Felder angrenzt. Wir wären bereit, Ihnen einen guten Preis dafür zu zahlen.‹ *Caribbean Sugar* wollte seine Plantage erweitern, um bei gleichbleibenden Kosten die Produktion zu steigern. Dafür brauchte das Unternehmen mehr Land. Valeria antwortete ihm, daß sie es sich überlegen wollte.

Als ich davon erfuhr, eilte ich auf Mamas Zimmer. Ich konnte nicht glauben, daß sie in ihrem Einvernehmen mit Alejandro so weit gehen würde. ›Ich verbiete dir, mein Land zu verkaufen, Mama. Wenn du die Grundstücke meiner Schwestern verkaufst, dann habe ich keinen Einfluß darauf, aber meines verkaufst du nicht, sonst gehe ich vor Gericht‹, drohte ich. ›Nur zu, Clarissa, geh vor Gericht‹, entgegnete Valeria mir hitzig. ›Führ Prozesse und gewinne sie alle!‹ zitierte sie einen Fluch der Zigeuner.

Alejandro war damals derjenige, der versuchte, mich zu beschwichtigen. Noch am selben Abend kam er zu dem Zimmer, das ich mit Dido teilte, und klopfte zaghaft an die Tür. ›Nimm es nicht so schwer, Clarissa‹, sagte er und setzte sich auf die Bettkante. ›Glaub mir, der Zuckerrohranbau hat keine Zukunft, er ist dem Untergang geweiht. Sogar die Amerikaner werden in ein paar Jahren ihre großen Raffinerien schließen müssen, obwohl sie heute noch so mächtige Unternehmen sind. Weißt du, wieviel Tonnen *Caribbean Sugar* im Jahr produziert? Fünfzigtausend. La Plata erwirtschaftet nur zwölftausend und hat eine doppelt so große Anbaufläche. Aber darauf kommt es jetzt nicht mehr an. Wir müssen das Übel an der Wurzel packen und unser Land verkaufen, solange es noch etwas wert ist. Wenn wir zu lange warten, werden wir nichts mehr dafür bekommen. Aber wenn du dein Grundstück nicht verkaufen möchtest, Clarissa, dann werden wir es eben behalten‹, sagte er versöhnlich und nahm meine Hände. Aber ich entzog sie ihm, weil ich zu stolz war zuzugeben, daß Alejandro recht haben könnte. Doch der wahre Grund für meinen Widerstand war die Weigerung, das Andenken an meinen toten Vater zu verraten.

Das Kopf-an-Kopf-Rennen mit *Caribbean Sugar* setzte sich fort, und sechs Monate später steckte La Plata noch tiefer in den roten Zahlen. Valeria und Alejandro fingen an, die Landgüter, bis auf meines, eins nach dem anderen zu verkaufen, so daß die Zuckermühle von La Plata von Monat zu Monat weniger Rohr zu mahlen hatte. Als schließlich der Bankrott unserer Plantage unaufhaltsam war, bot uns *Caribbean Sugar* neunhunderttausend Dollar für die Mühle, und Alejandro nahm das Angebot an, nachdem ihm die finanzielle Lage unserer Fabrik wochenlang den Schlaf geraubt hatte. Valeria pflichtete ihm bei, daß es das Beste sei.

Alejandro legte ein Konto auf Valerias Namen an und deponierte dort das gesamte Geld vom Verkauf der Zuckerfabrik und der Landgüter. Dann verfaßte meine Mutter ein Testament und setzte als Erbschaft für ihre Töchter jeweils den Betrag ein, den der Verkauf ihres Landes erbracht hatte.

Valeria vertrug sich wieder mit ihren Töchtern, außer mit mir, weil mein Fall etwas anders gelagert war. Sie verübelte mir, daß ich als die Älteste nicht mit gutem Beispiel vorangegangen war und mich statt dessen mit Venancio gegen meinen eigenen Bruder verbündet hatte. Das war unverzeihlich.

Sie vergab meinen Schwestern ihren vorübergehenden Treuebruch und scheute keine Kosten für sie. Ihr behagliches Leben auf Emajaguas ging weiter wie zuvor. Mutter kam für ihre Kleider, ihren Schmuck und ihre persönlichen Ausgaben auf und unternahm einmal im Jahr eine Europareise mit ihnen. Ich war nie mit von der Partie, sondern blieb mit Miña zu Hause. Ich mußte jeden Centavo umdrehen, aber wenn ich Valeria um Geld bat, gab sie mir zur Antwort: ›Du bist immer noch die Eigentümerin von Las Pomarrosas. Du kannst für dich selbst sorgen.‹

Ich suchte mir eine Stelle an der Oberschule von Guayamés, wo ich Geschichtsunterricht erteilte. Es war meine einzige Möglichkeit, Geld zu verdienen und mich, wenigstens teilweise, von Valeria und Alejandro unabhängig zu machen. Aber das alles ist schon so lange her, daß es mir fast vorkommt, als hätte es jemand anderer erlebt.«

8

Ein Jahr nach dem Verkauf von La Plata erwarb Onkel Alejandro eine siebzehn Meter lange Chriscraft-Sportjacht. Es war ein wunderschönes Boot mit einer mahagonigetäfelten Kabine, vier Schlafkojen, einem großen Angeldeck am Heck und einer mit Teppichboden ausgelegten Lounge, in der sich eine Bar befand. Alejandro fuhr fast täglich damit aufs Meer hinaus, wo es nicht mehr darauf ankam, ob er klein oder groß war, sondern nur noch die Pferdestärken seines Motors zählten, und entwickelte eine Leidenschaft für das Angeln.

Onkel Alejandro war klüger, als Clarissa geglaubt hatte, denn kurz nachdem er La Plata aufgegeben hatte, mußte etwa ein Dutzend kreolischer Zuckerfabriken seine Tore schließen, und selbst in den nordamerikanischen Raffinerien ging die Produktion zurück. Allerdings verlief ihr Todeskampf im Vergleich zu dem der puertoricanischen Plantagen insofern schmerzloser, als ihr Verlust nur aus finanziellen Einbußen bestand, während für die einheimischen Großgrundbesitzer die Aufgabe ihrer Plantagen katastrophal war. Mit ihrem Bankrott ging nämlich einher, daß sie ihre gesellschaftliche Position in der kreolischen Elite einbüßten und irgendeinen Beruf ausüben oder ein neues, gewinnbringendes Unternehmen eröffnen mußten, beispielsweise ein Warenhaus, eine Versicherungsgesellschaft, eine Apotheke oder eine Anwaltskanzlei, aber das war natürlich nicht mehr dasselbe. Der Zuckeradel war mindestens zweihundert Jahre alt, wohingegen ein Geschäft als etwas Gewöhnliches galt und typisch war für die Neureichen.

Die davon betroffenen Großgrundbesitzer von Guayamés taten alles, um ihre Niederlage zu vergessen, und eine ihrer liebsten Zerstreuungen war das Angeln. Wenn seine Freunde Alejandro auf seine Sauf- und Angeltouren begleiteten, waren auch ihre Freundinnen mit von der Partie. Dabei handelte es sich zwar nicht immer nur um höhere Töchter, wie Onkel Alejandro sich frohlockend eingestand, wenn er sie mit ihren Pfennigabsätzen und den großen Kreolen wie kubanische Rumbatänzerinnen an Bord stolzieren sah. Aber wenigstens waren sie vergnügt und lachten, wenn Onkel Alejandro ihnen die Schuhe von den Füßen riß, weil sie ihm Löcher ins Deck bohrten. Großmutter Valeria kümmerte sich nicht darum; sie hatte nur Onkel Alejandros Glück im Sinn, ob mit oder ohne seine zweifelhafte Bordgesellschaft.

Alejandro träumte davon, eines Tages einen blauen Schwertfisch zu angeln, der als der heilige Michael der See galt und die Fluten des Ozeans teilte wie ein fliegendes Schwert. Zu diesem Zweck rüstete Onkel Alejandro sein Boot aus. Er kaufte Angelruten von einer Länge, daß man sich fragen mußte, ob er die Vögel vom Himmel oder die Fische am Meeresboden fangen wollte, und ließ sich einen besonderen Angelstuhl anfertigen, der wie ein Thron anmutete. Er bestand aus einem vernickelten Aluminiumgestell mit einem knallroten Lederbezug und hatte Armlehnen, zwei eiserne Steigbügel und einen Angelrutenhalter zwischen den Beinen. Auch ein Sicherheitsgeschirr gehörte dazu, das der Angler sich über die Brust legte, um nicht den Halt zu verlieren. Wenn man Glück hatte, konnte man von der Terrasse auf Emajaguas bei Sonnenuntergang in der Ferne einen Schwertfisch erspähen. Sie sprangen bis zu sechs Meter hoch und flogen wie silberne Engel mit nur einem Flügel über das Wasser. Obwohl er davon träumte, war es Alejandro noch nie gelungen, einen zu fangen. Wenn er mit seinen Freunden unterwegs war, fing er sich höchstens einen Rausch ein und kam so sternhagelvoll nach Hause, daß Urbano ihn ausziehen und ins Bett bringen mußte.

Einmal im Jahr organisierten die Mitglieder des Jachtclubs von Guayamés ein Angelturnier. Für den Angler des größten Fisches wurde als Siegespreis eine Trophäe ausgesetzt, die anschließend wochenlang im Schaukasten des Clubs bewundert werden konnte. Da ein Schwertfisch mitunter eine gewaltige Körpergröße zwischen einsachtzig und drei Metern erreichte und bis zu tausend Pfund schwer wurde, versprach Alejandro meiner Großmutter, daß er in jenem Jahr den Wettbewerb gewinnen würde, um die Familie für ihr verlorenes Ansehen durch den Verkauf von La Plata zu entschädigen. Selbst wenn er die Siegestrophäe nicht bekäme, prahlte er lachend vor seinen Freunden, derweil er sich eine Cuba Libre einschenkte, würde er auf jeden Fall den größten Fisch der Welt angeln. Seine Schwestern, die ihn in Guayamés ins Gerede gebracht hatten und ihn beschuldigten, La Plata bankrott gewirtschaftet und den Gegenwert ihrer Ländereien in die eigene Tasche gesteckt zu haben, sollten sehen, daß sie ihn falsch eingeschätzt hatten: Er war ein ganzer Kerl, der Schwertfisch, den das Schicksal für ihn bereithielt, würde es beweisen. Deshalb habe er sich in Florida diesen großartigen Stuhl anfertigen lassen, berichtete er seinen Kumpanen strahlend, während die Eiswürfel in seinem Glas klirrten, und dabei handelte es sich schließlich um keinen gewöhnlichen Angelstuhl, vielmehr sei er wie geschaffen dazu, mit seiner Hilfe ein solches Fabeltier zu fangen.

Großmutter Valeria schauderte es, wenn sie Alejandro so reden hörte, aber sie sagte nichts. Sie vertraute ihm blind und fand, daß er ein guter Sohn und ein hervorragender Geschäftsmann war. Seiner klugen Voraussicht allein hatte die Familie es zu verdanken, daß sie knapp dem Ruin entgangen war, und das

Geld vom Verkauf der Zuckerfabrik und der Ländereien war bis zum letzten Centavo geschickt bei der Bank angelegt. Letzten Endes hatte ihnen das aus dem Tresor verschwundene Geld gar nicht gefehlt. Das einzige, was Großmutter Valeria beunruhigte, war, daß Onkel Alejandro während seiner Angelausflüge so viel trank.

Wenn Alejandro im Morgengrauen zu seinen Expeditionen aufbrach, stand Clarissa manchmal auf und beobachtete ihn durch das Fenster. Sie stellte sich barfuß, im Nachthemd, mit vor Kälte klappernden Zähnen hinter den Vorhang in ihrem Zimmer und verwünschte ihn: »Da geht er wieder, dieser Schuft, hoffentlich stirbt er bald!« Miña kannte diesen bösen Blick und rügte Clarissa: »Vergiß nicht, daß auch Alejandro mein Sohn ist. Vielleicht magst du ihn nicht, dennoch seid ihr nicht nur leibliche, sondern auch Milchgeschwister. Wenn du ihm Böses wünschst, wirst du eines Tages dafür büßen, weil es keine gemeinere Sünde gibt als ein Streit zwischen Verwandten.«

Eines Tages folgte Alejandro der Nordküste und hielt auf einen unterseeischen Abgrund von über zweitausendfünfhundert Metern Tiefe im Norden der Insel zu, als sich plötzlich seine Angelrute beinahe senkrecht nach unten bog. Er drückte den Knopf, um Schnur zu geben, die wie ein Adler kreischend über das Wasser sauste. Alejandro befahl dem Kapitän, den Motor abzuschalten, und das Boot schaukelte einige Minuten richtungslos auf den Wellen.

Onkel Alejandro beschattete die Augen mit einer Hand und suchte den Horizont ab. Kein Wölkchen zeigte sich am tiefblauen Himmel, und nur die bis zum Äußersten gespannte metallene Angelschnur lag wie eine Messerschneide zwischen ihm und dem Meer. Plötzlich teilte in der Ferne eine silberne Flosse das Wasser, um sogleich wieder im Ozean unterzutauchen. Alejandro wußte, daß seine Stunde gekommen war. Er stellte die Cuba Libre auf ein Tischchen und eilte auf seinen Posten, während seine Freunde ihn mit Zurufen anfeuerten. Er stellte die Füße in die Steigbügel, legte sich die Riemen über die Brust und ergriff die Angelrute. In einem schwindelerregenden Tempo spulte die Leine von der Rolle, und Alejandro mußte seine ganze Kraft einsetzen, um die Rute zu halten.

Er wußte, daß er dem Fisch Schnur geben und ihn ein paar Kilometer schwimmen lassen mußte, damit er ermüdete, bevor er der Rute den ersten Ruck gab. Das Ungetüm war groß, da gab es keinen Zweifel, aber Alejandro ahnte nicht, wie groß. Er umklammerte die Angelrute noch fester, stemmte die Füße in die Steigbügel und kämpfte. Es vergingen zwanzig Minuten, aber die Beute zog immer noch mit ungewöhnlichen Kräften an der Leine. Plötzlich ließ die Spannung nach, und Alejandro sank das Herz in die Hose, denn er war sicher, daß er den Fang verloren hatte. Die Umstehenden hielten den Atem an und warteten gespannt auf den Fortgang der Ereignisse. Alejandro befreite sich aus seinem Ledergurt und beugte sich über die Reling, in der Erwartung, das Monster unter dem Kiel hervorgleiten zu sehen. Aber es war kein Fisch in Sicht. Der Ozean war an dieser Stelle so tief, daß das Wasser pechschwarz und unbewegt schien. Alejandro bezog wieder seinen Posten und begann, die Schnur einzuholen, nachdem er sich zur Sicherheit am Sessel festgeschnallt hatte. Im selben Augenblick sprang der Fisch in einem großartigen Satz aus dem Wasser, und die Schnur verfing sich in Alejandros Stuhl. Dieser verlor die Bodenhaftung und flog im hohen Bogen über die Reling und dem Wasser entgegen. Alejandros Freunde trauten ihren Augen nicht, als sie ihn, mit der Angelrute in der Hand und der Kapitänsmütze auf dem Kopf, die Beine in den Steigbügeln vorgestreckt, wie einen Wasserskifahrer hinter einer riesigen Flosse über das Wasser gleiten sahen, die wie ein monumentaler Engel aussah. Dann begann der Sessel mitsamt dem rettungslos daran gefesselten Onkel Alejandro allmählich zu versinken, bis das Meer den Stuhl, den

Angler und den Fisch vollständig verschluckt hatte. Mehrere seiner Begleiter sprangen ins Wasser und suchten nach ihm, aber Alejandro blieb spurlos verschwunden.

Dieser plötzliche Tod meines Onkels war für meine Großmutter ein harter Schlag. Im Jahr zuvor hatte sie bereits Großvater Alvaros Heimgang verkraften müssen, was nicht leicht gewesen war, aber damals wurde sie von Trauer und nicht von Verzweiflung überwältigt. Alvaro war für sie eines natürlichen Todes gestorben, er war immerhin unheilbar krank, bevor er seinen letzten Gang ins Meer antrat. Aber Alejandro wurde mit nur neunundzwanzig Jahren mitten aus dem Leben gerissen, und Großmutter Valeria war davon überzeugt, daß die Verleumdungen, mit denen man ihn bedachte, jeglicher Grundlage entbehrten.

Trotzdem bewies meine Großmutter während Alejandros Totenwache eine bewundernswerte Gefaßtheit. Die Verwandten umlagerten sie wie ein Schwarm Fliegen, und ohne mit der Wimper zu zucken ertrug sie ihr böswilliges Getuschel. Als Clarissa mir ihre Haltung in jener Situation schilderte, empfand ich offengestanden eine große Hochachtung für meine Großmutter. Denn sie hätte sicher nichts lieber getan, als Onkel Alejandros Gesicht ein letztes Mal zu streicheln, ihm das Haar zu kämmen und die Augen mit einem Kuß zu versiegeln. Statt dessen stimmte Valeria ein lautes Rosenkranzgebet an, obwohl ihr jedes Ave Maria wie aus Stein gemeißelt von den Lippen kam, denn ihr Schmerz war so groß, daß er sie gegen jegliches Empfinden taub machte.

9

»Solange Papa lebte, habe ich nie ans Heiraten gedacht, obwohl Aurelio nicht aufgab. Er war sehr geduldig und würde ewig auf mich warten, wie er mir einmal versicherte. Nachdem dein Großvater dann gestorben war, spürte Aurelio, daß sich die Tür meines Herzens einen Spalt weit aufgetan hatte.

Wir waren drei Jahre lang verlobt, und in dieser Zeit kam Aurelio in den Semesterferien häufig von La Concordia aus zu Besuch. 1926 legte er an der Northeastern University sein Examen ab und kehrte als Elektroingenieur nach Puerto Rico zurück. Nebenbei hatte er am Konservatorium von Boston Musik studiert und auch dort seinen Abschluß gemacht. Unmittelbar nach seiner Rückkehr trat er ins Unternehmen seines Vaters ein und begann, bei *Vernet Construction* zu arbeiten. ›Willst du meine Frau werden?‹ fragte er mich bei jedem Besuch auf Emajaguas, und obwohl ich ihm gestattete, meine Hand zu halten und mich keusch auf die Wange zu küssen, erteilte ich ihm jedesmal eine Absage. Aber Aurelio drängte mich nie.

Eine Woche nachdem Papa ins Meer gegangen war, erhielt ich von Aurelio einen Anruf. Als er mich fragte, ob er kommen könne, willigte ich ein, obwohl ich noch ganz von meiner Trauer eingenommen war. Wir saßen auf der Terrasse, sahen die Sonne wie einen blutroten Eidotter in der Bucht sinken, und Aurelio küßte mich zum erstenmal auf den Mund. ›Ich habe jetzt mein eigenes Einkommen‹, sagte er. ›Willst du meine Frau werden und mit mir nach La Concordia ziehen?‹ – ›Einverstanden‹, antwortete ich mit einem Lächeln. Und um ihm zu beweisen, wie sehr ich ihm vertraute, fügte ich hinzu: ›Papa hat mich immer davor gewarnt, Las Pomarrosas zu verkaufen, weil unser Land unser Herz ist und man nie mehr von vorn anfangen kann, wenn man sein Land verkauft hat. Aber jetzt, da ich Emajaguas verlasse und wir beide gemeinsam ein neues Leben beginnen, möchte ich dich bitten, das Land für mich zu verkaufen und das Geld dort anzulegen, wo es dir am sinnvollsten erscheint. Auf diese Weise werde ich mein Herz in deine Hände legen.‹

Die Hochzeit fand im kleinen Rahmen statt, weil Valeria mit mir keine Unkosten haben wollte. Aber Lakhmé, Dido und Artemisa waren trotzdem alle da. Ebenso meine geliebte Siglinda und Venancio. Aurelios Vater, seine drei Brüder und seine zwei Schwestern kamen auch. Aurelios Mutter, Adela Pasamontes, nahm allerdings nicht an unserer Hochzeit teil, weil sie schon schwer krank war. Ich bat Mama, das Fest im Garten auszurichten, und sie erfüllte mir den Wunsch. Denn ich wollte die letzten Stunden mit meinen Schwestern in dem Paradies genießen, wo wir gemeinsam glücklich gewesen waren.

Am Vorabend meiner Hochzeit ging ich zeitig zu Bett, weil ich am Morgen ausgeruht aussehen wollte. Aber kaum hatte ich mich hingelegt, fiel jede Müdigkeit von mir ab. Valeria hatte mein weißes Satinkleid auf einem Bügel an die Schranktür gehängt und den Schleier aus Brüsseler Spitze auf den Stuhl daneben gelegt. Das Kleid war im Dunkeln nur als fahler Fleck zu erkennen und sah aus wie ein Gespenst. Ein Luftzug kam durch das geöffnete Fenster und ließ den Schleier aufwallen wie einen feuchten Nebelfetzen. Ich wandte mich ab und seufzte.

Um vier Uhr morgens, als die Sterne langsam über dem Palmenhain verblaßten, hatte ich immer noch keinen Schlaf gefunden. Ich fühlte mich wie ein Soldat, der in der Nacht vor der Schlacht neben seiner bereitliegenden Rüstung Wache hält.

Würde die Liebe die Lösung sein für alle meine Probleme, wie Siglinda behauptete? Die Worte meines Vaters kamen mir in den Sinn, wenn er mich als Kind mit hinunter ans Meer nahm und mir die Segelboote zeigte: ›Wenn du groß bist, kannst du so sein wie sie, Clarissa, frei und glücklich wie der Wind.‹

Schließlich stand ich auf, hüllte mich in meine mexikanische Wolldecke und schlich die Treppe herunter. Ich lief durch den Garten bis hin zum Kutschhaus und klopfte leise an Miñas Tür.

Miña war gerade dabei, ihre Dienstmädchentracht anzuziehen, bevor sie ins Haus hinunterging und ihr Tagewerk begann. Urbano war schon fort. Im Vorbeigehen hatte ich ihn vor den Ställen im Palmwäldchen gesehen, wo er unter dem Nieselregen den Gänsen eingeweichtes Brot hinwarf. Miña band sich die Schürze um und begann, mir das Haar zu bürsten, das kurz und glatt war wie bei einem Jungen. Als sie fertig war, ließen wir uns nach alter Gewohnheit Arm in Arm auf ihrem Bett nieder.

›Ich kann nicht heiraten, Miña‹, flüsterte ich. ›Aurelio ist zwei Jahre jünger als ich, und ich weiß nicht, ob ich überhaupt in ihn verliebt bin.‹ Miña lachte laut auf.

›Damit kommst du bei mir nicht durch, Clarissa. Du hast ein schlechtes Gewissen wegen deines Vaters, der dir außerdem sehr fehlt. Don Alvaro ist tot, mein Mädchen, laß ihn in Frieden ruhen. Aber Aurelio ist quicklebendig, geh und kümmere dich jetzt um ihn! Du hast natürlich Zweifel, aber dafür kannst du nichts. Sie kommen von dem Eissplitter, den du seit deiner Geburt im Herzen trägst.‹

Dann flüsterte sie mir ins Ohr: ›Aurelio ist ein guter Mann und wird es verstehen, ihn zum Schmelzen zu bringen.‹ Sie küßte mich auf die Stirn, und kurz darauf gingen wir gemeinsam die Treppe vom Kutschhaus hinunter und in die Küche, wo Miña mir einen Kaffee bereitete, der einen Toten hätte wecken können.

Die Hochzeit fand an einem frühen Junimorgen in der Kathedrale von Guayamés statt. Ich besitze ein Bild, auf dem Aurelio und ich vor der Kirchentür stehen, umgeben von der Schleppe meines Kleides wie von einem Teich aus Seide. Auf dem Foto trägt Aurelio einen Zylinder und einen geliehenen Smoking, der ihm sehr gut steht. Wir blicken beide mit ernsten Gesichtern in die Kamera und waren uns der Feierlichkeit der Stunde sehr wohl bewußt.

Nach einem Champagnerumtrunk und einem kleinen Empfang im Garten von Emajaguas zogen wir uns in getrennten Zimmern um und liefen zu Aurelios Wagen, einem Pontiac Coupé Kabriolett, den er ›den blauen Vogel des Glücks‹ getauft hatte. Damit fuhren wir nach La Concordia, und von diesem Tag an wurde dein Vater der Mittelpunkt meines Lebens.«

10

»Aurelio hatte von seinen Ersparnissen in der Nähe des Bahnhofs ein kleines Haus für uns gekauft. Es stand in einem kleinbürgerlichen Wohnviertel mit wellblechgedeckten Häusern auf handtuchgroßen Grundstücken, so daß man bei geöffneten Fenstern stets riechen konnte, was die Nachbarn kochten, und ihre Lieblingssendungen im Radio mitverfolgen konnte. Das Haus war aus Holz und besaß einen kleinen zementierten Balkon zur Straße; an diesen schlossen das Wohnzimmer, das Eßzimmer und die Küche an, die hintereinander aufgereiht waren wie Eisenbahnwaggons. Ein enger Flur führte zu den Schlafzimmern auf der Rückseite des Hauses. Die Zimmer waren mit weißlackierten Korbmöbeln eingerichtet, und vor allen Fenstern hingen Spitzenvorhänge: Aurelio hatte an alles gedacht.

In der Calle Virtud bestand unser einziger Luxus in einem Bechsteinflügel, den Aurelio mit dem Geld meines Grundstücks bezahlt hat. Der Verkauf von Las Pomarrosas hatte dreihunderttausend Dollar eingebracht, und der Flügel hatte zehntausend gekostet. Das restliche Geld legte Aurelio auf meinen Namen bei der Bank an und investierte es zehn Jahre später in den Aufbau seiner Firma *Cementos Estrella*, was eine durchaus kluge Entscheidung war.

Das Klavier war so groß, daß es das ganze Haus einnahm und wie ein Walfisch in einem Ruderboot wirkte. Aurelio mußte die Türen aushängen, damit es hineinpaßte, und als es dann endlich an Ort und Stelle stand, war im Wohnzimmer kein Platz mehr zum Sitzen. Dieser Flügel war ein ungewöhnlicher, in jenem Mittelklasseviertel vollständig deplazierter Gegenstand, aber Aurelio liebte ihn, und wenn er sich davorsetzte und zu spielen begann, wurde das ganze Haus von seiner Musik durchflutet.

Als wir an unserem Hochzeitstag in der Calle Virtud aus dem Pontiac stiegen, wurde mir schwarz vor Augen. Die Hitze von La Concordia schlug mir wie eine Ohrfeige ins Gesicht, und Aurelio mußte mich auf der Treppe stützen. ›Unser Zimmer ist das letzte hinten im Gang‹, sagte er zu mir. ›Es hat ein großes Fenster zum Garten, wo ein riesiger Mangobaum wächst. Wenn der Wind weht, rauschen seine Blätter, und es klingt, als würde es regnen.‹ Und er fügte hinzu: ›Ich hole dir sofort etwas zur Erfrischung. Leg dich einen Augenblick hin, dann wird es dir gleich besser gehen.‹

Daß Aurelio damals vom Regen sprach, erwies sich im nachhinein als Vorwarnung, denn es vergingen mehrere Monate, ehe ich in La Concordia einen einzigen Regentropfen fallen sah. Lange Zeit fand mein Heimweh nach Emajaguas in der Sehnsucht nach Regen Ausdruck, nach dem dumpfen Murmeln der dichten Niederschläge, die meine Kindheit am anderen Ende der Insel begleitet hatten.

Von der Schwüle wie gelähmt, befolgte ich Aurelios Rat und schwankte benommen durch den Flur nach hinten. Indessen holte Aurelio meine weißen Lederkoffer aus dem Auto und trug sie in unser Schlafzimmer. Dann ging er in die Küche und schenkte Limonade in zwei Gläser, aber als er mit den eisgekühlten Getränken wieder zu mir kam, saß ich noch immer auf der Bettkante. Meine Koffer hatte ich noch nicht angerührt. Das Blechdach über der Holzdecke hatte die ganze Glut des Tages aufgesogen, und das Zimmer war wie ein Backofen. ›Hier kann ich nicht schlafen‹, sagte ich unter Tränen. ›Es ist so schwül, daß ich fürchte, jeden Moment umzukippen. Bitte, Aurelio, bring mich nach Emajaguas zurück.‹ Der Schweiß rann mir in Strömen den Rücken hinab, trotzdem zitterte ich.

Miña hatte Aurelio vor unserer Hochzeit eine knappe Zusammenfassung meines Leidens gegeben: Wie ich als neugeborenes Baby vor Kälte zitternd nach Hause gekommen war und ausgesehen hatte wie ein nacktes Kaninchen; wie sie mich dann in eine Wolldecke gepackt und einen Monat lang unentwegt umhergetragen hatte, um das Blut in meinen Adern zu erwärmen. Es war eine merkwürdige Geschichte, die Aurelio in Unruhe versetzt hatte, doch in seiner gewohnt liebenswürdigen Art ließ er sich nichts anmerken.

›Soll ich dir noch etwas auf dem Klavier vorspielen, bevor wir nach Emajaguas zurückfahren?‹ schlug er mir sanft vor, ohne sich meinem Begehren zu widersetzen. Dann ging er ins Wohnzimmer, nahm vor dem Flügel Platz und öffnete den Deckel. ›Komm und setz dich einen Augenblick zu mir‹, rief er mir von dort aus zu. Ich erhob mich vom Bett und setzte mich neben meinen hübschen jungen Gatten auf die Bank. Er begann, Beethovens *Appassionata* zu spielen, und je weiter er kam, desto besser ging es mir. Die Musik war so wunderschön, und dein Vater spielte so gut, daß ich allmählich aufhörte zu frieren. Ich beruhigte mich, und das Zittern ließ nach. Als er geendet hatte, nahm er mich in die Arme und begann mich zu küssen. Er war ein sehr guter Liebhaber. Er hatte lange, schlanke Finger und liebkoste meinen Körper mit der gleichen Einfühlsamkeit, mit der er die Elfenbeintasten seines Flügels anschlug. Allmählich schmolz der Eissplitter in meinem Herzen. Wir gingen ins Schlafzimmer, um uns auf dem neuen Himmelbett zu lieben, und es war, als würde uns eine Welle der Musik davontragen.«

Teil IV

Die Saga der Familie Vernet

»Als ich jung war, konnte ich mich an alles erinnern, ob es geschehen war oder nicht; aber jetzt lassen meine Kräfte nach, und bald werde ich nur noch die Dinge wissen, die nie passiert sind.«

Mark Twain, »Autobiographie«

1

Großvater Santiago, der in La Concordia den Spitznamen Changuito Vernet trug, erzählte oftmals die Geschichte von der Ankunft seiner Familie auf der Insel, und seine Kinder lauschten ihm jedesmal andächtig. Seine Mutter, Elvira Zequeira, war eine Rebellin gewesen, die in ihrem Haus in Santiago de Cuba schwarze Widerstandskämpfer versteckte. Sie hatte einen Zwillingsbruder namens Roque Zequeira. Diesen lernte Henri Vernet während seines Ingenieurstudiums in Paris kennen, und es entstand eine tiefe Freundschaft zwischen den beiden. Im Jahr 1875 erwarben sie gleichzeitig ihr Diplom an der *Ècole des Ponts et des Chaussées*, und im Anschluß daran lud Roque Henri ein, mit ihm nach Kuba zu kommen und dort sein Glück zu probieren.

Henri stammte aus der verschlafenen südfranzösischen Kleinstadt Saint Savinien am Ufer der Charente, wo die sumpfige Landschaft von unzähligen Nebenarmen des Flusses wie eine Herzwand von Blutgefäßen durchzogen ist. Seine Angehörigen waren einfache Bauern und konnten Henri nur zum Studieren nach Paris schicken, weil er ein Stipendium bekam, nachdem sein Vater im Deutsch-Französischen Krieg von 1870 durch einen unseligen Zwischenfall ums Leben gekommen war. Das Friedensabkommen war bereits unterzeichnet, als Charles Vernet, während sein Bataillon aus Frankfurt abgezogen wurde, um nach Frankreich heimzumarschieren, am Hinterkopf von einer Gewehrkugel getroffen wurde, die von einem Baum abprallte.

Henris Mutter arbeitete in Saint Savinien als Wäscherin und nahm große Opfer auf sich, um dem Sohn das Studium in der Hauptstadt zu ermöglichen. Sie hatte noch vier weitere Kinder und setzte ihre ganze Hoffnung darauf, daß ihr Ältester mit seiner Ausbildung die Familie aus der Armut erlösen würde. Als Henri sein Studium beendete, konnte er indes der Versuchung nicht widerstehen, Roque ins unbekannte Amerika zu folgen. Allein der Gedanke, zurückkehren zu müssen an die morastigen Gestade der Charente, wo das Leben seinen bleiernen Gang nahm und die mit Kohlköpfen und Artischocken beladenen Barkassen träge durch die Kanäle schaukelten, ließ ihn schaudern. Henri hatte sich an den Puls des städtischen Lebens gewöhnt, die Atmosphäre in Paris war energiegeladen und der Geist scharf wie ein Messer. Daher nahm er Roques Einladung nach Kuba dankbar an und sagte sich, daß er nach Frankreich zurückkehren würde, wenn er ein gemachter Mann wäre und seiner Familie tatsächlich helfen konnte.

So ging Henri einige Wochen später mit Roque in Santiago de Cuba von Bord und fand freundliche Aufnahme im Haus des Freundes, wo außer diesem nur seine Schwester, Elvira Vernet, lebte. »Sie ist wie ein kleiner Kolibri, der keinen Augenblick stillhält«, sagte Roque, als er ihm Elvira vorstellte und sie zur Begrüßung in die Luft hob. »Du mußt dich aber vor ihr in acht nehmen. Sie ist nicht so harmlos, wie sie aussieht. Wann immer sie sich etwas in den Kopf gesetzt hat, rate ich dir nämlich, ihr entweder nachzugeben oder durch das nächstbeste Fenster in annehmbarer Höhe zu entfliehen.« Elvira sah Henris blaue Porzellanaugen und die karamelfarbenen, zu einem kleinen Pferdeschwanz zusammengefaßten Locken und verliebte sich bis über beide Ohren in ihn. Obwohl er ihre Gefühle erwiderte, machte es ihm seine strenge Erziehung als Sohn eines Soldaten unmöglich, sich ihr zu offenbaren. Daher war es Elvira, die ihm eine Liebeserklärung machte und den Vorschlag zu heiraten. Schon kurz nach ihrer Hochzeit kündigte sich bei dem jungen Paar Nachwuchs an: 1897 wurde Santiago Vernet – Großvater Changuito – geboren.

Roque und Elvira Zequeira waren Vollwaisen. Wie Großvater Changuito seinen Kindern erst viele Jahre später erzählte, waren beide Eltern in der Nähe von Punta Santiago, der südlichsten Halbinsel Kubas, bei einem Schiffsunglück ums Leben gekommen. Die Kinder hatten das große Landhaus der Familie mit Nebengebäuden und einem mehrere Hektar großen Grundstück außerhalb der Stadt geerbt. Nach ihrer Hochzeit beschlossen Henri und Elvira, mit Roque dort wohnen zu bleiben, und die drei jungen Leute halfen einander auf jede erdenkliche Weise. Sie legten ihre Ersparnisse zusammen und setzten ihr technisches Wissen ein, um Santiagos erste Eisfabrik *Nieves Vernet* zu gründen, die ein ebenfalls einmaliges selbstgebautes Kühlaggregat besaß. Als Hauptstadt von Kubas wohlhabendster Provinz Oriente war Santiago ein reges Handelszentrum. Es war umgeben von vierzig Zuckerrohrplantagen, und in der benachbarten Sierra Maestra gediehen weitere Haciendas mit Tabak, Kakao und Kaffee. Die Stadt hatte einige großartige Bauten vorzuweisen, und ihre Einwohner feierten oftmals und mit Freuden ausschweifende Feste, so daß das Eis ein Geschäft mit Zukunft war.

Nieves Vernet war ein Erfolg von Anfang an. Stündlich verließ ein Dutzend Ochsenkarren mit Eisblöcken beladen die Fabrik neben dem alten Landhaus, um ihre mit Jutesäcken vor der Sonne geschützte Fracht in der ganzen Stadt an Privathaushalte und Geschäfte auszuliefern. In Santiago erreichte die Hitze bis zu vierzig Grad im Schatten, doch seit *Nieves Vernet* seinen Betrieb aufgenommen hatte, war es nie mehr so heiß wie vorher, behaupteten die Leute.

Trotz dieses glücklichen Starts auf dem neuen Kontinent stand Henris Schicksal, wie das seines Vaters, unter einem schlechten Stern. Eines Tages fiel durch einen Kurzschluß im Kühlaggregat in der Fabrik der Strom aus, und Henri bat Roque, die Stromzufuhr am Hauptschalter zu unterbrechen, damit er in den Keller gehen und die Ursache beheben konnte. Roque tat, wie ihm geheißen, begab sich zum Sicherungskasten, der an einer Außenmauer des Gebäudes hing, und stellte den Strom ab. Unterdessen leuchtete sich Henri mit einer Gaslampe den Weg ins Untergeschoß, gefolgt von Changuito, den Elvira auf dem Weg zum Einkaufen in der Fabrik abgesetzt hatte und der nun hinter dem Vater die Stufen hinuntersprang.

Roque rührte sich nicht vom Schaltkasten weg, sondern wartete auf Henris Anweisungen aus dem Keller. Dieser untersuchte mit erhobener Lampe das Kühlaggregat und hatte die schadhafte Stelle rasch entdeckt. »Hier haben wir den Übeltäter«, sagte er zu Changuito und wies auf einen blanken Kupferdraht. »Wir müssen das Kabel bis zur Isolierung kürzen und dann neu anschließen.« Henri stellte die Lampe auf den Boden, ergriff das Kabel und machte sich mit Hilfe einer Kneifzange, die er aus der Hosentasche zog, an die Arbeit.

Im selben Moment rollte oben ein schwer mit Eisblöcken beladenes Fuhrwerk aus dem Fabriktor. Da die Straße stark befahren war, rief der Torwächter »Los!«, um dem Kutscher zu bedeuten, daß die Bahn frei war. Das hörte Roque und deutete es als Henris Befehl aus dem Keller. Er ging davon aus, daß dieser seine Aufgabe erledigt hatte, und drückte den Hebel wieder hoch. Der Strom fuhr Henri in die Glieder, riß ihn in die Höhe und ließ ihn einen Meter von seinem Sohn entfernt wieder zu Boden kommen.

Als Roque Henri schreien hörte, rannte er die Treppe hinunter und vergaß in der Eile, den Hebel wieder herunterzuziehen. Sein Freund lag wild zuckend am Boden, ohne die Hände vom

Stromkabel lösen zu können. Roque wollte ihn am Arm fassen und wegziehen, aber Henri sah ihn mit weit aufgerissenen Augen an und schrie: »Rühr mich nicht an! Damit verdoppelst du die Ladung und bringst uns beide um! Dreh den Strom ab!« Roque flog wieder die Treppe hinauf, doch als er zurückkam, war Henri bereits tot. Changuito stand hilflos daneben und beobachtete, wie der Rauch aus den langen hellbraunen Locken seines Vaters aufstieg.

Als Elvira von dem Unfall erfuhr, fiel sie in Ohnmacht, während Roque von Schmerz und Schuldgefühlen überwältigt wurde, weil er sich für Henris Tod verantwortlich machte. Er konnte den Ausdruck des Entsetzens in den Augen des Schwagers, während dieser am Stromkabel hing, nicht vergessen. Doch Elvira gewann bald die Fassung zurück und versuchte, ihn zu trösten. »Manche Menschen werden unter einem guten Stern geboren und andere unter einem schlechten«, sagte sie zu ihrem Bruder. »Die Vernets gehören zur zweiten Sorte. Du darfst dir keine Vorwürfe machen, Roque. Sieh dir die Geschichte seiner Familie an; sie legt nahe, daß er ohnehin jung gestorben wäre.«

Elvira machte sich indes große Sorgen um ihren Sohn, der seit dem Unglück zu sprechen aufgehört hatte. Eines Nachts ging sie zu Roque und klopfte leise an dessen Zimmertür. »Wir haben beide Henris Tod zu verschmerzen, und keiner wird uns den Freund und den Mann wiederbringen. Aber wir haben noch uns und dürfen nicht verzagen«, sagte sie. »Ich brauche deine Hilfe bei Changuitos Erziehung. Seine Lehrer haben gedroht, ihn von der Schule zu schicken, wenn er nicht aufhört, so verbissen zu schweigen.«

Roque versprach, sich um den Neffen zu kümmern. Er hatte großes Mitleid mit dem Kleinen, der ganz der spartanischen Wesensart der Vernets nachschlug und über den Tod seines Vaters weder eine Träne vergossen noch eine Klage über die Lippen gebracht hatte. Roque respektierte Changuitos Schweigen, er fand, daß es seine Sache sei, wenn er nicht sprechen wollte – was allerdings noch lange nicht bedeuten mußte, daß der Junge auch nicht rechnen konnte. Also stieg er auf den Dachboden, öffnete eine staubige Truhe und holte seine und Henris Lehrbücher aus der Studienzeit an der *Ècole des Ponts et des Chaussées* heraus. Er trug sie in die Wohnung und schlug sie auf dem Eßzimmertisch auf. Changuito gesellte sich zu ihm und starrte wie gebannt darauf. Da sie auf Französisch geschrieben waren, fürchtete Roque erst, Changuito würde nichts damit anfangen können, doch da hatte er sich geirrt. Um Zahlen zu verstehen, waren keine Sprachkenntnisse vonnöten, und Changuito hatte sich bald die wichtigsten Grundlagen in Algebra, Geometrie und Trigonometrie angeeignet. Außerdem bewies er eine große Geschicklichkeit als technischer Zeichner und lernte nebenbei auch noch, Französisch zu lesen.

Changuito wuchs heran, und als er sechzehn Jahre alt war, brach in Kuba erneut der Unabhängigkeitskampf gegen Spanien aus. Man schrieb das Jahr 1895, die Insel stand unter dem Diktat des Generalgouverneurs Valeriano Wyler und machte schreckliche Zeiten durch. Ein Drittel der Bevölkerung – etwa vierhunderttausend Menschen – litten in den Konzentrationslagern, die Wyler in Oriente und Camagüey hatte einrichten lassen, schrecklichen Hunger. Hierher nahmen die Bauern Zuflucht, nachdem die Soldaten ihre Häuser niedergebrannt und ihr Vieh gestohlen oder geschlachtet hatten. Dann wurde José Martí bei einem Angriff der Kavallerie in Dos Ríos tödlich verwundet. Das verstärkte den Groll, den die Zequeiras ohnehin gegen die Spanier hegten, und eines Tages feuerte Onkel Roque vom Dach seines Hauses einen Schuß auf einen spanischen Offizier ab, der am nächsten Tag seiner Verletzung erlag. Die Soldaten durchkämmten die Gegend nach dem Freischärler, aber Roque versteckte sich bei einem Freund, woraufhin die spanischen Truppen das Haus der Zequeira durchsuchten und im Flügel größere Vorräte an Verbandszeug, Watte und Arzneimitteln entdeckten: Elviras Haus diente als Ambulanz für verwundete Revolutionäre. Roque, Elvira und Changuito kamen ins Gefängnis, wurden aber sechs Monate später während einer Waffenruhe wieder freigelassen.

Nach seiner Haftentlassung fand Roque zu Hause einen Einberufungsbefehl vor. Er sollte sich am nächsten Tag im Hauptquartier in Santiago einfinden, denn die spanischen Truppen bräuchten ihn als Straßenbauingenieur. Roque floh aus der Stadt und schloß sich den Deserteuren und Widerständlern im buschbestandenen Küstenstreifen an. Changuito wurde von Elvira in einer Dachkammer versteckt, weil zu erwarten war, daß das Militär ihn, sobald er siebzehn war, ebenfalls zur Zwangsarbeit rekrutieren würde. Eineinhalb Monate hauste Changuito in dem finsteren Verschlag, der so niedrig war, daß er nicht einmal darin stehen konnte. Nur einmal am Tag ging er spätabends in die Wohnung hinunter, wo seine Mutter ihm eine warme Mahlzeit zubereitet hatte, und um das Bad zu benutzen. Insekten jeder Sorte quälten ihn in seiner Kammer; Skorpione, haarige Spinnen und Zecken stachen ihn überallhin, so daß seine Augen mitunter völlig zugeschwollen waren und er aussah wie ein Chinese. Doch hatte er den soldatischen Stoizismus seines Vaters geerbt und ließ nie eine Klage verlauten.

Elvira war sehr fromm und errichtete der barmherzigen Virgen de la Caridad del Cobre in der Dachkammer einen kleinen Altar, damit ihr Sohn davor beten konnte. Er sollte ihr im Dunkeln Kerzen anzünden und beobachten, wie die Flämmchen als kleine Segel der Hoffnung um sie herumflackerten. Aber Changuito machte keinen Gebrauch davon. Er schlief mit dem Rükken zum Madonnenbildnis und schwor sich, eines Tages dafür zu sorgen, daß sich das unglückselige Schicksal der Vernets wendete.

Nach eineinhalb Monaten ertrug Changuito das Leben auf dem Speicher nicht mehr und war drauf und dran, heimlich das Haus zu verlassen und wie sein Onkel im Busch unterzutauchen, als dieser eines Nachts unerwartet daheim auftauchte. Er kam, um von Elvira Abschied zu nehmen, denn er beabsichtigte, am nächsten Tag nach Puerto Rico aufzubrechen. Durch ein paar Freunde, die draußen auf ihn warteten, hatte er in Erfahrung gebracht, daß auf der Nachbarinsel ein Elektroingenieur gesucht wurde. Er wollte den Auftrag annehmen und für die Zuckerfabrik Sivoney am Rande von La Concordia einen neuen Verdampfer bauen. »Bitte nimm Changuito mit, Roque«, flüsterte Elvira und wies zur Dachkammer hinauf. »Lieber sehe ich ihn nie wieder und weiß, daß er wohlauf ist, als ihn zwei Meter unter der Erde bei mir zu behalten.« Aber als sie hochstieg, um ihrem Sohn den Plan zu unterbreiten, weigerte sich der Bursche, Kuba zu verlassen. Roque und seine Freunde mußten ihn mit Gewalt aus seinem Unterschlupf holen und mit einem Fausthieb kampfunfähig machen, bevor sie ihn an Bord des Frachters *Alicia Contreras* schmuggeln konnten, der am folgenden Tag nach Santo Domingo auslief. Erst als sie auf hoher See waren, erzählte Roque dem Kapitän von dem blinden Passagier. Changuito wurde an den Heizkessel gestellt und schippte mit solchem Eifer die Kohlen, daß es schien, als nährte er nicht allein das Feuer, sondern auch den Zorn, der in seinem Herzen brannte.

In Santo Domingo lud der Frachter Orangen, Bananen und grüne Mehlbananen auf und nahm Kurs auf Puerto Rico. Changuito und sein Onkel bekamen zwei Wochen lang nichts anderes zwischen die Zähne als Bananen und Orangen, bevor sie etwas abgemagert, aber wohlbehalten ihr Ziel erreichten.

2

»Sieh dir die *guachupines* an, die hier mitten in der Stadt hin- und hermarschieren«, rief Changuito, als er mit dem Onkel La Concordia erreichte und ein Regiment der ›Vaterlandsjäger‹ erblickte. Die Soldaten trugen gestreifte Drillichuniformen, die ideale Kleidung für die brütende Hitze, und vollführten ihre Truppenübungen auf der *Plaza de las Delicias.* »Ich möchte wetten, daß der Name täuscht. Dieses Regiment trainiert bestimmt nicht für die Wildschweinjagd!«

Roque hatte recht. La Concordias ›Vaterlandsjäger‹ hatten nämlich die Aufgabe, unliebsame Bürger zu verfolgen, die den Sturz der spanischen Regierung im Schilde führten. Hatten sie einen gefaßt, dann schnitten sie ihm die Ohren ab, durchbohrten ihm die Lider mit Nähnadeln und schoben ihm glühende Holzspäne unter die Fingernägel, bis er auspackte. Sobald er aber alles gestanden hatte, wurde er erschossen.

Auf seinem ersten Erkundungsgang durch die Stadt stellte Changuito fest, daß in La Concordia der Handel auf eine fast schamlose Weise florierte: An jeder Ecke gab es einen Laden, aber insgesamt bloß zwei Kirchen, und nahezu jeder Einwohner betrieb irgendein Geschäft. Er entdeckte vier Fabriken, eine für Kekse, eine für Nudeln, eine für Panamahüte und eine Tabakmanufaktur, und nahm an, daß eine Stadt von siebzigtausend Einwohnern wenigstens eine Eisengießerei aufweisen würde. Um herauszufinden, wo sie lag, blieb er an einer Straßenecke stehen, hob wie ein Hund die Nase in die Luft und schnupperte. Als Sohn eines Ingenieurs hatte er Eisen im Blut und vermochte den Geruch flüssigen Erzes eine ganze Meile weit zu riechen. Er nahm die Witterung zweier Eisenwerke auf und machte sich zu ihnen auf den Weg. Beides waren veraltete Betriebe. Der eine gehörte einem gewissen Mr. McCann, einem Schotten, der sich weigerte, einen einzigen Centavo in die Modernisierung seiner Maschinen zu investieren; der andere war im Besitz des Spaniers Don Miguel Sáez Peña, der Tausende verdient hatte mit dem Bau von Verdampfern, Mahlwerken und Zahnrädern für die Zuckermühlen, der aber – wie Changuito sofort erkannte – immer noch mit einem uralten Dampfkessel arbeitete. Changuito wunderte sich daher wenig, als er Monate später erfuhr, daß es in Don Miguels Gießerei zu einer Explosion gekommen war.

La Concordias Einwohner waren praktische Zeitgenossen, die mit beiden Beinen auf dem Boden der Tatsachen standen und die Dinge gerne beim Namen nannten. Deshalb hieß die Straße, in der das Krankenhaus lag, »Straße der Gesundheit«, die, in der die Schule lag, »Straße der Erziehung«, die, in der die Metzgerei lag, »Fleischerstraße« und so weiter. Changuitos Lieblingsstraßen waren indes die Straße der Harmonie, die Straße der Freundschaft und die Straße der Brüderlichkeit, weil dies die Tugenden der Freimaurer waren. Unter der spanischen Gesetzgebung war die Freimaurerei streng verboten, und in Santiago de Cuba hatte auf die Mitgliedschaft in einer Loge die Todesstrafe gestanden. In La Concordia konnten sich die Freimaurer dagegen frei bewegen; da es viele gab, bekam Roque rasch Kontakt zu ihnen. Nachdem er auf Kuba eine Zeitlang Großmeister in einem geheimen Freimaurertempel gewesen war, galt er in der Bruderschaft als Autoritätsperson. Daher begab er sich nach seiner Ankunft auf Puerto Rico als erstes zu dem halbverfallenen Lagerhaus für Zucker außerhalb der Stadt, in dem die *Logia Adelphi* untergebracht war, und bat um Aufnahme seines Neffen Changuito. Kurz darauf erhielt Changuito seine Einweihung und meldete sich, wie alle Freimaurer von La Concordia, zur Feuerwehr.

Das älteste mir bekannte Foto von Großvater Changuito stammt aus dem Jahr 1900, vier Jahre nach seiner Ankunft auf der Insel. Er trägt darauf seine Uniform aus einem marineblauen hochgeschlossenen Jackett mit goldbesetztem Kragen, seinen roten Helm mit Visier und einen Messingsäbel, und sitzt mit zwölf weiteren Feuerwehrmännern auf einer Bank. Mit seinen einssechzig ist er der kleinste der Männer, und die großartigen Ausmaße seines Schnauzbartes betonen noch seine zierliche Figur. Unter dem Bild stand mit Tinte geschrieben: »Fosforito Vernet – Zündhölzchen Vernet – löschte und entfachte Brände mit gleicher Begeisterung.«

Da die Geschäftsleute von La Concordia ihre Stadt liebten, sparten sie nicht an der Ausrüstung ihrer Löschmannschaft, und die Feuerwehr besaß die modernsten Löschgeräte, Wasserspritzen, Schläuche, Tankwagen, Beile und Leitern. La Concordia war an allen Seiten von Zuckerrohrplantagen umgeben, und während der Erntezeit drohten der Stadt durch das Abbrennen der Felder regelmäßig Feuersbrünste. Die Feuerwehrleute waren in ständiger Alarmbereitschaft, es brauchte nämlich nur ein Wind aufzukommen, dann flogen die Funken meilenweit, gingen auf den Holzdächern der Elendsbehausungen am Rande der Stadt nieder und setzten die Hütten der armen Leute in Brand.

Als Großvater Changuito schon zwei Jahre in La Concordia lebte, brach am Marktplatz Isabel Segunda ein Großbrand aus. Der Wind kam von Süden, so daß sich das Feuer rasch nach Norden zum Pulvermagazin des Militärs hin ausbreitete. Die mit General Nelson A. Miles auf der Insel gelandete amerikanische Truppe hatte ihr Hauptquartier in La Concordia aufgeschlagen, und Oberst Hulings, der Offizier im Einsatz, befahl der Feuerwehr, die Bevölkerung zu evakuieren. Alles sprach nämlich dafür, daß das Feuer das Munitionslager erreichen und die Stadt in die Luft sprengen würde.

Changuito, der damals Hauptmann der freiwilligen Feuerwehr war, mißachtete den Befehl des Oberst und fuhr statt dessen mit seiner Löschmannschaft zum Brandherd, wo es ihm mit Hilfe seiner modernen Einsatzwagen gelang, das Feuer unter Kontrolle zu bringen. Die Bürger von La Concordia bejubelten daraufhin ihre Feuerwehrleute und feierten sie als Helden, aber die Amerikaner erhoben Klage gegen sie, weil sie einem militärischen Befehl zuwidergehandelt hatten, und schickten die gesamte Mannschaft ins Gefängnis. Am nächsten Tag begab sich eine große Abordnung der städtischen Prominenz zum amerikanischen Kommandanten, um ihn davon zu überzeugen, welchen Mut die Löschmannschaft mit ihrem Einsatz bewiesen hatte. Schließlich sei La Concordia ein architektonisches Kunstwerk Pariser Ranges, nur eben im kleineren Maßstab; es vor der Zerstörung zu retten, sei daher geradezu ein Akt der humanitären Hilfe gewesen. Oberst Hulings gab nach und setzte Changuito und seine Löschmannschaft wieder auf freien Fuß.

In der Zuckerfabrik Siboney waren Roque und Changuito zwei Jahre lang mit dem Bau und der Montage eines neuen Verdampfers beschäftigt. Als sie damit fertig waren, beauftragte der Besitzer, Don Eustaquio Ridruejo, sie mit der Konstruktion eines neuen Destillierkolbens für seine Rumbrennerei. Aber Roque lehnte ab, weil er beabsichtigte, nach Kuba zurückzukehren. »Der Krieg ist vorbei«, sagte er zu Don Eustaquio, »und es wird Zeit heimzukehren.«

»Deine Mutter wartet auf uns, Junge«, sagte er zu Changuito. »Sie hat niemanden auf der Welt außer uns.« – »Fahr du vor«, erwiderte ihm Changuito. »Ich möchte noch ein Weilchen hierbleiben. Ich habe Don Eustaquio versprochen, ihm die Destillieranlage zu montieren.«

Roque bestand nicht weiter darauf, denn er vermutete, daß Changuito seiner Mutter noch grollte, weil sie ihn ausgetrickst und gegen seinen Willen an Bord der *Alicia Contreras* hatte bringen lassen. Also verabschiedete er sich von dem Neffen und ging alleine mit seinen Koffern zum Hafen. Dort bestieg er den Kutter, der ihn nach Santiago de Cuba zurückbrachte.

Aber Roque täuschte sich. Großvater Changuito hatte andere Beweggründe, auf der Insel zu bleiben. Nachdem im Hafen von Havanna die *Maine* in die Luft gesprengt worden war, ging das Gerücht um, daß die Vereinigten Staaten erwogen, Puerto Rico einzunehmen. Changuito war aber durchaus nicht gewillt, einen Ort zu verlassen, an dem gerade Geschichte gemacht wurde. Ihm war ferner zu Ohren gekommen, daß einige von Präsident William McKinleys Ministern im Department of State die Möglichkeit ins Auge faßten, Kuba zu vereinnahmen, nachdem es die spanische Herrschaft abgeschüttelt hatte. Als die größte der Antilleninseln galt Kuba der Fruchtbarkeit seiner Äcker und seines blühenden Handels wegen als wahres Goldstück in der Karibik – eine holde Seejungfrau, die sich allerdings jeden Augenblick in ein wütendes Krokodil verwandeln konnte. Daher wählten die Amerikaner ein einfacheres Ziel und nahmen Puerto Rico, die Elritze im Süden, ein.

Einen Monat nach der Invasion der Amerikaner schrieb Großvater Changuito seiner Mutter einen Brief nach Santiago de Cuba. Urgroßmutter Elvira bewahrte ihn ihr Leben lang auf, und als sie starb, schickte Roque ihn an Changuito zurück, damit er ihn zur Erinnerung aufhob. Aurelio erbte ihn von seinem Vater, und dieses historische Dokument bildete nunmehr seit über hundert Jahren einen Teil unseres Familienschatzes. Mein Vater hielt ihn in seinem Schreibtisch streng unter Verschluß und hütete ihn wie ein Heiligtum.

Liebe Mutter, *den 25. August 1898*

ich möchte Dich bitten, daß Du Dir keine Sorgen um mich machst, denn es geht mir gut und ich bin gesund. Endlich hat sich die Lage auf der Insel wieder entspannt, und die Leute sind zum Alltag zurückgekehrt, arbeiten, schlafen und essen, inzwischen allerdings unter einer anderen Fahne, die vor dem Rathaus und dem Postamt im Wind weht. Ich arbeite hart, habe aber mein Auskommen durch Aufträge auf den Plantagen in der Umgebung von La Concordia. La Concordia ist zwar nicht Santiago de Cuba, sondern bloß eine Kleinstadt in der Provinz, aber ich esse lieber mein Stück Brot in Frieden als ein ganzes Bankett im Krieg. Arbeit hat noch keinem geschadet, und Du weißt ja besser als jeder andere, wie ich mich auf Kuba durch verschiedene Zuckermühlen gekämpft habe, weil ich Mechaniker werden wollte, und mit vierzehn sogar ein paar Monate lang vom Phosphatbergwerk Salzsäcke als Dünger bis zu den Zuckerrohrfeldern geschleppt habe. Trotz alledem hätte ich mein Land nie verlassen, wenn Du mich nicht auf so gemeine Weise übertölpelt hättest.

In diesem Zusammenhang möchte ich Dir mitteilen, daß ich auf dieser Insel, die im Vergleich zu unserem lieblichen Kuba armselig und klein ist, eine Lektion gelernt habe, die mir daheim stets unbegreiflich war: Man muß anderen das Recht zugestehen, so zu leben, wie sie leben möchten. Auch Du, Mutter, hast Dich damals von General Valeriano Weylers rauhen Methoden anstecken lassen, als Du mich auf diese beschämende Art an Bord der Alicia Contreras *geschafft hast. Nach der Landung der Amerikaner in Puerto Rico ist ein Bewunderer der Vereinigten Staaten aus mir geworden. Religiöse Toleranz und politische Kompromisse sind die Tugenden einer echten Demokratie. Wenn es sich die Vereinigten Staaten zum Vorbild nähme, könnte sich auch Kuba vom Absolutismus und vom Katholizismus befreien – den beiden Mühlsteinen, die uns die Spanier an den Hals gehängt haben.*

Ich nehme zwar an, daß Du den Einmarsch der Amerikaner auf Puerto Rico in sämtlichen kubanischen Zeitungen verfolgen konntest, will Dir dieses historische Ereignis aber trotzdem noch einmal aus erster Hand schildern. Schließlich war ich als Mitglied einer Elitetruppe von La Concordias Feuerwehr in besonderer Weise an der Invasion beteiligt, und Du kannst stolz auf mich sein.

Es war eine scheußliche Situation. Die Amerikaner, so mußt Du wissen, betreiben überhaupt keine versteckte Kriegsführung, und die Stelle, wo sie in Puerto Rico landen wollten, war ein offenes Geheimnis. Tag, Stunde und Ort ihres Einmarsches waren vorab von sämtlichen Zeitungen veröffentlicht worden, und die puertoricanischen Hausfrauen hatten panikartig die Lebensmittelläden leergekauft, als stünde ein Hurrikan bevor. Am 21. Juli sollte General Nelson A. Miles' Flotte an der Ostküste, in Fajardo, landen, wo ihn dann natürlich drei bis zu den Zähnen bewaffnete Regimenter der spanischen Truppen erwarteten. General Miles sieht übrigens aus wie ein altes Walroß. Ich habe ihn selbst erlebt, als er kurz nach dem Einmarsch auf La Concordias Plaza de las Delicias *eine Rede hielt. Er ist von kräftigem Körperbau, hat eine gesunde rote Gesichtsfarbe und einen weißen, an den Backen herabhängenden Schnauzbart. Er gilt als fronterfahrener Indianerkämpfer, der erst vor wenigen Jahren mit General Custer am Little Big Horn gegen den Sioux-Häuptling Crazy Horse kämpfte. Als sich seine Flotte Fajardo näherte und sah, welch ein warmer Empfang ihr dort bereitet wurde, machte sie kehrt und fuhr wieder aufs offene Meer hinaus.*

»Wenn wir gegen die Sioux in Montana angetreten sind«, soll Miles einem Zeitungsbericht zufolge zu einem Gehilfen gesagt haben, »dann dürften wir auch mit den Spaniern in Puerto Rico fertigwerden und im gleichen Zug die friedlichen Eingeborenen auf unsere Seite bringen.«

Miles ließ seine vier Kampfschiffe, die Massachusetts, *die* Yale, *die* Dixie *und die* Gloucester, *und die zehn Frachter mit den dreitausendvierhundertfünfzehn Mann Besatzung so weit wie möglich von der puertoricanischen Küste entfernt in Richtung Norden fahren. Sie umschifften nachts mit gelöschten Scheinwerfern den* Canal de la Mona *und gingen am Morgen des 25. Juli um fünf Uhr zwanzig in Guánica, einer einsamen Bucht an der karibischen Küste, vor Anker. Dort erwartete sie niemand, und Miles gab unmittelbar nach seiner Landung dem puertoricanischen Volk eine Erklärung ab, die an Zäunen, Straßen, öffentlichen Gebäuden und Schulmauern zu lesen war: »Wir sind nicht gekommen, um gegen das Volk eines Landes, das jahrhundertelang unterdrückt wurde, Krieg zu führen, sondern, um seine Bürger und deren Besitz in Schutz zu nehmen.«*

Guayamés, Sábana Verde, Hicacos, alle Städte im Westen ließen sich widerstandslos von Miles' Truppen einnehmen. In den Straßen spielten Kapellen auf, und die Frauen warfen von den Balkonen Blumen auf die Soldaten, während die verhaßte spanische Flagge auf den Marktplätzen verbrannt wurde. Die zahlenmäßig weit überlegenen Spanier flohen in die Berge und traten den Rückzug nach San Juan an. Siegesgewiß setzte Miles' Flotte ihre Eroberungsfahrt von Guánica nach Süden fort, umfuhr die Küste und ging in der Bucht von La Concordia vor Anker. Von dort aus richteten die Kriegsschiffe unter Kommandant Davis ihre Kanonenrohre auf die Stadt.

Gleichzeitig kam ein Leutnant der amerikanischen Armee mit einer weißen Friedensfahne und der Ankündigung eines von General Miles gesetzten Ultimatums in die Stadt galoppiert. Leutnant Meriam drohte, die Stadt dem Erdboden gleichzumachen, wenn sich das spanische Heer nicht ergab. Aber der Oberbefehlshaber von La Concordias Garnison, General San Martín, war nicht befugt, über das Ultimatum zu befinden, denn dafür war der Hauptkommandant der Insel in San Juan, General Macías, zuständig. Als er dies erfuhr, gab Leutnant Meriam der Stadt eine halbe Stunde, um vom Hauptkommandanten eine Antwort einzuholen, danach wollte er mit seinen Kanonen die Stadt unter Beschuß nehmen.

Wir waren entsetzt. Die Botschaft mußte General Macías telegrafisch überbracht werden, und eine halbe Stunde war dafür viel zu kurz. Du kannst dir nicht vorstellen, welch ein Chaos diese Ankündigung in der Stadt auslöste. Alles rannte durcheinander, die Leute warfen ihre Habe auf Eselskarren und versuchten in aller Eile zu retten, was zu retten war. Die Menschen verließen zu Hunderten die Stadt und flohen ins Gebirge.

Meine Feuerwehrleute und ich setzten die Helme auf, um eine Abordnung aus ausländischen Konsulen und anderen Würdenträgern zum Hafen zu eskortieren, wo sie mit den Amerikanern verhandeln wollten. Eine Stunde war bereits verstrichen, ohne daß die Kriegsschiffe ihre Kanonen auf uns abgefeuert hatten. Wir sprachen mit Leutnant Meriam, einem untersetzten Kriegsveteran, der noch auf Anweisungen von oben wartete, und baten ihn, Kommandant Davis mitzuteilen, daß wir mindestens vierundzwanzig Stunden benötigten, um von General Macías in San Juan eine Antwort zu erhalten.

Unsere Geduld wurde auf eine harte Probe gestellt, und wir atmeten alle erleichtert auf, als am selben Abend um zehn Uhr endlich die Nachricht durchkam: General Macías befahl General San Martín, sich zu ergeben. Wir setzten wieder unsere Feuerwehrhelme auf und fuhren mit unserem Löschwagen diesmal zum spanischen Militärlager. Als Zivilkorps der Stadt konnte die Löschmannschaft unkontrolliert den Wachtposten passieren. Als wir in der Kaserne waren, holten wir aber statt eines Wasserschlauchs einen Flammenwerfer heraus und blieben mehrere Stunden anwesend, um darüber zu wachen, daß die »Vaterlandsjäger« San Martíns Befehl auch tatsächlich befolgten und die Stadt verließen. Danach patrouillierten wir die ganze Nacht in den Straßen und verhüteten so, daß Aufstände ausbrachen. Ein paar Mal mußten wir Bürger davon abhalten, die abziehenden Truppen mit Steinen und leeren Flaschen zu bewerfen – so groß war der Haß der Concordianer auf die Spanier.

Am nächsten Morgen um zehn Uhr nahmen General Miles und seine Soldaten in dicken dunkelblauen Wolluniformen unter der sengenden Sonne friedlich La Concordia ein. Im Rhythmus des »Sternenbanners«, der bald in »There'll be a Hot Time *in the Old Town Tonight« überging, marschierten sie schwitzend zum Rathaus. Die Militärkapelle der »Vaterlandsjäger« hatte eine ansehnliche Sammlung von Musikinstrumenten – Tubas, Pauken, Hörner, Saxophone, Zimbeln – zurückgelassen, als sie in die Berge floh. Diese nahmen die amerikanischen Soldaten und fingen mitten auf der* Plaza *an zu spielen. Und alle Leute tanzten.*

Du weißt nicht, wie sehr ich Dich vermisse, Mutter, aber trotzdem werde ich nicht nach Kuba zurückkehren. Ich bin jetzt Amerikaner, was bedeutet, daß ich ein freier Mann bin. Außerdem habe ich mich den Freimaurern angeschlossen und dem Katholizismus den Rücken gekehrt. Nieder mit Spanien! Nieder mit dem Katholizismus! Nieder mit der Tyrannei! Es leben die Vereinigten Staaten von Amerika! Bald werde ich genügend Geld zusammen haben, um Dir die Überfahrt mit dem Dampfer zu bezahlen, damit Du herkommen kannst.

Der gute Stern der Vernets geht endlich am Himmel auf!

Dein Dich liebender Sohn
Santiago

3

La Concordia besaß ein kleines Elektrizitätswerk, das eine Handvoll Privatunternehmen mit Strom versorgte, während in den meisten Häusern noch Gaslampen glühten und auf Kohleherden gekocht wurde. Daher erging kurz nach der Ankunft der Amerikaner auf der Insel an die Bostoner Firma *Stone and Webster* der Auftrag, die Stadt zu elektrifizieren. Die amerikanischen Elektroingenieure errichteten ein großes Elektrizitätswerk, und mehrere Schiffsladungen mit geteerten Kiefernstämmen aus Montana trafen im Hafen ein, die überall als Laternenpfähle aufgestellt werden sollten, um La Concordias Straßen zu beleuchten.

Eines Morgens sah Changuito die Ingenieure an der Ecke der Straße der Brüderlichkeit einen Laternenmast aufrichten.

»Können Sie vielleicht einen Helfer gebrauchen?« fragte er einen der Amerikaner, der gerade die Kabel an die Transformatoren anschloß.

Der Mann lachte und sagte: »Na, mein Junge, dann erzähl mir mal, was Strom ist? Ich wette, das kannst du mir nicht erklären.«

»Strom ist eine Energie, die in Volt gemessen wird und durch die Bewegung von Elektronen entsteht. Strom produziert verschiedene physische Phänomene, wie Anziehungskraft und Abstoßung, Licht und Wärme. Er kann auch einen für den menschlichen Organismus lebensgefährlichen Schlag auslösen.

So steht es jedenfalls in den Lehrbüchern, aber eigentlich weiß niemand, was Strom wirklich ist«, antwortete ihm Changuito, lässig an einen Zaun gelehnt.

»Wer hat dir das beigebracht?« fragte ihn der Mann von *Stone and Webster* verwundert.

»Mein Vater«, antwortete Changuito. »Und er hat mir auch beigebracht, was ein Elektromagnet ist, ein Elektrotyp und eine Elektrode. Aber er hat mir nie erklärt, was ein Elektroschock ist, und das ist ein Jammer, denn wenn ich es gewußt hätte, wäre er vielleicht noch am Leben.«

»War dein Vater Elektriker?« fragte der Mann Changuito erstaunt.

»Er war Elektroingenieur wie Sie. Der Strom war seine große Leidenschaft, aber leider ist er auch durch ihn ums Leben gekommen.«

»Na, wenn das so ist, dann kannst du uns helfen. Sieh mal zu, ob du diesen alten Kasten hier wieder zum Laufen bringst«, sagte der Ingenieur und gab einem rostigen Stromgenerator, der auf der Straße stand, einen Tritt. Changuito hockte sich davor und untersuchte das Gerät. »Er braucht nur einen neuen Leiter, dann funktioniert er wieder. Wenn Sie einen Augenblick warten, laufe ich schnell zum Schrottplatz dort drüben und hole einen.«

»Bring ihn morgen mit. Wenn du für uns arbeiten willst, bist du eingestellt«, sagte der Bostoner Ingenieur zu Changuito.

So fing Changuito am nächsten Tag bei *Stone and Webster* an. Er besaß ein unglaubliches technisches Talent und verstand es, jedwede Art von Motor zu bauen. Zudem war er sehr wendig und erklomm ohne Schwierigkeiten die Laternenpfähle mit Hilfe der Eisendorne an seinen Fersen, um dann auf seinem Ledergurt in der Luft zu schaukeln, als wäre er ein Affe. Die Ingenieure waren sehr zufrieden mit seiner Arbeit und schlugen ihm vor, zu ihnen ins amerikanische Armeelager außerhalb von La

Concordia zu ziehen, wo alle staatlichen Bediensteten untergebracht waren.

Eines Tages verkabelte Changuito einen Laternenpfahl vor einer Grundschule in Barrio Tibes, als er über dem Eingang ein Schild mit der sonderbaren Aufschrift »Schule des Glücks« entdeckte. Davor saß auf einem Stuhl ein alter Mann in einer abgetragenen schwarzen Hose und einem ebensolchen Jackett. Er war offensichtlich blind, denn seine Augen hatten die Farbe von gekochtem Eiweiß. Mit seinem Stock schlug er den Takt, derweil die Kinder im Klassenzimmer das Einmaleins aufsagten. Durch das offene Fenster vermochte Changuito sie zu hören. Der Blinde hielt einen Streifen Lotterielose in der Hand und rief jedesmal, wenn jemand vorbeikam: »Tausend Dollar für eine Peseta! Zehntausend für einen Dollar! Kaufen Sie Ihr Los ins Glück noch heute!«

Changuito fand, daß dies ein sehr ungünstiger Platz für einen Losverkäufer war, kletterte von seinem Posten herunter, gab dem alten Mann einen Dollar und kaufte die Nr. 202. Als nächstes sagten die Schulkinder das Alphabet auf, und Changuito reckte den Hals, um durch das Fenster in den Klassenraum zu spähen. Die Lehrerin war eine Frau mit pyramidenförmigen Brüsten und einer erstaunlichen Ähnlichkeit mit der Göttin Athene. Wie diese schien sie in voller Rüstung aus der Stirn des Zeus gewachsen zu sein. Sie war etwa einen Meter achtzig groß – Changuito hatte eine Vorliebe für größere Frauen –, und ihre Bewegungen verrieten eine geradezu priesterliche Würde. Sie trug schwarze Schuhe mit breiten Absätzen, einen langen blaukarierten Madrasrock und darüber eine weiße Bluse. Ihr Haar war straff zurückgekämmt und am Hinterkopf zu einem Knoten gesteckt.

Changuito schlug den Dorn in den Laternenpfahl und kletterte noch ein Stück höher, um zu beobachten, wie der Unterricht vonstatten ging. Die Lehrerin führte ein strenges Regiment. Sie hielt einen langen Weißdornzweig in der Hand und machte jedesmal davon Gebrauch, wenn eines der Kinder zögerte oder einen Fehler machte. Changuito fand, daß sie eine wundervolle Mutter abgeben würde. Söhne wären eine sinnvolle Investition für die Zukunft, besonders, wenn sie im Familienbetrieb arbeiteten.

Er stieg herunter, indem er die Fersendorne kraftvoll in den geteerten Baumstamm trieb, ging zum nahegelegenen Mittagslokal *Agapito's Place* und fragte an der Theke nach dem Namen der Lehrerin. »Sie heißt Adela«, gab ihm der Barkeeper zur Antwort. Am selben Nachmittag kehrte Changuito gegen vier Uhr zur »Schule des Glücks« zurück. Adela war gerade dabei, die Türen abzuschließen, und Changuito stellte sich an den Fuß der Treppe und wartete auf sie. Der Lotterieverkäufer hatte sich den ganzen Tag nicht von der Stelle gerührt, war inzwischen aber fest eingeschlafen und merkte nicht, wie die auf der unbefestigten Straße vorüberziehenden Wagen seinen schwarzen Anzug mit einer dicken Staubschicht überzogen.

»Guten Tag, Señorita Adela!« sagte Changuito und hob die Augen, um ihr ins Gesicht sehen zu können, da Adela einen ganzen Kopf größer war als er. »Sie hatten sicher heute einen anstrengenden Tag mit den Schulkindern und sehen trotzdem so frisch aus wie eine französische Rose; als hätten Sie Ihren Dienst soeben erst angetreten!«

Die rosige Haut war beinahe der einzige weibliche Zug an Adela Mercedes Pasamontes, aber es war das erste Mal, daß man sie mit einer Rose verglich. Gewöhnlich machten ihr die Männer nämlich keine Komplimente, was sie aber nicht weiter störte.

»Und Sie kamen mir heute morgen vor wie ein Affe, der am Laternenpfahl schaukelt. Haben Sie denn keine Angst, einen Stromschlag zu bekommen?«

»Die Elektrizität ist tatsächlich eine sehr gefährliche Angelegenheit, Señorita Adela. Die Moderne beginnt und endet damit. Aber das Gesetz der Wahrscheinlichkeit steht zu meinen Gunsten, denn mein Vater ist schon an einem Stromschlag gestorben«, antwortete Changuito.

»Das tut mir aber leid. Meine Mutter ist auch schon tot, und mein Vater ist erblindet«, sagte Adela und blieb an der Tür stehen, um dem Lotterieverkäufer auf die Beine zu helfen.

»Das ist mein Vater«, sagte sie, »Don Félix Pasamontes.«

Als er das vernahm, fand Changuito Adelas Größe und Selbstsicherheit nicht mehr ganz so einschüchternd. Er hatte wenigstens eines mit ihr gemeinsam: Beide hatten sie schon einen Elternteil verloren.

»Waren Sie schon mal in Frankreich, junger Mann?« unterbrach Don Félix Changuitos Gedankengang, denn er liebte es, Fremde mit unerwarteten Fragen zu überfallen.

»La France est un jardin, Monsieur. C'est le plus beau pays de l'Europe«, antwortete Changuito in perfektem Französisch und ohne den Anflug eines Akzents.

Adela sah ihn interessiert an. Er war einundzwanzig Jahre alt, aber sein freimütiges Lächeln und sein zierlicher Körperbau ließen ihn jünger erscheinen.

»Wo haben Sie Französisch gelernt?« fragte Adela ihn. »In La Concordia gibt es kaum jemanden, der es spricht, und mich erinnert es an Guadeloupe, wo ich geboren bin.«

»Ich bin viel herumgekommen«, log Changuito mit breitem Lächeln und erbot sich, Adelas Schulbücher zu tragen.

Sie nahmen Don Félix in die Mitte und gingen gemeinsam die Straße der Brüderlichkeit hinauf. »Meine Eltern sind vor fünfundzwanzig Jahren nach Guadeloupe ausgewandert«, erzählte Adela. »Dort hatten sie einen Parfüm- und Spirituosenladen, *Le Rivoli*, der einen sehr hübschen, mit Palmen bestandenen Innenhof hatte. Es ging uns gut dort. Papa verkaufte Spirituosen und Mama französische Essenzen: L'Heure Bleue, Shalimar,

Fleur de Rocaille. Ich brauchte nicht zu arbeiten und durfte den ganzen Tag am Klavier sitzen. Aber kein Glück währt ewig«, fuhr sie betrübt fort. »Vor einem Jahr hat Mama, genau an meinem achtzehnten Geburtstag, einen Herzanfall erlitten und ist gestorben. Kurz darauf bekam Papa einen Diabetesschub und hat das Augenlicht verloren. Wir mußten auf unseren Laden eine Hypothek aufnehmen, und die Gläubiger haben das Haus behalten. Sogar unser Klavier haben wir verkaufen müssen. Wir sind nach Puerto Rico zurückgekehrt, wo einer von Papas Brüdern lebt, Don Francisco Pasamontes, der Besitzer der Tabakfabrik *La Bella Cacica*. Onkel Francisco hat Papa eine Konzession als Lotterieverkäufer besorgt, und jetzt verkauft er Lose an die Eltern meiner Schüler, wenn sie sie nach dem Unterricht abholen kommen.«

Sie erreichten die Kreuzung der Straße der Brüderlichkeit und der Straße der Gesundheit. Dutzende von Pferdekutschen und Eselskarren rollten über die breite Fahrbahn, während das Menschengetümmel auf den Gehwegen einem Ameisenhaufen glich. Großvater Changuito beobachtete fasziniert, wie Don Félix, der aussah wie ein staubiges Gespenst, sich mit halbkreisförmigen Bewegungen seines Stockes vorantastete. Er schien genau zu wissen, was vor ihm lag, denn er umtänzelte jedes Hindernis mit einer verblüffenden Geschicklichkeit und ohne mit irgend jemandem zusammenzustoßen.

Changuito faßte Adela am Arm, um gemeinsam mit ihr die Straße zu überqueren. Im ersten Moment wollte meine Großmutter sich wieder losmachen, weil sie es haßte, untergehakt zu werden, aber dann unterdrückte sie den Impuls. Changuito strahlte einen solchen Charme aus und grüßte jedermann so freundlich, daß eine unsichtbare Kraft von ihm auszugehen schien, die die Menschen fröhlich stimmte. Deshalb gab Adela nach und ließ sich von Changuito in die eingeschlagene Richtung führen.

Sie erreichten den Marktplatz *Isabel Segunda*, den einst die spanische Königin La Condordias Einwohnern geschenkt hatte. Rundherum befanden sich Läden, deren Auslagen mit Schuhen, Spielwaren, Kurzwaren, Möbeln und Haushaltswaren die Gehsteige einnahmen und den Ort in einen orientalischen Basar verwandelten, während in der Mitte – unter einem Wellblechdach auf verzierten schmiedeeisernen Säulen – zahlreiche Obst- und Gemüsestände aufgeschlagen waren, deren Händler lautstark ihre Ware anpriesen. Die Luft war geschwängert vom Duft der verschiedensten Früchte und Spezereien – Koriander und Lorbeer, ferner Orangen, Mangos und Ananas –, die in der Form mittelalterlicher Sturmhauben aufeinander getürmt waren, und Kaffee, dessen Säcke sich an den Mauern stapelten. Und all diese Gerüche verschmolzen mit den Farben und Formen des Dargebotenen zu einem großen Reigen der Sinne.

Adela liebte den Markt, und nichts bereitete ihr mehr Vergnügen, als mit den Marktleuten zu feilschen. Binnen zehn Minuten hatte sie ein Dutzend Stände aufgesucht und, während sie mit den Verkäufern schwatzte und scherzte, sorgfältig deren Ware geprüft. Dann öffnete sie ihre kleine braune Geldbörse, holte Großvater Changuitos Dollar heraus und erstand dafür ein ganzes Huhn, ein Pfund Reis und ein Kilo Kartoffeln. Das gab sie Changuito alles zum Tragen, und der staunte nicht schlecht, als er sah, was sie für die eine Münze bekommen hatte.

Entschlossen hakte er sich wieder bei ihr unter und sagte höflich: »Mit jemandem wie Ihnen zusammenzuleben, muß so sein, als hätte man die Freiheitsstatue auf dem Dach seines Hauses stehen. In Ihrer Gegenwart fühlt man sich vollkommen sicher.« Diese Worte machten Adela verlegen; das Blut schoß ihr in die Wangen und sie blieb ihm die Antwort schuldig. Am besten gefielen Großvater aber Adelas Brüste, die groß genug waren, um daran problemlos ein halbes Dutzend Söhne zu nähren.

Als sie das kleine Holzhaus im Vorort El Polvorín erreichten, wo Adela und Don Félix wohnten, bemerkte Changuito sofort, daß es dringend einen neuen Anstrich benötigte und ein paar Fensterscheiben zerbrochen waren. Dennoch war der kleine Patio sorgfältig gepflegt und erstrahlte im Glanz von sechs blühenden Rosenstöcken. Changuito wollte sich gerade verabschieden, da kam Adela ihm zuvor und lud ihn zum Abendessen ein, das aus einem *Coq au vin* bestehen sollte. Hocherfreut nahm Changuito an.

Von da an holte Changuito Señorita Adela jeden Tag um fünf Uhr nachmittags an der »Schule des Glücks« ab und begleitete sie mit Don Félix nach Hause. Dort kümmerte er sich um die notwendigen Reparaturarbeiten, malerte und zimmerte, derweil Adela das Essen vorbereitete. Er verlangte nie Geld für seine Arbeit, sondern fühlte sich durch Adelas köstliche Küche reichlich belohnt. Bald verliebte er sich in sie, hatte jedoch wie alle Vernets Hemmungen, ihr seine Gefühle zu gestehen.

Es vergingen ein paar Wochen. Eines Tages unterbrach Changuito seine Arbeit wie gewohnt für seine Mittagspause mit Schinkenbroten und einer Thermoskanne Kaffee, die er sich morgens eingepackt hatte. Den Rücken an einen Laternenpfahl gelehnt, saß er am Straßenrand, als der Wind eine alte Zeitung herbeifegte. Er ergriff sie, und sein erster Blick fiel auf die Liste der Gewinnzahlen der Lotterie. Don Félix' Los hatte er inzwischen vollkommen vergessen, doch nun setzte er die zerrissene Seite zusammen und entdeckte, daß die Nr. 202 in der Liste auftauchte. Er traute seinen Augen nicht. Die Zeitung war eine Woche alt, und er mußte als Gewinner noch am selben Tag seinen Anspruch geltend machen, damit er nicht verfiel.

Changuito rannte quer durch die Stadt zum Lager der Armee und durchsuchte sein Zelt vergeblich nach dem Los. Dann entsann er sich, daß er es in der vorhergehenden Woche noch in der Gesäßtasche seiner Khakihose gehabt hatte. Inzwischen war aber die Waschfrau gekommen und hatte die schmutzige Wäsche eingesammelt. Heute war ihr wöchentlicher Waschtag am Río Jagueyes. Schnell wie der Blitz eilte Changuito dorthin.

Er fand die Frau unten am Flußufer auf einem riesigen Stein hocken, während sie gerade seine Hose einseifte. »Haben Sie in der Gesäßtasche ein Lotterielos gefunden?« rief er ihr von der Uferböschung aus zu.

»Entschuldige, Changuito, ich habe nicht nachgesehen. Warte.« Und sie griff mit ihren nassen, seifenverschmierten Fingern in die Tasche, bevor Changuito ihr Einhalt gebieten konnte.

»Nein!« schrie er voller Schrecken, kletterte den Hang herunter und entriß ihr die triefende Hose. Dann lief er nach La Concordia zurück, erreichte schweißgebadet die Schule und klopfte an die Tür. Als Adela erschien, platzte er heraus: »Das Los mit dem Hauptgewinn ist hier in dieser Hose. Aber es ist naß und wird zerreißen, wenn ich versuche, es herauszuholen. Ich mache Ihnen ein Angebot: Sie retten mein Los, und ich heirate Sie.«

Ohne ein Wort drehte Adela sich um, ging ins Klassenzimmer und teilte ihren Schülern mit, daß der Unterricht für diesen Tag beendet sei und sie nach Hause gehen dürften. Dann begab sie sich in Begleitung von Changuito mit der Hose zu ihrem Häuschen und bat ihn, in Don Felix' Sessel im Wohnzimmer Platz zu nehmen. Changuito saß da und verfolgte geduldig, wie sie in den Patio ging, ein Feuer entfachte und die nasse Hose zum Trocknen daneben hängte. Anschließend legte sie sie auf ein Bügelbrett und plättete sie von beiden Seiten. Dann langte sie vorsichtig mit der Hand in die Tasche und zog das Los unversehrt heraus. »Hier haben Sie Ihr Los ins Glück, Changuito«, sagte sie. »Aber Sie werden alleine reisen müssen, denn ich will nicht heiraten.« Und sie schob ihn unsanft aus der Tür.

»Aber Don Félix hat mir das Los verkauft! Deshalb ist es doch nur recht und billig, wenn wir die zehntausend Dollar teilen«, protestierte Changuito, indem er von draußen an die Tür hämmerte. Als er lange genug vergeblich gefleht hatte, änderte er die Taktik und befahl ihr in strengem Ton: »Öffnen Sie sofort die Tür, Señorita Adela. Ihr Vater hat mir das Los verkauft, es ist meine Pflicht, Ihnen zu helfen.« Aber Adelas Tür blieb ihm verschlossen.

Changuito lief zum Lotteriebüro und ließ sich seinen Gewinn auszahlen: zehntausend Dollar in einem Stapel nagelneuer Scheine. Er zählte das Geld und versteckte es unter seiner Matratze. Am folgenden Tag fand er sich wieder bei der Schule ein. Diesmal schlug er der Tochter des Lotterieverkäufers gegenüber einen sanfteren Ton an, als er sagte: »Ich bitte Sie, meine Frau zu werden, Señorita Adela. Wir werden ein halbes Dutzend Söhne haben und eine Privatschule in unserem eigenen Haus einrichten. Außerdem verspreche ich Ihnen, mich darum zu kümmern, daß Ihr Vater an den Augen operiert wird, und werde selbstverständlich für alle Unkosten aufkommen.«

Als Adela Changuito so zerknirscht vor sich stehen sah, fehlte ihr der Mut, ihm noch einmal einen Korb zu geben, und sie willigte ein, seine Frau zu werden.

Die Hochzeit wurde am 1. Mai 1901 in der kleinen Kapelle *La Inmaculada* bei El Polvorín gefeiert. Über den Umstand, daß er Freimaurer war, schwieg Changuito sich aus, damit Adela sich die Sache nicht im letzten Augenblick noch anders überlegte. Ohne mit der Wimper zu zucken, beugte er sich Adelas Willen und ließ die endlose Zeremonie einer gesungenen Hochzeitsmesse – mit päpstlichem Segen, Beichte und Kommunion – über sich ergehen, während er auf den Knien lag und vor sich hinmurmelte, als würde er beten. Als er mit seiner Braut vor dem Traualtar stand und zum Bild der Heiligen Jungfrau der

Unbefleckten Empfängnis mit den sanft emporgewandten Augen und dem silbernen Reif über dem Haupt aufblickte, dachte er, daß eine kirchliche Trauung von drei Stunden Dauer ein angemessener Preis dafür war, daß der gute Stern über der Familie Vernet endlich aufzugehen begann.

4

Kurz nachdem Changuito Adela Pasamontes geheiratet hatte, kaufte er das Haus Nummer dreizehn in der Calle Esperanza. Changuito war davon überzeugt, daß ihnen die Dreizehn, obwohl sie allgemein als Unglückszahl gilt, Glück bringen würde. Er richtete das ganze Haus mit Mahagonimöbeln ein, deren Stühle mit den senkrechten Rückenlehnen und den geflochtenen quadratischen Sitzflächen einem das Gefühl vermittelten, auf einem Keks zu sitzen, der unter dem Hintern zerbröselte. Das Holzhaus trug außen einen hellgrauen Anstrich, während es innen in den fröhlichsten Farben erstrahlte. Adela, die sich nach der Fröhlichkeit von Guadeloupe zurücksehnte, hatte das Schlafzimmer pfirsichfarben, das Eßzimmer minzgrün und das Wohnzimmer benediktinergelb streichen lassen. Das Haus hatte einen silbern gestrichenen schmiedeeisernen Balkon zur Straße mit drei anmutigen, ebenfalls versilberten Säulen, die oben mit kleinen gekräuselten Akanthusblättern verziert waren. Es war mit Zinkblechen gedeckt und besaß zwei metallene Ventilatoren, die wie Sturmhauben die Seiten flankierten. Nach hinten setzte sich das Grundstück in einem großen Patio fort, wo Adela einen Rosengarten anlegte und Changuito Papageien züchtete.

Mein Großvater schenkte Adela zum Einzug ein Cornish-Klavier. Um es auszusuchen, fuhr er eigens nach San Juan und ließ es sich dann auf einem Dampfboot rund um die Insel nach

La Concordia liefern. Als Adela die Packer das Klavier aus der Kiste heben sah, lief sie auf die Straße, setzte sich daran und begann an Ort und Stelle, die *zarabandas*, *danzas* und *malagueñas* zu spielen, die sie nicht mehr gehört hatte, seit sie ihr geliebtes Guadeloupe hatte verlassen müssen. Die Leute ließen sich von ihrer Freude anstecken und fingen mitten auf der Straße an zu tanzen.

Direkt um die Ecke der Calle Esperanza lag der Markt, auf dem Adela so gerne einkaufte, wohingegen für Changuito die Lage der Wohnung den Vorteil bot, daß nur wenige Straßenblocks entfernt die *Logia Adelphi* ihren neuen Sitz eröffnet hatte und er sie heimlich weiter besuchen konnte.

Mit dem restlichen Geld seines Lotteriegewinns gründete Changuito außerhalb der Stadt seine eigene Metallgießerei – *Vernet Construction* –, von der er immer geträumt hatte. Er fing klein an, doch sein Unternehmen wuchs mit den Jahren zusehends. Es bestand aus einer Eisenwerkstatt, wo Schweißer, die wie mittelalterliche Ritter aussahen, mit Asbesthandschuhen und eisernen Gesichtsmasken geschützt, feuersprühende Schweißbrenner an riesige Metallplatten hielten, um daraus Wassertanks, Dächer, Schüttrinnen und anderes Bauzubehör zu fertigen; einer Maschinenwerkstatt, wo auf Drehbänken mit verschieden großen Metallscheren Teile zugeschnitten wurden, deren Feinbearbeitung anschließend an Form- und Fräsmaschinen stattfand; schließlich aus einer Eisengießerei mit einem Ofen, wo Changuito Wasserrohre, Benzintanks, Eisenträger, gußeiserne Balkone und andere Dinge für den örtlichen Bedarf herstellte. Als er genügend Geld beisammen hatte, legte sich Changuito einen zweiten Schmelzofen zu, um Alteisen, das er sich von der städtischen Müllhalde holte, zu schmelzen und daraus neues Eisen herzustellen. Er wurde es nicht müde, die rotglühende Eisenmasse in die Formen fließen zu sehen und sie zornig aufzischen zu hören, wenn sie zur Abkühlung in den

Wassertank getaucht wurde. Daraus kamen dann Rollen, Räder und allerlei wertvolle Maschinenteile zum Vorschein, die Changuito aus den selbst entworfenen Sandformen hob.

Mein Großvater war ein sehr talentierter technischer Zeichner und wurde immer öfter von den Besitzern der Zuckermühlen und Kaffeeplantagen im Umkreis von La Concordia mit dem Entwurf von Maschinenteilen beauftragt, die sie zur Verarbeitung ihrer Ernten benötigten: Eisengewinde zum Pressen des Zuckerrohrs, Verdampfer, Zahnräder und sogar Ventile für die Dampfkessel, die dazu dienten, den *guarapo*, den Zuckerrohrsaft, schließlich in Zucker zu verwandeln. Dennoch blieb sein geschäftlicher Erfolg nur mäßig, weil sich ab 1910 in Puerto Rico wieder eine der periodischen Wirtschaftskrisen ausbreitete. Die Gießerei überstand sie nur, indem Changuito sich auch bereitfand, die notwendigen Wartungs- und Reparaturarbeiten in den Zuckermühlen durchzuführen. Dennoch ließ er sich nicht entmutigen, denn er war ein geborener Optimist und betrachtete sein bescheidenes Geschäft als Sprungbrett für ein erfolgreiches Unternehmen in der Zukunft.

1902, ein Jahr nachdem Großvater und Großmutter in die Calle Esperanza gezogen waren, erblickte Ulises das Licht der Welt. Ein Jahr darauf folgte Aurelio. Dann kamen Roque und Damián direkt hinterher. Als Adela im Jahr 1912 Amparo und ein Jahr später ein zweites Mädchen, Celia, auf die Welt brachte, wurde Changuito ärgerlich. »Wir waren uns doch einig, daß wir eine Mannschaft aus sechs Jungen haben wollten, um ein erfolgreiches Geschäft aufzubauen«, rügte er sie.

Aber Großmutter Adela behielt die Ruhe. »Mit Frauen lassen sich genauso Geschäfte machen wie mit Männern. Und außerdem findet nicht jeder Handel auf der Erde statt, mancher wird auch im Himmel geschlossen.« Mit diesen Worten küßte sie ihr neugeborenes Töchterchen Celia auf die Stirn und schlug das Kreuzzeichen über ihm.

Ulises und Aurelio bewohnten ein kirschlikörfarbenes Zimmer, Damián und Roque ein mandarinengelbes, Celia und Amparo ein anisetteblaues. Die Jungenzimmer lagen auf der linken Seite des Hauses, das Mädchenzimmer auf der rechten neben Badezimmer und Küche. Sämtliche Schlafzimmer grenzten an ein Wohn-Eßzimmer, in welchem sich hinter einer spanischen Wand das Klavier verbarg.

Trotz Adelas Farbenfreude herrschte ein martialischer Geist in ihrem Haus. Die Schlafstätten der Kinder waren alle gleich und bestanden aus einem drahtbespannten Eisengestell mit einer dünnen Roßhaarauflage, daneben standen ein schmuckloser Nachttisch und ein Nachttopf. Das Elternschlafzimmer auf der linken Seite des Hauses besaß ein breites und so hohes Himmelbett, daß Changuito nur mit Hilfe einer kleinen Hühnerleiter mit drei Sprossen hineingelangte. Auf allen vier Bettpfosten prangte eine Ananas aus Holz, die sich Adela als puertoricanisches Symbol der Gastlichkeit eigens dafür hatte schnitzen lassen.

Adela achtete auf strengste Disziplin, die sie als die einzige Möglichkeit erachtete, in einem großen Haushalt wie dem ihren die Kosten gering zu halten. Ihren Mann bat sie, ihr von einer der Riemenscheiben in seinem Betrieb einen zehn Zentimeter breiten Lederriemen zu schneiden, und taufte ihn »Santa Ursula« – die Heilige, die pfiff –, deren Bild sie einst im Pfarrhaus in einem Buch über italienische Malerei gesehen hatte. Adela schnallte sich Santa Ursula um die Taille und ging mit ihr durch das Haus, um ihre Familie die heilige Regel des Gehorsams zu lehren.

Jeden Morgen, wenn es im Eßzimmer sechs Uhr schlug, zog Adela ihren Morgenrock über, den Großvater »die Robe der Freiheitsstatue« nannte, setzte sich ans Klavier und begann etwas Beschwingtes, wie den Anvil Chorus von Wagner oder Semper Fidelis von Sousa, zu spielen, um ihre Brut zu wecken. Manchmal stimmte sie auch Changuito zuliebe ein Potpourri aus der Marseillaise und der kubanischen Nationalhymne an. Die Kinder kamen im Gänsemarsch aus ihren Zimmern und gingen jedes mit seinem Nachttopf in der Hand zum Bad, leerten den Inhalt ins Toilettenbecken, zogen die Kette, kleideten sich dann an und liefen ins Eßzimmer. Keine zehn Minuten später saßen alle um den Frühstückstisch, denn wer nicht pünktlich war, mußte mit leerem Magen zur Schule gehen. Adelas Befehle wurden von jedem aufs Wort befolgt.

Anschließend stieg Changuito mit den Kindern ins Auto, setzte sie vor der Schule ab und fuhr weiter zur Gießerei. Gegen halb acht Uhr morgens war im Hause Vernet bereits Ruhe eingekehrt. Dann setzte Adela sich als erstes ans Klavier und spielte eine Stunde lang. Danach begab sie sich mit einer zweiten Tasse Kaffee auf den Balkon und wartete auf die Bettler von La Concordia. Sie war eine gute Samariterin und konnte keinen Menschen leiden sehen. Was Hunger war, hatte sie in Guadeloupe am eigenen Leib erfahren, daher lud sie die Bettler jeden Tag auf ihren Balkon ein, wo sie ihnen mit Unterstützung des Hausmädchens Matilda Hühnersuppe austeilte und Senfpflaster auflegte. Außerdem veranstaltete sie in ihrem Haus auch Wohltätigkeitsbasare, um für die Bewohner von La Concordias Elendsviertel Geld zu sammeln.

Da Changuito das Ziel hatte, seine vier Söhne zu Ingenieuren zu erziehen, um später mit ihnen eine große metallverarbeitende Fabrik zu betreiben, versuchte er, sie beizeiten an die Technik heranzuführen. Was Adela betraf, so war sie darauf bedacht, den Keim für die Liebe zur Musik in ihnen zu legen, und verlangte, daß jedes Kind ein Instrument erlernte: Ulises spielte Flöte, Roque Bratsche und Damián Geige, während Aurelio, Amparo und Celia Klavierstunden erhielten. Adela engagierte den besten Klavierlehrer der Stadt, und Monsieur Guillot saß stundenlang mit den Kindern vor den Tasten und übte die Tonleiter.

Eine Zeitlang traten die sechs Vernet-Kinder auf Adelas Wohltätigkeitsbasaren sogar als Familienorchester auf. La Concordia war damals eine sehr musikalische Stadt. Wiewohl es nur fünfzigtausend Einwohner hatte, konnte es sich Dutzender kleiner Kapellen rühmen, die in Vereinen und Clubs spielten. Bekannte Opernensembles und Zarzuelagruppen aus Madrid, Barcelona und Paris gastierten auf ihren Tourneen durch die Karibik auch in La Concordias berühmtem *Teatro Atenas*, und Adela ließ sich keine dieser Vorstellungen entgehen. Sie zog ein Kleid aus schwarzem Musselin an, steckte sich eine Straußenfeder ins Haar und ließ Changuito überall herumerzählen, daß er sie in »Die schwarze Witwe« ausführte, dabei war es in Wirklichkeit umgekehrt. Und am nächsten Morgen setzte sie sich ans Klavier und spielte für ihre Kinder sämtliche Lieder nach, die sie am Vorabend gehört und dank ihres absoluten Gehörs auch behalten hatte.

5

Ich habe Großmutter Adela nie persönlich kennengelernt. Sie starb 1930, in dem Jahr, als meine Eltern auf Emajaguas heirateten. Wie sie aussah, wußte ich nur von Vaters Bild in unserem Haus in Las Bougainvilleas. Es war ein ovales Medaillon mit dem Foto einer Frau, die eine Rose am Busen trug, und stand als einziges Bild auf seiner Kommode. Jeden Morgen nahm er davor Aufstellung, wenn er sich das Haar kämmte und die Krawatte band. Einmal zeigte er mir auch ein vergilbtes Taschentuch, das er in Seidenpapier eingewickelt in seinem Tresor aufbewahrte. Dazu gab er mir folgende Erklärung: »Dieses Taschentuch ist mit den letzten Tränen deiner Großmutter benetzt. Unmittelbar vor ihrem Tod habe ich ihr damit die Augen abgetrocknet.«

Wann immer Tante Amparo uns in Las Bougainvilleas besuchen kam, erzählte sie mir von Adela. »Deine Großmutter hatte eine sehr feine Wahrnehmung«, erzählte sie mir einmal. »Vom bloßen Hinsehen wußte sie, wie es jemandem ging, ohne daß derjenige etwas zu sagen brauchte. Wenn sie einen Mann auf der Straße sah, dessen Hemd falsch geknöpft war oder aus der Hose hing, ahnte sie, daß er ein schlechtes Geschäft gemacht hatte. Von einer Frau, die ihr Make-up zu dick auftrug, wußte Adela, daß sie depressiv war und von ihrem Mann betrogen wurde. Diese Gabe, die vom Gedankenlesen nicht weit entfernt war, stellte Changuito vor ein Rätsel. Er ging sogar so weit, Mutter zu verdächtigen, daß sie vor dem Beichtstuhl von La Milagrosa die Geständnisse ihrer Nachbarn belauschte, während sie darauf wartete, an die Reihe zu kommen. Doch da irrte er sich. Das Geheimnis deiner Großmutter bestand darin, daß sie die Menschen liebte. Das war alles.«

Eines Tages geschah etwas Schreckliches. Ulises war sechs Jahre alt und spielte auf einem unbebauten Nachbargrundstück, als er einen halbvollen Benzinkanister entdeckte. Das brachte ihn auf die Idee, ein Lagerfeuer anzuzünden und sich daran Marshmallows zu braten, also sammelte er ein paar trokkene Zweige und goß Benzin darüber. Er ließ ein brennendes Streichholz darauf fallen, und die Stichflamme sprang so hoch, daß seine Kleidung Feuer fing. Er war von oben bis unten mit Verbrennungen zweiten Grades bedeckt. Der Arzt beurteilte seine Überlebenschance mit eins zu vier. Adela wusch seine Brandwunden mit destilliertem Wasser, bestrich sie mit Salbe, wickelte das Kind in ein Leinentuch und legte es ins Bett. Das einzige, was sie außerdem noch für ihn tun konnte, war beten.

Aurelio war damals fünf, und der widerwärtige Geruch von verbranntem Fleisch sowie der Aufruhr, den Ulises' Unfall auslöste, setzten sich unauslöschlich in seinem Gedächtnis fest. Seine Eltern vergaßen ihn, und er verbarg sich vor lauter Entsetzen in einem Wandschrank. Das Wort ›Tod‹ ging wie eine gewetzte Sichel im Haus um. Aurelio hörte es zum ersten Mal und nahm überrascht zur Kenntnis, daß die Menschen vergänglich waren, daß sie einfach aufhören konnten zu existieren. Als er es schließlich wagte, auf Zehenspitzen sein Versteck zu verlassen, verbot man ihm, das Zimmer seines Bruders zu betreten. Aber er spähte heimlich durch die Türritze und sah Adela und Changuito Hand in Hand an Ulises' Bett knien, während sie weinten und beteten. »Ulises ist unser ältester Sohn, Herr«, schluchzte Adela, »bitte erbarme dich seiner.« Aurelio spürte, wie sich sein Herz zusammenkrampfte und er zu zittern begann. Er begriff mit einem Mal, daß Ulises der Erstgeborene war, er hingegen lediglich als der zweite zur Welt gekommen war. Diese Einsicht verursachte ihm ein unangenehmes Schwindelgefühl, hatte er sich doch stets als den Zwilling seines Bruders betrachtet und mußte nun fürchten, daß seine Eltern ihn weniger liebhatten als Ulises.

Drei Tage und Nächte wich Adela nicht von Ulises' Seite, versorgte die Brandwunden und flehte zum Himmel. Da erkannte Aurelio, daß die Liebe seiner Mutter das Fundament war, auf dem das Haus in der Calle Esperanza stand.

Großvater Changuito war ein wunderbarer Mann, aber nicht unbedingt verläßlich. Tante Celia erzählte mir einmal, daß er zwar Ulises 1920 an die Bostoner Universität schickte, aber zu meinem Vater sagte, als dieser im folgenden Jahr ebenfalls eine Zulassung an der *Northeastern University* erhielt, daß er kein Geld für seine Überfahrt hätte. Großmutter Adela war empört, doch ihre Achtung vor Changuito gebot ihr, nicht zu widersprechen. Sie unterdrückte ihre Wut und sagte ganz ruhig: »Ich habe etwas Geld unter der Matratze, Liebster. Davon kannst du Aurelio eine Fahrkarte besorgen.« Es waren ihre Ersparnisse der letzten fünf Jahre, aber sie opferte sie gerne, denn es war unvorstellbar, daß Aurelio nicht zur Universität ging.

Diese Bevorzugung von Ulises konnte Adela Changuito nie verzeihen. Kurz nachdem Aurelio in Richtung Norden aufgebrochen war, zog sie, ohne ihrem Mann irgendwelche Erklärungen abzugeben, zu Celia ins Zimmer, und Großvater Changuito mußte fortan alleine in dem riesigen Himmelbett mit den ananasgekrönten Pfosten schlafen, wo ihm nur die Hunde zu seinen Füßen Gesellschaft leisteten. Von diesem Tag an vertraute Adela Changuito nie mehr so wie vorher.

Dieses Zerwürfnis führte auf Großvaters Seite dazu, daß er nach der Arbeit nicht mehr direkt nach Hause kam und statt dessen seine zahlreichen Freunde besuchte, wo er bis spät abends blieb. Damals zerfiel das Haus in der Calle Esperanza in zwei Lager: Auf der linken Seite schliefen die Männer, auf der rechten die Frauen, wie zwei Boote, die nebeneinander durch die finstere Nacht fahren, ohne sich zu berühren.

Onkel Ulises schlug ganz nach Adela. Er war rothaarig und hatte die eher kleinen, eng beieinanderstehenden Augen der Pasamontes. Seines Aussehens wegen hielten ihn die Leute oftmals für einen Trottel, was er geschickt zu nutzen wußte, denn Ulises war schlauer als ein Luchs. Er hatte Adelas Geschäftssinn geerbt, und mit seinen kurzen, fleischigen Fingern zählte er die Dollarnoten in einer Geschwindigkeit, daß einem vom bloßen Hinsehen schwindlig wurde.

Aurelio war dagegen nach den Vernets geraten. Er hatte von Urgroßvater Henri die karamelfarbenen Locken und die weit auseinanderstehenden honigfarbenen Augen geerbt und besaß lange, schlanke Finger wie ein Pianist. Auch seine Liebe zur Wissenschaft hatte er den Vernets zu verdanken, ihr setzte er allerdings eine fast ebenso große Leidenschaft für die Musik entgegen. Aurelio war so unfähig zu lügen, wie Ulises es war, die Wahrheit zu sagen, aber in schwierigen Situationen hielten die Brüder zusammen, ohne zu wanken.

Eines Tages schickte Großmutter Adela sie gemeinsam zum Bäcker Brot kaufen. Auf dem Heimweg bohrte Ulises ein kleines Loch in den frischen Laib und futterte ihn zur Hälfte von innen auf. Als das Brot auf den Tisch kam und Adela es anschnitt, sackte der ganze Laib unter ihrem Messer zusammen. Da holte Adela mit Santa Ursula aus, und Aurelio ertrug die Strafe wie ein Mann. Als aber Ulises an der Reihe war, konnte Adela ihn nirgends mehr finden.

»Wo steckt der Gauner?« fragte sie Aurelio und schwang den Lederriemen vor seiner Nase. »Ich bin sicher, daß du es weißt. Ihr haltet doch zusammen wie Pech und Schwefel!« Aber Aurelio hüllte sich in Schweigen.

Ulises war auf Adelas Kleiderschrank geklettert und blieb drei ganze Tage dort oben sitzen. Nur in den Nächten stieg er leise herunter, um Milch zu trinken und auf die Toilette zu gehen. Als er auch am dritten Tag verschwunden blieb, wurde Adela von einer solchen Sorge gepackt, daß sie die Polizei alarmierte. »Er ist wie vom Erdboden verschluckt«, sagte sie mit tränenverhangenem Blick. »Erst dachte ich, sie würden ihr Spiel mit mir treiben, und sein Bruder wüßte, wo er steckt. Aber er muß davongelaufen sein, der Ärmste, und alles nur meinetwegen. Niemals hätte ich so streng mit ihm sein dürfen!« Als Onkel Ulises das hörte, ließ er sich hinter dem Schrank zu Boden gleiten und schlüpfte aus der Küchentür nach draußen. Wenige Minuten später fand die Polizei ihn vor Hunger ohnmächtig auf dem Gehweg liegen. Großmutter Adela war so glücklich, ihn wiederzuhaben, daß Ulises ohne Strafe davonkam.

Ulises versuchte mit allen Mitteln, seine Mutter für sich zu gewinnen. Er freundete sich mit den Marktleuten an und kaufte Adela von dem Geld, das er nebenbei am Verkauf von Kaugummis und Kämmen auf dem Schulhof verdiente, exotische Früchte und allerlei besondere Gemüsesorten. Er war ungeheuer geschäftstüchtig und hatte das Talent, die unmöglichsten Dinge unter die Leute zu bringen. »Verkaufen ist die älteste Kunst der Welt«, pflegte er seinen Bruder zu belehren. »Bei jedem Verkauf gibt man ein Stück von sich selber her. Deshalb kann niemand ein erfolgreicher Geschäftsmann sein, der nicht davon überzeugt ist, daß er das größte Schwein auf der Welt ist.« Die vulgäre Ausdrucksweise seines Bruders stieß Aurelio ab, und er fuhr ihn an, den Mund zu halten, aber dieser lachte bloß.

Nichts auf der Welt war für Onkel Ulises schöner als ein gelungenes Geschäft. Manchmal nahm er etwas von zu Hause mit und verkaufte es auf dem Markt. Beispielsweise eine von Adelas abgenutzten Silberplatten, die er polierte, bis sie wie massives Silber glänzte, obwohl es nur eine Legierung war, und kassierte einen vollkommen überhöhten Preis dafür. Dann lief er nach Hause und sagte zu Adela: »Hier ist das Geld von deiner Fleischplatte, Mama. Sie war schon ein bißchen angegriffen, deshalb habe ich sie verkauft, damit du dir eine neue kaufen kannst.« Adela schimpfte zwar mit ihm und ließ ihn zur Strafe vor dem Madonnenbildnis knien, verzieh ihm aber am Ende doch immer wieder.

Als Ulises zu einem jungen Mann herangewachsen war, hatte er ebensoviel Spaß am Kaufen und Verkaufen wie an der Liebe. »Es sind zwei Arten, das Leben zu bejahen«, sagte er. »Und beide lassen einen die Genugtuung spüren, eine Eroberung gemacht zu haben. Wenn ein Mann eine Frau verführt, siegt er durch seine Willenskraft, und wenn er etwas verkauft, triumphiert er durch seine Schläue.«

Großvater Changuito stimmte mit Ulises darin überein, denn sie betrachteten beide das Geschäft als ein Spiel, in dem die bessere Mannschaft gewinnt. Später, als Aurelio und seine Brüder mit ihrem Universitätsdiplom aus den Vereinigten Staaten zurückkehrten und bei *Vernet Construction* anfingen, bildeten sie eine Vierermannschaft, und Großvater Changuito war ihr Kapitän. Sie hatten allerdings kein leichtes Spiel: Der Gewinner bekam alles, und der Verlierer ging leer aus. Das mochte zwar traurig sein, aber so waren nun mal die herrschenden Regeln.

Mein Vater Aurelio hatte ein butterweiches Herz. Wenn er einen Hund halbtot am Straßenrand liegen sah, hielt er das Auto an, lud ihn auf seinen Rücksitz und pflegte ihn zu Hause wieder gesund. Einmal fuhr er spätabends die Landstraße nach La Concordia entlang, nachdem er auf einer Plantage außerhalb der Stadt ein Maschinenteil montiert hatte, als er neben der Fahrbahn zwei Betrunkene mit der Machete aufeinander losgehen sah. Vater brachte den Wagen zum Stehen, lief zu ihnen und stellte sich dazwischen. Da sie keinen Fremden umbringen wollten, mußten sie wohl oder übel ihren Streit beilegen.

Er war sentimental mit einem Hang zur Romantik und übte als Kind verbissen die schwierigsten Klavierstücke, um Adelas Herz zu gewinnen. Im Jahr 1916, als er dreizehn war, fand in seiner Schule ein Musikwettbewerb statt. Zahlreiche Schüler nahmen daran teil, darunter seine Cousine Mariana Pasamontes, die schon achtzehn war und auf dem Klavier wesentlich weiter als er. Aurelio stellte sich mit Mendelssohns »Rondo Capriccioso« vor und spielte so meisterhaft, daß er den ersten Preis gewann. Doch als der Direktor ihm auf der Bühne die Medaille überreichen wollte, bat Aurelio ihn, sie statt dessen Adela zu geben.

Aurelio hatte etwas von einem Wunderkind, aber seine Frühreife war mehr auf den erbitterten Konkurrenzkampf mit Ulises zurückzuführen als genetisch bedingt. Er übersprang die achte Klasse und machte als Sechzehnjähriger gemeinsam mit Ulises das Abitur. Sie kehrten auch gleichzeitig mit ihrem Universitätsdiplom aus Boston zurück, allerdings mit dem kleinen Unterschied, daß Vater dazu noch einen Magister der Musik hatte. Onkel Ulises war lebensfroh und gesellig, trank, feierte und tanzte gerne. Er hatte ein halbes Dutzend Freundinnen und war sämtlichen Künstlern von La Concordia freundschaftlich zugetan. Aurelio war dagegen sehr pflichtbewußt und amüsierte sich nie.

Während ihrer Bostoner Jahre wohnten die Brüder in einer Pension am Fenway Park, in der Kingsbury Street 22. Aurelio besserte sich sein Budget als Bedienung in einem Coffee Shop an der Huntington Avenue auf, von wo es zum Konservatorium nur noch ein Katzensprung war, während Ulises bei einem Eisenhändler in der Commonwealth Avenue arbeitete und als geborener Geschäftsmann schon bald mehr Geld verdiente als sein

Bruder. Mein Vater erhielt jede Woche einen Brief von Adela und einen von Changuito. Seine Mutter flehte ihn an, das Klavierspielen nicht aufzugeben und seine Ausbildung am Konservatorium allen Widerständen zum Trotz fortzusetzen, sein Vater dagegen befahl ihm, das Musikstudium abzubrechen und schon nach drei Jahren seinen Abschluß an der *Northeastern University* zu machen, weil er ihn dringend im Familienbetrieb benötigte.

Nach den Vorlesungen setzte Aurelio sich ans Klavier und übte täglich zwei Stunden. Anschließend trat er seinen Dienst im Coffee Shop an und lernte danach bis zwei Uhr morgens für sein Ingenieurstudium. Im letzten Studienjahr belegte er ein Seminar über Schalt- und Regeltechnik und vergaß dann hinzugehen; er besuchte keine einzige Stunde. Als der Professor ihm mitteilte, daß am nächsten Tag die Klausur stattfand und er nicht zum Examen zugelassen würde, wenn er durchfiel, legte er eine Nachtschicht ein und erschien am nächsten Morgen mit verquollenen Augen bei der Klausur. Er bestand sie mit Mühe und Not und durfte sich zur Abschlußprüfung anmelden. »Schlaf« war für Aurelio, der wie ein unermüdlicher Zinnsoldat an allen Fronten kämpfte, ein Fremdwort.

Großmutter Adela und Großvater Changuito nahmen einige Opfer auf sich und sparten, bis sie auch Roque und Damián an die *Northeastern University* schicken konnten. Roque studierte Ziviles Ingenieurwesen und Damián Chemisches Ingenieurwesen, aber so hervorragende Studenten wie Ulises und Aurelio wurden sie nie. Roque tat sich beim Lernen schwer und mußte vor jeder Klausur viele Stunden lang pauken. Damián war zwar gescheit, aber von zarter Konstitution und wurde vor mancher Prüfung so nervös, daß er aus bloßer Panik durchfiel. Adela mußte sie fortwährend mit ihren Briefen moralisch aufrüsten, drohte ihnen aber auch an, daß sie in den Sommerferien nicht nach Hause kommen dürften, wenn sie nicht die Klausuren bestanden.

6

Im Jahr 1926 heiratete Ulises Caroline Allan, die platinblonde Tochter einer Bostoner Millionärsfamilie, die Ulises während seines Studiums kennengelernt hatte. Da Changuito sich nicht von seinen Verpflichtungen freimachen konnte und Großmutter es ablehnte, alleine in die Vereinigten Staaten zu reisen, nahm Aurelio als einziger Familienangehöriger an der Hochzeit teil. Ulises hatte darauf bestanden, daß er Trauzeuge wurde, und Aurelio mußte die Armbanduhr versetzen, die Adela ihm im selben Sommer zum Studienabschluß geschenkt hatte, damit er sich für den festlichen Anlaß einen Frack ausleihen konnte.

Caroline zog mit Ulises nach La Concordia in die Calle Esperanza und war für Großmutter Adela wie eine Tochter. Damals war Adela gesundheitlich schon sehr beeinträchtigt, und das Gehen bereitete ihr erhebliche Schwierigkeiten, aber Caroline leistete ihr während der folgenden zwei Jahre Gesellschaft und ging ihr zur Hand, wo sie nur konnte. Außerdem wurde Caroline Tante Celias beste Freundin, die ihr beibrachte, perfekt Englisch zu sprechen. Caroline tat Adela leid, weil sie den Don Juan der Familie zum Mann hatte, und fast wünschte sie der Schwiegertochter, sie hätte statt seiner meinen Vater geheiratet. Doch der war bereits an Clarissa vergeben. Meine Mutter wirkte dagegen recht streng auf Adela, die es zudem nicht mochte, wenn sie über die Rivas de Santillanas sprach, als gehörten sie zur auserwählten Rasse.

Ein Jahr vor ihrer Hochzeit mit Ulises hatte Caroline in Radcliffe promoviert und war in den Verein für hervorragende Akademiker, *Phi Beta Kappa*, aufgenommen worden. Ihre Familie besaß ein Landhaus in Newport, das »Valcour« hieß und in der Nähe von »The Brakers«, dem Landsitz der Vanderbilts in der Belmont Avenue, lag. »Valcour« hatte sechzehn Schlafzimmer, sechs Bäder und war mit einem Schwimmbecken und einem Tennisplatz ausgestattet. In den Badezimmern konnte man zwischen Salzwasser und Süßwasser wählen, das wunschweise heiß oder kalt aus den Hähnen rann. Die Familie besaß auch eine Jacht, die *Kormoran*, und segelte jeden Sommer damit auf die Bahamas.

»Wie kam eine reiche Tochter wie sie dazu, einen häßlichen, schnauzbärtigen kleinen Latino zu heiraten und mit ihm auf eine exotische Insel in die Karibik zu ziehen, wo die Hälfte der Bevölkerung barfuß geht, nicht genug zu essen hat und in palmgedeckten Hütten ohne sanitäre Anlagen lebt?« fragte ich Tante Celia einmal. »Um ihrer Familie zu entfliehen, ist doch klar!« erwiderte Celia und hob die Brauen, um ihren Standpunkt zu unterstreichen.

Caroline war ganz verrückt nach Onkel Ulises. Ich fand das sehr verwunderlich, denn Ulises war alles andere als attraktiv. Er war klein, und mit seinen engstehenden Augen, den Hamsterbacken und dem dicken Schnauzer sah er aus wie ein zufriedener Biber. Aber ein Mann, der das Leben so leidenschaftlich liebt wie mein Onkel Ulises, vermag wohl jede Frau für sich einzunehmen.

Solange sie nur ihren geliebten Ulises bei sich hatte, teilte Caroline das einzige Badezimmer gerne mit acht weiteren Familienmitgliedern, sah über die Kratzspuren der Hunde an ihren Möbeln hinweg und reichte beim Essen die Schüsseln selbst um den Tisch. Sie war eine Mondschönheit und wirkte auf den ersten Blick kühl und distanziert, doch ihr Herz war ein Vulkan und unentwegt im Ausbruch begriffen. Wie Adela war Caroline eine Frau, die für etwas kämpfte, nur war es bei ihr nicht die Beseitigung der Armut, sondern die Gleichberechtigung von Mann und Frau. Als sie erfuhr, daß die Frauen in Puerto Rico nicht wählen durften, war sie entsetzt. In den Vereinigten Staaten hatten sie dieses Recht schon seit 1920.

Caroline war zwei Jahre lang bei den Suffragetten von La Concordia und organisierte Veranstaltungen für gleiche Löhne, gleiche Berufschancen und das Wahlrecht der Frauen. Als Tante Celia den Plan faßte, nach Nepal zu gehen, um dort Missionarin zu werden, gab Caroline ihr ihre volle Unterstützung. »Das Wort Gerechtigkeit führt ihr Vernets zwar gerne im Mund«, sagte sie einmal zu Onkel Ulises, »aber Amparo ist nur bis zum Abitur gekommen, und Celias Plan, nach Nepal zu gehen und Missionarin zu werden, wird Changuito ihr zunichte machen. Was ist das eigentlich für eine Gerechtigkeit? Wo ist da bitteschön die von den Vernets so hochgerühmte Gleichheit?«

Sobald meine Onkels nach La Concordia zurückgekehrt waren, begannen sie in der Firma ihres Vaters *Vernet Construction* zu arbeiten. Daß Ulises Geschäftsmann wurde, bedauerte Adela keine Sekunde – es war seine Berufung, und der Handel lag ihm im Blut. Das war bei Aurelio anders, und es schnitt ihr ins Herz zu erleben, daß er nie mehr Zeit hatte, sich ans Klavier zu setzen, nicht einmal für eine kurze *danza* wie »No me toques« von Morel Campos, die sie an die Zeit zurückerinnerte, als Changuito und sie noch ein Liebespaar waren.

In den zwanziger Jahren erlebte die Insel eine schwierige Phase. Nach dem Ersten Weltkrieg fiel der Zuckerpreis in den Keller, und der puertoricanische Kaffee konnte sich auf dem Festland gegen den halb so teuren kolumbianischen Kaffee nicht mehr durchsetzen. Der Börsenkrach in der Wall Street versetzte der insularen Wirtschaft 1929 den Gnadenstoß, und

Puerto Rico versank in der Depression, nachdem seine Entwicklung bereits ein Jahr zuvor durch den Wirbelsturm San Felipe einen verheerenden Rückschlag erlitten hatte.

San Felipe fegte wie ein Sägewerk von Süden nach Norden über die Insel und machte alles dem Erdboden gleich. Die Stürme bliesen so heftig, daß Großvater Changuitos Barometer barst und das Quecksilber in alle Richtungen stob. Sämtliche Stoßgebete, die Adela zum Himmel sandte, blieben unerhört, und selbst die Novenen für den heiligen Antonius und die heilige Agata, die Schutzpatrone der Katzen, die den Regen vertreiben, vermochten nichts auszurichten. Ohne vorherige Warnung brach die Katastrophe über die Menschheit herein, denn damals verfügte die Meteorologie noch nicht über ihre heutigen Möglichkeiten, und das bevorstehende Unwetter wurde nur von den Avocadobäumen angekündigt, die plötzlich ihre unreife Frucht abwarfen, obwohl sich nicht das leiseste Lüftchen regte. Dann wurde der Himmel schwarz, und ein höllischer Sturm scheuchte die Insel wie einen herrenlosen Hund durch die Karibik. Man mußte sogar das Mobiliar festbinden, um zu verhindern, daß man den Schaukelstuhl aus dem Wohnzimmer, den Küchenherd oder gar das eigene Hausdach in einer Mangrove in Florida wiederfand.

Die Bewohner der Calle Esperanza traf der Orkan genauso unvorbereitet wie alle anderen, und es war noch ein Glück, daß er im September einsetzte, als Onkel Roque und Onkel Damián ihre Sommerferien zu Hause verbrachten. In letzter Minute nagelte Großvater Changuito mit Ulises und Aurelio Türen und Fenster mit Brettern zu. Doch als der Orkan aus vollen Backen blies und das Wellblechdach wie eine Pauke auf das Haus schlug, packte Adela die Panik, und sie fing an, aus Leibeskräften zu schreien. Changuito befahl seinen vier Söhnen, auf den Speicher zu steigen und die Dachsparren an den Mauern zu befestigen. Als um Mitternacht der Wirbelsturm endlich nachließ und das

Dach immer noch an seinem Platz saß, rief Großvater Changuito glückstrahlend: »Dank meiner Vorsichtsmaßnahme sind wir der Katastrophe entronnen.« Aber Adela brauchte ein paar Tage, um sich von dem Schrecken zu erholen, und hatte noch lange danach Träume, in denen ihre vier Söhne am Hausdach hingen und wie Trapezkünstler durch die Lüfte flogen.

Nach der Verwüstung durch San Felipe brach in La Concordia eine Hungersnot aus, und die Leute überlebten mit Salzcrackern und Pulvermilch, die die US-Marine an die Bevölkerung austeilte. Über zehntausend Menschen wurden obdachlos, und diejenigen, die noch ein Dach über dem Kopf hatten, blieben ohne Gas, Strom und Wasser. Die Besitzer der Zucker-, Kaffee- und Tabakplantagen hatten ihre gesamte Ernte eingebüßt und mußten zudem ihre Maschinen von *Vernet Construction* wieder instandsetzen lassen. Da ihnen das Geld fehlte, um ihn zu bezahlen, mußte Changuito sehr genau aufpassen, für wen er tätig wurde, damit er später nicht das Nachsehen hatte. Onkel Ulises und mein Vater hatten große Schwierigkeiten, ausreichend Geld mit nach Hause zu bringen, um im Betrieb die Löhne weiterzahlen zu können. Aurelio war nahezu die ganze Woche unterwegs und fuhr auf kleinen, gewundenen Sträßchen von Plantage zu Plantage. Dabei mußte er oftmals in dem alten Ford T-Modell der Familie übernachten, und einmal wurde er von einer Kuh geweckt, die den Kopf durch das Fenster streckte und ihm die Wange leckte.

Die großen nordamerikanischen Zuckerfabriken – *Eastern Sugar, Guánica Central, Aguirre* – beanspruchten vierzig Prozent der puertoricanischen Zuckerrohrfelder und verfügten über genügend Kapital, um die notwendigen Reparaturen vornehmen zu lassen, aber sie hatten es abgelehnt, mit den Vernets ins Geschäft zu kommen. Das hatte Großvater Changuito großen Verdruß bereitet. »Was bildet ihr euch eigentlich ein?« ereiferte er sich. »Wir sind genauso US-Bürger wie ihr! Und *Ver-*

net Construction kann nicht nur eure alten Maschinen instandsetzen, sondern euch ganz neue montieren!« Aber wenn Changuito hinging und ihnen seine Kataloge und Preislisten vorgelegt hatte, gaben ihm die Amerikaner immer das gleiche zur Antwort: »Natürlich könnt ihr den Verdampfer reparieren. Aber wie lange wird der halten? Da schicken wir ihn doch lieber gleich in die USA und wissen, daß er danach auch tatsächlich funktioniert.« Changuito sprach kein Englisch und benötigte einen Dolmetscher, um mit den Geschäftsführern der Zuckerfabriken zu verhandeln, deshalb war es ihm nicht gelungen, sie vom Gegenteil zu überzeugen.

Doch das hatte sich geändert, seit Ulises und Aurelio von ihrem Studium in den USA zurück waren. Mit ihrem perfekten Englisch, das sie obendrein mit Bostoner Akzent sprachen, vermochten sie sich bei den nordamerikanischen Geschäftsführern erfolgreich einzuführen. Bald darauf waren von deren Raffinerien die ersten Aufträge für Wartungs- und Reparaturarbeiten eingegangen und manchmal sogar für den Bau kompletter Anlagen. Aber als dann San Felipe die Insel heimsuchte, konnten sich selbst die Amerikaner keine neuen Maschinen mehr leisten und blieben den Vernets oft genug auch ihren Lohn schuldig.

Was die Sache noch schlimmer machte, war, daß Changuito im hemmungslosen Geldausgeben einen Ausweg aus seiner inneren Bedrängnis suchte. Adela machte ihm deshalb Vorhaltungen und schrie ihn an, daß in der Hölle bereits ein Kessel randvoll mit all dem Gold auf ihn warte, das er im Leben vergeudet habe. Aber ihre Worte stießen auf taube Ohren.

Erst waren es Papageien. Jeden Samstag kaufte Changuito einen neuen und hatte im Patio hinter dem Haus bald eine ganze Sammlung davon. Obgleich sie wunderschön anzusehen waren und in ihren Käfigen leuchteten wie Edelsteine, waren sie garstig und besaßen die ungezogene Angewohnheit, Adela in die Finger zu beißen, sobald sie sich mit eingeweichtem Brot näherte, um sie zu füttern. »Wie können so hübsche Tiere bloß derartig böse sein und solche infernalischen Laute von sich geben?« fragte sie Changuito und hielt sich beide Ohren zu, damit sie ihr Gekreisch und Gezeter nicht hören mußte. »Wenn du es wagst, mir noch einen dieser buntgefiederten Teufel ins Haus zu schleppen, drehe ich ihm eigenhändig den Hals um und werfe ihn in die Suppe, das schwöre ich dir!«

Aber Changuito, ganz und gar nicht bereit, von diesem extravaganten Hobby abzulassen, kaufte ein Exemplar der beinah ausgestorbenen *Amazona vittata*, das ihn ein Vermögen kostete, einen regenbogenfarbenen Grünflügelara aus Venezuela, der hundert Dollar wert war, und zur Vervollständigung seines Sortiments einen paraguayanischen Kakadu, indigoblau vom Schnabel bis zur Schwanzspitze, der unter zweihundert Dollar nicht zu haben war. Stundenlang stand Changuito vor der Voliere und dressierte die Vögel. Er holte sie einzeln aus dem Käfig, indem er sie auf seine behandschuhte Hand hüpfen ließ, und gab ihnen aus seiner Hosentasche eine Walnuß. Die Sittiche untersuchten die Frucht und wandten sie mit der Schnabelspitze von einer Seite auf die andere. Schließlich brachen sie die Schale auf und lösten mit ihren pechschwarzen Züngelchen den süßen, weichen Kern heraus. Während sie fraßen, kraulte Changuito ihnen das Köpfchen und raunte »Piojito, piojito«, bis sie schläfrig wurden und keinen Drang mehr verspürten, ihn zu beißen.

»Papageien zu zähmen ist der reinste Machtkampf«, erzählte Changuito Adela. »Man kann förmlich zusehen, wie sie mit jeder Nuß, die ich ihnen zu fressen gebe, ihre Wildheit ein Stückchen mehr aufgeben.«

Tatsächlich hatte Adela schon lange vor den Papageien begonnen, um das Familieneinkommen zu bangen, als nämlich Changuito begann, Autos zu sammeln. 1907 hatte Don Rafael Escribá, der Eigentümer der Zuckermühle Ridruejo in Caguana, ihm als Vergütung für eine größere Reparatur an seinem Verdampfer statt Bargeld seinen zwei Jahre alten schwarzen Reo angeboten. Changuito war entzückt von dessen Segeltuchdach und den Holzspeichen und hatte den Handel abgeschlossen. Im Jahr darauf hatte ihn Don Marcelino Marfisi gefragt, ob er ihm für die Montage eines neuen Dampfkessels auch seinen blauen Sportparry mit den lackledernen Kotflügeln und den glänzenden Stahlspeichen in Zahlung geben könne. Der Wagen war so gut wie neu, aber Don Marcelino war schon bei der Jungfernfahrt gegen einen Baum gefahren und beinahe ums Leben gekommen. Changuito konnte nicht widerstehen: Der Unfallschaden war in seinem Betrieb leicht zu beheben, also schlug er ein. 1909 hatte er in der Zuckermühle Antosanti ein Zahnrad instandgesetzt, und statt der tausend Dollar, die der Besitzer ihm dafür schuldig war, einen nagelneuen feuerroten Stutz Bear Cat nach Hause gefahren, den Señor Antosanti wieder loswerden wollte, weil der Zuckerpreis weiter gesunken und er mit der Ratenzahlung im Verzug war.

Bis das geschah, hatte Großmutter Adela das Haus geführt wie ein folgsamer Riese. Sie hatte meinen Großvater stets gefragt, was sie für den Haushalt ausgeben durfte, und wenn Changuito ihr dann fünfzehn Dollar gab und verlangte, damit einen ganzen Monat auszukommen, hatte sie nie Einspruch erhoben. Ihr Mann war schließlich älter als sie und besaß in ihren Augen Weisheit und Erfahrung. Sobald mein Großvater am Spätnachmittag von der Arbeit kam, ließ sie alles stehen und liegen, ganz gleich, ob sie gerade mit Ulises lesen übte oder Aurelio badete, und lief zu ihm, um ihm einen angenehmen Feierabend zu bereiten. Sie nahm ihm das Jackett ab, hängte es über einen Bügel, legte seinen Strohhut auf die Ablage und fragte ihn nach seinen Wünschen.

Changuito bat sie um seine Hausschuhe und ein Glas Eislimonade, derweil er über die Hitze klagend in den Patio hinausging. Wenn er sein Lieblingsplätzchen im Schatten des Mahagonibaumes am Ende des Gartens erreicht hatte und sich zum Zeitunglesen niederließ, sausten Ulises und Aurelio wie zwei barfüßige Teufel zum Spielen auf die Straße, weil sie wußten, daß ihre Mutter ihnen für den Rest des Nachmittags keine Aufmerksamkeit mehr widmen würde.

Als aber Großvater Changuito in jener Nacht mit dem Stutz Bear Cat zu Hause vorfuhr, nachdem er den ganzen Weg von einer Feier in La Concordias Casino bis in die Calle Esperanza laut hupend zurückgelegt hatte, riß Adela der Geduldsfaden.

Es war zwei Uhr morgens, und Adela wachte an Damiáns Bett, der gerade einen Asthmaanfall erlitten hatte, als Großvater Changuito bester Laune in seiner Feuerwehruniform ins Kinderzimmer stapfte. Auf Onkel Damiáns Brust schimmerte eine dicke Schicht schwarzer Benzoesalbe, die heiß aufgetragen das Atmen zu erleichtern versprach, während Santa Ursula neben Adela auf einem Stuhl lag. Was hatte er doch für eine wunderbare Frau, ging es Großvater Changuito durch den Sinn, die seine Kinder großzog, ihn versorgte und das Haus in Ordnung hielt, und alles mit einem minimalen Etat. Zärtliche Gefühle wallten in ihm auf und er fragte: »Wie geht es meiner Freiheitsstatue heute abend?« Er beugte sich herunter, um Adela zu küssen, aber sie wandte den Kopf ab.

»Was hat der alte Kasten da draußen gekostet?« fragte sie und musterte den Stutz auf der gegenüberliegenden Straßenseite mit ärgerlichen Blicken durch das geöffnete Fenster.

»Tausend Dollar«, antwortete Changuito und fügte vorsichtshalber hinzu: »Was keineswegs viel ist, Liebling. Ein Stutz ist der Traum eines jeden Sammlers. Er ist immer sein Geld wert.«

Adela erhob sich ganz langsam von der Bettkante und baute sich vor Großvater Changuito auf. »Würdest du mir bitte mal deine Hände zeigen«, forderte sie ihn mit verhaltenem Zorn auf. Es entstand eine peinliche Pause, aber Changuito erkannte, daß jeder Widerstand zwecklos war. Widerstrebend streckte er die geöffneten Hände nach vorn, indem er nervös kicherte. Adela untersuchte sie sorgfältig. »Das ist ja sonderbar. Ich kann nirgends ein Loch entdecken. Dabei muß da eins sein, weil ich in meinem ganzen Leben keinen größeren Verschwender kennengelernt habe als dich. Morgen wirst du diese Blechlanguste zu Don Antosanti zurückbringen und von ihm das Geld verlangen, das er uns schuldet, anderenfalls sollst du Santa Ursula zu spüren bekommen wie jeder andere in diesem Haus.«

Abuelo Changuito blieb nichts anderes übrig, als am folgenden Morgen den Stutz zu Señor Antosanti zurückzufahren und seinen Lohn einzufordern. Mochten sein Charme und sein Witz auch noch so einnehmend sein, von jenem Tag an konnte mein Großvater bei Adela nichts mehr damit ausrichten. Meine Großmutter nahm das Zepter in die Hand, und fortan war sie es, welche die Einkünfte der Familie verwaltete. Ließ die Disziplin ein wenig nach, brauchte sie nur nach Santa Ursula zu greifen, dann erbebte das Haus bis in die Grundfesten und alle seine Bewohner stoben schutzsuchend auseinander.

7

Da Großvater Changuito nur selten so zeitig von seiner Arbeit fortkam, daß er pünktlich beim Abendessen erscheinen konnte, führte Aurelio in der Zeit, als Großmutter bettlägerig wurde, den Vorsitz bei Tisch. Und will man Celia glauben, so war er schlimmer als ein Feldwebel.

Die Mahlzeiten in der Calle Esperanza waren gewiß nicht mit dem erlesenen Speiseplan von Emajaguas zu vergleichen. Das Essen der Vernets war einfach, aber gehaltvoll: Steak mit geschmorten Zwiebeln, Bratkartoffeln, Maiskolben, Spiegeleier auf Reis und *guineítos niños* – gebackene Zwergbananen – gehörten zu den bevorzugten Gerichten, die in reichbemessenen Portionen auf den Tisch kamen. Abgesehen davon, daß sie nicht die erforderlichen Kalorien für die harte körperliche Arbeit enthielten, galten Fisch, Meeresfrüchte und Salate als Luxus, so daß Aurelio vor seiner Bekanntschaft mit Clarissa nie eine Auster, eine Krabbe oder gar eine Languste gekostet hatte.

Bei den Vernets lag nur zu besonderen Anlässen eine Decke auf dem Tisch, ihr Besteck bestand aus rostfreiem Stahl und stammte ebenso wie Teller und Gläser vom nächstgelegenen Haushaltswarenhändler. Das Eßzimmer öffnete sich hinten hinaus zur Terrasse, und Großvater Changuitos deutsche Schäferhunde, Siegfried und Gudrun, lagen bei den Mahlzeiten unter dem Eßtisch und schnappten nach jedem Bissen, der für sie abfiel. Jahre später ließ Großvater Changuito Skulpturen von ihnen anfertigen und flankierte mit diesen die kurze Treppe zwischen Terrasse und Garten.

Obwohl die Vernets weder die Zeit noch die Geduld hatten, ihren Geschmack wie die Rivas de Santillanas zu kultivieren, herrschten bei ihnen ebenso strenge Tischsitten. Es galt die Regel, daß niemand anfangen durfte, bevor sich nicht alle aufgetan hatten. Als einmal Aurelio mittags der Tafelrunde vorsaß, konnte Tante Celia den *bacalaítos fritos* – frittierten Dorschwürfeln – auf ihrem Teller beim besten Willen nicht widerstehen und steckte blitzschnell einen in den Mund, obwohl sich noch nicht alle bedient hatten. Erst merkte Aurelio nichts, aber als der knusprige Fisch dann laut unter Celias Zähnen knirschte, wurde er aufmerksam. »Wer ißt da?« fragte er und ließ seinen Blick um den Tisch wandern. Celia kicherte hinter der vorgehaltenen Serviette, aber Aurelio war nicht zum Lachen aufgelegt. Er schickte Celia ohne Essen auf ihr Zimmer. Nach der Mahlzeit stahl Ulises sich mit den Taschen voller *bacalaítos fritos* in Celias Zimmer. »Mach dir nichts draus«, sagte er, als er die Fischhappen aus den fettigen Hosentaschen holte. »Aurelio spielt sich gerne auf und kann es nicht ertragen, wenn man sich einen Spaß erlaubt. Aber wir beide wissen zum Glück, daß Spaß das Wichtigste ist im Leben.«

Tante Celia war wie ein Wiesel. Als Kind gab Onkel Ulises ihr den Spitznamen »Flummi«, weil sie unentwegt auf ihren kurzen, stämmigen Beinen durch das Haus hopste. Aber sie hatte wunderschöne hellblaue Augen, von der Farbe des Morgenhimmels, und ein hübsches Gesicht.

Celia war der Liebling ihrer Mutter, die ihr sehr viel Aufmerksamkeit schenkte. Sie lehrte sie das Lesen und Schreiben und betete jeden Tag vor dem Marienaltar mit ihr den Rosenkranz.

Einmal sagte Adela zu Tante Celia: »Wenn man in den Himmel will, muß man Opfer bringen. Beten, fasten und mildtätige

Werke allein genügen nicht. Man muß Verzicht üben und echte Opfer auf sich nehmen, damit kommt man dem Himmel immer ein Stückchen näher.« Obwohl Celia nicht so genau wußte, was ein »Opfer« war, strahlte sie ihre Mutter an und nickte gutgläubig.

Ein paar Tage darauf saß Großmutter Adela mit Celia auf dem Balkon, als eine Bettlerin, die Adela gut kannte, mit einem zerlumpten Mädchen an der Hand die Straße entlangkam. Sie verharrte einige Augenblicke bei meiner Großmutter, um sich mit ihr zu unterhalten. Es war das Dreikönigsfest, und der benachbarte Markt hatte seine Stände bis auf die gegenüberliegende Straßenseite ausgeweitet, wo sich jetzt allerlei Spielsachen zum Verkauf türmten. Schaukelpferde, Spielzeugtrompeten und Blechtrommeln mit bunten Bändern glänzten in der Sonne. Das Bettlerkind sah mit großen Augen hinüber, aber seine Mutter hatte kein Geld, um ihm irgend etwas davon zu kaufen. Celia saß an Großmutters Seite und hielt in ihrem Schoß eine hübsche Puppe in einem blauen Gingankleid mit weißen Rüschen am Hals, die ihr die Heiligen Drei Könige am Morgen gebracht hatten.

Plötzlich sagte meine Großmutter: »Celia, haben die Heiligen Drei Könige nicht Aralias Tochter heute nacht auch etwas gebracht?« Celia verstand sofort, was ihre Mutter damit meinte. »Stimmt ja, sie haben ihr eine Puppe gebracht!« antwortete sie und lief auf ihr Zimmer, um eine Puppe in einem rosa Gingankleid zu holen, das zwar schon ein wenig verblichen, aber durchaus noch hübsch war. Die hatten die Heiligen Drei Könige ihr im Vorjahr geschenkt. Sie kehrte damit auf den Balkon zurück und reichte dem Mädchen großzügig das Geschenk. »Nicht diese, die neue. Weißt du denn nicht mehr, Celia?« Und Tante Celia ging mit Tränen in den Augen noch einmal in ihr Zimmer, holte die neue Puppe und gab sie dem fremden Kind. Jetzt wußte sie, was ein Opfer war.

Tante Celia kletterte auf jeden Baum, war stets mit ihrem Fahrrad unterwegs und wurde später eine meisterhafte Baseballspielerin in La Concordias Sportclub. Als sie mir einmal ein Bild von ihrer Erstkommunion zeigte, mußte ich schmunzeln. Da kniete sie auf einem geschnitzten Betschemel aus dunklem Mahagoni mit ihrem Schleier und einem Kranz aus großen weißen Rosen auf dem Kopf, hielt in der Linken ein kleines Gebetbuch und in der Rechten eine dieser großen, mit Täubchen und Lilien verzierten Kommunionskerzen, wie sie damals üblich waren. Aber anstatt die Kerze andächtig vor sich hinzuhalten, wie jedes andere Kind es getan hätte, lag sie bei Celia wie ein Baseballschläger auf der Schulter. Als sie viele Jahre später ins Kloster eintrat, verrichtete sie ihren Dienst unter den Armen mit dieser Mentalität eines Schlagmanns.

8

Adelas rechtes Bein schwoll an und wurde schuppig und grau wie ein Elefantenfuß. Niemand wußte, was ihr fehlte, und sie weigerte sich, einen Arzt aufzusuchen. »Es wird schon nichts sein, nur ein häßlicher Moskitostich«, beschwichtigte sie ihre Kinder. Abends halfen ihr Celia und Caroline, das aufgedunsene Bein in einer warmen wäßrigen Lösung aus Epsomer Bittersalz zu baden, und Caroline besorgte ihr einen einfachen Schnitt, damit sie sich ein paar Kittel im Stil ihrer Freiheitsstatuenroben nähen konnte, unter denen sie das geschwollene Bein verbarg.

Damals war La Concordia überlaufen von armen Bauern, die vor San Felipe aus den Bergen geflohen waren. Die vom Orkan hinterlassenen Verwüstungen hatten zum Ausbruch von Cholera- und Typhusepidemien geführt und noch weitere Flüchtlinge in die Niederung getrieben. So breiteten sich an den Rändern dieser wunderschönen Stadt aus dem 19. Jahrhundert Barackensiedlungen wie Geschwüre aus und bildeten um ihre strahlendweißen Bauwerke einen Ring aus notdürftigen Unterkünften, in denen es an sanitären Anlagen, Strom und fließendem Wasser fehlte. Angesichts dieser Situation wurde Adela von Schuldgefühlen geplagt, denn sie hatte ein hübsches Haus und sogar eine Angestellte, die ihr bei der Hausarbeit half. Obwohl ihre Familie sie davon zu überzeugen suchte, daß gegen das Elend nichts auszurichten sei, blieb sie anderer Ansicht.

Dann kam der Tag, an dem mein Großvater nach einer Einweihungszeremonie bei den Freimaurern heimkehrte und vergaß, seine Insignien, Schurz und Kelle, zu verbergen. Adela entdeckte sie auf seinem Schreibtisch, und als sie begriff, welche Bewandtnis es mit diesen Gegenständen hatte, packte sie das Entsetzen. Der Gemeindepfarrer hatte ihr erzählt, daß Freimaurer in ihren Tempeln gotteslästerliche Rituale durchführten, und sie war sicher, daß Changuito vom rechten Wege abgekommen war. Als sie erfuhr, daß auch Aurelio und ihre übrigen Söhne in den Geheimbund eingetreten waren und einen heiligen Schwur auf die Bruderliebe abgelegt hatten, weil sie sich im Baugewerbe einen Vorteil davon versprachen, wurde meine Großmutter geradezu hysterisch. Die Möglichkeit, zur Loge Adelphi zu gehen und sich Luft zu machen, indem sie Changuito in aller Öffentlichkeit der Ketzerei bezichtigte, war ihr verwehrt, weil Frauen keinen Zutritt zum Tempel hatten.

Adela suchte einen Ausweg, indem sie ihre Wohltätigkeitsbemühungen verdoppelte und begann, La Concordias Slums zu Fuß aufzusuchen, um Changuitos Sünden zu sühnen und die Höllenstrafe von ihren Söhnen abzuwenden. Da die Straßen in den Elendsvierteln ungepflastert waren, zog Großmutter Adela ihre Schuhe aus und legte ihre Wege barfuß zurück, um für den Gatten und die Söhne Buße zu tun. Ihre Freiheitsstatuenrobe wurde mit Schlamm bespritzt, und jeden Nachmittag kehrte sie vollkommen erschöpft wieder heim. Eines Tages fühlte sie sich so krank, daß sie morgens das Bett nicht verlassen konnte und ein Arzt gerufen wurde. Nachdem er sie untersucht hatte, teilte er Changuito seine Diagnose mit: Im Gewebe ihrer rechten Wade hatte sich ein Parasit eingenistet; er würde sich allmählich über den ganzen Körper ausbreiten und unweigerlich zum Tod führen. Die Krankheit schreite indes so langsam voran, daß Adela ohne weiteres noch zwei bis drei Jahre zu leben habe, fügte der Arzt hinzu. Als unverbesserlicher Optimist ließ Changuito den Mut nicht sinken, sondern hoffte darauf, daß die Amerikaner bald eine Arznei entdeckten, die Adelas Lebensspanne verlängerte.

Nach einer Weile fühlte Adela sich besser und stand wieder auf. Sie konnte, auf einen Stock gestützt, im Haus umherlaufen, jedoch nicht nach draußen gehen. Ihre karitative Arbeit in den Armensiedlungen mußte sie aufgeben, und sie spürte, daß es an der Zeit war zu bestimmen, wer in der Familie die Führung übernehmen sollte, wenn sie einmal nicht mehr war. Da sie sich den ganzen Tag daheim aufhielt, hatte sie genügend Muße, die Anlagen und Neigungen ihrer Kinder zu studieren, und sie begann, sich Gedanken über die Berufsausbildung ihrer Töchter Amparo und Celia zu machen.

Großvater Changuito war der Meinung, daß Frauen an der Universität nichts verloren hatten. Sie sollten heiraten und Kinder kriegen. »Ein Mann ist ohne Ausbildung wertlos«, sagte er einmal zu Tante Amparo. »Wenn aber eine Frau einen Mann mit Beruf heiratet, kann sie ihm so zum Erfolg verhelfen.« Großmutter Adela war damit ganz und gar nicht einverstanden. Sie fand, daß eine Berufsausbildung für eine Frau lebensnotwendig war, und hatte damit viel modernere Ansichten als Großmutter Valeria, die einem Universitätsstudium letztendlich keinen anderen Nutzen zubilligte als eine gewisse Aufwertung der Frau und die Erhöhung ihrer Heiratschancen. Großmutter Adela hatte dagegen das Ziel, ihren Töchtern eine Ausbildung zu ermöglichen, damit sie frei waren und ein erfüllteres Leben führen konnten – mit oder ohne Mann.

Sie wünschte sich für Amparo und Celia etwas anderes als eine Hausfrauenkarriere wie die ihre. Obwohl sie mit ganzer Seele Lehrerin war, hatte sie damals in die Ehe mit Changuito eingewilligt, weil er ihr versprochen hatte, ihren Vater operieren zu lassen. Was dies betraf, war sie auch nicht enttäuscht worden: Die Operation war gelungen, und Changuito erwies sich als gütiger Ehemann, der nach ihrer Hochzeit für alle Bedürfnisse des Schwiegervaters aufkam, so daß Don Félix Pasamontes sich nie wieder als Losverkäufer verdingen mußte. Leider war er aber schon wenige Jahre darauf gestorben, und Adela hatte ihren Beruf an den Nagel hängen müssen, um Changuitos Kinderschar großziehen zu können.

Ganz im Gegensatz zu Großmutter Valeria hatte Adela von Anfang an versucht, in ihren Töchtern einen Geist der Unabhängigkeit zu säen und plante, sie – wie bereits die Söhne – zum Studieren in die Vereinigten Staaten zu schicken. Doch im Jahr 1928 hatte das Schicksal gleich zweimal zugeschlagen: San Felipe war wie eine Planierraupe über die Insel gewalzt und hatte *Vernet Construction* an den Rand des Ruins gebracht; und Adela hatte die Entdeckung gemacht, daß Changuito und ihre Söhne Freimaurer waren.

Dadurch hatten sich Adelas Prioritäten verschoben, und die berufliche Zukunft ihrer Töchter erschien ihr in einem neuen Licht. Da die Einkünfte von *Vernet Construction* gerade eben ausreichten, um die Zinsen für den Kredit für Roques und Damiáns Studium zu tilgen, war es inzwischen zwar undenkbar, Amparo und Celia an die Universität zu schicken, aber nicht ausgeschlossen, ihnen eine Berufsausbildung zu geben. Großmutter Adela faßte für ihre Töchter eine Laufbahn in der katholischen Kirche ins Auge: Sie konnten Missionarinnen werden und ins Ausland gehen, um den Heiden das Evangelium zu predigen. Nachdem sie das beschlossen hatte, nagelte sie an Tante Amparos Zimmerwand eine Landkarte von Kenia und an Tante Celias eine von Nepal. »Hättet ihr Lust, nach Afrika und Nepal zu reisen, wenn ihr mit der Schule fertig seid?« fragte Adela sie mit gedämpfter Stimme, damit Changuito sie nicht hörte. »Als Missionarinnen könntet ihr umsonst dort hingelangen, und um in einem Missionarssorden aufgenommen zu werden, braucht ihr nichts weiter als das Abitur. Ihr könntet drei Fliegen mit einer Klappe schlagen: Reisen und die Welt sehen, für die katholische Kirche Seelen gewinnen und euren Vater und eure Brüder vor der Hölle bewahren.«

Tante Amparo fand die Vorstellung, nach Afrika in eine Mission zu gehen, so schrecklich, daß sie beschloß, ihren Abschluß hinauszuzögern. Sie war bereits am Ende des letzten Schuljahrs angelangt, und das Abitur lag in greifbarer Nähe, als sie zu lernen aufhörte und beinahe durch die Prüfung gefallen wäre. Großmutter Adela war außer sich. Sie hatte keine Ahnung, was in ihrer Tochter vorging, daher bat sie Onkel Ulises, den Grund für diese Verweigerung herauszubekommen. Ulises hatte ein sehr gutes Verhältnis zu Amparo. Beide gingen sie gerne aus, und wenn einer von ihnen zu spät nach Hause kam, über die Gartenmauer klettern und sich von hinten ins schlafende Haus schleichen mußte, konnte er sicher sein, vom anderen gedeckt zu werden.

Wiewohl sie nicht als Schönheit zu bezeichnen war, galt Tante Amparo durchaus als attraktiv. Sie war groß und kräftig, hatte einem zarten Teint und dunkles Haar. Sie besaß ein freundliches Wesen, aber ein schwaches Herz. Als Baby liebte sie es, herumgetragen zu werden, und lernte erst mit zwei Jahren auf ihren strammen rosa Beinchen das Laufen. Sie hatte den großen Busen ihrer Mutter geerbt und war aus diesem Grunde stets von Jungen umlagert. Onkel Ulises und mein Vater hatten immer alle Hände voll zu tun, ihre Verehrer zu verscheuchen. Tante Celia dagegen brauchte derlei Dienste nie in Anspruch zu nehmen. Sie war klein und drahtig und konnte durchaus auf sich selbst aufpassen.

Als Ulises von Amparo erfuhr, daß Großmutter sie zur Missionarin bestimmt hatte, nahm er die restlichen Ersparnisse seines Studentenjobs bei dem Bostoner Eisenwarenhändler und kaufte für Amparo ein Paar silberne Tanzschuhe mit funkelnden Bergkristallen auf den Absätzen. Die stellte er auf ihren

Schreibtisch und versprach ihr: »Wenn du das Abitur hast, gehören sie dir. Die Idee, daß du nach Afrika gehen und die kleinen Heidenkinder in Mombasa taufen mußt, schlägst du dir jetzt erstmal aus deinem hübschen Köpfchen. Dafür siehst du viel zu gut aus, und ich bin sicher, daß du noch in diesem Sommer dem Mann deiner Träume begegnen wirst.«

Onkel Ulises sollte recht behalten. In jenem Sommer lernte sie Arnaldo Rosales kennen, den Sohn eines der reichsten Großgrundbesitzer der Insel. Im Spätsommer fand die Hochzeit statt, und Tante Amparo zog mit ihrem Mann nach Maracai, einer Stadt an der Ostküste, wo die Zuckerrohrplantage seiner Familie lag. Obwohl Adela dieser Ehe zunächst ablehnend gegenüberstand, weil sie ihr eine Mitstreiterin im Kampf um die verlorenen Seelen der Familie raubte, erkannte sie bald, daß Arnaldo Rosales ein guter Mann war, und hieß ihn freundlich in ihrer Familie willkommen, denn letztlich wünschte sie nichts anderes, als daß Amparo glücklich wurde.

Als Amparo ihr Elternhaus verließ und Onkel Arnaldo nach Maracai folgte, wurde die Kluft zwischen den beiden Lagern in der Calle Esperanza noch spürbarer als vorher. Auf der linken Seite schliefen die Männer, Changuito und seine Söhne, lasen Bücher über Physik, Chemie, Herstellung und Finanzierung und träumten von dem Tag, da sie ein Geschäft gründen würden, das ihnen zum Reichtum verhalf. Ulises wählte sich die Sprüche »Et pluribus unum« und »Novus ordo seculorum« zum Leitsatz, die auf dem Eindollarschein unter einer Pyramide mit dem Auge Gottes zu lesen waren. Auf der rechten Seite schliefen die Frauen, Adela und Tante Celia, beteten allabendlich den Rosenkranz, vertieften sich in die Lektüre der Heiligenleben und ersannen sich eine Zukunft, in der Celia als Missionarin im fernen Nepal tätig sein würde. Allein Aurelio saß zwischen den Stühlen. Zwar schlief er auf der Seite des Vaters und ersehnte den Erfolg von *Vernet Construction*, doch träumte er gleichzeitig davon, den Armen zu helfen und für eine gerechte Welt zu kämpfen.

Auf dem Gymnasium war Celia eine vorbildliche Schülerin und schrieb in allen Fächern gute Noten. Als sie bemerkte, daß ihre Eltern sich nie mehr umarmten oder küßten und zudem in getrennten Zimmern schliefen, faßte sie den Entschluß, die schwarze Ordenstracht der Missionarinnen anzulegen und nach Nepal zu gehen, wenn sie damit nur erreichte, daß sie wieder zueinander fanden. Und sie begann, sich abends im Bett Nepal als den schönsten Platz auf Erden auszumalen. Sie brachte alles über Land und Leute, den Himalaja, den Mount Everest und Katmandu in Erfahrung, und konnte es kaum abwarten, die Schule zu beenden, um in Richtung Osten aufzubrechen.

Einmal sah mein Vater, wie Celia sich in ihrem Zimmer über eine Asienkarte beugte, die auf ihrem Bett ausgebreitet war. »Wo kommt denn urplötzlich dein Interesse für Nepal her?« wunderte er sich.

»Da werde ich als Missionarin hingehen, sobald ich nächstes Jahr mit der Schule fertig bin«, gab Celia ihm zur Antwort. »Und wenn ich erst da bin, wird mich keiner von euch mehr davon abhalten, eine Heilige zu werden und eure Seelen zu retten«. Wenn Celia ins Schwärmen kam, wurden ihre Augen eisblau und begannen intensiv zu leuchten.

Aurelio sah sie verwirrt an: »Wer hat dir denn diese Flausen in den Kopf gesetzt?« Aber Celia biß sich auf die Zunge und schwieg. Da Aurelio ohnehin nur das Wort an sie richtete, um sie zurechtzuweisen, sah sie keine Veranlassung, ihn ins Vertrauen zu ziehen.

»Niemand. Das kam mir gerade so in den Sinn.«

Aurelio glaubte ihr nicht und ging zu Adela, um der Sache auf den Grund zu gehen.

»Celia möchte zum Studieren in die USA, aber dein Vater hat kein Geld dafür«, sagte Adela. »Das mindeste, was wir für sie tun können, ist, ihr eine Reise zu ermöglichen. Der Orden der Jungfrau von Loretto bezahlt ihr die Dampferfahrt nach Kalkutta. Dort wird sie abgeholt und anschließend nach Nepal begleitet. Die Schwestern von Loretto haben in Katmandu eine Mission. Da ist Celia bestimmt gut aufgehoben. Sie wird Nepali lernen, hart arbeiten und die Welt sehen.«

Mein Vater war schockiert. Am folgenden Tag ging er zu Changuito ins Büro und weihte ihn in Celias Pläne ein. »Celia will als Missionarin nach Nepal gehen, wenn du sie nicht in den USA studieren läßt. Mutter hat sich mit ihr verbündet, und wenn ich die beiden recht kenne, dauert es kein Jahr mehr, dann ist Celia Nonne in Katmandu.«

Großvater Changuito kochte vor Wut: »Ich werde niemals zulassen, daß meine Tochter den Schleier trägt! Nur über meine Leiche! Kannst du dir vorstellen, wie ich vor unseren Freimaurerbrüdern dastehe, wenn sie das erfahren? Wir wollen die katholische Kirche ausrotten und nicht ihre Mitglieder vermehren! Ich kann Celia aber auch nicht zum Studieren in die USA schicken, weil mir die Schulden bis zum Hals stehen.«

Daraufhin beschloß Aurelio, selbst ein Darlehen bei der Bank aufzunehmen und Celia davon auf eigene Faust an die Universität zu schicken. Die Entscheidung fiel Aurelio, der bereits Clarissa umwarb und sich mit Heiratsabsichten trug, zwar nicht ganz leicht, aber er überlegte nicht zweimal. Als Großmutter Adela von dieser Wende erfuhr, war sie vor Freude wie von Sinnen. »Ich wußte, daß du uns nicht im Stich läßt«, sagte sie. »Celia wird dir das ein Leben lang danken.«

Doch Aurelio log Celia an und sagte nur: »Das Geld ist da. Wir haben in einer neuen Zuckerfabrik in San Juan ein gutes Geschäft mit unseren Zahnrädern abgeschlossen. Du wirst im nächsten Jahr an eine erstklassige Universität in die USA gehen.«

Celia erwiderte indes, sie wolle gar nicht mehr studieren.

»Ich möchte lieber Missionarin werden und nach Nepal gehen«, erklärte sie, und ihre Augen flammten hellblau auf, »um euch vor der Hölle zu bewahren.« Sie setzte ihr Tagewerk wie gewohnt fort und begann nachts, die Arme zum Kreuz ausgebreitet, viele Stunden lang zu beten. Sie versagte sich ihre Lieblingsspeisen – sogar *bacalaítos fritos* – und nahm zehn Pfund ab. Sie legte sich Kieselsteine in die Schuhe und ins Bett und kasteite sich zur Rettung der Seelen ihrer atheistischen Brüder.

Nachdem das geraume Zeit so gegangen war, klopfte eines Abends Aurelio an ihre Zimmertür. »Ich glaube, wir müssen einmal mit Mutter über deine Asienreise reden«, sagte er zu ihr und begleitete sie zu Adela. »Celia besteht darauf, nach Nepal zu gehen, und ich denke, es ist tatsächlich keine schlechte Idee. Aber sie wird zweifellos mehr Gutes tun können, wenn sie einen Universitätsabschluß hat. Meinst du nicht auch, Mutter?«

Großmutter Adela pflichtete ihm bei, und Tante Celia, die es gewohnt war, sich den Wünschen ihrer Mutter zu beugen, willigte in Aurelios Plan ein. Aber die Dinge sollten eine andere Wendung nehmen.

Als Großmutter Adela am 7. September 1930 aufwachte, war ihr sehr elend zumute, und sie spürte, daß ihr Ende nahe war. Die Familie geriet in hellen Aufruhr, aber wie es den Vernets so eigen war, zeigte niemand seine wahren Empfindungen. Tante Amparo wurde benachrichtigt und kam unverzüglich aus Maracai angereist. Onkel Damián und Onkel Roque hatten kurz zuvor ihr Examen an der *Northeastern University* abgelegt und waren wieder zu Hause.

Es fehlte nur mein Vater. Er führte Vertragsverhandlungen mit einer Zuckermühle in Tallahassee, Florida, und würde mehrere Tage benötigen, um auf die Insel zurückzukehren. Alle anderen standen an Großmutter Adelas Bett und kämpften mit den Tränen. Sie wußten, daß für Adela der Augenblick gekommen war, einen ihrer Söhne zum Familienoberhaupt zu ernennen, und jeder fragte sich, wen ihre Wahl wohl treffen würde.

Onkel Ulises übernahm die Verantwortung für die praktischen Dinge, gab dem Bestattungsinstitut Anweisungen und suchte einen Sarg aus. Dann rief er im Krankenhaus an und bat um zwei Pfleger, die ihnen helfen sollten, Adela in das große Mahagonibett zu verlegen, das sie mit Großvater Changuito geteilt hatte. Als sie endlich darin lag, wirkte sie, von den Bettpfosten mit den riesigen Ananasköpfen umrahmt, wie eine sterbende Amazone auf einem Altar.

Es vergingen zwei endlose Tage, in denen Adela sehr litt. Die Parasiten waren in ihre Blutbahn gelangt, und jede Bewegung verursachte ihr entsetzliche Schmerzen, aber sie ertrug sie ohne einen Laut der Klage. Sie hatte seit vierundzwanzig Stunden kein Wort gesprochen und keine Träne vergossen. Tapfer lächelnd sah sie ihre Familie an, ohne eine Berührung zuzulassen, selbst von Ulises nicht, der ihr Linderung zu verschaffen suchte, indem er ihr mit einem parfümgetränkten Taschentuch die Stirn tupfte. Der geringste Hautkontakt löste eine Welle des Schmerzes bei ihr aus. Vor Adelas Lager war ein Marienbildnis aufgebaut, umgeben von Dutzenden brennender Kerzen. Auf der einen Seite des Bettes standen schweigend Großvater Changuito, Ulises, Roque und Damián, die Hände auf dem Rücken verschränkt und die Augen so trocken wie eine Wüste; auf der anderen lagen Amparo und Celia auf den Knien, beteten den Rosenkranz und baten Gott, ihre Mutter bald von ihrer Qual zu erlösen.

Am dritten Tag kam der Gemeindepfarrer von La Inmaculada, der Kirche, für die Großmutter Adela viele fromme Werke getan hatte. Er spendete ihr das Abendmahl und salbte ihr die Stirn mit Öl, aber Adelas Lippen blieben auch danach verschlossen. Ulises peinigte dieses beharrliche Schweigen, und er wurde langsam unruhig. Die Stunden vergingen. Von Zeit zu

Zeit stöhnte sie, öffnete die Augen und fragte nach Aurelio, der immer noch nicht erschienen war.

Um vier Uhr nachmittags traf Aurelio endlich ein. Er trat an das Sterbebett, beugte sich über die Mutter und küßte sie auf die Stirn. Adela öffnete die Augen, und zwei dicke Tränen rollten ihr über die Wangen – die ersten, die sie seit dem Beginn ihrer Agonie geweint hatte. »Aurelio, ich bin froh, daß du endlich hier bist! Gott segne dich, mein Sohn!« flüsterte sie. Ein tiefer Seufzer entrang sich ihrer Brust, und sie starb.

Dieser besondere Segen, den sie vor ihrem Tod allein Aurelio zuteil werden ließ, galt ihrer Familie als Zeichen, an welchen ihrer Söhne sie das Zepter weitergereicht wissen wollte.

9

Nach Ablauf eines Jahres hatte sich die Auftragslage von *Vernet Construction* so weit gebessert, daß Aurelio Tante Celias Studien finanzieren konnte, ohne das Bankdarlehen in Anspruch nehmen zu müssen. Was Tante Celia betraf, so hatte sie keinerlei Schwierigkeiten, eine Zulassung zum Marymount College des Heiligen Herzens in Washington D.C. zu bekommen, da sie das Abitur an La Concordias Gymnasium zum Heiligen Herzen als Klassenbeste ihres Jahrgangs ablegte. Als der September nahte, rüstete sich Celia zum Aufbruch, und Tante Amparo durchstreifte mit ihr die Läden, um eine neue Reisegarderobe zusammenzustellen.

Aber Großvater Changuito sträubte sich gegen Celias Fortgang, da ihm der Tod seiner Frau immer noch schwer zu schaffen machte. Ein Leben lang hatte er seine Kraft aus Adela geschöpft, und nun fehlte plötzlich die Freiheitsstatue, auf der das Dach seines Hauses geruht hatte.

Nie zuvor hatte seine Körpergröße ihm Verdruß bereitet, aber jetzt fühlte Changuito sich klein und verletzlich. Vor lauter Kummer rasierte er sich den Schnauzer ab und vernachlässigte sein Äußeres. Er lief in zerknitterter Kleidung umher, die verkleckste Krawatte hing ihm schief um den Hals, und in seiner Miene lag ein Ausdruck der Verwundbarkeit. Fast schien es, als wollte er mit den nackten Wangen aller Welt seine Trübsal deutlich vor Augen führen.

»Bitte geh nicht fort, Celia. Du bist meine Jüngste, mein Nesthäkchen. Wer soll sich um mich kümmern, wenn du gegangen bist?« bettelte er mit tränenfeuchten Augen. Und als Celia schwieg, fügte er hinzu: »Amparo hat mich im Stich gelassen, Adela ist gestorben, und jetzt willst auch du noch gehen. Vielleicht will Gott mich ja bestrafen, weil ich vor Jahren meine Mutter allein in Santiago de Cuba zurückgelassen habe, um hierher zu kommen. Aber wenn ich nicht gekommen wäre, hätte ich deine Mutter nicht kennengelernt, und keines von euch Kindern wäre je geboren worden.«

Tante Celia sah ein, daß Großvater Changuito sie brauchte. Im Haus hatte inzwischen die Unordnung überhand genommen, und es herrschte eine schreckliche Wüstenei. Überall lagen Kleidungsstücke verstreut, und die Möbel trugen eine dicke Staubschicht. Matilde, das Dienstmädchen, war so überlastet, daß es jeden Augenblick davonzulaufen drohte. Celia stellte sich vor, was aus dem Vater und den Brüdern werden würde, wenn dies tatsächlich geschah.

Also tat sie, was ihre Mutter sie gelehrt hatte. Sie beugte sich dem Diktat der Stunde und beschloß, ein Opfer zu bringen. »In Ordnung, Vater. Ich bleibe und sorge für dich. Aber du mußt mir eins versprechen: In drei Jahren, wenn ich einundzwanzig bin, darf ich zum Studieren in die USA.«

Großvater Changuito stieß einen Seufzer der Erleichterung aus und gab ihr, ohne zu zaudern, das geforderte Versprechen. Celia war erst achtzehn und stand am Anfang ihres Erwachsenenlebens. Wer konnte schon wissen, was in drei Jahren war. Mit ihrem kastanienbraunen Haar und den hellblauen Augen würde sie in La Concordia vielleicht einen netten Jungen kennenlernen und sich in ihn verlieben. Bis dahin bliebe sie ihm aber wenigstens erhalten.

Drei Jahre lang half Tante Celia Matilde im Haushalt. Sie leistete ihrem Vater jeden Abend Gesellschaft, setzte sich ans Klavier und heiterte ihn auf. Aurelio bot ihr an, als Sozialarbeiterin für *Vernet Construction* zu arbeiten, und so brachte sie einen Teil des Tages damit zu, die Familien der Firmenangestellten zu besuchen. Sie übte sich in Geduld. Sie hatte ihrer Mutter versprochen, eines Tages nach Nepal zu gehen, und rückte kein Stück von diesem Vorhaben ab.

Ein paar Monate vor ihrem einundzwanzigsten Geburtstag schrieb Tante Celia an ein Kloster des Maryknoll-Ordens in Chicago und bat um ihre Aufnahme als Novizin. Sie bekam umgehend eine Zusage. Am Morgen ihres Geburtstags erinnerte sie den Vater beim Frühstück an sein Versprechen. Aber Changuito erwiderte, er könnte sich nicht entsinnen, je dergleichen gesagt zu haben. Da geriet Tante Celia in Wut und schleuderte Töpfe und Pfannen mit solcher Wucht in den Spülstein, daß das heiße Wasser nach allen Seiten spritzte und Siegfried und Gudrun jaulend Reißaus nahmen.

Als Aurelio den Radau vernahm, mußte er wohl oder übel einschreiten. Er brachte all sein diplomatisches Geschick zum Einsatz und sagte: »Du hast Celia versprochen, daß sie in den USA studieren darf, um Nonne zu werden, Papa. Heute wird sie einundzwanzig, es ist also soweit.«

»Ich habe gesagt, sie könnte in den USA studieren, aber nicht Nonne werden«, antwortete Großvater, ohne von seinem Teller aufzublicken. »Sie ist volljährig. Wenn sie gehen will, kann sie das tun.«

»Nein, du wirst sie in die USA *schicken* und sie Nonne werden lassen, genauso wie du uns drei Ingenieure und Ulises hast Geschäftsmann werden lassen, Papa. Jetzt ist Celia an der Reihe, du kannst sie nicht im Stich lassen«. Da blieb meinem Großvater keine andere Wahl, als sein Versprechen einzulösen.

Eine Woche später ging Großvater mit Celia an Bord der »Borinquen«, und ehe Tante Celia abfuhr, übergab Aurelio ihr den Schmuck meiner Großmutter. Obwohl sie nicht reich waren, hatte Changuito ihr bei jeder Geburt eines Sohnes ein Schmuckstück geschenkt, und Adela hatte sie behalten, um Changuito nicht zu kränken: eine Perlenkette, ein Paar kleine Diamantohrringe, einen Saphirring und eine Brosche. »Mach sinnvollen Gebrauch davon, Schwesterchen«, sagte Aurelio und küßte Celia zum Abschied auf die Wange. »Trag ihn und mach dich damit hübsch, oder schenk ihn den Armen. Aber achte darauf, den Schmuck so zu verwenden, daß Mama ihn aus dem Himmel sehen kann.«

Großvater und Tante Celia fuhren mit dem Dampfer nach New York und von dort mit dem Zug weiter nach Chicago. Als sie das Kloster erreichten, ein düsteres, viktorianisches Gemäuer aus grauem Granit mit sieben gotischen Türmen an der Fassade, sagte Tante Celia zu Changuito: »Laß mich lieber alleine hineingehen, Papa. Es ist schon spät, du solltest dir ein Hotelzimmer nehmen und dich ausruhen.«

Es war ihr nämlich bekannt, daß das Noviziat mit dem Augenblick begann, da sie über die Klosterschwelle trat. Vielleicht würde sie sogar gleich ihre Eintrittsgelübde ablegen müssen, und auf keinen Fall wollte sie, daß ihr Vater die Wahrheit erfuhr. Aurelio hatte ihm nur gesagt, daß sie in ein College nach Chicago ging, um Nonne zu *studieren*.

Aber Großvater Changuito ließ es sich nicht nehmen, seine Tochter bis ans Ziel ihrer Reise zu begleiten. Er war ein Gentleman und nicht bereit, sie in der Fremde mit Sack und Pack auf dem Bürgersteig stehenzulassen. Er drückte den Klingelknopf, und sofort erschienen drei Nonnen in der Tür. »Wir warten schon auf euch, ihr Lieben«, riefen sie wie aus einem Munde und baten Großvater Changuito und Tante Celia herein. Sie nahmen meinem Großvater Hut und Stock ab und bedeuteten ihm, im Wartezimmer Platz zu nehmen. Dann verschwanden sie mit Celia und deren Koffern im Inneren des Klosters. Eine Stunde später war es Changuito, der zu lernen hatte, was ein

Opfer war: Eine Türe tat sich auf, und heraus trat Tante Celia in der strengen, schwarzwollenen Tracht des Maryknoll-Ordens, der ihren geschorenen Kopf verbarg, und ihr Gesicht strahlte vor Glück.

Am Tag darauf fuhr Großvater Changuito mit dem Zug zurück nach New York. Tante Celia blieb aber viele Jahre in jenem Kloster und legte die Gelübde von Armut, Keuschheit und Gehorsam ab. Sie schenkte Adelas Schmuck ihrer Abtei, und diese verwandte ihn zur Verzierung der Monstranz, die die Heilige Hostie barg. Und jedesmal, wenn Celia vor der Monstranz zum Beten auf die Knie fiel, spürte sie, wie Adela mit Wohlwollen aus dem Himmel auf sie herabblickte. Das half Celia, ihrer Berufung treu zu bleiben und all die Prüfungen zu bestehen, die sie während ihres schwierigen Noviziats überwinden mußte.

Im Jahr 1940 erneuerte Tante Celia ihre Gelübde und arbeitete die nächsten zehn Jahre als Missionarin in den Bronx und im Appalachen-Gebirge von Alabama. Sie unterrichtete Schwarze, Italiener und Puertoricaner und verspürte nie wieder den Drang, nach Nepal zu gehen. Als sie später mit der Leitung einer der neugegründeten Maryknoll-Gemeinden betraut wurde, bat sie ihren Vater, ein Abzeichen zu entwerfen, das die Missionarinnen als Brosche auf ihrem Ordensgewand tragen konnten. Großvater Changuito nahm den Auftrag mit Freuden entgegen. Er schuf ein Dreieck, das der Pyramide der Freimauerer auffällig ähnlich sah, aber statt des göttlichen Auges eine Taube mit geöffneten Schwingen enthielt. »Das Dreieck symbolisiert die Heilige Dreifaltigkeit und die Taube natürlich den Heiligen Geist«, erläuterte Changuito seiner Tochter in einem Brief. Aber Celia wurde den Verdacht nie los, daß mit der Taube, die er in die Freimaurerpyramide hineingezeichnet hatte, in Wirklichkeit sie gemeint war.

10

Unmittelbar nachdem er Tante Celia ins Kloster gebracht hatte, lernte Großvater Changuito meine Stiefgroßmutter Brunhilda Casares kennen. Brunhilda war eine Konditorin aus Caguas, und zeit meines Lebens habe ich kein Stück Hochzeitskuchen essen können, ohne daß sie mir in den Sinn kam. Sie war sehr viel jünger als mein Großvater, und ihr üppiges Haar, das sie in einem geflochtenen Kranz um den Kopf trug, besaß dieselbe goldene Färbung wie der Teig, den sie in ihre Backformen fließen ließ. Sie hatte eine Blechdose mit einem unerschöpflichen Vorrat an frisch gebackenen *Ladyfingers*, und wann immer wir Enkelkinder zu Besuch kamen, durften wir davon naschen. Die *Ladyfingers* waren genau wie sie, viel zu süß und voller Luft.

Nachdem er Celia im Konvent abgeliefert hatte, schiffte Großvater Changuito sich in New York wieder auf die »Borinquen« ein und fuhr in Richtung Heimat. Er war sehr niedergeschlagen. Er haßte es, alleine zu reisen, und die Vorstellung, ohne Celia in die Calle Esperanza zurückkehren zu müssen, machte ihm angst. Mit seinem Spazierstock in der Hand schlenderte er betrübt über Deck, sah am Hafenufer die Freiheitsstatue allmählich im Nebel verschwinden und dachte an Adela, als er eine kräftige blonde Frau erblickte, die sich über die Reling beugte. Sie drehte sich nach ihm um, sah ihm offen ins Gesicht und lachte dabei fröhlich, aber scheinbar grundlos, denn es war niemand bei ihr.

Changuito ging hin und stellte sich ihr auf Englisch vor, weil er sie für eine Amerikanerin hielt. Sie antwortete ihm auf Spanisch: »Ich bin Brunhilda Casares und freue mich, Sie kennenzulernen.«

»Sind Sie schon lange unterwegs?«

»Ich habe einen Monat in New York verbracht. Mein Mann ist kürzlich verstorben, und meine dortigen Verwandten haben mich eingeladen, um mich auf andere Gedanken zu bringen.« Sie lachte ein silberhelles Lachen und zwinkerte ihm schalkhaft zu, obwohl keiner von beiden etwas Lustiges gesagt hatte.

Changuito verneigte sich und gab ihr einen Handkuß. »Ich mag Frauen wie Sie, die in jeder Hinsicht großzügig ausgestattet sind: Haare wie Karamel, Hüften wie Guajavenpudding und ein großer Busen voller Lachen.«

Changuito staunte über sich selbst, denn gewöhnlich war er nicht so kühn. Aber er hatte einfach genug von muffigen schwarzen Gewändern, Weihrauchschwaden und gemurmelten Litaneien über Seelenrettung, Entsagung und Opfer. Außerdem entzückte ihn Brunhildas Lachen. Adela hatte nie so gelacht; sie war streng gewesen wie eine Sphinx. Brunhilda sah ihn an, als hätte er das Selbstverständlichste von der Welt gesagt, kicherte kokett und schob eine vom Fahrtwind gelöste Strähne in ihren Haarkranz zurück. Ihre gute Laune war so ansteckend, daß es Changuito vorkam, als würde sie sich ausbreiten und auf den funkelnden Wellenkämmen in die weite Welt hinaustanzen. Drei Delphine sprangen aus dem Wasser und schwammen einige Augenblicke neben dem Schiff her, während ihre glänzenden Rücken im Meer auf- und niedertauchten. Brunhilda nahm sie zum Anlaß, um in gespielter Furcht Changuitos Nähe zu suchen; dabei drängte sie sich so dicht an ihn, daß er den Duft von *Bal de Versailles* wahrnahm, das sie sich in den Ausschnitt getupft hatte.

Als der Tag zu Ende ging, lud Changuito Brunhilda auf seine

Kajüte ein, und nachdem sie sich mehrmals geliebt hatten, gestand er ihr: »Ich bin so glücklich, daß ich in deinen Armen seelenruhig sterben könnte.« Dann schlief er, umsponnen vom süßen Netz ihrer goldenen Haare, friedlich ein.

Als sie in La Concordia eintrafen, waren sie bereits verheiratet. Stolz und glücklich trat Changuito mit Brunhilda am Arm durch die Tür der Calle Esperanza Nummer dreizehn. »Von nun an braucht sich niemand mehr Sorgen um mich zu machen«, teilte er seinen Kindern zur Begrüßung mit. »Brunhilda ist jung und stark. So lange sie sich um mich kümmert, werde ich niemandem zur Last fallen, und in ein paar Jahren könnt ihr eine Menge Geld sparen, weil ihr mich nicht ins Altersheim bringen müßt.« Seine Familie reagierte auf diese Neuigkeit zunächst skeptisch, schließlich war Brunhilda erst achtundzwanzig und mein Großvater nahezu doppelt so alt. Seine Söhne fürchteten, daß sie ehrgeizig sein und Intrigen spinnen könnte. Als sie aber erlebten, wie herzlich sie über alles lachte und so gar nicht in der Lage war, irgend etwas ernst zu nehmen, lösten sich ihre Vorbehalte in Luft auf.

Als allererstes buk Brunhilda meinem Großvater einen *ponqué*, der ihre Spezialität war. »Ich bin keine gewöhnliche Hausfrau, sondern Konditorin«, verkündete sie Changuitos Söhnen, als sie den *ponqué* auftrug. »Leider Gottes ist die feine Küche aber eine sehr vergängliche Kunst, und es ist äußerst schwierig, über den Gaumen Unsterblichkeit zu erlangen; dafür hat die Zunge ein allzu kurzes Gedächtnis.« Bevor sie ihren ersten Mann, einen gewissen Dr. Mediavilla, kennengelernt habe, sei sie eine stadtbekannte Bäckerin und Konditorin gewesen, erzählte Brunhilda. Dr. Mediavilla habe aber in San Juan das Alten- und Pflegeheim »Der Schutzengel« geleitet und einen großen Patientenstamm zu versorgen gehabt. Aus diesem Grunde habe sie ihren Laden geschlossen und sei mit ihm nach San Juan gezogen.

Brunhilda verstand sich auf die Zubereitung allerlei köstlicher Süßspeisen – Meringues, Torten und Puddings – und hatte früher in Canaguas eine exklusive Klientel damit bedient. Ihre ausgesprochene Spezialität war indes der *ponqué,* den sie nach einem persönlichen Geheimrezept herstellte: Ein Dutzend Eidotter wurde zu einer zitronengelben Creme geschlagen, ein Pfund Butter, drei Tassen gesiebtes Mehl, eine Tasse Zucker, einen halben Teelöffel Backpulver und eine Prise Salz hinzugefügt, dann alles liebevoll miteinander vermengt, wie ein Paar, das sich in einer innigen Umarmung verliert; die Masse wurde in eine Kranzform gefüllt, ins Wasserbad gestellt und das Ganze bei schwacher Hitze fünfundvierzig Minuten im Ofen zu einem duftenden Ring gebacken. Brunhildas Hochzeits-*ponqué* war sogar magische Eigenschaften zugesprochen worden: Man sagte ihm nach, daß er den Bräutigam, der einmal davon gekostet hatte, zeit seines Lebens davon abhielt, seiner Gattin untreu zu werden. Das alles hatte Brunhilda aufgegeben, als sie Dr. Mediavilla heiratete, und es waren Jahre vergangen, seit sie den letzten Kuchen gebacken hatte.

Brunhilda besaß einen Hang zu schönen Dingen, und mein Großvater gewann an ihrer Seite bald seine Lebensfreude zurück. Am Tag nach ihrer Ankunft erforschte sie das Haus bis in die hintersten Winkel und durchstöberte Schränke und Regale. Aus der Anrichte im Eßzimmer holte sie die feinen Leinentischdecken, das handbemalte Tafelservice und die Fostoria-Gläser, die Adela nur zu besonderen Gelegenheiten benutzt hatte. Dann wies sie das Mädchen an, in Zukunft damit den Tisch zu decken und das gewöhnliche Geschirr und Besteck fortzuwerfen. Als Changuito beim Mittagessen sein Erstaunen darüber kundtat, erklärte sie ihm rundheraus: »Ich sehe nicht ein, weshalb wir wie arme Leute leben sollen, wenn wir solche hübschen Dinge besitzen. Wofür willst du sie aufheben? Damit sich deine Kinder eines Tages daran erfreuen, wenn wir unter der Erde liegen? Laß sie uns selbst genießen.« Changuito amüsierte sich über Brunhildas Einfälle und brach in schallendes Gelächter aus. Ihre lustvolle Einstellung bot ihm eine herzerfrischende Abwechslung zur strengen Sparsamkeit, die Adela stets geübt hatte.

Wiewohl Changuito erst in seinen Fünfzigern war, blickte er auf ein Leben voller Mühsal zurück. Praktisch von Kindesbeinen an hatte er vierzehn Stunden täglich gearbeitet und sich gegen Wind und Wetter aufgebäumt, um seine Familie durchzubringen. Ein solches Schicksal fordert seinen Preis, und er war zeitig gealtert. Sein Kopf war beinahe kahl, der Schnauzbart, den er sich wieder hatte wachsen lassen, war schneeweiß, und er liebte die bequeme, abgetragene Kleidung, die schon ein Eigenleben an seinem Leib führte. Seine Frau fand dagegen Geschmack an eleganten belgischen Leinenanzügen, französischen Krawatten und spanischen Córdoba-Schuhen, mit denen sie ihn ausstaffierte. Sie besprenkelte seine Taschentücher mit Eau de Toilette der Marke *Jean-Marie Farine* und fuhr jeden Nachmittag in ihrer Neuerwerbung, einen hellblauen Buick, mit ihm aus. Changuito konnte all dem nicht viel abgewinnen und dachte nostalgisch an die Zeiten zurück, da er noch schöne Autos geliebt hatte. Inzwischen war er müde geworden, fügte sich aber Brunhildas Wünschen, um sie nicht zu verstimmen.

Was die Liebeskunst anbetraf, war Brunhilda eine Meisterin, und binnen kurzem hatte sie Changuitos Leidenschaft so angefacht, daß er allnächtlich lichterloh brannte. Als sie sich zum erstenmal liebten, fühlte sich Changuito wie König Ahab auf seinem mythischen Wal, der fernab jeder Küste die Meere der Unsterblichkeit durchkreuzt. Brunhilda verbannte Großvaters deutsche Schäferhunde aus dem Schlafzimmer und liebte es, sich in den frühen Morgenstunden mit ihrem durchsichtigen Nachtgewand durchs Haus zu bewegen, in dem sie Rubens' Venus auf »Das Urteil des Paris« zum Verwechseln ähnlich sah.

Ein paar Monate nach ihrer Hochzeit fing Brunhilda an, sich bei meinem Großvater über die unbequemen Eßzimmermöbel mit den geflochtenen Sitzflächen zu beschweren, die eher zu einer Militärparade als zum gemütlichen Beisammensein einluden und sie fortwährend an Adela erinnerten. Sogleich machte Changuito sich auf den Weg und kaufte eine Henredon-Polstergarnitur mit Bezügen aus Schantungseide und die passenden Eßzimmerstühle dazu. Er verkaufte auch Großmutter Adelas Himmelbett mit den Ananaspfosten – für einen sehr guten Preis übrigens, denn es wurde inzwischen als Antiquität gehandelt. Auf Brunhildas Geheiß wurde es durch ein niedriges, rahmenloses französisches Bett mit einem gepolsterten Kopfteil aus blauem Satin ersetzt. Als nächstes veranlaßte sie den Einbau eines sensationell modernen Badezimmers, das jahrelang Stadtgespräch war. Alles, was sich darin befand, war aus schwarzglänzendem Porzellan: Die Toilette erinnerte an einen Thron aus der Nekropole in Luxor, die Badewanne an einen römischen Katafalk und das Waschbecken an eine Rabentränke. Die Wände waren schwarz gekachelt und wurden von Brunhilda mit Abziehbildern von nackten Frauen aus aller Herren Länder dekoriert, um Changuito die Vorzüge ihrer eigenen Reize unmittelbar vor Augen zu führen.

Den radikalsten Eingriff nahm Brunhilda aber bei der Kücheneinrichtung vor. Sie bestellte für je fünftausend Dollar einen Herd und einen Backofen aus rostfreiem Stahl, vor denen selbst König Faruchs Koch vor Neid in die Knie gegangen wäre. Für weitere tausend Dollar schaffte sie sich ein elektrisches Rührgerät an und ließ es an der Decke befestigen, wo es aussah wie eine Windmühle. Und als Krönung kam noch ein dreitausend Dollar teurer Kühlschrank hinzu, dessen Leistung sich mit dem des »Condado Vanderbilt«, des größten Luxushotels von San Juan, messen konnte.

Nachdem Aurelio zusammengerechnet hatte, daß für diese

Neuerungen über zwanzigtausend Dollar von den Firmenkonten abgebucht worden waren, sagte er zu seinem Vater: »Hast du eigentlich vergessen, wie ausgehungert du warst, als du in jungen Jahren von Santiago de Cuba nach La Concordia kamst und wochenlang nichts als Bananen und Apfelsinen zu beißen hattest? Damals hast du gelobt, deine Familie aus dem Unglück zu erretten. Aber wenn du weiter mit vollen Händen das Geld verschleuderst, wirst du *Vernet Construction* todsicher in den Bankrott führen.«

Da wurde Changuito von Schuldgefühlen und Angst überwältigt. Die Vergangenheit kam ihm überdeutlich ins Gedächtnis, und er seufzte vernehmbar. »Sag mir, was ich tun soll«, bat er und rutschte unbehaglich auf seinem Stuhl hin und her.

»Du mußt deine Anteile an *Vernet Construction* auf uns überschreiben, Papa«, sagte Aurelio. »Dann löst du dein Konto auf und läßt dir jede Woche von uns einen bestimmten Betrag zum Leben auszahlen. Ich werde ab sofort über deine Ausgaben Buch führen, so daß wir jeden Centavo nachweisen können, den Brunhilda ausgibt.«

Als Brunhilda von dieser neuen Regelung in Kenntnis gesetzt wurde, verging ihr das Lachen. »Wenn die Dinge so stehen«, schnaubte sie, »dann werde ich wohl wieder arbeiten müssen.« Und sie eröffnete in der Calle Esperanza Nummer dreizehn eine Konditorei.

Bald wurde Brunhilda in La Concordia ihrer Hochzeitskuchen wegen berühmt. Jede junge Frau, die etwas auf sich hielt, verlangte eine originale »Brunhildatorte« zu ihrer Hochzeit, und die Konditorin füllte das ganze Haus mit ihren duftenden Turmbauten: den schweren Eichentisch und die marmorgedeckte Anrichte im Eßzimmer, die zierlichen ovalen Beistelltischchen im Wohnzimmer und sogar die Bank vor dem Klavier – überall breiteten sich die von Brunhilda zärtlich als ihre Liebespaläste bezeichneten Torten aus. Diese erreichten eine Höhe von bis zu sechs oder sieben Stockwerken, waren mit Zuckerguß überzogen und mit allerlei süßem Zierat geschmückt: Rosenbouquets mit silbernen Perlen, anmutige Schwäne auf gläsernen Seen, Treppchen mit girlandengeschmückten Festbögen, extravagante Lauben mit weißen Täubchen, die sich aneinanderschmiegten oder schnäbelten. An den unteren Rand jeder Torte schrieb die Konditorin mit einer Mischung aus Puderzucker und Eischnee, die sie aus einer Spritztüte drückte: »Die Liebe ist ein göttlicher Balsam oder ein verheerendes Gift, aber sie allein läßt die Menschen überleben.«

Ihrer Kundschaft in La Concordia zuliebe versah Brunhilda ihre Kuchen mit einem besonderen Detail. Obenauf stellte sie die separat gebackene und mit Guß überzogene Miniaturausgabe eines der hübschen städtischen Bauwerke, auf die die Einwohner so stolz waren: das Teatro Atenas, das Casino, die Logia Adelphi, die Kathedrale oder die Feuerwache. Bevor die Brautleute mit einem silbernen Messer die Hochzeitstorte anschneiden und an ihre Gäste verteilen durften, mußten sie diesen Bau herunternehmen und bis zum letzten Krümel selbst verzehren. Dieser architektonische Kannibalismus war Changuito ein Greuel, und Brunhilda hätte sich keine grausamere Rache für ihn ausdenken können. Doch ihm blieb nichts anderes übrig, als mitanzusehen, wie seine geliebte Stadt Stück für Stück von den Zähnen der Frischvermählten zermalmt wurde, denn Brunhilda verdiente jetzt ihr eigenes Geld – hunderte von Dollar für jeden Hochzeitskuchen –, und er konnte es ihr nicht verbieten.

11

Während die Erinnerung an die Große Depression in den dreißiger Jahren bei den meisten Puertoricanern längst verblaßt ist, kann sich mein Vater dieser Zeit noch gut entsinnen. Seit damals hat er die Gewohnheit, einen Teil seines Geldes auf die Seite zu legen, »für schlechte Zeiten«, wie er sich ausdrückt. »Wer spart, hat immer noch was«, pflegte er zu sagen und meinte damit im Grunde dasselbe wie Tante Artemisa mit ihrem Motto »Wer hergibt, was er hat, muß eines Tages betteln gehen«.

Im Jahr 1932 versetzte der Wirbelsturm San Ciprián dem puertoricanischen Kaffeeanbau einen empfindlichen Schlag, indem er große Waldflächen aus Mahagonibäumen, Eichen und Yagrumos vernichtete, die schützend ihr Dach über die zarten Kaffeepflanzen gebreitet hatten. Das Gebirge sah aus wie nach einem Bombenangriff, und die insulare Kaffeewirtschaft kam danach nie wieder so recht auf die Beine. Währenddessen lebte die Zuckerindustrie, trotz der verwüsteten Felder um La Concordia, bald wieder neu auf.

Die Zuckerhändler und Plantagenbesitzer von La Concordia waren nicht unterzukriegen. Sie krempelten die Ärmel hoch und versuchten zu retten, was zu retten war. Erst setzten sie die Felder in Brand, dann bepflanzten sie sie neu, und ein Jahr darauf raschelte das Rohr zur Erntezeit wieder schnittbereit im Wind. Bei *Vernet Construction* hagelte es aus den Zuckermühlen Aufträge für Mahlwerke zur Zerkleinerung der Stengel und Verdampfer, in denen die Melasse zu Zucker eingedickt wurde. Mein Vater atmete erleichtert auf, aber Fernando Martín, der Vorsitzende der demokratischen Partei, ärgerte sich. Er hatte gehofft, daß der Orkan San Ciprián, der bloß vier Jahre nach San Felipe über die Insel gejagt war, der Zuckerindustrie endlich den Garaus gemacht und das ›Teufelsgras‹ mit Stumpf und Stiel ausgerottet hatte. Wenn es nach ihm ging, war es nämlich höchste Zeit, daß Puerto Rico sich der nordamerikanischen Zuckerkonsortien und der ausbeuterischen Plantagenwirtschaft kreolischer Großgrundbesitzer entledigte. Doch das Kraut schoß und gedieh wieder wie eh und je überall auf der Insel.

Obwohl er seine politische Laufbahn erst begonnen hatte, wurde Fernando Martín in Washington durchaus schon Gehör geschenkt. Er befürwortete das Costigan-Jones-Gesetz, das für die – einheimischen und ausländischen – Zuckerfabriken eine Quotenregelung vorsah und die puertoricanische Zuckerindustrie besonders stark beschnitt. Im Februar 1934 wurde das Gesetz vom US-Kongreß auch tatsächlich verabschiedet. Mein Vater hat mir die Geschichte selbst erzählt.

Die republikanische Partei, die vor allem die Zuckerbarone vertrat und der auch mein Onkel Venancio angehörte, stellte damals die Regierung. Die Zuckerindustrie hatte ihre schlimmste Krise zwar überwunden und die Plantagen brachten wieder Erträge, aber in den USA purzelten die Zuckerpreise. Kuba, das dreizehnmal größer war als Puerto Rico, lieferte endlose Schiffsladungen Zucker nach Nordamerika. Und das tausende von Meilen abgelegene Hawaii war nicht entfernt genug, um mit uns zu konkurrieren. Obendrein hatte der Bundesstaat Louisiana mit der Produktion von Rübenzucker begonnen, den er tonnenweise auf den Markt warf. Die USA erstickten also förmlich im Zucker.

Jahre später, als die Vernets wirtschaftlich saniert waren, pflegte Großvater Changuito nicht ganz ohne Genugtuung zu sagen, das Costigan-Jones-Gesetz sei für die puertoricanische Zuckeraristokratie dasselbe gewesen wie die Guillotine für den französischen Adel.

Die nordamerikanischen Zuckerkonsortien hatten sowohl in Kuba als auch in Louisiana die gesamte Zuckerproduktion in der Hand und erzielten durch ihre Größe wesentlich höhere Quoten als die nordamerikanischen Einzelunternehmen *Aguirre*, *Eastern Sugar* und *Guánica Central*, die sich auf Puerto Rico angesiedelt hatten. Auf Kuba hatte Fulgencio Batista gerade die Macht übernommen und versprach, die Flottenstützpunkte der USA auf der Insel zu genehmigen, wenn Kubas Zuckerquoten eingehalten wurden.

Die Auswirkungen dieser Entwicklung bekam *Vernet Construction* unmittelbar zu spüren. Aurelio, Ulises, Roque, Damián und Großvater Changuito waren fortwährend kreuz und quer auf der Insel unterwegs, um bei den Zuckerbaronen die Schulden einzutreiben. Kein einziger konnte sie bezahlen. Die fünf kreolischen Zuckermühlen in La Concordias Umgebung, *Machete*, *Bocachica*, *Cortada*, *Constancia* und *Carambola*, hatten Schlagseite bekommen wie sinkende Schiffe, und selbst den großen nordamerikanischen Zuckerfabriken fiel es schwer, sich über Wasser zu halten. Die Brüder konnten die Augen vor der bevorstehenden Katastrophe nicht mehr verschließen und machten sich darauf gefaßt, ihre auf die Zuckermühlen angewiesene Gießerei in nicht allzu ferner Zukunft mit diesen auf den Meeresboden sinken zu sehen.

In dieser Situation begannen auch noch die Gewerkschaften, die Arbeiter zu mobilisieren, und Tausende legten die Arbeit nieder und gingen in den Streik. Schon munkelte man, daß bei den Wahlen im November 1934 ein Machtwechsel zugunsten der sozialistischen Partei stattfinden könnte. Doch dann kamen zahlreiche Arbeiterführer auf ungeklärte Weise ums Leben; genau jene nämlich, die zu verhindern gesucht hatten, daß die Zuckerbarone ihre Arbeiter am Wahltag in die Viehpferche sperrten. Die Verhältnisse blieben, wie sie waren, und die Republikaner wurden Wahlsieger.

Die Unruhen setzten sich fort, und die Belegschaft von *Vernet Construction* schloß sich dem Streik an. Mein Großvater hatte keine andere Wahl, als zehn Arbeiter zu entlassen und die Arbeitswoche der Gießerei auf drei Tage zusammenzustreichen. Außerdem kürzte er die Löhne um zwanzig Prozent. Diese Maßnahmen verursachten Changuito schreckliche Gewissensbisse, wußte er doch, daß seine Angestellten ohnehin schon Mühe hatten, über die Runden zu kommen. Aber sie waren die einzige Möglichkeit, seine Rechnungen bei der U.S. Steel in Michigan zu begleichen.

Dann geschah etwas Außergewöhnliches: 1936 besuchte Eleanor Roosevelt Puerto Rico. Das Costigan-Jones-Gesetz hatte in der Bevölkerung einen erbitterten Widerstand hervorgerufen, und die Vorwürfe, daß es allein die Großgrundbesitzer begünstigte, die großzügige Ausgleichszahlungen für reduzierte Zuckerquoten kassierten, während die Masse der Feldarbeiter auf der Straße saß, flogen wie gewetzte Macheten nach allen Seiten. Der US-Präsident sandte seine Frau, damit sie die Sachlage vor Ort überprüfte. Der Gouverneur Blanton Winship begrüßte Mrs. Roosevelt mit einem Strauß roter Rosen und hatte ihr im Regierungspalast einen großartigen Empfang bereitet, doch Mrs. Roosevelt gab ihm zu verstehen, daß sie daran kein Interesse hatte. Sie bat ihn, die Veranstaltung abzusagen, kletterte in einen Ford T-Modell und ließ sich in die Slums fahren. Sie hatte ein Pferdegesicht und war für puertoricanische Maßstäbe viel zu groß, um als hübsch zu gelten. Aber sie sprach mit den Frauen in den Nähwerkstätten und ermutigte sie, das neuerkämpfte Wahlrecht zu nutzen; redete mit den Kindern und ermahnte sie, vor dem Essen die Hände zu waschen, abends die Zähne zu putzen und immer ihre Gebete zu sprechen; unterhielt sich mit den alten Leuten und klärte sie darüber auf, daß die Sozialversicherung, die ihr Mann 1935 für die USA zum Gesetz erhoben hatte, auch einen Rentenanspruch beinhaltete; und das puertoricanische Volk öffnete ihr sein Herz.

Sie besichtigte die Schulen und war überrascht, als sie die Mädchen in den Pausen Taschentücher besticken sah, um ein paar Centavos zum Familieneinkommen beizusteuern. Sie suchte die Hüttensiedlungen der Fabrik- und Plantagenarbeiter auf und war bestürzt über die steinzeitlichen Verhältnisse. Jeder Familie standen zwei fensterlose Räume zur Verfügung, deren hinterer in völliger Finsternis lag, während in den vorderen nur durch die Türöffnung ein wenig Licht hereinkam. Es gab weder Zäune noch fließendes Wasser oder sanitäre Anlagen, und die Frauen mußten unter freiem Himmel auf kleinen Kohleöfen das Essen zubereiten.

Offenbar fand Mrs. Roosevelt bei ihrem Gatten Gehör, denn vier Monate später besuchte der Präsident höchstpersönlich die Insel. In der Bucht von La Concordia, wo vierzig Jahre vorher General Miles mit seiner Truppe gelegen hatte, ging er von Bord und nahm dann, von der Menge umjubelt, mit seinem Konvoi die *Calle del Real de la Marina* zum Stadtzentrum. Auf beiden Straßenseiten wehten nordamerikanische Flaggen, und der Eingang von La Concordia war für den festlichen Anlaß mit einem Triumphbogen geschmückt, den zwei brüllende Löwen – das Wahrzeichen der Stadt – flankierten. Der Präsident fand die Berichte seiner Frau allesamt bestätigt und versprach, Puerto Rico durch die Gründung eines Hilfswerks, die als PRERA bekannte *Puerto Rico Emergency Reconstruction Administration*, mit sechzig Millionen Dollar zu unterstützen. Als der Präsident auf der *Plaza de las Delicias* seine Rede hielt, legte er die Ziele seines Förderprogramms dar: Die Arbeitslosigkeit sollte durch öffentliche Bauprogramme eingedämmt, die Bewohner der Elendsquartiere durch öffentliche Wohnungsbauprojekte umgesiedelt, das Kanalisationsnetz für sämtliche Bevölkerungsschichten ausgebaut und Straßen gepflastert und Gehwege angelegt werden.

»Ich bin damals hingegangen, um mir die Rede des Präsidenten anzuhören«, erzählte mir mein Vater. »Ich konnte ihn zwar nur sehen, indem ich am Brunnen der Plaza auf einen Löwen kletterte, aber keines seiner Worte ist mir entgangen. Ich eilte zurück und berief sogleich eine Versammlung mit meinen Brüdern in Vaters Büro ein. ›Präsident Roosevelt eröffnet Puerto Rico ungeahnte Möglichkeiten‹, sagte ich zu ihnen und beschrieb ihnen die geplanten öffentlichen Arbeiten. ›Im nächsten Jahr wird die Nachfrage nach Zement auf der Insel dreimal so hoch sein wie heute. Was haltet ihr davon, mit den US-Geldern eine Zementfabrik zu gründen? Einen bestimmten Betrag könnten wir selbst aufnehmen, indem wir *Vernet Construction* als Bürgschaft einbringen. Die restlichen Kredite dürften Ulises und ich mit einer Fahrt nach Washington auch bekommen können.‹

Aber Ulises widersetzte sich dem Plan. ›Das Zuckerrohr ist und bleibt das Rückgrat der Insel‹, sagte er. ›Bald werden die Zuckerfabriken ihre Flaute überwunden haben und uns ihre Schulden bezahlen. Wenn die Gießerei dann damit beschäftigt ist, die Bauteile für das Zementwerk zu fertigen, müssen wir die Plantagenbesitzer abweisen. Die suchen sich andere Lieferanten und kündigen uns die Verträge. Erweist sich die Zementfabrik aber als Reinfall, hat *Vernet Construction* seinen Kundenstamm verloren. Ich finde, wir sollten lieber eine Fabrik für chemische Düngemittel aufmachen.‹

›Düngemittel?‹ wiederholte ich und fiel vor Lachen fast vom Stuhl. ›Du bist verrückt, Ulises. In Puerto Rico gibt es überhaupt keine Landwirtschaft mehr. Die Zukunft gehört dem Zement, die Vergangenheit dem Zucker.‹«

Aber Großvater Changuito schrak davor zurück, *Vernet Construction* so stark zu belasten, schon gar zum gegebenen Zeitpunkt. Die Zementfabrik würde etwa zwei Millionen Dollar kosten, und es war kaum anzunehmen, daß die USA einem puertoricanischen Unternehmen ohne weiteres einen derartigen Betrag zur Verfügung stellte. »Laßt uns damit noch warten und erstmal von den Bauprojekten profitieren, die die PRERA bereits genehmigt hat«, schlug er seinen Söhnen vor. »Die Kanalrohre, die Brücken, wir können alles aus unserer Gießerei liefern. Wir werden in den nächsten Jahren genügend Aufträge haben, um eine ganze Menge Geld zu sparen. Irgendwann, das sage ich euch, kommt der Zeitpunkt, wo eine Zementfabrik dringend benötigt wird, und dann werden wir über ein solides Startkapital dafür verfügen.«

Changuito sollte Recht behalten. Die PRERA kündigte Gouverneur Winship ein Darlehen über eine halbe Million Dollar an, damit er in San Juan eine Zementfabrik bauen ließ, die von einer Firma aus Baltimore mit den notwendigen Maschinen beliefert wurde. Dann stellte die PRERA Winship eine weitere halbe Million für das Projekt zur Verfügung, und drei Jahre später nahm das Zementwerk seinen Betrieb auf. Doch die Pläne zum Wiederaufbau der Insel waren so umfassend, daß die Nachfrage nach Zement die Kapazitäten des staatlichen Werks bei weitem überstieg.

In den nächsten fünf Jahren baute *Vernet Construction* kilometerweise Eisenrohre für La Concordias Kanalisation, und die Brüder halfen, sie zu verlegen. Die Firma verlegte auch die gesamte Leitung, die das Wasser aus den Bergen in die Stadt führte. Es wurden fünfunddreißig Kilometer Straße gepflastert, und Dutzende eiserner Brücken für die Flüsse der Insel stammten aus der Gießerei der Vernets. Und was das beste war: Alle Arbeiten wurden von der PRERA pünktlich und zuverlässig bezahlt, so daß sich mein Großvater und seine vier Söhne im

Jahr 1940 die Grundlagen geschaffen hatten, um das große Abenteuer zu wagen: das Zementwerk *Cementos Estrella*.

Großvater Changuito war euphorisch. Er tanzte durch das Wohnzimmer und sang dazu die Marseillaise, während Siegfried und Gudrun kläffend an ihm hochsprangen. In seinem Herzen war er Feuerwehrmann geblieben, und der Zement, so meinte er, würde nicht nur die Probleme seiner Familie lösen, sondern auch die seiner geliebten Stadt. Die Vernets würden die Plantagenbesitzer loswerden. Lange genug hatten diese Schufte ihn gepeinigt und waren ihm immer noch die Maschinen schuldig, die er ihnen aus Freundlichkeit auf Kommission gebaut und montiert hatte. Sie hatten ihn in der Krise auf seinem Schuldenberg sitzenlassen, und es grenzte an ein Wunder, daß es *Vernet Construction* überhaupt noch gab.

Endlich würde auch La Concordia, die schönste Stadt der Insel und der Stolz aller Freimaurer, Zement produzieren, und zwar keinen geringeren als *Cementos Estrella,* der aus puertoricanischem Kalk und karibischem Sand gemischt war und die Stadt praktisch unzerstörbar machte.

12

Onkel Roque und Onkel Damián trugen ebensoviel zum Aufbau des Zementwerks bei wie ihre beiden älteren Brüder, waren aber viel zurückhaltender und nicht so darauf bedacht wie diese, all ihr Tun und Lassen in der ganzen Stadt herumzuposaunen. Der Machtkampf zwischen Aurelio und Ulises hielt an, und Aurelio stand täglich unter dem Zwang, sich und den anderen zu beweisen, daß er Adelas Vertrauen verdient hatte. Ulises dagegen ließ sich von allem, was er tat, so stark vereinnahmen, daß er gar nicht wahrnahm, wie dicht ihm Aurelio auf den Fersen folgte.

Onkel Roque war der unscheinbarste der Vernet-Brüder. Mit seiner kleinen Statur, den langen Ohren und der wulstigen Nase sah er aus wie ein Bluthund. Und was das Lernen anbetraf, vermochte er auch nicht, mit den Brüdern Schritt zu halten – bis er eines Tages die Archäologie entdeckte. Das geschah in seinem dritten Studienjahr, und es war Liebe auf den ersten Blick. Um sich von der langweiligen Materie des zivilen Ingenieurwesens zu erholen, belegte er eine Vorlesungsreihe zum Thema »Archäologie im südamerikanischen Tiefland und in der Karibik« und erlebte eine wahre Offenbarung. Daraufhin gab er die Kurse über Baumanagement, Strukturanalysen, Statik von Stahlbetonbauten sowie Straßen- und Brückenbau, die er ohnehin nur mit knapper Not bestehen würde, auf und wandte sich ganz dem Studium der Archäologie im Amazonasgebiet zu.

Er entwickelte sich zu einem großen Bewunderer der Taíno, dem Volk, das die Insel bevölkert hatte, als sie im Jahr 1493 von Columbus entdeckt worden war. Die Taíno führten einst ein Dasein im Einklang mit der Natur und richteten ihr Alltagsleben nach dem Lauf der Gestirne und den Gezeiten aus. Dreimal täglich badeten sie in den kristallklaren Flüssen der Insel, sie rauchten Tabak und *campana*-Blätter, um sich zu reinigen und mit den Göttern zu kommunizieren, und liebten sich, wann immer sich die Gelegenheit dazu bot, in ihren regenbogenfarbenen, mit Kolibrifedern geschmückten Hängematten. Onkel Roque fand die Lebensweise der Taíno in jeder Hinsicht überzeugend.

Nachdem er begonnen hatte, sich mit der Kultur der Taíno zu befassen, änderte Roque seine Pläne und beschloß, nach dem Studium nicht mehr auf seine Insel zurückzukehren, statt dessen aber in Venezuela nach den Überresten der Igneri, der einst im Amazonasbecken beheimateten Vorfahren der Taíno, zu forschen. Als Aurelio davon erfuhr, schäumte er vor Wut: Changuito und Adela hatten gewiß nicht so viele Entbehrungen auf sich genommen, um Roque an die *Northeastern University* schicken zu können, damit nun das dabei herauskam. Aurelio nahm den nächsten Dampfer nach New York und war zwei Wochen später in Boston.

Obwohl es die Zementfabrik damals noch nicht gab, hatte Aurelio sie im Geiste bereits fest geplant und wußte, daß das Projekt ohne Roques Hilfe undurchführbar war. Bei der Verankerung des Stahlgerüstes, der Positionierung des Ofens und der Mühle würden sie auf seine Kenntnisse als Bauingenieur in keinem Fall verzichten können. Aber Aurelio redete ihm weder ins Gewissen, noch warf er ihm vor, aus egoistischen Motiven im letzten Augenblick abzuspringen und die Brüder im Stich zu lassen.

»Wußtest du eigentlich, daß unter dem Steinbruch hinter

dem Bauplatz für unsere Fabrik eine zweitausend Jahre alte Begräbnisstätte der Taíno liegt? Hunderte von Tonscherben, Knochen und Muscheln sind dort gefunden worden. Der *Diario de la Prensa* hat kürzlich darüber berichtet. Das Smithson-Institut hat uns angeschrieben; es wäre an der Finanzierung einer Ausgrabung interessiert, weil es mit Funden von erheblichem archäologischem Wert rechnet. Wenn du doch noch beschließt, mit uns zusammenzuarbeiten, könntest du die Ausgrabung leiten und aufpassen, daß nichts davon wegkommt.« Einer plötzlichen Eingebung folgend, hatte Aurelio die Geschichte erfunden, als er Roque gegenüberstand.

»Wirklich?« fragte Onkel Roque mit leuchtenden Augen. »Das würde ich liebend gerne tun. Ich helfe euch, die Zementfabrik zu bauen, wenn du mir versprichst, daß ich die Ausgrabung der Grabstätte beaufsichtigen darf.«

Onkel Roque nahm sein Ingenieurstudium wieder auf und legte ein Jahr später seine Prüfung ab. Er kehrte auf die Insel zurück und half seinen Brüdern, die Zementfabrik zu bauen, richtete Eisenträger auf und goß Podeste aus Stahlbeton für die langen, gewundenen Därme der Mühle. Sobald die Fabrik für die Zementproduktion bereitstand, begannen die Bagger im nahegelegenen Steinbruch – in der Stadt später als ›Vernets Käse‹ bekannt – den Kalkstein aus den Wänden zu lösen.

Aurelios Geschichte bewahrheitete sich, und Onkel Roque entdeckte im Kalksteinhügel des Steinbruchs mehrere Gräber der Taíno. Als erstes fand er auf seiner Spitze eine quadratische Einsenkung als Hinweis auf die Ruhestätte eines Taínokaziken. Als er sie ausgrub, kam ein niedriger steinerner Stuhl mit der Abbildung einer Echse und eine Kampfkeule zum Vorschein. Onkel Roque war entzückt. Behutsam hob er den Schatz und wies die Arbeiter im Steinbruch an, ihre Maschinen unverzüglich zum Stehen zu bringen und die Arbeit zu unterbrechen, wann immer sie auf ein weiteres Grab stießen. Kurze Zeit später war es schon soweit, und Roque lief zum Hügel, kroch in die quadratische Öffnung und entdeckte weitere Kostbarkeiten. Stundenlang saß er mit einer kleinen Schaufel und einer Bürste in der gnadenlosen Hitze auf der Erde, grub vorsichtig die altertümlichen Gegenstände aus und fahndete nach weiteren Funden. Als die Führer der Planierraupen, Bagger und Großraumpflüge, deren Bezahlung sich danach richtete, wie schnell Vernets Käse unter ihren Schaufeln schrumpfte, die Sache durchschauten, wurden sie sehr ärgerlich. Von Stund an schippten sie jedes Taínograb, das in der Hügelwand sichtbar wurde, so schnell sie irgend konnten heraus und begruben es unter Tonnen von Schutt. Das war der Grund, weshalb Onkel Roque nach den ersten sensationellen Funden nie wieder ein einziges Überbleibsel der Taíno im Steinbruch von *Cementos Estrella* entdeckte und sich gezwungen sah, seine Grabungen an einem anderen Ort fortzusetzen.

Onkel Damián war Vaters Lieblingsbruder und sein Schützling. Er war klein und von zarter Konstitution. Bei seiner Geburt hatten die Ärzte ihm ein schwaches Herz bescheinigt, das den Kreislauf nur ungenügend mit Blut versorgte. Darüber hinaus wurde er von Asthmaanfällen geplagt, und das regelmäßige Inhalieren von Cortison belastete sein Herz noch zusätzlich.

Er hatte dünnes blondes Haar, eine sehr helle Haut und blaue Augen wie Tante Celia. Seine zerbrechliche Schönheit trug ihm als Kind bei Ulises, Celia und Adela den Kosenamen ›Weißer Jasmin‹ ein, während Amparo und Roque ihn gerne hänselten, indem sie ihn ›Weiße Maus‹ riefen. Damián war immer ein sehr braves Kind, und wenn er bei der Beichte samstags keine Sünden zu gestehen hatte, erzählte er dem Priester, daß er ungezogen gewesen sei, weil Ulises ihn geschlagen, Amparo ihn gekniffen und Roque ihn an den Haaren gezogen habe.

Als Damián nach Boston kam, um an der *Northeastern Uni-*

versity zu studieren, unterstützte Aurelio ihn in jeglicher Hinsicht. Er begleitete ihn zur Einschreibung ins Studentensekretariat und half ihm, seinen Stundenplan zusammenzustellen, er besorgte ihm ein Zimmer und vermachte ihm die Hälfte seiner Pullover und Socken, weil er fürchtete, Damián könnte eine Lungenentzündung bekommen. Was aber Damián tatsächlich davor bewahrte, der winterlichen Witterung im kühlen Norden zum Opfer zu fallen, war ein gelbbrauner Mantel aus Bisamratte, den Aurelio für ihn erstand. Mein Vater besaß selbst nur einen häßlichen grünen Armeemantel, den er mit Zeitungspapier ausstopfte. Also ging er zur Heilsarmee in der Commonwealth Avenue und fragte, ob in jüngster Zeit vielleicht ein Fellmantel gespendet worden war. Ja, teilte man ihm dort mit, es sei einer da, allerdings sei sein Besitzer bei einer Schießerei unter Betrunkenen ums Leben gekommen, weshalb der Mantel möglicherweise Unglück brächte. Da Onkel Damián nicht trank, entschied Aurelio sich dennoch für das Stück. Er erstand den Wintermantel für einen Dollar und schenkte ihn seinem Bruder. Als Damián ihn anzog, reichte er ihm bis zu den Knöcheln, und mit seinem schütteren Haar und der langen Nase sah er darin aus wie ein Frettchen. »Jetzt wird dich niemand mehr weiße Maus nennen können!« versicherte Aurelio ihm.

Onkel Damián besaß lange, schlanke Finger, und seine Lieblingsbeschäftigung war das Geigespielen. Als Kind hatte ihn Aurelio zuweilen auf dem Klavier begleitet, dabei aber mit solchem Enthusiasmus in die Tasten gegriffen, daß er Damián ganz und gar übertönte und die hauchfeinen Geigenklänge wie Spinnweben von Vaters stürmischer Musik davongeweht wurden.

Als sie erwachsen waren, stürzte Aurelio sich in die Politik, Ulises jagte dem Geld und den Frauen nach, und Roque wandelte auf den Spuren der Taíno, aber Onkel Damián weihte sein Leben der Schönheit. Ein Gedicht, eine Sonate oder eine

Skulptur fanden nur seine Anerkennung, wenn sie schön waren, denn was häßlich war, lehnte er rundweg ab. Auf dieselbe Weise beurteilte er auch die Menschen, da gab es diejenigen, die einen Sinn für das Schöne hatten, und all die anderen, denen er abging – die Verhärteten, die Gleichgültigen und die Selbstsüchtigen.

Als Onkel Damián sich an der *Northeastern* einschrieb, legte er schweren Herzens die Geige in den Kasten und widmete sich ausschließlich seinem Studium. Vier Jahre später ging er als vollgültiger Chemischer Ingenieur daraus hervor, ohne indes eine einzige Note auf seinem Instrument gespielt zu haben. Seine Kraft reichte nicht, um zwei Studiengänge gleichzeitig zu verfolgen. Aurelio, der das nicht verstehen konnte, machte Damián, als er in die Calle Esperanza zurückkehrte, Vorhaltungen, weil er neben dem Ingenieurdiplom nicht auch ein Zeugnis des Konservatoriums nach Hause brachte, wie er selbst es getan hatte.

Damián verschwand in seinem Zimmer, schloß die Tür hinter sich und holte seine Geige aus ihrem Kasten. Wenig später drang eine melancholische Weise wie ein langanhaltendes reuevolles Seufzen durch seine Tür nach draußen.

13

Zwischen Großvaters Traum einer Zementfabrik und ihrer tatsächlichen Realisierung lag noch ein langes Stück Weg. Zunächst vereinten die Brüder die Ersparnisse der Familie. Am Ende fehlten nur noch zweihundertausend Dollar, und die Brüder wußten, daß Aussicht bestand, sie aus den Fonds der PRERA zu bestreiten.

Beim Ausbruch des Zweiten Weltkriegs waren die US-Armee und die Marine auf einen Zementlieferanten in Puerto Rico dringend angewiesen. Die Luftangriffe der Deutschen auf London nahmen zu, und in ihrer Not wandten sich die Engländer an Washington. Sie brauchten eine Bucht, die groß genug war, die Königliche Flotte aufzunehmen, falls die Nazis nach England einmarschierten. Dafür zogen die Amerikaner Puerto Rico in Betracht. Die Suche begann, und schließlich beschloß die Marine, an der puertoricanischen Ostküste, in der Nähe von Fajardo, zu diesem Zweck ein Trockendock zu bauen. Es sollte eins der größten Trockendocks der Welt werden. Tausende Tonnen von Zement wurden dafür benötigt, und zwar rasch.

Drei Monate später ging, durch die Fürsprache der US-Armee und der Marine, bei den Vernets das erste Darlehen der nordamerikanischen Regierung in Höhe von einer halben Million Dollar für den Bau eines Zementwerks ein. Aurelio und Onkel Ulises fuhren nach Pennsylvanien und kauften einen gebrauchten Zementofen, eine Mühle zum Vermahlen des Klinkers und einen Stromgenerator. Aber die deutschen U-Boote, die in der Karibik patrouillierten, versenkten das Schiff mitsamt den Maschinen, noch bevor es die Insel erreichte. Der Vorgang wurde dreimal wiederholt, und dreimal landeten sowohl Ofen als auch Mühle auf dem Meeresgrund des Atlantischen Ozeans. Beim vierten Mal hatten die Brüder Erfolg. Die Mühle und der Ofen kamen unversehrt an, nur der Stromgenerator und das Mühlengetriebe hatten die Fahrt nicht überlebt und waren wie alles andere von den U-Booten versenkt worden.

Changuitos Söhne standen kurz davor, das geplante Unternehmen aufzugeben, aber Großvater Changuito ließ die Hoffnung nicht sinken. »Für einen Vernet ist nichts unmöglich!« ermutigte er sie. »Wir können die Anlage auch selbst bauen.«

Maschinen von der Größenordnung eines Getriebes für eine Zementmühle waren in der Metallgießerei bislang nicht gebaut worden. Der Ofen, in dem *Vernet Construction* die Mahlwerke für die Zuckerfabriken goß, konnte ein solch gewaltiges Maschinenteil weder aufnehmen noch seinem Gewicht standhalten. Aber Changuitos Improvisationstalent war unerschöpflich. Er befahl seinen Söhnen, sechs dicke Eisenplatten zu schmelzen, aneinanderzufügen und daraus einen Zylinder zu bauen. Das Zahnrad wollten sie anschließend Zahn für Zahn von Hand ausschneiden. Ihr selbstgebasteltes Getriebe wurde ein wahres Schmuckstück.

Beim Bau der Fabrik bekam Aurelio die Aufsicht über die Elektrik, Damián über die Mechanik und Roque über die Chemie. Ulises schließlich erhielt den Auftrag, sich in der Bankwelt nach einem zweiten Kredit umzutun, den sie brauchten, um die Fabrik in Betrieb zu nehmen. Es dauerte nicht lange, da hatte Ulises, dank seines unfehlbaren Geschäftssinns, den er von Adela geerbt hatte, und indem er die Fabrik selbst als Sicherheit einsetzte, einen Kredit zu einem sehr niedrigen Zinssatz von der *Federal Financial Reconstruction Office* in der Tasche. Von jenem Tag an kannte man ihn in La Concordia als den »Finanzteufel«.

Die Familie erwarb außerhalb von La Concordia am Fuße eines kleinen, felsigen Hügels, der die Vernets mit Kalkstein belieferte, ein Zuckerrohrfeld und stellte dort den ersten Fabrikofen auf, genau den, der den deutschen Torpedos entronnen war. Es war ein kleiner Drehofen von nur fünfeinhalb Meter Länge und drei Meter Durchmesser, der in zwei Teile zerlegt eingetroffen war und daher von den Brüdern in der Gießerei zunächst mit Schweißbrennern zusammengenietet werden mußte. Aurelio und Ulises hatten in Pennsylvanien auch eine gebrauchte Mühle erstanden, eine Kornmühle zwar, die wesentlich größer war als zum Vermahlen des Zements erforderlich, ihnen aber sehr günstig angeboten wurde, weil das pennsylvanische Mehlgeschäft nach einer Dürreperiode in der Krise steckte.

Der Motor der Mühle, ein Allis Chalmers mit tausend Pferdestärken, besaß ein ungewöhnliches Schaltsystem, das Aurelio faszinierte. Papa verliebte sich auf Anhieb in den Drehofen. Er nannte ihn *La Teclapepa* und nahm mich als Kind oftmals mit, um zu beobachten, wie das Gesteinsmehl darin zu Klinker verschmolzen wurde. Wir stiegen die vier Betonstufen hinauf, ich bekam von Papa eine lila Schutzbrille mit kreisrunden Gläsern, und dann öffnete er eine Eisenklappe wie das Visier eines Helms und hob mich hoch, damit ich hineinschauen konnte. Ich sah einen brodelnden Feuersee mit orangefarbenen Wellen, der sich von einer Seite des Rohrs zur anderen wälzte.

Der Anblick erinnerte mich an das Fegefeuer, mit dem uns die Nonnen und Mönche in der Schule drohten, damit wir artig waren. Wenn es den Teufel tatsächlich gab, so dachte ich bei mir, dann mußte sein Schlund aussehen wie die *Teclapepa*. Und ich stellte mir vor, wie er die Seelen der verstorbenen Todsünder verschlang; sie fielen in die glühende Masse und blieben dort für ewige Zeiten gefangen.

Wann immer meine Mutter sich über mich ärgerte, prophezeite sie mir, daß ich meiner Ungezogenheit wegen eines Tages in der *Teclapepa* enden würde. Anfangs versetzte mich das in Angst und Schrecken, doch als ich dann die liebevolle Fürsorge erlebte, mit der mein Vater den Drehofen bedachte, sobald er aussetzte, war ich ganz beruhigt. Wenn dies geschah, und wenn es drei Uhr morgens war, eilte er ins Werk, um den Schaden zu beheben, was niemand so schnell und so gründlich vermochte wie er. Jeder auch nur wenige Stunden dauernde Stillstand des Ofens bedeutete nämlich eine Einbuße in Tausenderhöhe. Statt Bilder von Tod und Teufel in mir wachzurufen, wurde die *Teclapepa* für mich bald zum Symbol des familiären Wohlstandes, denn in ihrem Gedärm verwandelte sie Gesteinsmehl buchstäblich zu Gold.

In der Anfangszeit produzierte die *Teclapepa* täglich viertausend Säcke Zement. Im Jahr 1944 wurden drei weitere Drehöfen in Betrieb genommen, und das Zementwerk steigerte seine Produktion auf über anderthalb Millionen Säcke Zement pro Monat, die größtenteils für den Bau der Armee- und Marinestützpunkte der USA auf der Insel verwendet wurden. 1945, als ich mein siebtes Lebensjahr erreicht hatte, waren die vier Vernet-Brüder bereits Millionäre.

Weder mein Vater noch meine Onkel bekamen während des Zweiten Weltkriegs einen Einberufungsbefehl, weil ihr Unternehmen für die nationale Abwehr als existenziell galt. Überall auf der Insel entstanden neue Stützpunkte der US-Armee, der Air Force und der US-Marine, und zwar ausschließlich mit *Cementos Estrella*.

Aber die Vernets schliefen mit ruhigem Gewissen: Sie hatten ihren Reichtum auf ehrliche Weise erworben, ohne jemanden zu übervorteilen. Auch mußten sie ihn nicht mit Klauen und Zähnen verteidigen, wie einst mein Großvater seine Ländereien gegen die US-amerikanischen Zuckerfabrikanten.

Nach der Fertigstellung der Flottenstützpunkte half ein zweites Bauprojekt den Vernet-Brüdern, ihren Stand zu festigen: Die amerikanische Wohnungsbaugesellschaft bot privaten Bauherren, die sich verpflichteten, ihre Häuser aus Beton zu erbauen und sie gleich als Sicherheit einzusetzen, Kredite mit einer dreißigjährigen Laufzeit an. Überall auf der Insel schossen nun Zementhäuser wie Pilze aus dem Boden. In jener Zeit entstand auch eine neue Mittelklasse-Wohnsiedlung in den Außenbezirken von San Juan, die von zwei langen, parallel zueinander verlaufenden Straßen durchschnitten war: Die eine war breit, von Königspalmen gesäumt und wurde Avenida Franklin Delano Roosevelt getauft; die andere war eng und geschäftig und bekam den Namen Eleanor Roosevelt.

Trotz dieses großartigen Erfolgs vergaß Aurelio nie den Segen, den Adela ihm auf dem Sterbebett erteilt hatte. Er wandte auf *Cementos Estrella* die gleichen Freimaurergrundsätze an wie bereits bei *Vernet Construction* und empfand eine persönliche Verantwortung für seine dreihundert Firmenangestellten. So erstellte er für seine Mitarbeiter einen Plan zur gesundheitlichen Vorsorge und gründete einen Rentenfonds für sie. Er sorgte dafür, daß *Cementos Estrella* das erste puertoricanische Unternehmen wurde, das seinen Arbeitern den in den USA eingeführten gesetzlichen Mindestlohn von damals einem Dollar pro Stunde garantierte. Er betrachtete die Belegschaft von *Cementos Estrella* als seine Familie und lud sämtliche Firmenangehörigen jedes Jahr zu einer Weihnachtsfeier in die Gießerei – dem Stammunternehmen der Vernets – ein, wo die Vernet-Kinder im Sonntagsstaat gemeinsam mit den Arbeiterkindern vom Weihnachtsmann beschert wurden.

14

»Es war im Jahr 1944, als ich anfing, innerlich gegen meine Zugehörigkeit zur Familie Vernet aufzubegehren«, erzählte mir meine Mutter. »Damals gab der Erfolg von *Cementos Estrella* Aurelio die Chance, in die Politik einzusteigen, und er stellte sich als parteiloser Kandidat für das Amt des Bürgermeisters von La Concordia zur Wahl. Seine Niederlage hätte kaum größer sein können, tat aber seinem Vorsatz nicht den leisesten Abbruch. Er hatte sich in den Kopf gesetzt, Bürgermeister zu werden, selbst wenn es ihn Jahre kosten würde, dieses Ziel zu erreichen.

Aurelio hatte von deinem Großvater Changuito den tiefverwurzelten Glauben an das Heil von Puerto Ricos Eingliederung in die Vereinigten Staaten geerbt. Seine Freundschaft mit den Ingenieuren von *Stone and Webster* hatten Changuito den Anstoß gegeben, seine vier Söhne an die Bostoner Universität zu schicken; einen Großteil des Kapitals zur Gründung seines Zementwerks hatte Changuito von der US-Regierung bekommen; und ebenfalls die US-Amerikaner hatten ihm anschließend den Zement wieder abgekauft, um ihre Flottenstützpunkte zu bauen und ihr Wohnungsbauprogramm durchzuführen.

Aurelios Wunsch nach Puerto Ricos Eingliederung in die USA beruhte aber auch auf einer eigenen Erfahrung aus seiner Kindheit. Mit sieben Jahren, so erzählte er mir einmal, hatte er neben Adela auf dem Balkon ihres Hauses in der Calle Esperanza gestanden, als Changuito mit der Pferdekutsche nach Hause kam. Neben ihm saß Adelas Onkel, Don Francisco Pasamontes, der die Familie, nachdem sie Guadeloupe verlassen mußte, unterstützt hatte. Onkel Franciscos Gesicht war blutüberströmt, und er preßte sich ein Taschentuch an die Stirn. Adela lief auf die Straße hinunter und half Changuito, Onkel Francisco ins Haus zu führen. Es wurde schnell ein Arzt herbeigerufen. Dieser vermochte die Blutung zwar zum Stillstand zu bringen, aber für die nächsten Stunden hing Onkel Franciscos Leben an einem seidenen Faden.

›Was ist mit Onkel Francisco geschehen, Mutter?‹ fragte Aurelio angstvoll flüsternd.

›Auf einer Kundgebung für die Eingliederung hat ein Befürworter der Unabhängigkeit Puerto Ricos ihm einen Stein an den Kopf geworfen‹, gab sie ihm zur Antwort. Onkel Francisco wurde in Adelas beste Laken gebettet und blieb mehrere Tage in der Calle Esperanza. Adela warf sich neben dem Krankenlager auf die Knie und betete den Rosenkranz; dabei verglich sie Francisco mit dem heiligen Stefan, dem ersten christlichen Märtyrer, der für seinen Glauben gesteinigt worden war. Aurelio kniete sich daneben und stimmte in ihr Gebet ein. Seit jenem Erlebnis war für ihn der Begriff ›Eingliederung‹ von einer Vorstellung der Heiligkeit unzertrennlich.

Obwohl auf dem Zement der Wohlstand unserer Familie beruht und er deinem Vater den Weg ebnete, um sich politisch engagieren zu können, war er mir immer suspekt. Auf Emajaguas lernte ich, daß die künstlerische Inspiration, die Ästhetik und die Liebe zur Natur Werte waren, für die es sich zu leben lohnte. Als aber Aurelio in die Politik eintrat, erkannte ich sofort, daß Puerto Ricos Eingliederung in die USA gleichbedeutend sein würde mit Dutzenden von Einkaufszentren, weiten Flächen zuzementierter Natur und der lückenlosen Bebauung meiner Heimatinsel. ›Die wirtschaftliche Entwicklung macht das Land und das Leben kaputt!‹ rebellierte ich, wenn wieder ein Waldstück abgeholzt wurde, damit sich in den Außenbezirken von La Concordia ein neues Unternehmen ansiedeln konnte. ›Alle Dinge sind miteinander verknüpft. Wenn wir unsere Umwelt zerstören, werden wir nie frei sein!‹ Aber meine Worte stießen bei Aurelio auf taube Ohren.«

15

Als mein Vater für das Amt des Bürgermeisters von La Concordia kandidierte, ging ich zum ersten Mal mit meiner Mutter zu einer politischen Kundgebung. Wir taten es heimlich, weil derlei Versammlungen, *mítines* – meetings – genannt, damals kaum von Frauen besucht wurden und häufig in unsicheren Gegenden stattfanden, wo die Männer am Ende betrunken durch die Straßen torkelten und beim geringsten Anlaß die Machete zückten. Das war der Grund, weshalb Aurelio Clarissa streng verboten hatte, alleine an einem dieser *mítines* teilzunehmen.

Eines Abends, als Papa in einem abgelegenen Dorf eine Wahlveranstaltung durchführte, schlüpften wir dennoch aus dem Haus, um im Stadtteil San Martín de Porres, einem Armeleuteviertel von La Concordia, eine Kundgebung der Demokratischen Partei zu besuchen. Wir wollten herausfinden, was der Gegner über Papa sagte. Meine Mutter zog ein altes Kleid an, setzte einen Strohhut mit breiter Krempe auf den Kopf und gab mir einen verwaschenen Overall und ein Paar dreckige Turnschuhe.

Die Versammlung wurde am Ufer des Río Flechas abgehalten, der in jener Jahreszeit kein Wasser führte. Wir bahnten uns einen Weg durch die johlende Menge nach vorn, und da wir inmitten des Getümmels nichts sehen konnten, hob Mama mich auf ihre Schultern. Von da oben konnte ich die Bühne überblikken. »Sag mir, was du siehst«, rief sie mir von unten zu. Aber ich war zu keiner Antwort mehr imstande, denn was ich sah, ließ mir das Blut in den Adern stocken. Die Demokraten hatten auf der Bühne ein Podest errichtet, darauf saß eine Strohpuppe in einem zerschlissenen Hawaiihemd und hatte die Flagge der USA wie ein Lätzchen vor die Brust gebunden. Wenn jemand an einer Schnur zog, schwang die Puppe in die Luft und baumelte, von der Fahne erdrosselt, wie ein Gehängter über der Menge. Dabei wandte sie uns das Gesicht zu, und ich erkannte augenblicklich das Lippenbärtchen, die gerade Nase und die braunen Augen meines Vaters. Ich brach in Tränen aus und trat meine Mutter in den Magen, damit sie mich herunterließ. Schleunigst verließen wir die Versammlung und rannten nach Hause, indem wir uns die Gesichter mit den Händen zuhielten. Jetzt verstand ich, weshalb meine Mutter sich jedesmal Sorgen machte, wenn mein Vater wieder auf eines seiner *mitínes* ging.

Aurelio verlor die Wahl und bekam nicht den Bürgermeisterposten. In den nächsten Jahren hielt er sich aus der Politik heraus, und Mutter und mir fiel ein Stein vom Herzen. Doch dann kam eines Tages Onkel Venancio auf ihn zu, der bereits ein erfahrener Politiker war und sich über zwanzig Jahre lang als Vorsitzender der Republikanischen Partei für die Eingliederung eingesetzt hatte. Er schlug Aurelio vor, seiner Partei beizutreten und sich mit ihm gemeinsam bei den nächsten Wahlen aufstellen zu lassen. Venancio würde für das Amt des Gouverneurs und mein Vater für das des Ortskommissars kandidieren. Aurelio nahm an.

Die Plakate der republikanischen Partei, auf denen die politische Partnerschaft der beiden Schwager angekündigt wurde, hingen an sämtlichen Hauptverkehrsstraßen von San Juan, La Concordia und Guayamés. Sie stellten Onkel Venancio im dezenten dunklen Anzug mit dem winzigen diamantenen Hufeisen auf der Krawatte dar, wie er ernst auf die verstopften Straßen herabsah, und daneben meinen Vater im kurzärmeligen bunten Hemd, der mit dem Gesichtsausdruck eines Osterlamms zum Himmel lächelte. Die Strategie bestand darin, daß Venancio die Wähler aus der Oberschicht und der höheren Mittelschicht, Aurelio dagegen die Stimmen des »Volkes« gewinnen sollte.

Kaum war Aurelios Kandidatur offiziell, da begannen sich seine Parteifreunde aus den einfachen Vierteln in unserem Haus in Las Bougainvilleas einzustellen. Sie kamen schwer beladen mit Geschenken: Hühner, Hähne mit gelockten Schwanzfedern, Ziegen, überquellende Körbe voll reifer Apfelsinen, Mehlbananen und Ananas, ganze Kühltaschen gefüllt mit Rotbarsch und blauer Alse sowie viele weitere Gaben. Als Clarissa sie durch die Pforte kommen sah, lächelte sie ihnen diplomatisch entgegen, ohne indes ihre wahren Gefühle zu erkennen zu geben. Denn all das Umarmen und Händeschütteln enthielt für sie nur eine Botschaft: Wenn die republikanische Partei die Wahl gewann, wurde Aurelio zur stadtbekannten Persönlichkeit, und sie würde ihren Mann mit all diesen Fremden teilen müssen.

Und was fast noch schlimmer war: Auch sie würde nicht mehr sich selbst gehören – dafür tauchte ihr Gesicht schon jetzt viel zu häufig neben Aurelio in der Parteiwerbung auf. Ihre Anonymität wäre dahin, La Concordia würde für sie in zwei Lager zerfallen, Freunde und Feinde, während ihre Seele in der hölzernen Wahlurne gefangenbliebe. Aber wiewohl sie diese Ängste hegte, gewährte meine Mutter Aurelio weiter ihre uneingeschränkte Unterstützung.

Zwischen 1942 und 1946 baute Fernando Martín seine Macht aus. Er besaß das Aussehen eines echten Lateinamerikaners: Seine Haut war dunkel, das Haar kohlrabenschwarz, und er hatte einen sorgfältig gestutzten Schnurrbart. Dabei war er aber groß und kräftig und vermittelte einen Eindruck von Solidität, etwas völlig Neues bei einem lateinamerikanischen Politiker. Er war in Greenwich Village aufgewachsen, hatte jahrelang in den Vereinigten Staaten als Journalist gearbeitet und sprach akzentfrei englisch.

Martín war ein kluger Politiker. Er erkannte, daß er sich unter das Volk mischen mußte und die Zeiten, da die Politik von den Großgrundbesitzern diktiert wurde, endgültig der Vergangenheit angehörten. Anstatt seine Reden durch Radio und Presse zu verbreiten, stieg Fernando Martín auf einen Esel und ritt über Land, um dem einfachen Volk seine Botschaft zu bringen. Er besuchte die Hütten der Arbeiter und trank mit ihnen den starken, ungesüßten Kaffee. Er schlief in ihren zerfetzten Hängematten und teilte mit ihnen den *pitorro*, den Rum vom Schwarzmarkt. Die demokratische Partei war die Partei der Arbeiter, und dieser gehörten ihre Stimmen. »Eure Stimme ist dasselbe wie eure Machete; sie ist eure Männlichkeit«, sagte er zu ihnen. »Kein Paar Schuhe, kein Drei-Dollar-Trinkgeld, keine Flasche Rum kann sie euch bezahlen. Wer seine Stimme an die Großgrundbesitzer verkauft, anstatt sie zu erheben und sich damit zur Wehr zu setzen, verkauft seine Seele.«

Er war nach Eleanor Roosevelt der erste Politiker in der Geschichte der Insel, der sich für die Belange der Armen interessierte, zu ihnen ging und mit ihnen sprach. Fernando Martín fegte mit seinem Schnauzbart das Volk zusammen und gewann 1946 die Wahlen mit einer überwältigenden Mehrheit.

Papa war am Boden zerstört, aber Onkel Venancio tröstete ihn: »Macht nichts. Das nächste Mal gewinnen wir. Aber wir sollten die Zuckerindustrie stützen. Die USA werden uns als armen Staat nicht integrieren wollen. Wir müssen dafür sorgen, daß es den Zuckermühlen besser geht, das kommt der ganzen Insel zugute.«

Aurelio teilte diese Ansicht nicht, erhob aber keinen Einspruch. Sein Herz schlug für die Zementfabrik, und er fand nicht, daß die Zuckerindustrie noch die Bedeutung hatte, die

Venancio ihr gab. Aurelio glaubte an die Industrialisierung, und darin war ihm Fernando Martín zugegebenermaßen näher. Insgeheim zollte er Martín seine Anerkennung, weil dieser das Stimmrecht der Landarbeiter verteidigte. In der Vergangenheit war es nämlich gar nicht selten gewesen, daß sie ihre Stimmen vor der Wahl verkauft hatten. Und Martíns Kritik an den korrupten Methoden der Republikaner war vollkommen berechtigt. Die Großgrundbesitzer hatten am Wahltag die Feldarbeiter in Viehpferche einsperren lassen und jedem eine Flasche Rum geschenkt. Wenn sie dann vollkommen betrunken waren, wurden sie auf demselben schlammigen Weg, den das Vieh zur Weide nahm, einzeln an der Wahlurne vorbeigeführt und mußten unter den Augen des Vorarbeiters ihr Kreuz in die Spalte der Republikaner setzen. Doch mein Vater glaubte, Onkel Venancio wäre gegen diese Methoden vorgegangen und hätte der Korruptheit der Partei ein Ende gemacht.

Aurelio hatte Fernando Martíns Kampagne heimlich in dessen selbstverfaßtem Parteiorgan, *El Bohío*, verfolgt und war inkognito sogar auf einigen seiner Wahlveranstaltungen gewesen. Daß Martín im Jahr 1946 die Wahlen gewann, war Aurelio gar nicht so unrecht, denn seine sozialen Forderungen waren durchaus gerechtfertigt. »Der wirtschaftliche Fortschritt ist nicht alles«, hielt mein Vater Onkel Venancio bei der nächsten Gelegenheit vor. »Viel wichtiger sind die Menschen. Und wenn sie hungern und krank sind, muß zuallererst ihnen geholfen werden.« Aber Onkel Venancio wollte von Martín nichts wissen, denn ihn packte jedesmal die Wut, wenn er die Demokraten gegen die Zuckerindustrie wettern hörte.

Die meisten republikanischen Wähler ließen sich indes von Venancios unglaublicher Redegewandtheit betören. Er stieg aufs Podium, breitete die Arme aus, dabei glitzerte der dreikarätige Diamantring an seinem kleinen Finger, und hob zu sprechen an. »Freunde und Landsleute«, sagte er, »wir müssen bereit sein, für die Sache Opfer zu bringen.« Augenblicklich wurde es im Publikum so still, daß man eine Stecknadel fallen hören konnte. Aber Onkel Venancio erläuterte seinen Zuhörern nie, was er mit ›der Sache‹ eigentlich meinte. Er besaß nicht das Hintergrundwissen, das Aurelio mitbrachte, hatte nie wie dieser Thomas Jefferson gelesen und kannte auch keine Rede von Abraham Lincoln auswendig. Obendrein war Venancios Englisch nur bruchstückhaft, und das war wahrscheinlich der Grund, warum er Aurelio dazu aufgefordert hatte, der Partei beizutreten. Dieser sprach fließend Englisch und konnte an seiner Stelle nach Washington reisen und den Senatoren und Repräsentanten im Weißen Haus Puerto Ricos Probleme auf dieselbe Weise schildern, wie Fernando Martín es tat: den Hunger der Landarbeiter, den Analphabetismus, die Arbeitslosigkeit, die Tuberkulose und ähnliches. Onkel Venancio wollte unterdessen im vertrauten Guayamés verweilen und über das Wohlergehen von Tante Siglinda und der republikanischen Partei wachen.

16

Ich war immer ein Papakind und wollte genauso sein wie mein Vater. Wenn ich Sommerferien hatte, begleitete ich ihn ins Büro von *Vernet Construction*, setzte mich auf den Drehstuhl vor seinen Schreibtisch und beschäftigte mich damit, Briefmarken anzulecken und auf die Kuverts zu kleben, ihm frisches Wasser aus dem Kühlraum zu bringen oder seine Heftklammern und Gummiringe zu sortieren. Was ich tat, war mir eigentlich gleichgültig, wenn ich nur in seiner Nähe sein durfte. Das war mir tausendmal lieber, als zu Hause bei meiner Mutter zu bleiben oder mit den gleichaltrigen Mädchen aus unserer Nachbarschaft zu spielen.

Clarissa ließ mich auch nie im Zweifel darüber, daß meine Existenz einzig und allein der Hartnäckigkeit meines Vaters zu verdanken war. Nach der Geburt meines Bruders Alvaro hatte mein Vater sie inständig darum gebeten, ein weiteres Kind zu bekommen. Clarissa war mit einem Sohn vollauf zufrieden und wollte sich keine zweite Schwangerschaft mehr zumuten. Sie war zart gebaut, und die Ankunft meines Bruders hatte ihr körperlich und seelisch bereits arg zugesetzt.

»Eine Kugel mit Beinen! Wer möchte sich schon so fühlen?« widersetzte sie sich. »Eine Schwangere kann weder schlafen noch laufen. Sie kann eigentlich nur rollen!« Doch schließlich gab sie nach. Dabei mag auch ein wenig Mitleid hineingespielt haben, weil meine Mutter merkte, daß Aurelio noch immer nicht über Adelas Tod hinweg war. Und so kam ein Jahr nach Alvaro ich auf die Welt.

Meine Mutter hörte nicht auf, gegenüber Fremden zu betonen, wie sehr ich nach den Vernets geraten war. Ich besaß ihre plumpen Bewegungen, stieß bei Tisch meinen Milchbecher um, kleckerte mir Soße auf die Kleider und stolperte über den Bordstein, wenn ich die Straße kreuzte. Alle diese Ungeschicklichkeiten quittierte sie mit einem mißbilligenden Kopfschütteln und dem Kommentar: »Ganz wie dein Vater!« Aber mein Bruder Alvaro war in ihren Augen vollkommen. Tatsächlich nahm sie wohl seine große Ähnlichkeit mit ihr so für ihn ein: Er besaß die gleiche wohlgeformte Nase wie sie, ihre marmorne Stirn und ihre makellose Elfenbeinhaut. Als dann ich mit meinem geröteten Gesicht und der gewölbten Stirn meines Vaters das Licht der Welt erblickte, hatte die Natur gesprochen, und es war klar, zu wem ich gehörte.

Was meinen Vater betraf, so betrachtete er mich als Erweiterung seiner selbst. Ich konnte gar nichts falsch machen, weil ich für ihn so war, wie er als Mädchen gewesen wäre. Für ihn bekam das Leben durch mich eine neue Dimension, und Aspekte, die ihm vorher fremd waren, erlebte er aus zweiter Hand mit.

Vater liebte seinen Bechsteinflügel, und an manchen Abenden saß er viele Stunden daran und spielte. Ich lauschte seiner Musik und entdeckte darin eine Macht der Verführung, der ich mich kaum zu entziehen vermochte. Sein Spiel machte mich genauso verliebt in ihn, wie ihm einst meine Mutter erlegen war, und ich stand oft die ganze Zeit daneben und beobachtete seine großen, knochigen Hände, die wie Adler über die Tasten flogen. In diesen Momenten entspann sich ein unsichtbarer Faden aus seinen Tönen und legte sich fest um mein Herz.

Die schwarzen Molltasten waren erhaben und länglich wie winzige Särge; sie trugen alles Leid dieser Welt in sich, und wenn ich mich ihren Klängen hingab, balancierte ich am Saum eines Abgrunds, wie in den letzten Augenblicken, bevor mich abends der Schlaf überkam. Die weißen Tasten dagegen waren eitel Freude und Sonnenschein, eben und breit, wie die Steinplatten in unserem Vorgarten, die unter meinen Füßen dahinflogen, wenn ich Papa mittags ans Gartentor entgegenlief.

Der Bechsteinflügel hatte den weiten Weg von Deutschland nach New York in der »Hindenburg« zurückgelegt. Die Vorstellung, daß unser Klavier in einem wasserstoffgefüllten Luftschiff über den Atlantik geschwebt und anschließend von New York aus per Schiff auf unsere Insel gelangt war, erschien mir sagenhaft. Ich stellte mir vor, zusammengerollt im Bauch des Instruments zu liegen und mit ihm im Zeppelin durch die Lüfte zu fliegen, und das mag der Grund gewesen sein, weshalb ich mich am liebsten unter der äußersten Spitze seiner Schwinge zusammenkauerte und von seiner Musik in den Schlaf säuseln ließ.

Vater hatte Großmutter Adela zuliebe Musik studiert. Es war zwar kein Berufsmusiker aus ihm geworden, aber er spielte leidenschaftlich gern Klavier und erlangte einiges Können in dieser Kunst. Für Adela war die Musik eine Art Religion. »Wenn man Musik hört«, sagte sie zu meinem Vater, »so ist das, als werfe man ein Senkblei in den Brunnen der Seele. Musik ist die einzige Art, sich mit Gott zu verbinden.«

Als meine Eltern heirateten, gab es in La Concordia erst wenige Grammophone, und sie gehörten alle noch zu der Sorte, die hinten mit einer Kurbel aufgezogen werden mußten, bevor aus dem hupenförmigen Trichter eine verzerrte, knisternde Melodie erscholl, die eine Nadel von der Bakelitplatte kratzte. Vielleicht war das der Grund, weshalb die Leute in La Concordia so gerne selbst musizierten. Unser Haus war jedenfalls immer von Musik erfüllt. Wir konnten alle Klavier spielen. Meine Mutter tat es nur zum Vergnügen und hatte nie den Ehrgeiz, eine ernsthafte Musikerin zu werden. Alvaro und ich mußten es erlernen, weil es uns disziplinierte. Und mein Vater spielte, weil er sich nicht eingestehen wollte, daß er Adelas Wunschvorstellung eines Konzertpianisten nie erfüllen würde.

Einmal, als ich sechs Jahre alt war, stellte mein Vater mich auf die Sitzbank vor dem Flügel und hob den gewaltigen Deckel an, bis er hoch über unsere Köpfe aufragte. Dann stützte er ihn auf einen polierten Stab, der oben ein kleines Messinghütchen trug, und zeigte mir die Eingeweide unseres Instruments. Im Kasten lag eine Harfe mit Dutzenden Saiten, die jeweils an einem grünen Filzhämmerchen endeten. Diese erinnerten mich an kleine Spechte, und jeder von ihnen brachte einen Ton zum Erklingen. Schlug man das C an, so pickte das Vögelchen auf die entsprechende Saite, und es ertönte das C beinahe genauso lang, wie man die Taste festhielt.

Acht Jahre lang habe ich Klavier gespielt. Dennoch brachte ich es nicht weit damit. Ich mußte täglich üben, und immer setzte sich Clarissa neben mich auf die Bank. Sie wachte streng darüber, daß ich die Arpeggios von Czerny auch tatsächlich auswendig spielte. Leider war Geduld nie ihre Stärke, so daß sie mich jedesmal in den Arm kniff oder an den Haaren zog, wenn ich einen falschen Ton anschlug. Daher waren am Ende der Übungsstunde regelmäßig meine Arme von roten Flecken übersät und meine Zöpfe offen.

17

Großvater Changuito lebte in Las Bougainvilleas schräg gegenüber von uns. Bis er fünfundsiebzig Jahre alt war, besuchte ich ihn häufig in seinem Haus. Er war ziemlich taub und ging an einem Stock, hatte aber immer noch ein schalkhaftes Funkeln in den Augen und nahm jede Gelegenheit wahr, um mit anderen zu lachen.

Vieles, was ich an Großvater Changuito kennen- und schätzenlernte, muß schon in dem siebzehnjährigen Changuito Vernet gelegen haben, den das Schicksal im Jahre 1896 auf unsere Insel spülte. Das verschmitzte Lächeln, das schelmische Zwinkern. Und manchmal fragte ich mich, ob sein kubanischer Akzent damals noch ausgeprägter gewesen sein mochte. Fünfzig Jahre später konnte man ihn jedenfalls noch deutlich hören, und kubanische Begriffe wie *congrí* für schwarze Bohnen mit Reis, oder *fruta bomba* als Bezeichnung der Papaya, hatten in seinem Wortschatz überlebt. Ich kann mich auch gut seiner Warnung entsinnen, nie den Ausruf »*Qué vaina!*« in den Mund zu nehmen, der in Kuba etwas schrecklich Unanständiges bedeutete, besonders wenn eine Frau ihn benutzte. Meinem Wörterbuch zufolge hieß »vaina« Hülse oder Schote; daß auch die weibliche Vagina damit gemeint sein konnte, erfuhr ich erst sehr viel später.

Changuito liebte Tiere. Wenn er nach Südamerika reiste, um die Mahlwerke von *Vernet Construction* in den Zuckerraffinerien zu montieren, brachte er Affen, Faultiere und einmal sogar ein Jaguarbaby mit. Auf dem gelben Hügel oberhalb des Steinbruchs, der den Kalkstein für die Zementfabrik lieferte, züchtete er Schafe, und als ich acht Jahre alt wurde, wünschte ich mir von ihm zum Geburtstag ein Lamm.

Er suchte eines aus und ließ es baden, bürsten und parfümieren, um es anschließend mit einer roten Schleife am Hals als Geschenk zu meiner Feier mitzubringen. Als Serafina ein ausgewachsenes Schaf war und jeden, der ihr in den Weg kam, mit dem Kopf anstupste, beschloß meine Mutter, sie zu schlachten. Kaum hatte Großvater das erfahren, stand er vor unserer Tür und ermahnte mich: »Man ißt seine Freunde nicht auf. Serafina hat dich glücklich gemacht, deshalb solltest du ihr das Leben lassen.« Dann holte er das Schaf und beförderte es in seinem Wagen auf die Weide zurück.

Changuitos deutsche Schäferhunde, Siegfried und Gudrun, durften unter seinem Bett schlafen. Jeden Morgen frühstückten sie mit ihm, und wenn sie hochsprangen, um die milchkaffeegetränkten Brotbrocken aus der Luft zu schnappen, spritzten sie jeden naß, der mit am Tisch saß. Manchmal krabbelten Changuito auch Hundeflöhe die Hosenbeine hoch, aber das war ihm gleichgültig. Darin unterschied er sich grundlegend von Großvater Alvaro, der stets tadellos zurechtgemacht gewesen war, in frisch gestärkten und gebügelten Kleidern, und zu allen Leuten einen gewissen Abstand gehalten hatte.

Großvater Changuito spielte in meiner Kindheit eine wichtige Rolle. Als Tante Celia in die USA ging, um Missionarin zu werden, war Changuito sehr betrübt, denn Celia war die Frohnatur der Familie und hatte das Haus stets mit Heiterkeit gefüllt. Außerdem verband ihn mit ihr ein lausbübischer Humor, den die übrigen Vernets nicht teilten. Als meine Cousins und ich alt genug waren, um an eine weiterführende Schule in die USA zu gehen, bat Großvater meine Eltern darum, mich dazubehalten.

Wir verbrachten nämlich eine Menge Zeit miteinander. Changuito spielte für sein Leben gern Domino und lehrte mich die unterschiedlichen Regeln. Manchmal machten wir Ausflüge in sein Häuschen in den Bergen, saßen auf dem nackten Boden und verspeisten die frischen Erdbeeren von seinem Beet. Als einziges Enkelkind kam mir die Ehre zu, mit einem Foto in seiner Brieftasche vertreten zu sein, das mich inmitten eines Lilienfeldes darstellte. Er erzählte mir, er habe bei meiner Geburt darauf bestanden, daß ich Elvira genannt wurde. Seine Mutter hatte so geheißen, und er bedauerte, sie nie wieder gesehen zu haben, bevor sie auf Kuba gestorben war. Aber als Erwachsene ging ich nur noch ganz selten zu ihm. Es muß ihm das Herz gebrochen haben, aber er beschwerte sich nie darüber. Er war mein erster sitzengelassener Liebhaber.

Das hatte seinen Grund, wie beinah alles. 1951, als ich in der Schule des »Heiligen Herzens« die achte Klasse besuchte, war mein Leben angefüllt mit all den Unternehmungen der Mädchen meines Alters: Partys und Picknicks, Besuche bei Freundinnen, Gespräche über Jungen, aber auch Ballettstunden. Eines Tages kam Changuito ins *Teatro Atena*, um mir beim Tanzen zuzusehen, und stellte fest, daß es mir mit dem Ballett ernst war. Er kannte mich besser als meine Eltern und geriet mächtig in Aufregung. »Sie ist sehr eigensinnig«, warnte er sie, »sie will Tänzerin werden und wird dazu einen Weg finden. Ihr müßt sofort etwas unternehmen, um es zu verhindern.« Meine Eltern nahmen mich unverzüglich von der Ballettschule.

Das habe ich Großvater Changuito nie verziehen. Einen ganzen Monat lang weinte ich mir die Augen aus dem Kopf und wollte mit niemandem sprechen, bis ich auf die Idee kam wegzugehen. Ich fing an, meine Eltern zu bedrängen, sie mögen mich auf die weiterführende Schule nach Boston schicken. Ich tat es wohlwissend, daß mein Weggang für Changuito sehr schmerzvoll sein würde. Aber ich wollte ihm heimzahlen, was er mir mit der Ballettschule angetan hatte. Ich war erst dreizehn und sprach nicht fließend Englisch, obwohl ich es im »Heiligen Herzen« einigermaßen zu lesen gelernt hatte. Ein Abschied von zu Hause und den Freunden hätte mich eigentlich erschrecken müssen, aber rückblickend kann ich mich nicht daran erinnern, Furcht gehabt zu haben.

Schließlich erklärten sich meine Eltern einverstanden, mich in die USA zu schicken. Als dann die Frage aufkam, welche Schule für mich die geeignete sei, schlug Changuito eine protestantische vor, weil es nach seinem Urteil keine erstrangige katholische Mädchenschule in den Vereinigten Staaten gebe. Das erzählte ich meinen Lehrerinnen im »Heiligen Herzen« und stieß auf helles Entsetzen. Die Nonnen fürchteten nämlich, daß die Protestanten mich vom rechten Glauben abbringen könnten. Doch Changuito versicherte mir, daß es nicht nur eine Religion gebe, sondern viele, und daß das zu erkennen eine Fähigkeit sei, die mich als eine echte Vernet auszeichnen würde.

Ich wurde an die Danbury Hall geschickt, ein protestantisches Mädcheninternat in Newton, Massachusetts, und war sehr glücklich dort. Vier ganze Jahre blieb mir samstags die Beichte erspart, und ich durfte mir meine Sünden selber eingestehen, ohne sie einem Priester ins Ohr flüstern zu müssen. Sonntags konnte ich ausschlafen, statt zur Messe zu gehen, weil wir freitagabends Vesper hielten. Dabei sangen wir Kirchenlieder und brauchten nicht zu knien. Und wenn die Protestanten das Vaterunser beteten, fügten sie ein kleines Anhängsel hinzu: »Denn Dein ist das Reich und die Kraft und die Herrlichkeit in Ewigkeit, Amen«, was die Katholiken nie taten. Das sprach ich eifrig mit, und verspürte nicht die geringsten Schuldgefühle: Ich war eine echte Vernet geworden.

Teil V

Vier Brüder

»Aber die Linie unserer Vorfahren reicht weiter zurück, bis ins Unendliche; bei jedem von uns reicht sie zurück bis zum allerersten Anfang; in unserem Blut, unseren Knochen, unseren Köpfen ruht die Erinnerung an Tausende lebender Wesen.«
V. S. Naipaul, »Ein Weg in der Welt«

1

Bis 1948 hatten die Vernet-Brüder so viel Geld verdient, daß Aurelio, Ulises, Roque und Damián ins vornehmste Wohnviertel der Stadt, Las Bougainvilleas, umzogen. Alle vier ließen sie sich Betonhäuser im sogenannten Hollywoodstil errichten, mit Schrägdächern aus roten Dachziegeln, mit Stuck versehenen, weißgetünchten Wänden, kühlen, als Oasen der Frische mit Brunnen und Arkaden gestalteten Innenhöfen und nach vorn großen Rasenflächen, auf denen Orchideen, roter Jasmin, Ylang-Ylang-Bäume und zahlreiche weitere exotische Blumen und Sträucher wuchsen. Die Vernethäuser standen auf einem ehemaligen Zuckerrohrfeld und reihten sich wie vier in Eleganz und Pracht miteinander wetteifernde Prunkwagen in der Avenida Cañafístula aneinander.

Unser Haus wurde als erstes fertig. In Las Bougainvilleas bewohnten wir zum ersten Mal ein Betonhaus; wir fühlten uns fast wie in den USA und waren endlich vor Feuersbrünsten, Orkanen, Termiten und allen sonstigen Plagen der Tropen sicher.

Während des Hausbaus fuhr ich täglich vor der Schule von der Calle Virtud aus mit meinem Vater zu unserem zwei Morgen großen Bauplatz in der Avenida Cañafístula, außerhalb der Stadt. Die Arbeiter waren schon zur Stelle. Sie warteten auf uns, und wenn wir aus dem Wagen stiegen, fingen sie an, Zement in einen runden Graben zu schütten. Sie gaben drei Teile Sand und einen Teil Kies hinzu und begossen den kleinen grauen Vulkan mit einem Wasserschlauch. Sorgfältig vermengten sie die Zutaten des Betons, indem sie immer vom Rand hin zur Mitte schaufelten. Bis auf die graue Farbe ähnelte die Masse sehr einem Kuchenteig aus Mutters Küche. Die Arbeiter bildeten eine Kette und reichten die vollen Betoneimer von Hand zu Hand, um am Ende mit Holzbrettern vorgeformte Schalungen, aus denen zahllose Eisenstangen aufragten, damit auszugießen. Nach einer Woche konnten die Bretter entfernt werden, und wie durch Zauberei kam darunter ein neuer Raum zum Vorschein – ein Schlafzimmer, das Wohnzimmer oder die Küche.

Unser Haus besaß zwei Flügel, die im rechten Winkel aneinander stießen; der eine beherbergte den Wohnbereich, der andere die Schlafzimmer. Auf der Gartenseite erstreckte sich über beide Flügel ein langer, offener Bogengang mit einem Schrägdach von mindestens sechs Meter Höhe. Seine Decke war dunkeltürkis gestrichen, als hätte Aurelio La Concordias tiefblauen Himmel darüber aufspannen wollen. Das Haus war umgeben von einem Garten mit einer großen Rasenfläche, welcher aufgrund der seltenen Regenfälle unaufhörlich gesprengt werden mußte. Er war üppig mit Königspalmen, Eichen und Mahagonibäumen bepflanzt, dazu mit Myrten, rotem Jasmin und Nachtkerzen, deren Duft im rauschenden Laub von Bäumen und Sträuchern hing, sobald sich ein Lüftchen regte.

Der Garten war Clarissas Hobby, und ihr Schlafzimmerfenster öffnete sich direkt zu ihm hin. Jeden Morgen nach dem Aufstehen lehnte sie sich noch im Nachthemd aus dem Fenster und gab dem alten Gärtner, der seit vielen Jahren in unseren Diensten stand, ihre Anweisungen: Dort hinten eine Myrtenhecke zurückschneiden, da vorne den roten Jasmin gießen. Es waren für sie die glücklichsten Augenblicke des Tages, und sie brachte halbe Vormittage damit zu, ihren Garten in der Avenida Cañafistula als ein getreues Abbild des Gartens auf Emajaguas zu gestalten.

Wer abends an unserem Haus vorbeikam, konnte häufig Liszt, Schubert, Chopin und Beethoven hinter der Gartenmauer erklingen hören. An den Samstagen fanden nämlich regelmäßig Hauskonzerte bei uns statt, und unsere Freunde kamen, um Vaters oder Mutters Klavierspiel mit der Geige, der Viola und der Flöte zu begleiten. Während dieser Konzerte wurde von mir verlangt, stundenlang im Wohnzimmer – wie in einer Kirche – stillzusitzen und unter keinen Umständen meinen Platz zu verlassen oder das Spiel zu unterbrechen. Klassische Musik galt als göttlich, und ihre absolute, unnachahmliche Schönheit kannte keine Gnade.

Es war meinen Eltern ein Greuel, wenn ich auf meiner Victrola populäre Musik abspielte, wie die Boleros von Rafael Miñoz, gesungen von Bobby Capó, oder die *guarachas* und *mambos* von Mingo und seinen Whoopee Kids, oder das Trío Vegabajeño und La Sonora Matancera. Meine Mutter übte morgens Klavier und Vater nachmittags, wenn er von der Arbeit heimkam. Sie spielte Werke von Chopin, die mir so sehr unter die Haut gingen, daß ich ganz schwach wurde und in Ohnmacht zu fallen drohte, während Vaters Musik – Beethovens Klavierkonzert Nr. 5, Liszts Sonate Nr. 123, Chopins Konzert Nr. 2 – immer erhaben war und so volltönend, daß die Sonne an unserem Fenster ihre Strahlkraft zu verdoppeln schien. Mutter liebte Chopins Präludien, und besonders jene, die er in Valdemosa komponiert hatte, wo er – bereits stark schwindsüchtig – eine Zeitlang mit George Sand gelebt hatte. Sobald Clarissa sie zu spielen begann, mußte ich nach Atem ringen, Hände und Füße wurden mir kalt und mir war, als würde ich jeden Augenblick Blut spucken. Dann rannte ich auf mein Zimmer und griff hastig nach einem Tarzanband von Edgar Rice Borroughs, dem einzigen Mittel, das diesem Zustand abzuhelfen und meine Lebensgeister wieder zu erneuern vermochte.

Mein Vater zog sich in die Musik zurück, ich in die Lektüre.

Als Kind las ich leidenschaftlich gerne, und es dauerte nicht lange, da hatte ich Vaters Bibliothek im zweiten Stockwerk über den Schlafzimmern ausfindig gemacht. Ich schlüpfte hinein, zog einen Roman aus den Regalen und schlich auf Zehenspitzen zum schmalen Balkon des Gästezimmers. Dort befand ich mich in völliger Sicherheit. Fenster und Läden waren stets geschlossen, um zu verhindern, daß Staub hineingelangte und die Vorhänge oder der Bettüberwurf im Licht ausbleichten. Ich schwebte über dem Garten und sah durch das schmiedeeiserne Geländer unter mir den Rasen wie eine leuchtendgrüne Lagune, während sich über meinem Kopf vom rotgedeckten Giebel die violette Blütenkaskade einer Bougainvillea ergoß.

Ich preßte mich ans Geländer, um die Türflügel hinter mir zu schließen, setzte mich auf den Boden, schlug mein Buch auf und begann zu lesen. Während ich in meinem Versteck hockte wie ein Vogel im Nest, schloß ich Bekanntschaft mit Emma Bovary, Eugénie Grandet, Catherine und Heathcliff, Jane Eyre, Tom Sawyer, Cyrano de Bergerac, Don Quijote und zahllosen anderen Helden und Heldinnen, die mich mein ganzes Leben lang begleiten sollten. Oft hörte ich, wie meine Mutter und die Dienstmädchen mich zu meinen Hausaufgaben, zum Klavierüben oder zum Baden riefen und überall nach mir suchten, ohne mich je zu entdecken. Des Lesens müde, stand ich auf, ließ meine Blicke über La Concordia schweifen und fragte mich, was sich in all seinen Häusern wohl zutragen mochte, wieviel Romanstoff tagtäglich dort gespielt wurde.

Einmal stieß ich in einer ungekürzten Ausgabe von »Tausend und eine Nacht« auf eine Passage, die in etwa so lautete: »Als Jasmin, die Tochter des Sultans, Aladin zur Frau versprochen war, führten die Haremsdamen sie in die Bäder und rasierten ihr die Scham, so daß sie rosafarben und glatt wurde wie eine flache Hand.« Das gab mir Rätsel auf, und ich zerbrach mir den Kopf über den Sinn dieser Handlung. Schließlich lief ich hinunter zu Großmutter Valeria, die gerade zu Besuch war, und las ihr den Abschnitt vor. Sie war schockiert, entriß mir das Buch und gab es Vater, damit er es wegschloß.

»Fortunata y Jacinta« von Don Benito Galdós war eines meiner Lieblingsbücher, und ich las es fast ausschließlich in meinem Versteck. Es erzählte die Geschichte zweier Mädchen. Fortunata ist eine aufsässige Hühnermagd, die sich über sämtliche gesellschaftlichen Konventionen hinwegsetzt und ihren Liebhaber, einen *señorito* aus besserem Hause, mit rohen Eiern füttert, bevor sie sich im Heuschober von ihm lieben läßt. Jacinta, die höhere Tochter, die der *señorito* schließlich heiratet, ist dagegen eine Frau, die ohne jeden Widerstand demütig den Platz annimmt, den ihr die Gesellschaft zuweist. Sie stirbt jung, aber im Frieden mit sich und der Welt. Ich identifizierte mich natürlich sofort mit Fortunata, und als Mutter mich fragte, in welcher Verkleidung ich zum Karneval in La Concordias Casino gehen wollte, zeigte ich ihr das Buch, das ich gerade las, und bat sie, mich als Hühnermagd zu kostümieren, die ihren Liebhaber mit rohen Eiern füttert. Mutter ohrfeigte mich, nahm mir das Buch weg und verbot mir, in jenem Jahr am Karnevalsball teilzunehmen. Nach diesen beiden Erlebnissen war ich schlauer geworden und weihte niemanden aus der Familie mehr in meine Lektüre ein.

Eines Tages kramte ich in den alten Büchern und entdeckte die Alben, die Mutter für meinen Bruder und mich als Babys angelegt hatte. Alvaros Album war wunderschön. Es hatte einen Einband aus blauer Seide mit der Abbildung eines Babys, das eine winzige goldene Krone auf dem Kopf trug. Tag für Tag hatte Mutter Alvaros Entwicklungsschritte darin festgehalten: Wann er sich zum erstenmal in seiner Wiege aufgesetzt hatte, wann er zu zahnen begonnen, zum ersten Mal die Treppenstufen gemeistert und die ersten Worte gestammelt hatte. Dazu gehörte eine Schachtel, die eine Locke mit einem hellblauen

Schleifchen von Alvaros dunklem Haar enthielt, seine ersten Schuhchen, die zur Haltbarkeit einen bronzenen Überzug erhalten hatten, seine Taufurkunde, seine ersten Schulzeugnisse, die Siegesurkunden aus seiner Schulzeit und sogar das Stoffbuch, aus dem er mit Clarissa das Lesen gelernt hatte. Ein solches Buch war mir überhaupt noch nie begegnet; es war anschmiegsam und weich wie ein Kuschelkissen, und ich verliebte mich augenblicklich darin. Doch als ich Mutter fragte, ob ich damit spielen dürfe, antwortete sie: »Nein, das war Alvaros erstes Buch«, entwand es behutsam meinen Händen und legte es in die Kiste zurück.

Mein Album besaß einen rosafarbenen Seideneinband und war mit einem handgemalten Storch verziert, der ein Baby im Schnabel trug. Als ich es aufschlug, pochte mein Herz vor freudiger Erregung. Aber nach den ersten wenigen Eintragungen – dem Krankenhaus, in dem ich geboren wurde, meiner Geburtsstunde und dem Namen von Mutters Geburtshelfer – waren die Seiten jungfräulich leer. Nicht die geringste Angabe war ihnen zu entnehmen, manchen entströmte sogar noch der Geruch nach neuem Papier. Mir war, als hätte der Storch mich aus dem Schnabel fallen lassen und ich stürzte ins Bodenlose.

Als ich mich wieder gefaßt hatte, beschloß ich, die unbeschriebenen Seiten selbst zu füllen. Zwei oder drei Wochen lang setzte ich meiner Mutter mit Fragen zu wie: »Wann habe ich laufen gelernt?«, »Wie lautete mein erstes Wort?«, »Wie alt war ich, als ich lesen lernte?« Dann schnitt ich mir eine Haarsträhne ab, band eine Schleife darum und klebte sie mit einem Klebestreifen ins Album. Ich stöberte ein altes Paar Babystiefelchen auf und bat Clarissa, trotz der Ungewißheit, ob es meine ersten waren, sie in Bronze zu tauchen, wie sie es für meinen Bruder getan hatte. Clarissa übergab sie in meinem Beisein Vaters Sekretär und forderte ihn auf, sie an die Babyabteilung von Macy's in New York zu schicken, »damit sie irgend etwas zur

Konservierung draufschmieren«. Ihr ironischer Unterton entging mir dabei nicht, aber er ließ mich gleichgültig. Ich fahndete weiter nach den fehlenden Unterlagen, bat Tante Celia um eine Abschrift meiner Taufurkunde, besorgte mir aus der Grundschule Kopien meiner ersten Zeugnisse, suchte das ganze Haus nach den Fotos ab, die mein Vater als Baby von mir gemacht hatte, und klebte sie in mein Album. Als es endlich fertig war, war es genauso vollständig wie das meines Bruders, und es kam mir vor, als hätte ich mir selbst noch einmal das Leben geschenkt.

Mutter war wunderschön. Ich kann mich entsinnen, daß ich mir sehnlich wünschte, so auszusehen wie sie, obwohl ich wußte, daß ich das genaue Abbild meines Vaters war – schließlich hielt sie mir das ja oft genug vor. Die Geschichten von Mutters brillanter Schullaufbahn, daß sie im »Heiligen Herzen« von Guayamés als Klassenbeste das Abitur gemacht und bei ihrem Abgang von der puertoricanischen Universität in Río Piedras als Vertreterin des ganzen Jahrgangs auf der Bühne eine Rede gehalten hatte, gehörten zum Mythenschatz meiner Familie. Alvaro war wie sie, er schrieb nur gute Noten und war immer unter den Besten. Was mich betraf, so schrieb ich gute, mittelprächtige und schlechte Noten, mal befand ich mich unter den Stärksten, mal unter den Schwächsten. Da half kein Wünschen und kein Beten: Ich hatte weder die wohlgeformte Nase der Rivas de Santillanas geerbt, noch würde ich je Clarissas scharfen Verstand besitzen.

Als Kind hatte ich Angst, meine Mutter zu verlieren. Wenn wir nach Emajaguas fuhren, fürchtete ich jedesmal insgeheim, sie könnte dableiben und mich mit Cristóbal in unserem Wagen alleine nach La Concordia zurückschicken, wo ich dann Vater erklären müßte, weshalb sie nicht dabei war. Andere Male bekam ich Panik bei dem Gedanken, daß meine Eltern mich vergessen und irgendwo zurücklassen könnten – besonders nach meinem Abenteuer auf dem Weg zur Berg- und Talbahn von Coney Island.

Ich war sieben, als wir das erste Mal nach New York fuhren. Es war im Herbst 1945, unmittelbar nach Kriegsende, und die Stadt war durchdrungen von einer optimistischen Stimmung. Wir hatten im Essex House ein herrliches Zimmer mit Blick auf den Central Park. Um die Ecke befand sich eine Cafeteria, die wir gern und oft besuchten. Anstelle von Kellnern und einer Theke mit verzinkten Barhockern reihten sich dort, wie auf einem Postamt, bronzene Kästen an die Wände. Wenn man ein Zehncentstück hineinwarf, entriegelte sich ein verglastes Klapptürchen, und man konnte nach Belieben ein Stück Zitronenkuchen, ein Schinken- und Käsesandwich oder einen glänzenden, rotwangigen Apfel entnehmen. Wir besichtigten das Metropolitan Opera House, die Carnegie Hall, die Freiheitsstatue und das Empire State Building, das kaum wahrnehmbar unter unseren Füßen schwankte, während wir von der Aussichtsterrasse über die Stadt blickten und Vater mir erzählte, daß es ursprünglich als Landeplatz für Luftschiffe geplant war. Was mir indes am allerbesten gefiel, war die Berg- und Talbahn auf Coney Island, wo Vater gleich zweimal mit mir hinfuhr. Das erste Mal war herrlich. Das zweite ein Alptraum.

Wir stiegen in eine rote Gondel, ließen uns vom Aufseher eine Eisenstange über die Knie legen und schaukelten los, um erst eine Stunde später wieder festen Boden unter die Füße zu bekommen. Denn mein Vater löste jedesmal, wenn die Bahn an der Halteplattform zum Stehen kam, zwei weitere Fahrkarten, und wir schwebten erneut ganz sachte den steilen Berghang hinauf. Oben hielt die Gondel für einige Augenblicke inne, die uns gestatteten, das Panorama des Palisades Park und des Atlantischen Ozeans zu bestaunen, um sich dann, wie im freien Fall, kopfüber in den Abgrund zu stürzen und uns mit ihrer Geschwindigkeit zu berauschen.

Am folgenden Samstag bat ich Vater, noch einmal mit mir nach Coney Island zu fahren; diesmal wollte meine Mutter uns begleiten. Wir lieferten Alvaro bei meinen Cousins ab und nahmen in der Innenstadt die U-Bahn. Ein paar Stationen vor Coney Island machte ich mich von Vaters Hand los und stellte mich alleine an die Tür. Meine Eltern waren so in ihr Gespräch vertieft, daß sie es nicht wahrnahmen. In der U-Bahn herrschte aber ein reger Wochenendverkehr, und an der nächsten Haltestelle strömten so viele Fahrgäste nach draußen, daß ich auf den Bahnsteig geschoben wurde. Ehe ich mich versah, war der Wagen wieder gedrängt voll und ich paßte nicht mehr hinein. Das Signal ertönte, die Türen schlossen sich automatisch und die Bahn setzte sich mit einem ohrenbetäubenden Getöse in Gang. Voller Schrecken sah ich sie ohne mich abfahren, während meine Eltern, die inzwischen mein Fehlen bemerkt hatten, mir krampfhaft aus dem Fenster zuwinkten und mir irgendwelche unverständlichen Zeichen gaben. Ich setzte mich auf den Bahnsteig und fing an zu weinen.

Meine Eltern sind bei der nächsten Station ausgestiegen und haben sofort die Polizei verständigt. Zehn Minuten später erschienen zwei Beamte auf dem Bahnsteig und fragten mich nach meinem Namen. Einer von ihnen nahm mich auf seine Schultern und trug mich zur nächsten Wache, wo meine Eltern bereits auf mich warteten. Noch lange danach hatte ich Alpträume von Vater und Mutter, die mit der U-Bahn davondonnerten, während sie lächelnd durch das Fenster winkten und mich auf dem Bahnsteig stehenließen.

2

Das Produkt eines Zementwerks ist ständigen Qualitätskontrollen unterworfen. Diese bestehen unter anderem darin, daß ein kleiner Zementkegel sechsunddreißig Stunden nach seiner Aushärtung in einer hydraulischen Prüfmaschine einem Druck von dreitausend Pfund ausgesetzt wird. Hält der Kegel diesem nicht stand, deutet das auf einen Fehler im Mineralgemisch hin, z. B. einen zu hohen Kalk- oder einen zu niedrigen Kiesanteil, oder auf eine Unregelmäßigkeit der Ofentemperatur beim Verschmelzen von Sand und Kalk zu Klinker, diesen schwarzglänzenden Steinen, die anschließend zu Zementpulver vermahlen werden und deren Name genauso klingt wie das Geräusch ihres Zusammenpralls.

Nicht alle Mitglieder meiner Familie vermochten dem Druck, Vernets zu sein, standzuhalten. In gewisser Weise fielen Onkel Roque und Onkel Damián *Cementos Estrella* zum Opfer, aber ebenso meine Mutter.

Seit sie von Emajaguas fortgezogen war, hatte sich Mutters Welt radikal geändert: Die Landwirtschaft war aus ihrem Leben verschwunden, die prächtigen Zuckerrohrfelder von Guayamés, die sie auf dem Pferderücken durchstreift hatte, lagen brach und waren von Unkräutern überwuchert, und ihre Nerven waren zerrüttet. Vaters Fabrik hatte noch nie ihr Interesse geweckt, obwohl der Zement die Grundlage war für das Dasein, das sie in seinem Schatten fristete. Was mich betraf, so schwor ich mir, mich nie dem Druck, eine Vernet zu sein, zu beugen, damit mich nicht dasselbe Schicksal ereilte wie meine Mutter.

Deshalb verkündete ich ihr einmal als Kind im Brustton der Überzeugung: »Wenn ich groß bin, werde ich selbst einen Beruf haben. Ich werde Ärztin, Geschäftsfrau, Journalistin oder vielleicht Landwirtin werden, aber bestimmt keine Hausfrau!«

»Sag nur«, erwiderte sie, und ihr Mund verzog sich zu einem ironischen Lächeln. »Na, warten wir's ab, Fräulein Unabhängigkeit.«

Nach ihrem Weggang von Emajaguas wurde Clarissa nie wieder berufstätig. Mein Vater hätte nie zugelassen, daß Clarissa arbeitete. Er war der Meinung, daß sie sich auf diese Weise nur zum Gespött der Leute machen und ausgelacht werden würde. »Du willst tatsächlich arbeiten? Aber wieso denn?« fragte er ungläubig, sobald sie das Thema anschnitt. »Damit du jeden Tag um sieben Uhr aufstehen und pünktlich bei irgendeiner Schule sein mußt, um den ganzen Vormittag einem Haufen teilnahmsloser Teenager etwas über Geschichte oder Landwirtschaft beibringen zu wollen?« Wenn sie dann antwortete: »Weil ich etwas Eigenes brauche, worauf ich stolz sein kann«, wandte er ein: »Aber du bist doch eine Vernet, genügt dir das denn nicht?« Und er bedachte Mutter mit einem mißbilligenden Blick.

Mein Vater war sich der Gefahr, die seine politischen Aktivitäten für uns bedeuteten, durchaus bewußt. Daher versuchte er, Mutter so gut wie möglich zu beschützen, und machte damit alles nur noch schlimmer. Er umgab sie mit Dienstboten und redete ihr jeden Gang in die Stadt aus; statt dessen sollte sie lieber zu Hause bleiben und sich um ihren herrlichen Garten kümmern. Er sorgte dafür, daß Cristóbal, der groß und kräftig war, sie in unserem neuen blauweißen Cadillac überallhin fuhr. Clarissa fügte sich Aurelios Vorschriften, und bis auf ihre Besuche auf Emajaguas verlor sie allmählich den Kontakt zur Welt außerhalb ihrer Gartenmauern.

Mutter und ich verbrachten in Las Bougainvilleas kaum Zeit miteinander. Ich kann mich nicht entsinnen, sie je im Badeanzug gesehen zu haben oder mit ihr barfuß am Strand spazierengegangen zu sein. Mein Vater hingegen brachte mir das Schreiben und Lesen bei, übte mit mir Fahrradfahren und erteilte mir Schwimmunterricht. Meine Mutter hatte einen Nähclub, *Las Tijerillas*, der sich allwöchentlich in unserem Haus zusammenfand, um Kochrezepte und den neuesten Klatsch auszutauschen. Obwohl sie weder studiert hatten noch zu La Concordias Zuckeraristokratie gehörten, waren die Mitglieder dieses Clubs Mutters Freundinnen. Sie stammten aus der Mittelschicht, waren zum überwiegenden Teil die Gattinnen der Abteilungsleiter, Verkaufsmanager und Techniker von *Cementos Estrella*, und versahen alle ihren Haushalt ohne fremde Hilfe. La Concordias vornehme Damenwelt, die zum Einkaufen nach Miami flog und ein von *Honeys* und *Darlings* wimmelndes »Spanglisch« sprach, war meiner Mutter zuwider.

Wenn mein Vater eine Reise unternahm, kam er nie ohne zwei wunderhübsche Mitbringsel zurück – eines für mich und eines für meine Mutter. Von einer Geschäftsreise nach Mexiko brachte er ihr einen entzückenden, mit Türkisen besetzten silbernen Armreif mit, und mir genau den gleichen in klein. Als er einmal auf die Insel Margarita vor der venezolanischen Küste fuhr, kaufte er ihr ein großartiges Kruzifix aus Süßwasserperlen und mir ein entsprechendes in Kleinformat. Ich hütete Vaters Schmuck als Unterpfand seiner Liebe zu mir.

Meine Mutter liebte meinen Vater, aber das überbehütete häusliche Leben, das sie in Las Bougainvilleas zu führen gezwungen war, höhlte ihr Selbstwertgefühl aus. Mein Vater seinerseits vergötterte meine Mutter, aber seine Liebe hatte einen blinden Fleck. Ich erinnere mich an einen Samstagmorgen, an dem ich den antiken provenzalischen Stuhl in Mutters Schlafzimmer mit Tinte bekleckste. Während ich an ihrem marmorgedeckten Frisiertisch, der ihr auch als Sekretär diente, meinen Füller aufzog, stieß ich aus Ungeschicklichkeit das Tintenfaß um. Ich versuchte, den Schaden zu beheben, indem ich das Sitzpolster mit Milch auswusch, aber dadurch breitete sich der Fleck über den gesamten Seidenbezug aus. Als Mutter vom Einkaufen nach Hause kam und das Malheur entdeckte, wurde sie wütend. Sie ohrfeigte mich, beschimpfte mich als Trampel und erteilte mir für den Rest des Tages Stubenarrest. Aber Vater lachte bloß und wies sie darauf hin, daß es sich doch nur um einen Stuhl handelte und ich schließlich nichts anderes getan hatte, als den Versuch unternommen, meine Hausaufgaben zu erledigen: Sie sollte nicht so übertreiben. Da geriet meine Mutter vollkommen aus der Fassung, brach in Tränen aus und schloß sich in ihrem Zimmer ein. Ich entschuldigte mich durch die geschlossene Türe, aber insgeheim frohlockte ich. Mein Vater und ich blieben vor dem Zimmer stehen, und während wir warteten, daß sie wieder herauskam, hielt ich Vaters große, knochige Hand in meiner. Als Clarissa gar nicht mehr zu schluchzen aufhörte, blinzelte mir mein Vater zu, gab mir einen Kuß auf die Wange und schloß mich wieder in meinem Zimmer ein. Ich fühlte mich verraten.

Ein anderes Mal fuhren wir drei zu Großmutter Valeria nach Emajaguas und übernachteten dort. Mein Bruder Alvaro war nicht mitgekommen, weil er an einem Baseballspiel teilnahm. Als ich morgens aufwachte, entdeckte ich, daß meine Monatsblutung eingesetzt hatte. Ich haßte sie, weil sie mich daran hinderte, schwimmen zu gehen, Ball zu spielen, auf die Bäume zu klettern und überhaupt mich zu benehmen wie ein Junge, was ich nämlich gewöhnlich tat. Ich schloß mich im Badezimmer ein, wusch die Schlafanzughose aus und hängte sie zum Trocknen über die Vorhangstange. Ich hatte beschlossen, so zu tun, als sei nichts. Anstatt meine Mutter um eine Packung Binden zu bitten, stopfte ich mir Toilettenpapier in den Schlüpfer und lief zum Spielen in den Garten hinaus.

Nach dem Mittagessen fuhren wir wieder nach Hause, Vater saß am Steuer. Als wir schon eine Stunde unterwegs waren, fragte Mutter mich, etwa auf halber Strecke nach Las Bougainvilleas, ob ich meinen neuen Schlafanzug eingepackt habe. »Ich habe ihn auf Emajaguas vergessen«, antwortete ich. »Ich habe heute nacht meine Regel bekommen und mußte ihn auswaschen.« Meine Mutter wurde blaß vor Zorn und grub mir die Fingernägel in den Arm. »Wir müssen zurückfahren und ihn holen. Aurelio, kehre bitte um.« Vater versuchte, sie zu beruhigen: »Wir können ihn mitnehmen, wenn wir nächstes Mal hinfahren, Liebling. Das muß doch nicht jetzt sofort sein.« Aber meine Mutter tobte. »Wieso bist du immer so schlampig und hast nie deine Siebensachen beieinander!« schnauzte sie mich an.

Ohne unserem Gezeter Beachtung zu schenken, fuhr mein Vater weiter, indem er nur nach vorne sah. Aber als sich die erste Gelegenheit bot, wendete er den Wagen und kehrte nach Emajaguas zurück. Ich war in Tränen aufgelöst, nicht wegen Mutters Zurechtweisung, sondern weil ich sicher war, daß mein Vater Clarissa mehr liebte als mich.

3

1956 trat Onkel Venancio mit folgendem Vorschlag an Vater heran: »Die Leute sind es überdrüssig, mich für das Amt des Gouverneurs kandidieren zu sehen. Du bist ein neues Gesicht, und ich glaube, unsere Partei hätte bessere Chancen, wenn du dich bei der nächsten Wahl aufstellen läßt. Ich würde mein Amt als Parteipräsident auf jeden Fall beibehalten und mich um die Strategie und die Organisation kümmern. So könnten wir die Partei gemeinsam in Schwung halten.«

Es war nicht von der Hand zu weisen, daß Venancio als Politiker ausgebrannt war, aber nicht aus den von ihm genannten Gründen. Vielmehr hatten die Wähler das Vertrauen in ihn verloren, weil er immer noch seinen schmutzigen Handel mit den Zuckerbaronen trieb. Aurelio war sich darüber inzwischen im klaren, aber die republikanische Partei trat nun mal als einzige vehement für die Eingliederung Puerto Ricos in die USA ein, und dieser galt sein ganzes Bestreben. Also sah er um der heiligen Sache willen über Venancios Bestechungsmanöver hinweg und ließ sich von der republikanischen Partei als Kandidat für das Amt des Gouverneurs aufstellen.

Nun galt es, das Mammutprogramm des Wahlkampfs zu bewältigen, das von Aurelio forderte, über die ganze Insel zu reisen und zahllose Reden zu halten. Da die Demokraten vorzüglich organisiert waren und mit einem fundierten Wahlprogramm antraten, würden sie sehr schwer zu besiegen sein. Für meine Mutter war dies eine Zeit des Schreckens: Bei jeder Wahlveranstaltung bangte sie um Vaters Sicherheit. Seine Abwesenheit war für sie eine Tortur, und nachts wälzte sie sich schlaflos im Bett herum.

Vater wurde zum Politiker, zum Prominenten und zuweilen zum Schauspieler einer wahren Seifenoper. Sobald er ans Podium trat, schlüpfte er in die Rolle des »Vaters der Nation«; Kinderchöre trällerten sein Wahlkampflied: »Papa Vernet, wir wollen die Eingliederung!« Und Aurelio schwelgte im Bad der Menge. Mich packte jedesmal die Wut, wenn ich das Lied hörte: Mein Papa gehörte mir, aber dieser törichte Kehrreim verwies mich in die Rolle einer entfernten Verwandten.

Als der Wahlkampf andauerte und Vater noch häufiger fort war, begann Mutter, auf andere Frauen eifersüchtig zu werden. Sie war ständig gereizt und argwöhnte, daß Aurelio in jeder Stadt eine Geliebte hatte. Keine Frau entzog sich ihrem Verdacht. Auf ihr Geheiß wurden alle seine Sekretärinnen entlassen und durch Sekretäre ersetzt, und wenn sie mit meinem Vater die Straße entlangging und eine Passantin den gutaussehenden Gouverneurskandidaten erkannte, die Hüften schwang und mit den Wimpern klimperte, kniff meine Mutter die Augen zusammen und zischte beim Vorbeigehen »Hure!«. Dann klammerte sie sich noch fester an Vaters Arm und ging rasch weiter.

Mutters Wutausbrüche häuften sich. Sie ließ ihre Schimpftiraden auf den Gärtner nieder und nannte ihn einen Trunkenbold, der nie ihre Blumen goß. Sie beleidigte das Dienstmädchen als Hure, weil es an seinem freien Tag seinen Freund besuchte. Und einmal reizte sie unseren chinesischen Koch Elaido derart, daß er mit dem Messer auf sie losging, weil sie ihn als *carbonero*, Köhler, bezeichnet hatte, nachdem er den Braten ein wenig zu lang im Ofen ließ. Sie mußte vor ihm fliehen und sich in ihr Zimmer einschließen. Kein Dienstmädchen und keine Köchin blieb von ihrem Zorn verschont. Den einen Tag traten sie lächelnd ihren Dienst bei uns an, und den andern verließen sie uns wieder tränenüberströmt, wie die Figuren an den Schweizer Uhren, die wir auf den Plätzen von Lausanne und Bern bestaunt hatten.

Clarissa fuhr mit Cristóbal im Cadillac zu den Armenvierteln und heuerte dort für ihren Haushalt die Töchter armer, aber anständiger Familien an, die sie sich von den »Dienerinnen Mariens« empfehlen ließ. Doch es kam der Tag, an dem sie keine mehr fand. Die Elendssiedlung war eine Ansammlung aus notdürftig mit Blechen, Brettern und Pappdeckeln zusammengezimmerten Hütten und durchzogen von einem wahren Labyrinth von Straßen. Der Cadillac mußte sich um viele Ecken und Kurven schlängeln, und nicht selten traf ihn der Müll, den die Bewohner scheinbar achtlos aus ihren Hütten warfen. Dann betätigte Cristóbal die Hupe, um sich Respekt zu verschaffen, und das galt den Mädchen als Signal, daß Doña Clarissa im Anzug war. Sie krochen unters Bett oder flohen durch die Hintertür, und wenn Cristóbal anhielt und fragte, ob dort ein junges Mädchen wohnte, das als Hausangestellte arbeiten wollte, behaupteten die Eltern, sie hätten keine Töchter.

Einmal ging meine Mutter zur Beichte nach La Inmaculada, der Kirche, für die Großmutter Adela ihre Wohltätigkeitsarbeit getan hatte. Da unweit davon eine Armensiedlung lag, in der zahlreiche Hausangestellte von Las Bougainvilleas lebten, kannte der Priester viele von ihnen persönlich. Als Mutter im Beichtstuhl auf die Knie ging und sich für ihre Gereiztheit zu entschuldigen begann, wurde der Pfarrer neugierig und fragte sie nach ihrem Namen. Clarissa gab sich zu erkennen, und der Pater sagte: »Sie sind sehr berühmt, Doña Clarissa! Ich habe von meinen Gemeindemitgliedern schon vieles über Sie gehört und bin gespannt, was Sie mir zu berichten haben. Gereiztheit ist eine läßliche Sünde, aber wenn Sie einem Menschen seine

Würde nehmen, pflastern Sie sich mit glühenden Kohlen ihren direkten Weg zur Hölle!« Mutter lief puterrot an und wäre am liebsten im Erdboden versunken. Sie bat den Pfarrer um Vergebung und vermochte anschließend ihre Ausbrüche einige Monate lang in Zaum zu halten.

Ich bin davon überzeugt, daß ich der Hauptgrund für Mutters Eifersucht war. Ich war eine halbe Rivas de Santillana, mochte sie auch noch so darauf bestehen, wie sehr ich nach den Vernets geraten war. Wenn Clarissa in der heißen Phase des Wahlkampfs zu erschöpft war, um Vater zu begleiten, bat er mich, auf der Bühne neben ihm zu stehen, derweil er seine Ansprache hielt. Ich war achtzehn und fühlte mich in dieser Rolle sehr wichtig. Vater brauchte mich, und die Tatsache, daß es mich gab, machte Clarissa in gewisser Weise ersetzbar.

Damals mußte Aurelio nach New York fliegen, um Geldgeber für seine Kampagne zu finden, und Onkel Ulises fuhr mit. Das behagte Clarissa gar nicht, die wußte, welch ein Frauenheld ihr Schwager war, aber Aurelio teilte ihr mit, sie könne ganz beruhigt sein, sie würden im YMCA wohnen, dort seien nur Männer zugelassen. Ulises müsse ihn aber dringend begleiten, erklärte er ihr, weil er die notwendigen Verbindungen besaß, um im Madison Square Garden eine Veranstaltung der republikanischen Partei zu organisieren, auf der sie Sponsoren werben wollten.

Es war Mitternacht vorbei, als Vater eine Woche später wieder nach Hause kam. Sobald ich sein Auto in der Auffahrt hörte, sprang ich aus dem Bett und rannte über die gelbgrauen Bodenplatten zum Tor. In seinem marineblauen Wollanzug, der grauen Seidenkrawatte, mit seinen zimtfarbenen Haaren, den hellbraunen Augen und dem schmalen Lippenbärtchen war er für mich der Inbegriff eines schönen Mannes. Ich schlang die Arme um ihn und küßte ihn auf beide Wangen.

Mutter ließ sich nicht blicken, und das war merkwürdig. Als

Vater zu ihrem gemeinsamen Schlafzimmer ging und sie rief, folgte ich ihm hinterdrein, ohne auf die Idee zu kommen, daß ich bei ihrer Begegnung überflüssig sein könnte.

Mutter saß aufrecht im Bett und trug eins ihrer Crêpe-Georgette-Nachthemden. Die Porzellanlampe auf ihrem Nachttisch warf einen ovalen Lichtkegel auf die bestickte Bettdecke.

»Hattest du eine gute Reise?« fragte sie Vater frostig, ohne von ihrer Lektüre aufzusehen.

Vater bejahte und setzte sich auf die Bettkante. Er beugte sich zu ihr, um sie zu küssen. »Siglinda hat heute Nachmittag angerufen«, sagte Clarissa. »Sie hat mir erzählt, daß sie in den *Daily News* ein Foto von dir und Ulises im Madison Square Garden gesehen hat. Ihr wart nicht alleine darauf; an jedem von euch hing eine platingefärbte Blondine.«

Aurelio prustete laut los vor Lachen. »Das kann doch nicht dein Ernst sein!« sagte er. »Wir sind seit über zwanzig Jahren verheiratet, und du führst dich auf wie eine eifersüchtige Braut!« Er drehte sich um und zwinkerte mir zu. »Das waren Wahlhelferinnen. Hast du nicht gesehen, daß sie unsere Parteiflagge über der Brust trugen?«

Ich mußte auch kichern, senkte aber peinlich berührt den Blick zu Boden, weil ich nicht wagte, meiner nunmehr verstummten Mutter ins Gesicht zu sehen. »Hier ist der Beweis, daß ich die ganze Zeit nur an dich gedacht habe«, fügte Vater hinzu, indem er ein schwarzes Wildlederetui aus der Hosentasche zog und es Clarissa verheißungsvoll in den Schoß legte. »Mach auf!« sagte er mit einem breiten Lächeln. Clarissa sah ihn mit gefurchten Brauen an. Dann entnahm sie der Schatulle einen Ring mit einem dreikarätigen Sternsaphir. Aber anstatt ihn über den Finger zu streifen, schleuderte sie ihn ärgerlich in die Zimmerecke.

Ich war wie vom Donner gerührt. Mein Vater erhob sich jedoch lachend vom Bett und suchte den Ring unter dem Kleiderschrank. Als er ihn gefunden hatte, kam er zu mir. »Nimm du ihn, mein Schatz«, sagte er und legte den Ring in das Schmuckkästchen zurück. »Deine Mutter hat recht. Sie verdient etwas wesentlich Kostbareres. Ich hätte ihr einen Diamanten kaufen sollen.«

»Nimm ihn nicht, Elvira! Es ist nur ein Bestechungsgeschenk. Dein Vater hat ein schlechtes Gewissen und will sich damit freikaufen!« herrschte meine Mutter mich an.

Ungeachtet dessen nahm ich das Kästchen an mich, öffnete es und ließ das Schmuckstück behutsam über meinen Finger gleiten.

»Danke, Papi!« rief ich entzückt und drückte ihm einen Kuß auf die Wange.

4

Obwohl La Concordia auf ein reges musikalisches Leben am Anfang des Jahrhunderts zurückblicken konnte, fanden in den vierziger und fünfziger Jahren nur noch selten Opern- oder Balletaufführungen im *Teatro Atenas* statt. Da es zudem weder eine Bibliothek noch eine Universität gab, lag unser kulturelles Leben ziemlich brach. Die Stadt hatte bis auf drei Kinos – das *Teatro Estrella*, das *Broadway* und das *Fox* – eigentlich nichts zu bieten. Ihre Programme wechselten aber damals noch zwischen Burleske und Stummfilm ab, daher geziemte es sich für Damen wie Clarissa nicht, sie ohne Begleitung aufzusuchen. Obwohl die Zusammenkünfte mit den *Tijerillas* meiner Mutter einmal wöchentlich eine gewisse Abwechslung verschafften, langweilte sie sich oft. Das mag der Grund gewesen sein, weshalb sie eines Tages eine Einladung von Rosa Luisa Sheridan annahm, der Gattin eines Rumfabrikanten von La Concordia, die sie zu einer Bridgeparty in ihr Haus bat. Keineswegs jeder hatte Zugang zu Rosa Luisas Kaffeekränzchen, aber Clarissa gehörte zur Zuckeraristokratie von Guayamés, und Rosa Luisa betrachtete sie als eine der Ihren.

Die Zuckerbarone von Las Bougainvilleas hatten sich zunächst, dank ihrer Destillerien, einen recht gehobenen Lebensstil zu erhalten gewußt. Die meisten von ihnen betrieben am Rande von La Concordia eine eigene Brennerei – *Ron Llave*, *Ron Palo Viejo*, *Ron Bocachica*, *Ron Caneca*, *Ron Carioca*, *Ron*

Agüeybaná. Doch mit dem Niedergang des Zuckerimperiums neigte sich auch die Blütezeit der Rumindustrie ihrem Ende zu. So kam es öfters vor, daß ein Plantagenbesitzer seine Destillerie, wie einen angerosteten Dinosaurier, Stück für Stück abschlug, verpackte und nach Santo Domingo oder Trinidad verschiffte, wo sie wieder aufgebaut wurde und aufgrund der dort üblichen Hungerlöhne binnen weniger Wochen erneut Gewinne abwarf.

Als die Zuckerbarone erkannten, daß diese Entwicklung unaufhaltsam war, lebten sie in vollen Zügen und prosteten einander mit den letzten Schlucken aus ihren Rumfässern eifrig zu. Daher wurde während meiner Jugend in La Concordia für das sinnlose Trinken der Ausdruck »darse el palo« geprägt, was bedeutete, sich das Bewußtsein des Ruins aus dem Kopf zu prügeln.

Jeder Zuckerbaron von Las Bougainvilleas, der etwas auf sich hielt, hatte eine Hausbar. Gewöhnlich war sie durch große Glaswürfel, die innen von verschiedenfarbigen Glühbirnen beleuchtet wurden, vom übrigen Wohnbereich abgetrennt. Es gab eine Theke aus poliertem Mahagoni mit einer Messingstange für die Füße und verzinkten Barhockern, und dahinter reihte sich in einem Wandregal Flasche an Flasche. Der Raum war normalerweise fensterlos, was zu seiner schummrigen, von Zigarettenrauch vernebelten Kabarettatmosphäre beitrug. Aus einem Grammophon mit gewaltigen, in einen Einbauschrank integrierten Philco-Schalltrichtern erklang stimmungsvolle Musik, während ein Ventilator auf Hochtouren lief und den Gästen den Eindruck vermittelte, in New York zu sein. Zur übrigen Ausstattung gehörten Korkenzieher in Gestalt von Negerlein mit spiralförmigen Penissen, metallene Flaschenöffner in Brustform, Pin-up-Kalender mit nackten Models sämtlicher Formen und Größen. Unser Haus in der Avenida Cañafístula bildete die einsame Ausnahme. Meine Eltern hätten sich lieber den Kopf abhacken lassen, als eine solche Höhle des Lasters unter ihrem

Dach zu beherbergen. Wenn eine Party bei uns stattfand, wurde ab Mitternacht kein Alkohol mehr ausgeschenkt, und damit wußten die Gäste, daß es Zeit war, nach Hause zu gehen.

Die Bars besaßen oftmals einen Hinterausgang, wo sich die Herren mit ihren Geliebten ein Stelldichein geben und von ihren Ehefrauen unbemerkt aus dem Staub machen konnten. Rum und Sex waren die beiden Hauptattraktionen in Las Bougainvilleas. Die Männer gingen ihnen offen nach, während die Frauen, was den Sex betraf, sehr vorsichtig sein mußten. Weibliche Untreue gehörte nicht zu den Spielregeln, und die Männer machten sich regelrecht einen Sport daraus, ihren Ehefrauen aufzulauern und sie *in flagranti* zu erschießen. Daher waren die Damen auf das eigene Geschlecht angewiesen. In ihrer Isolation ahnte meine Mutter natürlich von alledem nichts und begab sich völlig arglos auf Rosa Luisa Sheridans Bridgeparty.

Von einem Zahnarzttermin aufgehalten, kam sie zu spät und fand die Haustür angelehnt. Sie stieß sie mit ihrem Schirm auf und trat ein. Aus der Bar drang sanfte Musik, doch als sie hineinging, sah sie dort, anstatt der erwarteten vornehmen Spieltischchen, an denen die Damen Karten mischten und mit gedämpften Stimmen ihren Einsatz machten, einen Teil der Frauen miteinander tanzen, während sich die übrigen auf die Kissen am Boden verteilten. Sie waren so betrunken, daß sie nicht einmal bemerkten, wie Clarissa sie von der Schwelle aus beobachtete. Meine Mutter machte sofort kehrt und lief mit flammendrotem Gesicht aus dem Haus.

Neben den Trinkgelagen entwickelten sich auch die Wahlen von Karnevalskönigen und -königinnen zu einem beliebten Zeitvertreib unter La Concordias Zuckerbaronen. Sie fanden jedes Jahr in einem Jugendstilbau vom Anfang des Jahrhunderts statt, in dem der Sportclub untergebracht war. Das inzwischen recht baufällige Gebäude war früher wunderschön gewesen. Seine Vordächer und Innenhöfe kündeten noch von dem eleganten Entwurf im »Prairie Style«, ebenso wie der große Ballsaal, der mit seinem nunmehr von Termiten zerfressenen Parkett einst als architektonisches Prunkstück galt. Mit seinen fünfzig mal fünzehn Meter war er der größte Festsaal der gesamten südlichen Insel. Seine Decke hatte ein puertoricanischer Künstler mit einer Kopie der »Nymphen von Bourgeau« bemalt, und eine riesige Bühne nahm die Stirnseite ein. Dort hatten der Karneval der Piraten, der Karneval der Tiere, der Planeten, der Vögel und der Puppen stattgefunden, und Clarissa hatte ebenso wie Aurelio als Jugendliche an diesen karnevalistischen Treiben mitgewirkt. Sie war einmal Königin der Puppen gewesen und Aurelio König der Planeten. Als ich das erfuhr, drang ich auf meinen Vater ein, auch einmal Karnevalskönigin in La Concordias Sportclub sein zu dürfen. Und er hätte mir gewiß verboten, meine Zeit mit solchen Kindereien zu vertun, wenn wir nicht das Jahr 1956 geschrieben und er für das Amt des Gouverneurs kandidiert hätte.

Meine Eltern übernahmen in jenem Jahr alle Kosten für den Karnevalsball, und ich durfte als Königin der Musik auftreten. Ich war überglücklich. Der Ball fand im Juni statt und bot Vaters Partei eine ideale Gelegenheit zur Mitgliederwerbung, zumal ihm eine Cocktailparty in San Juan vorausging. Somit war es ein offizieller Anlaß, für den La Concordias Konfektionist *Monserrate Cobián* nicht genügte, und Mutter bestellte mir ein Kostüm bei Saks Fifth Avenue.

Es war ein Schleppenkleid aus wogender weißer Organza, über und über mit Musiknoten bestickt, dessen Rock sich über einen ausladenden Petticoat wölbte. Dazu gehörte eine Krone mit einem imposanten C-Schlüssel aus Bergkristall. Mein Vater setzte sich im Frack an unseren Flügel, der für den Abend in den Club transportiert worden war, und spielte den ersten Satz von Chopins Klavierkonzert Nr. 2, während ich mit meinem Gefolge aus Pagen und Hofdamen auf die Bühne stieg und in königlicher Pose meinen Thron einnahm – eine große, mit perlfarbener Seide bespannte Harfe. Von dort oben sah ich meine Mutter, ganz in Schwarz, wie sie sich hinter einer Säule verbarg, das kleine weiße Spitzentaschentuch, mit dem sie mir soeben Puder aufs Gesicht gestäubt hatte, damit es nicht glänzte, preßte sie in den Händen und flehte zum Himmel, daß nichts schiefging.

Als Karnevalskönigin begleitete ich meinen Vater in jenem Sommer auf zahlreiche Empfänge, Bälle und Wahlveranstaltungen quer durch die Städte der Insel, während meine Mutter fast immer daheim blieb.

5

Unser Haus lag neben dem von Onkel Ulises. Die Grundstücke waren nur durch eine niedrige, stuckverzierte Mauer voneinander getrennt, in der ein offener Torbogen den ungehinderten Durchgang gestattete – bis er eines Tages zugemauert wurde. Seine Umrisse, die auf der Mauer sichtbar blieben, weckten als Kind meine Neugier, und ich fragte mich, weshalb diese Öffnung wohl geschlossen worden war. Ich erfuhr es erst viele Jahre später.

Ulises' Haus war von einem prächtigen schmiedeeisernen Zaun umgeben, der mit großartigen Spiralen und Voluten einen festlichen Eindruck erweckte. Unsers hingegen hatte eine zweieinhalb Meter hohe weiße Mauer, die sehr viel Privatheit schuf und gekrönt war von einem kleinen Ziegeldach. Clarissa hatte sich das gewünscht, weil es sie an Emajaguas erinnerte. Neben Onkel Ulises' Haus stand Onkel Roques und daran schloß sich Onkel Damiáns an; den vornehmen Residenzen der älteren Vernet-Brüder standen sie in nichts nach. Die Brüder kauften gegenüber ein hübsches Grundstück für Großvater Changuito, weil sie hofften, ihn eines Tages zum Hausbau überreden zu können. Adela war schon viele Jahre tot, aber Großvater Changuito lebte mit Brunhilda immer noch in dem alten Holzhaus der Calle Esperanza mitten in der Stadt. Er wollte dort nicht weg, dafür hingen ihm noch zu viele Erinnerungen an seine Zeit mit Adela daran.

Das *Laissez-faire* war Ulises' Lebensphilosophie, und er pflegte seine Auffassungen in Sprüche wie »Geld stinkt nicht« oder »Wer seine Kräfte nicht auslebt, geht an ihnen zugrunde« zu kleiden. Er war davon überzeugt, daß nichts von Dauer ist und die Welt einem stetigen Wandel unterworfen ist. Daher spendete er unterschiedslos der katholischen, der protestantischen und der lutherischen Kirche und war politisch genauso vielseitig: Er unterstützte die demokratische Partei von Fernando Martín, die republikanische Partei von Onkel Venancio und die Partei, die sich für Puerto Ricos Unabhängigkeit einsetzte. Während des Wahlkampfes hißte er auf dem Dach seines Hauses drei Flaggen: Die rote der Demokraten, die dreifarbige der Republikaner und das weiße Kreuz auf grünem Hintergrund der Unabhängigkeitsverfechter. Es ist auch anzunehmen, daß er alle drei Parteien wählte, denn er hatte viele Freunde in La Concordia, und die Wahlhelfer gewährten ihm auch nach Schließung der Wahllokale noch Einlaß.

Aber Adelas Tod machte Ulises noch immer ziemlich zu schaffen. Daß sie Aurelio auf dem Sterbebett ihren Segen erteilt hatte, hatte ihn sehr hart getroffen. Schließlich war Ulises der Älteste und der Mutter am ähnlichsten; mit seiner Geschäftstüchtigkeit schlug er nach den Pasamontes, aber trotzdem hatte Adela Aurelio zu ihrem Nachfolger bestimmt und ihn übergangen. Das war ihm unerklärlich. Aurelio mochte intelligenter sein, aber er war zweifellos der Mutigere von beiden. Und wenn seine Mutter ihn schon nicht liebte, welche Frau sollte es dann je vermögen? Onkel Ulises begann, Caroline Allan zu betrügen und jedes weibliche Wesen zu umwerben, das ihm über den Weg lief, »selbst wenn sie aussah wie ein Besen«, hörte man die Leute in La Concordia sagen.

Er hatte eine Freundin an jeder Straßenecke. Wenn er die Nacht ausblieb und Caroline ihn am folgenden Tag wütend zur Rede stellte, hüllte er sich in Schweigen. Sie könnte ihn alles fragen, sagte er, außer nach seinem nächtlichen Verbleib, denn sein Motto war: Leben und leben lassen. »Die Potenz ist wie das Geld«, behauptete er, »und läßt sich nicht unter Kontrolle bringen. Wer versucht, sie zu unterdrücken, zerstört sich selbst.« Nachdem das geraume Zeit so gegangen war, wurde Caroline krank. Ihre Eltern kamen und holten sie mit ihrer Jacht, der *Cormoran*, ab. Sie nötigten sie zur Rückkehr nach Boston, wo sie dann 1931 von Ulises geschieden wurde.

Danach blieb Ulises ein paar Jahre Junggeselle, und als die Gewinne von *Cementos Estrella* in Millionenhöhe stiegen, schloß er sein neues Haus ab und unternahm eine Reise nach Europa. Drei Monate lang fuhr er kreuz und quer über den Kontinent, aber nur zwei Orte fanden bei ihm Gefallen: Paris – wo er mehr nackte Brüste und juwelengeschmückte Schöße sah als je zuvor – und Venedig. »Venedig ist der Vorhof des Himmels«, schwärmte er seinen Brüdern vor, als er wieder zu Hause war. »Ich habe herrliche Tage dort verlebt.« Er hatte ein Motorboot gemietet und war eine Woche lang mit einer solchen Geschwindigkeit durch die Kanäle gebraust, daß die Wellen über jede entgegenkommende Gondel schwappten. Ohnehin hatte er sich gefragt, was die Touristen an diesen langsamen, düsteren Kähnen bloß so romantisch fanden. Auf dem Markusplatz verliebte er sich in die goldenen Kuppeln der byzantinischen Basilika und in den Campanile des Dogen. Seine Bewunderung galt den venezianischen Händlern aus früheren Epochen, deren Geschichten er gehört hatte, besonders aber dem Dogen Enrico Dándolo, der es gewagt hatte, sich über die Bulle von Papst Innozenz III. hinwegzusetzen und den blutigen Kreuzzug nach Jerusalem in eine erfolgreiche Handelsunternehmung umzumünzen.

Wenige Wochen nach seiner Rückkehr wurde Ulises von Großvater Changuito geschäftlich nach San Juan geschickt. Er stieg in sein blaues Morris-Kabriolett und fuhr los. Statt der Gebirgsstrecke nahm er den Weg über die Ostküste und kam durch das Dorf Maunabo. Nicht weit davon entfernt stand an der Landstraße ein junges Mädchen unter einer Palme und verkaufte Mangos. Ulises brachte den Wagen zum Stehen und stieg aus. Die reifen Früchte lagen in einer Blechwanne neben der barfüßigen Verkäuferin und verströmten einen süßen Duft. Groß und schlank stand das Mädchen da und bot seine Ware feil, indem es sich wie die umstehenden Palmen im Wind bog. Die Kleidung war ihr zu eng, so daß sich die perfekte Rundung ihrer Brüste deutlich unter der weißen Baumwollbluse abzeichnete. »Wußten Sie, daß Sie einer byzantinischen Kathedrale ähneln?« fragte Ulises sie beim Näherkommen. »Ihre Brüste erinnern mich an die Basilika von San Marco, ihr Hals an den Campanile von Giotto, und ihre Arme sind bronzefarben wie Ghibertis *Porta del Paradiso*.«

Das Mädchen, das Ulises für übergeschnappt hielt, fing zu lachen an. »Ich habe zwar keine Ahnung, von welchen Herren sie reden, aber wenn Sie mir ein halbes Dutzend Mangos abkaufen, kann ich meinen Stand schließen und nach Hause gehen. Den ganzen Nachmittag stehe ich schon vergeblich hier in der Sonne.«

Onkel Ulises kaufte ihr alle Mangos ab und schlug vor, sie im Auto nach Hause zu begleiten. Das Mädchen nahm die Einladung an, und während sie mit hundert Stundenkilometern unter dem Baumtunnel der Allee dahinflogen, sang Onkel Ulises ihr einen Schlager vom *Trío los Panchos* vor, der damals sehr bekannt war: »Am Rand eines Palmenhains sah ich ein Mädchen stehn, der Mund wie Korallen, die Augen wie Sterne schön. Als ich vorüberkam, wollt ich wissen, wer bei ihr sei, aber weinend sagte sie mir, sie lebe allein im Palmenhain.«

Wieder lachte das Mädchen, und sein Haar flatterte wie ein Kometenschweif im Wind. Nach einer Weile erreichten sie das Dorf, und Ulises fragte sie, wo sie wohnte. Sie deutete auf ein heruntergekommenes Haus am Platz. »Mein Vater Francisco Martínez ist der Inhaber des Ladens dort, *La Cócora de Pepe*«, erklärte sie. »Ich lebe mit meiner Mutter und meinen drei kleinen Geschwistern in den Hinterzimmern.« Onkel Ulises fuhr eine Runde um den Platz und parkte dann den Wagen vor dem Geschäft. Er ging hinein und fragte nach dem Besitzer. Als der Alte erschien, verlangte Ulises ein Bier. Der Vater des Mädchens musterte den Fremden mit neugierigen Blicken. Irgendwie kam Ulises ihm bekannt vor, aber er wußte nicht woher. Filomena stellte die Männer vor, und als der Name Vernet fiel, sagte Don Pepe: »Ich verkaufe Ihnen den ganzen Laden, den Rum, die Kartoffeln, den Reis, die Bohnen, die Bananen und die Yuccas für zehntausend Dollar – meine Tochter und das Bier eingeschlossen.« Kurz darauf saß Filomena wieder in Ulises' Sportwagen, diesmal aber auf dem Weg nach La Concordia. Filomena war begeistert von Ulises' Haus. Sie stieg aus dem Wagen und streifte die Schuhe ab, um barfuß über die Schwelle zu gehen. Onkel Ulises gefiel alles an Filomena, bis auf ihren Namen. Daher nahm er sie am nächsten Tag mit zur Kathedrale, besprenkelte sie mit Weihwasser und taufte sie auf den Namen Venecia Vernet. Er heiratete sie vor einem Richter, schenkte ihr eine Truhe voller kostbarer Kleider, ein Collier aus zweihundert Diamanten und einen Ring mit einem vollkommen perfekten Solitär, für den er hunderttausend Dollar bezahlt hatte. Die Hochzeitsreise unternahmen sie nach Venedig, wo Ulises ihr die Basilika von San Marco, den Campanile und den Canale Grande zeigte und sie fragte, ob ihr nicht auch auffiele, wieviel Ähnlichkeit sie mit ihrer Namensschwester besäße. Venecia lachte. Da sie nichts anderes kannte als Armut und von Ulises so unverhofft verwöhnt wurde, verzieh sie ihm seine exzentrischen Allüren. Sie behandelte ihn sehr liebevoll und mit großem Einfühlungsvermögen, und es dauerte nicht lange, da hatte sich Ulises in sie verliebt.

Tante Venecia war ein Freigeist und darin Ulises nur allzu verwandt. Ihre Eltern hatten sie als Halbwilde in einer palmengedeckten Hütte am Strand großgezogen. Ihr Vater, ein mallorquinischer Händler, war vor vielen Jahren als Auswanderer nach Puerto Rico gekommen und hatte sich auf der Insel in ein armes Mädchen aus Maunabo verliebt. Venecia war sehr intelligent, obwohl sie die Schule nur bis zur achten Klasse besucht hatte. Als sie nach Las Bougainvilleas zog, las sie sich nach und nach durch Ulises' Bibliothek, brachte sich selbst Englisch bei und entwickelte sich zu einer vollendeten Gastgeberin, die sämtliche Bankiers und Geschäftsmänner aus La Concordia zu bezaubern vermochte.

Venecia war bildschön und wußte das. Sie hatte einen geschmeidigen, sinnlichen Körper und erregte mit ihrer goldenen Haut und den dunklen Augen Aufsehen, wo sie hinkam. Bevor sie Onkel Ulises kennenlernte, hatte sie es geliebt, am Strand von Maunabo, wo das Meer einen breiten flachen Streifen bildet und die Wellen sich in einem Schweif aus silbrigem Schaum brechen, nackt zu baden. Dabei spannte sie sich wie ein Violinbogen rücklings auf das Wasser und ließ sich die Brüste und Schenkel vom Meer umspülen. Sie hatte viele Männer gekannt und häufig am Strand mit ihnen unter dem nächtlichen Sternenhimmel gelegen.

Als sie schon eine Weile mit Onkel Ulises zusammenlebte, erkannte Venecia, daß er es nicht schaffte, ihr vollkommen treu zu sein. Sobald seine Familie ihn auf eine Geschäftsreise schickte – weil Geld für eine neue Zementmühle fehlte oder ein neuer Drehofen angeschafft werden sollte –, suchte Ulises eine Prostituierte auf und vergrub das Gesicht so tief in ihrem Schoß, daß ihr säuerlicher Geruch ihn schier zu ersticken drohte. Erst danach fühlte er sich imstande, das verlangte Geschäft abzuschließen. Venecia war sehr verständnisvoll und machte Ulises seiner Untreue wegen nie Vorhaltungen. Eines tat sie indes schon: Sie verbannte ihn hinters Haus, wo für ihn eine Junggesellenwohnung angebaut wurde, während sie selbst im Vorderhaus wohnen blieb.

Nicht weit von Las Bougainvilleas entfernt lag La Concordias Rotlichtbezirk, und diese räumliche Trennung gestattete Onkel Ulises, sich hin und wieder eine Prostituierte ins Haus zu holen, ohne daß die Nachbarn es bemerkten.

Venecia war nicht der Typ, ihm das nachzutragen. Eifersucht war für sie eine kleinliche Regung, über die sie sich erhaben fühlte. Außerdem liebte sie Ulises aufrichtig, daher beschloß sie, über seine Seitensprünge hinwegzusehen und bei ihm zu bleiben, wenn er eine Bedingung erfüllte: Vier Nächte in der Woche sollten ihr gehören, die übrigen durfte er in seinem Junggesellenappartement verbringen mit wem es ihm beliebte. Diese Regelung würde ihr erlauben, ihre Selbstachtung zu behalten und ihren Ehemann dazu. Was die Erotik anbetraf, war Onkel Ulises sehr erfinderisch. Einmal sah Clarissa eine nackte Frau hinter Ulises' Haus durch den Garten rennen. Ohne mir irgendwelche Gründe zu nennen, verbot sie mir von einem Tag auf den anderen, nach nebenan zu meinen Vettern Catalina und Rodrigo zu gehen. Damals wurde auch das Tor zwischen unseren Grundstücken zugemauert, und niemand erfuhr den Grund dafür.

Onkel Ulises' Episoden mit anderen Frauen fanden eher selten und in großen Abständen statt, so daß Tante Venecia trotzdem ein glückliches Eheleben mit ihm führte. Sie ließen gemeinsam ihr Haus von puertoricanischen Künstlern mit farbenprächtigen Fresken volkstümlicher Szenen ausmalen: Hahnenkämpfe, die Zuckerrohrernte, die Kaffeeernte. In ihrem Heim war alles großzügig. Die Decken erreichten eine Höhe von fast zehn Metern, das Wohn- und das Eßzimmer waren so groß wie Ballsäle, und die Möbel waren vergoldet. Im Garten tummelten sich exotische Papageien und Pfauen, ja sogar ein Babyleopard

– ohne Krallen – befand sich darunter. Und wenn sie sich auf ihrer herrlichen Terrasse von livrierten Kellnern das Mittagessen servieren ließen, fragte Ulises Tante Venecia jedes Mal im Scherz: »Was wohl in diesem Augenblick der Mittelstand tun mag?«

6

Mein Vetter Rodrigo war der Liebling seiner Mutter Venecia. Er war schlank und groß wie sie und ihr wie aus dem Gesicht geschnitten. Der einzige Unterschied zwischen ihnen war ihr Geschlecht. Wenn er erwachsen war, sollte er alles tun, was sie nie hatte tun können. Dagegen betrübte es Venecia, daß ihre Tochter Catalina ihr kein bißchen ähnelte, statt dessen aber Ulises aufs Haar genau glich. Es war so, als hätte ein böser Geist ihren Kindern bei der Geburt das Geschlecht vertauscht.

An Rodrigos siebtem Geburtstag ließ Venecia auf ihrer Terrasse in Las Bougainvilleas drei Häuschen aufstellen: eins aus Stroh, eins aus Pappe mit aufgemalten Backsteinen und eins aus sorgfältig aufeinandergeschichteten Betonsteinen. Mein Bruder, Catalina und ich sollten die Geschichte von den drei kleinen Schweinchen aufführen. Rodrigo spielte den Wolf, und Venecia hockte hinter den Pflanzkübeln mit den Sträuchern, die den Wald darstellten, und las die Geschichte laut vor. Nachdem Rodrigo die Kerzen auf seinem Geburtstagskuchen ausgeblasen hatte, gingen Alvaro, Catalina und ich zu den Häuschen und krümmten uns dabei vor Lachen. Rodrigo blähte die Backen auf, und das Strohhaus fiel in sich zusammen. Als nächstes gab – dank Ulises, der von innen etwas nachhalf – das Papphäuschen nach. Aber als das Zementhaus an der Reihe war, blies und blies Rodrigo, ohne daß es sich einen Millimeter rührte. Alle klatschten Beifall und ließen ihn hochleben.

Meine Cousine Catalina und ich spielten häufig zusammen. Catalina besaß einen Dackel und war ganz vernarrt in ihn. Fritzi war kohlrabenschwarz, hatte lange seidige Ohren, und wenn er über den Boden flitzte, sah er aus wie ein Minitorpedo. Eines Tages starb Fritzi. Catalina war untröstlich, aber als echte Vernet ließ sie sich ihre Gefühle nicht anmerken. Sie rief mich an und bat mich, zu ihr zu kommen. »Fritzi ist gerade gestorben«, sagte sie, »und ich würde gerne ein Experiment machen. Was hältst du davon, ihn im Garten zu begraben und in einem Monat wieder auszubuddeln?« Ich war einverstanden. Wir legten Fritzi in einen Karton und veranstalteten einen Trauermarsch über die Treppe in den Garten. Unter dem Klatschmohn gruben wir ein Loch und legten die Kiste hinein. Dann streuten wir Blumen darauf und schütteten zum Schluß alles mit Erde zu. Einen Monat später erinnerte Catalina mich an unser Experiment. Wir gingen ins Freie und holten die Schachtel wieder aus der Erde. Dann öffneten wir sie und erblickten eine von Würmern wimmelnde Masse, die ekelhaft stank. Wir ließen sie auf der Stelle fallen und rannten entsetzt davon. Als wir endlich innehielten, um Atem zu schöpfen, waren wir beide in Tränen aufgelöst. »Das ist nicht Fritzi«, versuchte ich Catalina zu trösten. »Das ist eine vergammelte Wurst, die der Koch in den Müll geworfen hat.«

Catalina war klein, rothaarig und hatte einen so kurzen Hals, daß ihr Kopf unmittelbar auf den Schultern zu sitzen schien. Tante Venecias größte Furcht war, daß Catalina im heiratsfähigen Alter keinen so glücklichen Fang machen würde wie sie selbst und eine alte Jungfer bliebe. Aus diesem Grunde nörgelte sie unentwegt an ihrer Tochter herum.

Dennoch war mir Tante Venecia sympathisch. Sie kleidete sich in frischen, fröhlichen Farben, die das Auge erfreuten, wohingegen meine Mutter immer nur schwarz trug und sich ununterbrochen über irgend etwas beschwerte. Venecia hatte auch

Spaß daran, mit uns Kindern etwas zu unternehmen: Sie fuhr mit uns in die Berge, organisierte an Halloween den Rundgang durchs Viertel und an Ostern das Eiersuchen. Sie war zärtlich, intelligent und immer sehr lieb zu mir. Aber gegen ihre eigene Tochter war sie unerbittlich.

»Zieh die Füße nicht nach, wenn du über die Straße gehst, Catalina«, ermahnte sie sie. Oder: »Sitz nicht so krumm, du siehst ja aus wie ein Kamel.« Und dann führte sie mich auch noch als gutes Beispiel an. »Wieso gehst du nicht wie Elvirita? Heb den Kopf und streck den Hals, damit die Leute sehen, daß du einen hast!« schimpfte sie. Ich schämte mich zu Tode, wenn sie damit anfing. Denn Catalina mochte mich, aber bei solchen Gelegenheiten erntete ich jedesmal einen gehässigen Blick von ihr.

Ich konnte sehr gut nachvollziehen, wie diese Zurechtweisungen auf Catalina wirkten, schließlich tat Clarissa mit mir genau dasselbe.

»Zieh dir was Ordentliches an! Du siehst ja aus wie ein Landstreicher!« fuhr sie mich an, sobald ich vom Basketballspielen aus dem Verein kam. Ich liebte den Sport, aber Clarissa hatte überhaupt nichts dafür übrig. Für sie waren das alles Spiele für »Mannweiber«, die zwischen den Geschlechtern eine unangebrachte Nähe schufen.

Catalina und ich waren sehr eng miteinander befreundet, und ich habe sie ungeheuer vermißt, als Tante Venecia und Onkel Ulises nach Florida zogen. Aber wie jeder im Umfeld von Onkel Ulises ist auch meine Cousine eines Tages vollkommen aus meinem Blickfeld verschwunden, und ich habe sie nie wiedergesehen.

7

Zu Beginn ihrer Industrialisierungskampagne investierte Fernando Martíns Regierung siebenstellige Summen in den Bau von vier neuen Staatsbetrieben: eine Flaschenfabrik, eine Papierfabrik, eine Ziegelei und ein Zementwerk. Aber zwei Faktoren standen einem Erfolg dieser Projekte auf Dauer im Weg. Zum einen grauste es den nordamerikanischen Investoren, die Martíns Industrialisierung mitfinanzierten, vor dem sozialistischen Image, das Puerto Ricos demokratische Partei sich gab – dem *Pan, tierra y libertad*, das schon Tante Artemisa erzürnt hatte, als sie einst auf Don Estebans Plantagen die roten Fahnen der Siedler erblickt hatte. Und man munkelte, daß Fernando Martín sämtliche Fabriken, die innerhalb der nächsten Jahre durch die finanzkräftige Unterstützung nordamerikanischer Geldgeber auf der Insel entstehen würden, nationalisieren wollte. Zum anderen war die Administration der Regierung Martín so schwach, daß die Unternehmen 1955, drei Jahre nach ihrer Inbetriebnahme, bereits hohe Verluste verzeichneten und der Gouverneur sich gezwungen sah, sie zu verkaufen. Aber er fand keinen Abnehmer.

Ulises erfuhr davon durch seine Freunde unter den Demokraten und erzählte es Aurelio. Großvater Changuito forderte Onkel Ulises auf, umgehend die notwendigen Mittel zu beschaffen, und Ulises begann wieder einmal, eifrig wie ein Wiesel von hier nach dort zu eilen. Als erstes beantragte er von der Regierung selbst einen Kredit in Höhe von zwei Millionen Dollar, da sie es ja mit dem Verkauf so eilig hatte. Das übrige Kapital besorgte er durch den Verkauf von Wertpapieren bei verschiedenen Banken. Die Vernets kauften der Regierung die Fabriken ab und konnten sie dank ihrer gekonnten Unternehmungsführung dazu bringen, innerhalb von nur sechs Monaten wieder Gewinne abzuwerfen.

Vernet Construction wurde zur Holding erklärt und die vier neuen Werke ihr untergeordnet. Da Adela es so verfügt hatte und Changuito diesen Wunsch respektierte, ernannte er Aurelio zum Firmenpräsidenten. Die Gesellschafteraktien wurden zu gleichen Teilen auf die Brüder verteilt – die Schwestern wurden nicht bedacht, weil sie nicht für die Firma arbeiteten.

Es dauerte nicht lange, da begann Tante Venecia diese Regelung zu kritisieren, indem sie argumentierte, daß der Erfolg des familiären Unternehmens schließlich Onkel Ulises' Finanzgeschick zu verdanken sei, daher stünden ihm auch mehr Aktien und damit die Leitung der Firma zu. Für Onkel Ulises allerdings waren Geld und Macht zweierlei: das Geldverdienen betrieb er als eine Art Sport, den er allerdings besser beherrschte als jeder andere. Er sprudelte über vor Geschäftsideen, und Aurelio staunte, wie viele neue Projekte er gleichzeitig in Angriff nehmen konnte. Wenngleich seine Ideen auch genial waren, ließ dagegen sein Führungstalent zu wünschen übrig, und er schoß den anderen wie eine Kanonenkugel über den Kopf, ohne sich ein einziges Mal umzusehen.

Wenn er abends mit Tante Venecia zu Tisch saß, pflegte er dann regelmäßig zu ihr zu sagen: »Das Leben ist wie ein loderndes Feuer und nur dann lebenswert, wenn man es wagt, auf der Spitze seiner höchsten Flammen zu tanzen.« Manchmal setzte er auch hinzu: »Die Armut ist nichts weiter als ein Mangel an Energie. Findest du nicht auch? Ich könnte es nicht ertragen, in die Armut zurückzufallen, lieber möchte ich sterben.« Wenn

Venecia ihn dann statt einer Anwort mit verliebten Blicken ansah, sagte er zu ihr: »Aber du brauchst dir keinerlei Sorgen zu machen, meine Süße. Gib mir lieber noch ein Glas Champagner. Was mag wohl in diesem Augenblick der Mittelstand tun?«

Unterdessen versuchten seine Brüder und sein Vater, die neuerworbenen Unternehmen nach bestem Wissen zu führen. *Vernet Construction* platzte langsam aus allen Nähten, und Aurelio suchte nach einer Möglichkeit, Ulises' Geschäftstrieb zu bändigen.

Ulises dagegen war nicht zu bremsen: Er kaufte sich eine zweimotorige Cessna und flog wie der mythische Hermes kreuz und quer über die Insel, um Glas, Papier oder Pappe zu verkaufen. Was er verkaufte, war ihm gleich, solange das Geld in Umlauf blieb und die Ware in Bewegung. Jeder Stillstand war für ihn gleichbedeutend mit Ruin und schreckte Ulises mehr als alles andere.

Seine Affären häuften sich wieder. Da es sich herumgesprochen hatte, daß er seinen Freundinnen mitunter großzügige Geschenke machte, liefen ihm die Frauen scharenweise hinterher und ließen nichts unversucht, um ihn für sich zu gewinnen.

Es gab aber noch andere Probleme, die Tante Venecia das Leben in Las Bougainvilleas schwer machten. Weil Ulises geschieden war, konnte sie ihn nicht kirchlich heiraten. Das wiederum hatte zur Folge, daß Catalina von der Schule zum »Heiligen Herzen«, wo alle Mädchen aus vornehmem Hause hingingen, abgelehnt wurde. Also stellte Venecia eine englische Gouvernante ein, die Catalina daheim unterrichtete, mit dem Ergebnis, daß sie kaum Freunde hatte und von den Altersgenossen getrennt aufwuchs. Außerdem kam Tante Venecia mit Clarissa nicht aus. Sie hatte das Gefühl, daß meine Mutter auf sie herabsah. Die Tatsache, daß Clarissa beinahe dreihunderttausend Dollar ins Zementwerk investiert hatte, während sie selbst keinen

Centavo beisteuern konnte, machte Venecia ziemlich zu schaffen. Wenn sie eigenes Geld gehabt hätte, wäre sie zu einem weitaus höheren Einsatz bereit gewesen, damit Ulises endlich der Chef des Unternehmens wurde. Denn sie glaubte, Clarissas Einlage wäre der Grund dafür, daß Aurelio der Präsident war.

Venecias Frustration wuchs, bis sie eines Tages den Entschluß faßte, Puerto Rico zu verlassen. Sie begann auf Ulises einzureden, sich von seinen Brüdern zu trennen. Sie wollte mit ihm nach Florida gehen, um wieder freier atmen zu können. »Diese Insel ist für uns einfach zu eng«, sagte sie. »Denk nur an all die Geschäfte, die in den USA auf dich warten. Wir können dort in angesehenen Clubs verkehren wie die Rockefellers.« Aber die Vorstellung, sich von der Familie zu trennen, behagte Ulises nicht.

Er vollführte weiter seine finanziellen Seiltänze. Als Präsident der kolumbianischen Flaschenfabrik nahm er – ohne das Wissen seiner Brüder – mehrere Kredite auf und setzte das Unternehmen als Sicherheit ein. Mit dem Geld kaufte er heimlich Aktien von *Vernet Construction* und erhöhte dadurch seinen Firmenanteil um zwanzig Prozent. Auf diese Weise meinte er, einen Anspruch auf den Chefposten erworben zu haben, und begann, auf die Familie Druck auszuüben, damit sie ihn zum Präsidenten wählte. Aber niemand unterstützte ihn dabei. Aurelio versuchte, ihn durch gutes Zureden zur Vernunft zu bringen: »Du leistest sehr wertvolle Arbeit, Ulises, aber du weißt, daß ich nun einmal die Zügel in der Hand halte. Dieser ganze Streit ist auf Venecias Mist gewachsen, und du tätest besser daran, auf Vater zu hören, der immer sagt: ›Einer für alle, alle für einen.‹ In der Einheit liegt die Kraft.«

Nachdem Ulises' Versuch, die familiäre Macht an sich zu reißen, fehlgeschlagen war, trachtete Tante Venecia danach, ihm das Leben unmöglich zu machen. Sie beschloß, ihr gemeinsames Haus umzubauen, obwohl Ulises damit vollkommen zufrieden war. Ja, er hätte sogar mit einem wesentlich kleineren vorlieb genommen, denn jede Angelegenheit, die ihm seine kostbare Zeit für den Abschluß neuer Geschäfte raubte, war ihm zuwider. Aber Tante Venecia hatte sich in den Kopf gesetzt, allen Einwohnern von La Concordia vor Augen zu führen, daß von den vier Vernethäusern, die in der Avenida Cañafístula einträchtig nebeneinander standen, ihres das größte und prächtigste war. Es sollte Ulises als den Finanzteufel und eigentlichen Kopf des Vernetschen Viergespanns hervorheben, selbst wenn seine Familie nicht eingestehen wollte, daß sie alles, was sie hatte, allein ihm verdankte.

Also rückten täglich Dutzende von Arbeitern an und lärmten in Venecias Teil des Hauses bis spät in die Nacht hinein mit ihren Hacken und Schaufeln, Hämmern und Bohrern. Trotzdem kamen sie mit ihren Umbauten nie zum Ende. Kaum war ein Wohnzimmer fertig, befahl Venecia, alles wieder einzureißen und anstelle dessen ein größeres zu bauen; war die Renovierung eines Badezimmers vollendet, wies sie die Maurer an, den rosa Marmor und die pinkfarbene Toilettenschüssel zu entfernen, weil sich inzwischen ihr Geschmack geändert hatte und sie alles in Grün ausgeführt haben wollte. In besonders dunklen Nächten sahen wir manchmal Laternen in ihrem Garten leuchten und hörten ein lautes, tiefes Männerlachen herüberschallen, das gewiß nicht von Onkel Ulises stammte. Clarissa verschloß die Augen vor den Geschehnissen im Nachbargarten und weigerte sich standhaft, einen Blick aus ihrem Schlafzimmerfenster zu werfen, um festzustellen, was dort los war. Aber sie hoffte insgeheim, daß Venecia endlich mit ihrem sittenlosen Mann abrechnete und sich in den Ruinen ihres Hauses mit jedem einzelnen ihrer Bauarbeiter vergnügte.

Um diese Zeit erfuhr Ulises von einem Zementwerk, das in Fort Lauderdale, Florida, zum Verkauf stand, und drängte die Brüder zu dem Geschäft. Falls ein gemeinsamer Kauf nicht zustande käme, kündigte er an, auf eigene Faust zu handeln. Er war den Machtkampf mit Aurelio müde und hatte keine Lust mehr, seine Verdienste, die doch eigentlich offensichtlich waren, überall an die große Glocke hängen zu müssen. Seit Aurelio in die Politik gegangen war, hatte er gegenüber Ulises einen unfairen Vorteil, weil er überall im Rampenlicht stand. Aber das hieß noch lange nicht, daß Aurelio auch die Vernets anführen mußte. Ulises war schließlich der Ältere und das Vernet-Imperium sein Werk.

Aurelio äußerte sich nicht zu Ulises' Vorschlag. Statt dessen berief er den Familienrat ein, und dieser kam schnell überein, daß Ulises alleine kaufen sollte. Da er die Fabrik in Florida sowieso ohne ihre Einmischung führen wollte, sollte er auch zusehen, wie er sie aus eigenen Mitteln finanzierte, und die anderen heraushalten.

Daraufhin bat Ulises die Brüder, ihm seine Anteile an *Vernet Construction* abzukaufen, und es wurde vereinbart, ihn mit fünfzig Millionen Dollar auszuzahlen. Als das geschehen war, zog Onkel Ulises mit Venecia und seinen beiden Kindern nach Sarasota. Er kaufte ein Haus in der Bayview Avenue, das dreimal so groß war wie das in der Avenida Cañafístula. Aber Tante Venecia bekam keine Gelegenheit mehr, ihr neues Leben ausführlich zu genießen. Nach Ablauf eines Jahres wurde sie von Schwindelanfällen und besorgniserregenden Herzrhythmusstörungen geplagt. Die Ärzte diagnostizierten eine krankhafte Erweiterung der Aorta, die sich im Laufe der Zeit zu einem Aneurysma auswachsen würde. Sie könnte ohne große Bedenken fünf oder gar zehn Jahre unbehandelt bleiben, doch irgendwann würde ein chirurgischer Eingriff unumgänglich. Tante Venecia entschied sich zur sofortigen Operation. Als Freigeist, der sie war, konnte sie sich ein Leben im Schatten dieses Todesurteils nicht vorstellen. Sie zog es vor, auf dem Operationstisch zu sterben, als ein Leben unter vielen Einschränkungen fortzuführen.

Nach Venecias Tod verlor Onkel Ulises jeglichen Halt und tanzte wie ein schnurloser Drachen am Himmel seiner erotischen Abenteuer. Er heiratete dreimal und ließ sich ebensooft wieder scheiden. Zu dem Zeitpunkt, als er das vierte Mal im Hafen der Ehe Zuflucht suchte, mußte seine Zementfabrik in Fort Lauderdale Konkurs anmelden. Die Ölkrise der siebziger Jahre hatte die Bauindustrie in die Knie gezwungen, und Ulises' Schulden bei der National City Bank von Florida waren auf hundert Millionen Dollar angewachsen – das Doppelte seines Startkapitals. Aurelio und die Brüder reagierten auf diese Nachricht mit aufrichtiger Bestürzung, aber in ihren Stimmen klang auch eine Spur Stolz mit, als sie ihren Freunden erzählten: »Ulises schuldet der National City Bank so viel Geld, daß sie fürchtet, sich durch ein Gerichtsverfahren gegen ihn zu ruinieren!«

Onkel Ulises' wirtschaftlicher Zusammenbruch brachte der Familie eine Menge Ärger ein. Die Beamten der National City Bank glaubten Aurelio nicht, daß Ulises seine Anteile am Familienunternehmen verkauft hatte und aus *Vernet Construction* ein für allemal ausgestiegen war. Ein ganzes Bataillon aus Fachanwälten für Bankrecht und US-Beamten kam aus dem Norden herbeigeflogen und fiel – auf Befehl des State Departments – wie ein Schwarm Aasgeier über *Vernet Construction* her, um seine finanziellen Verhältnisse zu prüfen und die Firmendokumente einer genauen Untersuchung zu unterziehen. Diese Betriebsprüfung zog sich über Monate hin, und solange sie andauerte, waren sämtliche Konten der Vernets gesperrt. Mein Bruder Alvaro konnte damals seine Fähigkeiten unter Beweis stellen, indem er das Unternehmen mit einem ganzen Stab von Anwälten verteidigte. Nach einer mehrmonatigen Gerichtsverhandlung gelang es ihm, den Beweis zu erbringen, daß keine Geschäftsbasis mehr existierte, auf der die Familie für Onkel Ulises' Schulden haftbar gemacht werden konnte.

Es war die Zeit, als Robert Vesco sich aus den USA nach Kuba absetzte, um sich bei Fidel Castro vor Floridas Banken in Sicherheit zu bringen, denen er eine ähnliche Summe schuldete wie Onkel Ulises. Ulises dagegen verschwand einfach von der Bildfläche. Er änderte seinen Namen und zog mit seiner Tochter Catalina in ein verlassenes Chalet in den Dünen von Sanibel Island, wo er in einen zehnjährigen Winterschlaf fiel. Zum allgemeinen Erstaunen machte Catalina ihr Glück. Sie heiratete zwar nicht, studierte aber an der Universität von Florida Betriebswirtschaft und gründete ihr eigenes Kommunikationsunternehmen, die *Rolodex Cellular Telephone Company.* Sie nahm den Vater in ihre Obhut und wurde ihm von Tag zu Tag ähnlicher. Aber sie kam nie wieder nach La Concordia.

Jahre später rief Ulises Aurelio aus Sanibel an und bat ihn um ein Darlehen, damit er nach Las Bougainvilleas zurückkehren konnte. Aurelio versuchte, ihm dieses Vorhaben auszureden. Er prophezeite ihm, daß er sich zu Tode langweilen würde, weil in La Concordia nichts mehr los sei; fast alle seine Freunde waren gestorben, nach San Juan umgezogen oder in die Vereinigten Staaten abgewandert. »Es ist keine Laune, Aurelio«, beharrte Ulises am Telefon auf seiner Bitte, »ich möchte zu Hause sterben.« Aurelio lachte und sagte: »Mach keine Witze, du bist doch gar nicht krank.« Aber Ulises gab nicht nach, und Aurelio schickte ihm das Geld.

Das Haus in der Avenida Cañafístula gehörte immer noch ihm, allerdings war es inzwischen weniger ein Wohnhaus als eine Ruine. Ulises zog ein, und wenige Wochen darauf besuchte er mich in San Juan, als wäre er nie fortgewesen. Zwanzig Jahre waren verstrichen, und alle ihm Nahestehenden waren verschwunden: Caroline Allan, Tante Venecia, meine Cousins Catalina und Rodrigo. Nur Ulises selbst kam wie der sprichwörtliche Unglücksrabe plötzlich wieder herbeigeflattert. Obwohl ich damals die fünfundvierzig schon überschritten hatte, gab er mir zur Begrüßung einen Kuß auf die Wange und nannte mich *nena*, wie in alten Zeiten.

Nach seiner Heimkehr ging Onkel Ulises kaum noch aus. Er blieb in Las Bougainvilleas, kümmerte sich um die Papageien und die Pfauen und stattete Adelas Grab auf dem Hügel oberhalb des Zementwerks fast täglich einen Besuch ab. Er befreite den Grabstein von der weißen Pulverschicht, die sich regelmäßig darauf ablagerte, stellte frische Blumen in die Vasen und sprach ein oder zwei Gebete, bevor er in sein halb verfallenes Haus zurückkehrte.

Eines Tages besuchte Tante Celia, die damals schon im Kloster neben der Gießerei lebte, Ulises in seinem Haus. Sie öffnete das nunmehr mit Moos überzogene schmiedeeiserne Gartentor, von dessen kunstvollen Arabesken die Farbe abblätterte, und kündigte mit dem Türklopfer ihr Kommen an, aber nichts rührte sich. Sie ging um das Haus herum und drückte die Klingel am Anbau. Als kurz darauf eine splitternackte rothaarige Frau in der Tür erschien, wäre Celia vor Schreck beinah in Ohnmacht gefallen. Doch sie gewann rasch ihre Fassung zurück, schließlich war sie aus den Elendsvierteln von La Concordia einiges gewohnt, und erklärte, sie wolle Ulises besuchen. Die junge Frau lächelte liebenswürdig und führte Celia, mit einer Selbstverständlichkeit, als wäre sie nach der neusten Mode gekleidet, herein. Dann wandte sie sich zu den Zimmern im Hintergrund und verschwand.

»Kannst du mir mal verraten, wer die kleine Rothaarige ist?« fragte Celia ihn mit finsterer Miene, als sie das Wohnzimmer betrat.

Onkel Ulises lachte auf und sagte: »Nicht das, was du denkst, Celia, keine Sorge. Nanette ist meine Tochter aus vierter Ehe, du weißt doch, mit der Krankenschwester aus Sarasota. Nan ist achtzehn und ebenfalls Krankenschwester, deshalb ist sie hier. Sie pflegt mich.«

»Und wieso, bitte schön, läuft sie dann nackt herum?« fragte Celia mißtrauisch und durchbohrte ihn mit ihren hellblauen Augen.

Einige Tage darauf rief Ulises' vermeintliche Tochter Nanette Tante Celia morgens um fünf Uhr im Kloster an, um ihr mitzuteilen, daß Ulises soeben einen Herzanfall erlitten habe und gestorben sei. Celia benachrichtigte umgehend meinen Vater, der zufälligerweise die Nacht in La Concordia verbrachte, und sie gingen gemeinsam zum Haus ihres Bruders. Nanette war spurlos verschwunden, indes Ulises vollkommen entblößt dalag. Sein Penis ruhte noch halbgeschwollen auf dem Oberschenkel, und auf seinem Gesicht lag ein seliges Lächeln.

8

Onkel Roque war Tante Celias Lieblingsbruder, und sie war es, die mir von ihm erzählte. »In meiner frühesten Erinnerung war Roque vier Jahre alt, kletterte geschickt wie ein Taíno auf den Mangobaum in unserem Garten und bewarf mich von oben mit reifen Früchten.«

Nach seinem Studienabschluß heiratete Onkel Roque seine Jugendliebe, Clotilde Rosales. Sie wohnten, neben Ulises und Venecia, im altmodischsten der vier Vernethäuser, das vor dem Bau von Las Bougainvilleas mitten im Zuckerrohrfeld gestanden hatte. Roque ließ es vollständig renovieren und einen neuen Flügel für Küche und Bad anbauen. Die Terrasse war mit polierten roten Fliesen ausgelegt, wie sie damals auf der Insel hergestellt wurden, und dort saß Clotilde oft unter einer weiß-grün-gestreiften Markise im Schaukelstuhl und plauderte mit ihren Schwestern. Der ungewöhnlichste Teil von Onkel Roques Haus war indes ein zum Garten gewandtes hochmodernes Labor, mit Klimaanlage, Neonlicht und allerlei Gefäßen, die auf emaillierten Tabletts standen und Chemikalien enthielten, um Onkel Roques Sammlung antiker Gegenstände und Fossilien der Taíno zu konservieren.

Tante Clotilde war zwar eine geborene Rosales, aber mit Tante Amparos Mann Arnaldo war sie nicht verwandt. Sie gehörte zu den armen Rosales, nicht zu den wohlhabenden, wie sie jeden Fremden, dem sie vorgestellt wurde, stolz wissen ließ.

Ihr Vater war nicht einer von denen, die Melasse zu Zucker verkochten und ihre Arbeiter mit einem Hungerlohn von zwei Centavos pro Woche abspeisten – aber Arnaldos sehr wohl.

Tante Clotilde hatte stumpfes, schwarzes Haar und eine fahle Gesichtshaut. Sie legte keinen großen Wert auf ihr Äußeres, was insofern verwunderlich war, als Onkel Roque – der »Clark Gable« der Familie – sich gerne gut kleidete und nach jedem seiner mehrfach täglichen Bäder Stunden vor dem Spiegel zubrachte und sich von oben bis unten mit *Eau de Toilette* einsprühte. Nach Aurelio, dem erkorenen Frauenliebling unter den Vernet-Brüdern, war Roque der nächstbegehrte, dem der größte *Sex-Appeal* nachgesagt wurde. Aber als Tante Clotilde auf einer Feier Onkel Roque mit ihrem scheuen Lächeln um einen Tanz bat, vollkommen sicher, daß er nein sagen würde, willigte er entzückt ein. Seitdem zog er sie allen anderen vor. Ihn faszinierte das Geheimnisvolle, das Clotilde umgab, und ihre stille Zurückhaltung, in der er eine große Stärke sah. Er beschloß, sie in das Geheimnis der Taíno einzuweihen: nämlich, daß Männer und Frauen auf der Welt waren, um das Leben zu genießen, und nicht, um sich zu Tode zu schuften.

Tante Clotildes Vater, Don Emiliano Rosales, war der Besitzer von *Portacoeli*, La Concordias einzigem Beerdigungsinstitut, das eine Anlage für Feuerbestattungen betrieb. Er war ein fanatischer Anarchist und Gewerkschaftsführer, der aus seinem Atheismus keinen Hehl machte und in Gott das »antihumane Prinzip« sah.

Don Emiliano Rosales betrieb sein Krematorium aus Überzeugung; einerseits bot es La Concordias Arbeitern eine preiswerte Möglichkeit, ihre Angehörigen beizusetzen, andererseits stellte es mit seinen reinigenden Flammen die Gleichheit zwischen den Menschen her. Und über der Tür von Don Emilianos Institut prangte daher ein geschnitztes Schild mit dem einzigen Bibelzitat, das er für glaubwürdig hielt: »Asche zu Asche,

Staub zu Staub«. Vermengte man nämlich die menschliche Asche miteinander – und genau das tat Don Emiliano Rosales, wenn er den Hinterbliebenen die sterblichen Reste ihrer vermeintlichen Angehörigen aushändigte –, war jeder wirtschaftliche und gesellschaftliche Unterschied aufgehoben und aller Standesdünkel in Anonymität verwandelt. Aber Feuerbestattungen wurden von der katholischen Kirche als Todsünde geächtet, und das war der Grund, weshalb Tante Clotilde und ihre Familie nur äußerst selten von anderen Leuten eingeladen wurden.

Tante Clotilde war ebenfalls Atheistin, und als sie mit Onkel Roque auszugehen begann, unterbreitete sie ihm gleich zu Anfang, daß sie nicht an Gott glaubte. Roque bezeichnete sich auch nicht als religiös, aber im Angedenken an seine Mutter glaubte er an ein »höheres Wesen«, dem er sich von Zeit zu Zeit im Gebet zuwandte, weil er sich wünschte, Adela eines Tages wiederzusehen.

Das erzürnte Clotilde, aber Roque erklärte ihr, sie bräuchte sich in dieser Beziehung keine Sorgen zu machen, denn er sei Freimaurer und habe seit Jahren keine Kirche mehr betreten. Aber Clotilde behielt ihren Groll gegen ihn.

»Ein Atheist ist etwas vollkommen anderes als ein Freimaurer«, sagte sie. »Atheisten leugnen die Existenz eines Gottes und glauben nur an sich selbst.«

Dieser Anschauungen wegen fand Clotilde, als sie nach ihrer Hochzeit mit Onkel Roque nach Las Bougainvilleas zog, dort kaum Anschluß. Ihre Jugendfreunde aus La Victoria, dem Arbeiterviertel, in dem sie aufgewachsen war, wollten mit einer Millionärsgattin aber auch nichts zu tun haben. Daher verließ sie nur selten die engen Grenzen ihres Grundstücks, und ihre Trübsal wurde so groß, daß sie sich wie ein dunkler Schleier über sie legte. Sie trug im Haus wie im Freien eine dunkle Brille, und niemand wußte genau zu sagen, welche Augenfarbe sie eigentlich hatte. »Atheisten«, pflegte der Pfarrer in der Kathedrale von der Kanzel zu predigen, »trachten danach, Gottes Welt zu vergiften, weil sie die Hoffnung aufgegeben haben, Gott lieben zu können und von ihm geliebt zu werden.« Und genau das war der Grund, weshalb Onkel Roque Tante Clotilde liebgewonnen hatte. Er wollte sie lehren, glücklich zu sein und im Licht zu leben statt in der Finsternis.

Im Jahr 1948 unternahm Tante Celia nach langer Zeit ihren ersten Heimaturlaub und besuchte als erstes ihren Bruder Roque. Eine ganze Weile saßen sie in seinem Labor und unterhielten sich, umgeben von den staubigen Taínoknochen und Tonscherben, die Roque mit großer Geduld wieder zusammenzufügen versuchte. Celia schilderte Roque ihre Arbeit als Missionarin in den Appalachen, wo sie mit einer Gruppe von ebenso abenteuerlustigen Nonnen wie sie selbst lebte. Sie scheuten weder Angst noch Kälte oder Hunger, wenn es darum ging, Jesu Botschaft zu jeder noch so abgelegenen Hütte in den kargen Gebirgshöhen zu tragen. Als Fortbewegungsmittel diente ihnen ein klappriger Lieferwagen, und da Celia – dank der weisen Voraussicht ihrer Brüder – als einzige einen Führerschein besaß, steuerte sie das Gefährt die kurvenreichen Strecken an den felsigen Abgründen entlang. Sie besuchten die Siedlungen der Minenarbeiter, halfen die Toten bestatten und tauften mit einem Priester die Neugeborenen.

Dann erzählte Celia, daß der irische Bischof Monsignore MacFarland, der erst kürzlich auf Puerto Rico sein Amt angetreten hatte, sie per Telegramm nach Hause beordert habe, und fragte Roque, ob er vielleicht den Grund dafür wußte. Roque vermutete, daß es etwas mit der katholischen Universität zu tun haben könnte, die der Bischof in La Concordia plante, versicherte ihr aber, daß sie es bestimmt bald erfahren würde. Er hatte recht: Schon am nächsten Tag bat MacFarland Celia zu sich.

Celia war ziemlich dünn. Auf ihren Streifzügen durch die Appalachen bekam sie oftmals nichts zu essen, und so hatte sie mit der Zeit an Gewicht verloren. Sie trug die dicke weißwollene Sommertracht ihres Ordens und das dazugehörige Strohhütchen, das ihr wie ein runder Keks auf dem Kopf saß. Trotzdem schien sie nicht zu schwitzen, wohingegen der Bischof, der kein Kostverächter war, in seinem schweißgetränkten purpurnen Seidengewand den Eindruck einer reifen Aubergine erweckte.

»Die wohlhabenden Leute von La Concordia sind weniger freigebig, als ich annahm«, begann der Prälat, nachdem er Celia in der Düsternis seines Hauses, das einem spanischen Landsitz glich, einen Platz angeboten hatte. »Sie glauben, sie könnten ihr Gold mit ins Jenseits nehmen und kümmern sich nicht um die Armen. Ihre Frau Mutter, Adela Pasamontes, war da ganz anders. Sie litt selbst mit, sobald sie andere hungern sah, und ging in die Elendssiedlungen, um die Armen zu speisen.«

Celia durchbohrte den Bischof mit einem ihrer glasklaren Blicke. »Die Speisung der Armen, Hochwürden, ist eine wichtige Sache«, erwiderte sie mit Nachdruck. »Aber wissen Sie, an welchen Häusern ich auf meinen Reisen durch die Appalachen anzuklopfen wage? Wenn es nach Sauerkraut oder Chop Suey riecht, mache ich umgehend kehrt, weil ich weiß, daß Juden und Chinesen mich nicht willkommen heißen würden. Duftet es aber nach Spaghettis oder Reis mit Bohnen, klopfe ich freudig an die Tür und kann oft ein krankes Kind taufen oder ein anderes gutes Werk vollbringen, wofür ich mit einer warmen Mahlzeit belohnt werde.« Der Bischof lächelte nachsichtig. Als echter Ire verabscheute er Spaghettis, versprach Celia aber, seine Köchin am nächsten Tag zu bitten, ihm einen Teller Reis mit Bohnen zu kochen, damit er sich einen Eindruck von der einheimischen Küche verschaffen konnte.

Als MacFarland Celia ausforschte, erfuhr er, daß Großmutter Adela zwar sehr fromm gewesen, mein Großvater und seine vier

Söhne indes Freimaurer waren. Dieser Umstand, so versicherte ihm Celia, hatte Adela vor ihrem Tod einigen Verdruß bereitet, weshalb in einem verborgenen Winkel der Vernetschen Seelen ein Schuldgefühl schlummerte. »Sind denn Ihre Brüder ebenso mildtätig wie Ihre Frau Mutter, meine Tochter?« fragte der Bischof höflich.

»Meine Brüder sind jedenfalls nicht knauserig«, gab Tante Celia ihm zur Antwort. »Aurelio finanziert seine politischen Mitstreiter, Ulises und Roque dagegen halten ihre Geliebten aus. Wenn es uns gelingt, ihnen die Freimaurerei auszureden und sie zum katholischen Glauben zu bekehren, werden sie die Kirche bestimmt unterstützen. Es wäre einen Versuch wert.«

Ein paar Tage darauf stattete MacFarland in Celias Begleitung Großvater Changuito einen Besuch ab. Er schlug ihm vor, die neue Universität nach Adela, deren vollständiger Name Adela Mercedes Pasamontes gelautet hatte, *Universidad de las Mercedes* zu nennen, wenn die Vernets ihm im Gegenzug für dieses Projekt das Zuckerrohrfeld überließen, das sie erst kürzlich im Hinblick auf eine mögliche Erweiterung ihres Zementwerks am Stadtrand erworben hatten. Durch eine so großzügige Schenkung würden der Familie Vernet die Tore zum Heiligen Römischen Reich weit geöffnet werden, versprach der Bischof, und stellte Großvater Changuito in Aussicht, daß ihm, im Falle seiner Zustimmung, kein Geringerer als Kardinal Spellman persönlich mit einer feierlichen Zeremonie in der Saint Patrick's Kathedrale von New York die Ordensmedaille des heiligen Gregor verleihen würde – vorausgesetzt, versteht sich, daß Changuito seinem Freimaurertum abschwor.

Changuito versammelte seine Söhne im Eßzimmer des Hauses in der Calle Esperanza und besprach die Angelegenheit mit ihnen. Was ihn betraf, so fand er das bischöfliche Angebot eigentlich verlockend: Die Freimaurerei verlor ohnehin weltweit an Boden, und eine führende Rolle in der katholischen Kirche würde der Familie eine Menge Prestige einbringen. Allerdings wollte er dem Handel einige Punkte hinzufügen: Seine Enkelin Catalina sollte in die Schule des »Heiligen Herzens« aufgenommen werden; Onkel Ulises' Ehe mit Caroline Allan sollte annulliert werden, ohne daß Ulises dadurch irgendwelche Unkosten entstünden; und, was ihm am meisten am Herzen lag, Tante Celia sollte die Erlaubnis erhalten, auf Dauer in ihre Heimat zurückzukehren. Sie sollte ihre missionarische Arbeit in La Concordias Armenvierteln fortsetzen können, anstatt die Seelen weiß der Himmel wo zu retten. Wenn die Kirchenmänner ihm in diesem letzten Punkt nicht entgegenkämen, könnten sie ihm mit ihren ganzen Angeboten gestohlen bleiben. Seine vier Söhne erhoben keinerlei Einwände, und Bischof MacFarland erklärte sich mit sämtlichen Forderungen einverstanden.

Kurz darauf kaufte mein Großvater ein altes Haus in der Nähe von *Vernet Construction* und überschrieb es dem Maryknoll-Orden. Tante Celia und ihre Missionarinnen zogen dort ein und begannen ihre Arbeit in den Elendsquartieren von La Concordia – *Las Cajas*, *Pantanales*, *Despeñaperros*, *Riachuelo Seco*.

An Großmutter Adelas zwanzigstem Todestag fand die Grundsteinlegung der *Universidad de las Mercedes* statt. Bischof MacFarland hielt in der Kathedrale von La Concordia das Hochamt zu Adelas Gedenken. Großvater Changuito, seine vier Söhne und deren Gattinnen empfingen bei dieser Gelegenheit allesamt das heilige Abendmahl – mit Ausnahme von Tante Clotilde. An jenem Tag feierte Tante Celia ihren ganz persönlichen Triumph: Die Seelen des Vaters und der Brüder waren endlich der Hölle entrissen.

Ein Jahr später wurde die Universität mit einem Festakt eröffnet, bei dem sämtliche Würdenträger der puertoricanischen Kirche zugegen waren. Auf dem Campus, wo sich vor kaum einem Jahr noch das Zuckerrohr im Wind gewiegt hatte, stand eine erhöhte Plattform, die mit Blumengebinden aus weißen Lilien geschmückt war; zu beiden Seiten flatterte das weiß-gelbe Banner der katholischen Kirche, während im Hintergrund vor einem roten Samtvorhang das Bild von Papst Pius XII. hing. Zwei Stuhlreihen mit hohen Lehnen nach kolonialspanischer Art waren auf dem Podest aufgestellt worden, und auf ihnen thronten Bischof MacFarland und die Vernets über einem Meer von Köpfen. Damit beabsichtigte der Bischof, den Bürgern von La Concordia die Familie Vernet als löbliches Beispiel vorzuführen, um weitere Spender für das Projekt zu gewinnen.

Auf Großvater Changuitos Brust prangte die Medaille des heiligen Gregor, derweil die Miene des Bischofs über seinem goldenen Kruzifix mit dem großen Amethyst vor Glück strahlte. Tante Celia und Tante Amparo nahmen ganz in Weiß die Außenflanken neben Changuito und MacFarland ein, und dahinter saßen die vier elegant gekleideten Vernet-Brüder mit ihren Ehefrauen. Alle lächelten, bis auf Clarissa, die ihren bewölkten Blick über die Trümmer des dem Untergang geweihten Zuckerrohrfeldes schweifen ließ. Ausgerechnet Tante Clotilde saß unter dem Papstbildnis und fühlte sich dort besonders unwohl. Wie gewohnt trug sie ihre dunkle Brille und einen breitkrempigen Hut. Fassungslos und erstaunt beobachtete sie den Wandel, den die Vernets binnen eines einzigen Jahres durchgemacht hatten – von überzeugten Freimaurern zu vorbildlichen Katholiken.

9

Onkel Roque und Tante Clotilde hatten zwei Söhne, Enrique und Eduardo. Als 1938 Eduardo auf die Welt gekommen war, hatte Clotilde zu Roque gesagt: »Jetzt hast du eine eigene Familie und solltest dich wirtschaftlich unabhängig machen. Aurelio und Ulises geben in *Vernet Construction* den Ton an, Damián folgt ihnen aufs Wort, und du hast auch keine Handlungsfreiheit. Momentan läuft alles reibungslos, weil ihr Brüder seid und euch versteht. Aber was soll werden, wenn Enrique, Eduardo, Rodrigo und Alvaro einmal erwachsen sind? Als Vettern werden sie sich möglicherweise nicht so einig sein. Wäre es da nicht vernünftiger, jetzt, da dein Vater noch am Leben ist, eine Aufteilung vorzunehmen? Jeder bekommt seinen Anteil und kann mit dem Geld tun und lassen, was er will.«

Aber Roque hatte sich zu einem solchen Schritt nicht entschließen können. Als Ulises sich dann von der Familie trennte und die Brüder fünfzig Millionen Dollar aufbringen mußten, um ihn auszuzahlen, wurde ein Ausstieg ohnehin indiskutabel. »Ich wage es nicht, Clotilde«, gestand Roque seiner Frau. »Meine Aktien sind inzwischen so viel wert, daß Aurelio und Damián sie nicht mehr bezahlen können, selbst wenn sie wollten. Wir müßten das Zementwerk verkaufen, und das wäre ein großer Fehler. Außerdem möchte ich mich gar nicht von meinen Brüdern trennen. Ich brauche nur wenige Stunden am Tag im Büro anwesend zu sein, die übrige Zeit kann ich meinen Ausgrabungen widmen. Aber wenn ich verkaufe und mich selbständig mache, muß ich wieder ganz von vorn anfangen.«

»Unser Leben ist so verlogen«, sagte Clotilde bitter. »Eigentlich fehlt es uns an nichts zum Glück, wir haben Geld, ein schönes Heim und sind gesund. Nur unsere Würde und unsere Selbstachtung haben wir nicht. Ich möchte stolz auf dich sein können, verstehst du das denn nicht?« Aber als Roque ihr nicht nachgab, sondern statt dessen in sein Labor hinters Haus ging, um seine archäologischen Schätze zu studieren, lief Tante Clotilde wütend hinter ihm her und rief: »Ist gut, Roque! Wir werden tun, was du befiehlst, und weiter an der goldenen Brust von *Cementos Estrella* saugen. Aber vom heutigen Tag an sollen meine Kinder Vernet Rosales heißen, und glaub bloß nicht, daß ich dich weiterhin jeden Sonntag zum Mittagessen in die Calle Esperanza begleiten werde. Ab sofort ziehe ich es nämlich vor, zu Hause zu bleiben!«

Enrique und Eduardo wurden nach ihrer Geburt nicht getauft, aber das verriet Tante Clotilde niemandem. Als sie das Schulalter erreichten, wurden sie auf dieselbe katholische Privatschule geschickt wie Alvaro und ich: die *Academia de los Padres Paules*. Clotilde und ihre Geschwister hatten natürlich öffentliche Schulen besucht, wie alle Kinder in La Victoria. Aber da sie die Gattin eines Vernet war, wurden Clotildes Söhne in *Los Paules* angenommen.

Los Paules war eine Jungenschule, doch wurden dort bis zur fünften Klasse auch Mädchen unterrichtet. Mit ihrem für die Rivas de Santillanas typischen Hang zur Knausrigkeit beschloß Clarissa, weil sie Benzin sparen wollte, mich in den Grundschuljahren auch dorthin zu schicken, statt in die Schule des »Heiligen Herzens«, die für eine Tochter aus gutem Hause eigentlich die richtige war. In meinem Einschulungsjahr, 1944, wurde nämlich der Treibstoff rationiert, und auf diese Weise mußte Cristóbal nur einmal fahren.

In meiner Klasse gab es zwei oder drei Mädchen auf zehn bis zwölf Jungen. Wir trugen alle Uniformen in Khaki mit Krawatten von derselben Farbe und dazu schlammbraune Schuhe. Die Mädchen mischten sich ungehemmt unter die Jungen und erfuhren keinerlei Sonderbehandlung. Ich liebte *Los Paules*, weil ich dort erlebte, daß wir Mädchen genauso stark und intelligent waren wie die Jungen, und mir einbildete, vor uns läge ein gleichermaßen erfolgreiches Leben.

Da Tante Clotilde keinen Chauffeur hatte und Onkel Roque nie den Führerschein gemacht hatte, wurden ihre Kinder mit dem Taxi zur Schule gebracht. Doch als sie erfuhr, daß Cristóbal uns im Cadillac zur Schule kutschierte, gegen den mein Vater den Pontiac eingetauscht hatte, als bessere Zeiten anbrachen, ärgerte sie sich maßlos. Sie wollte auf keinen Fall, daß ihre Söhne mit einem Minderwertigkeitskomplex aufwuchsen. Also rief sie bei der Feuerwehr an, wo Großvater Changuito immer noch gute Freunde hatte, und bat darum, ihre Kinder nachmittags von der Schule abzuholen.

Die Schulglocke läutete, und alle Kinder drängten lärmend nach draußen auf den Schulhof, wo wir durcheinanderliefen, uns schubsten und anrempelten wie eine Horde freigelassener Teufel, als plötzlich die Feuerwehr ertönte. Kurz darauf fuhr ein riesiger roter Einsatzwagen, mit sämtlichen Glocken bimmelnd, stockend auf den Hof, während der Fahrer hupte, als stünde die ganze Welt in Flammen. Dann sahen alle Kinder mit offenen Mündern zu, wie Enrique und Eduardo, gebügelt und geschniegelt, einer hinter dem anderen, ganz brav auf den Vordersitz kletterten. Die Feuerwehr setzte sich wieder unter lautem Geläut und Sirenengeheul in Bewegung und fuhr meine Cousins in atemberaubender Geschwindigkeit in die Avenida Cañafístula.

In *Los Paules* lernte ich noch eine Lektion. Ich erkannte rasch, daß meine Cousins mit meinem Bruder Alvaro nicht mithalten konnten und Alvaro deshalb eines Tages die Führung von *Cementos Estrella* übernehmen würde.

Ich war Vaters verschwenderische Tochter, Alvaro dagegen ein praktisches, umsichtiges Kind. Während ich die neue Zahnpastatube von der Mitte ausdrückte und nach kurzer Zeit nur noch mit Mühe etwas herausbekam, rollte mein Bruder sie sorgfältig von unten auf, ganz gleichmäßig und systematisch, bis nichts davon übrig war als ein leeres Metallband, das er ohne schlechtes Gewissen wegwerfen konnte.

Über die Unterschiede zwischen meinem Bruder und mir machte ich mir als Kind keine Gedanken. Ich war vollauf damit beschäftigt, meinen Vater nachzuahmen, und nahm sie gar nicht so richtig wahr. Eigentlich fühlte ich mich meinem Bruder ebenbürtig: Ich schwamm wie ein Fisch, traf einen Baseball und schaffte ab und zu sogar einen *Homerun*. Das sollte sich ändern, als er eines Tages mit unserem Cousin Eduardo Vernet in einen erbitterten Streit geriet.

Eduardo liebte Faustkämpfe, und so sah er auch aus. In meinen Augen war er eine Kreuzung zwischen einem Pulverfäßchen und einer Speckschwarte. In *Los Paules* vergriff er sich mit Vorliebe an kleineren, schwächeren Kindern. Sein Großvater Rosales lebte in La Concordias Arbeiterviertel La Victoria, wo Eduardo ihn häufig besuchte. Unter den dortigen Kindern herrschte das Faustrecht. Die Älteren tyrannisierten die Kleinen, und auch er bekam seinen Teil ab, lernte aber, darüber zu schweigen. Außerdem machte ihn das Krematorium seines Großvaters in der Schule zur Zielscheibe des Gespötts: »Brat dir zu Weihnachten einen Freund und steck ihn in eine Urne!« riefen ihm einige in der Pause hinterher, worauf Eduardos Rechte vorschnellte und wie ein Vorschlaghammer die Nase seines Widersachers traf.

Einmal boxte Eduardo in der Pause dem zehnjährigen Luis Martínez ohne ersichtlichen Grund in den Rücken, so wie er es selbst schon in La Victoria erlebt hatte, und warf ihn zu Boden. Alvaro, der sich in der Nähe aufhielt, sah, wie Eduardo den Fuß auf den Jüngeren stellte, während dieser quer über der Mittellinie des Basketballplatzes flach auf der Brust lag.

»Du meinst wohl, die Tatsache, ein Vernet zu sein, würde dir das Recht geben, andere zu drangsalieren, was?« sprach mein Bruder ihn im kühlen Ton eines Polizisten an.

»Nein, aber die Tatsache, ein Vernet Rosales zu sein sehr wohl«, entgegnete ihm Eduardo. »Ich bin nämlich kein Rivas-de-Santillana-Mamasöhnchen wie du.«

Diese Beleidigung schallte über den ganzen Schulhof, und augenblicklich scharten sich die Buben in einer dichten Traube um Eduardo und meinen Bruder und begannen, sich gegenseitig zu rempeln und zu puffen, während ich mir mit den Ellbogen einen Weg durch den Auflauf bahnte. Im Gegensatz zu dem Muskelpaket, das Eduardo abgab, war Alvaro ein Hänfling. Faustkämpfe waren unter seiner Würde, und jede mit Körperkraft verbundene Sportart verurteilte er als primitiv, wohingegen Tennis für ihn ein aristokratischer Sport war.

Alvaro und ich lebten in Las Bougainvilleas sehr behütet, und mein Bruder kam gar nicht auf die Idee, die anderen könnten von ihm erwarten, daß er sich gegen Eduardos Schmähung zur Wehr setzen müßte. Inmitten der johlenden Kinder tat er daher nichts weiter, als Luis wieder auf die Beine zu helfen. Ich stand neben ihm mit meiner Tomatensaftflasche in der Hand, die ich immer für die Pause dabei hatte, als Eduardos Faust wie aus dem Nichts herausschoß. Alvaro sah sie aus dem Augenwinkel auf sich zukommen und konnte sich gerade noch rechtzeitig ducken, so daß die Faust über seinen Kopf hinwegpfiff. Ohne sich umzusehen, erhob er sich und machte Anstalten zu gehen, als ihn Eduardos Rechte mitten im Gesicht traf. Ich machte einen wütenden Satz nach vorn, öffnete den Verschluß an meiner Flasche und schleuderte Eduardo den Tomatensaft entgegen.

Als wir nach Hause kamen, war Alvaros blutige Nase zur doppelten Größe angeschwollen und hatte die vornehme Linie der Rivas de Santillanas eingebüßt. Aber Alvaro biß die Zähne zusammen und erwähnte unseren Eltern gegenüber den Vorfall mit keinem Wort. Ich war diejenige, die unter Tränen alles erzählte: Eduardo hatte Alvaro und einen jüngeren Schüler verprügelt, und alle drei hatten sie vom Direktor eine Verwarnung bekommen.

»Hast du zurückgeschlagen?« fragte mein Vater seinen Sohn. Alvaro wurde puterrot und schüttelte den Kopf, dazu sei keine Gelegenheit mehr gewesen, sagte er kleinlaut. Mein Vater nickte zufrieden. Das wichtigste war, in der Familie Vernet den Frieden zu wahren.

»Was für einen Frieden, den der Vernets oder den der Rosales?« mischte meine Mutter sich nun ein, indem sie meinen Vater mit zornigen Blicken maß. Noch am selben Nachmittag ging sie in die Stadt und kaufte Aurelio und Alvaro jeweils ein Paar feuerroter Boxhandschuhe, die wie riesige Tomaten aussahen.

Eine ganze Woche lang tobte mein Vater mit Alvaro über den Rasen, sie rauften und balgten, um meinem Bruder zum erfolgreichen Gegenschlag zu trainieren. Kurze Zeit später provozierte Alvaro Eduardo in der Schulpause und brachte ihn dann mit einem gezielten Fausthieb zur Strecke. Das war der Tag, an dem ich schließlich einsah, daß ich mich durchaus von meinem Vater und meinem Bruder unterschied. Die rohe Gewalt war anscheinend für Männer selbstverständlich, für uns Frauen aber undenkbar.

10

Mein Cousin Enrique war hochaufgeschossen und schlaksig und erinnerte mich an einen Grashüpfer. Abgesehen von seiner Schüchternheit stotterte er auch noch und mußte zu jedem Satz mehrmals Anlauf nehmen. Die anderen Kinder verhöhnten ihn deshalb und äfften ihn lachend nach: »*Soy ggggago porque no ccccago!*«, was hieß, ich stottere, weil ich nicht kacken kann. Daß Enrique ein Vernet war, stachelte ihre Grausamkeit noch weiter an, obwohl er sich gar nichts auf seinen Namen einbildete und nur in Frieden gelassen werden wollte.

Enrique war ein schlechter Schüler und mußte zwei Klassen wiederholen – die zweite und die dritte –, aber das lag nicht daran, daß er etwa dumm gewesen wäre, vielmehr hatten seine Lehrerinnen nicht die geringste Geduld mit ihm. Wenn sie ihn aufriefen und seine Antworten nicht genauso herausgeschossen kamen wie bei seinen Klassenkameraden, unterstellten sie ihm, daß er seine Hausaufgaben vergessen hatte, und schimpften ihn ohne Erbarmen. Starr vor Schreck stand Enrique dann da, und alles Gelernte war wie weggeblasen.

Aufgrund seines Sprachfehlers besaß Enrique ein sehr geringes Selbstwertgefühl, und es fiel ihm schwer, Freunde zu finden. Aber Tante Clotilde kam nie zur Schule, weil sie jegliches Zusammentreffen mit den anderen Müttern, die ja katholisch waren, zu vermeiden suchte. Deshalb wurde Enrique nur äußerst selten von anderen zum Spielen eingeladen, und als er eines Tages den Wunsch äußerte, von der Schule genommen zu werden, gab Tante Clotilde ihm nach. Da seine Mitschüler ihn dermaßen quälten, war es wohl das beste, ihn ihrer Reichweite zu entziehen. Schließlich hatten sie Geld genug, um die Dienste eines Privatlehrers in Anspruch zu nehmen, der Enrique zu Hause unterrichtete. Dieser Schritt erwies sich im nachhinein allerdings als sehr unklug. Enrique wurde immer stiller und bedrückter, bis er am Ende wochenlang in seinem Zimmer blieb, sich einschloß und keine Menschenseele mehr sehen wollte. Tante Clotilde brachte ihm seine Mahlzeiten mit einem Tablett aufs Zimmer, stand aber jedesmal stundenlang vor der verschlossenen Tür und bettelte darum, daß er sie öffnete und etwas von dem Essen probierte. Eines Nachts, als alle schliefen, ging Enrique in die Bibliothek hinunter, holte Onkel Roques Pistole aus der Schublade und schoß sich damit in den Kopf. Er war erst vierzehn Jahre alt.

Die Tragödie machte uns alle sehr betroffen, ganz besonders Großvater Changuito, der kaum über seinen Kummer hinweg kam. Kein Mitglied der Familie war bisher gewaltsam ums Leben gekommen, seit sein Vater Henri Vernet auf Kuba durch einen Stromschlag gestorben war, und nun fürchtete er, dieses Ereignis könnte ein schlechtes Omen sein. In seiner Verzweiflung suchte Changuito nach einem Schuldigen, und schließlich mußte Tante Clotilde daran glauben. »Wer will schon eine Atheistin zur Mutter haben? Ich wundere mich nicht, daß in der Schule niemand mit dem Jungen spielen wollte. Clotilde sollte sich zum Katholizismus bekennen und jetzt wenigstens Eduardo taufen lassen; sonst passiert mit ihm noch dasselbe.«

Tante Celia, die vor kurzem in die Heimat zurückgekehrt war, besuchte Roque, um ihn zu trösten. Onkel Roque war am Boden zerstört. Da er nahezu sein ganzes Leben lang Freimaurer gewesen war, hatte er das Beten verlernt, und nun wußte er nicht, wohin mit einem Schmerz, der ihn schier um den Verstand brachte.

»Er ist ungetauft gestorben, Celia«, sagte er mit einer Stimme, die vom vielen Weinen schon ganz heiser war. »Seine Seele wird für alle Ewigkeiten in der Vorhölle schmachten! Oh, mein armes Kind!«

»Gräm dich nicht so, Roque«, redete Tante Celia begütigend auf ihn ein. »Enrique ist frei von Sünden gestorben. Seine Seele ist, benetzt vom Taufwasser unserer Tränen, geradewegs zum Himmel aufgestiegen. Wir werden ihn ins Familiengrab neben Mutter legen, und du kannst gewiß sein, daß sie gut auf ihn aufpassen wird.«

Doch Clotilde erhob Einspruch dagegen und weigerte sich, Enrique auf dem katholischen Friedhof beizusetzen. Statt dessen veranlaßte sie, daß er in Portacoeli eingeäschert wurde. Sie nahm den kleinen Beutel mit seinen sterblichen Überresten in Empfang und bestieg den Atalaya, einen windigen Hügel, der sich hinter La Concordia erhob. Von dort aus verteilte sie die Asche eigenhändig in alle Himmelsrichtungen.

Zwar setzte Onkel Roque seine Grabungen nach den Knochen der Ureinwohner fort, doch die gewohnte Freude daran wollte sich nicht mehr so recht einstellen. Vielmehr vergrößerte diese Beschäftigung noch seinen Gram, denn sie führte ihm vor Augen, mit welcher Fürsorge die Taíno ihre Toten bestattet hatten, ihnen Hunde als Begleiter mit auf die Reise ins Jenseits schickten und sie mit Waffen, irdenen Gefäßen und allerlei Glücksamuletten ausstatteten. Seine Gedanken kreisten dabei unablässig um seinen Sohn, der am Tag des Jüngsten Gerichts niemals den Weg nach Las Bougainvilleas zurückfinden würde.

Zudem bekümmerte ihn, daß Aurelio und Ulises ihn immer weniger an der Unternehmensführung beteiligten. Sie hatten sich von einem Stab ehrgeiziger junger Ingenieure umgeben, die sich wie hungrige Wölfe um die jeweiligen Aufgaben rissen und ihn ins Abseits drängten. Seine Brüder waren großzügig und zahlten ihm immer noch dasselbe Gehalt, aber Roque fühlte sich überflüssig und abserviert.

Er suchte sich aus seiner Niedergeschlagenheit zu retten, indem er eine Beziehung mit Titibia Menéndez begann, einer jungen Schneiderin, die von Zeit zu Zeit ins Haus kam, um ihm die Hemden zu kürzen. Roque hatte nämlich verhältnismäßig kurze Arme und mußte stets die Manschetten aufkrempeln. Einmal, als Tante Clotilde ausgegangen war, fanden sich die beiden im Bett wieder und liebten sich heftig und voller Hektik, weil sie fürchteten, daß Tante Clotilde jeden Augenblick durch die Tür kommen könnte. In Titibias Adern floß das Blut der Taíno, und Roque verliebte sich bis über beide Ohren in sie. Die Beschreibung, die Christoph Kolumbus in seinem Tagebuch von den Indianern gab, traf genau auf sie zu: Sie war jung und von schönem Körperbau, ihr Haar glatt und dicht wie eine Pferdemähne, ihre Augen waren sehr schön und groß und ihre Haut war kupferfarben.

Dieses erste Schäferstündchen mit Titibia wirkte auf Roque wie eine Droge, und er konnte nicht mehr von ihr lassen. Er kaufte ihr ein Haus in Las Margaritas, dem Viertel, in dem Alvaro und ich auf die Welt gekommen waren. Sie bekam drei Kinder von ihm, ohne daß Clotilde davon erfuhr. Onkel Roque verlagerte seine Sammlung aus Knochen und Tonscherben ins Haus seiner Geliebten und verbrachte zwei bis drei Nachmittage pro Woche bei ihr. Er wollte endlich das Leben genießen, und Titibia war immer fröhlich und guter Dinge. Roque war es gründlich leid, sein Dasein an der Seite eines Vulkans zu fristen, der ihm ständig Asche ins Gesicht spuckte. Dabei war er sich natürlich vollkommen darüber im klaren, daß er russisches Roulette spielte. Wenn Tante Clotilde seine Liebschaft entdeckte, würde er nicht mit heiler Haut davonkommen. Aber er war mit Titibia so glücklich, daß er jeglichen Gedanken daran verdrängte.

11

Roque war dreiundsechzig, als Tante Clotilde hinter das Geheimnis seines Doppellebens kam. Das finanzielle Unwetter, das sich nach Ulises' Bankrott über den Vernets zusammenbraute und in dessen Folge internationale Steuerfahnder und Rechnungsprüfer der National City Bank wie Spürhunde in allen Ecken herumschnüffelten, um die Firmenbücher und die Bankkonten der Familie in Augenschein zu nehmen, brachte Onkel Roque in arge finanzielle Bedrängnis. Sein Jahreseinkommen von hunderttausend Dollar, die er aus dem Zementwerk bezog, wurde eingefroren, aber er hatte zwei Haushalte mit Personal und allen anderen Annehmlichkeiten zu unterhalten, und dazu noch drei Söhne von Titibia, die ausgerechnet zu diesem Zeitpunkt studieren sollten. Zunächst zog er sich aus der Affäre, indem er keinen Centavo mehr für seinen persönlichen Bedarf ausgab und nur noch in alten, unmodischen Kleidern umherlief. Außerdem wiegte er sich in Sicherheit, weil er in seinem Kleiderschrank in der Avenida Cañafístula Nummer drei ein Kästchen versteckt hatte mit einer Million Dollar in bar. Doch als der Zeitpunkt gekommen war, das Geld anzubrechen, war es verschwunden. Sein Sohn Eduardo hatte das Versteck gefunden und war mit dem Geld auf und davon – nach Spanien, wie es hieß.

Da überfiel Roque die Panik. Außerstande, mit Tante Clotilde oder Titibia über seine Lage zu sprechen, entschloß er sich wegzugehen. Er packte seine wenigen Habseligkeiten in einen abgewetzten krokodilsledernen Koffer und ging zuerst zu Tante Celia.

Es war Sonntag, und Tante Celia war an diesem Tag nicht unterwegs. Eine ganze Weile saß er stumm im Klostergarten und sah zu, wie Celia die Papageien fütterte. Tante Celia ihrerseits fragte sich zwar, wo seine Reise hingehen mochte, wagte aber nicht, Roque darauf anzusprechen, weil er so traurig dreinschaute. Er war unrasiert, seine langen Bluthundohren hatten eine äscherne Färbung angenommen und seine Augen waren überschattet von den dichten Brauen. Als Roque sich schließlich zum Gehen wandte, brach Celia das Schweigen: »Komm doch nachher zum Mittagessen wieder. Es gibt Schweinefleisch mit Kichererbsen, dein Lieblingsgericht. Ich werde für dich einen Platz mitdecken.« Onkel Roque nickte zustimmend, verließ das Kloster und machte sich mit seinem schäbigen Koffer auf den Weg zum alten Bürogebäude von *Vernet Construction* neben der Gießerei.

Es war ein schlichtes, aber durchaus nicht uncharmantes Fünfziger-Jahre-Bauwerk. Ein dreistöckiger Kubus aus großen, selbstgebrannten roten Tonziegeln, über dessen Eingang zwei Fahnen hingen, die US-Flagge und das Familienbanner der Vernets: Vier goldene Sterne auf marineblauem Hintergrund, die in einem größeren Stern einen Ring bildeten – Amparo und Celia waren nicht darauf vertreten.

Das Gebäude stand so gut wie leer. Das Zementwerk war zwar in La Concordia verblieben, aber die Verwaltung von *Vernet Construction* war inzwischen nach San Juan umgezogen. Auch die Gießerei, die Schweißerei und die Maschinenwerkstatt waren noch in Betrieb, aber aufgrund ihres geringen Auftragsvolumens konnten sie sich nur mit Mühe und Not über Wasser halten. Der Niedergang der Zuckerindustrie hatte La Concordia in die wirtschaftliche Depression getrieben, und seine Bevölkerung war spürbar geschrumpft. Von den rund zweihunderttausend Einwohnern im Jahr 1960 waren in den siebziger Jahren durch Abwanderungen in die USA nur noch hundertfünfzigtausend übriggeblieben.

Roque kam an Aurelios und Ulises' Büro vorbei, die nach vorne gingen, und sah auf dem Mattglas der Türen noch ihre Namen prangen: Erster Vizepräsident, Zweiter Vizepräsident. Roques Schritte hallten im Flur wider, als er weiterging zu Onkel Damiáns Zimmer, einem angenehmen, lichtdurchfluteten Raum, dessen Fenster sich zum karibischen Meer öffneten. Roque warf einen Blick hinein und stellte fest, daß niemand da war; Onkel Damián befand sich auf einer seiner Europareisen. Nachdem die älteren Brüder sie mehr oder weniger abgehängt hatten, waren Damián und er in jüngerer Zeit näher zusammengerückt. Roque betrachtete das Porträt von Damián über dem Schreibtisch. Sein Bruder trug darauf einen Leinenanzug, der so hellblau war wie seine Augen, und um seine schmalen Lippen spielte ein ironisches Lächeln. Traurig schüttelte Roque den Kopf und schloß die Tür wieder. Dann setzte er seinen Weg bis zum Ende des Ganges fort, wo sein eigenes Büro lag. Es war der dunkelste Raum von allen, der zum Hinterhof der Gießerei führte. Unter seinem Fenster türmten sich defekte Maschinen und verrotteten, bedeckt mit rötlichem Staub, der alles überzog wie eine Schicht aus geronnenem Blut. Onkel Roque zog die Tür hinter sich zu und verriegelte sie. Dann setzte er sich an seinen Schreibtisch. Er öffnete den Koffer, kramte zwischen der Schmutzwäsche seinen Revolver heraus, hielt ihn sich an die Schläfe und schoß.

Wenige Augenblicke später hastete der Hausmeister, der in dem ausgestorbenen Gebäude den Schuß hatte widerhallen hören, die Stufen hinauf. Ihm folgte Tante Celia, die aufgrund einer düsteren Vorahnung in die Fabrik geeilt war. Mit dem Generalschlüssel verschafften sie sich Zugang zu Roques Büro und sahen ihn in einer Blutlache auf seinem Schreibtisch liegen.

Noch am selben Nachmittag suchte Titibia Menéndez Tante Clotilde in der Avenida Cañafístula auf, als diese gerade dabei war, mit Tante Celias Hilfe Roques Beerdigung zu organisieren. Zitternd vor Angst führte das Dienstmädchen sie ins Wohnzimmer, denn außer Clotilde war in La Concordia jeder über Roques Beziehung zu Titibia Menéndez im Bilde, und Titibia war bekannt dafür, ein äußerst energischer Mensch zu sein und die Dinge beim Schopf zu packen. Sie trat ein und schlug Tante Clotilde ohne große Umschweife vor, Onkel Roque im Tod genauso friedlich mit ihr zu teilen, wie sie es zu seinen Lebzeiten getan hatte. Als sich Tante Clotilde gesetzt hatte, bat sie Titibia, ihr freundlicherweise zu erklären, was sie damit sagen wollte. Da gestand Titibia ihr alles: Daß sie seit vielen Jahren Roques Geliebte war und drei Söhne mit ihm hatte, die – wie sie selbst auch – an der Beerdigung teilnehmen wollten. Sie hatte Roque von ganzem Herzen geliebt, ergänzte sie, und dann fragte sie mit sehr viel Taktgefühl bei Clotilde an, ob nicht vielleicht *Portacoeli*, das Bestattungsinstitut ihrer Familie, ihnen die Möglichkeit einräumen könnte, die Trauerfeier mit beiden Familien gemeinsam zu halten.

Tante Clotilde verschlug es die Sprache. Aber ihre Verblüffung währte nur einen kurzen Moment, dann fing sie sich schnell wieder. Sie stellte gerührt fest, daß Roque, als ein Mann von einfachem Geschmack, eine Frau aus bescheidenen Verhältnissen, wie sie selbst es einmal gewesen war, zu ihrer Nebenbuhlerin erwählt hatte. Er hätte statt Titibia schließlich auch eine dieser reichen Furien nehmen können, die sich den Vernets überall an den Hals warfen.

Es wurden alle Vernets zur Beerdigung eingeladen, aber nur Tante Celia und Aurelio kamen, um daran teilzunehmen. Celia war hell entsetzt über Tante Clotildes Entschluß, Roques Leichnam einäschern zu lassen und keine religiöse Trauerfeier für ihn zu genehmigen. Aber Clotilde legte äußersten Wert auf ihren

Atheismus, weil er ihr Gelegenheit gab, sich vor aller Öffentlichkeit von den Vernets abzugrenzen. Ohne Rücksicht auf die gesellschaftliche Position, die die Vernets in La Concordia innehatten, oder auf die Tatsache, daß sie ihr Ansehen und ihr Prestige nicht zuletzt der katholischen Kirche zu verdanken hatten, blieb sie ihrer Herkunft treu und weigerte sich standhaft, einer katholischen Zeremonie an Roques Grab stattzugeben.

Tante Clotilde reservierte in *Portacoeli* zwei nebeneinanderliegende Kapellen – eine für die Vernet Rosales und eine für die Menéndez –, in denen der Blumenschmuck der jeweiligen Verwandten und Freunde aufgebaut wurde. Der Sarg mit Onkel Roques Leichnam wurde auf ein Wägelchen gehoben und zwischen beiden Seiten hin und her kutschiert, bevor er durch die engelverzierte Pforte in die traurige, mit einem Samtvorhang verhängte Ofenluke geschoben wurde. Zwei Stunden verweilte der Sarg in der Kapelle der Vernets und Rosales, dann wurde er pünktlich zur vereinbarten Zeit zu den Menéndez nach nebenan gerollt. Nur Tante Celia wich nicht von seiner Seite. Sie weinte sich die Augen wund und verfolgte ihren toten Lieblingsbruder unter lautstarkem Rosenkranzgebet; dabei sah sie ihn im Geiste wie ein Taíno auf den Mangobaum hinterm Haus klettern und sie von oben lachend mit reifen Früchten bewerfen.

12

Onkel Damiáns Haus war die Nummer vier in der Avenida Cañafístula und stand neben dem von Onkel Roque als letztes in der Reihe. Es sah genauso aus wie unseres, nur etwas kleiner, weil Onkel Damián und Tante Agripina keine Kinder hatten. Innen war es mit den schönsten Skulpturen und Gemälden geschmückt, die Onkel Damián auf seinen häufigen Reisen in Europa erwarb. Am gegenwärtigsten ist mir aber eine mittelalterliche Waffensammlung aus Schwertern und Lanzen an den Wänden von Onkel Damiáns Bibliothek sowie ein gewaltiger Eisbär, der mit einer roten Zunge, die zwischen den mächtigen Eckzähnen heraushing, auf den Fliesen in der Eingangshalle lag und die Pfoten in alle vier Himmelsrichtungen streckte.

Clarissa und Aurelio zogen Damián regelmäßig mit dem Ungetüm auf und redeten ihm zu, dieses mottenzerfressene Fell, das an einem Ort wie La Condordia, wo oft eine unerträgliche Hitze herrschte, ohnehin völlig fehl am Platze sei, doch endlich loszuwerden. Doch er schenkte ihnen kein Gehör. Was mich betraf, so liebte ich den Eisbären, und wenn wir Onkel Damián besuchten, ließ ich mich als erstes darauf nieder und wälzte mich genüßlich in seinem Pelz. Auch glaubte ich zu wissen, weshalb der Bär für Damián so wichtig war. Er diente ihm als Symbol, um der Familie zu verstehen zu geben, daß in ihm, dem zurückhaltendsten der Vernet-Brüder, dennoch ein Geist wohnte, der so stark war wie ein riesiger Bär.

Onkel Damián war sehr schüchtern, und bei unseren familiären Zusammenkünften sprach er kaum je ein Wort, sondern überließ Aurelio und Ulises die Bühne. Uns Kindern war er dagegen sehr zugewandt. Er konnte Tierstimmen nachahmen und sogar ein wenig bauchreden. Außerdem kannte er eine Menge Zaubertricks. Wenn wir ihn besuchten, nahm er mich auf den Arm, kniff mir scherzhaft ins Ohr und ließ dann einen nagelneuen Centavo auf den Boden kullern; oder er zog an seinen Ärmeln, so daß Scheine und Münzen herausfielen, die er mir dann gab, um Süßigkeiten zu kaufen. Manchmal surrte er auch mit dem ausgestreckten Zeigefinger wie ein Moskito um mich herum und kitzelte mich in einem unbedachten Moment unterm Arm.

Als Onkel Damián Tante Agripina heiratete, hoffte er, mit ihr gemeinsam seine Schüchternheit zu überwinden. Bedauerlicherweise trat indes genau das Gegenteil ein, und Agripina verstärkte seine Unsicherheit noch. Sie stammte aus einer angesehenen Familie von San Juan, den Leclercs, und alle waren überrascht, daß ihre Wahl auf Damián Vernet fiel, der im Hinblick auf seine soziale Stellung eigentlich unter ihrem Niveau war. Obwohl die Leclercs während des Ersten Weltkriegs beinah all ihr Hab und Gut verloren hatten und Agripinas Vater, ein waghalsiger Pilot und Freund von Changuito, bei der Schlacht von Verdun ums Leben gekommen war, war ihr Name noch überall geachtet.

Ihre Mutter hatte Agripina zur höheren Tochter erzogen und auf eine private Mädchenschule geschickt, wo sie lernte, Tischdecken mit Madeira-Stickereien zu verzieren und Porzellan mit Rosen- und Pfirsichornamenten zu bemalen, aber keinerlei lebenspraktische Fertigkeiten erwarb. Und so war Agripina beim Ausbruch des Orkans San Felipe ihrer Mutter, die wie eine Wahnsinnige anfing, für die nächsten Tage Wannen mit Wasser zu füllen und das Essen vorzukochen, überhaupt keine Hilfe.

Als der Sturm mit einer Windgeschwindigkeit von hundertfünfzig Meilen pro Stunde die Ziegel wie Wimpern vom Vordach riß, schlüpfte Agripina kurzerhand in den Küchenschrank und blieb darin versteckt, bis alles vorüber war.

Nachdem sie ein Jahr verheiratet waren, sagte Tante Agripina zu Onkel Damián: »Wieso bin ich eigentlich noch nicht schwanger? Ist irgend etwas mit dir nicht in Ordnung? Ich habe vor allem geheiratet, weil ich mir eine Familie wünsche. Das gesellschaftliche Leben ödet mich an.« Onkel Damián lachte und bat sie, kein dummes Zeug zu reden. Nach so kurzer Zeit bräuchte sie sich wahrhaftig noch keine Sorgen zu machen. »Laß uns unsere Freiheit genießen, solange wir sie haben«, sagte er, »wir können ins Kino gehen, Tennis spielen und unsere Freunde besuchen, wann wir wollen.« Doch Agripina brach in Tränen aus und jammerte: »Ich habe niemanden auf der Welt außer dir. Wenn dir etwas zustößt, stehe ich mutterseelenallein da.«

Diese Ängstlichkeit war ihr in früheren Jahren vollkommen fremd gewesen. Bevor sie Damián kennenlernte, war sie nämlich eine *flapper*, wie man in den zwanziger Jahren die flatterhaften jungen Mädchen zu nennen pflegte. »*Flappers* sind Heldinnen«, sagte sie zu ihren Freundinnen. »Sie brechen mit allen Konventionen und geben damit den Dingen einen besonderen Glanz.« Zwischen einem waghalsigen Piloten und einem leichtsinnigen Mädchen bestand nach Agripinas Ansicht kaum ein Unterschied. Beide lebten gleich intensiv und waren von dem Wunsch beseelt, der Langeweile zu entfliehen, das Spießertum zu provozieren und ein Leben an den Grenzen des Hergebrachten zu führen. Agripina hatte geraucht, getrunken und alle Flüsterlokale von San Juan gekannt.

Eines Abends hatte sie mit ihren Freunden eine illegale Kneipe aufgesucht, die in einem Kellergewölbe untergebracht war und *Pif Paf Pouff* hieß. Ihr Eingang bestand aus einem

Metallrohr; alle, auch die Señoritas aus besserem Hause, ließen sich hindurchgleiten und landeten unten auf einem Stapel weicher Seidenkissen. Junge Männer im Frack halfen den Mädchen wieder auf die Beine, indem sie lautstark die Farbe und Beschaffenheit ihrer Höschen kommentierten, und die versammelte Kundschaft ergötzte sich beifallklatschend daran. An jenem Abend trank Agripina über den Durst und wurde am nächsten Tag von der Militärpolizei bewußtlos auf dem Bürgersteig aufgefunden. Die Polizisten brachten sie im Jeep auf die Wache nach Fort Brooke, um sie nach einem Anruf bei ihrer Mutter, Doña Marina Leclerc, die sehr einflußreiche Freunde in der Stadt besaß, sofort wieder laufen zu lassen. Es kam trotzdem zum Skandal, weil sämtliche Zeitungen von San Juan ein Foto von Agripina veröffentlichten, wie sie betrunken auf dem Gehsteig lag. Der Vorfall setzte dem Mädchen mächtig zu, und monatelang schreckte sie nachts schreiend aus dem gleichen Alptraum hoch: Sie stürzte, an den Sitz eines brennenden zweimotorigen Flugzeugs gefesselt, ins Bodenlose, genau so wie ihr Vater ums Leben gekommen war.

Agripinas Mutter war so erzürnt, daß sie die Tochter aus dem Haus jagte. Sie fand Unterschlupf bei einer Freundin von Tante Amparo, und dort begegnete ihr auch Onkel Damián. Sie hatte dem Alkohol abgeschworen und ihren Lebenswandel geändert, aber Onkel Damián war so schüchtern, daß er bei keiner Frau wagte, den ersten Schritt zu machen. Als Agripina merkte, welch ein liebenswerter Mann er war, begann sie daher ihrerseits, ihn täglich in La Concordia anzurufen. Damián war vollkommen überwältigt von der Ehre, bei einem so gutaussehenden Mädchen Beachtung zu finden, und bat sie am Telefon, seine Frau zu werden.

La Concordia bot Agripina den Frieden und die Zurückgezogenheit, die sie damals brauchte, und in den ersten Monaten war der Ort Balsam für ihre Seele. Sie begann als freiwillige Helferin im Krankenhaus der Dienerinnen Mariens zu arbeiten. Es war ein wunderschönes rosafarbenes Gebäude aus der spanischen Kolonialzeit, wo Nonnen mit gestärkten Hauben lautlos durch die überwölbten Korridore huschten. Doch nachts bedrängte Agripina eine drückende Leere, und sie klagte Onkel Damián morgens ihr Leid: »Ich fühle mich wie eine Gipsfigur, nicht wie eine Frau: hübsch anzusehen, aber innen hohl. Mehr als alles auf der Welt wünsche ich mir ein Baby.«

Fünf Jahre lang versuchte Agripina, schwanger zu werden. Dann suchte Damián einen Urologen auf. Dieser stellte eine Verkleinerung seiner Hoden fest und befragte Damián nach seinen Kinderkrankheiten. Damián berichtete ihm, daß er mit vierzehn Jahren Mumps gehabt hatte mit einem schweren Verlauf. Eine dauerhafte Sterilität war die Folge, wie ihm der Arzt nun bescheinigte. Als Damían Agripina diese Mitteilung machte, brachen alle ihre Hoffnungen zusammen. Er schloß sie in die Arme und versuchte sie zu trösten: »Wir können ein Baby adoptieren und es wie ein eigenes großziehen. Im Waisenhaus sind so viele verlassene Kinder.« Aber davon wollte Agripina nichts wissen. Der Gedanke, ein wildfremdes Kind anzunehmen, das jede Menge ungeahnte genetische Defekte mitbringen konnte, bereitete ihr Unbehagen. Aber sie erklärte sich immerhin dazu bereit, im Waisenhaus zu arbeiten, um zu sehen, ob sie eines der Kinder liebgewinnen konnte.

Die Arbeit tat ihr sehr gut. Die Sünden der Vergangenheit lasteten ihr weniger schwer auf dem Gewissen, und ihre innere Not nahm ab. Doch nachdem sie wußte, daß Damián keine Kinder zeugen konnte, sah sie jedesmal, wenn sie sich liebten und eine Woge der Lust in ihr aufstieg, um sie auf ihrem Kamm davonzutragen, in weiter Entfernung ein winziges Baby, das seine Ärmchen nach ihr ausstreckte; es konnte nicht zu ihr kommen, und ihre Wonne zerrann wie das zurückweichende Wasser der Flut und ließ sie ernüchtert stranden.

Trotz seiner privaten Probleme trug Onkel Damián ganz Erhebliches zum Erfolg von *Cementos Estrella* bei. Als chemischer Ingenieur war er einer der Hauptgeschäftsführer des Werks, unter dessen Aufsicht der Zement stets die allerbeste Qualität aufwies. Und als die Familie die vier Betriebe aus Staatsbesitz übernahm, setzte er sich auch für ihren Erfolg ein. Obwohl er Geld in Hülle und Fülle hatte, war Onkel Damián nicht glücklich. Er litt unter heimlichen Beklemmungen, die mit der Zeit in regelrechte Angstzustände ausarteten. Er begann mittelalterliche Waffen zu sammeln, Lanzen und Speere, die er in seinem Studierzimmer an die Wände hängte, weil er den inneren Druck verspürte, sich verteidigen zu müssen – wogegen, das wußte er allerdings nicht.

Allmählich wurde ihm auch bewußt, daß seine Meinung in *Vernet Construction* nicht viel zählte. Aurelio und Ulises behandelten ihn zuvorkommend und höflich, aber wichtige Entscheidungen fällten sie ohne ihn. Sie hatten beide eine Batterie von Rechtsberatern und Assistenten um sich geschart, die ihnen halfen, finanzielle Abgründe zu umschiffen und politische Gewitterstürme zu bewältigen. Aber Damián hatte niemanden; er schlug sich alleine durch und hatte auch nicht den Ehrgeiz, ein Finanzmagnat oder führender Politiker zu werden.

1968 verlegte Aurelio den Hauptsitz von *Vernet Construction* nach San Juan und nahm alle seine Sekretärinnen und Jungmanager dorthin mit. Einen Monat später verkaufte Ulises seine Aktien und siedelte mit seinem ganzen Gefolge nach Florida über. Nur Damián und Roque verblieben in dem riesigen, halbverlassenen Verwaltungsgebäude von *Vernet Construction*, wo die Türen in ihren Angeln quietschten und Großvater Changuito nachmittags mit seinem Stock hereingehumpelt kam, um sich am Ausgang zu postieren und jeden Angestellten, der das Büro verlassen wollte, bevor die Glocke ertönte, an seinen Arbeitsplatz zurückzuschicken.

Damals begannen Onkel Damián und Tante Agripina öfter nach Europa zu reisen, um sich die Zeit zu vertreiben. Sie schifften sich in New York auf der *Queen Mary* ein und fuhren nach London, wo sie drei Wochen im »Savoy« wohnten, dann setzten sie nach Le Havre über und ließen sich eine Woche im »Plaza Athenée« in Paris nieder. Dann ging es weiter nach Venedig, Florenz, Rom oder Athen. Bei ihrer Rückkehr brachten sie so viele Kunstwerke mit, daß die Avenida Cañafístula Nummer vier bald einem Museum glich. Trotzdem blieb Damián melancholisch und wurde immer schweigsamer. Agripinas unablässiges Klagen über seine Unfruchtbarkeit machte die Sache nicht besser.

Als Onkel Roque 1970 Selbstmord beging, gab Großvater Changuito seinen täglichen Gang ins Büro ganz auf, und Damián war der letzte Vernet, der sich regelmäßig dort einfand. Er hatte die Aufsicht über die alte Gießerei übernommen, die weiterhin Verluste schrieb. Jeden Morgen machte er seinen Rundgang durch die Werkstätten, kontrollierte, ob die Schweißer ihre Sicherheitsmasken trugen, sah nach, ob Aufträge für Mahlwerke und Zahnräder eingegangen waren – was nur noch selten geschah, da immer mehr puertoricanische Zuckerfabriken geschlossen wurden –, ging ins Lager und überprüfte den Bestand an Stahlträgern und Eisengittern, um am Ende hinauf in sein Büro zu gehen. Dort setzte er sich an den Schreibtisch und beobachtete durch das Fenster den nahegelegenen Hafen, wo die großen Schiffe an den Kais ihre Ladung löschten.

Die Grenzen von Damiáns Wirklichkeit begannen zu wanken, und er verlor sich im Nebel seiner Phantasien. Eines Abends rief Agripina gegen neun Uhr im Büro an, um festzustellen, ob Damián noch da war. Als niemand abhob, nahm sie ihren Lincoln Continental und fuhr bei *Vernet Construction* vor. Sie ließ sich vom Hausmeister die Tür seines Arbeitszimmers öffnen und traf Onkel Damián im Finstern an; er saß da und starrte wie in Trance durch das Fenster auf die leeren Hafenkais.

Das geschah im Jahr 1972, als Aurelio noch die überwiegende Zeit in San Juan verbrachte. Agripina rief ihn an, und Aurelio kam am andern Tag nach La Concordia geflogen. Gemeinsam beschlossen sie, Damián in eine Anstalt einzuweisen, und konnten ihn sogar in einer der renommiertesten Fachkliniken für Gemütskranke der USA unterbringen, dem New Yorker *Flower and Fifth Avenue Hospital*, in welchem Dr. Lothar B. Kalinowsky mit seiner Elektroschocktherapie Weltruhm erlangt hatte. Im Verlauf der nächsten Monate wurde Onkel Damián mehrmals mit Elektroschocks behandelt und erfuhr eine spektakuläre Genesung. Wenige Wochen nach seiner letzten Anwendung war er wie ausgewechselt, die Zustände seiner schizophrenen Benommenheit hatten aufgehört, und er konnte mit Tante Agripina und jedem anderen wieder vollkommen normale Gespräche führen. Sie planten sofort nach seiner Entlassung eine Reise nach Mexiko City, wo sie noch nicht gewesen waren.

Während Damián und Agripina in Mexiko weilten, erwachte Aurelio eines Nachts schweißnaß aus einem Traum. Er hatte Damián in einer Pyramide von Tenochtitlán lebendig begraben gesehen und ihn seinen Namen rufen hören. Eine gefiederte Schlange mit weit aufgesperrtem Maul war in den Sockel der Pyramide gemeißelt. Sie sah aus wie ein Wasserspeier, war aber ein *almoducto*, ein Kanal, der die Seelen der Geopferten aus dem Herzen der Pyramide nach draußen beförderte. Dann hatte im Traum eine Stimme zu ihm gesagt: »Wenn du dich vor die Pyramide stellst, wirst du in den nächsten Minuten Damiáns Seele aus dem Schlangenmaul kommen sehen und kannst sie mitnehmen auf deine Insel. Sein Körper gehört uns. Er wird in Mexiko begraben werden, weil ihr Damián zu Lebzeiten kein Gehör geschenkt habt.«

Mein Vater erhob sich bebend aus dem Bett, das Herz schlug ihm bis zum Hals. Er ging auf die Terrasse hinaus und atmete ein paarmal tief durch. Dann kehrte er ins Wohnzimmer zurück, setzte sich ans Klavier und begann zu spielen, aber es half nichts. Plötzlich läutete das Telefon. Es war Agripina, die aus Mexiko anrief. Damián sei soeben gestorben, teilte sie meinem Vater schluchzend mit. Sie hatten in einem Restaurant zu Abend gegessen, als Damián einen stechenden Schmerz in der Seite verspürte. Als der Notarztwagen beim Krankenhaus eintraf, war er bereits tot.

Mein Vater flog umgehend nach Mexiko und ließ sich zu Tante Agripinas Hotel bringen. Damiáns Leiche war noch im Leichenschauhaus, und Aurelio fragte seine Schwägerin auf dem Weg dorthin, ob die Todesursache festgestellt worden sei.

»Sie wollten eine Autopsie vornehmen, aber ich habe meine Einwilligung nicht gegeben. Ich glaube, es war ein Herzanfall«, antwortete sie, während sie mit den Tränen kämpfte. »Mexiko liegt in zweitausend Meter Höhe, und die Elektroschocks haben seinen Kreislauf möglicherweise geschwächt. Auf diese Idee sind wir gar nicht gekommen, als wir die Reise geplant haben.«

Aurelio legte tröstend den Arm um sie, und Agripina fügte hinzu: »Als er gegen ein Uhr früh im Krankenwagen starb, hat Damián laut nach dir gerufen. Er wollte, daß du ihn holen kommst, und war davon überzeugt, daß du ihn als einziger retten könntest.«

Aurelio lief ein kalter Schauer über den Rücken, aber er verschwieg Agripina seinen Traum. Mit Rücksicht auf die Zeitverschiebung, die zwischen Mexiko und Puerto Rico zwei Stunden betrug, war das genau die Zeit, als er Damiáns Stimme im Schlaf gehört hatte: gegen drei Uhr morgens.

Die nächsten Tage wurden für Aurelio zum Alptraum: Die mexikanischen Behörden verboten ihm die Überführung von Damiáns Leichnam, solange dessen Todesursache nicht mit letzter Gewißheit geklärt war. Dafür war eine Autopsie erforderlich, die sich Monate hinauszögern konnte, weil vor Onkel

Damián noch unzählige andere auf der Warteliste standen. Als er das hörte, geriet Aurelio in Wut: Weder würde er zulassen, daß die Azteken seinen Bruder aufschlitzten, noch würde er einen Verwandten im Ausland bestatten. Er schwor sich, ihn unversehrt über die Grenze zu bringen, und wenn er dafür die halbe Regierung bestechen mußte. Es sollte ihn zehntausend Dollar kosten, aber drei Tage später bestieg er mit Tante Agripina das Flugzeug, das Damián in die Heimat zurückführte, ohne daß ihm ein Haar gekrümmt worden war.

Als der Sarg heil in La Concordia angekommen war, ließ Agripina ihn in ihr Haus bringen. Dort nahmen mein Vater, meine Mutter und ich mit allen Freunden und Verwandten von Damián Abschied. Als die Totenwache zu Ende war, hoben mehrere männliche Familienmitglieder den Sarg auf ihre Schultern und trugen ihn zu Großvater Changuito auf die gegenüberliegende Straßenseite. Der war inzwischen über neunzig, und das Gehen bereitete ihm große Mühe, aber er sollte seinem Sohn Lebewohl sagen können, bevor der Leichenwagen ihn zum Friedhof brachte. Großvater Changuito war einige Jahre zuvor zu seinen Kindern und Enkeln nach Las Bougainvilleas gezogen, und nun stand er auf der Schwelle seines Hauses und wartete auf den Sarg. Als dieser kam, nahm er den Strohhut ab und stieg umständlich die Stufen hinunter. Er legte die Hand auf den Holzdeckel und schwieg. Aurelio, der einer der Sargträger war, stellte sich neben ihn.

»Woran ist er gestorben? Hat man das endlich herausgefunden?« fragte Großvater Changuito mit gedämpfter Stimme, damit die hinzugelaufenen Reporter ihn nicht hören konnten.

»Er starb an seinem Schweigen, Vater«, erwiderte Aurelio unter Tränen. »Es war unsere Schuld. Wir vergaßen, daß Damián ein zartes Herz hatte, und haben ihm kein Gehör geschenkt.«

13

Großvater Changuito entwarf sein neues Haus in Las Bougainvilleas selbst, und es wurde ganz anders als die seiner Söhne. Es war modern und praktisch, hatte ein überstehendes Zementdach, das kein Orkan mehr wegtragen konnte, und riesige ovale Fenster bis hin zur Decke, die sehr viel Licht einließen. Es war weiß gestrichen mit cremefarbenen Terrazzoböden, die in mir immer eine Vorstellung von Tapioka-Pudding weckten. Als er die Calle Esperanza verließ, nahm er nichts anderes mit als Großmutter Adelas ganzjährig blühende Rosenstöcke. Er pflanzte sie in den kleinen Vorgarten seiner neuen Residenz und pflegte sie jeden Tag mit Hingabe.

Es war etwa ein Jahr nach Damiáns Tod, als Changuito bei der Gartenarbeit einen starken Druck im Brustkorb verspürte. Ein jäher Schmerz loderte in ihm auf und breitete sich links über Schulter und Arm bis zu den Zähnen und dem Kiefer aus, der wie Feuer brannte. Er sank auf die Knie, fiel vornüber in den eben beschnittenen Rosenstrauch und verlor das Bewußtsein. Als er wieder zu sich kam, befand er sich im Hospital der Dienerinnen Mariens auf der Intensivstation, wo er zwei Wochen lang bleiben mußte. Bei seiner Entlassung trug Aurelio Brunhilda auf, gut auf Changuito aufzupassen. »Du weißt, wie sehr er dich liebt. Ich verspreche dir auch, daß wir dich großzügig entlohnen werden.«

Brunhilda lächelte und erwiderte voller Wärme: »Mach dir

keine Sorgen, Aurelio. Ich werde mein möglichstes tun, um es ihm gut gehen zu lassen.«

Die Ärzte verschrieben Großvater Changuito strenge Bettruhe und viel Schonung. Der Anfall hatte einigen Schaden angerichtet, und wenn Großvater jetzt nicht vorsichtig war, drohte ein Herzversagen. »Wenigstens ist Brunhilda bei dir, die sich um dich kümmert; sie kann deinen Blutdruck messen und dir nachts die Urinflasche bringen, damit du nicht aufstehen mußt«, tröstete Aurelio meinen Großvater. »Und wenn sich dein Zustand verschlimmert, kann ich in einer Stunde mit dem Flugzeug aus San Juan dasein.«

Großvater war stocktaub, und ich glaube, dies war der Weg, den er gewählt hatte, um Brunhildas unentwegtes Geschnatter, in das sich ihr silberhelles Lachen verkehrt hatte, nicht mehr hören zu müssen. Er warf meinem Vater einen skeptischen Blick zu, sagte aber nichts. Brunhilda hatte wenig Geduld mit ihm. Sie schlief im Bett nebenan, und wenn er nachts Druck auf der Blase verspürte, wagte er nicht, sie zu wecken. Denn sie wurde jedesmal ungehalten, holte ihm die Urinflasche und trieb ihn zur Eile an, indem sie ihn in die Arme kniff oder auf die Rippen schlug, während er versuchte, Wasser zu lassen; dabei fuhr sie ihn an, sie sei todmüde und wolle wieder ins Bett. Aber Changuito war ein Kavalier und beklagte sich bei seinen Kindern mit keiner Silbe über diese Behandlung.

Eines Nachts erwachte Großvater Changuito unter wildem Herzrasen, aber er ließ Brunhilda weiterschlafen. Wenn seine Stunde jetzt geschlagen hatte, zog er es vor, in Frieden zu sterben. Er sah sich in der Finsternis um und entdeckte, daß seine Frau auf der Kommode vor dem Bild des Heiligen Herzens eine Kerze entzündet hatte. Beim Anblick der klaffenden Brust mit dem Herzen, das von Blut triefte, als würde es ausgepreßt, schauderte ihm. Er wandte das Gesicht ab und versuchte, den inneren Aufruhr durch angenehmere Gedanken zu bezwingen.

Er stellte sich die Straßen von La Concordia vor, spazierte sie im Geiste entlang und bewunderte die herrlichen Bauwerke. Er erinnerte sich an den Tag, als er aus Santiago de Cuba hier gelandet war und festgestellt hatte, daß die Straßen nach den Freimaurertugenden benannt waren: Straße der Brüderlichkeit, Straße der Freundschaft, Straße der Harmonie. Das hatte ihn damals sehr froh gestimmt und ihm das Gefühl gegeben, zu Hause angekommen zu sein.

Er sann über die glücklichen Fügungen seines Lebens nach. Im Herzen war er schon Freimaurer gewesen, als er nach La Concordia kam. Später waren seine Söhne der Bruderschaft beigetreten, und gemeinsam hatten sie mit *Cementos Estrella* begonnen, Zement zu produzieren, das Material der Freimaurer schlechthin. Dank seiner Fabrik war die Stadt gewachsen und hatte sich stetig fortentwickelt; ein lebendiger Organismus, der sich von innen her wandelte und erneuerte. Die Gebäude waren in die Höhe geschossen und hatten sich entfaltet wie anmutige Blumen in einer Vase. Changuito empfand tiefen Stolz für La Concordia. Es war seine Stadt. Als Feuerwehrmann hatte er sie vor dem Untergang gerettet und mit seiner Fabrik wesentlich zu ihrer Modernisierung beigetragen.

Weil er seine Stadt liebte, war er nicht bereit zu gehen. Während der fünfundsiebzig Jahre, die er inzwischen auf Puerto Rico lebte, hatte er die Insel nur ein einziges Mal verlassen, nämlich um Celia ins Kloster nach Chicago zu bringen. Seine Kinder und Enkel hatten die halbe Welt bereist und waren nach und nach fortgezogen. Aurelio hatte als einziger seinen Wohnsitz in Las Bougainvilleas behalten, aber seit *Vernet Construction* nach San Juan verlegt worden war, hielt auch er sich meistens in der Hauptstadt auf. Amparo lebte mit ihrem Mann in Maracai, und Ulises war nach Florida gegangen. Roque hatte Selbstmord begangen, und Damián war an einem Herzanfall gestorben. Seine Enkel waren in alle Winde verstreut. Alvaro und ich waren beide verheiratet und lebten mit unserer jeweiligen Familie in der Hauptstadt; Rodrigo und Catalina waren in Florida geblieben, Enrique hatte sich erschossen, und Eduardo war mit der väterlichen Million auf und davon.

Als er aus Santiago de Cuba geflohen war, hatte Changuito keinen Centavo besessen und war nur knapp einem blutigen Krieg entronnen. Verglichen damit hatten seine Kinder und Enkel optimale Voraussetzungen: eine hervorragende Ausbildung und eine gesicherte Existenz. Nicht zu vergessen die Demokratie und der Schutz der US-Flagge, unter der sie lebten. Aber trotzdem wirbelten sie wie Turbinen ohne Mitte haltlos durch die Welt. Was hinderte sie daran, in La Concordia glücklich werden? Wovor liefen sie davon? Er wußte darauf keine Antwort.

Nur Celia war dageblieben und besuchte ihn häufig in Las Bougainvilleas. Sie war eine außergewöhnliche Frau, und es war ihr sogar gelungen, ihn davon zu überzeugen, daß La Concordia nicht nur seiner Gebäude, sondern auch seiner Einwohner wegen liebenswert war. Sie ließen sich einfach nicht unterkriegen und hatten beherzt eine Krise nach der anderen überwunden: die Verwüstungen durch die Orkane, die Massenabwanderungen in die Metropole, den Niedergang der Zuckerindustrie, das Scheitern der insularen Ölraffinerien und Thunfischfabriken. Erst als die letzten Zuckerrohrplantagen von der Insel verschwanden, hatten die Vernets notgedrungen ihre Gießerei, ihre Schweißerei und die Maschinenwerkstatt geschlossen. In La Concordia warf nur noch das Zementwerk Gewinne ab, aber durch eine drastische Strompreiserhöhung hing auch ihre Existenz an einem seidenen Faden.

Als die Gießerei ihren Betrieb aufgegeben hatte, war die Hafengegend bereits zu einer schmutzigen Elendssiedlung verkommen. Die Arbeiterunterkünfte verfielen zusehends, und in den umgebenden Sümpfen, die als unbewohnbar galten und niemandem gehörten, hatten sich die Baracken ausgebreitet: Bretterbuden auf Pfählen mit Blechdächern, auf die man zahllose Steine gehäuft hatte. Als Changuito Celia einmal nach dem Grund dafür fragte, hatte sie ihm erzählt, daß es die Kinder waren, die die Steine auf den Dächern sammelten, um jeden Fremden, der sich in ihr Viertel wagte, damit zu bewerfen.

Celia begab sich täglich in die Siedlung, hüpfte von Brett zu Brett über den stinkenden Morast und wich den Steinen aus, die ihr um die Ohren pfiffen. Unweit von *Vernet Construction* hatte sie zunächst eine medizinische Ambulanz eröffnet, dann war ein Berufsfindungszentrum und schließlich eine Gewerbeschule hinzugekommen. Die Religion hatte sie dabei außen vor gelassen, weil sie wußte, daß das Predigen über Sünde und Läuterung in der aufgeheizten Stimmung der Slums ihr Schiff schon zum schon Kentern bringen würde, bevor es überhaupt in See gestochen wäre. Bis 1970 hatte sich ihre Gewerbeschule zu einer Universität mit Hunderten Studenten ausgewachsen und war in den großen nordamerikanischen Schulverbund, die *Middle States Association*, aufgenommen worden. Großvater Changuito war so beeindruckt, daß er Celias missionarische Arbeit mit jedem Centavo unterstützte, den er vor Brunhilda retten konnte.

Als seine Gedanken zu Tante Celia wanderten, spielte ein glückliches Lächeln um seine Lippen. Das Herzklopfen ließ nach, und es kam ein tiefer Frieden über ihn.

Großvater schlief bis in die späten Nachmittagsstunden und wurde vom Lärm eines Betonmischers geweckt, der unmittelbar vor seinem Fenster stand. Das Mischen von Kies, Zement und Wasser in dem riesigen Zylinder verursachte das lieblichste Geräusch, das seine Ohren kannten, und er erriet es, ohne hinzusehen. Da Brunhilda schon lange aufgestanden war, betätigte er die Klingel an seinem Bett. Die Hausangestellte Amalia erschien, und er fragte sie, was draußen vor sich ging.

»Es sind die Arbeiter von der Zementfabrik, Señor. Sie sind endlich wegen des Gartens gekommen.«

»Wieso wegen des Gartens?« fragte Changuito mit brüchiger Stimme und bat Amalia, ihm auf die Beine zu helfen.

»Doña Brunhilda will den Garten neu gestalten, Señor.«

Changuito zog seine Pantoffeln und den Morgenmantel an und schlurfte, so schnell er es vermochte, aus dem Zimmer. Er erreichte das Wohnzimmer, öffnete an einem Fenster die Jalousien und sah hinaus. Die Arbeiter waren gerade dabei, den Vorgarten, wo noch am Vortag Adelas Rosenstöcke geblüht hatten, mit Zement, mit *seinem* Zement auszugießen. Changuito wurde bleich und hielt sich an einer Stuhllehne fest, um nicht umzufallen. Im gleichen Augenblick betrat Brunhilda mit einem strahlenden Lächeln das Zimmer.

»Es wird wunderschön, Liebster. Wir haben doch so wenig Hilfe, und niemand ist bereit, andauernd die Blätter zusammenzufegen. Während du im Krankenhaus warst, ist der Garten vollkommen verwildert, deshalb habe ich einen Fliesenleger bestellt, der den Betonboden mit Talaverakacheln auslegen soll. Sie sind hübsch anzuschauen, und wir brauchen kein Laub mehr zu harken.«

Großvater Changuito ging zurück ins Bett und fühlte sich hundeelend. Die Schmerzen in seiner Brust kehrten wieder und auch das Herzrasen. Aurelio wurde benachrichtigt und kam mit meinem Bruder Alvaro und mir aus San Juan herbeigeflogen. Als wir eineinhalb Stunden später das Zimmer betraten, teilte der Arzt uns mit, daß Changuito im Sterben lag. Brunhilda hielt ihn im Arm, derweil er mühsam atmete und nach Luft schnappte wie ein Fisch auf dem Trockenen. Er sagte kein Wort, aber Aurelio merkte, daß er Brunhilda nicht in seiner Nähe haben wollte. Changuitos Arme und der Oberkörper waren von blauen Flecken übersät, und seine Augen flehten stumm um Hilfe.

Als Brunhilda Aurelio kommen sah, erhob sie sich vom Bett

und verließ das Zimmer. Wir umringten meinen Großvater und hielten ihm die Hände, während der Arzt seinen Brustkorb massierte und die Krankenschwester ihm eine Spritze verabreichte. »Weiter, Doktor, weiter, geben Sie nicht auf!« bat mein Großvater. »Das Leben ist ein kostbares Geschenk und muß um jeden Preis erhalten werden!« Aber die Bemühungen des Arztes waren vergeblich. Der Herzanfall war heftig, und schließlich blieb Changuito still. Ohne eine Träne zu vergießen, drückte Aurelio ihm sachte die Augen zu. Wie ein echter Feuerwehrmann war Großvater Changuito gestorben, mit klarem Verstand und ungebrochenem Mut.

Teil VI

Scheherazades Garn

Das Erzählen einer Geschichte geht Hand
in Hand mit der Kenntnis des Lebens;
der Kenntnis von sich selbst,
in sich selbst, durch sich selbst.
Scheherazade, »Tausendundeine Nacht«

1

Clarissas Auseinandersetzungen mit den Dienstmädchen verschärften sich im gleichen Maße, in dem Aurelios Wahlkampf sich intensivierte. Voller Begeisterung trat die »Neue« ihren Dienst im Hause des umschwärmten Aurelio Vernet an, dessen Plakat inzwischen an jeder Bretterwand und jeder Mauer von La Concordia hing. Es waren in der Regel einfache Mädchen mit roten Wangen und jugendlich straffen Lippen, deren Formen in Clarissas Dienstmädchentrachten erst richtig zur Geltung kamen, so daß sich die runden Brüste deutlich unter der gestärkten Baumwollbluse abzeichneten.

Aber vor Ablauf der ersten Woche hatte sich Clarissa mit ihrer Neuerwerbung schon zerstritten, weil sie das Schlafzimmer des Hausherren ohne anzuklopfen betreten hatte oder meinem Vater beim Servieren am Tisch zu nahe gekommen war und ihn schamlos angegafft hatte.

Nachdem innerhalb eines einzigen Jahres mehr als ein Dutzend Hausangestellte bei uns ein- und ausgegangen war, überzeugte Clarissa Aurelio davon, daß die Lösung eine Guatemaltekin sei. Die puertoricanischen Arbeiterinnen seien von den nordamerikanische Firmen verdorben, die sich in den fünfziger Jahren in La Concordias Umgebung angesiedelt hatten und fast ausschließlich Frauen beschäftigten. Jetzt verlangten sie den gesetzlichen Mindestlohn, traten keine Stelle ohne Sozialversicherung an und gaben freche Widerreden, wenn man sie zurechtwies. Außerdem wollten sie jeden Freitag- und Samstagabend frei haben, damit sie mit ihren Freunden ausgehen konnten. Aber Guatemalas Entwicklung sei noch nicht weit genug gediehen, um die arbeitswilligen jungen Mädchen schon auf diese Weise verwöhnt zu haben. Eine Hausangestellte aus Guatemala würde sicher noch fügsam sein und mit ihren Lohnforderungen weit unter dem Niveau der Einheimischen liegen.

Mein Vater setzte sich mit einer New Yorker Agentur in Verbindung, die für die Vermittlung ausländischer Arbeitnehmer einen Vertragspartner in Guatemala-Stadt hatte, und erklärte sich bereit, das Flugticket und die übrigen Reisekosten für seine zukünftige Hausangestellte zu übernehmen. Meine Eltern kamen allerdings gar nicht auf die Idee, daß die von der Arbeitsvermittlung für uns geworbene Xochil Martínez ein Indiomädchen war. In La Concordias gehobenen Kreisen hatte damals eigentlich niemand den Drang, nach Zentralamerika zu reisen, wo man ähnliche Verhältnisse erwartete wie zu Hause. Meine Mutter fand die Rückständigkeit ihres eigenen Landes schlimm genug: Häufig waren die Telefonleitungen unterbrochen, nach starken Regenfällen kam das Wasser schlammig aus den Leitungen, und zahlreiche Straßen waren noch ungepflastert. Für gemeinsame Urlaubsreisen wählten wir daher stets Ziele in Europa oder den USA, in der »zivilisierten Welt«, wie Clarissa es nannte.

Meine Mutter lauerte schon ungeduldig darauf, ihren Freundinnen vom Nähclub *Las Tijerillas* das neue Dienstmädchen vorzustellen. Aber als Xochil in Las Bougainvilleas aus dem Auto stieg, fiel Clarissa beinahe in Ohnmacht. Sie sah aus wie eine olmekische Göttin: kräftig gebaut mit schrägstehenden Augen, einer flachen Nase und einem runden Kopf, der annähernd halslos auf den Schultern saß. Sie trug einen wunderschönen *huipil* der Mayas, einen gerade geschnittenen, mit bunten Vögeln und Blumen reichbestickten Kittel, der ihr bis über die

Knie reichte, hatte ihre ganze Habe in einen Schulranzen gepackt und sprach nur wenige Brocken Spanisch. Aber am meisten staunte meine Mutter über Xochils Füße, die nackt waren und so groß, als gehörten sie zu einem Elefantenkalb. Xochil war barfuß vom Rande des Urwalds von Petén in die Hauptstadt gelaufen. Dort hatte sie die erste katholische Kirche ihres Lebens gesucht und gefunden und dem Pfarrer den Brief der New Yorker Arbeitsvermittlung nebst ihrer Ausreisegenehmigung vorgelegt. Dann hatte sie ihn gebeten, sie zum Flughafen zu fahren. Der Priester tat ihr den Gefallen, und kurz darauf befand sich Xochil Martínez im Anflug auf Puerto Rico.

Als Xochil bei uns ankam, lächelte sie schüchtern, begab sich dann auf leisen Sohlen in die Küche und aß erstmal zu Mittag. Aus Furcht, sich zu übergeben, hatte sie nämlich den Imbiß im Flugzeug stehengelassen, und meine Mutter setzte ihr einen Teller Reis mit Bohnen und ein Schweinekotelett vor, was Xochil mit gesundem Appetit verzehrte.

Xochil war sehr gehorsam und versuchte, es meiner Mutter in jeder Beziehung recht zu machen. Aber sie hatte noch nie ein Telefon gesehen und wagte nicht, es abzunehmen, wenn es klingelte. Abends hörte sie weder Radio noch sah sie fern, sondern ging in den Garten, setzte sich im Dunkeln unter den Samán-Baum, sang Maya-Lieder und flocht aus den jungen Zweigen einer benachbarten Palme Schmetterlinge, Grillen und Kolibris. Da sie nur ungern im Dienstbotenzimmer übernachtete, wo es heiß und stickig war, brachte sie ihre Schlafmatte nach draußen, breitete sie unter dem Samán oder dem Brotfruchtbaum aus und legte sich mit einem glücklichen Lächeln auf dem Gesicht zur Ruhe.

Meine Mutter beschloß, sie gewähren zu lassen. Aber in einer Sache war sie unerbittlich: Xochil war entschieden zu dick, und das kränkte das ästhetisches Feingefühl einer Rivas de Santillana. Sie verordnete Xochil eine Diät. Die Speisekammer wurde abgeschlossen, und der Koch bekam strikte Anweisungen, der neuen Angestellten fortan zum Mittagessen eine Portion Reis mit Bohnen, einen kleinen Salat und eine in Öl geröstete Scheibe Brot vorzusetzen, mehr nicht. Ein Glas Milch zum Frühstück und eins zum Abendessen vervollständigten die Kost.

Klaglos befolgte Xochil jeden Befehl meiner Mutter. Sie war schon seit einer Woche auf Diät und hatte zehn Pfund abgenommen, als eines Nachmittags einer von Vaters politischen Freunden zu Besuch kam und einen Zweig Zwergbananen mitbrachte. Nicht weniger als fünfzig Banänchen hingen in kurzen, gedrungenen Trauben, süß wie Honig, an diesem Ast. Sie waren so reif, daß ihre Schalen an den Nahtstellen schon aufplatzten und das begehrte weiße Fruchtfleisch sehen ließen, während ihr köstlicher Duft das ganze Haus erfüllte. Der Gast überließ Xochil den Zweig für die Vorratskammer und setzte sich mit meinem Vater zum Gespräch auf die Terrasse. Meine Mutter hielt gerade ihren Mittagsschlaf, und der Koch war schon nach Hause gegangen, so daß Xochil mit dieser ungeheuren Versuchung alleine war. Als meine Mutter sich von ihrer Siesta erhob und in die Küche ging, um mit Xochil das Abendessen vorzubereiten, fand sie ihr neues Mädchen bewußtlos am Boden liegen. Sie hatte alle fünfzig Zwergbananen auf leeren Magen in sich hineingefuttert.

Xochil nahm insgesamt fünfzehn Kilo ab, und meine Mutter besorgte ihr eine Dienstmädchentracht in Größe 44, mit Spitzenkragen und Manschetten. Trotzdem konnte sie sich immer noch nicht dazu durchringen, ihre Guatemaltekin den *Tijerillas* vorzuführen. Der Grund dafür waren Xochils Füße, die jeden Schuh sprengten. Meine Mutter hatte alle Läden in La Concordia durchkämmt, aber ein Damenschuh in ihrer Größe war beim besten Willen nicht aufzutreiben, und Xochil konnte den *Tijerillas* schließlich nicht barfuß den Tee servieren – das wäre unentschuldbar gewesen. Meine Mutter war den Tränen nahe, als mir eine Idee kam. Ich nahm Xochil mit in ein Sportgeschäft und bat den Verkäufer, uns ein Paar Leinenschuhe der Marke *Converse*, wie sie die Basketballspieler tragen, in Größe 46 zu bringen. Die zog Xochil an, und sie paßten wie angegossen. Tags darauf war sie in der Lage, Mutters Damenkränzchen zu bedienen, und reichte anmutig die kunstvoll auf einer Silberplatte arrangierten Spargeltörtchen und Hühnerpastetchen herum.

Xochil blieb zwei Jahre bei uns, länger als die meisten Hausangestellten aus La Concordias Armenvierteln. Während dieser Zeit habe ich keine einzige Klage von ihr vernommen. Aber als sie genügend Geld beisammen hatte, verließ sie umgehend das Haus und wurde in der Avenida Cañafístula nie wieder gesehen.

2

Clarissa prophezeite immer, daß Aurelio uns eines Tages ruinieren würde. Er hatte ein Vermögen in seinen mißglückten Wahlkampf für das Bürgermeisteramt von La Concordia gesteckt und 1955 mit seinen Brüdern dem Bischof MacFarland ein Stück Land für die *Universidad de las Mercedes* vermacht. Außerdem hatten sie dreihunderttausend Dollar für den Bau eines Universitätsinstituts gespendet. Für die Politik Geld auszugeben sei Verschwendung, fand Mutter, während es durchaus sinnvoll sei, die Kirche zu unterstützen, und die Universität stellte zweifellos einen ebensoguten Zweck dar. Jedoch müßte man diszipliniert mit dieser Form von Wohltätigkeiten sein und sollte das Festkapital der Familie möglichst unangetastet lassen.

Wie alle Rivas de Santillanas fühlte sich meine Mutter der Sparsamkeit verpflichtet. Die Vernets hatten so viele Reichtümer angehäuft, daß Clarissa den tatsächlichen Umfang ihres Vermögens nicht mehr einzuschätzen vermochte. Allein ihr Instinkt warnte sie vor der Gefahr, vollends das Gefühl für das Geld zu verlieren und sich im Wohlstand treiben zu lassen. Ein Goldberg nach dem anderen entschwand am Horizont; man sah zu, wie der Strom sie ins offene Meer trieb, und war unfähig, ihnen Einhalt zu gebieten. Aus diesem Grunde besann sich meine Mutter auf die altbewährte Genügsamkeit: Sie gab nie einen Centavo mehr aus als nötig und setzte ihr Leben in der gleichen Weise fort wie früher.

Bei jedem Einkauf versuchte Clarissa zu handeln. Auf dem Markt, wo die Hausfrauen mit den Obst- und Gemüsehändlern stundenlang um ein paar Centavos feilschten, war das ja in Ordnung. Aber Mutter tat es überall, sogar in La Concordias eleganten Boutiquen, deren Kleider mit Endpreisen ausgezeichnet waren und von den Kunden widerspruchslos bezahlt wurden. Was ihre Kleidung betraf, so kaufte meine Mutter ausschließlich heruntergesetzte Ware, und wenn sie Schuhe brauchte, ging sie in die vornehmen Markenläden und fragte nach Ausstellungsstücken. Da die Schaufensterpuppen im allgemeinen die kleinsten Schuhgrößen trugen, konnte niemand etwas mit ihren Schuhen anfangen, und meine Mutter mit ihren zierlichen Füßen bekam sie fast umsonst.

Ein paar Tage vor der Grundsteinlegung der *Universidad de las Mercedes* bat mein Vater Clarissa, ein Büffet für eine größere Abendgesellschaft bei uns zu richten, denn der Anlaß sollte gebührend gefeiert werden. Kardinal Spellman hatte sich aus New York angekündigt, um die Fundamente der neuen Gebäude zu segnen; außerdem wurden Bischof MacFarland sowie Dutzende weiterer kirchlicher Würdenträger erwartet. Meine Mutter sollte mit etwa dreißig Personen rechnen. Sie bestellte das Büffet in La Concordias bestem Feinkostladen: cornische Jagdhennen mit Wildreisfüllung, Krabben-Jambalaya und ein mit dem blauen Band prämiertes Roastbeef, das eigens zu diesem Zweck eisgekühlt aus New York eingeflogen wurde. Clarissa wies ihr Personal an, das Silber zu putzen und die venezianischen Gläser zu spülen. Aber als sie ihr Lenox-Service hervorholte, fiel ihr ein, daß es nur aus vierundzwanzig Gedecken bestand. Sie lief eilig zu La Concordias bestem Porzellanladen, »El Imperio«, und erkundigte sich nach einem Geschirr, das sich zur Ergänzung eignete. Sie hatte Glück, denn es gab eines, türkisfarben mit einem zierlich verschnörkelten Goldrand von vierundzwanzig Karat. Da es gerade neu eingetroffen war, hatte das Geschäft es in seinem größten Schaufenster ausgestellt. Es war zwar sehr teuer, gefiel meiner Mutter aber so gut, daß sie darum bat, es zur Ansicht mit nach Hause nehmen zu dürfen, um zu prüfen, ob es mit ihrem blaßblauen Lenox-Geschirr harmonierte.

Die bevorstehende Grundsteinlegung versetzte Aurelio in freudigen Aufruhr, und er fuhr am Vortag des Empfangs nach La Concordia, um die Weine und den Champagner zu besorgen. Dabei begegnete ihm ein halbes Dutzend Freunde bei ihren Erledigungen, und er lud alle zum Büffet am nächsten Tag ein. Als meine Mutter das hörte, wurde sie wütend. »Was wird Kardinal Spellman von uns denken, wenn er mit seinem Teller zum Büffet geht, und feststellt, daß von dem Roastbeef nur noch ein paar Fasern übrig sind? Wir werden für alle Zeiten blamiert sein.« Sie forderte Aurelio auf, noch am selben Abend seine Brüder anzurufen und sie zu bitten, sich mitsamt ihren Frauen beim Büffet zurückzuhalten und auf keinen Fall etwas von dem Roastbeef zu nehmen.

Als Ulises, Venecia, Damián, Agripina, Celia und Roque das hörten, amüsierten sie sich königlich. Sie kannten meinen Vater gut genug, um zu wissen, wie gerne er seine Freunde zu sich einlud. Als sie beim Empfang an die Tafel mit den Köstlichkeiten gingen, bedienten sie sich lediglich von den Salaten und vom Brot. Dann stellten sie sich auf einer Seite der Terrasse zusammen, tranken Wein und plauderten, während die anderen Gäste am Büffet Schlange standen. Nur Tante Clotilde ergriff ihren wunderschönen türkisfarbenen Lenox-Teller mit der goldenen Verzierung, ging forsch ans Büffet und tat sich eine saftige Bratenscheibe auf. Als Aurelio das sah, eilte er auf sie zu und flüsterte ihr ins Ohr, der Kardinal habe sich noch nicht bedient, daher möge sie doch bitte ihr Stück Fleisch auf die Platte zurücklegen. Daraufhin stellte Tante Clotilde ihren Teller mit demonstrativer Mißbilligung auf den Tisch, hakte Onkel

Roque unter und verließ genau in dem Moment zähneknirschend das Haus, als Kardinal Spellman zur Segnung der Speisen ansetzte. Trotz dieses Zwischenfalls wurde es ein gelungener Abend, und als der Kardinal sich verabschiedete, streckte er meiner Mutter seinen prächtigen Amethystring zum Kuß hin und gab Aurelio, Alvaro und mir seinen Segen, indem er einen Augenblick die Hand auf unseren Köpfen ruhen ließ.

In jener Nacht lag meine Mutter bis drei Uhr morgens wach und wälzte sich, wegen der Anschaffung des erlesenen Services, das sie eigentlich gar nicht benötigte, von Gewissensbissen gepeinigt, im Bett herum. Es sollte dreihundert Dollar kosten, und die waren dem drei Millionen teuren Grundstück, das die Vernets der Kirche geschenkt hatten, sowie den dreihunderttausend für das wissenschaftliche Institut hinzuzurechnen. Meine Mutter hatte das Gefühl, daß der Familie das Geld nur so durch die Finger rann, und beschloß, dieser Verschwendungssucht ihre Sparsamkeit entgegenzusetzen. Am folgenden Tag packte sie das neue Geschirr wieder in die Kartons und brachte es zurück zu »El Imperio« mit der Begründung, die Farbe der Teller habe letztlich doch nicht zu dem schon vorhandenen Lenox-Service gepaßt.

Als wenige Tage später Tante Clotilde durch die Stadt ging und an dem Geschäft vorbeikam, blieb sie verblüfft vor dem türkis-goldenen Geschirr ihrer Schwägerin stehen, das da als frisch aus den USA eingetroffenes Einzelexemplar ausgestellt wurde. Sie ging hinein und verlangte den Geschäftsführer. »Hat nicht meine Schwägerin, Clarissa Vernet, vor einigen Tagen ein solches Porzellanservice gekauft?« fragte sie ihn und deutete mit strenger Miene zum Fenster. »Nein, Gnädigste«, erwiderte der Geschäftsführer höflich. »Unser Geschäft hat nur eins davon bestellt, weil dieses Geschirr sehr teuer ist. Wir hatten es Señora Vernet allerdings ein paar Tage zur Ansicht mitgegeben, weil sie prüfen wollte, ob es zu ihren eigenen Beständen paßt, was aber leider nicht der Fall war.« Tante Clotilda hob die Brauen und maß den Inhaber mit giftigen Blicken. »Nun, dann tut es mir leid, Ihnen mitteilen zu müssen, daß vor drei Tagen die gesamte römische Kurie von diesen Tellern gegessen hat«, sagte sie. »Clarissa und Aurelio Vernet haben für Kardinal Spellman und sein Gefolge von mindestes dreißig Priestern ein Abendessen ausgerichtet, bei dem es Roastbeef und Krabben-Cocktail von genau diesen Tellern gab. Das können Sie mir getrost glauben, weil ich selbst anwesend war. Und Sie wollen das Geschirr noch als neu verkaufen?«

Der Geschäftsführer war wie vom Donner gerührt. Er begab sich sofort zum Telefon und rief meine Mutter an. Clarissa lief in den Laden, bezahlte das Service und nahm es mit nach Hause. Die Geschichte machte unter La Concordias Geschäftsleuten die Runde, und meine Mutter wagte nie mehr, irgendwo darum zu bitten, daß man ihr die Ware zur Ansicht mit nach Hause gab oder einen Preisnachlaß einräumte. Aber als wir nach New York fuhren und zu »Bergdorfs« und »Saks Fifth Avenue« einkaufen gingen, wo kein Mensch sie kannte, erlag sie doch wieder der Versuchung und verlangte zu meinem Entsetzen bei jedem Designerkleid, das sie anprobierte, von den Verkäuferinnen einen Rabatt.

3

Im Mai 1956 legte ich in Danbury Hall mein Abitur ab und begann im Herbst des gleichen Jahres am St. Helen's College zu studieren. Während meiner vier Studienjahre – von 1956 bis 1960 – habe ich intensiv gelernt und ein strenges Leben geführt. Damals war St. Helen's ganz anders als heute, eine ausschließlich von Mädchen besuchte höhere Lehranstalt, in der nur Nonnen unterrichteten. Wir schliefen in Schlafsälen mit nackten Böden auf feldbettartigen Eisenpritschen und mußten morgens über die kalten Fliesen in das einzige Bad am Ende des Ganges laufen. Als ich kürzlich das College noch einmal mit meiner Enkeltochter besuchte, habe ich gestaunt über die hübschen Teppichböden, die weichen Matratzen und die von den angrenzenden Zimmern geteilten, gekachelten Badezimmer. Was mich betrifft, haben mir die spartanischen Verhältnisse im früheren St. Helen's sehr gut getan, weil ich von zu Hause ziemlich verwöhnt war.

Als katholische Ausbildungsstätte verabreichte St. Helen's seinen Studentinnen täglich eine verträgliche Dosis an religiöser Erziehung, was mein Vater durchaus begrüßte. Er bereute nämlich im nachhinein, Changuitos Freimaurerratschlag befolgt und mich an ein protestantisches Gymnasium geschickt zu haben. Unter Bischof MacFarlands Einfluß war ein praktizierender Katholik aus ihm geworden, der regelmäßig zur Messe und zum heiligen Abendmahl ging, wie Großmutter Adela es ihm vorgelebt hatte. St. Helen's bot den Eltern außerdem die Gewißheit, daß ihren Töchtern das Verlassen des Campus ganz und gar untersagt wurde, was an weltlichen Universitäten wie Stanford oder Berkeley undenkbar gewesen wäre. St. Helen's war nur fünfundvierzig Bahnminuten von New York City entfernt, dem Sündenpfuhl schlechthin, und meine Eltern malten sich schreckerfüllt aus, wie ich an den Wochenenden alleine dorthin fuhr oder, schlimmer noch, in Begleitung einer dieser verrückten Irinnen, die damals die katholischen Hochschulen bevölkerten und stets auf der Suche nach einem Ort waren, wo sie sich betrinken konnten. Also blieb ich jedes Wochenende, wenn das weitläufige Gelände von St. Helen's öder wurde als die russische Tundra, als einzige in meinem Schlafsaal zurück. Nur die türkischen, arabischen und japanischen Mädchen, deren Eltern genauso konservativ waren wie meine, boten mir ein wenig Abwechslung, oder ich meldete mich für einen Kinobesuch in der Stadt mit einer der Anstandsdamen unserer Hochschule.

Mein Interesse am Studium machte mir die Isolation erträglich, und ich versenkte mich in die Geschichte von Abd-al-Rahman III, dem großen Emir der Omaijaden im Spanien des zehnten Jahrhunderts; in die Kunst der französischen Lyrik von Pierre Ronsard und Paul Verlaine; in die Schriften von Anthropologinnen wie Ruth Benedict und Margaret Mead. Es kam vor, daß ich im Winter unmittelbar nach einem Schneesturm mit altmodischen Schneeschuhen an den Füßen, die mich davor bewahrten, im metertiefen Schnee zu versinken, über den Campus stapfte, um nur ja keine Vorlesung zu versäumen. Aber sobald ich in den Sommerferien in La Concordia war, schlug ich kein Buch mehr auf. Ich schlief bis zehn Uhr morgens in meinem französischen Bett im provenzalischen Stil. Meinen Zimmerboden zierte ein wunderschöner handgewebter Teppich, und an meiner Decke hing ein Leuchter aus venezianischem Glas. Ich wurde von einem Strudel gesellschaftlicher Aktivitäten mitgerissen und verbrachte nahezu jeden Abend auf einer Party. Ich besaß Dutzende Ballkleider und unternahm mit der *Changuito*, der zwanzig Meter langen Norseman-Jacht, die den Vernets gemeinsam gehörte, Tagesausflüge mit meinen Freunden zur Isla de Pargos. Man hätte mich für das glücklichste Mädchen der Welt halten können, aber ich kam bald um vor Langeweile.

In den Sommerferien wurde ich gewöhnlich für Vaters politische Kampagne eingeplant, die sich mittlerweile auch auf die Zeiten zwischen den Wahlen ausdehnte. Diese Beschäftigung bot mir mehr Abwechslung als die ewigen Partys mit meinen Altersgenossen. Ich liebte die Festessen und Tanzveranstaltungen in den kleinen Ortschaften, ihre Umzüge und Paraden. Ich genoß es, hübsch frisiert und im Kleid eines bekannten Modeschöpfers neben Aurelio im Rampenlicht zu stehen. An vielen dieser Veranstaltungen nahm meine Mutter auch teil, aber schwarzgekleidet und im Hintergrund, weil sie immer Angst hatte, ihre wohlgehütete Anonymität zu verlieren. Die Oberflächlichkeit meiner Auftritte entging mir indes nicht. Einer Dame war es nämlich nicht gestattet, auf einer Kundgebung das Wort zu ergreifen oder aktuelle Themen mit den Dorfbewohnern zu diskutieren. Wir durften nichts anderes tun, als lächelnd neben dem Politiker stehen und sein Image durch Schönheit und Ehrbarkeit aufpolieren. Aber ich wünschte mir inniglich einen Beruf und hegte die heimliche Hoffnung, Vaters Charisma würde ein wenig auf mich abfärben.

Meine Meinungsverschiedenheiten mit Clarissa, die anfangs nur Scharmützel waren, entwickelten sich in jenen Jahren zu regelrechten Feldschlachten. Ich war zu einer jungen Frau mit einem erwachsenen Körper herangereift, war fünfzehn Zentimeter größer als Mutter und hatte riesige Füße. Ich besaß ausladende Hüften und hatte alle Mühe, meinen vollen Busen im Badeanzug zu halten, wenn ich schwamm, tauchte oder vom Brett sprang, was ich, im Gegensatz zu meinen Freundinnen, die nur am Pool herumlagen und sich sonnten, mit großer Begeisterung tat. Sport war meine Leidenschaft; in St. Helen's spielte ich Basketball und Lacrosse, wodurch ich stramme Waden und muskulöse Oberschenkel bekam. Eingerechnet meiner Gymnasialzeit in Danbury Hall war ich insgesamt acht Jahre von zu Hause weg und wurde allmählich zu einer Fremden, so daß Clarissa am Ende nicht mehr recht wußte, wer dieses Riesenmädchen, das dreimal im Jahr in der Avenida Cañafístula Nummer eins auftauchte, um seine Ferien dort zu verbringen, eigentlich war.

Wenn ich in den Ferien nach Las Bougainvilleas kam, machte mir Clarissa sofort unmißverständlich klar, wer die Spielregeln diktierte. Ich durfte keinen Fuß vor die Tür setzen, ohne sie vorher um Erlaubnis zu bitten, und keine Party ohne Begleitung besuchen, wobei es sich dann gewöhnlich um sie selbst handelte. Clarissa plazierte sich neben der Tanzfläche und überwachte jede meiner Bewegungen. Wenn sie sah, daß ich mich beim Bolero an meinen Partner schmiegte und wir eng umschlungen tanzten, was mir sehr gefiel, verließ sie ihren Posten, kam auf uns zu und trennte uns unsanft, während wir uns gerade verträumt im Rhythmus von »Perfume de Gardenias« oder »Piel Canela« schaukelten. Anschließend hielt sie mir in der Intimität der Damentoilette eine Standpauke darüber, daß ein wohlerzogenes Mädchen einem Mann nicht erlauben dürfe, sich beim Tanzen an ihren Schenkeln zu reiben. Zum Schluß holte sie ein kleines Spitzentaschentuch aus ihrer Handtasche und verdeckte damit meinen viel zu tiefen Ausschnitt. In jenen Momenten haßte ich sie und wünschte von ganzem Herzen ihren Tod herbei.

Es dauerte nicht lange, da hatte sich in der Stadt herumgesprochen, daß meine Mutter mich bewachte wie die Gestapo, und kein junger Mann wagte mehr, mich zum Tanzen aufzufordern. Die Tatsache, daß es sich bei mir um die Tochter einer stadtbekannten Persönlichkeit handelte, machte die Sache natürlich nicht einfacher. Mit einemmal wurde ich zum Mauerblümchen, und die Jungen meines Alters würdigten mich keines Blickes mehr. Nur die offiziellen »Kavaliere«, die politischen Helfer, die uns überallhin begleiteten, nahmen mich noch mit zum Tanz. Es vergingen Wochen, ohne daß ein einziges Mal das Telefon klingelte. Ich hatte keine Freunde mehr. In mir gärte die Wut auf meine Mutter, weil sie meine Verehrer vergrault hatte, aber auf meinen Vater ließ ich nichts kommen. In jedem jungen Mann, der mir begegnete, suchte ich meinen brillanten, hübschen, liebenswürdigen Vater zu entdecken, und merkte dabei gar nicht, daß er mich genauso zum Schmuckstück machen und in ein samtenes Kästchen einsperren wollte, wie er es mit meiner Mutter getan hatte.

Im Juli 1958 wurde ich wieder zur Karnevalskönigin gewählt, diesmal im Casino von San Juan. Das Thema des Kostümballs lautete »Das gedruckte Wort« und alles, was damit zusammenhing: Buchstaben, Worte, Gebete, Gedichte, Bücher, Zeitschriften, Zeitungen, aber auch Schreibmaschinen, Druckerpressen, Druckwalzen, Stempel, Kupferstiche usw. Diese Vorgabe forderte einiges von der Erfindungsgabe der Hauptstädter, und die jungen Leute mußten sich schon sehr anstrengen, um sich ein passendes Kostüm einfallen zu lassen. Der Karnevalsball war ein wichtiges Ereignis in Vaters neuerlicher Gouverneurskandidatur, weil von sämtlichen Tageszeitungen der Insel Pressevertreter erwartet wurden. Eine solche Öffentlichkeit wollte der Vater der Königin sich nicht entgehen lassen, zumal ihm die Veranstaltung eine ideale Gelegenheit zur Mitgliederwerbung bot.

Ich ging als »Tintendame« und bekam ein spektakuläres Kostüm: Ein langes Röhrenkleid, das vorne bis zum Oberschenkel geschlitzt war und sich hinten in einer langen Schleppe fortsetzte, die so schwarz war, daß sie flüssig wirkte. Es war mit schwarzen Glasperlen bestickt, die wie Tintentropfen an meinem Körper zitterten, während ich auf dem Kopf als Tintenfaß ein Gefäß aus geschliffenem Glas trug. Mehrere Wochen lang studierte ich die aufwendige Krönungszeremonie ein, übte den Walzer und lief immer wieder für die letzten Details zur Schneiderin. Ich nahm das alles sehr ernst und fand mich in dieser Rolle überhaupt nicht lächerlich, denn schließlich half ich meinem Vater bei seiner Wahlkampagne. Allerdings wurde ich es langsam leid, Sommer für Sommer wie eine Puppe vorgeführt zu werden, und schwor mir, daß dies das letzte Mal war.

Da ich nun älter war, sollte mich nicht mehr mein Vater zum Thron führen, sondern Victor Matienzo, ein schlaksiger Abiturient mit einer langen Nase, aber einem deutlich kleineren Gehirn, der vom Festkomitee zum König ernannt wurde und mir als Kavalier zur Seite stand. Schon vor dem eigentlichen Galaabend begleitete er mich auf mehrere Cocktailpartys, und seine Gesellschaft langweilte mich so sehr, daß es mir wie eine übermenschliche Kraftanstrengung vorkam, den Mund geschlossen zu halten und nicht alle paar Minuten zu gähnen. Viele Jahre danach erfuhr ich, daß er gar kein Interesse am weiblichen Geschlecht hatte und sich damals genauso gelangweilt haben muß wie ich.

Endlich war der große Tag gekommen, und ich zog an Victors Seite, im Takt von »Lagrimas Negras« in den geschmückten Ballsaal ein. Mein gläserner Hut war so schwer, daß er mir Kopfschmerzen verursachte, und ich nutzte die erste Gelegenheit, um auf die Suche nach einem Aspirin zu gehen. Als ich an unseren Tisch zurückkehrte, hörte ich gerade noch meine Mutter zu meinem Vater sagen: »Jetzt, wo du wieder für das Amt des Gouverneurs kandidierst, müssen wir gut auf Elvirita aufpassen. Solange sie unter Victors Obhut ist, kann nichts passieren, aber ich habe schon ein halbes Dutzend Jungen heimlich um sie herumscharwenzeln sehen und fürchte, daß sie es mehr auf unser Geld und unsere Position abgesehen haben als auf sie.«

Das saß. Nachdem Victor und ich mit unserem Walzer den Tanz eröffnet hatten, ging ich auf die Toilette, um mich frisch zu machen. Clarissa kam hinterher. Sie öffnete ihre Handtasche, holte ihr Spitzentaschentuch heraus und war im Begriff, es mir in den Ausschnitt zu stecken, als ich sie wütend anfuhr: »Was willst du damit eigentlich verstecken, meine Brüste oder die Goldsäcke der Familie?«

Clarissa wurde zornig; sie hob die Hand, um mich zu ohrfeigen, aber ich hielt ihr den Arm in der Luft fest. Das fiel mir nicht schwer, denn ich war ein gutes Stück größer und wesentlich kräftiger als sie, und einige Sekunden lang sah ich meinen eigenen Haß in ihren Augen gespiegelt. Dann geschah etwas Fürchterliches: Meine Mutter sank in sich zusammen und begann zu weinen.

Türenknallend verließ ich die Toilette. Ich bebte vor Wut, aber es gelang mir, Haltung zu bewahren. Es war das letzte Mal, daß meine Mutter versuchte, mich zu schlagen, und nie wieder ließ ich mich von ihr einschüchtern.

In jenem Sommer nahm ich Abstand vom Feiern und all den politischen Veranstaltungen und suchte mir einen Ferienjob. Ich arbeitete morgens als freiwillige Helferin im Kinderkrankenhaus und nachmittags als Korrekturleserin in der Redaktion eines kleinen Lokalblatts, *El Listín Noticioso*. Ich recherchierte auch zu bestimmten Themen und verfaßte eigene Artikel, z. B. über den alten Stadtfriedhof; seit die Stadtkasse leer war, wurde er so schändlich vernachlässigt, daß mir dort nicht nur einmal streunende Hunde mit Menschenknochen im Maul über den Weg gelaufen waren. Aber die Zeitung war kürzlich von meinem Vater aufgekauft worden, nachdem dieser, anläßlich meiner erfolgreichen Krönung im Casino, erkannt hatte, wie wichtig die Rolle der Presse für die Parteikampagne war. Daher betrachtete der Herausgeber die Veröffentlichung meiner Artikel als reine Gefälligkeit und enthielt mir dafür jede Anerkennung, auch pekuniärer Natur, vor. Das war der Grund, weshalb ich beim *Listín* kündigte. Der Sommer schleppte sich hin wie ein Sack Steine, bis endlich der September kam und ich nach St. Helen's zurückfahren konnte. Dort wurde ich wenigstens in Ruhe gelassen und konnte nach Herzenslust studieren, ohne daß mich irgend jemand mit meinem prominenten Vater in Verbindung brachte.

4

Im Frühjahr meines dritten Studienjahres schrieb ich meinem Vater vom St. Helen's aus und bat ihn, im nächsten Sommer an der Genfer Universität an einem Französischkurs teilnehmen zu dürfen. Alvaro, der in Princeton studierte, hatte im vorangehenden Jahr etwas Ähnliches gemacht. Er war alleine nach Paris gegangen und hatte drei Monate an der Sorbonne Französisch gelernt. St. Helen's unterhielt ein Austauschprogramm mit der Genfer Universität, und ich hatte die Möglichkeit, mit einem Stipendium auf Darlehensbasis dort einen Sommerkurs zu belegen.

Ich plante, nach meinem Examen am St. Helen's zu bleiben und meinen Doktor in englischer Literaturwissenschaft zu machen. Doktorandinnen durften in Pensionen außerhalb des Campus wohnen und waren nicht auf die internen Schlafsäle angewiesen. Ihre Eltern hatten keine rechtliche Grundlage mehr für ihre Bevormundung, denn in den USA galten junge Frauen mit einundzwanzig als erwachsen und konnten eigentlich tun und lassen, was sie wollten – sich eine Arbeit und eine Wohnung suchen, beispielsweise. Nur in Ländern wie Persien, Saudi-Arabien und Puerto Rico wurden sie wie kleine Mädchen behandelt, bis sie so alt waren, daß kein Hahn mehr nach ihnen krähte.

Mehrere meiner Studienkameradinnen vom St. Helen's wollten in jenem Sommer ebenfalls nach Genf, und wir vereinbarten, gemeinsam in einer Pension unweit der Universität zu wohnen. Auf diese Weise würden wir uns gegenseitig Gesellschaft leisten. In seinem Antwortbrief schrieb mein Vater, daß er und meine Mutter ebenfalls eine Europareise planten und es nett fänden, wenn wir die erste Etappe gemeinsam unternähmen. Wir würden im Juni aufbrechen und zunächst England und Frankreich bereisen, um anschließend in die Schweiz weiterzufahren. Er versprach mir, daß wir Anfang Juli in Genf wären, wo sie mich dann mit meinen Freundinnen in der Pension lassen und ihre Reise alleine fortsetzen würden. Ende August sollten wir Studentinnen dann nach New York zurückfliegen und gemeinsam wieder zu St. Helen's fahren.

Ich war mit dem Vorschlag einverstanden, und wenige Monate später flogen wir nach Europa: Wir besuchten England und Frankreich und nahmen schließlich den Nachtzug nach Genf. Dort logierten wir im »Beau Rivage«, einem wunderschönen Hotel mit roten Geranien vor den Fenstern und einem vornehmen Restaurant mit Seeblick. Eine Marmortreppe führte von der Terrasse hinauf zu den Suiten im ersten Stock. Von meinem Zimmerfenster aus konnte ich die berühmte Fontäne des Genfer Sees deutlich erkennen. Wie ein riesiger Helmbusch tanzte sie im Wind und neigte sich auf der silbernen Wasseroberfläche mal zur einen, mal zur anderen Seite. Als wir zwei Tage nach unserer Ankunft unter einem rotweißen Martini-Rosso-Schirm dinierten, sagte ich zu meinem Vater: »Ich habe mich schon mit meinen Kommilitoninnen in Verbindung gesetzt und weiß, was ich für die Einschreibung an der Uni benötige. Morgen ziehe ich zu den anderen in die Pension. Meine Sachen sind schon gepackt.«

Mein Vater drehte den Kopf zur Seite, als hätte ich überhaupt nichts gesagt.

»Sieh einmal, wer dort an unserem Nachbartisch sitzt«, wisperte er verschwörerisch in Clarissas Richtung. »Keine Geringere als Grace Kelly und daneben Prinz Rainier.«

»Tatsächlich!« erwiderte Clarissa prompt. »Und dort hinter den Kübeln mit den weißen Geranien, sind das nicht der Schah von Persien und Farah Diba? Wie aufregend!«

Während ich ganz langsam den Löffel auf den Tisch legte, starrte ich meinen Vater über meine *Coupe gelée à trois saveurs* hinweg unverwandt an. Zu meiner Mutter blickte ich gar nicht erst hin, denn ich wußte allzu gut, was sie dachte. »Du hast es mir versprochen, Vater. Du hast mir in dem Brief, den du mir ins College geschrieben hast, dein Ehrenwort gegeben.«

Mein Vater holte tief Luft und sah mich endlich an.

»Was für ein herrliches Hotel, nicht wahr? Ich bin sicher, daß du vom Fenster deiner Pension aus keinen solchen Ausblick hast. Deine Mutter und ich haben beschlossen, drei Wochen in Genf zu bleiben, so daß du hier bei uns im Hotel wohnen kannst. Es sei dir natürlich unbenommen, deinen Kurs trotzdem zu besuchen. Aber du brauchst das Stipendium nicht in Anspruch zu nehmen, und drei Wochen müssen eigentlich reichen, um soviel Französisch zu lernen, wie du brauchen wirst.«

»Ich bin fast einundzwanzig, Papa. Ich kann auf mich selber aufpassen. Ich will das Stipendium in Anspruch nehmen, den Kurs besuchen und mit meinen Freundinnen in der Pension wohnen!«

Clarissa warf mir einen ihrer funkensprühenden Blicke zu und sagte: »Dein Vater ist unverbesserlich; er macht immer Versprechungen, die er am Ende doch nicht halten kann. Du gehst nicht alleine in die Pension, und jetzt Schluß damit. Mir wäre als junges Mädchen nie so etwas eingefallen! Und du wirst es auch nicht tun. Eine wohlerzogene junge Dame verzichtet auf solche Eskapaden und hört auf ihre Eltern. Wir werden nicht zulassen, daß du dadurch deinem Ruf schadest.«

Ein kühler Wind wehte vom See herüber, während ich wie versteinert dasaß und meiner Mutter zuhörte. Ich wog im Geiste sämtliche Bedeutungen des Wortes »Opfer« ab. Für Tante Celia hatte es Ehelosigkeit bedeutet *und* Freiheit; sie hatte ein Keuschheitsgelübde abgelegt, aber dafür ein erfülltes Leben voller Abenteuer bekommen; sie hatte die Welt gesehen und war immer dorthin gegangen, wo sie am nötigsten gebraucht wurde. Für meine Mutter hatte es bedeutet, auf Emajaguas zu bleiben, bis sie meinen Vater kennenlernte und einen goldenen Käfig durch einen anderen austauschte. Jetzt verlangte sie von mir, es ihr gleichzutun, und wenn ich Pech hatte, würde mein Gefangenenwärter vielleicht nicht so gutmütig sein wie mein Vater.

Ich stand vom Tisch auf und stieg ganz langsam die breite Marmortreppe zu meinem Zimmer im ersten Stock hinauf. Dabei öffnete ich meine Handtasche und suchte meine Brieftasche. Als ich entdeckte, daß sie leer war, warf ich sie über das Geländer. Während ich nach meinem Zimmerschlüssel kramte, merkte ich, daß mein Reisepaß und mein Flugticket fehlten. Mein Vater hatte beides an sich genommen, »damit sie nicht verloren gingen«. Aus Wut warf ich die ganze Handtasche über das Geländer, und sie fiel mit einem Klatscher mitten im Restaurant auf den Fußboden. Als ich oben war, ging ich im Flur bis zu meinem Zimmer und holte meinen Koffer. Dann öffnete ich ihn und schüttete den gesamten Inhalt über das Treppengeländer. Meine Schuhe von Saks Fifth Avenue, meine Spitzenhöschen und BHs von Blackton, mein Kleid von Ceil Capman, das alles landete Grace Kelly, Prinz Rainier, dem Schah von Persien, Farah Diba, Mutter und Vater und den anderen hochkarätigen Gästen des *Beau Rivage* vor den Füßen. Als der Koffer leer war, warf ich ihn kurzerhand hinterher und hatte Glück, daß er nicht Prinz Rainier traf, sondern den Kellner daneben.

Anschließend stieg ich würdevoll die Treppe wieder herunter und ging zu unserem Tisch, wo Vater und Mutter saßen und mich entsetzt ansahen. Die verwirrten Gäste begannen, miteinander zu tuscheln, als ich mich seelenruhig auf meinen Platz setzte und mein Sorbet aufaß. In jener Nacht schwor ich mir, nie so zu werden wie Clarissa und mich unter keinen Umständen aufzuopfern.

5

Bei den Wahlen im November desselben Jahres trat Aurelio zum zweiten Mal als Gouverneurskandidat gegen Fernando Martín an und wurde wieder haushoch von ihm besiegt. Seit vierundzwanzig Jahren dominierte Martín die puertoricanische Politik und erfreute sich weiter einer allgemeinen Beliebtheit. Meine Mutter atmete erleichtert auf. Die politischen Ambitionen meines Vaters waren zu ertragen, solange seine Chancen auf einen Wahlsieg gleich null waren. Ich vermute sogar, daß dieser Ausgang meinen Vater selbst auch entlastete. Martín zu schlagen, war zu einem aussichtslosen Unterfangen geworden und vergleichbar mit dem Versuch, einen Elefanten mit dem Luftgewehr erlegen zu wollen. Mit Aurelios Sieg hatte ohnehin niemand gerechnet, aber sein heldenhafter Einsatz trug ihm immerhin einige Bewunderung ein.

Während der Weihnachtsferien lernte ich Ricardo Cáceres kennen, einen jungen Mann aus guter Familie, der in der Hauptstadt lebte. Ricardo studierte Betriebswirtschaft an der Universität von Cornell und stand kurz vor dem Examen. Im Anschluß daran wollte er im Betrieb seines Vaters arbeiten, einer Versicherungsgesellschaft. Meinen Eltern gefiel er.

Als ernsthafter, fleißiger junger Mann unterschied Ricardo sich grundlegend von den vielen Playboys und Postenjägern, mit denen ich die letzten Sommer in La Concordia und San Juan zu tun hatte. In den kurzen Weihnachtsferien gingen

Ricardo und ich mehrmals zusammen aus, und als dann wieder jeder an seinem College in den USA war, besuchte er mich mehrmals in St. Helen's. Am Ende des Studienjahres machte er mir einen Heiratsantrag. Ich kann mich entsinnen, daß wir über den Campus schlenderten; der Frühling war ausgebrochen, und alles drehte sich um die bevorstehenden Abschlußprüfungen. Die Beete standen voller Tulpen, die Lieblingsblumen der Nonnen, die sich noch nicht geöffnet hatten. In einigen Tagen würden sie aufbrechen und den Campus beleuchten wie ein Heer applaudierender Kobolde.

Ricardo hatte mir seinen Cornell-Ring gegeben, und ich streifte ihn über meinen Finger. »Wollen wir nach dem Examen heiraten?« fragte er mich.

»Und in San Juan leben?«

»Klar. Ich werde im Betrieb meines Vaters anfangen.«

»Laß mich darüber nachdenken«, erwiderte ich, ohne ihn anzusehen.

Wir gingen schweigend Hand in Hand bis ans Ende des Campus, wo die Nonnen ein kleines Labyrinth aus formgeschnittenen Buchsbaumhecken angelegt hatten. Ich sog gierig die Luft ein und fragte mich, weshalb ich den Duft von Buchsbaum so mochte. Wahrscheinlich weckte die umgebende Natur heimatliche Gefühle in mir. Im Schutz der Hecke umarmten wir uns und küßten uns voller Leidenschaft. Mein Leben hatte kein Ziel, aber Ricardo konnte mich zum Schmelzen bringen, und dann würde ich vielleicht ganz von der Erdoberfläche verschwinden – was machte das schon.

Ricardo war konservativ und beileibe kein Intellektueller: Er wünschte sich eine Frau, die ihm Kinder gebar und den Haushalt führte. Diese Dinge lagen mir eher fern, aber das verriet ich ihm nicht, sondern tat so, als paßte ich in das Bild seiner Idealfrau.

Noch unlängst hatte ich in den Weihnachtsferien meinen

Eltern erklärt, einen Doktor in englischer Literaturwissenschaft zu machen. Es war an einem Sonntagmorgen, wir waren gerade aus der Messe zurück und saßen auf der Terrasse, um auf Onkel Damián und Tante Agripina zu warten, die sich zum Essen angekündigt hatten. Die Bougainvilleas standen in voller Blüte und breiteten sich wie eine scharlachrote Decke über die Gartenmauer. Mein Vater steckte seiner Nachtigall Weintrauben durch das Käfiggitter und hatte mir den Rücken zugekehrt. Er antwortete nicht.

Es war an der Zeit, daß eine Rivas de Santillana eine berufliche Laufbahn einschlug, fand ich. Bartolomeo Boffils Egoismus hatte dazu geführt, daß meine Großmutter Valeria als Analphabetin aufwuchs und sich wünschte, ihre Töchter an die Universität zu schicken. Dabei hatte sie sich aber keine Berufstätigkeit für sie vorgestellt, denn sie betrachtete die Ehe als die einzig schickliche Laufbahn für eine Frau – oder die Ehelosigkeit verknüpft mit dem gesellschaftlichen Rückzug. Sogar meine Mutter, die während ihres Studiums an der Universität von Puerto Rico eine eifrige Verfechterin der Frauenrechte gewesen war, hatte schließlich klein beigegeben. In Vaters Familie war es noch schlimmer: Tante Amparo hatte nur das Abitur, und Tante Celia mußte Nonne werden, um als Missionarin getarnt ihrer sozialen Arbeit nachzugehen.

Zwanzig Jahre waren vergangen, seit Tante Celia gegen ihr Schicksal aufbegehrt hatte, aber nichts hatte sich geändert. Daß eine unverheiratete junge Frau aus guter Familie sich eine Stelle suchte und in einer Stadt wie New York oder Boston von ihrem eigenen Gehalt ein unabhängiges Leben führte, ohne dafür in ein Kloster eintreten zu müssen, war in Puerto Rico immer noch undenkbar. Eine Promotion war meine einzige Chance, die Rückkehr nach La Concordia hinauszuzögern.

»Wieso willst du weiterstudieren?« wandte Clarissa mit einem leichten Lächeln ein, während sie ihr Wermutgläschen mit der aufgesteckten Zitronenscheibe an die Lippen hob. »Du bist doch überhaupt nicht darauf angewiesen zu arbeiten. Oder ziehst du etwa die eisigen New Yorker Winter unseren sonnigen Dezembern vor! Wenn du wenigstens einen praktischen Beruf anstreben würdest, wie Buchhalterin, Krankenschwester, selbst Landwirtin ... Aber ausgerechnet Literatur. In Vaters Bibliothek kannst du lesen, was du willst. Du bist seit acht Jahren von zu Hause weg, Elvirita, und es wäre einfach schön, wenn wir dich wieder einmal eine Weile bei uns hätten.«

Meine Mutter sagte das in einem liebevollen Ton, und ich merkte, daß ich ihr fehlte. Einen Moment lang war ich versucht zu glauben, daß es ihr tatsächlich darum ging, mich nochmal bei sich zu haben. Aber unsere Auseinandersetzungen hatten mich so gegen sie verhärtet, daß ich kein echtes Mitgefühl für sie aufzubringen vermochte. Da kam mir eine Erzählung in den Sinn, die ich vor langer Zeit gelesen hatte. Sie hieß »Das Waisenkind am Fluß« und handelte von einer Mutter, die in den Fluß geht, um zu sterben. Die Tochter pilgert täglich zum Flußufer und starrt auf das Wasser, in der Hoffnung, die Mutter wieder auftauchen zu sehen. Aber sie sieht nur das eigene Spiegelbild. Im Laufe der Zeit wird sie der Mutter immer ähnlicher, bis sie eines Tages sicher ist, ihre Mutter sei wieder aus dem Wasser aufgestiegen und sähe sie an. Sie streckt die Arme aus, um ihr herauszuhelfen, verliert den Halt und ertrinkt. Die Geschichte flößte mir Unbehagen ein, weil ich fürchtete, daß es mir ebenso ergehen könnte. Meine Mutter brauchte Hilfe, aber ich auch.

Als ich erkannte, daß ich keine andere Wahl hatte, als nach dem Studium zu meinen Eltern zurückzukehren, beschloß ich, Ricardo Cáceres zu heiraten. Auf diese Weise würde ich mich wenigstens selbst beaufsichtigen und mein Gefängnis in den eigenen vier Wänden haben. Die Hochzeit fand im August statt, und wir ließen uns in der Kathedrale von La Concordia trauen. Weil Großvater Changuito erst unlängst gestorben und die

Trauerzeit für die Familie noch nicht verstrichen war, gab es nur einen kleinen Umtrunk in der Avenida Cañafístula Nummer eins. Mir machte das nichts aus, denn ich war ohnehin nicht in Ricardo verliebt. Er diente mir lediglich als Möglichkeit, der Hölle meiner Mutter zu entgehen.

Einige Wochen nach unserer Heirat schickte mir meine Mutter durch unseren alten Chauffeur Cristóbal mehrere Ableger ihrer Myrtensträucher, die sie in die gelb-braunen Blechdosen von Yacono-Kaffee gepflanzt hatte. Es war ein kurzes Begleitschreiben auf der Rückseite eines benutzten Briefumschlags dabei: »Die Blüten der Myrten öffnen sich nach dem Regen und sind dafür bekannt, daß sie die Geister anlocken. Ich habe einige Bäumchen bei meinem Auszug aus Emajaguas mitgenommen und dachte mir, daß du sie in deinem neuen Zuhause auch anpflanzen könntest. Setze sie unter ein Fenster oder auf einen Balkon, dann wirst du nachts ihren Duft wahrnehmen und deinem Haus eine behagliche Atmosphäre geben.« Ich befolgte diesen Rat und pflanzte sie in Terrassennähe aus.

Meine Mutter mochte Ricardo. Sie hatten beide dasselbe Sternzeichen – Steinbock – und verstanden sich auf Anhieb. Ricardo hatte einen starken Charakter, was meine Mutter an ihm schätzte, weil sie der Meinung war, ich bräuchte jemanden, der mir Zügel anlegte. Das einzige, was ihr an Ricardo mißfiel, waren seine Zähne. Sie standen kreuz und quer und waren für den engen Kiefer viel zu groß. Jedesmal, wenn Ricardo lächelte, verletzte er ihr ästhetisches Empfinden. Meine Mutter ging das Problem mit sehr viel Feingefühl an. Statt ihn persönlich darauf anzusprechen, schrieb sie ihm in ihrer schönen Handschrift einen anonymen Brief und legte ihm nahe, einen Kieferorthopäden aufzusuchen. Ricardo erzählte mir nichts von dem Schreiben, aber ein paar Tage später ließ er sein Gebiß von einem Fachmann begutachten. Einen Monat, nachdem er Mutters Brief erhalten hatte, fuhren wir an einem Wochenende nach

La Concordia. Ricardo küßte Clarissa zur Begrüßung auf die Wange und schenkte ihr dann ein strahlendes Lächeln aus rostfreiem Stahl. Meine Mutter brach in schallendes Gelächter aus und wußte, daß er sie entlarvt hatte.

Mutter und Ricardo machten sich mit Vorliebe über die amerikanischen First Ladys lustig. Hinter Vaters Rücken stellten sie ein Album aus Zeitungsbildern von ihnen zusammen. Mutter mochte Mamie Eisenhower, weil sie maßvoll war und sich nicht dauernd vor die Kameras drängte wie Jackie Kennedy. Sie liebte ihre Strohhütchen mit den Spitzenschleiern, und wann immer sie in die USA reiste, setzte sie sich ein ebensolches auf den Kopf. Lady Bird Johnson hielt dagegen ihrem strengen Urteil nicht stand, weil sie angeblich keinerlei Tischmanieren besaß. Jedes Foto, das von Lady Bird beim Essen existierte, zeigte sie mit offenem Mund, und manchmal schob sie gerade ihre Gabel mit einem Stück Steak hinein, was meine Mutter widerlich fand. Eins der Bilder klebte sie sich sogar übers Bett, so sehr brachte es sie zum Lachen.

Nachdem wir ein gutes Jahr verheiratet waren, ging ich in den Kochstreik. »Ich bin es leid, die spanische Küche zu kochen«, sagte ich eines Abends zu Ricardo. »Sie ist furchtbar umständlich und zeitaufwendig. Wir werden jetzt öfter italienisch oder amerikanisch essen; Gerichte wie Spaghetti mit Tomatensauce oder Steak mit Kartoffelpüree. Ich habe mich nämlich an der Uni für drei Seminare in englischer Literaturwissenschaft eingeschrieben und werde kaum noch Zeit haben, es anders zu bewerkstelligen.« Kommentarlos verzehrte Ricardo seinen *bacalao al pil pil* – Kabeljau auf Petersilie –, das ich nach einem Rezept seiner Mutter zubereitet hatte, und stippte schweigend das Brot in die ölige, mit Knoblauch und Petersilie versehene Sauce.

Als Vorübung für das Semester brachte ich am andern Abend Spaghettis mit Meeresfrüchten auf den Tisch. Aber kaum hatte ich Ricardo den Teller gefüllt, nahm er ihn und schleuderte ihn an die Wand. »Ich mag keine Spaghettis, und schon gar nicht *al dente*«, schnauzte er mich an, während ich vollkommen schokkiert dastand und die gelbe Tapete anstarrte wie ein Gemälde von Jackson Pollock, an der die Nudeln mit der roten Sauce langsam zum Boden glitten. »Und es paßt mir auch nicht, daß meine Frau sich mit Studenten einläßt, die halb so alt sind wie sie. Du hättest mich um Erlaubnis bitten müssen, um dich für die Seminare einzuschreiben.«

Ich wußte nicht, wie ich Ricardo umgehen konnte, und ebensowenig, ob er überhaupt zu umgehen war, also senkte ich den Kopf und schwieg. Dann bückte ich mich, um die Spaghettis vom Fußboden aufzusammeln.

Es stellte sich bald heraus, daß mein Gatte ein gewalttätiger Mann war, der schnell die Beherrschung verlor. Kaum wagte ich einen Widerspruch, brüllte er los und drohte mir mit Schlägen. Aber ich bekam erst richtig Angst, als er anfing, Jagdgewehre zu sammeln und sie in seiner Freizeit fortwährend vor unserer Eingangstür zu putzen und zu schmieren. Die Jagd wurde sein Hobby, und er fuhrt häufig mit seinen Freunden auf die Vogeljagd nach Santo Domingo.

Wir waren insgesamt neun Jahre verheiratet, die mir reichlich Zeit ließen, über meine Situation nachzudenken. Ich erkannte, wie naiv ich gewesen war, als ich mir eingebildet hatte, auf diese Weise zu einer eigenen beruflichen Laufbahn zu kommen. Ich hatte es nicht weiter als bis zur Karnevalskönigin gebracht. Aber noch schlimmer war, daß in mir das Gefühl aufstieg, ausgenutzt worden zu sein. Ich war einunddreißig, mein ganzes Selbstwertgefühl war dahin, und es gab nichts, worauf ich hätte stolz sein können. Obendrein war ich mit einem Mann verheiratet, den ich haßte und fürchtete.

Ich hätte mich am liebsten scheiden lassen, aber ich hatte kein eigenes Geld und war zu stolz, meine Eltern darum zu bitten. Außerdem schreckte ich vor dem Gedanken zurück, mit meiner Mutter wieder unter einem Dach leben zu müssen. Erst war ich der Besitz meines Vaters, jetzt gehörte ich Ricardo. Mir leuchtete ein, weshalb die Frauen das Prinzip der Kolonialpolitik so gut verstanden: Wenn sie gut behandelt wurden, Essen, Kleidung und ein schönes Heim bekamen, leisteten sie zwar keinen Widerstand, aber unter der Glut schwelte weiter der Haß.

Statt für Mutters Psychoterror entschied ich mich für Ricardos physische Einschüchterung und verwarf die Scheidung. Ich hütete das Haus, kümmerte mich um meine Kinder und nahm mir vor, ihnen soviel Zuwendung zu geben wie nur möglich. Ich las viel und verlor nie die Hoffnung, eines Tages an die Universität zurückzukehren. Aber mein Leben war überschattet von der Angst, daß die Streitlust meines Mannes auf seine Söhne abfärben könnte. Meine Lage war ausweglos, und ich versuchte, wie ein Jongleur alle Bälle gleichzeitig in der Luft zu halten, während ich Ricardo beschwichtigte. Aber in den Augen der Gesellschaft von San Juan war ich die perfekte Ehefrau.

Unterdessen geschah etwas Unerwartetes. Fernando Martín war schon viele Jahre Gouverneur und seiner Sache so sicher, daß er 1966 einen Volksentscheid veranlaßte, um Puerto Rico die Möglichkeit zu geben, seinen politischen Status eines »freien assoziierten Staates« der USA endgültig zu bestätigen. Onkel Venancio weigerte sich, mit der republikanischen Partei daran teilzunehmen. Die Anzahl seiner Wähler schrumpfte kontinuierlich, und er fürchtete, durch ein solches Referendum auch noch die letzten zu verlieren. Das ärgerte meinen Vater, und er warf Venancio vor, daß ihm die Partei und sein eigenes Amt als Vorsitzender wichtiger seien als das Ziel, das sie von jeher gemeinsam verfolgt hatten: das der Eingliederung Puerto Ricos in die USA.

Zum ersten Mal distanzierte er sich demonstrativ von Onkel

Venancio. Er kehrte der republikanischen Partei den Rücken und gründete seine eigene Partei, *die Partido Estadista Reformista*, mit dem Ziel, beim Referendum die Eingliederung zu propagieren. Er stellte innerhalb eines einzigen Jahres eine erfolgreiche Kampagne auf die Beine und finanzierte sie fast ausschließlich aus eigenen Mitteln. Das Ergebnis der Volksbefragung gab zu denken: Die Insel zerfiel in zwei gleichstarke Lager, die Verfechter der Eingliederung und die Befürworter einer Beibehaltung des freien assoziierten Staates. Das war der Grund, weshalb Aurelio bei den Wahlen im darauffolgenden Jahr erneut für das Amt des Gouverneurs antrat. Das Blatt hatte sich gewendet: Fernando Martín kandidierte nicht mehr, und die Meinungsumfragen zeigten bald, daß Aurelio mit seiner Reformpartei gute Chancen hatte zu gewinnen. Nachdem er Onkel Venancio und den Schatten seiner Partei abgeschüttelt hatte, konnte Vater sein eigenes Image aufbauen.

Aurelio schwamm im Glück. Er tauchte ein in das Bad der Menge und öffnete dem Volk Herz und Ohren. Bei seinen Veranstaltungen lauschte er geduldig den Klagen und Anliegen der Leute und machte sich dazu Notizen. Als Emblem für seine Partei wählte er den *almácigo*, den Mastixbaum, was sich als kluge Entscheidung erwies, denn in präkolumbianischer Zeit war dieser als heilig verehrt worden, und die Taíno benutzten seine Rinde immer noch zur Zubereitung eines Suds, dem eine heilende Wirkung bei allerlei Gebrechen nachgesagt wurde.

Aber kaum kam das Gerücht über Aurelios möglichen Wahlsieg in Umlauf, da wurde Clarissa schwer krank. Ein bohrender Schmerz in der Brust machte ihr das Atmen schwer. Sie unterzog sich einer Reihe von Untersuchungen, an deren Ende die Ärzte übereinstimmend feststellten, daß sich ihr Herzgeräusch, der *soplo*, verschlimmert hatte und eine zusätzliche Arterienverkalkung ihren Zustand sehr bedenklich machte. Das Gehirn wurde nicht ausreichend mit Sauerstoff versorgt, und es mußte jeden Moment mit einer Hämorrhagie gerechnet werden. Der Herzspezialist verordnete ihr strikte Bettruhe und ein Sauerstoffzelt.

Im letzten Wahlkampfmonat rückten meine Eltern enger zusammen als je zuvor. Das fiel mir jedesmal auf, wenn ich zu Besuch nach Las Bougainvilleas kam. Ganz gleich, in welchen Ort sein Terminkalender ihn tagsüber entführte, mein Vater bestand darauf, zu Hause zu übernachten. Sie unterhielten sich oft stundenlang, und ich hörte ihre Stimmen bis spät in die Nacht durch die Wand zwischen unseren Zimmern. Bevor er am Morgen aufbrach, setzte mein Vater sich zu Clarissa ans Bett. Er verließ nie das Haus, ohne sie über alle Details seines Tagesplans zu informieren und ihr zu erzählen, welche Verabredungen er getroffen hatte und wo er seine Reden halten würde. Clarissa machte sich keine Illusionen über ihr Befinden und wußte, daß dies ihre einzige Chance war, sein Leben zu teilen.

Anfang November 1968, vier Tage vor der Wahl, besuchte ich meine Mutter in La Concordia. Ich betrat das Zimmer auf Zehenspitzen, um festzustellen, ob sie wach war. Wie zwei stählerne Raketen standen die Sauerstofftanks mit den Druckventilen neben ihrem Bett. Ich warf einen Blick durch das Plastikzelt und sah sie reglos auf dem spitzenbesetzten Kissen liegen; kaum wahrnehmbar hob und senkte sich der Brustkorb, weil der Sauerstoff auf direktem Weg in die Lungen gelangte. Sie hatte die Augen geschlossen, und ihr Gesicht wies keine einzige Falte auf. Meine Mutter war immerhin siebenundsechzig, sah aber keinen Tag älter aus als fünfzig.

Clarissa schlug die Augen auf und lächelte mich an. Ich ließ die Hand unter das Plastikverdeck gleiten und umschloß die ihre. Sie war eisig. »Frierst du, Mutter?« fragte ich sie, während ich ihr Miñas alte regenbogenfarbene Wolldecke um die Beine wickelte.

»Nicht mehr als sonst auch. Ich habe dich nicht kommen hören, Elvira. Wann bist du eingetroffen?«

»Vor ein paar Minuten. Das Flugzeug ist in ein Gewitter geraten und übers Gebirge geflogen.«

»Und wie geht es Ricardo?«

Ich schwieg, dann sah ich ihr gerade ins Gesicht. »Wie immer, Mutter. Du weißt doch, wie die Dinge zwischen uns liegen.«

Clarissa seufzte. »Glaub mir, Ricardo liebt dich, trotz seiner Unbeherrschtheit. Und die Kinder brauchen ihren Vater. Du läßt dir das Glück wie Sand durch die Finger rinnen.«

Ich wollte nicht mit ihr streiten; wir hatten schon tausendmal darüber geredet. Ich wagte den Absprung nicht, das war alles. Clarissa erriet meine Gedanken.

»Kein Rivas de Santillana hat sich je scheiden lassen, bis auf Lakhmé; und sie wird ohnehin von allen für verrückt gehalten. Wenn du dich scheiden läßt, werden die Geister deiner Ahnen dich verfolgen, dich die Treppe hinabstoßen oder vor einem fahrenden Auto zu Fall bringen. Deine Tanten und Onkel werden es dir sehr übelnehmen und dich aus dem Kreis der Familie ausschließen«.

Dann verstummte meine Mutter und sah mich an, wie von weiter Ferne, aus einem tiefen See heraus. Ihr kurz geschnittenes Haar war weiß geworden und bekränzte ihren Kopf wie ein Heiligenschein.

»Erinnerst du dich an die Myrtensträucher, die du mir vor Jahren nach San Juan geschickt hast, Mutter? Sie stehen in voller Blüte, und in meinem Haus tummeln sich die Geister. Die Natur hat doch ihr Geheimnis, wie du immer gesagt hast.«

»Tatsächlich? Und sprechen sie mit dir?« fragte meine Mutter, als wäre die Drohung von eben mit einemmal hinfällig. »Sie sprechen täglich zu mir«, erwiderte ich ernst. »Großvater Alvaro, Großmutter Valeria, Großvater Changuito, sie rücken ihre Stühle heran und setzen sich um mich herum. Und sie sagen mir alle dasselbe: Ich soll Ricardo verlassen und mir Arbeit suchen.«

Meine Mutter lachte und sah mich aus den Augenwinkeln an.

»Ricardo ist immer ein guter Ehemann gewesen«, sagte sie. »Er versorgt euch und war dir nie untreu. Das wäre die einzige Rechtfertigung für eine Scheidung.«

Ich wanderte im Zimmer auf und ab und suchte nach einer passenden Antwort.

»Ich will dir mal was sagen, Elvira«, murmelte Clarissa. »Dein Leben lang hast du darauf bestanden, eine Vernet zu sein. Dabei hast du eine Menge von Lakhmé, denn wie sie liebst du hübsche Kleider, du ähnelst auch Dido, weil du die Literatur zu schätzen weißt, und hast was von Siglinda, wenn ich daran denke, wie dir die Jungs vor deiner Hochzeit den Kopf verdreht haben. Du hast viel von den Rivas de Santillanas geerbt, selbst wenn du es nicht wahrhaben willst.«

Das überraschte mich.

Dann fügte sie jedoch hinzu: »Geld verdienen, einen Beruf erlernen, unabhängig sein, das mag alles wichtig sein, doch es ist nicht das Wesentliche. Der positive Strom des Universums, wo alles miteinander verbunden ist, darauf kommt es an. Als Menschen haben wir die Aufgabe, mit dem Ganzen harmonisch zu verschmelzen und nicht, unsere Individualität zu entwickeln. Deshalb wird es dir nichts nützen, dich von Ricardo zu trennen, um ein unabhängiges Leben zu führen. Du mußt erst einmal innerlich unabhängig werden.«

Das war zuviel.

»Das ist nicht wahr!« brach es verzweifelt aus mir heraus. »Erzähl mir nicht, daß es dir nicht schwergefallen wäre, auf deinen Beruf zu verzichten! Du wolltest auch nie, daß Vater in die Politik geht!«

Sie schwieg.

»Warum hast du ihm das nicht ausgeredet?« wollte ich wissen. »War seine politische Arbeit etwa keine Art, dir untreu zu sein? Hast du nicht gesehen, wie sehr er uns damit verletzt hat? Wieso hast du zu allem geschwiegen, was dich wirklich anging, dich und uns?«

»Weil ich deinen Vater liebe. Es ist wichtig für einen Mann zu tun, was er tun muß.«

»Das ist Blödsinn, Mutter! Und du weißt es!«

Clarissa schickte mir einen frostigen Blick durch das durchsichtige Zelt. »Ich dulde nicht, daß du es mir gegenüber an Respekt fehlen läßt«, sagte sie mit bebender Stimme.

»Nun, ich weigere mich, deinem Beispiel zu folgen, Mutter. Ich werde Ricardo verlassen, selbst wenn ich verhungern muß. Und die Kinder lasse ich da. Zur Abwechslung soll er sich mal um sie kümmern!«

Ich brach in Tränen aus und schluchzte, als hätte man mir die Seele aus dem Leib gerissen. »Du hast mich nie geliebt, Mutter. Deshalb hast du mir immer gesagt, wie sehr ich Vater gleiche.«

Plötzlich spürte ich ihre Hände, kühl wie Schnee auf meinen Schultern. Meine Mutter hatte das Verdeck aufgeschlagen und zog mich zu sich. Sie umarmte mich schweigend und begann mich wie ein Kind in den Armen zu wiegen.

»Schsch, weine nicht, Elvira! Alles wird gut werden. Ich habe zu dir gesagt, daß du aussiehst wie dein Vater, weil du das immer hören wolltest. In Wirklichkeit warst du mein Ebenbild, von Anfang an. Und ich habe dich sehr, sehr lieb.«

Dann schloß sie die Augen und legte sich in die Kissen zurück. Sie war zu schwach, um weiterzusprechen. Ich verließ das Zimmer auf Zehenspitzen und machte mich leise davon. Voll trauriger Vorahnungen kehrte ich am Nachmittag nach San Juan zurück. Ich fürchtete, meine Mutter in dem Moment gefunden zu haben, als ich im Begriff war, sie für immer zu verlieren.

Der Wahlkampf entwickelte seine eigene Dynamik, und drei Tage nach diesem Gespräch wurde Aurelio zum Gouverneur Puerto Ricos gewählt. Niemand reagierte darauf so überrascht wie er selbst. Mein Vater saß neben dem Sauerstoffzelt und hielt Mutters Hand, als seine Parteizentrale in San Juan die Nachricht bekanntgab. Er hatte eine gute Mehrheit der Stimmen auf sich vereint, sein Sieg war somit eindeutig. Er hatte zum dritten Mal für das Gouverneursamt kandidiert und war sicher gewesen, wieder zu verlieren.

Während der nächsten Tage feierte die Familie Aurelios Wahlsieg. Alle beglückwünschten ihn, am aufrichtigsten Clarissa, die nun mit ihm nach *La Fortaleza*, in den Gouverneurspalast des alten San Juan, ziehen würde. Einen Monat später war es soweit, und meine Mutter wurde von einem Krankenwagen in die Hauptstadt transportiert. Dabei legte sie eine bewundernswerte Haltung an den Tag. Obwohl sie wußte, daß ihr Abschied von Las Bougainvilleas endgültig war, ließ sie sich ihre Gefühle nicht anmerken. Freundlich lächelnd sagte sie allen Lebewohl, der Köchin Martina, dem Koch, dem Gärtner Confesor, dem Chauffeur Cristóbal, den Nachbarn und den Freunden. Sie verließ ein Haus, in dem sie achtunddreißig Jahre ihres Lebens verbracht hatte, und gab ihr vergoldetes Louis-Seize-Mobiliar mit der feinen Rosenverzierung auf, ihr Silber, ihr Porzellan, ihre Familienfotos aus Emajaguas, und, was sie ganz besonders schmerzte, ihren herrlichen Garten.

Clarissas Krankenhausbett mit dem Zelt und den Sauerstofftanks wurde ins dritte Stockwerk der *Fortaleza* getragen und in der Privatwohnung des Gouverneurs aufgestellt. Die Zimmer waren mit schweren, zweihundert Jahre alten Kolonialmöbeln aus dunklem Mahagoniholz ausgestattet. Am deprimierendsten war das Himmelbett des Gouverneurs, das mit seinem grauen, fransenverbrämten Himmel aussah wie ein Leichenwagen, der von einem unsichtbaren Pferdegespann gezogen wurde. Mehr als zwanzig Jahre lang hatte Vaters unbesiegbarer Gegenspieler Fernando Martín darin geruht, und meine Mutter dankte Gott, daß sie dieses Ungetüm mit Aurelio nicht teilen mußte – sie hätte darin Alpträume bekommen, und der ständige Gedanke an Fernando Martín hätte ihr den Schlaf geraubt. Aber Aurelio hatte gegen diese altehrwürdige Schlafstätte nichts einzuwenden und schlummerte tief und fest darin, vor lauter Glück, dem *American way of life* und sämtlichen Rechten einer Demokratie endlich den Weg auf seine Insel geebnet zu haben.

Die Wohnung des Gouverneurs lag in der einstigen Militärfestung *La Fortaleza* im ältesten Gebäudeabschnitt aus dem sechzehnten Jahrhundert. Die Zimmer hatten meterdicke Wände und Ziegeldächer, die auf Deckenbalken aus dunklem Holz ruhten. Die Fenster waren so schmal, daß sie eher Schießscharten zu sein schienen, aus denen die Soldaten einst ihre Arkebusen auf die angreifenden Piraten und Ureinwohner abgefeuert hatten.

Meine Eltern bezogen im Gouverneurspalast ein großes Schlafzimmer und einen kleinen Salon, der sogleich für Vaters Bechsteinflügel reserviert wurde. Dieser war als einziger Einrichtungsgegenstand aus dem Haus in Las Bougainvilleas nach San Juan mit umgezogen. Mein Vater spielte immer noch mindestens eine Stunde täglich Klavier. Mutters heitere französische Möbel waren in Las Bougainvilleas verblieben, weil sie sich mit dem finsteren Kolonialambiente der *Fortaleza* einfach nicht vereinbaren ließen.

Zwei Jahre lang kränkelte meine Mutter in diesen düsteren Sälen dahin und konnte durch die Fensterspalten nur die verstopften Gäßchen des alten San Juan sehen, obwohl der Graf von Mirasol den Gouverneurspalast im achtzehnten Jahrhundert mit wundervollen Gärten umgeben hatte. Meine Mutter setzte jedoch keinen Fuß hinein, weil sie zu schwach war, die lange Treppe zu bewältigen. Aber sie ließ keine Klage verlauten und ertrug ihr Schicksal schweigend.

Eines Tages, als Aurelio gerade dabei war, in seinem Büro in der ersten Etage der *Fortaleza* eine Rede auszuarbeiten, rief ihn der Arzt an: Er möge umgehend ins dritte Stockwerk hinaufkommen, seiner Frau ginge es sehr schlecht. Statt auf den Aufzug zu warten, hetzte er die Treppe hoch, indem er drei Stufen auf einmal nahm. Als er oben angelangt war, wurde ihm mitgeteilt, daß Clarissa eine Hirnblutung erlitten hatte.

»Sie ist gestorben, ohne wieder zu Bewußtsein zu kommen«, sagte der Arzt. »Sie hat nichts davon gemerkt.«

Mein Vater glaubte ihm nicht. Er ging ans Bett, ergriff die Hand meiner Mutter und begann, auf sie einzureden und ihr zu versichern, daß sie keine Angst haben sollte, weil er ja jetzt bei ihr war und alles wieder gut werden würde. Er wollte nicht begreifen, daß sie tot war. Der Arzt und die Krankenschwestern gingen zu ihm und lösten ihn sanft von meiner Mutter. Aurelio wankte ins Nachbarzimmer und brach auf dem Sofa zusammen.

Wenige Minuten später traf ich in der *Fortaleza* ein. Niemand hatte mich benachrichtigt. Ich hatte auf meiner Terrasse gesessen, Briefe geschrieben und die monatlichen Rechnungen bezahlt, als mich plötzlich das dringende Bedürfnis überkam, nach meiner Mutter zu sehen. Ich war ins Auto gestiegen und wie eine Besessene durch die Altstadt von San Juan gerast. Bei meinem letzten Besuch hatte sich Clarissa nicht sonderlich wohl gefühlt, aber wir hatten uns an die häufigen Schwankungen ihres Befindens gewöhnt.

Als ich die Gouverneurswohnung betrat, sah ich mehrere von Vaters Leibwächtern auf dem Flur stehen, wo sie sich mit gedämpften Stimmen unterhielten. Plötzlich tat sich die Tür auf, mein Vater stürzte aus dem Schlafzimmer und lief hastig an mir vorbei, indem er sich mit einer Hand die Augen bedeckte. Ich sprach ihn an, aber er antwortete nicht, sondern verschwand eilig über den Flur. Das wunderte mich, denn er führte in dieser Richtung nur zu einem finsteren Salon, den nie jemand aufsuchte. Ich blieb auf der Türschwelle stehen und erblickte den Hinterkopf meiner Mutter. Das Bett war aufgedeckt, und das Sauerstoffzelt lag – wie gewalttätig zur Seite gerissen – daneben auf dem Fußboden. Der Arzt und die Schwestern waren noch da und damit beschäftigt, Spritzen und Wattetupfer vom Nachttisch einzusammeln. Ich betrat das Zimmer und spähte vorsichtig zum Bett. Meine Mutter war tot.

Diese Feststellung ließ mich erstarren. Ich fühlte mich wie eine Ertrinkende. Meine Mutter war in einen dunklen Teich gefallen, und ich stürzte hinterher.

Ohne die gewohnte Sauerstoffkammer bot sie einen sonderbaren Anblick, als wäre ihr plötzlich die transparente Rüstung, die sie jahrelang vor der Welt geschützt hatte, entrissen worden. Die Krankenschwester brachte einen Stuhl, und ich ließ mich zitternd auf ihm nieder. Dann reichte sie mir ein Glas Wasser.

»Ihr Vater hat mich gebeten, sie zu waschen und zurechtzumachen, bevor sie in den Sarg gelegt wird«, sagte Señora Gómez. »Er möchte, daß die Totenwache in der *Fortaleza* gehalten wird, nicht im Leichenschauhaus. Warum gehen Sie nicht nach nebenan und warten mit Ihrem Vater auf den Rest der Familie?«

Ich schüttelte den Kopf, weil ich spürte, daß meine Mutter mich in jenen Augenblicken dringend brauchte.

Wir schlossen die Tür ab, und Señora Gómez holte eine Schüssel Wasser, einen Schwamm und einen Flacon *Jean Marie Farine*, Vaters Eau de Toilette, das Clarissa in letzter Zeit zu benutzen begonnen hatte. Wir zogen ihr gemeinsam das Nachthemd über den Kopf, und Señora Gómez begann, sie zu waschen. Sie hatte zärtliche Hände und ging so behutsam zu Werke, als wäre meine Mutter noch am Leben und könnte jede ihrer Berührungen spüren. Ein süßlicher Geruch nach Krankheit erfüllte das Zimmer und setzte sich für Monate in meinen Nasenhöhlen fest. Um ihn wieder loszuwerden, mußte ich zu Hause in sämtlichen Zimmern Myrtenzweige aufstellen.

Als Señora Gómez fertig war, gab ich meiner Mutter einen flüchtigen Kuß auf die Stirn. Sie wirkte verwundbar und zerbrechlich, und ich war überrascht, wie sehr sie abgenommen hatte und wie wenig noch von ihr übrig war.

Das war also der Tod! Ich hatte ihn mir anders vorgestellt. Diese Reglosigkeit, ohne die leiseste Bewegung einer Wimper; die Haut, so weiß wie ungesponnene Wolle; die Brust, ein stilles Gefäß für ein schweigendes Herz. Alles hatte aufgehört, es gab nichts mehr zu tun: Sie war endlich mit sich ins reine gekommen.

Ich dankte Gott, daß sie so friedlich eingeschlafen war. Keine Wunde verunstaltete ihren Körper, kein Schmerz verzerrte ihr Gesicht. Es war ein würdiger Tod gewesen. »Wenn man sein Schicksal annimmt und den Schmerz überwindet, dann ist man nie das Opfer«, pflegte meine Mutter zu mir zu sagen. Und so hatte sie gelebt: Sie hatte sich gefügt und akzeptiert, was ihr das Schicksal auferlegt hatte.

Nach Clarissas Tod weigerte sich Aurelio, mit mir zu sprechen. Er versank in eine Schwermut, die an ihm vollkommen fremd war, und der Kummer versiegelte ihm den Mund wie eine blutleere Wunde. Er trug nur noch schwarze Anzüge und Krawatten, und seine ganze Haltung war ein einziger Vorwurf, der insbesondere mir galt. Eines Abends ging ich zur *Fortaleza* und stieg zu seiner Wohnung hinauf, um ihn zu besuchen. Er saß am Flügel und spielte Beethovens Mondscheinsonate. Ich setzte mich zu ihm auf die Bank und legte ihm den Arm um die Schultern, aber er rückte von mir ab.

»Es tut mir so leid, Vater. Ich weiß, wie sehr du leidest. Aber du mußt jetzt nach vorne schauen. Jetzt bist du frei, und du wirst sicherlich ein wunderbarer Gouverneur sein. Außerdem bist du ja nicht allein, weil ich immer für dich da sein werde!«

Mein Vater sah mich erstaunt an.

»Du wirst nie ihren Platz einnehmen können«, sagte er dann voller Gram. »Ich habe sie mehr geliebt als mein Leben. Sie war meine Inspiration für alles.«

Ich erhob mich und ging nach Hause, aber auf dem ganzen Weg rannen mir die Tränen übers Gesicht.

Nachdem meine Mutter gestorben war, hüllte die Trübsal meinen Vater ein wie ein Leichentuch. Sein Kummer war so groß, daß er bis zu den nächsten Wahlen, die zwei Jahre später stattfanden, nicht darüber hinwegkam. Sein ganzer Lebensschwung war dahin und die unerschöpfliche Kraft, die ihm alles zu ermöglichen schien, war versiegt.

Ich hätte nie erwartet, daß Mutters Tod mich so stark erschüttern würde. Eine ganze Zeitlang wurde ich nachts von einem häufig wiederkehrenden Angsttraum geweckt: Ich saß auf dem Stuhl und beobachtete, wie Señora Gómez an meiner Mutter die letzte Waschung vollzog. Plötzlich geschah etwas Sonderbares: Die Krankenschwester drehte Clarissa auf die Seite, um ihr den Rücken zu waschen, und ein Mundvoll frisches Blut ergoß sich auf das Laken. Ich erwachte bebend und versuchte, dahinter zu kommen, welche Bedeutung der Traum hatte, aber es gelang mir nie.

Mit der Zeit verebbte das Traumbild, und mein Leben nahm wieder seinen gewohnten Gang. Clarissas Erbschaft versetzte mich unversehens in die Lage, meine Situation zu verändern. Ich bat Ricardo endlich um die Scheidung, und er hatte nichts dagegen einzuwenden. Wir gingen in gegenseitigem Einvernehmen auseinander, ohne daß einer von beiden vor Gericht zog. Unsere drei Kinder blieben bei Ricardo. Da sie noch recht klein waren, unter zehn Jahren, fühlte er sich allerdings binnen sechs Monaten mit dieser Aufgabe überfordert und gab sie wieder in meine Obhut.

Von Mutters Geld kaufte ich mir ein Haus und zog dort ein. Ein paar Jahre später kehrte ich an die Universität zurück und machte meinen Doktor. Kurz darauf habe ich angefangen, selbst zu unterrichten. Mutters Tod eröffnete mir somit eine Möglichkeit, von der sie in jüngeren Jahren nur geträumt hatte: ein Berufsleben, das mir Anerkennung und wirtschaftliche Unabhängigkeit verschaffte. Ironischerweise war es am Ende doch sie, die mir die Freiheit gab.

Als ich das letzte Mal von meiner Mutter träumte, sah ich uns gemeinsam den Río Loco durchqueren, und unser launenhafter Pontiac blieb wieder einmal mitten im Fluß stecken. Das Wasser sprudelte um uns herum, und mitten im schlammigen Strom entdeckte ich Großmutter Valeria und Großmutter Adela, Tante Lakhmé, Tante Dido, Tante Artemisa und Tante Amparo, und sah, wie sie verzweifelt gegen die Wellen kämpften, während der Fluß sie ins offene Meer hinausspülte. Clarissa und ich saßen in unserem makellosen Sonntagsstaat ohne ein Wort zu sprechen im Pontiac und rührten keinen Finger. Dann holte meine Mutter einen Dollar aus ihrer Handtasche, kurbelte das Fenster einen Spaltweit herunter und wedelte solange mit dem Schein, bis die Landarbeiter, die am anderen Ufer standen und warteten, ihre Ochsen in die Fluten trieben und uns herauszogen. Im Davonfahren hörte ich durch das geöffnete Fenster die Stimmen derer, die ich nicht länger sehen konnte, und ich wußte, daß ich ihre Geschichten nicht geträumt haben konnte.

Nachwort der Übersetzerin

Dir vorliegende deutsche Fassung von Rosario Ferrés Roman »Vecindarios eccéntricos« beruht auf einem Vergleich zwischen dem englischen Original und der von der Autorin selbst angefertigten Übertragung ins Spanische (Editorial Planeta Mexicana, 1998).

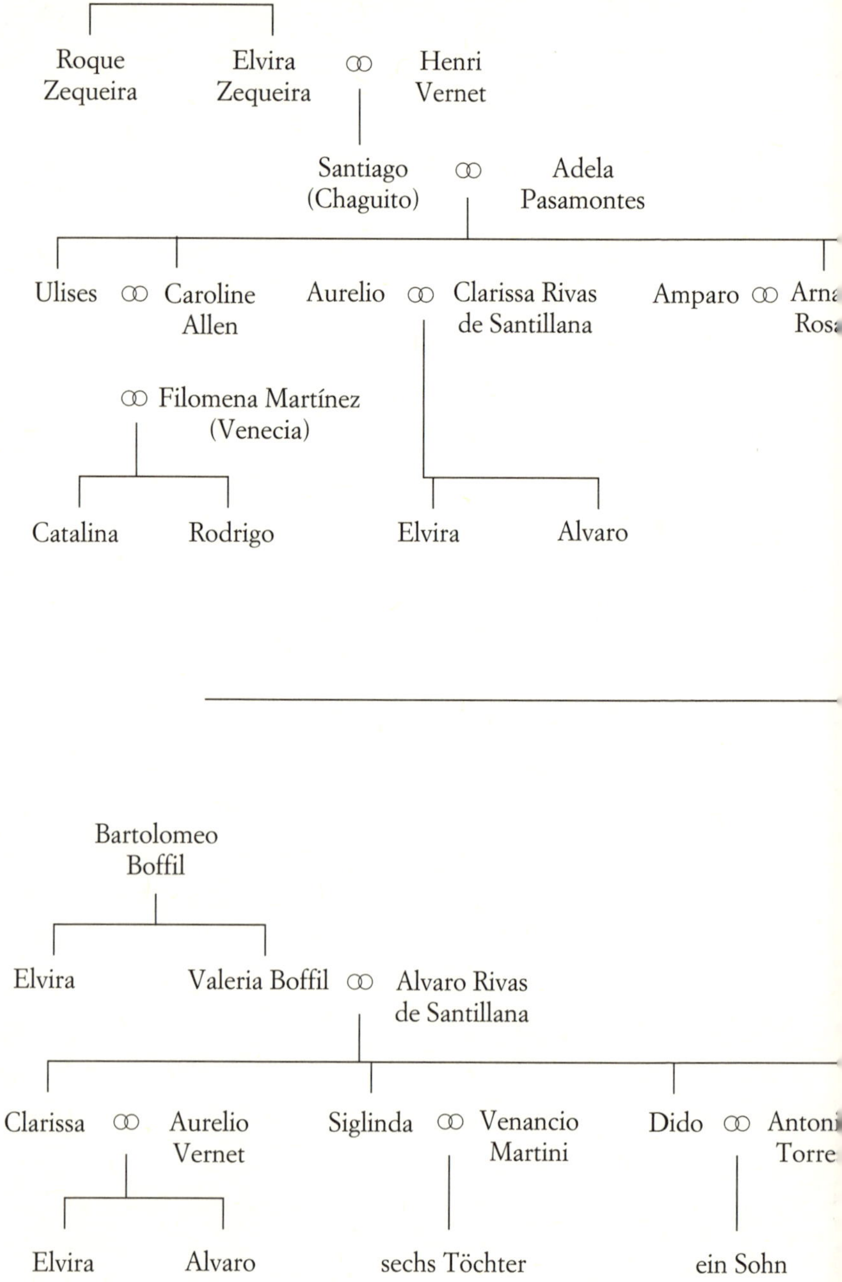
Roque Zequeira
Elvira Zequeira
Henri Vernet
Santiago (Chaguito)
Adela Pasamontes
Ulises
Caroline Allen
Aurelio
Clarissa Rivas de Santillana
Amparo
Arna
Ros
Filomena Martínez (Venecia)
Catalina
Rodrigo
Elvira
Alvaro
Bartolomeo Boffil
Elvira
Valeria Boffil
Alvaro Rivas de Santillana
Clarissa
Aurelio Vernet
Siglinda
Venancio Martini
Dido
Antoni
Torre
Elvira
Alvaro
sechs Töchter
ein Sohn

Familie Vernet

Roque ⚭ Clotilde Rosales

Damián ⚭ Agripina Leclerc

Celia

Enrique

Eduardo

≈ Titiba Menéndez

drei Söhne

Familie Rivas de Santillana

Alejandro

Artemisa

Lakhmé ⚭ Tom Randolph
⚭ Rodrigo de Zelaya
⚭ Edward Milton